SEBASTIAN FAULKS

Gesang vom großen Feuer

Buch

Frankreich, 1910: Der junge Engländer Stephen Wraysford ist von seinem Arbeitgeber nach Amiens geschickt worden, um die Textilbranche kennenzulernen. Sein Gastgeber Azaire, ein erfolgreicher Fabrikant, ist verheiratet mit Isabelle. Nicht lange, und zwischen Isabelle und Stephen entbrennt eine haltlose *amour fou,* die Isabelle veranlaßt, sich von ihrem Mann zu trennen. Doch dem Taumel der beiden Liebenden ist keine Dauer beschieden, denn Isabelle verläßt auch Stephen – ohne ihm erzählt zu haben, daß sie ein Kind erwartet. Stephens weiterer Lebensweg führt ihn, der nun glaubt, nichts mehr auf der Welt verlieren zu können, mitten in die Katastrophe des ersten Weltkriegs, wo er auf den Schlachtfeldern von Flandern das Grauen in seinem ganzen Ausmaß durchleben muß.

England, 1978: aufmerksam verfolgt die 38jährige Elizabeth Benson die Berichte zum 60. Jahrestag des Waffenstillstands, denn sie weiß, daß auch ihr Großvater durch die Hölle der Schützengräben gegangen ist. Immer intensiver beginnt sie sich mit der Vergangenheit zu beschäftigen und stößt so auf die verschlüsselten Aufzeichnungen ihres Großvaters aus der Kriegszeit. Sie macht sich auf die Suche nach Überlebenden, die ihn gekannt haben. Diese Begegnung mit einer für sie bisher nur in den Geschichtsbüchern verzeichneten Vergangenheit wird ihr Leben grundlegend verändern. Und schließlich entdeckt Elizabeth, daß jene Isabelle – die Frau, die ihrem Großvater einst zum Schicksal geworden war – auf ungeahnte Weise mit ihrer eigenen Existenz verknüpft ist …

Autor

Sebastian Faulks wurde 1953 in Newbury geboren. Er studierte in Cambridge und arbeitete dann kurzzeitig als Lehrer, bevor er sich seiner journalistischen Tätigkeit zuwandte. Seit 1991 ist er freier Schriftsteller. Mit dem Roman »Gesang vom großen Feuer«, der bei seinem Erscheinen mit enthusiastischen Kritikerlob ausgezeichnet wurde, gelang ihm der große internationale Durchbruch. Sebastian Faulks lebt in London.

Von Sebastian Faulks ist außerdem erschienen:

Die Liebe der Charlotte Gray (C. Bertelsmann, geb., 00337)

Sebastian Faulks

Gesang vom großen Feuer

Roman

Deutsch von Klaus Modick

GOLDMANN

Die englische Originalausgabe erschien
unter dem Titel »Birdsong«

Umwelthinweis:
Alle bedruckten Materialien dieses Taschenbuches
sind chlorfrei und umweltschonend.

Genehmigte Taschenbuchausgabe 7/99

Lizenzausgabe mit freundlicher Genehmigung
Umschlaggestaltung: Design Team München
Umschlagfoto: IFA-Bilderteam
Satz: IBV Satz- und Datentechnik GmbH, Berlin
Druck: Elsnerdruck, Berlin
Verlagsnummer: 44378
CN · Herstellung: Sebastian Strohmaier
Made in Germany
ISBN: 3-442-44378-4

3 5 7 9 10 8 6 4

Für Edward

»Wenn ich einmal von hier mich wende,
Sei dies mein Abschiedswort:
Unübertrefflich ist, was ich gesehen.«

Rabindranath Tagore, *Gitanjali*

I

FRANKREICH 1910

Der Boulevard du Cange, der sich am östlichen Stadtrand von Amiens entlangzog, war eine breite, stille Straße. Die Lastwagen, die aus Lille und Arras in nördlicher Richtung in die Stadt kamen, rollten direkt zu den Gerbereien und Webereien des Viertels Saint Leu, ohne diese von Wagenrädern zerfurchte, baumbestandene Straße benutzen zu müssen. Die der Stadt zugewandte Seite des Boulevards grenzte an ausgedehnte Gärten, die mit gutbügerlicher Genauigkeit geteilt und den Häusern zugeordnet worden waren. Auf den feuchten Rasenflächen wuchsen Kastanien, Flieder und Weiden, die ihren Besitzern Schatten und Ruhe spendeten. Die Gärten waren verwildert und überwuchert, ihre weiten Rasenflächen und üppigen Hecken umschlossen manchmal kleine Lichtungen, Tümpel und verschwiegene Stellen, voller Gras und wilden Blumen, die nicht einmal von den Bewohnern aufgesucht wurden.

Hinter den Gärten verzweigte sich die Somme in kleine Kanäle, die Saint Leu sein malerisches Gepräge gaben; auf der anderen Seite des Boulevards hatte man diese Kanäle in eine Vielzahl von Wassergärten verwandelt, kleine Inseln feuchter Fruchtbarkeit, die durch die Arme des sich verzweigenden Flusses voneinander getrennt wurden. Auf langen, flachbödigen Kähnen, die durch Staken vorwärtsbewegt wurden, glitten die Stadtbewohner an Sonntagnachmittagen über diese Wasserstraßen. Überall am Fluß und seinen Seitenarmen saßen Angler zusammengekauert über ihren Ruten, unterhalb der Kathedrale in Hut und Mantel, hemdsärmelig an den Ufern der Wassergärten, und warfen ihre Leinen nach Forellen und Karpfen aus.

Hinter einem schmiedeeisernen Zaun zeigte das Haus der Azaires zur Straßenseite eine stattliche, konventionelle Fassade. Passanten, die zum Flußufer hinuntergingen, würden zweifellos davon ausgehen, daß es sich um das Anwesen eines vermögenden Mannes handeln mußte. Ein Schieferdach überspannte den ungewöhnlichen Grundriß des Hauses. Unter einer Gaube wies ein Mansardenfenster auf den Boulevard hinaus. Den ersten Stock beherrschte ein Steinbalkon, über dessen Brüstung sich der rote Wein einen Weg bis zum Dach gebahnt hatte. Das Holz der eindrucksvollen Eingangstür war mit gußeisernen Beschlägen bewehrt.

Von innen wirkte das Haus kleiner, zugleich jedoch auch geräumiger als von außen. Es verfügte über keine einschüchternd große Zimmer, wies keine vergoldeten Ballsäle mit prunkvollen Kronleuchtern auf, doch gab es verborgene Räume und Flure, in denen sich Winkel auftaten, von denen Treppen in den Garten hinabführten; es gab auch kleine Salons, in die man durch Geheimgänge gelangen konnte, Gemächer, in denen Schreibtische und mit Gobelins bezogene Sessel standen. Selbst vom Ende des Rasens her war schwer zu erkennen, wie die Zimmer und Flure in die solide Rechtwinkligkeit des Mauerwerks eingepaßt worden waren. Die Fußböden verursachten bei jedem Schritt merkwürdige Geräusche, die in den Erkern, Winkeln und Luftschächten des Hauses nachhallten, so daß man meinte, ständig Schritte zu hören, ohne jemanden zu sehen.

Stephen Wraysfords Metallkoffer war vorausgeschickt worden und erwartete ihn bereits am Fußende des Bettes. Er packte seine Sachen aus und hängte den zweiten Anzug in den riesigen, geschnitzten Kleiderschrank. Unter dem Fenster befanden sich ein Waschbecken aus Emaille und ein hölzerner Handtuchhalter. Er mußte sich auf die Zehenspitzen stellen, um den Boulevard überblicken zu können, wo auf der gegenüberliegenden Straßenseite eine Droschke wartete; das Pferd schüttelte sein Geschirr und reckte den Hals, um an den Zweigen einer Linde zu knabbern. Stephen überprüfte die Nachgiebigkeit der Matratze, streckte sich dann auf dem Bett aus und legte den Kopf auf die frisch bezogene Nackenrolle. Das Zimmer war schlicht, aber geschmackvoll eingerichtet. Auf dem Tisch stand eine Vase mit Wildblumen, und neben der Tür hingen auf beiden Seiten Drucke mit Straßenszenen aus Honfleur.

Es war ein Frühlingsabend; jenseits der Kathedrale stand eine späte Sonne am Himmel, und rund ums Haus erklang der Gesang von Amseln. Stephen wusch sich sorgfältig und bemühte sich dann, vor dem kleinen Spiegel sein schwarzes Haar zu glätten. Er legte ein halbes Dutzend Zigaretten in eine Metalldose und schob sie in sein Jackett. Dann holte er die Gegenstände aus seinen Taschen, die er nicht mehr benötigte: Eisenbahntickets, ein blaues, ledergebundenes Notizbuch und ein Messer mit nur einer, sorgfältig geschliffenen Klinge.

Als er zum Essen nach unten ging, wunderte er sich über das Geräusch seiner Schritte auf der Treppe, die ihn erst in den ersten Stock mit den Schlafzimmern der Familie und dann in die Eingangshalle hinabführte. Ihm war heiß mit seiner Weste und dem Jackett darüber. Einen Augenblick stand er desorientiert da, unschlüssig, durch welche der vier verglasten Türen, die vom Flur abzweigten, er einzutreten hätte. Er öffnete eine nur einen Spalt weit und blickte durch Dampfschwaden in eine Küche, in deren Mitte ein Dienstmädchen an einem großen Bohlentisch Teller auf ein Tablett lud.

»Hier entlang, Monsieur. Das Abendessen ist serviert«, sagte das Dienstmädchen und zwängte sich an ihm vorbei durch die Tür.

Im Speisezimmer saß die Familie bereits bei Tisch. Madame Azaire erhob sich.

»Ah, Monsieur, Sie sitzen hier.«

Azaire murmelte eine Vorstellung, von der Stephen lediglich die Worte »meine Frau« verstand. Er ergriff ihre Hand und neigte kurz den Kopf. Von der anderen Tischseite starrten ihn zwei Kinder an.

»Lisette«, sagte Madame Azaire, wobei sie auf ein vielleicht sechzehnjähriges Mädchen mit dunklem, zusammengebundenem Haar deutete, das affektiert lächelte und die Hand ausstreckte, »und Grégoire«, ein etwa zehnjähriger Junge, dessen kleiner Kopf kaum über die Tischplatte ragte, unter der er heftig mit den Beinen hin und her schaukelte.

Das Dienstmädchen hantierte an Stephens Schulter mit einer Suppenterrine. Stephen schöpfte eine Kelle auf seinen Teller und nahm den Geruch eines ihm unbekannten Krauts wahr. Unter den konzentrischen Kreisen schwankenden Grüns war die Suppe mit Kartoffeln angedickt.

Azaire war mit seiner Suppe bereits fertig und schlug mit seinem Messer in gleichmäßigem Rhythmus auf die silberne Messerbank. Stephen sah mit fragendem Blick über den Suppenlöffel in die Runde, während er die Flüssigkeit zwischen den Zähnen einsog.

»Wie alt sind Sie?« fragte der Junge.

»Grégoire!«

»Das macht doch nichts«, sagte Stephen zu Madame Azaire. »Zwanzig.«

»Trinken Sie Wein?« fragte Azaire und hielt eine Flasche über Stephens Glas.

»Ja, bitte.«

Azaire goß Stephen und seiner Frau je einige Zentimeter ein und stellte die Flasche wieder an ihren Platz.

»Also, was wissen Sie denn alles über Textilien?« fragte Azaire. Er war erst Vierzig, hätte aber zehn Jahre älter sein können. Sein Körper gehörte zu jenen, die sich im Alter weder verhärten noch schrumpfen. Seine Augen glitzerten wachsam, aber humorlos.

»Nicht sehr viel«, sagte Stephen. »Ich habe zwar seit fast vier Jahren in der Branche gearbeitet, war aber zumeist mit den finanziellen Aspekten befaßt. Mein Arbeitgeber wünscht, daß ich mehr über den Herstellungsprozeß erfahre.«

Das Dienstmädchen räumte die Suppenteller ab, und Azaire begann, von der örtlichen Industrie und den Schwierigkeiten zu erzählen, die seine Arbeitskräfte ihm machten. Er besaß eine Fabrik in der Stadt und einige Kilometer außerhalb eine weitere.

»Der Zusammenschluß der Leute in Gewerkschaften läßt mir nur sehr wenig Handlungsspielraum. Sie klagen darüber, daß sie ihre Arbeit verlieren, weil wir Maschinen angeschafft haben, aber wenn wir gegenüber unseren Konkurrenten in Spanien und England nicht wettbewerbsfähig bleiben, ist die Sache hoffnungslos.«

Das Dienstmädchen trug eine Platte mit aufgeschnittenem Fleisch in einer leichten Sauce herein, die sie vor Madame Azaire auf den Tisch stellte. Lisette begann aus ihrem Schultag zu erzählen. Während sie sprach, kicherte sie und schaute von einem zum andern. Es ging um einen Streich, den ein Mädchen einem anderen gespielt hatte, doch ergab sich aus der Art und Weise, in der Lisette davon erzählte, eine zweite Ebene. Es schien, als sei sie sich der Kindlichkeit dessen bewußt, was sie sagte, und wollte Stephen und ihren Eltern gegenüber andeuten, daß sie schon zu erwachsen für derlei Dinge sei. Allerdings schien sie noch unsicher über ihre eigenen Interessen und ihren Geschmack zu sein; sie geriet ein wenig ins Stottern, brach ab und wies ihren Bruder zurecht, der sie auslachte.

Während sie sprach, beobachtete Stephen sie und musterte mit seinen dunklen Augen ihr Gesicht. Azaire ignorierte seine Tochter, bediente sich mit Salat und reichte die Schüssel seiner Frau. Mit einem Stück Brot wischte er Sauce vom Tellerrand auf

Madame Azaire hatte Stephen bislang noch nicht direkt angesehen. Umgekehrt wich auch er ihrem Blick aus, als wartete er darauf, angesprochen zu werden; nur aus den Augenwinkeln bemerkte er, wie sie sich eine Strähne kastanienroten Haars aus dem Gesicht strich. Sie trug eine weiße Spitzenbluse mit einem dunkelroten Stein am Hals.

Als sie mit dem Essen fertig waren, klingelte es an der Eingangstür, und sie hörten im Flur eine kräftige Männerstimme.

Azaire lächelte zum ersten Mal. »Der gute, alte Bérard. Pünktlich wie immer.«

»Monsieur und Madame Bérard«, sagte das Dienstmädchen und hielt die Tür auf.

»Guten Abend, Azaire. Sehr erfreut, Madame.« Bérard, ein schwergewichtiger Mittfünfziger mit grauen Haaren, spitzte die Lippen über Madame Azaires Hand. Seine Frau, die beinah ebenso stämmig gebaut war und ihr dickes Haar hochgesteckt trug, schüttelte Hände und küßte die Kinder auf die Wangen.

»Entschuldigen Sie, aber ich habe Ihren Namen nicht verstanden, als René uns vorgestellt hat«, sagte Bérard zu Stephen.

Während Stephen seinen Namen wiederholte und sogar buchstabierte, wurden die Kinder entlassen und die Bérards aufgefordert, Platz zu nehmen.

Ihre Ankunft schien Azaire zu verjüngen. »Brandy für dich, Bérard? Und für Sie einen kleinen Kräutertee, nehme ich an, Madame? Isabelle, läute bitte auch nach dem Kaffee. Also dann ...«

»Bevor wir fortfahren«, sagte Bérard und erhob seine fleischige Hand. »Ich habe schlechte Nachrichten. Die Färber haben einen Streik ausgerufen, der morgen beginnen soll. Die Gewerkschaftsbosse treffen sich heute abend um fünf mit den Repräsentanten der Arbeitgeber, und das haben sie selbst so entschieden.«

Azaire schnaubte. »Ich denke, das Treffen soll morgen stattfinden.«

»Es ist auf heute vorverlegt worden. Ich komme dir ja nur ungern mit schlechten Nachrichten, mein lieber René, aber wenn du es morgen von deinem Vorarbeiter erfahren hättest, wärst du mir gewiß auch nicht dankbar gewesen. Zumindest gehe ich nicht davon aus, daß die Sache unmittelbar deine Fabrik betrifft.«

Gleichwohl schien Bérard es genossen zu haben, die Nachricht zu überbringen. Auf seinem Gesicht lag eine stille Genugtuung über die Wichtigkeit, die ihm daraus zugewachsen war. Madame Bérard sah ihren Gatten bewundernd an.

Azaire fluchte weiter über die Arbeiter und was sie sich eigentlich dächten, wie man seine Fabriken führen solle. Die Frauen und Stephen hielten sich mit Meinungen zurück, und Bérard schien ebenfalls, nachdem er die Botschaft überbracht hatte, keinen weiteren Beitrag zur Lösung des Problems leisten zu wollen.

»So«, sagte er, nachdem sich Azaire ausgetobt hatte, »ein Streik der Färber. Da haben wir's, da haben wir's.«

Mit dieser Schlußfolgerung hielten alle, einschließlich Azaires, das Thema für erledigt.

»Wie sind Sie gereist?« fragte Bérard.

»Mit dem Zug«, sagte Stephen in der Annahme, angesprochen gewesen zu sein. »Es war eine lange Fahrt.«

»Ach, die Züge«, sagte Bérard. »Was für ein System! Wir sind hier ein großer Knotenpunkt. Züge nach Paris, nach Lille, nach Boulogne ... Sagen Sie mal, gibt es in England eigentlich auch Züge?«

»Ja.«

»Seit wann?«

»Warten Sie mal ... seit etwa siebzig Jahren.«

»Aber Sie haben in England doch auch Probleme damit, nehme ich an?«

»Ich weiß nicht recht. Nicht daß ich wüßte.«

Bérard lächelte glücklich, während er seinen Brandy trank; er sah es als seine Aufgabe, den Moderator zu spielen, verschiedene Stimmen hervorzulocken und dann zusammenzufassen, was sie zum Gespräch beigetragen hatten.

»Und in England ißt man ja auch jeden Tag Fleisch zum Frühstück«, sagte er.

»Die meisten Leute schon, glaube ich«, sagte Stephen.

»Stellen Sie sich das nur vor, liebe Madame Azaire, jeden Tag Braten zum Frühstück!« forderte Bérard seine Gastgeberin auf, etwas zu sagen.

Sie entzog sich jedoch und murmelte lediglich, daß man dringend ein Fenster öffnen müßte.

»Vielleicht machen wir das ja eines Tages auch, was, René?«

»Ach, das bezweifele ich, das bezweifele ich«, sagte Azaire. »Es sei denn, wir hätten eines Tages auch den Londoner Nebel.«

»Oh ja, und den Regen«, lachte Bérard. »Ich glaube, in London regnet es an fünf von sechs Tagen.« Er blickte wieder Stephen an.

»Ich habe in einer Zeitung gelesen, daß es letztes Jahr in London sogar weniger geregnet hat als in Paris, obwohl …«

»An fünf von sechs Tagen«, strahlte Bérard. »Können Sie sich das vorstellen?«

»Papa kann Regen nicht ausstehen«, sagte Madame Bérard zu Stephen.

»Und wie haben Sie diesen herrlichen Frühlingstag verbracht, liebe Madame?« fragte Bérard, indem er wiederum einen Beitrag von seiner Gastgeberin einforderte. Diesmal hatte er damit Erfolg, und Madame Azaire wandte sich ihm zu – sei es aus Höflichkeit oder aus Zustimmung.

»Heute morgen habe ich ein paar Besorgungen in der Stadt gemacht. In einem Haus in der Nähe der Kathedrale stand ein Fenster offen, und jemand spielte Klavier.« Madame Azaires Stimme klang kühl und tief. Eine Weile beschrieb sie, was sie gehört hatte. »Das war wunderschön«, schloß sie, »obwohl es nur ein paar Noten waren. Am liebsten hätte ich angehalten und an der Haustür geklopft, und, wer auch immer da spielte, gefragt, wie das Stück hieß.«

Monsieur und Madame Bérard schauten verdutzt. Das war offensichtlich nicht gerade das, womit sie gerechnet hatten. Azaire sprach mit der beschwichtigenden Stimme desjenigen, der an solche Grillen gewöhnt war. »Und was war das nun für eine Melodie, meine Liebe?«

»Ich weiß es nicht. Ich habe sie noch nie gehört. Es war nur eine Melodie wie … Beethoven oder Chopin.«

»Ich bezweifle, daß es Beethoven war, wenn Sie es nicht erkannt haben, Madame«, sagte Bérard galant. »Ich gehe jede Wette ein, daß es eins dieser Volkslieder war.«

»So klang es aber nicht«, sagte Madame Azaire.

»Ich kann diese Volksweisen, die man heutzutage so oft hört, einfach nicht ertragen«, fuhr Bérard fort. »Als ich noch ein junger Mann war, war das anders. Natürlich, damals war alles ganz anders.« Er lachte über seine trockene Selbsterkenntnis. »Aber nennen Sie mir doch bloß mal eine einzige, vernünftige Melodie, die einer unserer sogenannten großen Komponisten geschrieben hat. Ein Lied von Schubert oder ein Nocturne von Chopin, irgend etwas, das sich einem die Nackenhaare sträuben! Die Funktion der Musik besteht darin, in der Seele jene Gefühle zu lösen, die wir normalerweise in unseren Herzen verschließen. Die großen Komponisten der Vergangenheit waren zu so etwas fähig, aber die Musiker von heute geben sich mit vier Noten nacheinander zufrieden, die man als Liederblatt an jeder Straßenecke kaufen kann. Das Genie findet nicht so einfach Anerkennung, meine liebe Madame Azaire!«

Stephen beobachtete, wie Madame Azaire langsam den Kopf umwandte, bis ihre Augen die Bérards trafen. Er sah, wie sie sich noch weiter öffneten, als sie sein lächelndes Gesicht fixierten, auf dem in der stickigen Luft des Speisezimmers kleine Schweißtropfen perlten. Wie, um alles in der Welt, fragte er sich, konnte das die Mutter des Jungen und des Mädchens sein, die mit ihnen gegessen hatten?

»Ich glaube, ich sollte lieber das Fenster öffnen«, sagte sie kalt und erhob sich mit knisterndem Seidenrock.

»Und du bist doch auch ein musikalischer Mensch, Azaire?« sagte Bérard. »Es ist vorzüglich, Musik im Haushalt zu haben, wenn Kinder da sind. Madame Bérard und ich haben unsere Kinder immer ermuntert zu singen.«

Stephen schwirrte der Kopf, während Bérard immer weiter und weiter redete. In der Art und Weise, wie Madame Azaire diesen absurden Mann abfertigte, lag etwas Großartiges. Er war nur ein Kleinstadtmaulheld, wohl wahr, aber mit Sicherheit war er es gewohnt, sich durchzusetzen.

»Ich habe durchaus manchen Abend im Konzertsaal genossen«, sagte Azaire bescheiden, »gleichwohl würde ich doch zögern, mich deshalb als ›musikalischen Menschen‹ zu bezeichnen. Ich tendiere eher ...«

»Blödsinn. Musik ist eine demokratische Kunstform. Man

braucht kein Geld, um sie sich zu kaufen, und keine Bildung, um sie zu studieren. Alles was man braucht, sind diese beiden.« Bérard griff sich an seine riesigen, rosa Ohren und zog daran. »Ohren. Eine Gottesgabe von Geburt an. Deine Vorliebe muß dir doch nicht peinlich sein, Azaire. Es führt bloß zum Triumph schlechten Geschmacks, wenn falsche Bescheidenheit die Oberhand gewinnt.« Bérard lehnte sich auf seinem Stuhl zurück und blinzelte in Richtung des geöffneten Fensters. Der Luftzug schien ihm den Spaß an dem Aphorismus zu verderben, von dem er so getan hatte, als sei er ihm soeben eingefallen. »Aber entschuldige bitte, René«, sagte er. »Ich habe dich unterbrochen.«

Azaire beschäftigte sich mit seiner schwarzen Briarpfeife, drückte mit den Fingern den Tabak fest und prüfte den Zug, indem er geräuschvoll am Mundstück sog. Als alles zu seiner Zufriedenheit geregelt war, riß er ein Streichholz an, und für einen Augenblick umwölkte eine blaue Rauchspirale seinen Kopf. In dem Schweigen, das eintrat, bevor er seinem Freund antworten konnte, hörte man draußen im Garten die Vögel singen.

»Patriotische Lieder«, sagte Azaire. »Für die habe ich eine besondere Schwäche. Der Klang spielender Marschkapellen und tausend Stimmen, die gemeinsam die Marseillaise schmetterten, als die Armee ausrückte, um gegen die Preußen zu kämpfen. Was für ein Tag das gewesen sein muß!«

»Aber ich bitte dich«, sagte Bérard, »das ist ein Beispiel für zweckgerichtete Musik – um Kampfgeist in den Herzen unserer Soldaten zu wecken. Jede Kunst verliert ihre grundsätzliche Reinheit, wenn sie zu Zwecken mißbraucht wird. Hab ich nicht recht, Madame Azaire?«

»Da stimme ich Ihnen ganz und gar zu, Monsieur. Wie denkt Monsieur Wraysford darüber?«

Stephen, für einen Moment verwirrt, sah Madame Azaire an und fand deren Augen zum ersten Mal auf sich gerichtet. »Dazu habe ich keine Meinung, Madame«, sagte er, indem er die Fassung wiederfand. »Ich denke aber, daß jedes Lied, das zu Herzen geht, einen besonderen Wert hat.«

Bérard streckte plötzlich seine Hand aus. »Noch einen Schuß Brandy, bitte, Azaire. Danke. Nun denn. Ich werde etwas tun, womit ich riskiere, mich zum Narren zu machen, und Sie mich für verrückt halten werden.«

Madame Bérard lachte ungläubig.

»Ich werde etwas singen. Jawohl, und es ist völlig zwecklos, mich davon abzubringen. Ich werde ein kleines Lied singen, das zu meiner Knabenzeit populär war, und das war, wie ich Ihnen versichern kann, vor sehr vielen Jahren.«

Die Unvermittelheit, mit der Bérard, kaum daß er diese Ankündigung vorgebracht hatte, sein Lied anstimmte, überraschte seine Zuhörer. Vor einem Augenblick hatte man noch steife Nachtischkonversation geübt, um sich im nächsten als übertölpeltes Publikum wiederzufinden, während sich Bérard, die Ellbogen auf dem Tisch, auf seinem Stuhl vorbeugte und in einem schmetternden Bariton zu singen begann.

Er starrte dabei Madame Azaire an, die ihm gegenübersaß. Unfähig, seinem Blick standzuhalten, schaute sie auf ihren Teller hinunter. Ihr Unbehagen störte Bérard freilich in keiner Weise. Azaire fummelte an seiner Pfeife herum, und Stephen studierte die Wand über Bérards Kopf. Madame Bérard sah mit stolzem Lächeln zu, wie ihr Gatte seiner Gastgeberin ein Ständchen darbrachte. Madame Azaire errötete und wand sich unter dem sturen Blick des Sängers auf ihrem Stuhl.

Seine Halsfalten schwabbelten, als er an einem besonders rührseligen Teil seines Lieds emphatisch den Kopf verdrehte. Es war eine sentimentale Ballade über die wechselvollen Zeiten im Leben eines Mannes. Der Refrain lautete: ›Doch damals war ich jung und die Bäume so grün / Jetzt ist das Korn geschnitten, und das Schiffchen segelte davon.‹

Am Schluß jeden Refrains legte Bérard eine dramatische Pause ein, und Stephen gestattete sich dann einen schnellen Blick, ob er wohl am Ende angekommen sei. Einen Augenblick lang herrschte völliges Schweigen im schwülen Speisezimmer, aber dann folgten bereits erneutes, tiefes Einatmen und eine weitere Strophe.

›Eines Tages kamen die jungen Männer aus dem Kriege zurück,

Das Korn war reif und unsere Liebsten harrten unser ...‹

Bérards Kopf drehte sich ein wenig, während er sang, und indem er sich in das Lied hineinsteigerte, wurde seine Stimme immer lauter, doch seine blutunterlaufenen Augen blieben auf Madame Azaire geheftet, als ob sein Kopf sich nur um die Achse seines Glotzens drehen konnte. Sie schien durch pure Willensanstrengung Haltung zu bewahren und versteifte ihren Körper gegen seine Zudringlichkeit.

»›... und das Schiffchen segelte davo-ho-hon.‹ So«, sagte Bérard, als er plötzlich doch noch ein Ende gefunden hatte, »ich habe Ihnen ja gesagt, daß ich mich zum Narren machen würde.«

Die anderen protestierten, daß das Lied, ganz im Gegenteil, bezaubernd gewesen sei.

»Papa hat eine schöne Stimme«, sagte Madame Bérard, vor Stolz erblühend.

Auch Madame Azaires Gesicht war rosa angelaufen, allerdings nicht von der gleichen Gefühlsaufwallung. Azaire wurde heuchlerisch jovial, und Stephen spürte, wie ein Schweißtropfen an der Innenseite seines Kragens abwärts lief. Nur Bérard selbst empfand keinerlei Peinlichkeit.

»Also, Azaire, wie wär's mit einer Partie Karten. Was soll's sein?«

»Entschuldige mich, René«, sagte Madame Azaire, »ich habe ein wenig Kopfschmerzen. Ich glaube, ich gehe lieber zu Bett. Vielleicht übernimmt Monsieur Wraysford meinen Platz.«

Stephen erhob sich, als Madame Azaire von ihrem Stuhl aufstand. Es gab Proteste und besorgte Nachfragen seitens der Bérards, die Madame Azaire jedoch mit einem Lächeln beiseite wischte. Bérard senkte seinen Kopf über ihre Hand, und Madame Bérard küßte die immer noch rosig angelaufene Haut von Madame Azaires Wange. Stephen bemerkte auf ihrem nackten Unterarm ein paar Sommersprossen, als sie sich zur Tür wandte – eine große, plötzlich eindrucksvolle Gestalt in einem blutroten Rock, der über den Fußboden des Flurs strich.

»Laßt uns in den Salon gehen«, sagte Azaire. »Monsieur, ich hoffe, Sie schließen sich uns an, damit unsere Kartenrunde komplett wird.«

»Ja, selbstverständlich«, sagte Stephen und zwang sich zu einem Lächeln, das Einverständnis signalisieren sollte.

»Die arme Madame Azaire«, sagte Madame Bérard, während man sich am Kartentisch niederließ. »Ich hoffe, sie hat sich nicht erkältet.«

Azaire lachte. »Nein, nein. Das sind nur die Nerven. Machen Sie sich deshalb keine Gedanken.«

»So ein zartes Persönchen«, murmelte Bérard. »Ich glaube, du gibst, Azaire.«

»Nichtsdestotrotz können Kopfschmerzen Fieber ankündigen«, sagte Madame Bérard.

»Madame«, sagte Azaire, »ich versichere Ihnen, daß Isabelle kein Fieber hat. Sie ist eine Frau mit nervösem Temperament. Sie leidet öfter unter Kopfschmerzen und diversen Unpäßlichkeiten. Das bedeutet nichts. Glauben Sie mir, ich kenne sie sehr gut, und ich habe gelernt, mit ihren kleinen Besonderheiten zu leben.« Er tauschte einen verständnisinnigen Blick mit Bérard, der schmunzelte. »Sie selbst haben ja das Glück, über eine robuste Konstitution zu verfügen.«

»Hat sie denn immer schon unter Kopfschmerzen gelitten?« insistierte Madame Bérard.

Azaires Lippen verzogen sich zu einem dünnen Lächeln. »Das ist der kleine Preis, den man zahlt. Sie spielen aus, Monsieur.«

»Was?« Stephen sah auf seine Karten. »Tut mir leid. Ich war unkonzentriert.« Ihm war Azaires Lächeln nicht entgangen, und er fragte sich, was es zu bedeuten habe.

Bérard unterhielt sich mit Azaire über den Streik, während man die Karten mit zügiger Beiläufigkeit auf den Tisch warf.

Stephen versuchte, sich auf das Spiel zu konzentrieren und zugleich auf irgendeine Weise mit Madame Bérard Konversation zu betreiben. Seine Aufmerksamkeit schien ihr gleichgültig zu sein, doch wenn ihr Mann sie ansprach, hellte sich ihr Gesicht stets auf.

»Diese Streikenden brauchen jemanden«, sagte Azaire, »der sie dazu zwingt, Farbe zu bekennen. Ich bin nicht willens zuzusehen, wie mein Geschäft wegen der unverschämten Forderungen einiger Faulpelze stagniert. Irgendein Fabrikant muß die Kraft aufbringen, sich ihnen zu widersetzen und die ganze Bande zu entlassen.«

»Ich fürchte, das würde zu Gewalttätigkeiten führen. Der Mob würde revoltieren«, sagte Bérard.

»Aber nicht mit vollem Magen.«

»Ich bin mir nicht sicher, René, ob es für dich als Abgeordneter der Stadt klug wäre, sich in solch eine Auseinandersetzung verwickeln zu lassen.«

Bérard nahm die Karten auf, um zu mischen; seine dicken Finger bewegten sich geschickt durch die wirbelnden Karten. Als er gegeben hatte, zündete er sich eine Zigarre an, lehnte sich auf dem Stuhl zurück und zog die Weste über dem Bauch straff.

Das Dienstmädchen kam herein und erkundigte sich, ob noch etwas gewünscht werde. Stephen unterdrückte ein Gähnen. Er war seit dem Vortag auf Reisen gewesen, und die Aussicht auf sein bescheidenes Zimmer mit den gestärkten Laken und dem Blick über den Boulevard kam ihm verlockend vor.

»Nein, danke«, sagte Azaire. »Wenn Sie sich zu Bett begeben, gehen Sie bitte an Madame Azaires Zimmer vorbei und sagen ihr, daß ich später vorbeischauen werde, um mich nach ihrem Befinden zu erkundigen.«

Für einen Moment glaubte Stephen, zwischen den beiden Männern einen erneuten Seitenblick voll Komplizenschaft gesehen zu haben, doch als er Bérard anschaute, war dessen Gesicht hinter den aufgefächerten Karten versteckt.

Stephen verabschiedete sich von den Gästen, als diese sich schließlich auf den Heimweg machten. Er stand am Fenster des Salons und beobachtete sie im Lichtschein der Veranda. Bérard setzte einen Zylinder auf, als ob er ein Baron sei, der von der Oper nach Haus geht; Madame Bérard wickelte sich mit glühendem Gesicht in ihr Cape und ergriff seinen Arm. Azaire lehnte sich über die Brüstung und sagte etwas, das wie ein dringliches Flüstern wirkte.

Draußen hatte milder Regen eingesetzt, er lockerte die Erde neben den tiefen Fahrspuren der Straße, sang leise auf den Blättern der Platanen, legte einen schmierigen Film auf die Fensterscheiben des Salons und bildete dann größere Tropfen, die langsam am Glas abwärts liefen. Dahinter sah man Stephens bleiches Gesicht, wie er den Abschied der Gäste beobachtete – eine hohe Gestalt mit in den Hosentaschen vergrabenen Händen, geduldigen und aufmerksamen Augen, der Umriß seines Körpers von jugendlicher Eigenschaftslosigkeit, gepaart mit Willenskraft und Pflichtgefühl. Es war ein Gesicht, auf das die meisten Menschen mit Vorsicht reagierten, weil man sich nicht sicher sein konnte, ob dieser widersprüchliche Ausdruck einen zu Leidenschaft oder stiller Duldung verleiten würde.

Oben in seinem Zimmer lauschte Stephen den Geräuschen der Nacht. Ein lockerer Fensterladen drehte sich langsam in den Angeln und schlug gegen die rückwärtige Hauswand. Irgendwo tief in den Gärten, dort, wo die Zivilisation in Wildnis überging, rief eine Eule. Und in den dünnen Rohren zischte und rauschte das Leitungswasser.

Stephen setzte sich an den Schreibtisch vorm Fenster und schlug ein Notizbuch auf, dessen Seiten mit dicken, blauen Linien versehen waren. Es war zur Hälfte gefüllt mit Tintenschrift, die über die Linien hinausquoll. Zwischen den Eintragungen gab es Daten, doch klafften zwischen ihnen Lücken von Tagen, manchmal von Wochen.

Seit fünf Jahren führte er sein Journal, nachdem ihm ein Lehrer auf dem Gymnasium dazu geraten hatte. Die Griechisch und Lateinstunden hatten ihm, ohne daß er es gewollt hätte, diese Sprachen so nahe gebracht, daß er sie nun als Grundlage eines Geheimcodes nutzte. War der Gegenstand heikel, veränderte er das

Geschlecht der Personen und notierte ihre Verhaltensweisen oder Reaktionen in Sätzen, die einem uneingeweihten Leser nichts bedeuten konnten.

Während er schrieb, lachte er leise in sich hinein. Diese Form der Heimlichkeit hatte er entwickeln müssen, um seine angeborene Offenheit und sein aufbrausendes Temperament zu bezwingen. Im Alter von zehn oder elf Jahren hatten seine ungekünstelte Begeisterungsfähigkeit und sein ausgeprägter Sinn für Richtiges und Falsches seine Lehrer zur Verzweiflung getrieben, aber langsam hatte er gelernt, tief durchzuatmen und die Ruhe zu bewahren, seine Reaktionen zu zügeln, abzuwarten und aufmerksam zu sein.

Er lockerte seine Manschetten, stützte das Gesicht in die Hände und starrte gegen die nackte Wand. Ein Geräusch erklang, das nicht vom Fensterladen oder den Wasserleitungen herrührte, sondern irgendwie schriller und menschlicher war. Es erklang erneut, und Stephen ging durchs Zimmer, um besser hören zu können. Er öffnete die Tür auf den Treppenabsatz und trat vorsichtig hinaus, weil er sich an die Geräusche erinnerte, die seine Schritte vorhin verursacht hatten. Das Geräusch war eine Frauenstimme, er war sich jetzt fast völlig sicher, und sie kam aus der unteren Etage.

Er zog seine Schuhe aus, schob sie leise über die Schwelle des Zimmers und begann, die Treppe hinabzuschleichen. Im Haus war es völlig dunkel; als er zu Bett gegangen war, mußte Azaire alle Lichter gelöscht haben. Stephen spürte unter seinen Socken die Spalten zwischen den Fußbodendielen und unter seiner forschenden Hand das Treppengeländer. Angst hatte er nicht.

Auf dem Treppenabsatz zum ersten Stock zögerte er. Die Größe des Hauses und die Vielzahl der Richtungen, aus denen das Geräusch hätte kommen können, wurden ihm schlagartig bewußt. Vom Treppenabsatz zweigten drei Durchgänge ab, von denen einer über eine schmale Stiege zur Vorderseite des Hauses führte, während die beiden anderen seitwärts verliefen, bevor sie in andere Flure mündeten. In diesem Stockwerk befand sich die gesamte Familie mit ihren Hausangestellten, ganz zu schweigen von den Badezimmern, Wäsche- und Lagerkammern. Der Zufall hätte ihn ins Schlafzimmer eines Kochs verschlagen können, aber auch in einen der oberen Salons voller chinesischer Ornamente und seidener Louis XVI. Tapeten.

Er hielt für einen Augenblick den Atem an und lauschte angestrengt. Das Geräusch klang jetzt anders, nicht mehr eindeutig wie eine Frauenstimme, sondern in einem tieferen Ton, fast wie ein Schluchzen, das von einem kräftigeren, nur kurz ertönenden Klang unterbrochen wurde. Stephen fragte sich, ob er weitersuchen sollte. Im Glauben, daß irgend etwas nicht stimmte, hatte er sein Zimmer spontan verlassen; nun hatte er eher das Gefühl, in die Privatsphäre eines Haushaltsmitglieds einzudringen. Aber er zögerte nicht lange, weil er wußte, daß das Geräusch nicht normal war.

Er drang in einen der Durchgänge nach rechts ein, ging mit übertriebener Vorsicht weiter, streckte einen Arm vor dem Gesicht aus, um die Augen vor unerwarteten Schäden zu schützen, und tastete sich mit dem anderen an der Wand entlang. Der Durchgang öffnete sich auf eine Abzweigung, und als Stephen nach links blickte, sah er einen schmalen Lichtstreif, der unter einem Türspalt hervorbrach. Er überlegte, wie weit er sich der Tür nähern sollte. Er wollte nahe genug an der Abzweigung des Flurs bleiben, damit ihm ausreichend Zeit bliebe, wieder aus dem Blickfeld zu verschwinden, falls jemand aus dem Zimmer auftauchen würde.

Er näherte sich bis auf ein halbes Dutzend Schritte; weiter traute er sich nicht vor. Er hielt an und lauschte, unterdrückte wieder sein Atmen, damit ihm kein Geräusch entging. Er spürte, wie ihm das Herz bis zum Hals schlug und den flackernden Puls im Nacken.

Er hörte eine Frauenstimme, kühl und tief, die aber aus Verzweiflung schriller geworden war. Sie bat und bettelte; die Worte, die zwar unverständlich blieben, weil die Stimme sich selbst zu unterdrücken versuchte, waren dennoch hörbar, weil sie mit dem Gefühl größter Dringlichkeit ausgestoßen wurden. Stephen konnte das Wort »René« verstehen, und kurz darauf »Ich flehe dich an«, und dann »Kinder«. Die Stimme, die er trotz ihrer schlechten Verständlichkeit als die Madame Azaires erkannte, wurde durch das stumpfe Geräusch unterbrochen, das er schon vorhin gehört hatte. Es ging in ein Stöhnen über, dessen Ursache eindeutig Schmerzen waren, da es plötzlich in eine höhere Tonlage umschlug.

Stephen bewegte sich weiter den Flur entlang; die Hände hielt er nicht mehr vorsichtig vor sich ausgestreckt, sondern drückte sie, zu Fäusten geballt, gegen die Rippen. Ein oder zwei Schritte von der Tür entfernt bekam er seine unkontrollierte Wut in den Griff. Zum ersten Mal hörte er eine Männerstimme. Sie wiederholte, in einem gebrochenen, unsicheren Ton, immer nur ein einzelnes Wort, das in ein Schluchzen überging. Dann erklangen Schritte.

Stephen drehte sich um und lief zur Abzweigung des Durchgangs zurück, wobei ihm klar wurde, daß die Grenze, die er sich selbst gesetzt hatte, bereits überschritten war. Als er um die Ecke bog, hörte er Azaires fragende Stimme. »Ist da jemand?« Er versuchte sich zu erinnern, ob er auf irgendwelche Hindernisse gestoßen war, während er zum Treppenabsatz zurückhastete, ohne sich darum zu kümmern, was ihm im Wege stand. Am Fuß der Treppe, die zum zweiten Stock emporführte, sah er, daß Licht aus seinem Zimmer kam. Er nahm jeweils zwei Stufen auf einmal, stürzte sich auf den Schalter der Tischlampe und stieß dabei gegen die Lampe, so daß sie schepperte.

Er stand ganz still mitten im Zimmer und lauschte. Er konnte Schritte hören, die das Ende der unteren Treppe erreichten. Falls Azaire hinaufkäme, würde er sich wundern, warum er vollständig angekleidet mitten im dunklen Zimmer stand. Er huschte zum Bett und schlüpfte unter die Decke.

Nach zehn Minuten fühlte er sich sicher genug, um sich auszuziehen. Er schloß die Tür und den Laden vor dem kleinen Fenster und setzte sich im Schlafanzug an den Schreibtisch. Er überflog den Eintrag, den er vorhin gemacht hatte, die Beschreibung seiner Reise von London hierher, die Zugfahrt durch Frankreich und die Ankunft am Boulevard du Cange. Es gab, stark chiffriert, kurze Kommentare über den Charakter von Bérard und den seiner Frau sowie Eindrücke von Azaire und den beiden Kindern. Doch darüber, was auf ihn den stärksten Eindruck ausgeübt hatte, bemerkte er durchaus verblüfft, hatte er überhaupt nichts notiert.

Als er am nächsten Morgen mit klarem Kopf erwachte, ausgeruht und voller Neugier auf seine neue Umgebung, verdrängte Stephen die Ereignisse der Nacht aus seinen Gedanken und überließ sich einem umfassenden Rundgang durch Azaires Betrieb.

Sie verließen die Saturiertheit des Boulevards und gingen ins Viertel Saint Leu, das mit seinen steilgiebeligen Häusern, die sich oberhalb der Kanäle über kopfsteingepflasterte Straßen lehnten, auf Stephen wie ein mittelalterlicher Holzschnitt wirkte. An windschiefen Wänden und Regenrinnen hingen Wäscheleinen; kleine, in Lumpen gekleidete Kinder spielten auf den Brücken Verstecken und prügelten sich vor den eisernen Geländern an den Kanalufern. Frauen schleppten Eimer mit Trinkwasser aus den Brunnen der besseren Stadtviertel heim zu ihrem zahllosen Nachwuchs; einige warteten in dem einzigen Raum, der einer Familie zur Verfügung stand, während andere, zumeist Zuwanderer aus der Picardie, von der Aussicht auf Arbeit angelockt, in den Höfen hinter den überquellenden Häusern in zusammengezimmerten Hütten hausten. Es herrschte der Lärm der Armut von Straßenkindern und deren Müttern, die ihnen Drohungen oder Ermahnungen zubrüllten oder ihren Nachbarn wichtige Neuigkeiten zuriefen. Es herrschte der Radau des Zusammenlebens auf engstem Raum, wenn kein Haushalt vom anderen abgeschirmt ist; Stimmengewirr drang aus den überfüllten Bäckereien und Läden, während Männer mit Karren und Pferdewagen ein dutzendmal ihre Waren an jeder Straßenecke ausriefen.

Azaire bewegte sich behende durch die Menge, nahm Stephens Arm, als sie eine Holzbrücke überquerten, reagierte nicht auf die Beschimpfung, die ihm ein kaum halbwüchsiger Junge zurief, ging an der Seite eines Gebäudes über eine gußeiserne Treppe voran und führte Stephen in ein Büro im ersten Stock, von dem aus man die Fabrikhalle im Erdgeschoß überblicken konnte.

»Setzen Sie sich. Ich habe jetzt eine Besprechung mit Meyraux, der nicht nur mein Altgeselle ist, sondern auch, wohl als Strafe für die Sünden meines Lebens, Vorsitzender der Gewerkschaft.« Azaire deutete auf einen ledergepolsterten Stuhl am äußersten Ende eines Schreibtisches, auf dem sich Papierstapel türmten. Er stieg über die Innentreppe in die Fabrikhalle hinunter und ließ Stephen allein, der durch die Glaswände des Büros auf die Szenerie hinunterschaute.

Die Arbeitenden waren zumeist Frauen, die an Spinnmaschinen im hinteren Bereich der Halle saßen; allerdings arbeiteten auch Männer und Jungen mit flachen Lederkappen an den Maschinen, oder sie transportierten Garn und Stoffbündel auf kleinen Wagen mit Holzrädern. Das rhythmische Klappern der altmodischen Webstühle übertönte beinahe die Rufe des Vorarbeiters, eines rotgesichtigen Mannes mit einem Schnurrbart, der in einem Kittel, der ihm fast bis zu den Füßen reichte, hin und her hastete. Im vorderen Fabrikbereich saßen reihenweise Arbeiter an Singer-Nähmaschinen; ihre Knie hoben und senkten sich, während sie die Pedale niedertraten; die linken Hände arbeiteten in gegenläufiger Richtung zu den rechten, bewegten sich zügig vor und zurück, als ob sie den Druck an einem riesigen Ventil regulierten. Auf Stephen, der in England viele Stunden in solchen Produktionsstätten verbracht hatte, wirkte der Arbeitsprozeß veraltet, wie ja auch die Straßen von Saint Leu, verglichen mit den Terrassen der Fabriksiedlungen Lancashires, einem vergangenen Jahrhundert anzugehören schienen.

Azaire kam mit Meyraux zurück, einem kleinen, dicken Mann, dem sein dichtes, dunkles Haar in die Stirn fiel. Meyraux sah wie ein ehrlicher Mensch aus, den man in Mißtrauen und tiefsitzende Halsstarrigkeit getrieben hatte. Er erwiderte Stephens Händedruck, doch der reservierte Ausdruck seiner Augen schien andeuten zu wollen, daß Stephen aus dieser Förmlichkeit nichts herauslesen dürfe. Als Azaire ihm einen Stuhl anbot, zögerte Meyraux einen Moment, bevor er offenbar zu dem Entschluß kam, daß er damit nicht unbedingt einer Kapitulation Vorschub leistete. Er saß plump und regungslos auf dem Stuhl, aber seine Finger bewegten sich in seinem Schoß, als webe er an unsichtbaren Baumwollstreifen.

»Wie Sie wissen, Meyraux, ist Monsieur Wraysford aus England gekommen, um uns zu besuchen. Er ist ein noch junger Mann und möchte ein bißchen mehr über unser Geschäft erfahren.«

Meyraux nickte. Stephen lächelte ihm zu. Er genoß das Gefühl, keine Funktion zu haben und durch sein jugendliches Alter von Verantwortung und Aufgaben befreit zu sein. Ihm fiel die tiefsitzende Müdigkeit des älteren Mannes auf.

»Also«, fuhr Azaire fort, »wie Sie ebenfalls wissen, sind Monsieur Wraysfords Landsleute in Manchester in der Lage, die gleichen Tuche, die wir herstellen, zu zwei Drittel des Preises zu produzieren. Da die Firma, für die er arbeitet, zu unseren wichtigsten Kunden in England gehört, ist es wohl angebracht, daß wir uns bemühen, ihm einen vorteilhaften Eindruck zu vermitteln. Ich höre von seinem Chef, der ein höchst weitsichtiger Mann ist, daß er eine engere Zusammenarbeit zwischen den beiden Ländern begrüßen würde. Er hat davon gesprochen, Anteile an dieser Firma zu erwerben.«

Meyrauxs Finger arbeiteten schneller. »Noch so ein Cosserat«, sagte er unvermittelt.

Azaire lächelte. »Mein lieber Meyraux, seien Sie doch nicht so mißtrauisch.« Er wandte sich Stephen zu. »Er meint einen der großen Fabrikanten, Eugène Cosserat, der vor vielen Jahren englische Arbeiter und englische Techniken importiert ...«

»Auf Kosten vieler Arbeitsplätze für Einheimische.«

Unbeirrt fuhr Azaire fort. »Die Regierung wünscht, daß wir unsere Produktion rationalisieren, mehr Arbeitsabläufe unter einem Dach abwickeln. Das ist ja auch völlig vernünftig und wünschenswert, führt aber unausweichlich zu höherem Maschineneinsatz und im Gefolge dessen zu Arbeitsplatzverlusten.«

»Was die Industrie braucht«, sagte Meyraux, »und das sagt die Regierung schon seit den Tagen meines Vaters, sind mehr Investitionen und, was die Fabrikanten betrifft, mehr Wohlwollen und Mut.«

Azaires Gesicht wurde plötzlich streng, ob nun aus Ärger oder schlicht aus Verachtung, ließ sich unmöglich entscheiden. Er ließ sich auf einen Stuhl fallen, setzte eine Brille auf und zog ein Stück Papier aus dem Stapel auf dem Schreibtisch.

»Die Zeiten sind schwierig. Wir haben kein Kapital, um zu investieren, also müssen wir einsparen. Dies hier sind meine detaillierten Vorschläge. Angestellte Gehaltsempfänger werden um ein Prozent gekürzt. Akkordarbeiter behalten ihren jetzigen Lohn, müssen aber ihre Leistung um durchschnittlich fünf Prozent steigern. Ihre Leistung wird nicht mehr meterweise erfaßt, sondern pro Stück. Diejenigen, die nicht dazu qualifiziert sind, die neuen Maschinen zu handhaben, etwa die Hälfte der Arbeiterschaft, wird zu ungelernten Arbeitern zurückgestuft, und ihre Lohnrate wird entsprechend angepaßt.«

Er nahm die Brille ab und schob das Papier in Meyrauxs Richtung. Stephen war überrascht, wie unverblümt Azaire seine Forderungen vorgebracht hatte. Er hatte gar nicht erst vorzugeben versucht, daß der Arbeiterschaft irgendwelche Vorteile aus den neuen Bedingungen entstünden oder daß sie auf andere Weise für das entschädigt würden, was er ihnen abverlangte. Vielleicht handelte es sich nur um eine Maximalforderung.

Mit den Details konfrontiert, blieb Meyraux beeindruckend ruhig. »Damit habe ich in etwa gerechnet«, sagte er. »Offenbar verlangen Sie von uns, daß wir uns mit noch weniger zufrieden geben als die Färber, Monsieur. Ich muß Sie ja wohl nicht daran erinnern, in was für einer Lage die sich befinden.«

Azaire fing an, seine Pfeife zu stopfen. »Wer steckt hinter diesem Blödsinn?« sagte er.

»Dahinter steckt«, sagte Meyraux, »der Versuch der Fabrikanten, Sklavenarbeit zu immer niedrigeren Löhnen zu verlangen.«

»Sie wissen genau, was ich meine«, sagte Azaire.

»Der Name Lucien Lebrun macht die Runde.«

»Der kleine Lucien. Hätte nie gedacht, daß der soviel Mut hat.«

In dem gläsernen Büro war es hell; Sonnenlicht floß über die Bücher und Papiere auf dem Schreibtisch unterm Fenster und schien in die Gesichter der beiden Gegenspieler. Stephen folgte ihrem Schlagabtausch, konnte sich aber nicht recht darauf konzentrieren, weil es ihm so vorkam, als tauschten sie nur Wortschablonen aus. Ausgehend von Azaires Reichtum, wanderten Stephens Gedanken ganz natürlich zu Besitztümern, zum Haus am Boulevard, dem Garten, den wohlgenährten Kindern, Grégoire mit den gelangweilten Augen, Lisette mit dem affektierten Lächeln, und vor allem zu Madame Azaire, einer Person, die in ihm äußerst gemischte Gefühle auslöste.

»... die logische Konsequenz aus einer Produktion mit so vielen verschiedenen Abläufen«, sagte Azaire.

»Tja, ich sähe es natürlich gern, wenn hier weiterhin gefärbt würde«, sagte Meyraux, »aber Sie wissen ja ...«

Über ihr Alter war er sich im unklaren, doch ihre Haut war sehr empfindlich; ein kleiner Luftzug vom Garten her hatte sofort eine Gänsehaut auf ihrem Arm gebildet. Und vor allem war ihm die Ungeduld aufgefallen, mit der sie den Kopf zur Seite gedreht hatte, um den Ausdruck ihrer Augen zu verbergen.

»... sind Sie nicht auch dieser Meinung, Monsieur Wraysford?«

»Aber gewiß doch.«

»Aber nicht, wenn wir in größere Hallen investieren«, sagte Meyraux.

Ich bin verrückt, dachte Stephen und unterdrückte das Bedürfnis, laut aufzulachen; ich muß wahnsinnig sein, in diesem heißen Glasbüro zu sitzen und mir das Gesicht dieses Mannes anzusehen, der über das Schicksal von Hunderten von Arbeitern diskutiert, und ich denke an Dinge, die ich nicht einmal mir selbst eingestehen darf, während ich zugleich einverständig lächele ...

»Ich will das im Beisein dieses jungen Mannes nicht weiter diskutieren«, sagte Meyraux. »Entschuldigen Sie bitte, Monsieur.« Er stand auf und verneigte sich förmlich vor Stephen. »Das ist nicht persönlich gemeint.«

»Natürlich«, sagte Stephen und erhob sich ebenfalls. »Nicht persönlich.«

Wenn Stephen in seinem Notizbuch über Madame Azaire und seine wirren Gefühle ihr gegenüber schrieb, benutzte er das Codewort ›Puls‹. Es erschien ihm hinreichend hermetisch, deutete jedoch auch etwas von seinem Verdacht an, daß sie von einem Rhythmus belebt wurde, der sich deutlich von dem unterschied, der das Blut ihres Gatten pulsieren ließ. Es bezog sich auch auf ein ungewöhnliches Detail ihrer Erscheinung. Niemand hätte in ihrem Kleid und ihrer Aufmachung korrekter aussehen können als Madame Azaire. Sie verbrachte jeden Tag Stunden damit, zu baden oder die Garderobe zu wechseln; sie verströmte den leichten Duft nach Rosenseife oder -parfüm, wenn sie ihn auf den Fluren im Vorübergehen streifte. Ihre Kleider waren modischer als die der anderen Frauen der Stadt, gaben jedoch weniger preis. Stand oder saß sie, gab sie sich bescheiden; auf Stühlen ließ sie sich mit so eng zusammengestellten Füßen nieder, daß sich unter den Falten ihrer Röcke auch die Knie fast berühren mußten. Wenn sie sich wieder erhob, geschah das ohne Unterstützung ihrer Hände und Arme, sondern mit einer spontanen Aufwärtsbewegung voller Anmut und Schicklichkeit. Wenn man am Familientisch speiste, schienen ihre Hände kaum das Besteck zu berühren, und ihre Lippen hinterließen keine Spuren auf dem Weinglas. Einmal hatte Stephen beobachtet, wie bei der flüchtigen Berührung ein Häutchen ihrer Unterlippe für den Bruchteil einer Sekunde am Rand des Glases hängenblieb, aber als sie es hinstellte, war die Oberfläche klar und glänzend wie zuvor. Sie ertappte ihn dabei, wie er das Glas anstarrte.

Doch trotz ihrer formellen Höflichkeit und peinlichen Korrektheit ihm gegenüber spürte Stephen jene andere Dimension, die er ihren »Puls« nannte. Es war unmöglich zu sagen, was ihm diesen Eindruck vermittelte, aber irgendwie, vielleicht nur durch die winzigen, weißen Härchen auf der Haut ihres nackten Arms oder durch das Blut, das er unter den hellen Sommersprossen ihrer Wangenknochen aufschießen sah, hatte er das sichere Gefühl, daß in ihr ein leidenschaftlicheres Leben pulsierte als das, was sie im Hause ihres Gatten in den ruhigen, begrenzten Räumen mit ihren ovalen Türgriffen aus schimmerndem Porzellan und den eleganten Parkettfußböden führte.

Eine Woche später schlug Azaire vor, daß Meyraux Stephen mitnehmen sollte, um gemeinsam mit den Männern in einem Raum am hinteren Ende der Fabrik Mittag zu essen. Hier standen zwei oder drei lange Tische, an denen das mitgebrachte Essen verzehrt oder auch eine Mahlzeit gekauft werden konnte, die von einer Frau mit weißem Kopftuch und breiter Zahnlücke zubereitet wurde.

Am dritten Tag stand Stephen mitten in einer belanglosen Unterhaltung plötzlich auf, sagte: »Entschuldigen Sie mich«, und stürzte aus dem Raum.

Ein älterer Mann namens Jacques Bonnet folgte ihm nach draußen, wo er gegen die Fabrikmauer gelehnt stand. Er legte freundlich eine Hand auf Stephens Schulter und fragte, ob alles in Ordnung sei.

Stephen war blaß im Gesicht; zwei Schweißbäche rannen ihm über die Stirn. »Ja, mir geht es gut«, sagte er.

»Was war denn los? Fühlen Sie sich nicht wohl?«

»Es war wohl nur zu heiß da drinnen. Es geht schon wieder.« Er nahm ein Taschentuch und wischte sich das Gesicht ab.

»Warum kommen Sie nicht wieder rein und essen weiter?« sagte Bonnet. »Das Kaninchen, das die alte Frau gekocht hat, sieht doch gut aus.«

»Nein!« Stephen zitterte. »Ich gehe nicht hinein. Tut mir leid.«

Er entzog sich Bonnets väterlicher Hand und machte sich auf den Weg in Richtung Stadt. »Sagen Sie Azaire, daß ich später wiederkomme!« rief er über die Schulter zurück.

Am nächsten Tag fragte ihn Azaire beim Abendessen, ob er sich erholt habe.

»Ja, danke«, sagte Stephen. »Es war nicht der Rede wert. Ich fühlte mich nur ein bißchen schwach auf den Beinen.«

»Schwach? Das klingt nach einem Kreislaufproblem.«

»Ich weiß nicht. Irgendwas liegt in der Luft, vielleicht eine der Chemikalien, die die Färber verwenden, ich weiß nicht. Es macht mir Probleme beim Atmen.«

»Dann sollten Sie lieber einen Arzt aufsuchen. Ich kann Ihnen jederzeit einen Termin beschaffen.«

»Nein, danke. Es wird schon werden.«

Azaires blickte nun beinahe amüsiert drein. »Es gefällt mir aber gar nicht, daß Sie ein Wehwehchen haben. Ich kann jederzeit ...«

»Um Himmels willen, René«, sagte Madame Azaire. »Er hat dir doch gesagt, daß es keinen Grund zur Besorgnis gibt. Warum läßt du ihn nicht in Frieden?«

Azaires Gabel klapperte laut, als er sie auf den Teller fallen ließ. Einen Moment lang erschien auf seinem Gesicht ein Ausdruck von Panik, wie bei einem Schuljungen, der sich plötzlich zurückgesetzt fühlt und die Verhaltensregel nicht begreift, die dazu geführt hat, daß sein Rivale in der Gunst gestiegen ist. Dann lächelte er sardonisch, als wolle er andeuten, daß er es besser wisse, daß jedoch seine Entscheidung, sich nicht weiter zu streiten, ein vorübergehender Gunsterweis gegenüber seinen Untergebenen war. Mit provozierender Lockerheit wandte er sich seiner Frau zu.

»Und hast du denn auf deinen Stadtpromenaden wieder deinen Sänger gehört, meine Liebe?«

Sie blickte auf ihren Teller. »Ich bin nicht promeniert, René. Ich habe Besorgungen gemacht.«

»Natürlich, meine Liebe. Meine Frau ist schon ein geheimnisvolles Wesen, Monsieur«, sagte er zu Stephen. »Keiner weiß genau – wie es so hübsch in dem Liedchen heißt – wohin schwebt die Frau, wohin schweift ihr Sinn.«

Stephen biß die Zähne zusammen, um nicht zugunsten Madame Azaires in Protest auszubrechen.

»Ich glaube kaum, daß Monsieur Wraysford das Lied geläufig ist«, sagte Madame Azaire.

»Vielleicht singt Monsieur Bérard es mir gelegentlich vor.« Der Satz war Stephen herausgerutscht.

Madame Azaire lachte spontan auf, hatte sich aber rasch wieder unter Kontrolle. Sie hustete, und Stephen sah, daß sich die Haut über ihren Wangenknochen leicht verfärbte, während ihr Mann sie anstarrte.

Obwohl er sich über sein Verhalten ärgerte, das sein Gastgeber als Unverschämtheit auslegen konnte, blieb Stephens Gesicht ausdruckslos. Anders als seine Frau zeigte Azaire keine offensichtliche Reaktion, anders auch als Stephen keine unterdrückte. Zu seinem Glück begann jetzt Lisette zu kichern, so daß er sie zurechtweisen konnte.

»Ist denn Monsieur Bérard ein guter Sänger?« fragte Grégoire und blickte, die Serviette hinter den Kragen gestopft, von seinem Teller hoch.

»Ein ganz ungewöhnlicher«, sagte Azaire herausfordernd.

»In der Tat«, sagte Stephen, und sein Blick traf auf niedergeschlagene Augen. Dann schaute er Madame Azaire direkt an. Sie hatte die Fassung wiedergewonnen und erwiderte, ein ersterbendes Funkeln des Humors auf ihrem Gesicht, seinen Blick für einen Moment.

»Du bist also nicht mehr an dem Haus vorbeigekommen?« fragte Azaire sie.

»Ich glaube, ich bin auf dem Weg zur Apotheke daran vorbeigekommen, aber das Fenster war geschlossen, und ich habe keine Musik gehört.«

Nach dem Essen erschienen wieder die Bérards und brachten

Madame Bérards Mutter mit, eine Frau mit faltigem Gesicht, die einen schwarzen Spitzenschleier trug und von der es hieß, daß sie einen besonderen Sinn fürs Religiöse habe. Bérard nannte sie aus unerfindlichen Gründen Tante Elise, und sie forderte die anderen auf, es ihm nachzutun. Stephen fragte sich, ob vielleicht ihr Ehename mit schmerzlichen Erinnerungen an ihren verstorbenen Mann belastet sei oder ob es sich womöglich um ein Familiengeheimnis seitens seiner Frau handelte, das Bérard lieber für sich behielt.

Bei dieser und späteren Gelegenheiten wurde Stephen klar, welche Rolle die Bérards im Leben der Azaires spielten. Als die Abende milder wurden, saßen sie zu fünft in Korbsesseln auf der Terrasse, umgeben von Geißblatt- und Jasminduft, der über die Schwellen und Fensterrahmen an der Rückwand des Hauses strich. In derben, schwarzen Stiefeln und korrektem Dreiteiler dirigierte Bérard routiniert sein kleines Orchester, behielt sich aber die besten Partien stets selbst vor. Er war eine Autorität, was die wichtigen Familien der Stadt anging, und konnte sich entsprechend ausführlich über die Rollen verbreiten, die Namen wie Sellier, Laurendeau oder de Morville spielten, und wie sie ihren Wohlstand und ihr gesellschaftliches Ansehen mehrten. Er wies auf ebenso langwierige wie indirekte Weise darauf hin, daß seine eigene Familie gewisse Beziehungen zu den de Morvilles hätte, die man freilich, durch die Nachlässigkeit eines bonapartistischen Bérards, zu legitimieren versäumt habe. Seine Methode, diesen irregeleiteten Ahnen zu kritisieren, bestand darin, die eitlen Verhaltensweisen der Pariser Gesellschaft zu bemäkeln, insbesondere deren Titelsucht, und zwar insofern, als der Fehltritt seines Vorfahren, der störrisch auf seiner Provinzialität beharrt hatte, von ihm als zeitlose Tugendhaftigkeit gefeiert wurde, die gleichwohl und darüber hinaus eine größere Verfeinerung darstellte als jene, die von den eher künstlerischen Parisern an den Tag gelegt wurde. Insofern erschien dieser frühe Bérard ebenso bodenständig wie verfeinert, während seine Nachfahren von ihm durchgehend als Erben ehrwürdiger Tugendhaftigkeit, zugleich jedoch auch als arglose Nutznießer höherer Abstammung gezeichnet wurden.

Es war ein Zeitvertreib. Es war, vermutete Stephen, ein Mittel, friedliche Abende zu beenden, die ihn jedoch vor Enttäuschung wütend machten. Es wollte ihm nicht in den Kopf, wie Madame Azaire das alles ertragen konnte.

Sie war die einzige, die nicht auf Bérards Stichworte einging. Sie beteiligte sich auch kaum am Gespräch, wenn er sie dazu aufforderte, sondern sprach unaufgefordert über Themen ihrer eigenen Wahl. Offenbar blieb Bérard dann keine andere Möglichkeit, als sie einfach zu unterbrechen. Er entschuldigte sich mit einem leichten Kopfneigen, allerdings erst nach einigen Minuten, wenn er die Konversation wieder sicher auf den Pfad geleitet hatte, der ihm genehm war. Madame Azaire zuckte bei seinen verspäteten Entschuldigungen leicht mit den Schultern oder lächelte, als ob sie andeuten wollte, daß das, was sie hätte vorbringen wollen, ohnehin unwichtig war.

Tante Elises Anwesenheit war ein besonderer Vorteil für Bérard, insofern auf sie Verlaß war, jede Art von Konversation mittels ihrer religiösen Überzeugungen zu adeln. Ihr Ruf als duldsame und nahezu heilige Persönlichkeit basierte auf ihrer langen Witwenschaft sowie ihrer umfangreichen Sammlung von Meßbüchern, Kruzifixen und Devotionalien von Pilgerreisen, die sie in ihrem Schlafzimmer im Haus der Bérards hortete. Mit ihrem schwarz verschatteten Mund und der harschen Stimme erschien sie wie die Verkörperung jener bedrohlichen, spirituellen Wahrheit, daß wahrer Glaube nicht im bleichen Angesicht des Einsiedlers zu suchen sei, sondern in den gramvollen Lebensläufen jener, die hatten kämpfen müssen, um zu überleben. Ihr Lachen wirkte manchmal eher obszön oder saftig denn heilig, doch war sie kraft ihrer regelmäßigen Anrufe der Heiligen dazu in der Lage, ihre Zuhörer durch Namen und Martyrien der Urkirche sowie deren entscheidende Jahre in Kleinasien zu verblüffen.

»Ich schlage vor, nächsten Sonntag einen Nachmittag in den

Wassergärten zu verbringen«, sagte Bérard. »Kann ich Sie dazu überreden, sich uns anzuschließen?«

Azaire stimmte begeistert zu. Tante Elise sagte, sie sei zu alt für eine Bootspartie, wobei sie mit ihrer Absage deutlich zu verstehen gab, für wie zügellos sie eine solche Veranstaltung an einem Sonntag hielt.

»Ich nehme an, daß du recht gut mit einem Boot umgehen kannst, René?« sagte Bérard.

»Das stimmt, ich habe ein gewisses Gefühl fürs Wasser«, sagte Azaire.

»Hört ihn euch an, die Bescheidenheit in Person«, lachte Bérard. »Wenn nicht aller Augenschein dagegen spräche, würde er nicht einmal zugeben, daß er ein guter Geschäftsmann ist.«

Azaire liebte es, die Rolle des zurückhaltenden Witzbolds zu spielen, die Bérard für ihn erfunden hatte. Er hatte es sich angewöhnt, skeptisch durchzuatmen, sobald eins seiner Talente zur Sprache kam, und ließ dann dem pfeifenden Einziehen der Luft einen Schluck aus dem Glas folgen, von dem er gerade trank. Da er nichts sagte, blieb sein Ruf als Witzbold erhalten, freilich nicht für Stephen, der sich jedesmal, wenn Azaire verschämt mit den Augen rollte, an die Geräusche des Schmerzes erinnerte, die er aus dem Schlafzimmer gehört hatte.

Aus der sicheren Deckung des Salons beobachtete er manchmal die Gruppe und die vitale, schweigende Gestalt der Madame Azaire. Er stellte sich nie die Frage, ob sie schön war, weil der physische Effekt ihrer puren Anwesenheit diese bedeutungslos machte. Im strengsten Sinn des Wortes war sie es vielleicht gar nicht. Obwohl an ihrem Gesicht alles weiblich war, war ihre Nase etwas länger, als es das modische Schönheitsideal vorschrieb; in ihrem Haar lagen mehr unterschiedliche Schattierungen aus Braun und Gold und Rot, als den meisten Frauen lieb gewesen wäre. Und mit all der Offenheit ihrer Gesichtszüge überwog eine ganz offensichtliche Charakterstärke ihre konventionelle Schönheit. Aber Stephen urteilte nicht; ihn trieb ein innerer Zwang.

Als er eines Nachmittags von der Arbeit zurückkam, traf er sie im Garten, wo sie gerade eine verwilderte Rosenhecke stutzte, die teilweise schon größer als sie war.

»Monsieur.« Sie begrüßte ihn formell, aber nicht kalt.

Ohne jeden Hintergedanken nahm Stephen ihr einfach die Rosenschwere aus der Hand und sagte: »Gestatten Sie bitte.«

Ihr überraschtes Lächeln verzieh seine plötzliche Annäherung.

Als er ein paar welke Blüten abgeknipst hatte, wurde ihm plötzlich klar, daß er gar keine Ahnung hatte, wie man so etwas machte.

»Lassen Sie mich«, sagte sie. Ihr Arm strich vorn über seinen Anzug, und ihre Hand berührte seine, als sie ihm die kleine Schere wieder abnahm. »So macht man das. Unter jeder verwelkten Blüte schneidet man einen leichten Winkel in den Stengel. So. Sehen Sie.«

Die braunen Blätter einer Rose, die einmal weiß gewesen war, fielen zu Boden. Stephen kam etwas näher, um den Duft von Madame Azaires frisch gewaschener Kleidung aufzunehmen. Ihr Rock hatte die Farbe von gebranntem Ton; ihre Bluse war mit einer Hundszahnbordüre bestickt, die an Muster oder Ornamente einer längst vergangenen, verspielteren Mode denken ließ. Die kleine Weste, die sie darüber trug, war nicht zugeknöpft und enthüllte einen rosigen Hals, der sich durch die kleine Anstrengung der Gartenarbeit zart rot gefärbt hatte. In Stephen entstand eine Vorstellung verschiedener Moden und Epochen, die in der geschmackvollen Art verschmolzen, mit der sie sich kleidete; sie ließ ihn an Viktorianische Bälle aus der Zeit der Schlachten von Wagram und Borodino denken, oder an Nächte des Second Empire. Ihr noch ungeschminktes Gesicht schien Intrigen anzudeuten, Sinnlichkeit jenseits ihres familiären Standes.

»Ich habe Ihre Tochter seit ein oder zwei Tagen nicht mehr gesehen«, sagte er und gebot damit seiner Tagträumerei Einhalt. »Wo ist sie?«

»Lisette besucht für einige Tage ihre Großmutter bei Rouen.«

»Wie alt ist Lisette?«

»Sechzehn.«

Stephen hatte nicht die Absicht, zu schmeicheln, als er sagte: »Wie ist es möglich, daß Sie eine Tochter dieses Alters haben?«

»Sie und Grégoire sind meine Stiefkinder«, sagte Madame Azaire. »Die erste Frau meines Mannes ist vor acht Jahren gestorben, und wir haben zwei Jahre danach geheiratet.«

»Ich wußte es«, sagte er. »Ich wußte, daß Sie nicht alt genug sind, um ein Kind dieses Alters zu haben.«

Wieder lächelte Madame Azaire, diesmal ein wenig selbstbewußter.

Er blickte ihr ins Gesicht, beugte sich über die Dornen und vertrockneten Rosenblüten und stellte sich vor, wie ihr welker, verkommener Mann auf ihr zartes Fleisch einschlug. Ohne nachzudenken, ergriff er ihre Hand und umschloß sie mit seinen Händen.

Sie wandte sich ihm heftig zu, wobei ihr das Blut ins Gesicht schoß und ihre Augen von Panik erfüllt waren.

Stephen drückte ihre Hand gegen den festen Wollstoff seines Jacketts. Er sagte nichts. Die Befriedigung, aus Instinkt gehandelt zu haben, ließ ihn ruhig bleiben. Er sah ihr so in die Augen, als wolle er sie ermuntern, auf eine Weise zu reagieren, die nicht von ihrem gesellschaftlichen Stand diktiert wurde.

»Monsieur. Lassen Sie bitte meine Hand los.« Sie versuchte, sie ihm zu entwinden.

Stephen merkte allerdings, daß der schwache Versuch, ihre Hand zurückzuziehen, durchaus nicht im Einklang mit ihren Worten stand. Da sie noch die Rosenschere in der anderen Hand hielt, war es schwierig für sie, sich ihm zu entziehen, ohne dabei das Gleichgewicht zu verlieren.

»Neulich«, sagte Stephen, »habe ich nachts Geräusche aus Ihrem Zimmer gehört. Isabelle ...«

»Monsieur, Sie ...«

»Stephen.«

»Hören Sie auf damit. Sie dürfen mich nicht demütigen.«

»Nichts läge mir ferner, als Sie zu demütigen. Niemals. Ich wollte Sie nur unterstützen.«

Das war eine merkwürdige Wortwahl, und Stephen spürte auch, als er die Worte aussprach, wie unpassend sie waren, aber er ließ ihre Hand los.

Sie blickte ihm jetzt mit größerer Fassung ins Gesicht als vorher. »Sie müssen meine Stellung respektieren«, sagte sie.

»Das werde ich«, sagte Stephen. Ihm kam es vor, als läge eine gewisse Zweideutigkeit in dem, was sie gesagt hatte, und daß er einen Nutzen daraus gezogen hatte, seine Zustimmung im Futur ausgedrückt zu haben. Da er dem nichts hinzuzusetzen wußte, entfernte er sich von ihr.

Madame Azaire blickte ihm nach, als seine schlanke Gestalt über den Rasen zum Haus ging. Sie wandte sich wieder ihren Rosen zu und schüttelte den Kopf, als wollte sie ein unerwünschtes Gefühl verscheuchen.

Seit er aus dem Fabrikraum geflohen war, in dem die Arbeiter ihre Mahlzeiten einnahmen, hatte Stephen auf der anderen Seite der Kathedrale ein Café ausfindig gemacht, wo er nun zu Mittag aß. Das Lokal wurde von jungen Männern frequentiert, Studenten und Lehrlingen, und viele saßen jeden Tag am selben Tisch. Das Essen wurde von einem robusten Pariser zubereitet, der früher ein Café am Place de l'Odéon geführt hatte. Er kannte den Appetit von Studenten und servierte deshalb immer nur ein Gericht, das jedoch sehr üppig ausfiel, und Brot und Wein waren im Preis enthalten. Das Standardgericht bestand aus Rindfleisch, abwechselnd gab es Eiercreme oder Fruchttörtchen als Nachspeise.

Stephen, der am Fenster saß, war mitten in seiner Mahlzeit, als er eine vertraute Gestalt vorbeihuschen sah, den Kopf gesenkt und einen Korb am Arm. Ihr Gesicht war hinter einem Schleier verborgen, doch erkannte er sie an ihrem Gang und der um die Hüfte geschlungenen Schärpe mit Schottenmuster.

Er warf ein paar Münzen auf den Tisch, sprang vom Stuhl auf und lief auf die Straße. Er sah, wie sie an einer Ecke des Platzes abbog und in einer schmalen Seitengasse verschwand. Er begann zu laufen, um sie einzuholen, und erreichte sie in dem Augenblick, als sie gerade an der Glocke einer Doppeltür mit abblätternder, grüner Farbe zog.

Madame Azaire erschrak, als er sie ansprach. »Monsieur ... Ich, mit Ihnen habe ich nicht gerechnet. Ich bringe hier etwas zu einer Freundin.«

»Ich sah Sie an dem Café vorbeigehen, in dem ich saß. Und da dachte ich mir, ob ich Ihnen nicht vielleicht tragen helfen kann.«

Sie blickte mißtrauisch auf den Korb. »Nein. Nein, danke.«

Die Tür wurde von einem jungen Mann mit braunem Haar und wachem Gesichtsausdruck geöffnet. Auf seinen Zügen zeichneten sich Wiedererkennen und Dringlichkeit ab.

»Kommen Sie herein«, sagte er und legte die Hand auf Madame Azaires Schulter, während er sie in einen Innenhof führte.

»Das ist ein Freund«, sagte sie vage und zeigte auf Stephen, der immer noch auf der Schwelle stand.

»Kommen Sie, kommen Sie,« sagte der Mann und schloß die Tür hinter ihnen.

Er führte sie durch den Innenhof und ein paar Treppen hinauf zu einer kleinen Wohnung. In einem vollgestopften Zimmer, in dem die Fensterläden geschlossen waren und Papiere und Broschüren sich stapelweise auf allen Tischen und Stühlen häuften, bat er sie zu warten.

Er kam zurück und zog einen Vorhang auf, so daß Licht in den vollgestopften und verwahrlosten Raum brach.

Er deutete mit der Hand auf die Unordnung und entschuldigte sich. »Im Augenblick hausen wir in dieser kleinen Wohnung zu fünft.« Er streckte Stephen die Hand entgegen. »Ich heiße Lucien Lebrun.«

Sie schüttelten sich die Hände, und Lucien wandte sich Madame Azaire zu. »Haben Sie schon das Neueste gehört? Man hat sich darauf geeinigt, die zehn Männer wieder einzustellen, die man in der letzten Woche entlassen hat. In der Lohnfrage steckt man nicht zurück, aber immerhin, das ist ein Anfang.«

Madame Azaire spürte Stephens fragende Augen auf sich und sagte: »Sie werden sich wundern, was ich hier tue, Monsieur. Ich bringe Monsieur Lebrun gelegentlich Essen, und er gibt es dann an eine der Färberfamilien weiter. Einige haben fünf oder sechs Kinder – manche sogar noch mehr –, und sie wissen nicht, wie sie durchkommen sollen.«

»Ich verstehe. Und Ihr Mann weiß von nichts.«

»Er weiß von nichts. Mit seinen Arbeitern hätte ich mich so oder so nicht einlassen können, aber die Färber bilden, wie Sie ja wissen, eine eigene Gruppe.«

»Sie müssen sich doch nicht entschuldigen«, sagte Lucien. »Ein Essensgeschenk ist lediglich ein Akt christlicher Nächstenliebe. Und die Ungerechtigkeit, unter der meine Leute zu leiden haben, ist in jedem Fall empörend. Letzte Woche, bei der Zusammenkunft der örtlichen Gewerkschafts ...«

»Fangen Sie nicht schon wieder damit an.« Madame Azaire lachte.

Lucien lächelte. »An Ihnen kann man wirklich verzweifeln, Madame.«

Die vertraute Weise, in der Lucien mit Madame Azaire sprach, versetzte Stephen in eine nagende Unruhe. Ihn interessierten weder die Streikpolitik noch die moralischen Feinheiten Madame Azaires. Er wollte lediglich wissen, wie es kam, daß sie mit diesem kraftvollen, jungen Mann so vertrauten Umgang pflegte.

»Ich glaube, ich muß jetzt wieder zurück in die Fabrik«, sagte er. »Ihr Mann will mir die Schlußproduktion zeigen.«

»Sie arbeiten für Azaire?« Lucien war verblüfft.

»Ich arbeite für eine englische Firma, die mich für eine Weile hierher versetzt hat.«

»Für einen Engländer sprechen Sie sehr gut französisch.«

»Ich hab's in Paris gelernt.«

»Und was hat er Ihnen über den Färberstreik erzählt?«

Stephen erinnerte sich an Azaires Bemerkung über »den kleinen Lucien«.

»Nicht sehr viel. Aber ich glaube, er wird sich größere Sorgen machen, wenn seine eigene Fabrik hineingezogen wird.«

Lucien ließ ein kurzes, animalisches Lachen hören. »Das wird nicht mehr lange dauern, das kann ich Ihnen versprechen. Madame, darf ich Ihnen etwas zu trinken anbieten?«

»Sehr freundlich. Vielleicht ein Glas Wasser.«

Lucien verschwand, aber Stephen, nicht gewillt, Madame Azaire zu verlassen, blieb.

»Sie dürfen nicht schlecht von mir denken, Monsieur«, sagte sie.

»Natürlich nicht«, sagte Stephen und freute sich, daß es ihr nicht gleichgültig war, wie er über sie dachte.

»Ich bin meinem Mann gegenüber loyal.«

Stephen sagte nichts. Er hörte, wie Luciens Schritte näher kamen. Er streckte eine Hand aus, legte sie auf Madame Azaires Arm und küßte ihr die Wange. Bevor er noch das Blut sehen konnte, das er in Wallung versetzt hatte, zog er sich augenblicklich zurück und rief »Auf Wiedersehen«, als wäre sein Kuß lediglich ein höflicher Abschied gewesen.

Isabelle Azaire, geborene Fourmentier, stammte aus einer Familie, die in der Nähe Rouens lebte. Sie war die jüngste von fünf Schwestern, eine Enttäuschung für ihren Vater, weil sie nicht der Sohn war, den er sich gewünscht hatte.

Als jüngstes Kind wuchs sie auf, ohne von ihren Eltern beachtet zu werden, die zur Zeit der Geburt ihrer fünften Tochter kaum noch Interesse am Lärm und Trubel der Kinderstube aufbringen konnten. Zwei ihrer älteren Schwestern, Béatrice und Delphine, hatten sich schon frühzeitig gegen die milde Tyrannei des Vaters und die intrigierende Trägheit der Mutter verbündet. Die beiden waren lebendige, aufgeweckte Mädchen mit zahlreichen Talenten, die aber von ihren Eltern unbeachtet blieben und nicht gefördert wurden. Also entwickelten sie einen auf Gegenseitigkeit beruhenden Egoismus, der ihnen half, sich wechselseitig zu bestätigen.

Mathilde, die älteste Schwester, war launisch und neigte dazu, sich in den Schmollwinkel zurückzuziehen, was manchmal Tage dauern konnte. Sie hatte dunkles Haar und einen derart kalten Blick, daß gelegentlich sogar ihr Vater nachdenklich wurde, wenn er ihr in die Quere kam. Mit achtzehn verliebte sie sich leidenschaftlich in einen Architekten, der in der Nähe der Kathedrale von Rouen arbeitete. Er war ein kleiner, verschlagen aussehender Mann, der sich wieselflink bewegte, seit zehn Jahren verheiratet war und zwei Töchter hatte. Als Monsieur Fourmentier Gerüchte über die enger werdende Beziehung zu Ohren kamen, gab es eine lautstarke Auseinandersetzung. Aus ihrem Schlafzimmer in der Mansarde hörte die fünfjährige Isabelle zum ersten Mal die Geräusche menschlicher Leidenschaften, als die Bitten ihres Vaters in Zorn umschlugen und die wohlbekannte Launenhaftigkeit ihrer Schwester noch klagender und durchdringender wurde. Als Mathilde die Eingangstür hinter sich zuknallen ließ, spürte Isabelle, wie das Haus erzitterte.

Isabelle hatte ein ausgesprochen reizendes Naturell. Die Gleichgültigkeit ihrer Eltern nahm sie klaglos hin. Ihre um zwei Jahre ältere Schwester Jeanne wurde zu ihrer engsten Vertrauten. Jeanne war das begabteste der Mädchen. Sie hatte noch nicht, wie Mathilde, erste Schritte in die Welt hinaus gemacht und gehörte auch nicht zu Béatrices und Delphines Bündnis. Als Isabelle eines Tages, überraschend und unvorbereitet, ihre erste Blutung bekam, war es Jeanne, die ihr erklärte, wovor ihre Mutter sich aus Bequemlichkeit oder Prüderie gedrückt hatte. Dies Blut, sagte Jeanne, sei angeblich peinlich, aber sie habe es selbst nie so empfunden. Ihr war es kostbar, weil es von einem umfassenderen Lebensrhythmus kündete, der sie aus der Enge und Langweiligkeit ihrer Kindheit herausführen werde. Isabelle, zwar immer noch über das, was passiert war, schockiert, war jedoch zugleich beeinflußbar genug, Jeannes heimliches Vergnügen, wenn auch mit einem gewissen Unbehagen, zu teilen. Sie konnte sich nie ganz mit der Tatsache anfreunden, daß dies Geheimnis, das neues Leben und Freiheit ankündigen sollte, sich in der Farbe des Schmerzes äußerte.

Isabelles Vater war Rechtsanwalt mit politischen Ambitionen, aber ohne die Fähigkeit, diese zu realisieren, auch verfügte er nicht über jenen Charme, mit dem Beziehungen angeknüpft werden, wo das Talent versagt. Sein Weiberhaushalt langweilte ihn, und während der Mahlzeiten studierte er in den Pariser Zeitungen die Berichterstattungen über politische Intrigen. Über die vielfältigen Leidenschaften, die das Leben seiner Familie bestimmten, war er völlig ahnungslos. Er tadelte die Mädchen, wenn sie sich schlecht benahmen, und bestrafte sie gelegentlich auch schwerer, aber ansonsten interessierte er sich nicht im geringsten für ihre Entwicklung. Seine Gleichgültigkeit trieb Madame Fourmentier in ein manisches Interesse an Mode und Kosmetik. Sie vermutete, ihr Mann habe eine Geliebte in Rouen und bringe ihr deshalb keine Zuneigung mehr entgegen. Um sich an diesem eingebildeten Betrug zu rächen, verbrachte sie ihre Zeit damit, sich herzurichten, um auf andere Männer anziehend zu wirken.

Ein Jahr nach der fehlgeschlagenen Affäre mit dem verheirateten Architekten heiratete Mathilde, zur Erleichterung ihrer Eltern und zum Neid ihrer Schwestern, einen Arzt aus der Stadt. Man ging davon aus, daß Isabelle zu Hause bleiben und sich um die Eltern kümmern würde, wenn auch die anderen Schwestern das Haus verlassen haben würden.

»Ist das wirklich meine Bestimmung, Jeanne?« fragte sie ihre Schwester. »Ewig hierzubleiben, während sie alt werden?«

»Ich glaube, das würde ihnen gefallen, aber sie haben kein Recht, es zu verlangen. Du mußt dein eigenes Leben leben. Und das werde ich auch tun. Wenn mich niemand heiraten will, gehe ich nach Paris und eröffne dort ein Geschäft.«

»Ich dachte, du wolltest Missionarin im Dschungel werden?«

»Nur, wenn das mit meinem Geschäft nichts wird und mein Liebhaber mich sitzenläßt.«

Jeanne hatte mehr Sinn für Humor und war auch unvoreingenommener als Isabelles andere Schwestern, und die Gespräche, die sie miteinander führten, vermittelten Isabelle das Gefühl, daß die Dinge, von denen sie in Büchern und Zeitschriften gelesen hatte, nicht nur Bestandteile des Lebens anderer Leute waren, sondern auch ihr bis zu einem gewissen Grad offenstünden. Sie liebte Jeanne, wie sie sonst niemanden liebte.

Mit achtzehn war Isabelle ein selbstgenügsames, aber freundliches Mädchen, das über keinerlei Möglichkeit verfügte, ihre natürlichen Instinkte und überschießenden Energien auszuleben, die durch die Routine und Dumpfheit ihres Elternhauses unterdrückt wurden. Auf der Hochzeit ihrer Schwester Béatrice lernte sie einen jungen Infanterieoffizier namens Jean Destournel kennen. Er unterhielt sich freundlich mit ihr und schien ihre besonderen Eigenschaften zu schätzen. Isabelle, die sich stets in der unwirklichen Rolle eines Kindes befunden hatte, das unter allen Umständen ein Junge hätte werden sollen, war verwirrt darüber, daß jemand sie für einzigartig und um ihrer selbst liebenswert halten konnte. Und Jean war auch nicht irgendwer; er war aufmerksam und, auf konventionelle Weise, hübsch. Er schickte ihr Briefe und kleine Geschenke.

Nachdem er ihr ein Jahr lang den Hof gemacht hatte, was zumeist in schriftlicher Form geschah, weil Jean häufig versetzt wurde und er sich kaum in Rouen aufhalten konnte, unternahm Isabelles Vater einen seiner seltenen Einmischungsversuche ins Familienleben. Er forderte Jean auf, bei ihm vorzusprechen, sobald er Isabelle besuchen käme, und eröffnete ihm dann, daß er zu alt, sein Dienstgrad zu niedrig, seine Familie nicht standesgemäß und seine Bemühungen nicht entschieden genug seien. Destournel, im Grunde ein schüchterner Mann, fühlte sich durch Fourmentiers geballte Einwände zurückgestoßen, gleichzeitig brachte es ihn aber dazu, seine Beweggründe in Frage zu stellen. Er war bezaubert von Isabelles Wesen und ihrem aparten Äußeren, das sich deutlich von dem der meisten Mädchen ihres Alters unterschied. Wenn er einen Abend im Casino verbracht hatte, ging er auf sein Zimmer und dachte an die junge, vitale Frau. Er schwelgte in detaillierten Vorstellungen über ihr von Weiblichkeit bestimmtes, häusliches Leben, umrahmt von Ruhe und Behaglichkeit in der Gesellschaft ihrer beiden noch unverheirateten Schwestern Delphine und Jeanne. Er liebte es, vor seinem geistigen Auge Vergleiche zwischen ihnen anzustellen, und war mit seinem störrischen Urteil zufrieden, die jüngste, von den anderen weitgehend unbeachtete für die schönste und interessanteste zu halten. Doch obwohl ihm Isabelle Fourmentier mit ihrer weißen Haut, den frisch duftenden Kleidern und ihrem Lachen zweifellos eine wunderbare Quelle des Trosts war, die tägliche Routine des Armeelebens zu überstehen, war er sich im Tiefsten seines Herzens unsicher, ob er wirklich die Absicht hatte, sie zu heiraten. Wenn Fourmentier sich nicht eingemischt hätte, wäre vielleicht alles ganz natürlich darauf zugelaufen; doch verursachte das plötzliche Aufsteigen von Selbstbewußtsein in ihm zerstörerische Zweifel.

Einige Monate später ging er bei seinem nächsten Besuch mit Isabelle im Garten spazieren und eröffnete ihr, daß er im Ausland stationiert werden würde und sich außerstande sähe, ihre Freundschaft weiterhin aufrechtzuerhalten. Er überspielte das Thema Heirat, indem er sich für mittellos und unwürdig erklärte. Isabelle war es egal, ob er sie heiratete oder nicht, aber als er sagte, daß er sie nicht wiedersehen könne, fühlte sie, wie ein Kind, dem das einzige, was es liebt, genommen wird, den Schmerz des Beraubtseins.

Drei Jahre lang überschattete dieser Verlust jeden Augenblick ihres Lebens. Als sie sich endlich damit abgefunden hatte, spürte sie ihn immer noch als Wunde, die nicht vernarben will, sondern sich beim geringsten Anlaß wieder öffnet. Die rückhaltlose Unschuld ihrer einsamen Kindheit war dahin, aber schließlich kehrten wieder eine gewisse Süße und Ausgeglichenheit in ihr Wesen zurück. Im Alter von dreiundzwanzig war sie endlich nicht mehr das Baby des Hauses; sie wirkte jetzt älter, als sie tatsächlich war, und entwickelte einen eigenen Stil und eigene Verhaltensweisen, die nicht denen ihrer Eltern und älteren Schwestern entsprachen. Ihre Mutter zeigte sich leicht besorgt uber die Sicherheit ihres Geschmacks und die Entschiedenheit ihrer Meinungen. Isabelle spürte, daß sie sich entwickelte, und sie traf auf keinerlei Widerstand.

Auf einer Gesellschaft hörte ihr Vater von einer einheimischen Familie namens Azaire, die nach Amiens verzogen war; die Frau des Hauses war gestorben und hatte zwei kleine Kinder hinterlassen. Er fädelte ein Treffen ein, und das Äußere René Azaires gefiel ihm auf Anhieb. Isabelle hatte sich zu Haus nicht als die Stütze gezeigt, die er von ihr erwartet hatte; sie hatte sich als allzu eigensinnig erwiesen, um als Haushälterin in Frage zu kommen, und obwohl sie ihrer Mutter hilfreich zur Seite stand, fürchtete er, daß sie zu einer Blamage für die Familie werden könnte. In der strengen und erfahrenen Gestalt René Azaires erblickte Isabelles Vater die Lösung zahlreicher Probleme.

Die Partie wurde Isabelle von beiden Männer geschickt verkauft. Ihr Vater nutzte die Sympathie, die sie durchaus für Azaire empfand, während dieser selbst seine Kinder ins Spiel brachte, die sich damals beide in einer einnehmenden Entwicklungsstufe befanden. Azaire sicherte ihr allerlei Unabhängigkeiten innerhalb der Ehe zu, und Isabelle, die sich danach sehnte, endlich aus dem Elternhaus befreit zu werden, willigte ein. Für sie stand ihr Interesse an Lisette und Grégoire im Vordergrund; sie wollte ihnen beistehen und hoffte, angesichts ihres Gedeihens eigene Enttäuschungen verdrängen zu können. Man einigte sich auch darauf, daß Azaire und sie gemeinsame Kinder haben wollten. Und so verwandelte sich Isabelle aus dem kleinen Mädchen der Fourmentiers in Madame Azaire, eine Frau, die würdevoller war, als ihr Alter vermuten ließ, von ausgeprägter Geschmackssicherheit und Urteilskraft, zugleich jedoch voller natürlicher Gefühle und Sehnsüchte, die im Verlauf ihres bisherigen Lebens nicht im Entferntesten befriedigt worden waren.

Azaire war anfangs stolz darauf, eine so junge und attraktive Frau geheiratet zu haben, und präsentierte sie gern seinen Freunden. Er sah, wie seine Kinder unter ihrer Obhut aufblühten. Lisette wurde taktvoll durch die schwierigen Veränderungen ihres Körpers geleitet; Grégoire wurde in seiner temperamentvollen Art bestätigt, zugleich jedoch dazu gezwungen, seine Manieren zu verbessern. In der Stadt war Madame Azaire hoch angesehen. Ihrem Mann war sie eine aufmerksame, pflichtbewußte Frau, und mehr verlangte er nicht von ihr; sie liebte ihn nicht, aber er wäre wohl auch in Panik geraten, für ein derart überflüssiges Gefühl verantwortlich gewesen zu sein.

Madame Azaire wuchs in ihren neuen Namen hinein. Mit der Rolle, die sie angenommen hatte, gab sie sich zufrieden und glaubte, ihre ambitionierteren Bedürfnisse langsam und sicher vergessen zu können. Das Paradox, das sie zu jener Zeit nicht zu verstehen schien, bestand darin, daß die Kälte ihres Ehemanns gerade diese Bedürfnisse am Leben erhielt.

Er sah die Zeugung weiterer Kinder als wichtigen Beweis seines gesellschaftlichen Status und als Bestätigung, daß es sich um eine ausgeglichene Partie handelte, in der sein Alter und die Geschmacksunterschiede keine Rolle spielten. Er näherte sich seiner Frau auf geschäftsmäßige, räuberische Art; sie reagierte mit jener unterwürfigen Gleichgültigkeit, die er ihr als einzige Antwort zugestand. Er schlief jede Nacht mit ihr, schien jedoch, wenn der Vorgang erst einmal in Gang gesetzt war, damit schleunigst fertigwerden zu wollen. Anschließend bezog er sich nie auf das, was sie gemeinsam getan hatten. Madame Azaire, die anfangs nur ängstlich und beschämt gewesen war, frustrierte das Verhalten ihres Mannes immer mehr; weder begriff sie, warum dieser Aspekt ihres Lebens, der ihm offenbar soviel bedeutete, ihm nicht der Rede wert zu sein schien, noch begriff sie, warum die verwirrende Intimität des Vorgangs keine Türen in ihr aufstieß, keine Verbindungen mit den tieferen Gefühlen und Hoffnungen einging, die sie seit ihrer Kindheit bewegt hatten.

Sie wurde nicht schwanger, und mit jeder Monatsblutung verzweifelte Azaire ein wenig mehr. Aus einem unbewußten Schuldgefühl heraus sah er sich als Versager. Er begann zu glauben, daß etwas mit ihm nicht stimme, obwohl er bereits zwei Kinder zum Beweis hatte. In manchen stillen, nächtlichen Momenten argwöhnte er sogar, auf diese Weise dafür bestraft zu werden, Isabelle geheiratet zu haben, aber warum das so war und was er falsch gemacht hatte, hätte er nicht zu sagen gewußt. Schließlich beeinflußte seine Enttäuschung die Häufigkeit der ehelichen Pflichterfüllung. Er bemerkte auch eine gewisse Gefühlskälte an seiner Frau, aber die Vorstellung, die Ursache zu ermitteln und ein Rezept dagegen zu finden, schreckte ihn derartig ab, daß er sich nicht dazu überwinden konnte, der Wahrheit ins Auge zu sehen.

Inzwischen machte sich Madame Azaire immer weniger Sorgen um ihren Mann. Sie fürchtete sich vielmehr vor Stephen. Seit dem Tag, als er am Boulevard du Cange eingetroffen war, fürchtete sie sich vor ihm, vor seinem dunklen Gesicht, den durchdringenden, braunen Augen und den schnellen, überraschenden Bewegungen. Er war anders als die Männer, die sie kannte, anders als ihr Vater oder ihr Mann, war sogar anders als Jean Destournel, der, obwohl er jung und romantisch gewesen war, sich am Ende als schwach erwiesen hatte.

Da Stephen neun Jahre jünger war als sie, begegnete sie ihm mit einer gewissen Herablassung; sie sah in ihm die Jugend, oder jedenfalls ein Stadium der Jugend, das sie bereits hinter sich gelassen hatte. Sie versuchte, sich ihn als drittes Kind vorzustellen, als Lisettes Bruder; schließlich, dachte sie, ist er auch nur vier Jahre älter. Bis zu einem gewissen Grad gelang es ihr auch, auf ihn herabzusehen, doch stellte sie erschrocken fest, daß dadurch lediglich ein Gefühl mütterlicher Zuneigung in ihr wuchs.

Am Sonntagmorgen stand Stephen früh auf und ging in die Küche hinunter, um sich etwas zu essen zu holen. Er ging an den Korridoren des Erdgeschosses vorbei; seine Schritte hallten in der Stille. Im Haus gab es Zimmer, in denen er noch nie gewesen war, und andere, in die er einmal einen Blick geworfen hatte, ohne sie je wiederfinden zu können. Durch die Tür eines kleinen

Salons gelangte er hinaus in die Gartenkühle und ging bis zum Ende des Rasens. Unter einer Kastanie stand eine Bank, auf der er sich mit dem Blick aufs Haus niederließ und das Brot aß, das er sich aus der Küche geholt hatte.

Am Abend zuvor hatte er sein Messer genommen und aus einem Stück weichen Holzes, das er im Garten gefunden hatte, eine Skulptur geschnitzt. Er zog sie aus der Jackentasche und sah sie sich in der frischen, feuchten Morgenluft an. Es war die Gestalt einer Frau in langem Rock und kurzem Jäckchen; dichte Einbuchtungen im Holz deuteten das Haar an, aber die Gesichtszüge bestanden lediglich aus Markierungen der Augen und des Mundes. Er nahm das Messer und schnitzte ein paar Unebenheiten von den Füßen fort, damit sie dort, wo sie unter dem Rock hervorkamen, realistischer aussahen. Er sah, wie an einem Schlafzimmer im ersten Stock die Läden aufgestoßen wurden. Er stellte sich das Geräusch von Stimmen, laufendem Wasser und niedergedrückten Türklinken vor. Als er davon ausgehen konnte, daß die gesamte Familie angekleidet und nach unten gekommen war, schlenderte er zum Haus zurück.

Die Kinder waren von der Aussicht, einen Ausflug durch die Wassergärten zu machen, wenig begeistert. Madame Azaire beugte sich zu Grégoire, der ihr gegenübersaß, damit er aufhörte, mit dem Löffel auf den Tisch zu klopfen. Sie war in cremefarbiges Leinen gekleidet, mit einer blauen Schärpe und einer Knopfleiste am Kleid, die sich weder öffnen ließ noch irgend etwas verschloß.

Lisette sah Stephen kokett an. »Kommen Sie denn mit zu den berühmten Wassergärten?« sagte sie.

»Ich weiß nicht, ob ich eingeladen bin.«

»Natürlich sind Sie das«, sagte Madame Azaire.

»In dem Fall komme ich mit Vergnügen mit.«

»Also dann wird es ja vielleicht nicht gar so langweilig«, sagte Lisette.

»Es ist sehr nett von Monsieur Bérard, uns einzuladen«, sagte Madame Azaire. »Ihr müßt zu beiden sehr höflich sein. Und ich glaube auch nicht, daß so ein Kleid für ein Mädchen deines Alters passend ist. Es ist zu klein.«

»Aber es ist so heiß«, sagte Lisette.

»Das Wetter kann ich nicht ändern. Nun lauf und zieh dich um.«

»Lauf, lauf, lauf«, sagte Lisette widerstrebend, als sie den Stuhl zurückschob. Auf dem Weg zur Tür streifte ihr Arm Stephens Schulter. Das besagte Kleid betonte die plumpen Schwellungen ihrer Brüste, auf die sie ganz offensichtlich stolz war.

Gegen elf Uhr machte man sich zu fünft auf den Weg; dabei war noch das Dienstmädchen Marguérite, das Stephen und Madame Azaire half, die Dinge zu tragen, die man für unentbehrlich hielt, wie verschiedene Körbe mit Essen, Sonnenschirme, Decken und Kleider zum Wechseln. Bis zu den Wassergärten war es nur ein kurzer Fußweg. Sie stiegen über eine Treppe zum Anleger hinab, wo Bérard sie mit einem Strohhut auf dem Kopf erwartete. Madame Bérard saß bereits im Heck eines flachen Kahns, der gemäß der alten, örtlichen Tradition als Stakkahn mit hochgezogenem, abgeschnittenem Ende gebaut war.

»Guten Morgen, Madame! Was für ein herrlicher Tag.« Bérard versprühte beste Laune. Er bot Madame Azaire den Arm, um ihr ins Boot zu helfen. Sie hielt sich mit einer Hand an seinem ausgestreckten Arm fest, hob mit der anderen den Rock an und stieg leichtfüßig in das niedrige Boot. Grégoire, dessen Langeweile verflogen war, drängte sich aufgeregt an den anderen vorbei und sprang ins Boot, so daß es zu schaukeln begann.

Madame Bérard stieß einen kleinen Schrei aus. »Huch, Papa!«

Bérard lachte. »Frauen und Kinder zuerst.«

Auch Lisette gelangte mit seiner Hilfe an Bord und setzte sich neben Madame Azaire.

»Ich werde mich als Steuermann ans Heck des Fahrzeugs verfügen«, sagte Bérard wuchtig, »und du setzt dich Lisette gegenüber, und wenn Sie sich, Monsieur«, sagte er zu Stephen, »neben Grégoire setzen wollen und Madame Bérard sich hierher bequemen würde, dir gegenüber, Azaire – so ist's recht –, werden wir bestens ausbalanciert sein.«

Stephen setzte sich, wie angeordnet, Madame Azaire gegenüber und streckte seine Beine auf den Bootsplanken aus, wobei er sich bemühte, die ihren nicht zu berühren.

Bérard stieß einen seemännischen Ruf aus, kletterte ans Heck und stieß das Boot mit einem langen Holzstab vom Ufer ab.

Die Gärten wurden von den Stauwassern der Somme gebildet, die sich zwischen zahllosen, kleinen Inseln verzweigten, deren Ufer mit Holzplanken befestigt waren. Auf den Inseln wurde intensiver Gemüseanbau betrieben, entweder auf kleinen Parzellen, neben denen die Eigentümer in schlichten Häusern wohnten, oder auf größeren Flächen, deren Betreiber zumeist in der Stadt lebten. Unter den Leuten, denen die hier geleistete Arbeit fremd war, galt das Gebiet als landschaftlich reizvoll und wurde mit viel Bürgerstolz wahrgenommen.

Bérard manövrierte das Boot durchaus geschickt vorwärts, indem er den Stecken kräftig niederstieß und dann nach links oder rechts drehte, wenn er ihn wieder hochzog, um zu steuern. Man glitt an überhängenden Bäumen vorbei, näherte sich gelegentlich anderen Sonntagsausflüglern, die aus ihren Booten heraus Grüße und Bemerkungen über das sonnige Wetter hinüberwarfen. Bérard schwitzte stark bei seiner Arbeit, wischte sich mit einem Taschentuch die Stirn, war aber dennoch in der Lage, einen Bericht über die Geschichte der Wassergärten zu liefern, während er an ihnen vorbeistakte.

Stephen hockte mit dem Rücken zur Fahrtrichtung unbequem auf seinem Holzsitz. Das stehende Wasser, von keiner Brise gekräuselt, schien die unnatürliche Hitze des Tages noch zu steigern. Seine Füße in den polierten Lederschuhen lagen auf den Planken des Kahns in einem unnatürlichen Winkel, der einzuhalten war, wenn sie nicht die weißen Schuhe Madame Azaires berühren sollten, die in einer Position nebeneinander standen, die durch die leicht seitwärts geneigte Haltung ihrer eng geschlossenen Beine erzwungen wurde. Die sehr niedrigen Sitze, die nur wenige Zentimeter vom Boden des Boots entfernt waren, führten jedoch dazu, daß ihre Knie ein wenig höher aufragten und den hellen Rock nach oben rutschen ließen, so daß über ihrem Spann der feste Sitz der Strümpfe sichtbar wurde. Sie waren aus einem feinen, seidenartigen Stoff, der, wie Stephen meinte, nicht aus den Fabriken ihres Mannes stammte. Er bemerkte die Zartheit ihrer Knöchel und den Ansatz ihrer Waden und ertappte sich bei der Phantasie, was für eine Halterung unter den Falten ihres Leinenrocks wohl die Spannung erzeugte, die das Material der Strümpfe derart hell und durchscheinend auf der Wölbung ihrer Füße aussehen ließ.

»... von römischen Soldaten. Aber die Kanalisierung des Wassers zwischen den Landparzellen war bis zu einem gewissen Grad ein natürliches Phänomen, das mehrere Jahrhunderte vor der Zeit stattgefunden hat, als man die Ufer der kleinen Inseln so mit Planken befestigte, wie wir es heute sehen. Hier arbeiten also tatsächlich Mensch und Natur harmonisch Hand in Hand.«

Bérard unterbrach gelegentlich seine Ausführungen, um nach Luft zu schnappen, ließ sich aber sonst von niemandem stören, am wenigsten von Azaire, dessen Einwürfe er einfach ignorierte.

Stephen schaute auf die Wasseroberfläche, hielt eine Hand hinein, lächelte Grégoire zu und versuchte, Madame Azaires Blicke zu erhaschen. Als es ihm gelang, warf sie ihm ein verkrampftes Lächeln zu und wandte sich dann wieder mit einer Frage an Lisette.

Die breiteren Kanäle der Wassergärten waren öffentliche Verkehrswege, während schmalere, als »Privat« markierte Wasserwege zu großen Häusern führten, die mit dichten Hecken und hohen, üppigen Blumenbeeten vor neugierigen Blicken abgeschirmt waren. Als Bérard erschöpft war, übernahm Azaire den Stab und stieß das kleine Gefährt vorwärts, bis Grégoires Betteln, Mittagspause zu machen, schließlich erhört wurde.

Bérard hatte bei einem Freund die Erlaubnis eingeholt, das Boot am Fuß eines schattigen Gartens festzumachen und dort unter Apfelbäumen das Mittagessen einzunehmen. Azaire machte sich einen Spaß daraus, den Wein an einer Bootsleine ins Wasser zu lassen, um ihn zu kühlen, während Madame Azaire und Lisette Decken auf dem Rasen ausbreiteten. Grégoire rannte im Garten umher, kam manchmal zurück und berichtete von seinen Entdeckungen, und Stephen bemühte sich um eine Konversation mit Madame Bérard, obwohl die nur Augen für ihren Mann hatte, der es sich am Fuß eines Baumstamms mit einem Glas Wein und einem Hühnchenteil bequem machte, dessen Fleisch er mit einem seitwärts geneigten Kopfschütteln von den Knochen riß.

Die Männer entledigten sich ihrer Jacketts, und als Stephen seins ablegte, fühlte er die kleine Holzskulptur in der Tasche. Er zog sie heraus und drehte sie zwischen den Fingern.

»Was ist das?« fragte Lisette, die sich dicht neben ihm auf die Decke gesetzt hatte.

»Nur eine kleine Schnitzerei. Die hab ich hiermit gemacht.« Er zog das Messer aus der Tasche.

»Das ist schön.«

»Wenn sie dir gefällt, kannst du sie behalten«, sagte Stephen ohne nachzudenken.

Lisette errötete vor Freude und blickte in die Runde, um sich zu vergewissern, daß die anderen es mitbekommen hatten. Stephen machte sich auf die Suche nach einem Holzstück, um auch für Grégoire, der mit seinem Mittagessen beschäftigt war, eine Schnitzerei anzufertigen.

Großen Appetit schien niemand zu haben. Madame Azaire zauberte verschiedene Käse und Pasteten aus den Körben hervor, in denen sie jedoch, lediglich um ein oder zwei Scheiben dezimiert, bald wieder verschwanden. Nur Bérard vertilgte sowohl etwas Zunge in Gelee als auch das Hühnchen; Lisette schaffte ein Erdbeertörtchen und ein paar Plätzchen, die Madame Azaire selbst gebacken hatte. Lisette und ihr Bruder tranken Orangeade, während die anderen Wein aus dem Loiretal tranken, der freilich trotz des Eintauchens ins stille Wasser nicht gekühlt war.

Nach dem Mittagessen lehnte sich Bérard gegen seinen Baumstamm und schlief ein; Azaire zündete seine Pfeife an und zog sich dann mit der gleichen Absicht in einen angrenzenden Teil des Gartens zurück. Stephen schnitzte mit einigen Schwierigkeiten ein hartes Holzstück zu einem realistischen Mann für Grégoire zurecht.

Nachdem man gegessen hatte, brütete der Nachmittag schwer und dumpf auf der Gesellschaft. Man kletterte ins Boot zurück, und nachdem auch Stephen ein kurzer Versuch mit dem Stab gegönnt worden war, übernahm Bérard wieder diese Position. Die Temperatur war gestiegen, und die Frauen fächelten sich ununterbrochen Luft zu. In dicker, formeller Kleidung saß Madame Bérard im Bug des Boots und sah so untröstlich aus wie die melancholische Galionsfigur eines vom Schicksal geschlagenen Schiffs, das auf Packeis oder Passatwinde zulief.

Stephen fühlte sich heiß und schwindelig von dem Wein. Die Wassergärten stießen ihn ab; ihr wuchernder Überfluß erinnerte ihn an die pflanzliche Fruchtbarkeit des Todes. Die braunen Wasser waren brackig, durchzogen von Schwimmbahnen der Ratten, die an den Ufern hausten, wo die aus Gräben hervorgeholte Erde von komplizierten, hölzernen Rahmen zusammengehalten wurde. Fette Fliegen hingen über dem Wasser, unter den Bäumen, setzten sich auf verrottete Kohlköpfe, Spargel und Artischocken, die im üppigen Überfluß ungeerntet liegengeblieben waren. Was als ein Ort der Naturschönheit galt, entpuppte sich als Stillstand lebendigen Gewebes, das seinem Verfall entgegendämmerte.

Madame Azaire, die gleichfalls unter der Hitze und Dumpfheit des Nachmittags litt, hatte einen Teil ihrer Vollkommenheit eingebüßt. Am Halsansatz, wo sie den Kragen ihres Kleids geöffnet hatte, war die Haut gerötet. Eine Strähne erdbeerfarbenen Haars klebte feucht an ihrem Nacken. Ein Fuß lehnte widerstandslos gegen Stephens Bein, das er unter ihrem Sitz ausgestreckt hatte. Während Bérard das Boot auf seinem langsamen Kurs voranstakte, verursachte ein winziges Rollen der Bewegung zwischen ihnen einen wahrnehmbaren Druck. Stephen ließ sein Bein, wo es war, und auch Madame Azaire war es zu heiß oder zu gleichgültig, ihre Stellung zu verändern. Er erhaschte ihren Blick, und sie sah ihn an, ohne zu lächeln, ohne konversationsmäßige Verbindlichkeit, und drehte dann den Kopf langsam zur Seite, als wende sie ihren Blick der Aussicht zu.

Ein Fisch brach durch die Wasseroberfläche, was nicht einmal mehr dem vorhin noch so aufgeregten Grégoire auffiel. Die Strömung des Flusses, erklärte Bérard, war durch den Bau eines Kanals verlangsamt worden, weshalb die Boote auch keine Ruder mehr benötigten; ein Eintauchen des Stabs genügte, um das Fahrzeug auf Kurs zu halten.

Stephen versuchte, sich die großen Teiche und Marschen aus früheren Zeiten vorzustellen, bevor die Wasser kanalisiert und das Land bebaut worden waren. Die Funktion des Flusses hatte sich im wesentlichen nicht verändert; er bewässerte immer noch einen Kreislauf wuchernden Verfalls, ließ Materie verrotten und verwandelte sie in die umgegrabene und ausgehobene Erde, in feuchten, klebrigen Grund.

Der Nachmittag erreichte einen Punkt, an dem es hätte abkühlen müssen, doch selbst die matte Brise hatte sich gelegt, und die statisch aufgeladene Luft ballte sich schwer und lastend zusammen. Grégoire bespritzte Lisette mit Wasser, die ihm eine Ohrfeige verpaßte, so daß er zu heulen begann.

Azaire löste Bérard am Heck ab, der sich schwitzend neben seine Frau setzte. Sogar er schwieg jetzt.

Stephen bemühte sich, seine Gedanken von der Vorstellung des Verfalls abzulenken, die der Fluß in ihm ausgelöst hatte. Der Druck von Madame Azaires Fuß gegen sein Bein verstärkte sich langsam, bis schließlich fast ihre ganze Wade an ihm lehnte. Die schlichte Spannung, die diese Berührung vorhin in seinen geschärften Sinnen verursacht hatte, erschien ihm jetzt kompliziert; die Wahrnehmung der Begierde ließ sich nicht mehr von einem Todesimpuls unterscheiden.

Alle in diesem Boot, dachte er, würden wieder zu Erde werden; Bérards Zunge würde zu Krümeln mürben Erdreichs zersetzt werden, die Gärtner zwischen den Fingern zerbröselten; ihr Geplapper würde ersterben, als ob es von den dürstenden Wurzeln der Artischocken und des Kohls aufgesogen worden wäre. Der kleine Grégoire und Lisette würden zum Schlamm der Ufer werden, in dem die Ratten wühlten und sich paarten. Und Madame Azaire, Isabelle ... Selbst die zartesten Teile ihres Körpers, die sich schamlos in seine Vorstellungen drängten, würden nicht dauern, würden nicht dem einsamen, geistlosen Ende in fetter Erde entgehen.

Als der Anleger in Sicht kam, hob sich die Stimmung. Azaire redete davon, was für ein wunderbarer Ausflug das gewesen sei, und Bérard gewann die gewohnte Dominanz über die Konversation zurück. Während der letzten zehn bis fünfzehn Minuten brachte er es fertig, die Geschichte des Nachmittags umzuschreiben, indem er allen Teilnehmern bestimmte Meinungen aufnötigte, wie erfolgreich alles verlaufen sei, ihre Zustimmung einforderte und ihnen das Wort abschnitt, bevor sich noch Gelegenheit ergab, seine Version von Harmonie von den wahren Meinungen verderben zu lassen.

Madame Azaire schien aus einer Trance zu erwachen. Sie richtete sich auf und bemerkte mit offensichtlicher Beunruhigung die Stellung ihres linken Beins. In der Hoffnung, einen Fisch zu fangen, plantschte Grégoire mit einem Glas im Wasser herum.

Als man ausstieg und sich bei den Bérards für die Einladung bedankte, belud sich Stephen mit den Körben, Decken und Sonnenschirmen und ging allen voraus zum Boulevard du Cange. Er war froh, das Gepäck in der Diele abstellen zu können, wo Marguérite sich darum kümmern würde, und stieg dann in sein Zimmer empor. Er knöpfte den formellen Kragen ab, von dem er angenommen hatte, daß er von ihm verlangt worden wäre, und ging am Ende des Flurs in das kleine Badezimmer, das früher einem Dienstmädchen gehört hatte. Er füllte die Wanne mit kaltem Wasser und stieg hinein, hielt den Kopf unter die Oberfläche und ließ das eisige Wasser selbst noch die Follikel seiner Haarwurzeln durchdringen.

Er wickelte sich in ein Handtuch, kehrte in sein Zimmer zurück, nahm ein Kartenspiel und legte die Karten auf dem Tisch wie für eine Patience aus. Die Reihenfolge, in der er dann die Karten verschob, hatte er allerdings von einem Freund seines Großvaters gelernt – einem abergläubischen, alten Mann, der sich seinen Lebensunterhalt als Wahrsager auf Jahrmärkten verdiente. Als Kind war Stephen von ihm hingerissen gewesen, und in stillen Augenblicken zog es ihn manchmal zu diesen Spielen zurück. Wenn die Karo-Dame im linken Stapel aufgedeckt wurde, bevor der Pik-Bube auf der rechten Seite in die richtige Reihenfolge gebracht war, würde Madame Azaire ... Er mischte und verschob die Karten zu subtilen Konfigurationen, halb über sich selbst lächelnd, halb im Ernst.

Er nahm ein Buch und legte sich aufs Bett, da er wußte, daß das Abendessen erst in einer Stunde serviert werden würde. Die Kirchturmuhr schlug, und im Garten erklangen wieder Vogelstimmen. Das Geräusch im Ohr schlief er ein und geriet in einen Traum, den er auf diese oder ähnliche Weise schon sein Leben lang geträumt hatte. Er versuchte, einen Vogel, der sich verflogen hatte, aus einem Fenster herauszulassen. Seine Flügel schlugen panisch gegen die Scheibe. Plötzlich war das ganze Zimmer voller Stare, die sich zu einem Schwarm zusammenballten. Sie schlugen mit den Flügeln gegen die Fensterscheiben, verfingen sich in seinen Haaren und näherten ihre Schnäbel seinem Gesicht.

Am nächsten Tag bekam Stephen ein Telegramm aus London, das ihn anwies, unverzüglich zurückzukehren, sobald er seine Geschäfte erledigt habe. Er schrieb zurück, daß er noch einen Monat benötige: Er müsse immer noch viel über die Arbeitsabläufe, die in Amiens gebräuchlich seien, lernen, und Azaire habe versprochen, ihn noch mit anderen Fabrikanten bekannt zu machen. Er brauche auch noch weitere Informationen über Azaires finanzielle Lage, bevor er Bericht erstatten könne, inwieweit Investitionen empfehlenswert seien.

Als er seine Antwort noch am am selben Abend absandte,

überkam ihn Panik, nach England zurückkehren zu müssen, bevor er die widersprüchlichen Gefühle geklärt hätte, die ihn zu überwältigen drohten. Während des Abendessens beobachtete er im verschatteten Licht Madame Azaire, die der Familie und ihren Gästen, Cousins von Azaire, vorlegte, und in der Art und Weise, mit der er ihre Gesichtszüge wahrnahm, den Schwung ihres Haars und die Sicherheit ihrer Bewegungen, schwang ein Hauch Verzweifelung mit. Er durfte sich seine passive Verzauberung nicht länger gestatten.

Am nächsten Tag erfuhr er während der Arbeit, daß der Färberstreik auf die anderen Textilarbeiter überzuspringen drohte und damit ein völliger Produktionsstop bevorstand. Zur Mittagszeit fand unter Meyraux' Leitung eine Versammlung der Arbeiter statt; er empfahl ihnen, die Kollegen in den anderen Industriezweigen durch Essens- und Kleiderspenden zu unterstützen, sagte jedoch auch, daß es für sie selbst keinen Grund gebe, ihrerseits in Streik zu treten.

»Ihr müßt an eure Familien und euer eigenes Leben denken«, sagte Meyraux. »Ich glaube, daß die Zukunft dieser Industrie langfristig davon abhängt, daß alle Arbeitsabläufe zusammengelegt werden und daß eine einzige Körperschaft alle Arbeiter vertritt. Zum gegenwärtigen Zeitpunkt müssen wir uns aber mit der Situation abfinden, wie sie ist. Jetzt ist nicht die Zeit für Muskelspiele, weil wir uns unter starkem Druck ausländischer Konkurrenz befinden.«

Meyrauxs Rede war äußerst gemäßigt. Er mißtraute den hitzköpfigen Streikführern ebensosehr wie den Fabrikanten. Aber bevor er seine Ausführungen noch zu einem vernünftigen Abschluß bringen konnte, entstand an der Tür zur Straße ein Tumult. Sie wurde aufgestoßen, und mehrere junge Männer, die Fahnen trugen und Sprechchöre skandierten, stürmten herein. Meyraux bat vom Podium aus um Ruhe, während ein halbes Dutzend Polizisten, deren ramponierte Uniformen darauf schließen ließen, daß sie bereits Auseinandersetzungen hinter sich hatten, die Demonstranten abzudrängen versuchte. Viele der Arbeiterinnen an der Tür wichen in Panik zurück, während es zu ersten Handgreiflichkeiten kam.

Lucien Lebrun, der sich als einer der ersten Zutritt verschafft hatte, kletterte jetzt neben den zögernden Meyraux aufs Podium. Seine strahlend blauen Augen und das gewellte, braune Haar machten ihn zu einer charismatischen Erscheinung und dämpften bis zu einem gewissen Grad das Mißtrauen, das viele Arbeiter wegen seines jugendlichen Alters gegen ihn empfanden. Er bat Meyraux, zu den Arbeitern sprechen zu dürfen, wobei er es nicht an strategisch klugen Anspielungen auf ihre Solidarität fehlen ließ, und Meyraux überließ ihm schließlich seinen Platz.

Lucien lieferte eine bewegende Schilderung der Härten, unter denen die Familien der Streikenden litten, und der Arbeitsbedingungen, die sie zu ihrem extremen Vorgehen getrieben hatten. Er sprach von der Armut und Ausbeutung in der gesamten Tiefebene der Picardie, die zu großen Migrationswellen aus dem Sommetal in die Städte Amiens und Lille führten, da die Menschen der falschen Hoffnung erlagen, hier Arbeit zu finden.

»Ich flehe euch an, meine Leute zu unterstützen«, sagte er. »In dieser Sache müssen wir zusammenstehen, wenn wir nicht alle zusammen untergehen wollen. Wir müssen an unsere Frauen und Kinder denken. Ich bitte euch, zumindest diese Solidaritätserklärung mit euren Kollegen zu unterschreiben.«

Er schwenkte ein Stück Papier, auf dem sich bereits mehr als hundert Unterschriften befanden.

»Da wir gerade von Frauen reden«, dröhnte eine tiefe Stimme aus der Mitte des Saals, »was die über dich sagen, wissen wir alle, junger Mann!«

Zustimmendes Gemurmel wurde laut. Stephen spürte, wie sich seine Nerven verkrampften und ihm das Herz bis zum Hals schlug.

Lucien brüllte: »Was hast du da gesagt?«

»Vor Gericht würd ich's nicht wiederholen, aber ich glaube, du weißt schon, was ich meine.«

Lucien sprang vom Podium, um seinen Widersacher ausfindig zu machen. Mit Schultern und Ellbogen bahnte er sich wütend einen Weg durch das Gedränge.

»Und noch erwas«, rief derselbe Mann, »wir brauchen keinen englischen Spion, der mit uns ißt und zu unseren Versammlungen kommt.«

Zustimmende Rufe wurden laut. Die Mehrheit war sich aber offenbar gar nicht bewußt, daß Stephen anwesend war.

Stephen hörte gar nicht hin. »Was redet man da über Lucien?« fragte er den Mann, der neben ihm stand. »Was sollte das heißen mit den Frauen?«

»Man sagt, daß der kleine Lucien sehr eng mit der Frau des Chefs befreundet ist.« Der Mann stieß ein kehliges Lachen aus.

Bis zu diesem Punkt hatte sich Azaires Arbeiterschaft zurückgehalten. Meyraux hatte ihnen immer wieder eingeschärft, wie wichtig Geduld sei, und sie hatten auf seinen Rat gehört; sie hatten mit angesehen, wie ihre Versammlung von Arbeitern aus anderen Fabriken gesprengt wurde, und sie hatten stillgehalten; sie hatten sogar die Tirade eines jungen Mannes über sich ergehen lassen, der nicht einmal aus ihrer Fabrik kam.

Als jedoch Lucien die Selbstkontrolle verlor und sich durch sie hindurchzukämpfen begann, überkam sie eine Art kollektiver Wut; die ganze Gruppe schlug plötzlich auf ihn ein, als ob sie einen Fremdkörper abstoßen wollte.

Auch Stephen wurde von Leuten angerempelt; einige reagierten auf den Vorwurf, der gegen ihn erhoben worden war, aber die meisten waren darum bemüht, Lucien und die anderen Färber aus der Fabrik zu drängen.

Der Arbeiter, der die Bemerkung über Madame Azaire gerufen hatte, war von einer dichten Menge umringt, als ein paar von Luciens Freunden näher kamen, um ihm beizustehen. Der Arbeiter war ein großer, rotgesichtiger Mann, dessen Aufgabe darin bestand, Tuchballen auf einem der Karren mit Gummirädern zu transportieren. Sein ruhiger Gesichtsausdruck verzerrte sich erschrocken, als die Streikenden auf ihn zukamen. Lucien brüllte und ruderte wild mit den Armen, um sich einen Weg durch das Gedränge zu bahnen, aber eine Menschenmauer, bestehend aus Arbeitern Azaires, versperrte ihm in wortloser Kameradschaft den Weg.

Am Rand des Scharmützels schwangen jetzt die Polizisten auf furchterregende Weise ihre Knüppel und rückten gegen die Menge vor. Meyraux stieg wieder aufs Podium und bat um Ruhe. In diesem Augenblick traf eine von Luciens wilden Armbewegungen eine Arbeiterin mitten ins Gesicht, so daß sie zu schreien anfing. Der Mann der Arbeiterin verpaßte Lucien einen harten Schlag, und er fiel hin. Als er nach Luft schnappend am Boden lag, entlud sich die Wut von Azaires Arbeitern in Form schwerer Stiefeltritte. Es waren keine unkontrollierten Tritte, aber Lucien schrie auf, als er an Beinen und Schultern getroffen wurde. Stephen versuchte, ein paar der Angreifer beiseite zu stoßen, damit Lucien wieder auf die Beine kommen konnte. Er bekam von einem der Männer, dem es nicht paßte, gestört zu werden, einen Schlag mit der flachen Hand auf die Nase. Inzwischen hatten sich drei oder vier Färber zu Lucien durchgekämpft, um ihm beizustehen. Stephen, dem die Augen vor Schmerz brannten, schlug wild um sich. Seine ursprüngliche Absicht, Frieden zu stiften, war im Getümmel untergegangen, und jetzt wollte er nur noch dem Mann Schaden zufügen, der ihn geschlagen hatte. Von dem großen, rotgesichtigen Arbeiter, dessen Zwischenruf den Aufruhr ausgelöst hatte, wurde er zur Seite gerissen, und seine Antwort bestand in einem kurzen, trockenen Schlag ins Gesicht des Mannes. Er hatte nicht genug Platz, um kräftig auszuholen, doch war der Schlag so gut gezielt, daß er dafür umgehend bestraft wurde. Seine Faust blutete.

Eine Kombination aus resoluten Arbeiterinnen und Polizeiknüppeln machte der Saalschlacht schließlich ein Ende. Lucien wurde hinausgetragen; er war atemlos und hatte überall Prellungen, war aber nicht schwer verletzt. Die Färber wurden von der Polizei ins Freie eskortiert, wo man dann willkürlich jene zwei verhaftete, die am verdächtigsten aussahen. Stephens Opfer preßte sich ein Taschentuch vor den blutenden Mund, schien sich aber nicht bewußt zu sein, wer ihn getroffen hatte. Meyraux redete den Arbeitern zu, sich zu zerstreuen.

Stephen verließ die Fabrik durch den Seiteneingang; er fragte sich, wie sich die Dinge so hatten entwickeln können, daß er sich plötzlich auf Seiten Lucien Lebruns wiederfand, wo er doch, wie alle anderen auch, dessen kluges Gesicht nie wieder hatte sehen wollen.

Er ging in Richtung der Kathedrale und dann weiter in die Stadt. Er schämte sich für sein Benehmen. Vor vielen Jahren hatte er seinem Vormund versprochen, daß er nie wieder die Kontrolle über seine Gefühle verlieren, sondern immer besonnen und ruhig bleiben werde. Er hatte jämmerlich versagt, und die Erinnerung an den verdutzten Gesichtsausdruck des Mannes, der Madame Azaire beleidigt hatte, als Stephens geballte Faust seinen Mund getroffen hatte, war nur ein schwacher Trost gegenüber seinem Versagen.

Der Schlag mußte härter gewesen sein, als er ihn empfunden hatte, da seine Hand im Lauf des Nachmittags stark anschwoll. Er kehrte früh ins Haus der Azaires zurück, um sich die Hand zu kühlen. Er hielt sie unter kaltes Wasser und wickelte sich dann ein Taschentuch straff um die Knöchel.

Er hatte das Gefühl, als steuere seine Anwesenheit am Boulevard du Cange, vielleicht sogar sein gesamtes Leben, auf eine Krise zu, die er nicht kontrollieren konnte. Vielleicht war es besser, den Wünschen seines Arbeitgebers nachzukommen. Seine Arbeit könnte er innerhalb einer Woche beenden und dann im Bewußtsein nach London zurückkehren, nichts getan zu haben, für das sich seine Firma oder Mister Vaughan, sein Vormund, hätten schämen müssen, der sich soviel Mühe gegeben hatte, ihm zu helfen. Doch zunächst beschloß er, ihm zu schreiben.

Er fühlte sich elend, nahm ein Stück Papier vom Schreibtisch und begann.

»Lieber Mr. Vaughan!

Es ist nicht das erste Mal, daß ich lange zögere, bis ich Ihnen schreibe, doch will ich mich bemühen, meine Säumigkeit dadurch auszugleichen, daß ich Ihnen in allen Einzelheiten berichte, was geschehen ist.«

Er hielt inne. Er suchte nach Worten, die dem Aufruhr aus Leidenschaft und Verwirrung, der ihn erfüllte, angemessen wären.

»Ich glaube, daß ich mich verliebt habe, und ich nehme an, daß die betreffende Frau meine Gefühle erwidert, obwohl sie es bislang nicht gesagt hat. Wie kann ich mir so sicher sein, wenn sie noch nichts gesagt hat? Handelt es sich bloß um jugendliche Eitelkeit? In gewisser Hinsicht wünschte ich fast, daß dem so wäre. Aber ich bin so tief überzeugt, daß ich kaum Grund habe, mich selbst in Frage zu stellen. Diese Überzeugung verschafft mir jedoch kein Vergnügen.«

Mit diesen Worten war er bereits zu weit gegangen; absenden konnte er den Brief natürlich nicht. Um herauszufinden, was er überhaupt zu sagen hatte, schrieb er für sich selbst noch einen Absatz.

»Mich treibt eine Kraft, die so stark ist, daß ich ihr nicht widerstehen kann. Ich glaube, daß diese Kraft ihren eigenen Sinn und ihre eigene Moral hat, selbst wenn diese mir zeit meines Lebens unverständlich bleiben sollten.«

Er zerriß das Blatt in kleine Schnipsel und warf sie in den Papierkorb.

Er wickelte das Taschentuch wieder von der Hand, und es gelang ihm, die Hand hinter seinem Rücken zu verbergen, als er vor dem Abendessen im Salon mit Madame und Monsieur Azaire sprach. Azaire war viel zu sehr mit der Vorgängen in seiner Fabrik beschäftigt, als daß er sich für die Hand seines Hausgastes interessiert hätte, und als Madame Azaire sich einen Blick auf Stephen gestattete, ruhten ihre Augen auf seinem Gesicht.

»Ich habe gehört, daß es Bemerkungen über Ihre Anwesenheit in der Fabrik gegeben hat«, sagte Azaire.

»Ja. Ich war mir nicht sicher, ob ich bei der Versammlung dabeisein sollte. Vielleicht sollte ich mich dort für ein oder zwei Tage lieber nicht mehr blicken lassen.«

Lisette kam durch die Gartentür herein.

»Gute Idee«, sagte Azaire. »Geben Sie den Leuten Zeit, sich abzukühlen. Ich glaube nicht, daß es Probleme geben wird, aber vielleicht gehen Sie lieber in Deckung, bis alles wieder im Lot ist. Einer meiner Angestellten kann Ihnen Schreibtischarbeit herbringen. Es gibt genügend Möglichkeiten für Sie, sich nützlich zu machen.«

»Seht doch mal!« sagte Lisette. »Was ist denn mit Ihrer Hand passiert?«

»Ich bin damit in eine der Spinnmaschinen geraten, als man mir heute morgen gezeigt hat, wie die funktionieren.«

»Sie ist ja ganz rot und geschwollen.«

Madame Azaire stieß einen kleinen Schrei aus, als Lisette Stephens verletzte Hand hochhielt, um sie sich genau anzusehen. Er glaubte, auf ihrem Gesicht einen Anflug von Besorgnis erkannt zu haben, bevor es ihr gelang, ihre übliche Fassung wiederzuerlangen.

»Das Essen ist serviert«, sagte Marguérite von der Tür her.

»Danke«, sagte Madame Azaire. »Sorgen Sie bitte dafür, Marguérite, daß Monsieur Wraysfords Hand nach dem Essen verbunden wird.« Dann ging sie voraus ins Speisezimmer.

Als Azaire am nächsten Tag zur Arbeit ging, blieb Stephen wie ein krankes Kind, das nicht zur Schule muß, zu Hause. Ein Fabrikbote brachte allerlei Schreibarbeit, die Stephen im Salon zur Seite legte. Er nahm ein Buch und setzte sich damit neben der Gartentür in eine Ecke. Er hörte im Haus die Geräusche alltäglicher Verrichtungen und kam sich dabei vor, als belausche er weibliche Geheimnisse. Marguérite kam mit einem Federstaubwedel herein, den sie mit mit demonstrativer Nachlässigkeit über die Porzellanfiguren und polierten Tischplatten wischen ließ, und wirbelte Staubpartikel auf, die in feinen Spiralen durch die klare Morgensonne taumelten, bis sie wieder auf die Stühle oder den glänzenden Parkettfußboden sanken. Grégoire polterte die Treppe herunter und ging mit hallenden Schritten durch den Flur; an der Eingangstür wurde er aufgehalten, wie sich am Klirren der Schlösser und Ketten hören ließ. Der Ruf »Mach die Tür hinter dir zu!« wurde von keinem Laut erwidert, und Stephen stellte sich den Anblick des Gartens vor, wie er sich jetzt im rechteckigen Rahmen der offenstehenden Tür darböte, den gepflasterten Weg mit dem soliden Eisengeländer, der auf den Boulevard hinausführte.

Mit einem klappernden Geräusch trug Marguérite ein Tablett mit Frühstückstassen und -tellern aus dem Speisezimmer in die Küche, gefolgt vom weichen Stoß ihrer Hüfte, mit dem sie die Tür aufdrückte. Bevor sie wieder zufiel, ertönte für einen Moment das lautere, absichtsvollere Geklapper von Töpfen, die gescheuert oder auf den Herd gesetzt wurden, wo sie, gefüllt mit Brühe, den ganzen Morgen vor sich hin köcheln würden.

Aus dem Speisezimmer hörte er Madame Azaires Stimme; sie blieb dort bis elf Uhr, unterhielt sich mit Lisette und gab den verschiedenen Leuten, die ihr ihre Aufwartung machten, Anweisungen. Zu ihnen gehörte auch Madame Bonnet, die Frau eines älteren Fabrikarbeiters, die jeden Tag die Putzdienste versah, die Marguérite nicht zuzumuten oder zu anstrengend waren. Madame Azaire erklärte ihr, welche Räume zu reinigen und ob besondere Vorkehrungen für eventuelle Gäste zu treffen wären. Die schweren, rollenden Schritte der alten Frau wurden hörbar, als sie sich schlurfend an die zugewiesene Arbeit machte. Lisette saß im Sonnenlicht, das unter den Clematissprossen am Fenster ins Zimmer fiel, sah den Schatten auf der polierten Tischplatte zu und hörte sich an, wie ihre Stiefmutter den Haushalt führte. Sie genoß diese gemeinsame Routine des Morgens; sie vermittelte ihr das Gefühl, geschätzt und wichtig zu sein, und hatte darüber hinaus den Vorteil, Grégoire los zu sein, der mit seinem ungehobelten Benehmen und seinen kindischen Bemerkungen, auch wenn sie noch so verabscheuungswürdig oder banal sein mochten, manchmal ihre bemüht erwachsene Haltung bedrohte.

Es gab noch andere, kleinere Rollen, die im sanft ablaufenden Drama des Morgens gespielt sein mußten. Dazu gehörte ein zweites Dienstmädchen, das jedoch, anders als Marguérite, nicht im Haus wohnte; dazu gehörte ein Koch, der irgendwo in der ersten Etage ein Zimmer hatte; dazu gehörte auch ein Laufbursche des Schlachters, der eine Bestellung entgegennahm, sowie ein Laufbursche des Kaufmanns, der an der Hintertür zwei schwere Kartons anlieferte.

Kurz nach zwölf fragte Madame Azaire Stephen, ob er mit ihr und Lisette zu Mittag essen wolle. Grégoire käme erst später aus der Schule, sagte sie. Stephen nahm die Einladung an und verbrachte die nächste Stunde damit, die Papiere durchzuarbeiten, die man ihm aus Azaires Büro geschickt hatte.

Kurz nach eins erschien Madame Azaire und sagte, das Essen sei fertig. Am Ende des Tisches war beim Fenster für drei Personen gedeckt. Der Raum wirkte jetzt ganz anders auf Stephen als beim Abendessen, wenn sich hier im gedämpften Abendlicht Gäste mit steifen Kragen wie formelle Schatten aufhielten. Lisette trug das kleine, weiße Kleid, das ihre Mutter ihr beim Ausflug in die Wassergärten verboten hatte. Ihr dunkelbraunes Haar war mit einem blauen Band zurückgebunden, und ihre Beine waren nackt. Stephen dachte, was für ein hübsches Mädchen sie sei, als sie ihn unter dichten Wimpern anschaute; doch nahm er ihre Blicke völlig leidenschaftslos auf, weil seine Gedanken einer anderen Person galten.

Madame Azaire trug einen cremefarbenen Rock mit einer dunkelrot gemusterten Weste über einer weißen Bluse mit offenem Kragen.

»Sie dürfen gern ihr Jackett ausziehen, Monsieur«, sagte sie.

»Lisette und ich empfinden das Mittagessen nicht als formellen Anlaß, nicht wahr?«

Lisette lachte. Stephen bedankte sich. Er bemerkte, daß sich Madame Azaire durch Lisettes Gegenwart geschützt und zugleich ermutigt fühlte.

Marguérite trug eine Platte mit Artischocken auf »Vielleicht sollten wir ein Gläschen Wein dazu trinken«, sagte Madame Azaire. »Normalerweise trinken wir mittags keinen Wein, nicht wahr, Lisette? Aber heute vielleicht doch. Marguérite, bringen Sie uns doch bitte eine Flasche Weißwein. Aber keinen aus dem Vorrat meines Mannes.«

Nach den Artischocken gab es eine kleine Portion Champignons, gefolgt von Seezunge. Stephen schenkte Madame Azaire Wein ein und, als sie darauf bestand, auch Lisette. Um überhaupt etwas zu sagen, erkundigte sich Stephen, wie die Azaires Monsieur und Madame Bérard kennengelernt hätten.

Als der Name fiel, fing Lisette zu kichern an; Madame Azaire sagte, sie solle damit aufhören, mußte jedoch selber lächeln. »Ich fürchte, Lisette ist im Hinblick auf Monsieur Bérard sehr unhöflich«, sagte sie.

»Das ist so ungerecht«, sagte Lisette. »Haben Ihre Eltern Sie auch gezwungen, ihren albernen Freunden gegenüber höflich zu sein?«

»Ich habe keine Eltern«, sagte Stephen. »Jedenfalls kenne ich sie nicht. Ich bin bei meinen Großeltern aufgewachsen und kam dann in ein Heim, bis mich ein Mann da herausgeholt hat, den ich zuvor überhaupt nicht kannte.«

Lisette wurde rot und schluckte vernehmlich; auf Madame Azaires Gesicht zeigte sich vorübergehend Besorgnis, als sie sagte: »Entschuldigen Sie, Monsieur. Lisette stellt immer solche Fragen.«

»Aber dafür muß man sich doch nicht entschuldigen.« Er lächelte Lisette zu. »Überhaupt nicht. Ich schäme mich nicht im geringsten.«

Marguérite brachte Rinderfilet auf einem blau gemusterten

Teller und stellte ihn vor Madame Azaire auf den Tisch. »Soll ich Rotwein dazu bringen?« fragte sie. »Es ist noch etwas von gestern abend übrig.«

»Ja, gut.« Madame Azaire legte auf jeden der drei Teller eine Scheibe des blutigen Fleisches. Stephen schenkte Wein nach. Er erinnerte sich an den Druck, den Madame Azaires Bein in den Wassergärten gegen seins ausgeübt hatte. Die Haut ihrer nackten Arme war hellbraun; die männliche Weste und die am Hals offene Bluse ließen sie noch weiblicher als sonst aussehen.

»Ich werde bald nach England zurückkehren«, sagte er. »Ich habe ein Telegramm erhalten, daß meine Anwesenheit in London erforderlich ist.«

Niemand sagte etwas. Die Atmosphäre verdichtete sich. Er mußte an ihre Schmerzenslaute aus dem Schlafzimmer denken.

»Ich reise nur sehr ungern ab«, sagte er.

»Sie können jederzeit wiederkommen und uns ein anderes Mal besuchen«, sagte Madame Azaire.

»Ja, ich kann ein anderes Mal wiederkommen.«

Marguérite trug eine Schüssel mit Kartoffeln auf. Lisette reckte sich und lächelte. »Ach, ich bin so müde«, seufzte sie glücklich.

»Das kommt von dem Wein, den du getrunken hast.« Madame Azaire lächelte ebenfalls, und die Luft schien wieder leichter zu werden. Sie beschlossen das Essen mit etwas Obst, und Marguérite servierte im Salon Kaffee. Sie saßen am Spieltisch, an dem Stephen an seinem ersten Abend im Haus Karten gespielt hatte.

»Ich mache mal einen Spaziergang im Garten«, sagte Lisette. »Und dann gehe ich vielleicht auf mein Zimmer und halte einen Mittagsschlaf.«

»Tu das«, sagte Madame Azaire.

Lisettes leichte Schritte durchquerten den Raum und verhallten.

Sofort veränderte sich die Atmosphäre wieder, dieses Mal unwiderruflich. Madame Azaire vermochte es nicht, Stephen in die Augen zu sehen. Sie sah auf den Spieltisch hinunter und spielte auf der zarten Porzellan-Untertasse mit dem Silberlöffel. Stephen spürte, wie seine Brust sich verkrampfte. Er konnte kaum noch atmen.

»Nehmen Sie noch etwas Kaff...«

»Nein.«

Erneutes Schweigen.

»Sehen Sie mich an.«

Sie hob nicht den Kopf. Sie stand auf und sagte: »Ich werde auf mein Zimmer gehen und etwas nähen, also ...«

»Isabelle.« Er hatte ihren Arm ergriffen.

»Nein. Bitte nicht.«

Er zog sie an sich und umschlang sie mit den Armen, so daß sie sich ihm nicht entziehen konnte. Sie schloß die Augen, und er küßte sie auf den Mund, der sich öffnete. Er spürte das Zucken ihrer Zunge, und ihre Hände preßten sich gegen seinen Rücken; dann entzog sie sich seinem festen Griff, wobei die weiße Bluse zerriß und darunter ein schmaler Seidenstreifen sichtbar wurde. Stephens Körper verkrampfte sich vor Begierde.

»Sie müssen. Um Gottes willen, Sie müssen.« Er geriet in Raserei.

Madame Azaire weinte mit geschlossenen Augen. »Nein, ich kann nicht, ich kenne ... Ich glaube nicht, daß es richtig wäre.«

»Sie wollten sagen: ›Ich kenne Sie ja kaum.‹«

»Nein. Nur, daß es nicht richtig wäre.«

»Es ist richtig. Sie wissen, daß es richtig ist. Es ist so richtig, wie nur etwas richtig sein kann. Isabelle. Ich verstehe Sie. Glauben Sie mir. Ich verstehe Sie. Ich liebe Sie.«

Er küßte sie wieder, und wieder antwortete ihr Mund dem seinen. Er schmeckte die Süße ihres Speichels und begrub dann sein Gesicht an ihrer Schulter, wo die Haut bloß lag.

Sie riß sich von ihm los und lief aus dem Zimmer. Stephen trat ans Fenster und hielt sich am Rahmen fest, während er hinausschaute. Die Kraft, die ihn durchströmt hatte, ließ sich nicht mehr bändigen. Jener Teil seines Bewußtseins, der ruhig geblieben war, nahm dies zur Kenntnis; wenn die Notwendigkeit nicht mehr geleugnet werden konnte, blieb nur noch die Frage offen, ob er mit ihrer Zustimmung ans Ziel gelangen würde.

In ihrem Zimmer ging Madame Azaire schluchzend auf und ab. Sie war von Leidenschaft für ihn geschüttelt, aber er machte ihr angst. Sie wollte ihn verwöhnen, wollte jedoch auch von ihm genommen werden, wollte von ihm gebraucht werden. Ströme der Begierde und Erregung, die sie noch nie empfunden oder an die sie seit Jahren nicht mehr gedacht hatte, überschwemmten sie. Sie wünschte sich, daß er wiedererwecken möge, was sie begraben hatte, daß er die Fassade ihres Ichs erniedrigen und zerstören möge. Er war sehr jung. Sie war unsicher. Sie sehnte sich nach der Berührung seiner Haut.

Sie ging nach unten, und ihre Schritte waren so leise, daß sie kein Geräusch verursachten. Sie fand ihn, im Kampf mit sich selbst, am Fenster lehnend. Sie sagte: »Kommen Sie ins rote Zimmer.«

Als Stephen sich umwandte, war sie verschwunden. Das rote Zimmer. Er geriet in Panik. Er war sich sicher, daß es einer jener Räume sein mußte, in die er einmal hineingeblickt hatte, den er jedoch nie wiederfinden würde; er wäre wie der Raum in einem Traum, der unerreichbar bleibt; er würde nie hineingelangen. Er lief die Treppe hinauf und sah, wie sie um eine Ecke bog. Sie ging durch den Hauptflur bis zu einem schmalen Durchgang und weiter durch einen kleinen Bogengang. Am Ende des Flurs befand sich eine verschlossene Tür, durch die man in den Teil des Hauses gelangte, wo das Personal wohnte. Unmittelbar davor befand sich zur Linken eine Tür mit einer ovalen Porzellanklinke, die das schlecht sitzende Schloß klappern ließ. Er holte sie ein, als sie die Tür des kleinen Zimmers öffnete, in dem ein Messingbett mit rotem Überwurf stand.

»Isabelle.« Auch er weinte. Er vergrub seine Hände in ihrem Haar und sah zu, wie es sich zwischen seinen Fingern auflöste.

Sie sagte: »Mein armer Junge.«

Er küßte sie, und wieder floh ihre Zunge nicht vor seiner.

»Wo ist Lisette?« fragte er.

»Im Garten. Ich weiß nicht. O Gott. O bitte, bitte.« Sie begann zu zittern und zu beben. Ihre Augen waren geschlossen. Als sie sie wieder öffnete, konnte sie kaum atmen. Er begann, ihr die Kleider vom Leib zu reißen, und sie unterstützte ihn dabei mit gierigen, ungeschickten Bewegungen. Die Weste verhakte sich an ihrem Ellbogen. Er schob ihre Bluse zurück und vergrub sein Gesicht in dem Seidenstreifen zwischen ihren Brüsten. Er war so entzückt von dem, was er sah und berührte, daß er meinte, Jahre zu benötigen, um all das in sich aufzunehmen, doch trieb ihn zugleich eine fiebrige Hast weiter.

Isabelle spürte seine Hände auf ihrem Körper, spürte seine Lippen auf ihrer Haut und wußte um die Schande und Unschicklichkeit dessen, was er sah, doch je stärker sie sich der Zerstörung ihrer erzwungenen Zurückhaltung bewußt wurde, desto erregter wurde sie. Sie spürte sein Haar zwischen ihren Fingern, strich mit den Händen über die Wölbung seiner Schultern, spürte durch den Hemdstoff seine glatte Brust.

»Komm, bitte, bitte«, hörte sie sich sagen, obwohl ihr der Atem so stockte, daß die Worte kaum zu verstehen waren. Sie strich mit der Hand über die Vorderseite seiner Hose, so schamlos, wie sie sich vorstellte, daß eine Hure es tun würde, und fühlte seine Steifheit. Niemand wies sie zurecht. Niemand stieß sie zurück. Sie konnte tun, was immer sie wollte. Er rang nach Luft, hörte damit auf, sie auszuziehen, und sie half ihm, ihren Seidenschlüpfer herunterzuziehen, der enthüllte, wie sie plötzlich wußte, woran er seit langem gedacht hatte. Vor Scham hielt sie die Augen fest geschlossen, als sie sich ihm zeigte, doch immer noch empfand sie kein Schuldgefühl. Sie spürte, wie er sie rückwärts aufs Bett schob, und sie hob sich ihm rhythmisch entgegen, als ob ihr Körper sich von ihr gelöst hätte und nur noch seine Aufmerksamkeit erregen wollte. Schließlich spürte sie eine Berührung, doch dämmerte ihr unter Stöhnen, daß es nicht das war, was sie erwartet hatte; es war seine Zunge, die zuckend und heiß über und in ihr tanzte und sich wie ein Schlüssel im geschlitzten Schloß ihres Fleisches drehte. Diese schockierende, neue Empfindung ließ sie in langen, rhythmischen Bewegungen seufzen und zittern, sich völlig von ihrer Leidenschaft überwältigen, bis sich in ihrer Brust ein Druck bildete, ein Gefühl, das sie unmöglich ertragen, unmöglich aushalten konnte, obwohl alles in ihr danach drängte weiterzumachen. In diesem Konflikt warf sie den Kopf auf dem Bett hin und her. Sie hörte, wie aus einem entfernten Raum, ihre Stimme Verweigerung schreien, aber dann gab die Empfindung nach und überschwemmte sie wieder und wieder, strömte durch Bauch und alle Glieder, und ihre kleine Stimme, diesmal dicht an ihrem Kopf, sagte »Ja«.

Als sie die Augen aufschlug, sah sie Stephen nackt vor sich stehen. Sie starrte das Fleisch an, das sich von ihm abspreizte. Er hatte sie immer noch nicht genommen; das Vergnügen erwartete sie noch. Er legte sich auf sie, küßte ihr Gesicht, ihre Brüste und richtete mit den Lippen ihre Brustwarzen auf. Dann drehte er sie herum, strich mit den Händen an den Innenseiten ihrer Beine aufwärts, über die Seidenstrümpfe, die auszuziehen sie vor Ungeduld keine Zeit gefunden hatten, und zwischen die Spalte, an der ihre Beine zusammentrafen. Er küßte sie auf den Rücken, auf die rosafarbene Schwellung gespaltenen Fleisches, abwärts zur Rückseite ihrer Schenkel, wo er seine Wange für einen Moment ruhen ließ. Dann begann er erneut an ihren Fußknöcheln, an den zarten Knöcheln, die er im Boot in den Wassergärten gesehen hatte, und über die Innenseiten ihrer Waden aufwärts.

Isabelle atmete wieder schneller. Sie sagte, »Bitte, mein Liebster, bitte jetzt, bitte.« Sie ertrug die Erregung nicht länger. Mit der linken Hand ergriff sie den Teil von ihm, den sie in sich spüren wollte, und der Schock, den die Berührung in ihm auslöste, ließ ihn in seinen Liebkosungen innehalten. Sie öffnete die Beine ein wenig weiter, um ihn einzulassen, weil sie ihn dort spüren wollte. Sie fühlte das Laken unter sich, als ihre Beine sich spreizten und sie ihn in sich einführte.

Sie hörte ihn stöhnen und sah, wie er das zerknüllte Laken zwischen die Zähne nahm und darauf biß. Er bewegte sich kaum in ihr, als ob er sich vor dem Gefühl oder dem fürchtete, was aus diesem Gefühl hervorginge.

Isabelle ging lustvoll in dem Gefühl auf, durchbohrt zu werden. Es durchströmte sie von ihren äußeren Begrenzungen her, von ihren Rändern; es erfüllte sie mit Begierde und Glücksgefühlen. Endlich bin ich, was ich bin, dachte sie; ich bin hierfür geboren. Bruchstückhafte Erinnerungen an kindliche Begierden, an nachmittägliche Erregungen, die in dem Alltagstrott ihres Elternhauses unterdrückt worden waren, keimten in ihr auf; schließlich empfand sie Verbindungen zwischen dem Taumel ihrer Lust und dem ungewöhnlich deutlichen Wiedererkennen dessen, was sie einmal gewesen war – das kleine Mädchen der Fourmentiers.

Sie hörte ihn aufschreien und spürte in sich eine Woge; er schien plötzlich in ihr anzuschwellen, so daß ihre Körper fast ineinander verschmolzen. Der Schock und die Intimität dessen, was er getan hatte, indem er diese Absonderung seiner selbst in ihr hinterließ, ließ sie erbeben wie beim ersten Mal, nur kürzer und wilder jetzt und so, daß sie für einen Moment jeden Kontakt mit der Welt verlor.

Als sie sich soweit erholt hatte, um die Augen wieder aufzuschlagen, sah sie Stephen mit dem Gesicht nach unten auf dem Bett liegen; der Kopf war merkwürdig zur Seite abgewinkelt, fast so, als wäre er tot. Sie sprachen kein Wort. Beide lagen ganz still. Draußen sangen Vögel.

Zögernd, beinah scheu, strich Isabelle mit den Fingern über die Wirbel, die aus seinem Rücken hervortraten, dann über die schmalen Hüften und die Oberschenkel mit den weichen, schwarzen Härchen. Sie nahm seine verletzte Hand und küßte die abgeschürften und geschwollenen Knöchel.

Er drehte sich zur Seite und sah sie an. Ihr Haar war aufgelöst und fiel in seinen verschiedenen Schattierungen über ihre nackten Schultern und die festen, runden Brüste, die sich unter ihrem immer noch beschleunigtem Atem hoben und senkten. Ihr Gesicht und ihr Hals waren von einer rosafarbenen Glut überhaucht, wo das Blut durch die junge, milchigweiße, vom Flechtwerk goldener und brauner Sommersprossen überzogenen Haut schimmerte. Er erwiderte ihren Blick einen Moment lang, lehnte dann den Kopf gegen ihre Schulter, und sie streichelte sein Gesicht und sein Haar.

Erstaunt und unsicher lagen sie lange schweigend da. Dann begann Isabelle, über das, was geschehen war, nachzudenken. Sie hatte nachgegeben, aber nicht auf passive Weise. Sie hatte dies Geschenk machen wollen; sie wollte sogar weitergehen. Dieser Gedanke erschreckte sie für einen Augenblick. Sie sah sich und ihn am Beginn eines Abstiegs, dessen Ende sie sich nicht vorstellen konnte.

»Was haben wir getan?« sagte sie.

Stephen setzte sich aufrecht und hielt ihre Arme fest. »Wir haben getan, was richtig war.« Er blickte sie entschlossen an. »Isabelle, mein Liebling, das mußt du verstehen.«

Sie nickte wortlos. Er war noch ein Junge, er war der liebste Junge, und von nun an würde sie ihn immer besitzen.

»Stephen«, sagte sie.

Zum ersten Mal nannte sie ihn mit seinem Namen. Mit ihrem fremden Akzent klang es wunderschön für ihn.

»Isabelle.« Er lächelte ihr zu, und ihr Gesicht erhellte sich, als sie zurücklächelte. Sie drückte ihn an sich und lächelte, obwohl sich bereits wieder Tränen in ihren Augenwinkeln zeigten.

»Du bist so schön«, sagte Stephen. »Ich weiß nicht, wie ich dich jetzt im Haus anschauen soll. Ich werde mich verraten. Wenn ich dich beim Abendessen sehe, werde ich daran denken, was wir getan haben, und ich werde so an dich denken, wie du jetzt bist.« Er streichelte ihr die Schulter und legte den Handrücken gegen ihre Wange.

»Das wirst du nicht tun«, sagte sie. »Und ich auch nicht. Du wirst stark sein, weil du mich liebst.«

Stephens gleichmäßiger Blick, dachte sie, zeigte keine Spur von Angst. Als seine Hände über ihre Brüste strichen, verlor sie die Konzentration. Sie hatten nur eine Minute miteinander geredet, aber was sie gesagt hatten und was die Worte bedeuteten, ließ ihre Gedanken erlahmen. In ihrem Körper regte sich nun ein stärkeres Gefühl, während seine Hände über diese weichen und sonst unzugänglichen Zonen strichen. Ihr Atem kam wieder stoßweise; ihr tiefes Ausatmen brach, und sie spürte, wie sie wieder abwärts zu gleiten begann, freiwillig, aber abwärts in eine Richtung, in der kein Ende in Sicht war.

An diesem Abend war Azaire bester Laune. Meyraux hatte sein neues Lohnangebot an die Arbeiter beinah akzeptiert, und obwohl sich der Streik unter den Färbern ausgeweitet hatte, schien die Gefahr doch gering, daß er auf andere Teile der Industrie übergreifen könnte. Sein Freund Bérard, der ihn schon seit über einer Woche nicht mehr besucht hatte, hatte versprochen, nach dem Abendessen mit seiner Frau und seiner Schwiegermutter auf eine Partie Karten vorbeizukommen. Azaire beauftragte Marguérite, zwei Flaschen Burgunder aus dem Keller zu holen. Er machte Isabelle ein Kompliment über ihr gutes Aussehen und erkundigte sich bei Lisette, was sie den Tag über getan hatte.

»Ich bin im Garten spazierengegangen«, sagte sie. »Ich bin bis zum Ende gegangen, wo er an die anderen Gärten stößt, wo alles verwildert ist. Ich habe mich da unter einen Baum gesetzt und bin dann, glaube ich, eingeschlafen. Ich hatte einen sehr merkwürdigen Traum.«

»Was denn für einen Traum?« Azaire stopfte Tabak in seine Pfeife.

Lisette kicherte. »Das erzähl ich dir nicht.«

Sie schien enttäuscht zu sein, daß er nicht weiter in sie drang, sondern sich seiner Frau zuwandte. »Und wie hast du den Tag verbracht? Wieder dringende Besorgungen in der Stadt erledigt?«

»Nein, nur das Übliche«, sagte Isabelle. »Ich mußte mit dem Laufburschen des Schlachters reden. Da ist schon wieder das falsche Steakfleisch geliefert worden. Madame Bonnet hat sich beklagt, daß sie zuviel Arbeit aufgehalst bekommt. Und nachmittags habe ich dann ein Buch gelesen.«

»Etwas für die Bildung? Oder einen von deinen Romanen?«

»Etwas ganz Harmloses, ich hab's in einem Buchladen in der Stadt gefunden.«

Azaire lächelte nachsichtig und schüttelte den Kopf über den frivolen Geschmack seiner Frau. Man vermutete, daß er selbst ausschließlich die großen Philosophen las, und zwar die Originaltexte, obwohl er sich dieser schwierigen Lektüre offenbar in privater Abgeschiedenheit hingab. Wenn er es sich nämlich nach dem Abendessen im Schein der Leselampe gemütlich machte, giff er regelmäßig nach der Abendzeitung.

Als die Schritte eines Mannes erklangen, der die Treppe herunterkam, schweiften Isabelles Augen unruhig vom Sofa fort, auf dem sie sich mit einer Näherei die Zeit bis zum Abendessen vertrieb. Stephen stand in der Tür.

Er drückte beiläufig die Hand, die Azaire ihm hinhielt, wandte sich dann Isabelle zu und wünschte ihr einen Guten Abend. Sie atmete befreiter, als sie den ernsten Ausdruck seines dunklen, gleichmäßigen Gesichts wahrnahm. Seine Beherrschung schien vollkommen.

Beim Essen fiel ihr auf, daß er sie nicht ansprach und sie nur dann ansah, wenn es sich nicht vermeiden ließ. Als es dennoch geschah, waren seine Augen so ausdruckslos, daß sie fürchtete, in ihnen Gleichgültigkeit, wenn nicht gar Feindseligkeit zu lesen.

Marguérite lief mit dem Essen auf und ab, und Azaire, der ungewöhnlich guter Laune war, schlug einen Angelausflug vor, zu dem er die Bérards einladen wollte. Man könnte den Zug bis Albert nehmen, und dann wäre es gewiß amüsant, von dort aus eine Ponykutsche zu mieten und mit einem Picknick zu einem der Dörfer entlang der Ancre zu ziehen.

Grégoire wurde lebhaft bei diesem Vorschlag. »Kriege ich dann auch eine eigene Angelrute?« fragte er. »Hugues und Edouard haben beide eigene Ruten. Nur ich nicht.«

Isabelle sagte: »Du bekommst deine eigene, Grégoire.«

»Angeln Sie, Monsieur?« fragte Azaire.

»Als Kind schon. Einfach so, mit Würmern und Brotkrumen. Ich saß dann stundenlang am Gartenteich eines großen Hauses, das in der Nähe unserer Wohnung lag. Ich ging zusammen mit ein paar anderen Jungen aus dem Dorf hin, und dann saßen wir da und erzählten uns Geschichten, während wir warteten. Es kursierten Gerüchte über einen riesigen Karpfen. Der Vater von einem der Jungen hatte ihn gesehen, hatte ihn sogar fast gefangen, jedenfalls behauptete er das. Immerhin gab es tatsächlich ein paar große Fische in dem Teich, weil wir selbst welche fingen. Aber leider wurden wir immer weggejagt, weil es ein Privatgrundstück war.«

Isabelle lauschte nicht ohne Verwunderung dieser Rede, da es sich mit Abstand um die längste handelte, die Stephen an ihren Mann gerichtet hatte, seit er im Haus wohnte. Abgesehen von der kurzen Enthüllung seiner Lebensumstände, die er sich beim Mittagessen gegenüber ihr und Lisette erlaubt hatte, war es das erste Mal, daß er über etwas so Persönliches wie seine Kindheit sprach. Je länger er redete, desto mehr schien er sich für das Thema zu erwärmen. Er hielt Azaire mit den Augen fest, so daß dieser warten mußte, bis Stephen ausgeredet hatte, bevor er das Stück Kalbfleisch essen konnte, das er bereits auf der Gabel aufgespießt hatte.

Stephen fuhr fort. »Als ich dann zur Schule kam, hatte ich keine Zeit mehr, angeln zu gehen. Und außerdem bin ich mir auch gar nicht sicher, ob ich genügend Geduld aufgebracht hätte. Wahrscheinlich ist Angeln sowieso ein Zeitvertreib für eine Gruppe Jungen, die sich meistens langweilen, aber gern zusammenbleiben, damit sie sich wenigstens über all das Neue austauschen können, was ihnen in der Welt begegnet.«

Azaire sagte: »Also, Sie sind herzlich eingeladen«, und schob sich das Kalbfleisch in den Mund.

»Das ist sehr liebenswürdig, aber ich finde, daß ich Sie auf Ihren Familienausflügen schon zu sehr belästigt habe.«

»Sie *müssen* mitkommen,« sagte Lisette. »In Thiepval gibt es berühmte ›English teas‹.«

»Wir müssen das ja nicht sofort entscheiden«, sagte Isabelle. »Nehmen Sie noch etwas Kalbfleisch, Monsieur?«

Sie war stolz auf ihn. Er sprach vorzüglich Französisch, er war auf elegante Weise höflich, und nun hatte er ihnen sogar etwas über sich selbst erzählt. Sie sehnte sich danach, ihn dafür zu belohnen, ihn in ein vorteilhaftes Licht zu rücken und sich selbst in der Anerkennung sonnen zu können, die ihm zuteil würde. Als ihr klar wurde, wie unendlich weit sie davon entfernt war, durchzuckte sie das Verlustgefühl wie ein Stich. Azaire war ihre Wahl, ihr Stolz, der Mann, in dessen Glanz sie ihr Leben zu verbringen hatte. Sie fragte sich, wie lange sie noch die Verlogenheit ihrer Lage aushalten würde. Vielleicht war das, was sie und Stephen versuchten, nämlich die Verleugnung der Wahrheit in einem derartigen Ausmaß, ein Ding der Unmöglichkeit. Obwohl ihr die Heuchelei Angst einflößte, erregte sie doch zugleich dessen Frivolität und das Wissen darum, daß es ihrer beider Risiko war.

Um fünf Uhr nachmittags hatten sie das rote Zimmer verlassen, und seitdem hatte sie nicht mehr mit ihm gesprochen. Sie hatte nicht die leiseste Ahnung, was ihm inzwischen durch den Kopf gegangen war. Vielleicht bereute er bereits, was passiert war; vielleicht hatte er erreicht, was er erreichen wollte, und die Sache war damit für ihn erledigt.

In ihrem Delirium aus Lust und Angst hatte sie sich gleichwohl praktischen Dingen widmen müssen. Sie mußte sich ankleiden und das zerrissene Vorderteil ihrer Bluse verstecken, als sie das rote Zimmer verließ. Sie mußte die Laken und den Bettüberwurf unbemerkt ins Wäschezimmer schaffen. Sie mußte das Zimmer gründlich von allen Spuren des Ehebruchs säubern.

In ihrem Badezimmer zog sie sich aus. Es war nicht ungewöhnlich für sie, zweimal täglich, und oft auch zu dieser Tageszeit, ein Bad zu nehmen, aber die Bluse ließ sich nicht mehr flicken und mußte heimlich entfernt werden. Wo der Samen herablief, den sie so tief in sich eingepflanzt gefühlt hatte, waren ihre Schenkel klebrig. Er hatte den elfenbeinfarbenen Schlüpfer befleckt, den ihre Mutter ihr als Teil der Aussteuer in der Rue de Rivoli in Paris gekauft hatte. Als sie in der Badewanne lag, stellte sie fest, daß er noch weitere Spuren zwischen ihren Beinen hinterlassen hatte, und sie scheuerte anschließend das Emaille. Das größte Problem blieben jedoch die Laken. Marguérite nahm es mit der Bettwäsche sehr genau und wußte, wann und in welchen Zimmern sie gewechselt werden mußte, auch wenn diese Arbeit normalerweise von Madame Bonnet gemacht wurde. Vielleicht müßte sie eine der beiden ins Vertrauen ziehen. Sie entschloß sich, Marguérite am nächsten Nachmittag frei zu geben, die Laken eigenhändig zu waschen und zu bügeln und sie dann ins rote Zimmer zurückzubringen, bevor dort irgend jemand gewesen war. Den roten Überwurf würde sie wegwerfen und behaupten, er habe ihr nicht mehr gefallen. Das entsprach genau dem impulsiven Verhalten, das ihren Mann verärgerte, das er aber als typisch für sie ansah. Sie empfand keinen Ekel vor den Flecken und Körperspuren ihres gemeinsamen Nachmittags. Jeanne hatte ihr beigebracht, sich nicht zu schämen, und so sah sie dies gemeinsame Mal als Zeugnis einer Intimität, die ihr das Herz zusammenpreßte.

Marguérite öffnete den Bérards die Tür. Azaire hielt es für angemessen, den weiteren Abend im Salon zu verbringen oder gar in einem der kleinen Zimmer im Erdgeschoß, in denen er manchmal Marguérite anwies, Kaffee und Eis und Gebäck zu servieren. Doch Bérard war von dröhnender Rücksichtnahme.

»Es gibt keinen Grund, diese anmutige Familienszenerie zu stören, Azaire. Wenn ich meine Wenigkeit auf diesen Stuhl plazieren darf. Und wenn der kleine Grégoire vielleicht so freundlich sein ... Ganz recht, dann kann Madame Bérard zu meiner Linken sitzen.«

»Sie säßen aber gewiß bequemer, wenn ...«

»Und so kommen wir erst gar nicht auf die Idee, Sie belästigt zu haben. Tante Elise ist nur unter der Bedingung mitgekomrnen, daß es sich um einen zwanglosen Nachbarschaftsbesuch handelt und wir auf keinen Fall als Gäste behandelt werden.«

Bérard setzte sich auf den Stuhl, den Lisette für ihn geräumt hatte, und ihre Stiefmutter erlaubte ihr, Grégoire zu Bett bringen. Lisette küßte ihren Vater flüchtig auf die Wange und trollte sich aus dem Zimmer. Zwar hatte ihr die Rolle der Erwachsenen heute morgen Spaß gemacht, doch gab es auch Momente, in denen es sich lohnte, noch Kind zu sein.

Stephen beneidete sie. Es wäre ihm ein leichtes gewesen, die beiden Familien allein zu lassen; möglicherweise hätten sie das sogar vorgezogen. Aber solange er noch Isabelle ansehen konnte, wollte er bleiben. Die Verlogenheit ihrer Situation versetzte ihn keineswegs in Ungeduld; er vertraute darauf, daß das, was zwischen ihnen vorgefallen war, die Dinge unwiederbringlich verändert hatte und daß die gesellschaftlichen Umstände sich dem zu gegebener Zeit anpassen und der neuen Wirklichkeit gerecht werden würden.

»Und Sie, Madame? Haben Sie wieder etwas von Ihrem geheimnisvollen Pianisten mit der unvergeßlichen Melodie gehört?« Bérard legte seinen schweren Kopf mit den dicken, grauen Haaren und den roten Gesichtszügen in die rechte Hand, stützte den Ellbogen auf den Tisch und sah Isabelle an. Es war keine ernstgemeinte Frage; er stimmte vorerst nur das Orchester.

»Nein, seit wir das letzte Mal mit Ihnen beisammen waren, bin ich an dem Haus nicht mehr vorbeigekommen.«

»Ah-ha, Sie wollen also die Melodie als kleinen Erinnerungsschatz für sich behalten. Ich verstehe. Da nehmen Sie wohl jetzt einen anderen Weg, wenn Sie sich des Nachmittags ergehen.«

»Nein. Heute nachmittag habe ich gelesen.«

Bérard lächelte. »Ein Liebesroman würde ich wetten. Wie charmant. Ich selbst lese ausschließlich Historisches. Aber erzählen Sie uns doch mal den Inhalt.«

»Es ging um einen jungen Mann aus bescheidenen Verhältnissen, der aus der Provinz nach Paris kommt, um Schriftsteller zu werden, sich aber mit den falschen Leuten einläßt.«

Stephen staunte über Isabelles schamlose Gewandtheit. Während sie sprach, beobachtete er sie und fragte sich, ob man auf die Idee kommen könnte, daß sie log. Doch sie gab sich wie immer. Sollte sie ihn eines Tages belügen, würde er nie dahinterkommen. Vielleicht hatten alle Frauen diese Fähigkeit zu überleben.

Von Isabelles Buch wechselte die Konversation nun zu der Frage, ob Familien aus der Provinz auf ihre Weise ebensowichtig wären wie jene, die in Paris lebten.

»Kennen Sie die Familie Laurendeau?« fragte Azaire.

»O ja«, sagte Madame Bérard eifrig, »wir sind ihr schon bei verschiedenen Anlässen begegnet.«

»Ich«, sagte Bérard gewichtig, »würde sie allerdings nicht als Freunde bezeichnen. Ich habe sie nicht zu uns nach Haus eingeladen, und ich werde ihnen auch nicht die Ehre geben.«

In Bérards Ablehnung der Familie Laurendeau schwang etwas ebenso Geheimnisvolles wie Vornehmes mit; jedenfalls sollte sein Verhalten das andeuten. Und selbst die neugierigste Nachfrage seiner Freunde würde ihm nie die heiklen Gründe für seine Distanz entlocken können.

»Ich glaube nicht, daß die Familie je in Paris gelebt hat«, sagte Azaire.

»Paris«, sagte Tante Elise und blickte plötzlich auf. »Diese Stadt ist nichts als ein großes Modehaus. Das ist der einzige Unterschied zwischen Paris und der Provinz – die Pariser kaufen sich jede Woche neue Garderobe. Eine Horde Pfauen!«

Azaire behielt seine Gedanken über die Bedeutung von Familien für sich. »Ich habe Monsieur Laurendeau nie kennengelernt, aber soviel ich weiß, handelt es sich um einen höchst angesehenen Mann. Es überrascht mich, daß du eure Beziehung nicht vertieft hast, Bérard.«

Bérard fuchtelte mit dem Zeigefinger vor seinen gespitzten Lippen hin und her, um anzudeuten, daß sie unwiderruflich versiegelt wären.

»Papa ist doch kein Snob«, sagte Madame Bérard.

Isabelle war immer stiller geworden. Sie sehnte sich danach, daß Stephen sie ansehen oder ihr durch sein Verhalten irgendeinen Hinweis geben möge, daß alles in Ordnung sei. Jeanne hatte einmal gesagt, daß Männer anders als Frauen seien, daß sie, wenn sie erst einmal eine Frau besessen hätten, so täten, als sei nichts geschehen, und sie nichts anderes im Sinn hätten, als die nächste zu erobern. Isabelle konnte so etwas von Stephen nicht glauben, nicht nach dem, was er gesagt und was er mit ihr im roten Zimmer getan hatte. Aber wie konnte sie sich sicher sein, wenn er ihr kein Zeichen gab, kein warmes Lächeln? Seine Selbstbeherrschung hatte sie erst beruhigt, doch nun beunruhigte sie sie.

Auf Azaires Vorschlag erhob man sich, ließ die Kaffeetassen auf dem Tisch zurück und bequemte sich in einen anderen Raum, um dort die verabredete Partie Karten zu absolvieren.

Im sicheren Kokon gemeinsamer Bewegungen suchte Isabelle nach Bestätigung in Stephens Blick. Er sah sie an, blickte ihr aber nicht ins Gesicht. Als sie sich auf die für sie typische, bescheidene Art vom Stuhl erhob, spürte sie seine Augen auf Taille und Hüften. Für einen Augenblick war sie wieder nackt. Sie erinnerte sich, wie sie sich ihm in ihrer heißen, nachmittäglichen Preisgabe dargeboten hatte und auf welch perverse Weise ihr das richtig vorgekommen war. Plötzlich, als seine Augen ihre Kleider durchbohrten, wurde sie von verspäteter Scham und Schuld überwältigt, und sie errötete am ganzen Körper. Unter dem Kleid erröteten Bauch und Brüste, und das Blut protestierte pochend gegen ihr Vergehen. Es stieg ihr zum Hals, ins Gesicht, bis zu den Ohren, als wolle es ihr intimstes Verhalten vor aller Öffentlichkeit bloßstellen. Es schrie im brennenden Rot ihrer Haut; es buhlte um Aufmerksamkeit. Die Hitze des steigenden Bluts trieb ihr die Tränen in die Augen, und Isabelle ließ sich schwer auf ihren Stuhl zurückfallen.

»Fühlst du dich nicht wohl?« fragte Azaire ungehalten. »Du siehst aus, als sei dir zu warm.«

Isabelle lehnte sich über den Tisch nach vorn und verbarg das

Gesicht in den Händen. »Mir ist nicht gut. Es ist so heiß hier drinnen.«

Madame Bérard legte ihr den Arm auf die Schulter.

»Es handelt sich zweifellos um ein Kreislaufproblem«, sagte Bérard. »Kein Grund zur Besorgnis, das sind ganz allgemeine Beschwerden.«

Als sich unter ihrem Kleid das Blut zurückzog, hatte Isabelle sich wieder unter Kontrolle. Zwar stand ihr noch die Röte im Gesicht, doch ihr Puls verlangsamte sich.

»Ich glaube, ich gehe lieber zu Bett, wenn es dir nichts ausmacht«, sagte sie.

»Ich schicke Marguérite vorbei«, sagte Azaire.

Da Stephen keine Möglichkeit sah, mit ihr unter vier Augen zu sprechen, wünschte er ihr nur höflich und schlicht Gute Nacht, während Madame Bérard sie am Ellbogen hielt, zum Fuß der Treppe führte, ihr ein oder zwei Stufen empor half und sich dann wieder zu den anderen gesellte.

»Ein Kreislaufproblem«, sagte Bérard, während er mit seinen plumpen Fingern die Karten mischte. »Ein Kreislaufproblem. So geht's. So geht's.« Er sah Azaire an, wobei sich sein linkes Lid über den Augapfel senkte, dort lange genug liegenblieb, um das geplatzte Blutgefäß unter der Haut und die kleine Warze sichtbar werden zu lassen, bis es sich langsam wieder an seinen Platz hob.

Azaire antwortete mit einem dünnen Lächeln und nahm seine Karten auf. Madame Bérard, die in ihrer Handtasche nach einer Brille suchte, bemerkte von dem vertraulichen Austausch unter Männern nichts. Tante Elise hatte sich mit einem Buch in eine Zimmerecke verzogen.

In ihrem Zimmer zog sich Isabelle rasch aus und schlüpfte unter die Bettdecke. Sie preßte die Knie gegen den Bauch, wie sie es als kleines Mädchen im Haus ihrer Eltern getan hatte, wenn sie den Wind durch die umliegenden Felder der Normandie rauschen hörte, den Wind, der die hölzernen Fensterläden klappern ließ und durch die Spalten unterm Dach seufzte. Sie versuchte Schlaf zu finden, indem sie sich den beruhigenden Vorstellungen von Friede und Sicherheit hingab, die ihr stets Kraft gegeben hatten; diese Vorstellungen bestanden aus einer idealisierten Version ihres Elternhauses in einer leicht idyllischen, ländlichen Umgebung, in der die sinnlichen Einwirkungen von Sonnenschein und Blumen dazu beitrugen, daß es nichts zu denken und nichts zu entscheiden gab.

Als sie schon fast vollständig dieser Vision in die Arme gesunken war, ertönte ein mattes Pochen, das sie zuerst für einen Teil des Traums hielt, dann, als sie jedoch aus der einen Welt in die andere wechselte, sich als leises, aber dringliches Klopfen an der Zimmertür entpuppte.

»Herein«, sagte sie mit unsicherer Stimme.

Die Tür öffnete sich langsam, und im matten Licht des Flurs erschien Stephen.

»Was tust du?«

»Ich konnte es unten nicht mehr aushalten.« Er legte einen Finger an die Lippen und flüsterte. »Ich mußte einfach nachsehen, wie es dir geht.«

Sie lächelte ängstlich. »Du mußt verschwinden.«

Er sah sich im Zimmer um, sah die Photographien ihrer Schwestern, Haarbürsten, einen Spiegel mit vergoldetem Rahmen auf der Schminkkommode, ihre auf dem Stuhl liegenden Kleider.

Er lehnte sich über das Bett und spürte, wie seine Hand zwischen der weichen Lage Decken neben der Steppdecke versank. Aus dem Bett stieg ein süßer Duft auf. Er küßte sie auf die Lippen und berührte ihr Haar, bevor er sich abwandte.

Als er ging, erschauerte Isabelle aus Angst vor dem Lärm seiner Schritte, die im Flur Echos warfen. Stephen bewegte sich, in seiner eigenen Wahrnehmung lautlos, durch die Hauptabzweigung der ersten Etage und dann die Treppe hinab, um sich wieder an dem Spiel zu beteiligen, von dem er sich entschuldigt hatte.

Am nächsten Morgen ging Stephen in die Stadt. Azaire hatte ihm empfohlen, der Fabrik noch ein oder zwei Tage fernzubleiben, aber er empfand es als schwierig, ruhig im Haus zu sitzen, während Lisette, Marguérite und verschiedene Besucher oder Mitglieder des Haushalts es unmöglich machten, daß er allein mit Isabelle reden konnte.

Sein Leben kam ihm wie ein Wald der Verwirrung vor, in dem es zwei oder drei Lichtungen gab, an denen er sich orientieren, an deren Richtungen er sich erinnern und von denen aus er mit einer gewissen Klarheit vorausblicken konnte. Sie waren hinreichend geebnet und erkennbar, glichen jedoch auch Narben, die durchs Unterholz geschlagen waren, und er hatte nicht das Bedürfnis, sie anderen Menschen zu enthüllen. Gegenüber Isabelle empfand er tiefe Dankbarkeit und Bewunderung; im Sturm seiner Gefühle für sie schwang auch ein Impuls mit, sich ihr zu offenbaren, eine natürliche Vertrauensseligkeit. Er fürchtete sich nicht vor dieser Entblößung, doch war ihm die Vorstellung auch nicht angenehm.

Er stand im Eingang der kalten Kathedrale und blickte zum Chorgestühl und den östlichen Fenstern hinauf. Hier war es still genug, um nachzudenken. Eine Frau mit einem Besen arbeitete sich mit wischenden Geräuschen auf den Fliesen durchs Seitenschiff, und außer dem gelegentlichen Geräusch der kleinen, ins Hauptportal eingelassenen Tür, die neue Besucher einließ, war nichts zu hören. Eine Handvoll Betender verlor sich in der Kirche. Auf einem Stein unter seinen Füßen erinnerte eine lateinische Inschrift an einen mittelalterlichen Bischof; sein Name hatte dem Lauf der Jahre standgehalten. Stephen empfand Mitgefühl für die Sorgen der innig betenden Gläubigen und war zugleich auf gelinde Weise eifersüchtig auf ihren Glauben. Das kalte, abweisende Gebäude bot wenig Trost; es war ein institutionalisiertes *memento mori,* dessen bescheidener Erfolg darin bestand, der Unausweichlichkeit des Todes in Stein gehauene Würde zu verleihen. Die Hoffnung nährte sich aus der Erinnerung, daß der Lichtspalt zwischen zwei dunklen Ewigkeiten bewahrt und dem Zeitlauf entrissen werden könnte, aber aus den gesenkten Köpfen der betenden Menschen sprach nichts als Unterwerfung.

All die Toten, dachte er, die nur einen Augenaufschlag lang darauf warten mußten, daß auch diese Generation ihnen folgte. Der Unterschied zwischen Leben und Tod war keiner der Qualität, sondern nur einer der Zeit.

Er setzte sich auf einen Stuhl und stützte das Gesicht in die Hände. In ihm stieg die furchtbare Vision übereinander getürmter Leichen auf. Es hatte sicherlich mit seinen Gedanken über die Kirche zu tun, war aber gleichzeitig von großer Klarheit: Leichenschicht um Leichenschicht senkte sich in die abgrundtief verrottete Erde, die ausgehoben worden war, um sie aufzunehmen, und die Anstrengungen der Lebenden mit all ihren Werken und Kriegen und großen Bauten war nichts als das Schlagen eines Flügels gegen das Gewicht der Zeit.

Er kniete auf dem Kissen auf dem Fußboden nieder und hielt seinen Kopf regungslos in den Händen. Instinktiv, ohne zu wissen, was er tat, betete er. Bewahre mich vor diesem Tod. Erlöse Isabelle. Erlöse uns alle. Erlöse mich.

Als er zurückkam, war es zu spät, um noch mit Isabelle und Lisette zu Mittag zu essen, was, auf jeweils andere Weise, beide enttäuscht hatte. In der Hoffnung, Stimmen zu hören, ging er durch das kühle, stille Haus. Schließlich hörte er Schritte, und als er sich umdrehte, sah er Marguérite in der Küche verschwinden.

»Haben Sie Madame Azaire gesehen?«

»Nein, Monsieur. Seit dem Mittagessen nicht mehr. Vielleicht ist sie im Garten.«

»Und Lisette?«

»Ich glaube, sie ist in die Stadt gegangen.«

Stephen suchte in allen Zimmern des Erdgeschosses. Sie mußte doch wissen, daß er zurückkommen würde. Sie konnte unmöglich ausgegangen sein, ohne ihm eine Nachricht zu hinterlassen.

Er drückte die Klinke einer Tür nieder, die in ein kleines Studierzimmer führte. Isabelle saß da und las in einem Buch. Sie legte es beiseite und stand auf, als er eintrat.

Er ging auf sie zu, war sich aber nicht sicher, ob er sie berühren sollte. Sie legte ihre Hand auf seine.

»Ich war in der Kathedrale. Ich habe nicht auf die Uhrzeit geachtet.«

Sie blickte zu ihm auf. »Ist alles in Ordnung? Ist alles gut?«

Er küßte sie, und sie drängte sich an ihn. Sofort schoben sich seine Hände unter ihre Kleider.

Ihre Augen senkten sich in seine. Sie waren groß und forschend, voller Eindringlichkeit und Licht. Sie schlossen sich sofort, als sie einen leisen Seufzer der Erregung ausstieß.

Sie lehnten an der Zimmerwand, und er hatte seine Hand zwischen die Knöpfe an der Rückseite ihres Rocks geschoben. Er spürte die Seide unter seinen Fingern, dann die weiche Rundung darunter. Tastend glitten ihre Finger über seine Hose.

»Wir müssen aufhören.« Er entzog sich ihr.

»Ja. Lisette ist weg.« Isabelle war außer Atem. »Aber Marguérite.«

»Im roten Zimmer?«

»Ja. Geh vor, und geh zuerst auf dein Zimmer. Warte zehn Minuten, bis du herunterkommst.«

»Gut«, sagte er. »Gib mir einen Abschiedskuß.«

Er küßte sie lange, und sie begann wieder zu stöhnen und preßte sich an ihn. »Bitte«, sagte sie, »bitte.«

Er wußte nicht, ob sie damit meinte, aufzuhören oder weiterzumachen. Sie stand mit dem Rücken zur Wand, er hatte ihren Rock hochgehoben und schob ihr jetzt seine Finger zwischen die Beine. »Komm zu mir«, flüsterte sie ihm mit heißem Atem ins Ohr. »Komm in mich hinein, jetzt.« Er schob ihre tastenden Finger von seiner Hose und öffnete sie. Mit der Schulter berührte er fast das polierte Holz eines Bücherschranks mit Glastüren. Hinter Isabelles Kopf hing ein gerahmtes Bild, das Blumen in einem Terracottatopf zeigte. Er mußte sie ein wenig anheben, umfaßte sie von hinten mit den Händen, bis sie auf ihn gleiten und die Beine um seine Taille schlingen konnte, so daß er sich nicht bewegen konnte, sondern nur ihr Gewicht tragen mußte. Die Blumen schaukelten am Haken, als sie mit der Schulter gegen den Rahmen stieß.

Sie öffnete wieder die Augen und lächelte ihm zu. »Ich liebe dich.« Sie bedeckte sein Gesicht mit Küssen und hielt seinen Körper mit ihrem Gewicht gefangen. Dann setzte sie ihre Füße wieder auf den Boden und entglitt ihm vorsichtig. Sein Fleisch war steif und rot angeschwollen. Sie rieb es mit der Hand auf und ab, bis er zu keuchen begann und in den Kniekehlen einknickte, auf den Fußboden spritzte und gegen ihr Kleid, bevor sie die letzten drei oder vier Spasmen mit dem Mund aufnehmen konnte. Es schien, als sei sie von einem Instinkt geleitet, beinahe schon einem Reinlichkeitssinn gehorchend, und nicht, weil sie etwas davon wußte oder zuvor schon einmal getan hätte.

»Das rote Zimmer«, sagte sie. »In zehn Minuten.«

Sie brachte ihre Garderobe in Ordnung und schien sich nicht bewußt zu sein, daß vorne auf ihrem Kleid Flecken waren. Stephen sah ihr nach, wie sie mit ihrem wie stets zurückhaltend schwingenden Gang das Zimmer verließ. Er kam sich, halb ausgezogen, wie er war, tölpelhaft vor; es war, als habe sie ihn wie einen kleinen Jungen behandelt und verhöhnt, und dennoch mißfiel ihm das Gefühl durchaus nicht. Er zog sich die Hose wieder hoch, strich das Hemd glatt und wischte mit dem Taschentuch das glänzende Parkett sauber.

Er ging kurz in den Garten hinunter, versuchte, einen klaren Kopf zu bekommen, und ging dann, wie verabredet, auf sein Zimmer. Er sah zu, wie der Minutenzeiger seiner Taschenuhr vorwärts kroch. Wenn er die Zeit im Garten mit drei Minuten veranschlagte, mußte er nur noch sieben Minuten ausharren. Als es soweit war, zog er die Schuhe aus und schlich sich in die erste Etage. Durch den Hauptflur bis zum schmalen Durchgang, diesen entlang und durch den kleinen Bogengang ... Er kannte den Weg auswendig.

Isabelle erwartete ihn schon. Sie trug eine mit grünen und weißen orientalischen Ornamenten verzierte Robe.

Sie sagte: »Ich hatte solche Angst.«

Er setzte sich neben sie auf das aufgeschlagene Bett. »Wie meinst du das?«

Sie nahm eine seiner Hände zwischen ihre. »Als du mich gestern abend nicht angesehen hast, hatte ich Angst, daß du es dir anders überlegt haben könntest.«

»Mit dir?«

»Ja.«

Isabelles Besorgnis belebte ihn. Es erschien ihm immer noch unfaßbar, daß sie ihn wirklich so stark begehren könnte.

Er ließ ihr Haar mit all seinen Farbschattierungen durch seine Hände gleiten. Er spürte ihr gegenüber auch Dankbarkeit. »Nach allem, was wir gesagt und getan haben. Wie kannst du da zweifeln?«

»Du hast mich nicht angeschaut. Ich hatte solche Angst.«

»Was hätte ich denn sagen sollen? Ich hätte uns verraten.«

»Du mußt lächeln oder nicken. Irgend etwas. Versprich mir das.« Sie hatte begonnen, sein Gesicht zu küssen. »Wir verabreden ein Zeichen. Versprich es mir, bitte.«

»Ja. Ich verspreche es.«

Er ließ sich von ihr ausziehen, stand regungslos, als sie seine Kleider abstreifte und sie zusammengefaltet auf den Stuhl legte. Er stand da in der Pracht seiner gierigen Erregung, aber sie tat so, als bemerke sie das nicht.

»Jetzt bin ich dran«, sagte er, aber da war nur noch die Seidenrobe vor der Schönheit von Isabelles Haut. Er legte die Wange auf ihre weiße Brust und küßte ihren Hals an der Stelle, an der ihm die Röte der Anstrengung aufgefallen war, als sie im Garten gearbeitet hatte. Die Haut war jung und frisch und fast weiß, gemustert von kleinen Malen und Sommersprossen, die er mit seiner Zungenspitze zu ertasten versuchte. Er hob sie zart aufs Bett und begrub sein Gesicht im Duft ihres Haars, bedeckte seinen Kopf damit. Dann richtete er sie wieder auf und liebkoste langsam ihren Körper mit Händen und Zunge. Er schob die Finger nur kurz zwischen ihre Beine und spürte, wie sie sich versteifte. Als er schließlich jede Zone ihrer Haut berührt hatte, drehte er sie um, lehnte sie nach vorn aufs Bett und schob ihre Fußknöchel mit dem Druck seiner Füße ein Stückchen weiter auseinander.

Nachdem sie sich geliebt hatten, schliefen sie ein; Isabelle, den Arm über Stephen gelegt, unter einer Decke, er unbedeckt, mit dem Bauch auf der nackten Matratze. Sie hatte noch nicht die Zeit gefunden, die Laken zu waschen und das Bett frisch zu beziehen.

Als er erwachte, legte er sofort den Kopf auf ihr aufgelöstes Haar und sog, das Gesicht gegen ihren Hals und die weiche Linie ihres Unterkiefers gedrückt, den Duft ihrer Haut ein. Sie lächelte, als sie ihn spürte, und öffnete die Augen.

»Als ich die Treppe herunterkam«, sagte er, »war ich überzeugt, daß ich dies Zimmer nie wiederfinden würde. Ich dachte, es wäre gar nicht mehr da.«

»Es läuft uns nicht weg. Es ist immer da.«

»Isabelle. Sag es mir. Dein Mann. Eines Abends habe ich Geräusche aus deinem Zimmer gehört, als ob er ... dich schlagen würde.«

Isabelle setzte sich auf und zog eine Decke über sich. Sie nickte. »Manchmal ist er ... enttäuscht.«

»Wie meinst du das?«

Ihre Augen füllten sich mit Tränen. »Wir wollten Kinder haben. Aber es klappte nicht. Jeden Monat die gleiche Angst ... du weißt schon.«

Er nickte.

»Das Blut war wie ein Vorwurf. Er sagte, es sei meine Schuld. Ich gab mir alle Mühe, aber ich wußte nicht, was ich tun sollte. Er war sehr schroff; er war nicht grausam zu mir, aber er wollte es immer schnell hinter sich bringen, nur damit ich schwanger würde. Es war ganz anders als mit dir.«

Plötzlich sah Isabelle schüchtern aus. Auszusprechen, was sie zusammen getan hatten, schien ihr peinlicher zu sein, als es zu tun.

»Schließlich zweifelte er an sich selbst, glaube ich«, fuhr sie fort. »Anfangs war er sich ganz sicher, daß es nicht an ihm liegen könnte, weil er ja schon zwei Kinder hatte. Aber dann wurde er unsicher. Er schien auf mich eifersüchtig zu sein, weil ich jung war. ›Du bist so gesund‹, sagte er dann. ›Natürlich, du bist ja auch noch ein Kind.‹ Und solche Sachen. Und ich wußte nicht, was ich tun sollte. Ich schlief immer mit ihm, obwohl es mir keinen Spaß machte. Ich kritisierte ihn nie. Er schien sich langsam vor sich selbst zu ekeln. Das führte dazu, daß er mir gegenüber sarkastisch wurde. Vielleicht ist dir das schon aufgefallen. Er fing an, dauernd an mir herumzumäkeln, wenn andere Leute dabei waren. Ich glaube, daß er sich aus irgendeinem Grund schuldig fühlte, mich geheiratet zu haben.«

»Schuldig?«

»Vielleicht seiner ersten Frau gegenüber, oder vielleicht auch, weil er das Gefühl hatte, mich unter falschen Voraussetzungen geheiratet zu haben.«

»Weil er dich jemandem entzogen hat, der deinem Alter besser entspricht?«

Isabelle nickte, sagte aber nichts.

»Und dann?«

»Schließlich wurde es so schlimm, daß er nicht mehr mit mir schlafen konnte. Er sagte, ich hätte ihn kastriert. Natürlich fühlte er sich deshalb immer elender. Und darum versuchte er, sich durch merkwürdige Dinge ... zu erregen.«

»Was?«

»Nicht, nicht das, was du und ich ...« Isabelle schwieg verwirrt.

»Hat er dich geschlagen?«

»Ja. Anfangs hat er versucht, sich dadurch zu erregen. Ich verstehe aber nicht, wieso ihm das hätte helfen können. Später, glaube ich, geschah es mehr aus Frustration und Scham. Aber wenn ich mich wehrte, sagte er, das gehöre zum Beischlaf und ich müsse mich fügen, wenn ich eine gute Ehefrau sein und Kinder haben wollte.«

»Hat er dich stark geschlagen?«

»Nein, nicht sehr stark. Er schlägt mir mit der Hand ins Gesicht und auf den Rücken. Manchmal nimmt er auch einen Hausschuh und tut so, als ob ich ein Kind sei. Einmal wollte er mich mit einem Stock schlagen, aber dagegen habe ich mich gewehrt.«

»Und hat er dich verletzt?«

»Nein. Gelegentlich gab es mal einen blauen Fleck oder eine Schwellung. Ich leide aber nicht unter den Verletzungen, sondern unter der Erniedrigung. Er behandelt mich wie ein Tier. Und er tut mir leid, weil er sich selbst erniedrigt. Er ist so voller Wut und schämt sich zugleich dafür.«

»Wann hast du das letzte Mal mit ihm geschlafen?« Stephen spürte, daß eifersüchtiger Egoismus seine Zuneigung zu überschatten begann.

»Vor fast einem Jahr. Es ist absurd, daß er immer noch so tut, als käme er in mein Zimmer, um mit mir zu schlafen. Wir wissen beide, daß er jetzt nur noch kommt, um mich zu schlagen oder um mir weh zu tun. Aber wir wahren den Schein.«

Stephen war nicht überrascht von dem, was Isabelle ihm erzählte, aber die Vorstellung, daß Azaire sie schlug, machte ihn wütend.

»Du mußt dich dagegen wehren. Das muß ein Ende haben. Du mußt ihm verbieten, daß er in dein Zimmer kommt.«

»Aber ich habe Angst vor seiner Reaktion und vor dem, was er dann erzählt. Er würde jedem erzählen, daß ich eine schlechte Ehefrau bin, daß ich nicht mit ihm schlafe. Ich glaube, daß er jetzt schon seinen Freunden Geschichten über mich erzählt.«

Stephen erinnerte sich an Bérards verstohlene Blicke. Er nahm Isabelles Hand, küßte sie und preßte sie sich vors Gesicht. »Ich werde dich beschützen«, sagte er.

»Lieber Junge«, sagte sie. »Du bist so merkwürdig.«

»Merkwürdig?«

»So ernsthaft, so ... gefaßt. Und all diese Dinge, die du mich tun läßt.«

»Laß ich dich Dinge tun?«

»Nein, nicht so. Ich meine, ich tue Dinge aus eigenem Antrieb, aber ich tue es nur für dich. Ich weiß nicht, ob diese Dinge richtig sind, ob sie ... erlaubt sind.«

»Wie eben im Zimmer?«

»Ja. Ich weiß natürlich, ich weiß, ich bin untreu, aber was wir wirklich machen. Ich habe so etwas noch nie getan. Ich weiß nicht, ob das normal ist, ob auch andere Leute so etwas tun. Sag mir das.«

»Ich weiß es nicht«, sagte Stephen.

»Aber das mußt du doch wissen. Du bist doch ein Mann, du hast andere Frauen kennengelernt. Meine Schwester Jeanne hat mir erklärt, was der Liebesakt ist, aber sonst weiß ich gar nichts. Du mußt doch mehr wissen.«

Stephen fühlte sich unbehaglich. »Ich habe nur zwei oder drei andere Frauen kennengelernt. Mit denen war alles ganz anders. Ich glaube, daß das, was wir tun, sich selbst erklärt.«

»Das verstehe ich nicht.«

»Ich auch nicht. Aber du mußt dich für nichts schämen.«

Isabelle nickte, doch lag auf ihrem Gesicht ein unzufriedener Ausdruck über Stephens Antwort.

»Und du?« fragte er. »Fühlst du dich schuldig?«

Isabelle schüttelte den Kopf. »Vielleicht müßte ich mich schuldig fühlen. Aber es ist nicht so.«

»Und macht dir das Sorgen? Machst du dir Sorgen, daß du etwas verloren hast, die Fähigkeit verloren hast, dich zu schämen, daß du die Werte deiner Erziehung verloren hast, die dich dazu bringen müßten, Schuldgefühle zu entwickeln?«

»Nein«, sagte Isabelle. »Ich spüre, daß das, was ich getan habe, das, was wir tun, auf eine bestimmte Weise richtig ist, obwohl das natürlich nicht im Sinne der katholischen Kirche ist.«

»Glaubst du, daß es noch andere Möglichkeiten gibt, sich richtig oder falsch zu verhalten?«

Isabelle sah verwirrt aus, konnte aber noch klar denken. »Ich glaube schon. Ich kenne sie aber nicht. Und ich weiß nicht, ob sie sich überhaupt erklären lassen. In Büchern stehen sie bestimmt nicht geschrieben. Aber ich bin schon zu weit gegangen. Ich kann nicht mehr zurück.«

Stephen umarmte sie und drückte sie an sich. Er ließ sich aufs Bett zurücksinken, und ihr Kopf lag auf seiner Brust. Er spürte, wie ihr Körper erschlaffte, als die Muskeln sich im Schlaf entspannten. Aus dem Garten drang das Gurren von Tauben. Er spürte sein Herz an ihrer Schulter schlagen. Von ihrem duftenden Hals stieg schwaches Rosenaroma auf. Er legte seine Hand auf ihren Rippenbogen. In der sinnlichen Erfüllung des Augenblicks, der jeden Gedanken überstieg, kamen seine Nerven zur Ruhe. Er schlief in Frieden ein.

Über das, was in seinem Haus vorging, hegte René Azaire nicht den geringsten Verdacht. Seine Gefühle für Isabelle waren von Wut und Frustration über seine körperliche Impotenz geprägt, aber auch von einer emotionalen Antriebslosigkeit ihr gegenüber, die ihm nach und nach bewußt wurde. Er liebte sie nicht, erwartete von ihr jedoch, daß sie stärker auf ihn eingehen möge. Er spürte, daß er ihr leid tat, und das erzürnte ihn noch mehr; wenn sie ihn schon nicht lieben konnte, sollte sie ihn wenigstens fürchten. Die Wurzel seines Gefühls bildeten, wie Isabelle vermutete, Schuldkomplexe. Er erinnerte sich der Lust, die er daraus gezogen hatte, der erste Mann zu sein, der in diesen Körper eindrang, der viel jünger war als sein eigener, und er erinnerte sich des unbestreitbaren Kitzels, den er empfunden hatte, als sie vor Schmerz aufschrie. Er erinnerte sich des verwunderten Blicks, mit dem sie zu ihm aufgesehen hatte. Er spürte, daß sie, stärker als seine erste Frau, die Fähigkeit besaß, auf den körperlichen Akt zu reagieren, aber als er ihren verwirrten Gesichtsausdruck sah, entschloß er sich dazu, diese Fähigkeit zu unterdrücken, statt sie durch Geduld für sich zu gewinnen. Obwohl für den Geschmack ihres Vaters viel zu eigenwillig, war Isabelle zu dieser Zeit noch fügsam und unschuldig genug, um sich von einem Mann gewinnen zu lassen, der ihr Liebe und Verständnis entgegengebracht hätte, doch gab es in Azaires Gefühlshaushalt für derlei Dinge keinen Platz. Ihr emotionaler und physischer Hunger war zwar geweckt worden, dann jedoch unbefriedigt geblieben, als ihr Mann seine Energien darauf verwandte, einen sinnlosen Krieg mit seinen eigenen Komplexen zu führen.

Unterdessen sah er keinerlei Anlaß, Stephen zu mißtrauen. Für einen Mann seines Alters war der Engländer über geschäftliche Fragen bestens im Bilde, und mit Meyraux und dessen Leuten kam er gut zurecht. Sonderlich sympathisch war ihm Stephen freilich nicht; wenn er sich je nach dem Grund gefragt hätte, wäre er wohl auf die Antwort verfallen, daß ihn etwas Kaltes und Reserviertes umgab. Und obgleich diese Eigenschaften in Stephen ganz anders zum Ausdruck kamen, handelte es sich doch genau um jene Verhaltensweisen, die Azaire an sich selbst nicht leiden konnte. Stephen wirkte in jeder Hinsicht zu verschlossen und kontrolliert, um in ihm einen Frauenhelden zu vermuten. In Azaires Vorstellung verrieten sich solche Männer stets durch ihr charmantes Geplauder; sie waren hübscher und viel witziger als er selbst, und sie versuchten Frauen durch ihr offensichtlich verführerisches Gebaren zu betören. Er glaubte beispielsweise, daß Bérard in jungen Jahren zweifellos ein Frauenheld gewesen sein mußte. Stephens stille Höflichkeit war nicht bedrohlich, und obwohl er viel älter wirkte, als er tatsächlich war, war er immer noch ein Junge. Sein englischer Anzug saß perfekt, und er hatte volle Haare, war aber nicht das, was Azaire als hübsch bezeichnet hätte. Er war lediglich ein zahlender Logisgast, der zwar in Azaires Achtung deutlich über Marguérite rangierte, aber durchaus kein gleichberechtigtes Mitglied seines Haushalts war.

Darüber hinaus war Azaire vollauf mit seiner Fabrik beschäftigt. Zwischen Maschinenlärm, lästigem Papierkrieg und wichtigen Entscheidungen dachte er nur selten an zu Hause oder an seine Kinder oder Isabelle.

Eine Woche nach dem Zwischenfall sagte er zu Stephen, er könne nun wieder an die Arbeit zurückkehren, solle sich jedoch von Versammlungen fernhalten, die Meyraux einberiefe. Die Streikgefahr schien sich abgeschwächt zu haben; der kleine Lucien war nicht dazu in der Lage, die Leidenschaften der Arbeiter zu schüren, was Azaire befriedigt zur Kenntnis nahm. Azaire war überrascht, als Stephen antwortete, er wolle lieber noch einen oder zwei Tage abwarten; er hatte geglaubt, daß sich Stephen im Haus und in der Gesellschaft Lisettes und Isabelles langweilte, stimmte jedoch zu, Stephens Rückkehr auf den Beginn der nächsten Woche zu verschieben.

Auf sein Telegramm nach London hatte Stephen in Form eines Briefs seines Arbeitgebers ausführliche Antwort bekommen. Er sollte noch bis zum Monatsende bleiben, und anschließend erwartete man in der Leadenhall Street seine schriftlichen Berichte. Stephen hatte das Gefühl, seine Sache gut gemacht zu haben, da man ihm drei weitere Wochen einräumte, und schickte als Bestätigung ein Telegramm zurück. Den Zeitpunkt seiner Abreise erwähnte er gegenüber Isabelle nie; er schien ihm noch zu fern, als daß er sich jetzt darüber Sorgen machen müßte, und seine Tage waren so erfüllt, daß sein Leben sich von einem auf den anderen Tag zu verändern schien.

Am Wochenende fand der Angelausflug an die Ancre statt. Die Bérards sahen sich außerstande mitzukommen, da Tante Elise erkrankt war, und so waren es nur die Azaires mit Marguérite und Stephen, die den Zug nach Albert bestiegen.

Der Bahnhof war von einem weitläufigen, gepflasterten Vorplatz und einer Glaskuppel geprägt, die von einem spitz zulaufenden Glockenturm gekrönt wurde. Man behauptete, daß er die Arbeiten Haussmanns in Paris inspiriert hätte. Während die restliche Stadt die Hauptstadt bewußt imitierte, waren die Einwohner von Amiens stolz darauf, daß ihr Bahnhof einmal richtungweisend gewesen war. Rechts neben dem riesigen, glasgedeckten Eingang warteten Pferdedroschken in langer Reihe, und neben zwei Gaslaternen, die aus dem Pflaster ragten, standen zahlreiche kleine Karren ohne Pferde. Links neben dem Eingang befand sich ein gepflegter Park, der aus drei ovalen Rasenflächen bestand, die jedoch in verschiedenen Winkeln angelegt waren, womit der streng symmetrische Anblick, der sich sonst den Straßenpassanten geboten hätte, ausgeglichen wurde.

Vor den Fahrkartenschaltern drängten sich Familien, die eine Landpartie machen wollten. Verkäufer, die Wein und Brote mit Käse oder Wurst anboten, schoben ihre Karren mit klappernden

Rädern die Bahnsteige auf und ab. Als die Azaires am Bahnhof ankamen, waren die Fenster des riesigen Restaurants schon von den Ausdünstungen der Küche beschlagen. Wenn die Schwingtüren aufgestoßen wurden, entwich ein Aroma von Kresse und Sauerampfer, und man sah die Kellner in ihren schwarzen Westen und langen, weißen Schürzen, die auf Tabletts Kaffee und Cognac zu den vorderen Tischen balancierten und nach hinten zur Bar Bestellungen riefen. Am äußersten Ende, weit von der Küche entfernt, stand ein hoher Kassentisch, an dem eine grauhaarige Frau mit einem Bleistift mit Stahlkappe sorgfältige Eintragungen in ein Kassenbuch vornahm.

Auf den glänzenden Schienen dampften zwei Lokomotiven mit gefüllten Tendern. Die schwarzen Kohlen und die verrußten Gesichter der Lokomotivführer und Heizer zeugten von Ingenieurskunst und harter Arbeit, mit denen die Schienenstränge von hier nach Westen, nach Paris, und nach Norden, an die Küste, gebaut worden waren; dieser Anblick kontrastierte mit den glitzernden Seitenwänden der farbig gestrichenen Waggons und der Parade der in heimischen Trachten gekleideten Frauen und Kinder, die sich in pastellfarbenen Kleidern und mit bunten Sonnenschirmen auf den Bahnsteigen drängten. Grégoire mußte man von seiner glühenden Bewunderung für den Paris-Express losreißen, um zu dem Bahnsteig zu gehen, auf dem die kleineren Züge der Nebenlinie nach Albert und Bapaume verkehrten.

Im heißen Plüsch der Abteilsitze sahen sie zu, wie das Stadtzentrum langsam hinter ihnen zurückblieb. Die Turmspitze der Kathedrale kam in Sicht, als der Zug sich in östliche Richtung nach Longueau bewegte, wo er über eine Gleiskreuzung rumpelte, um dann mit steigender Geschwindigkeit nach Norden zu ziehen; das Zischen entweichenden Dampfes ließ nach, und an seine Stelle trat nun das regelmäßige Rollen der Räder auf den Gleisen.

Lisette saß, die Hände im Schoß, in der Mitte einer Sitzbank zwischen ihrer Stiefmutter und Grégoire; Azaire, flankiert von Stephen und Marguérite, saß ihnen gegenüber.

»Sie wollen also den dicksten Fisch fangen«, sagte Lisette zu Stephen und senkte den Kopf zur Seite.

»Das glaube ich kaum. Ich nehme an, daß man dafür besondere Ortskenntnisse braucht. Französische Fische sind nämlich schlauer als englische.«

Lisette kicherte.

»Und es ist sowieso egal, wie groß der Fisch ist. Es geht um den Sport, ihn zu fangen.«

»Ich fang den größten«, sagte Grégoire. »Ihr werdet schon sehen.«

»Ich wette, du fängst keinen größeren als Stephen«, sagte Lisette.

»Wer?« fragte Azaire.

»Du wolltest doch wohl Monsieur Wraysford sagen, Lisette«, sagte Isabelle spitz, und bei dieser Heuchelei zitterte ihre Stimme ein wenig.

Lisette sah ihre Stiefmutter ruhig und fragend an. »Wollte ich das? Ach ja, das wollte ich wohl.«

Isabelle spürte ihr Herz flattern und pochen. Sie wagte nicht, Stephen anzuschauen, aber wenn sie es gewagt hätte, hätte er ihren Blick nicht erwidert, da er, als sein Vorname fiel, sogleich die Schwierigkeit gewittert und angestrengt in die Landschaft grüner Wiesen gestarrt hatte, die in den vorbeiwischenden Rechtecken der Zugfenster erschien.

Weder Azaire noch Grégoire reagierten auf Lisettes Ausrutscher, und Isabelle verwickelte Marguérite in ein eindringliches und offenbar notwendiges Verhör, ob sie auch Garderobe zum Wechseln mitgebracht hätte, falls die Kinder im Fluß würden baden wollen.

»Jedenfalls«, sagte Lisette zu Grégoire, »Würde niemand etwas von dem essen, was du fängst, nicht wahr, Ste ... Monsieur?«

»Was? Wieso nicht? Ich nehme doch an, daß du ein guter Angler bist, nicht wahr, Grégoire? Da hast du ja eine erstklassige, neue Angelrute.«

Lisette sah ihren Bruder wütend an, da er ihr Stephens Aufmerksamkeit gestohlen hatte, und sagte während des Rests der Bahnfahrt kein Wort mehr.

In Albert stiegen sie um und fuhren mit einem anderen Zug über die kleine, ländliche Bahnlinie am Ufer der Ancre entlang, vorbei an den Dörfern Mesnil und Hamel bis zum Bahnhof von Beaumont. Die Sonne kam hinter hohen Wolkenbänken über einem bewaldeten Hügel zum Vorschein und ließ das grüne Flußtal erglänzen. Zwischen der Bahnlinie und dem Wasser erstreckten sich Wiesen und ausgedehnte Flächen ungemähten Grases. Sie gingen einen trockenen Pfad entlang und passierten dann ein Zaungatter, das etwa zwanzig Meter vom Fluß entfernt lag. Am gegenüberliegenden Ufer konnten sie andere Angler erkennen, einzelne Männer und ein paar Jungen, die auf Hockern saßen, und einige ließen die Füße ins Wasser baumeln. Die Ancre war an manchen Stellen kaum einen kräftigen Steinwurf breit, an anderen Stellen jedoch so ausufernd, daß es nur geübten Schwimmern in den Sinn kommen durfte, sie zu durchqueren. In den breiten Flußabschnitten kräuselte sich kaum die Oberfläche, die Wasserlinie war von Binsen und verfaulten Holzstämmen gesäumt, die sich in den Gräsern verfangen hatten; in den schmaleren Abschnitten schäumte das Wasser manchmal an jenen Stellen weiß auf, an denen eine schwache Strömung die Oberfläche durchbrach.

Azaire machte es sich auf einem Leinenhocker bequem und zündete seine Pfeife an. Er war enttäuscht, daß die Bérards nicht mitgekommen waren; die Konversation war immer nur dann amüsant, wenn Bérard dabei war und Azaire die Bälle zuwarf. In letzter Zeit hatte er Isabelle nicht viel zu sagen, und die Kinder langweilten ihn. Er steckte einen Köder auf den Haken und warf die Leine umsichtig ins Wasser. Ob nun mit oder ohne Bérard, dies war nicht die schlechteste Art, einen Sommertag zu verbringen, am Flußufer in erfreulicher Landschaft, das Gezeter der Krähen in den Bäumen und überall das friedliche Wispern der Wiesen.

Stephen half Grégoire, seine neue Angelrute mit einem Köder

zu versehen, und ließ sich dann am Fuß eines Baumes nieder. Lisette lungerte herum und beobachtete ihn, während Isabelle und Marguérite im Schatten eine Decke ausbreiteten.

Um ein Uhr hatte noch niemand etwas gefangen. Nicht der kleinste Fisch kräuselte den Wasserspiegel, aber etwas flußabwärts auf dem gegenüberliegenden Ufer sahen sie die Gestalt eines kleinen Jungen, dessen selbstgebastelte Angel kaum die Wasseroberfläche zu berühren schien, als die Leine schon zuckte und, mit einem glitzernden, schweren Tier am Haken, wieder eingezogen wurde. Sie gingen zum Bahnhof zurück und ließen sich mit einem Ponywagen hügelaufwärts ins Dorf Auchonvillers kutschieren, in dem Bérard ihnen ein passables Restaurant empfohlen hatte. Er selbst war noch nicht dort gewesen, hatte jedoch gehört, daß es in der weiteren Umgebung einen guten Ruf genösse.

Vor der Tür zog sich Azaire die Krawatte fest. Isabelle musterte mit einem schnellen Blick die Kinder, ob sie auch adrett aussähen. Auchonvillers war ein trübes Dorf, das nur aus einer Hauptstraße und ein paar Wegen und Seitenstraßen bestand, von denen die meisten zu Bauernhöfen und deren Nebengebäuden führten. Das Restaurant war strenggenommen ein Café, aber der Speiseraum war mit Dorfbewohnern gefüllt, die hier zu Mittag aßen.

Sie mußten am Eingang warten, bis eine junge Frau sie zu einem freien Tisch führte. Als sie endlich saßen, lächelte Isabelle Grégoire aufmunternd zu, der vor Hunger ganz bockig geworden war.

»Jedenfalls sind die Leute hier anständig gekleidet«, sagte Azaire und sah sich im Raum um.

Marguérite war nervös, gemeinsam mit den Herrschaften zu essen, und konnte sich nicht entscheiden, was sie bestellen sollte, als die Kellnerin zurückkam. Sie bat Isabelle, ihr die Entscheidung abzunehmen. Azaire schenkte sich selbst Wein ein, und nachdem Lisette heftig darauf bestand, gab er auch ihr etwas.

Stephen sah über den Tisch hinweg Isabelle an. Vor sechs Tagen war sie noch Madame Azaire gewesen, das unerreichbare und hoch angesehene Objekt seiner Begierde. Jetzt war sie ihm mit Leib und Seele verfallen. Er sah den hochgeschlossenen Kragen ihres Kleids mit dem schlichten, roten Stein am Hals, die formvollendete Frisur und die Augen, die im Verlauf der Konversation von hier nach dort glitten, aber in ihrer Mitte immer den hellen Lichtpunkt behielten, der ihm so deutlich von ihrem geheimen Leben zu künden schien, daß er manchmal darüber staunte, daß andere Menschen nicht mit einem einzigen Blick ihre Untreue erkannten. Er beobachtete, wie sie mit Grégoire sprach oder Marguérite beruhigte, und er wollte mit ihr allein sein, nicht, um mit ihr zu schlafen, sondern um mit ihrem wahren Selbst reden zu können. In einem sicheren Moment suchte er ihren Blick und senkte dann den Kopf mit einer zustimmenden Geste, die so winzig war, daß sie nur von Isabelle wahrgenommen werden konnte, und als ihr Gesichtsausdruck für den Bruchteil einer Sekunde weich wurde, wußte er, daß sie sein Zeichen wahrgenommen hatte.

In diesem Augenblick wußte Stephen, daß er nicht nach England zurückkehren würde. Er gestand sich ein, daß bislang die Möglichkeit bestanden hatte, daß seine Gefühle für Isabelle durch das, was sie miteinander im roten Zimmer trieben, abkühlen oder befriedigt werden könnten. Doch jetzt wurde ihm klar, daß es sich um keinen begrenzten Hunger handelte, der sich stillen oder sättigen ließ. Er verzweigte sich und wuchs und veränderte sein Wesen und besetzte Bereiche seines Denkens und Fühlens, die mit dem körperlichen Akt selbst kaum noch etwas zu tun hatten. Er war ihm wichtiger geworden als seine Lebensplanung, als seine Karriere oder seine Pflicht gegenüber seinem Arbeitgeber. Das Gefühl beherrschte ihn jetzt vollständig; bevor er nicht wußte, wohin es ihn führte, würde er keine Ruhe finden. Fast so entscheidend wie seine Zärtlichkeit gegenüber Isabelle war seine überwältigende Neugier.

Obwohl er sich eines klaren Verstandes erfreute und nie Schwierigkeiten gehabt hatte, sich der Aufgaben zu entledigen, die Lehrer oder Arbeitgeber ihm stellten, hatte Stephen nie die Fähigkeit zur Analyse entwickelt. Sein Selbstvertrauen wurde nicht durch Urteilskraft kontrolliert; er ließ sich von seinen Instinkten mitreißen und verließ sich dabei als Ausgleich auf eine gewisse, unbewußte Behutsamkeit. Indem er Isabelle anschaute, wußte er auch, daß seine Gefühle für sie ebenso ungewöhnlich wie selten waren, und eben deshalb fühlte er sich verpflichtet, sich ihnen hinzugeben.

Einer stark metallisch schmeckenden Forelle folgte ein wäßriger Eintopf, der sich nur unter Zuhilfenahme größerer Brotmengen hinunterwürgen ließ. Isabelle war damit beschäftigt, Grégoire zu übereden, seinen Teller leer zu essen, aber wenn sie sich dann und wann dem Tisch zuwandte, sah sie gelassen aus. Stephen vermutete, daß die Bedächtigkeit, mit der sie die Wurzeln ihrer familiären Rolle zerstörte, sie so offensichtlich ruhig bleiben ließ. Kein Sarkasmus ihres Mannes, keine zweideutige Bemerkung Lisettes und kein sinnloser Wutanfall Grégoires würde ihre bezaubernde Ausgeglichenheit aus dem Lot bringen können.

Nach dem Essen kehrte man an den Fluß zurück. Azaire setzte sich wieder auf seinen Hocker, und Grégoire machte es sich auf einem kleinen Baumstumpf bequem, den er am Ufer gefunden hatte. Stephen spazierte in Richtung Beaucourt den Fluß entlang. Der weite Himmel über dem hügeligen Bauernland war jetzt heiter und vom Gesang der Lerchen erfüllt, der ihm derart widerlich war, daß er sich schüttelte. Er ließ sich am Fuß eines Baumes nieder und vergnügte sich damit, einen Köder auf den Haken der Angel zu spießen, die Grégoire ihm geliehen hatte. Eine Hand berührte leicht seine Schulter, und eine andere bedeckte seine Augen. Er fuhr auf, entspannte sich aber gleich wieder, da die Berührung ganz sanft war. Er legte eine Hand über die Finger auf seiner Schulter und zog an ihnen. Sie waren schlank und weiblich. Er griff nach der Hand und drehte sich um. Es war Lisette. Sie stieß einen kleinen Triumphschrei aus.

»Sie haben nicht damit gerechnet, daß ich es bin, nicht wahr?«

Weil er wußte, daß seine Augen bereits seine Überraschung

verraten hatten, sagte Stephen lediglich: »Ich habe gar nicht gehört, wie du dich angeschlichen hast.«

»Sie haben mit jemand anderem gerechnet, nicht wahr?« Lisette hatte einen ebenso koketten wie entschlossenen Blick aufgesetzt.

»Ich habe mit niemandem gerechnet.«

Lisette ging um ihn herum und hielt dabei die Hände hinter dem Rücken verschränkt. Sie trug ein weißes Kleid, und ihr Haar war mit einem rosa Band zurückgebunden.

»Sehen Sie, Monsieur Stephen, ich weiß alles über Sie und meine Stiefmutter.«

»Wie meinst du das?«

Lisette lachte. Stephen fiel ein, daß sie zum Essen Wein getrunken hatte. Sie senkte die Stimme und sagte schelmisch. »Mein Liebling Isabelle,« dann seufzte sie und stöhnte sehnsuchtsvoll oder lüstern und fing wieder zu lachen an.

Stephen schüttelte den Kopf und lächelte mit gespieltem Unverständnis.

»Ich bin an dem Tag nach dem Mittagessen in den Garten gegangen und auf einer Bank eingeschlafen. Als ich aufwachte, ging ich wieder zum Haus, mir war noch ein bißchen schwindelig, und so setzte ich mich auf die Terrasse und hörte Geräusche aus einem offenstehenden Fenster. Sie waren ganz leise, aber es waren sehr komische Geräusche.« Wieder lachte Lisette. »Und an dem Abend nach dem Essen hörte ich, wie jemand klammheimlich über den Flur in ihr Zimmer schlich und dann auf Zehenspitzen wieder die Treppe hinunter.«

Sie legte den Kopf auf die Schulter und sah Stephen an. »Also?« sagte sie.

»Also was?«

»Was sagen Sie dazu?«

»Ich glaube, du bist ein Mädchen mit viel Phantasie.«

»Ja, das stimmt schon. Ich habe mir all die Dinge vorgestellt, die Sie getan haben, und ich glaube, das würde ich auch gern mal ausprobieren.«

Stephen lachte; jetzt war er wirklich amüsiert.

»Das ist überhaupt nicht komisch. Sie wollen doch nicht etwa, daß mein Vater erfährt, was ich gehört habe.«

»Du bist ja noch ein Kind«, sagte Stephen und spürte, wie ihm der Schweiß ausbrach.

»Nein, das bin ich nicht. Ich bin fast siebzehn. Ich bin Ihrem Alter näher als sie.«

»Magst du Isabelle?«

Lisette sah aus, als sei sie ertappt worden. »Nein. Ich meine doch, früher jedenfalls.«

»Sie ist immer nett zu dir gewesen.«

Lisette nickte.

»Denk darüber mal nach«, sagte Stephen.

»Gut. Aber Sie hätten mich nicht enttäuschen dürfen.«

»Hätte dich nicht was?«

»Als Sie mir die Holzskulptur geschenkt haben, dachte ich ... Wissen Sie, Sie sind für mich genau im richtigen Alter. Warum sollte ich mir Sie da nicht für mich wünschen?«

Stephen dämmerte, daß sie kein Kind mehr war, das grundlos Ärger bereitet, sondern eine Person, deren Gefühle verletzt worden waren. Was sie sagte, war nicht ganz falsch.

»Das mit der Skulptur tut mir leid«, sagte er. »Du hast halt neben mir gesessen. Wenn Grégoire neben mir gesessen hätte, hätte ich sie ihm geschenkt. Das hatte nichts zu bedeuten. Und außerdem habe ich später auch noch eine für Grégoire geschnitzt.«

»Und das hatte gar nichts zu bedeuten?«

»Leider nicht.«

Lisette legte ihre Hände auf seinen Arm. »Stephen, ich bin kein Kind mehr, auch wenn ich immer noch so behandelt werde. Ich bin eine Frau – zumindest fast eine Frau. Mein Körper ist der Körper einer Frau, nicht der eines Kindes.«

Er nickte. Er hoffte, sie besänftigen zu können, wenn er die Ruhe bewahrte. »Ich verstehe. Das ist nicht leicht für dich, vor allem ohne Mutter.«

»Was wissen Sie denn schon über meine Mutter?«

»Sei mir nicht böse, Lisette. Ich habe auch keine Mutter und keinen Vater mehr. Ich weiß, wie das ist. Ich verstehe dich.«

»Also gut. Vielleicht stimmt das wirklich. Aber ich habe gemeint, was ich gesagt habe. Ich will, daß Sie diese Dinge auch mit mir machen.«

»Das kann ich nicht, Lisette. Das mußt du doch verstehen. Sei fair zu mir. Sei fair zu dir selbst.«

»Oder bin ich Ihnen etwa nicht hübsch genug? Bin ich nicht so hübsch wie sie?«

Er sah sie an. Von Wein und Erregung verwirrt, war sie attraktiv. Sie hatte tiefliegende, braune Augen mit dichten Wimpern, volles Haar und eine schlanke Taille.

»Doch, du bist hübsch.«

»Dann fassen Sie mich an. Fassen Sie mich so an wie sie.«

Sie klammerte sich mit beiden Händen an seinen Arm. Er erkannte an ihren unruhigen Augen, wie stark ihr der Wein zugesetzt hatte.

Sie nahm seine Hand und rieb sie zwischen ihren Brüsten. Ohne es zu wollen, spürte Stephen einen Moment der Lust.

»Lisette«, sagte er, »das ist sehr dumm von dir. Deine Eltern sind gleich da hinter der Flußbiegung. Ich lasse es nicht zu, daß du mich erregst und dich selbst erniedrigst. Aber wenn du das gerne möchtest, werde ich dich küssen, natürlich nur ganz leicht, aber nur, wenn du mir versprichst, daß du dann gehst und nie wieder davon sprechen wirst.«

»Nein«, sagte sie.

»Was soll das heißen, ›nein‹?«

»Das soll heißen, daß Sie mich berühren müssen.«

Sie nahm wieder seine Hand, rieb sie gegen ihre Brüste und führte sie dann zu ihrer Taille hinab. Irgend etwas an der Perversion der Situation erregte ihn, und er zog die Hand nicht sofort zurück, als sie sie unter ihren angehobenen Rock oberhalb ihrer Schenkel führte. Dann schob sie seine Hand in ihren Schlüpfer, wo er dünnes Haar und feuchtes, klaffendes Fleisch ertastete.

Als ihm klar wurde, daß ihn etwas dazu trieb, die Hand liegen zu lassen, zog er sie sofort zurück, weil er wußte, daß sonst etwas seinen Anfang nähme, was noch furchtbarer und hoffnungsloser sein würde als das, was bereits begonnen hatte.

Bei seiner Berührung war Lisette erstarrt; sie schien sie ernüchtert und erschrocken zu haben. Sie wandte sich ab, aber er hielt sie am Handgelenk fest.

Er blickte ihr wild in die Augen und sagte: »Verstehst du jetzt? Mit solchen Dingen darf man gar nicht erst anfangen. Und du wirst nie, niemals, auch nur ein einziges Wort von dem erwähnen, was du vorhin gesagt hast, nicht deinem Vater gegenüber und auch sonst niemandem.«

Lisette nickte. »Ja. Ich verspreche es. Ich will jetzt gehen. Ich will nach Hause.«

Die englischen Tees in Thiepval hatte sie vergessen.

Eine weitere Woche führten Isabelle und Stephen ihre merkwürdige Existenz am Boulevard du Cange, indem sie die täglichen Rituale normalen Verhaltens absolvierten, aber mit ihren Gedanken woanders waren. Beide nahmen mit Bewunderung und gelegentlicher Mißbilligung zur Kenntnis, wie leicht dem anderen die Heuchelei fiel.

Die Spur der Angst, die ihren hastigen und heimlichen Vereinigungen beigemischt war, steigerte Stephens Erregung beträchtlich. Sie liebten sich, wo immer es ging; im roten Zimmer, in Salons, in denen sich vorübergehend niemand sonst befand, auf den Rasenflächen am Ende des Gartens. Der Druck, den die befristete Zeit ausübte, schwemmte alle Hemmungen hinweg.

Er hielt nicht inne, um nachzudenken. Sein Verstand war durch Leidenschaft in Unordnung gestürzt worden und nur noch zu dem einzigen Wunsch oder Gedanken fähig, alles möge immer so weitergehen. Die Ruhe, die er in der Öffentlichkeit ausstrahlte, verdankte sich ausschließlich diesem Bedürfnis.

Isabelle genoß die Kraft körperlicher Empfindungen, die sich plötzlich in ihr entfaltet hatte, und empfand ihre schnellen und gefährlichen Begegnungen ebenfalls als erregend. Aber sie vermißte auch die vertraulichen Gespräche, die sie anfangs im roten Zimmer geführt hatten; sie erschienen ihr als eine Nähe, die zarter war als alle körperlichen Berührungen, die sie zusammen erlebt hatten.

Im Anschluß an eine geflüsterte Verabredung im Flur versprach Stephen eines Tages, schon am Nachmittag aus der Fabrik zurückzukommen, sobald Isabelle Marguérite und Lisette entlassen hätte.

Sie erwartete ihn bereits im roten Zimmer. Danach, als er gegen Kissen gelehnt auf dem Bett saß, starrte er ein Bild über dem Kaminsims an, das einen mittelalterlichen Ritter zeigte. Auf dem Kaminrost war alles für ein Feuer vorbereitet, dünn gespaltenes Holz und Kohlen. An der gegenüberliegenden Wand stand ein mächtiger Bauernschrank, in dem ungenutzte Teppiche, Läufer, Wintergarderobe und verschiedene Vasen, Uhren und Schachteln aufbewahrt wurden, für die sich im Haus kein Platz gefunden hatte. Das Holz des Fensterrahmens war blank und ungestrichen. Weiße Clematisblüten fächelten in der leichten Brise über die Scheiben.

Seit dem Ausflug zum Fluß war es die erste Gelegenheit für Stephen, Isabelle von Lisette zu erzählen. In der hemmungslosen Vertrauensseligkeit seiner Zuneigung erzählte er ihr alles und rechnete damit, daß sie seine Ehrlichkeit davon überzeugen würde, daß keine unsauberen Gefühle im Spiel gewesen waren.

Isabelle war offenbar neugierig. »Ich begreife nicht, daß sie über diese Dinge schon Bescheid weiß.«

»Ich glaube, sie ist älter, als wir gedacht haben. Hast du in dem Alter nicht auch so etwas empfunden?«

Isabelle schüttelte den Kopf. »Jeanne hat mir gesagt, was eines Tages auf mich zukommen würde, aber ich hatte überhaupt kein Bedürfnis danach, jedenfalls nicht so, wie du es bei Lisette beschreibst.«

»Ich glaube, sie leidet unter dem Verlust ihrer Mutter. Sie sucht Aufmerksamkeit.«

»War sie erregt? War sie ... Ich weiß nicht, wie ich das fragen soll.«

»Du meinst, ob sie schon so weit war, mit einem Mann zu schlafen?«

»Ja.«

»Ja, als Frau wäre sie reif dazu, mit dem Körper, aber sie würde sich mit Sicherheit den falschen Mann aussuchen.«

»Dich.«

»Oder einen noch falscheren.«

Isabelle schüttelte den Kopf. »Arme Lisette.« Sie sah ihn fragend an. »Wolltest du ...«, sagte sie, »mit ihr?«

»Nein. Für einen Moment spürte ich einen Reflex, wie ein Tier. Aber nein. Ich will es für immer und ewig nur mit dir machen.«

»Das glaube ich dir nicht.« Isabelle lachte.

Stephen lächelte sie an. »Willst du mich reizen, Isabelle?«

»Ja, natürlich.« Sie strich ihm mit der Hand über die Brust. »Du bist verrückt«, flüsterte sie ihm ins Ohr.

Manchmal hatte Stephen das Gefühl, sein Körper sei lediglich ein Medium äußerer Mächte; er hatte keinen ausgeprägten Sinn für Erschöpfung oder Gleichmaß. Er dachte an Lisette, als er wieder auf Isabelle lag. Er glaubte, Isabelle habe die Geschichte von Lisettes Indiskretion auf perverse Weise anregend gefunden.

»Ich mache mir Sorgen«, sagte er später, »daß sie es deinem Mann erzählt.«

Isabelle, die sich wieder gefangen hatte, sagte: »Ich mache mir größere Sorgen, daß es meine Pflicht ist, hierzubleiben und mich um sie zu kümmmern.«

»Hierzubleiben?«

»Ja. Anstatt ...«

»Anstatt mit mir nach England zu gehen?«

Als der Gedanke endlich ausgesprochen war, nickte Isabelle schwerfällig.

Stephen empfand eine stille Erleichterung; zwar hatte er die Worte ausgesprochen, aber es war ihr Gedanke gewesen.

»Aber das willst du doch«, sagte er. »Du willst den Mann verlassen, der dich schlägt, und mit dem Mann gehen, der dich liebt. Lisette ist nicht dein Kind. Du hast schon genug für sie getan, du warst ihr eine große Hilfe. Aber schließlich mußt du dein eigenes Leben leben. Du hast nur diese eine Chance.«

Er hörte selbst den pathetischen Tonfall heraus, in dem er sprach, unterdrückte ihn jedoch nicht. Er wollte, daß Isabelle sich an seine Worte erinnerte, damit sie mehr Gewicht bekämen, wenn sie mit sich allein die Entscheidung zu treffen hätte.

»Und was würden wir in England machen?« neckte sie ihn, noch nicht dazu bereit, ernsthaft darüber nachzudenken.

Stephen holte tief Luft. »Ich weiß es nicht genau. Wir würden irgendwo zurückgezogen leben, nicht in London. Ich würde in irgendeiner Firma Arbeit finden. Wir würden Kinder haben.«

Die letzte Bemerkung schien das Spielerische in Isabelles Verhalten zu verscheuchen. »Und Lisette und Grégoire ... Sie würden zum zweiten Mal die Mutter verlieren.«

»Und wenn du hierbleibst, verlierst du dein Leben.«

»Ich möchte darüber nicht nachdenken.«

»Aber das mußt du. Ich soll nächste Woche nach London zurückkommen. Du könntest mich begleiten. Oder wir machen zusammen eine Reise irgendwo in Frankreich.«

»Oder du bleibst hier und arbeitest irgendwo in der Stadt. Dann könnten wir uns treffen.«

»So nicht, Isabelle. Du weißt, daß das nicht funktioniert.«

»Ich muß mich anziehen. Ich muß nach unten und fertig sein, wenn Lisette zurückkommt.«

»Bevor du gehst, möchte ich dich noch etwas fragen. Lucien Lebrun. Es gibt ein Gerücht, daß du mit ihm ...«

»Lucien!« Isabelle lachte. »Ich mag ihn. Ich finde ihn bewundernswert, aber ehrlich ...«

»Tut mir leid. Ich hätte nicht fragen sollen. Es ist nur ... Ich hatte mir Sorgen gemacht.«

»Mach dir keine Sorgen. Mach dir nie Sorgen. Du bist der einzige. Und jetzt muß ich mich wirklich anziehen.«

»Dann laß mich dich anziehen.«

Er stand auf und nahm die Kleider vom Stuhl, wo sie sie abgelegt hatte. »Setz deinen Fuß hierher und den anderen dahin. Jetzt steh auf. Und kommt das hier als nächstes? Wie macht man so was denn zu? Laß mich das hier noch glattstreichen. Du atmest so schwer, meine Liebste. Weil ich dich hier berührt habe? Hier, an dieser Stelle?«

Isabelle war halb angekleidet und halb entblößt. Sie stand vor Stephen und hielt seinen Kopf fest, als er vor ihr auf die Knie sank.

Als sie wieder zu seufzen begann, richtete er sich vor ihr auf und sagte: »Du wirst mit mir kommen, nicht wahr?«

Ihre Antwort verlor sich im Stöhnen, das durch ihre zusammengebissenen Zähne drang.

Die Eingangstür knallte hinter Azaire zu, als er, eine Ausgabe der Abendzeitung schwenkend, durch den Flur kam.

»Isabelle!« rief er. »Der Streik ist vorbei. Die Färber nehmen morgen die Arbeit wieder auf.«

Sie erschien oben auf dem Treppenabsatz. »Das sind gute Neuigkeiten.«

»Und morgen will Meyraux den Leuten meine neuen Bedingungen empfehlen.«

»Das freut mich sehr.«

Zumindest bedeutete es, daß Azaire guter Laune sein würde, dachte sie; er würde sie nicht mit Worten verfolgen oder später in ihr Zimmer kommen, um seine Frustrationen abzulassen.

»Und wann werden Sie uns verlassen, Monsieur?« fragte Azaire beim Abendessen und goß ein wenig Wein in Stephens Glas.

»Ende der Woche, wie geplant.«

»Gut. Für uns in der Fabrik war Ihr Besuch auch sehr aufschlußreich, wie ich Ihnen ja bereits heute morgen gesagt habe. Ich hoffe, der Aufenthalt hier bei uns war angenehm für Sie.«

»Es war mir ein Vergnügen, im Schoß Ihrer charmanten Familie weilen zu dürfen.«

Azaire sah zufrieden drein. Für einen Moment verloren seine Augen ihren beleidigten Ausdruck. Ganz offensichtlich erfreute ihn die Aussicht, daß in allen Aspekten seines Lebens bald wieder die normale Routine Einzug halten würde.

Isabelle verstand seine Erleichterung über Stephens bevorstehende Abreise und das Ende des Streiks, aber sie begriff nicht, wie er so froh darüber sein konnte, sein bisheriges Leben wieder aufzunehmen. Mit einiger Phantasie ließ sich zwar die Art und Weise, mit der er sie behandelte, als schmerzhafter und vorübergehender Versuch verstehen, ein ausgeglichenes Gefühlsleben zu entwickeln, aber nicht als wünschenswertes Verhalten, das wieder aufzunehmen er begierig war. Sie hatte keine Angst vor ihm, aber sein Verhalten bedrückte sie. Vor ihr erstreckten sich die langen Winter der Einsamkeit; wenn er es zufrieden war, sich nicht zu verändern, dann würde seine Gegenwart sie in tiefere Einsamkeit stürzen, als wenn sie für sich allein bliebe.

Und inzwischen gab es Stephen, eine Alternative, die zu durchdenken sie beunruhigte. In ihren Gefühlen und in den praktischen Details dessen, was sie gemeinsam tun könnten, lagen zu viele Gefahren. Sie spürte, daß sie der Fehlbarkeit ihrer eigenen Entscheidung aus dem Weg zu gehen versuchte, indem sie sich auf seine verließ; obwohl er jünger war, schien er doch genau zu wissen, was richtig und was falsch war.

Seit dem Ausflug zum Fluß verhielt Lisette sich unterwürfig; sie belebte die Tischgespräche nicht mehr mit Andeutungen oder zweideutigen Bemerkungen. Sie wich Stephens Blicken aus, wenn er versuchte, sie aufmunternd anzusehen. Schweigend saß sie vor ihrem Teller, während das Ticken der Uhr auf dem kleinen Serviertisch mit der Marmorplatte im Zimmer immer durchdringender wurde.

»Ich habe heute eine höchst merkwürdige Geschichte gehört«, sagte Azaire unvermittelt.

»Was denn?« fragte Isabelle.

»Man hat mir erzählt, daß der kleine Lucien auf dem Höhepunkt des Streiks von einer Person besucht worden ist, die ihm Essenspakete für die Familien der Färber gebracht hat.«

»Ja, davon habe ich auch gehört«, sagte Stephen. »Die Streikenden sind von einer ganzen Anzahl Leuten in der Stadt unterstützt worden. Insbesondere von einem Mann, der anonym bleiben wollte. Jedenfalls hat man mir das in der Fabrik erzählt.«

»Oho, nein, nein«, sagte Azaire. »Das war kein Mann, das war eine Frau. Sie ging verkleidet zu Lebrun, wo immer der auch gewohnt haben mag.«

»Ich nehme an, daß die Streikenden von vielen Seiten unterstützt worden sind.«

»Aber das Merkwürdigste an dieser Frau ist, daß sie mit einem Fabrikbesitzer verheiratet sein soll.« Azaire machte eine Pause und blickte in die Runde. Die Kinder hörten nicht zu. Isabelle saß regungslos da.

»Na, ist das nicht wirklich seltsam?« sagte Azaire und hob sein Glas an die Lippen. »Ich mochte es erst gar nicht glauben.«

»Ich finde das überhaupt nicht seltsam«, sagte Isabelle. »Das war nämlich ich.«

Stephen sah sie ungläubig an. Azaire setzte das Weinglas schwer auf den Tisch zurück.

»Aber meine liebe ...«

»Ich habe ihnen Essen gebracht, weil sie Hunger hatten. Ich habe keine Ahnung, ob ihr Streik berechtigt war oder nicht, aber ich habe gesehen, wie ihre Kinder um Brot bettelten, wie sie hinter den Fuhrwerken herliefen, die Gemüse auf den Markt liefern. Ich habe gesehen, wie sie die Mülleimer in Saint Leu durchwühlten, und sie taten mir leid.«

Isabelles Stimme war verblüffend gefaßt. »Und ich würde es noch einmal tun«, sagte sie, »egal ob diese Leute Tuche oder Schuhe oder sonst etwas herstellen.«

Azaires Gesicht war kalkweiß; seine Lippen liefen blaßlila an, als ob das Blut auch aus ihnen gewichen wäre.

»Verlaß das Zimmer«, sagte er zu Lisette. »Und du auch.«

Grégoire schob seinen Stuhl geräuschvoll über das Parkett und nahm sich noch ein Stück Hühnchen von seinem Teller.

Azaire stand auf. »Ich habe nichts auf diese Gerüchte gegeben. Ich habe ihnen nicht geglaubt, obwohl dein Name damit in Verbindung gebracht wurde und obwohl ich dich inzwischen besser kennen sollte. Du magst noch so eigensinnig und egoistisch sein, ich konnte einfach nicht glauben, daß du dich je auf diese Weise gegen mich stellen würdest. Und Sie, Monsieur, Sie verlassen jetzt auch lieber den Raum.«

»Nein. Er soll bleiben.«

»Wieso? Er ...«

»Er soll bleiben.«

Ein Anflug von Panik zog über Azaires Gesicht. Er versuchte, etwas zu sagen, brachte abeı kein Wort heraus. Er nahm einen Schluck aus seinem Glas. Seine Phantasie schien ihm jetzt mehr skandalöse Einzelheiten vorzugaukeln, als er in seinem bislang eher kontrollierten und provozierenden Zorn zum Ausdruck hatte bringen können.

Er torkelte der schlimmsten Frage entgegen. »Sie ...?« begann er. Er sah Stephen an, blickte dann wieder auf den Tisch. Man konnte ihm ansehen, wie ihn der Mut verließ. Er kämpfte mit sich selbst und bekam sich dann unter Kontrolle, indem er wieder in sein gewohntes Verhalten verfiel.

»Ich hätte nie geglaubt, daß meine Frau mich derart im Stich lassen würde. Der zweite Grund, warum ich den Gerüchten keinen Glauben schenken mochte, war der, daß noch weitaus schlimmerer Klatsch umging; es wurde behauptet, daß die betreffende Dame auch ...«, er fuchtelte mit der Hand durch die Luft, als wollte er die Gedanken verscheuchen, »... ein Verhältnis mit Lebrun hatte.«

»Mit Lucien nicht«, sagte Isabelle.

Azaires Gesichtszüge schienen zu entgleisen. Mit seinen Worten hatte er so inständig nach einem klaren Dementi der Gerüchte verlangt, daß Isabelles halbe Verneinung ihm schlimmer vorkam als die Bestätigung dessen, was er befürchtete.

Sie erkannte diesen Zusammenhang und beeilte sich, seine Unsicherheit zu beenden, auch wenn damit seine Wut nicht aufzuhalten wäre. »Nicht mit Lucien. Mit Stephen.«

Azaire sah von seinem Stuhl auf. »Mit ... ihm?«

»Ja.« Stephen hielt seinem Blick stand. »Mit mir. Ich bin Ihrer Frau nachgelaufen. Ich habe sie verführt. Mich müssen Sie hassen, nicht sie.«

Er wollte Isabelle so weit wie möglich schützen, wunderte sich aber darüber, sich plötzlich in dieser Lage zu finden: Isabelle hätte dem Thema mit Leichtigkeit ausweichen können. Sein Herz schlug langsam und laut. Er sah Azaire an, der mit offenem Mund da saß. Über sein Kinn lief ein Weintropfen abwärts. Stephen sah, wie sich sein Elend in seinen Gesichtszügen spiegelte. Er empfand Mitleid für ihn. Doch sofort verhärtete sich sein Herz wieder, um für sich und Isabelle zu retten, was zu retten war. Es war ein Akt von fast physischer Willensanstrengung, das aufkeimende Mitleid aus sich zu vertreiben.

Isabelle war nicht mehr dazu in der Lage, gegenüber Azaire kalt zu bleiben. Die knappen Sätze, mit denen sie ihn über ihre Untreue informiert hatte, schienen sie selbst aus der Fassung gebracht zu haben, denn nun begann sie zu schluchzen und sich bei ihm für das, was sie getan hatte, zu entschuldigen. Stephen hörte ihr aufmerksam zu. Er wollte Azaire die Entschuldigungen seiner Frau nicht nehmen, aber er wollte auch nicht, daß sie einen zu großen Rückzieher machte.

Azaire brachte nicht mehr heraus als »Mit ihm? Hier?«

»Es tut mir leid«, sagte Isabelle. »Es tut mir so leid, René. Ich wollte dich nicht verletzen. Es ist nur die Leidenschaft für Stephen. Ich wollte dir nicht weh tun.«

»Dieser ... Junge, dieser englische Junge? In meinem Haus? Wo? In deinem Bett?«

»Das ist doch egal, René. Es ist doch egal, wo.«

»Das ist mir aber nicht egal. Ich will es wissen. Hast du ... in welchem Zimmer?«

»Um Himmels willen«, sagte Stephen.

Azaire saß schweigend am Tisch; seine Hand umklammerte immer noch den Stiel des Glases. Sein Mund öffnete sich wieder, und er zwinkerte vor Erstaunen mit den Augen, als ob er in eine grelle Sonne sähe.

»Und dein Vater, Monsieur Fourmentier, was soll der jetzt machen ...? Was wird man sagen? Mein Gott, mein Gott.«

Isabelle sah Stephen an, und ihre Augen waren voller Angst. Stephen begriff, daß sie nicht damit gerechnet hatte, welche Wirkung ihre plötzliche Ehrlichkeit auf ihren Mann haben würde. Die Angst galt zweifellos zum Teil Azaires Befinden, schien aber auch ihr selbst zu gelten: Es gab die Möglichkeit, daß sie in der Krise ihren Vorsätzen untreu werden und älteren Verhaltensregeln folgen würde, die sie dazu bringen könnten, sich noch einmal Azaire zu unterwerfen. Angesichts der Reste des so plötzlich abgeflauten Sturms fühlte Stephen sich unbehaglich. Er mußte Isabelle in ihrer Entschlossenheit bestärken, aber das war unmöglich, wenn Azaire völlig zusammenbrach.

»Miststück ...«, murmelte Azaire vor sich hin. »Dein Vater hat mich gewarnt, aber ich wollte ja nicht hören. In meinem eigenen Haus. Und vor meinen Kindern. Was soll aus ihnen jetzt werden? Du Miststück.«

»Hören Sie.« Stephen ging rasch um den Tisch herum und packte ihn an den Schultern. »Was erwarten Sie denn von einer Frau, die Sie so behandeln, wie Sie Isabelle behandelt haben? Erwarten Sie etwa, daß sie sich zu Ihrem Vergnügen erniedrigt, daß sie brav an Ihrem Tisch sitzt und darauf wartete, daß Sie sie später verprügeln?«

Azaire straffte sich wieder. »Was hast du ihm erzählt?«

»Es ist völlig egal, was sie mir erzählt hat. In diesem Haus hört jeder alles. Wie können Sie sie auch noch beschimpfen, nach allem, was Sie ihr angetan haben? Sie ist eine Frau, die über ein eigenes Leben und eigene Gefühle verfügt, und sehen Sie, was Sie ihr angetan haben. Was haben Sie Ihr angetan?« Er drückte Azaire gewaltsam auf den Stuhl zurück.

Azaire belebte sich offenbar durch Stephens Wutausbruch. Er

stand auf und sagte: »Sie verlassen mein Haus innerhalb einer Stunde. Und wenn Sie noch einen Funken Verstand haben, kommen Sie mir nie wieder unter die Augen.«

»Selbstverständlich verlasse ich Ihr Haus«, sagte Stephen. »Und ich nehme Ihre Frau mit. Isabelle?«

»Ich will das nicht.« Isabelle schüttelte den Kopf. Ohne nachzudenken waren die Worte ihrem Mund entschlüpft, keinerlei Berechnung lag darin, nur die Ernsthaftigkeit ihrer Gefühle. »Ich weiß nicht, was ich jetzt tun soll oder wie ich mich zu verhalten habe. Ich könnte auf schlichte Weise glücklich sein, wie jede andere Frau, die Familie hat, ohne diesen furchtbaren Schmerz, den ich verursacht habe. Ich werde euch beiden nicht gehorchen. Wieso sollte ich auch? Woher soll ich wissen, daß du mich liebst, Stephen? Wie kann ich das wissen?« Ihre Stimme verfiel in jenen leisen, tiefen Ton, der Stephen aufgefallen war, als er sie an seinem ersten Abend im Haus hatte sprechen hören. Für seine Ohren war das ein lieblicher Klang: bittend und verletzlich, aber mit einem Unterton eigenwilliger Kraft. »Und du, René, warum sollte ich dir vertrauen, wo du mir doch so wenig Anlaß gegeben hast, dich auch nur zu mögen?«

Beide Männer beobachteten sie schweigend. Stephen vertraute auf die Kraft ihrer Gefühle für ihn und glaubte, sie würden die Oberhand gewinnen.

»Auf diese Situation«, sagte Isabelle, »war niemand vorbereitet. Nichts von dem, was ich im Religionsunterricht oder von meiner Familie oder aus meinen eigenen Gedanken gelernt habe, hilft mir jetzt weiter. Ich lasse mich von dir nicht als Hure abstempeln, René. Ich bin eine verängstigte Frau, sonst nichts – keine Ehebrecherin oder Nutte oder was auch immer. Ich bin genau dieselbe Person, die ich immer war, aber du hast dir nie die Mühe gemacht, herauszufinden, wer diese Person ist.«

»Vergib mir, ich ...«

»Ja, ich vergebe dir. Ich vergebe dir alles, was du mir angetan hast, und ich bitte dich, mir zu vergeben, was ich gewiß auch dir angetan habe. Ich gehe nach oben und packe.«

Sie verließ den Raum mit raschelndem Rock und einem kaum wahrnehmbaren Rosenduft.

»Wenn du mit ihm gehst«, brüllte Azaire ihr nach, »dann gehst du zur Hölle!«

Stephen wandte sich ab, verließ den Raum und versuchte, seinen rasenden Herzschlag zu beruhigen.

Isabelle stellte die gerahmte Photographie ihrer Schwester Jeanne auf die Kleider, die sie in ihren Koffer geworfen hatte. Sie überlegte einen Moment und nahm dann auch das Familienporträt mit den Eltern, alle im Sonntagsstaat, Mathilde, dunkelhaarig und weiblich zur Rechten ihres Vaters, sie selbst, ein kleines, hellhaariges Kind, zur Linken ihrer Mutter, und Delphine, Jeanne und Béatrice dahinter. Die Aufnahme war in einem Park in Rouen gemacht worden; unter den Platanen im Hintergrund schlenderte ein unbekanntes Paar über den Kies. Im Vordergrund, zu Füßen ihres Vaters, saß der kleine, weiße Hund der Fourmentiers.

Sie musterte das starre Gesicht ihres Vaters, dunkle, zurückliegende Augen über einem mächtigen Schnurrbart. Wie schwer es ihm würde, zu verstehen, was sie jetzt tat, dachte sie. Wie wenig er je versucht hatte, überhaupt zu verstehen.

Isabelle dachte nicht weiter nach. Sie wollte nur schnell aus dem Haus, allein mit Stephen, bevor die Gewißheit sie verließe und sie über die praktischen Konsequenzen nachzudenken begänne.

Sie hörte Schritte im Flur, der zu ihrem Zimmer führte, drehte sich um und sah Stephen in der Tür stehen. Sie lief auf ihn zu, und er drückte sie an seine Brust.

»Du bist eine wunderbare Frau«, sagte er.

»Was soll ich den Kindern sagen?«

»Sag ihnen Auf Wiedersehen. Sag, daß du ihnen schreiben wirst.«

»Nein.« Isabelle machte sich von ihm los und schüttelte den Kopf. Tränen traten ihr in die Augen. »Ich tue ihnen Unrecht.

Ich darf nicht so tun, als ob es anders wäre. Ich muß sie einfach verlassen.«

»Und kein Abschied?«

»Nein. Schnell, Stephen. Wir müssen gehen. Ich bin soweit.«

»Warte hier. Ich muß noch meine Papiere holen.«

Als Stephen die Treppe zu seinem Zimmer hinauflief, hörte er aus der unteren Etage eine schreiende Frauenstimme und lautes Schluchzen. Eine Tür schlug zu, und er hörte Grégoires Stimme, der sich erkundigte, was los sei. Er warf seinen Reisepaß, seine Notizbücher, die Arbeitsberichte, den Rasierer und Garderobe zum Wechseln in eine kleine Ledertasche. Als er wieder auf dem ersten Treppenabsatz ankam, sah er Lisette, die im Nachthemd vor ihrem Schlafzimmer stand. Sie war bleich und sah aus, als stünde sie unter Schock.

»Was ist denn los?« sagte sie. »Warum schreien alle so?«

Stephen spürte Mitleid für das Mädchen in sich aufsteigen. Er wandte sich wortlos von ihr ab und lief in Isabelles Zimmer. Sie trug jetzt einen Mantel und einen grünen Hut mit einer Feder. Sie sah rührend jung aus.

»Alles in Ordnung?« sagte Stephen. »Wollen wir gehen?«

Sie nahm seine Hand in ihre und schaute in sein ernstes Gesicht. Sie lächelte, nickte und griff nach ihrem Koffer.

Jeder Erker, jeder verborgene Gang unter dem steilen Dach mit seinen unregelmäßigen Winkeln hallte von Stimmen und Schritten wider, schwere Schritte, zögernde, laufende oder sich umwendende. Die Küchentür knallte zu und schwang einige Male in den Angeln, als Marguérite und der Koch, in der Annahme, den Essenstisch abräumen zu sollen, zwischen Küche und Speisezimmer hin und her liefen, dann aber zögerten und im Flur lauschten. Oben an der Treppe erschien Stephen, den Arm um Isabelle gelegt, und führte sie an den verblüfften Blicken und Fragen vorbei.

»Zur Hölle«, wiederholte Azaire, der in der Tür zum Salon stand.

Isabelle spürte im Vorbeigehen den Druck von Stephens Hand

auf ihrem Rücken. Auf der Schwelle der Eingangstür drehte sie sich noch einmal um und sah die bleiche Gestalt Lisettes auf dem Treppenabsatz stehen. Ein Schauer überlief sie, und dann ging sie Stephen in die Nacht voraus.

Im Haus befahl Azaire den Kindern, auf dem Treppenabsatz zu warten, und ging in Isabelles Zimmer. Er zog den Bettüberwurf ab und kontrollierte die Laken. Er strich mit der Hand darüber. Sie waren weiß, gestärkt, vom Körpergewicht seiner Frau kaum berührt. Er ging nach oben, ins Zimmer seines Logisgastes, und riß die Decke herunter. Das schmale Bett war zerwühlter als Isabelles, als habe Stephen unruhig geschlafen oder als habe das Zimmermädchen es flüchtiger gemacht, aber es zeigte keine Anzeichen des Ehebruchs: Die Laken waren sauber, und die exakte Bügelfalte lief noch mitten hindurch.

Azaire stieg wieder in die erste Etage hinab und ging von einem Zimmer ins andere. Er raste vor Wut, den Schmutz und die Schande vor Augen zu bekommen, die man ihm angetan hatte. Er wollte die Beweise für die Untreue seiner Frau sehen, die Flecken ihrer Schande. Doch im Zorn über seine Demütigung spürte er plötzlich die Rückkehr eines niederen Bedürfnisses, das er seit Monaten nicht mehr empfunden hatte.

Grégoire stand verstört auf dem Treppenabsatz, während sein Vater sein Bett untersuchte. Lisette nahm ihren Bruder an die Hand, während die beiden Kinder beobachteten, wie jämmerlich die Gefühle der Erwachsenen waren. Azaire hielt die Laken von Marguérites Bett gegens Licht, weil er einen Fleck entdeckt zu haben glaubte, aber dann war es doch nur Bienenwachs oder Nagelpolitur, die sie nicht vollständig entfernt hatte. In den Gästezimmern strich er mit den Fingern über die Laken, legte den Kopf darauf und inhalierte tief. Aber er roch nur Kampferduft.

Schließlich stand er im Lichtschein der Treppenlampe, geschlagen und vernichtet. Alle Zimmertüren waren offen, die Betten sinnlos zerwühlt. Azaire rang schwer nach Luft. In seiner Hast und Wut hatte er nicht an das rote Zimmer gedacht. Den schmalen Flur mit den schlichten Holzdielen, der von der Gartenseite des Hauses zur Hintertreppe führte, hatte er vergessen. Seit er das Haus damals gekauft hatte, war er nie auf die Idee gekommen, hier entlangzugehen, hatte das Zimmer nicht einmal in seiner endgültigen Form gesehen, nie so, wie es aussah, nachdem man all den nutzlosen Plunder herausgebracht hatte, den der Vorbesitzer dort hatte stehenlassen, nie so, wie Isabelle es dann auf bescheidene Weise hergerichtet hatte. Es war ein Raum, den er nicht finden konnte, weil er sich, wie auch Stephen einmal befürchtet hatte, jenseits der Erinnerung befand.

Im Zug, der Richtung Süden nach Soissons und Reims fuhr, saß Stephen Isabelle gegenüber. Er empfand pure Erleichterung über seinen Sieg, Erleichterung über die Tatsache, daß er gewonnen, daß er Isabelle überzeugt hatte, sich der Konvention und den Argumenten des gesunden Menschenverstands zu widersetzen und sich für das Schwierige und Gefährliche zu entscheiden. Und dann regte sich in ihm noch das tiefere Glücksgefühl, mit der Frau, die er liebte, zusammenzusein und zum ersten Mal den unleugbaren Beweis zu haben, daß sie ihm angehörte. Isabelle lächelte und wiegte dann mit geschlossenen Augen den Kopf ungläubig hin und her. Als sie die Augen wieder aufschlug, lag eine Spur Resignation in ihrem Blick.

»Was werden sie sagen? Was wird er Bérard und seinen Freunden sagen?« Ihre Stimme klang beunruhigt, aber nicht ängstlich.

»Es ist ja nicht das erste Mal, daß eine Frau ihren Mann verläßt.« Stephen hatte keine Ahnung, was Azaire sagen würde, aber er verspürte auch keine Lust, sich das vorzustellen. Er fand es wichtiger, daß Isabelle und er sich vor allem auf sich selbst konzentrierten.

Sie hatten den letzten Abendzug genommen, und so war ihnen, was die Richtung betraf, keine Wahl geblieben. Auf dem Bahnhof hatte sich Isabelle einen Schal vors Gesicht gebunden, da sie fürchtete, erkannt zu werden, wenn sie den Zug bestieg. Als er jetzt durch die flache Landschaft gen Süden zog, entspannte sie sich; Jahre des Bedauerns mochten auf sie warten, aber der Schrecken des gegenwärtigen Dramas lag erst einmal hinter ihr.

Der Zug hielt an einem schwach erleuchteten Bahnhof, und sie sahen aus dem Fenster, wie ein Gepäckträger Postsäcke auslud und eine mit Kisten bepackte Karre zu einem Holzgebäude schob, dem sich ein leeres Viehgatter anschloß. Das Gesicht des Mannes leuchtete bleich in der Dunkelheit. Hinter ihm stieg die schwarze Fahrbahn einer Straße hügelaufwärts zu einer Stadt, deren gelbe Lichter hier und da matt durch Vorhänge und Fensterläden schienen.

Der Zug verließ schaukelnd und ratternd den Bahnhof und dampfte durch die schweigende Nacht südwärts. Der Sommer war fast zu Ende, und in der Luft schwang schon ein wenig Kühle. Im Osten dehnten sich die Ardennenwälder, und dahinter floß irgendwo der Rhein. Nach einem Aufenthalt in Reims folgte der Zug über Joinville dem Lauf der Marne. Wenn die Gleise am Ufer entlangführten, spiegelte sich manchmal das Mondlicht auf dem düsteren Fluß, und dann ging es wieder an Steilhängen und Begrenzungsmauern vorbei, hinter denen der Fluß in Dunkelheit versank.

Während es immer noch weiter nach Süden ging, setzte Isabelle sich neben Stephen und lehnte sich an ihn. Die rollenden Bewegungen des Zugs ließen ihre Augen schwer werden; sie schlief ein, während der Zug seiner vorgegebenen Bahn folgte, weiter nach Süden, wo die Marne in die Meuse mündet, deren Lauf Sedan mit Verdun verbindet – ein glatter, widerstandsloser Pfad durch die Ebenen ihres Heimatlandes.

Sie träumte von bleichen Gesichtern zwischen rosenfarbenen Lichtern; Lisette auf einem Treppenabsatz, ihre blutleeren Gesichtszüge im roten Schein, ein verlorenes Mädchen, und andere, die sich, genau wie sie, in einer sich ständig wiederholenden Zeitschlaufe verfingen, deren Muster von der rhythmischen Bewegung des Zugs verstärkt wurde; viele kalkweiße Gesichter mit dunklen, ungläubig starrenden Augen.

Sie mieteten sich in einem Hotel des Kurorts Plombières ein. Es war ein graues Gebäude, dicht mit Efeu bewachsen und mit schmiedeeisernen Balkonen versehen. Ihr Zimmer lag im ersten Stock; aus dem Fenster sah man in einen feuchten Garten mit einer verfallenen Laube und einer Reihe ungewöhnlich großer Zedern. Am äußersten Ende befanden sich hinter einer Mauer die Bäder, deren Wasser angeblich heilsame Wirkungen auf Leute mit Rheuma, Atembeschwerden und diversen Blutkrankheiten haben sollte. Im Hotel hielten sich noch etwa ein Dutzend anderer Gäste auf, zumeist alte Ehepaare, die in dem überladenen Speisesaal aßen. Während der ersten drei Tage verließen Isabelle und Stephen kaum das Zimmer. Isabelle war erschöpft von der Reise und der Anstrengung dessen, was sie getan hatte. Sie schlief in dem großen Holzbett mit bootsförmigem Rahmen, und Stephen saß stundenlang an ihrer Seite, las in einem Buch, rauchte eine Zigarette oder stand auf dem Balkon und blickte auf den friedlichen, kleinen Kurort hinab.

Ein schüchternes Zimmermädchen stellte abends Speisetabletts vor der Tür ab und verschwand dann schnell wieder aus dem Korridor. Am dritten Tag ging Stephen allein in den Speisesaal und setzte sich an ein Fenster, von dem aus man den Platz überblicken konnte. Der Inhaber des Hotels brachte ihm die Speisekarte.

»Und Madame, Ihre Frau, befinden sich wohlauf?« fragte er.

»Durchaus, danke. Nur etwas erschöpft. Ich nehme an, daß sie morgen auch herunterkommen wird.«

Einige der Gäste begrüßten Stephen mit einem Kopfnicken, als sie an ihren Tischen Platz nahmen. Er erwiderte das Lächeln und bediente sich aus der Weinflasche, die er bestellt hatte. Ein Kellner servierte Fisch in einer schweren Sahnesauce. Stephen trank noch einen Schluck und gab sich der stillen Atmosphäre dieser fremden Welt hin: Seit Jahren, dachte er, hatte sich nichts in der korrekten Routine des Hotels geändert, immer noch die gleiche dünne Luft und das gleiche, reichhaltige Essen, das nach Rezepten aus dem achtzehnten Jahrhundert zubereitet wurde, und unverändert waren auch die, vermutlich nur eingebildeten, Heilkräfte des Wasser geblieben, wie auch das angenehme, doch streng reglementierte Leben, das die Nutznießer dieses Wassers in der Stadt geführt hatten.

Am vierten Tag traute sich Isabelle mit ihm für einen Spaziergang ins Freie. Sie nahm seinen Arm wie eine seit langem verheiratete Ehefrau, während sie die Straßen erkundeten, eine Weile in einem fast graslosen Park saßen und Kaffee an einem Platz tranken, der gegenüber der Knabenschule lag.

Stephen war unendlich neugierig. Er fragte Isabelle detailliert nach ihrem früheren Leben aus; besonders von Geschichten aus ihren Rouener Tagen schien er nie genug bekommen zu können.

»Erzähl mir mehr von Jeanne.«

»Ich habe dir schon alles erzählt, was mir eingefallen ist. Jetzt mußt du mir erzählen, was dich an diesen Ort, in dies Geschäft verschlagen hat.«

Stephen atmete langsam aus. »Da gibt es so viel zu erzählen. Mein Vater arbeitete auf dem Postamt in einem flachen Teil Englands namens Lincolnshire. Meine Mutter war Fabrikarbeiterin. Sie waren nicht verheiratet, und als sie schwanger wurde, ließ er sie sitzen. Ich habe ihn nie kennengelernt. Wie ich später erfahren habe, muß er ein einfacher Mann gewesen sein, einer der nahm, was er kriegen konnte, und es vorzog, dafür nicht zu bezahlen.«

»Und so etwas nennst du einfach?«

»So leben die Leute eben. Mein Vater war wahrscheinlich sogar ganz charmant, obwohl er kein gutaussehender Mann war, also nicht das, was man sich unter einem Verführer vorstellt. Er war eben nur ein Mann, der Frauen liebte, und ich darf wohl davon ausgehen, daß ich noch Halbbrüder und -schwestern in England habe, obwohl ich die natürlich nie kennengelernt habe. Meine Mutter verließ die Fabrik und zog wieder zu ihren Eltern, die in einem Dorf arbeiteten. Ihr Vater war Knecht auf einem Bauernhof. Meine Mutter bekam schließlich eine Stelle als Hausangestellte, als Dienstmädchen in einem vornehmen Haus. Wie Marguérite.«

Isabelle beobachtete Stephens Gesichtsausdruck, während er sprach. In seiner Stimme schienen keinerlei Emotionen mitzuschwingen, doch der Zug um seinen Mund hatte sich ein wenig verhärtet.

»Aber meine Mutter war ebenfalls keine starke Persönlichkeit. Als ich noch ein kleiner Junge war, wünschte ich mir, sie könne beweisen, auch ohne meinen Vater auf eigenen Füßen zu stehen, damit wir ihn aus unseren Köpfen verdrängen konnten. Aber dann wurde sie wieder schwanger von jemandem, der auch in dem Haus arbeitete. Sie mochte mich, kümmerte sich aber nie viel um mich. Ich wuchs bei meinem Großvater auf, der mir beibrachte, wie man angelt und Kaninchen fängt. Ich war ein richtiger Landjunge. Er brachte mir auch bei, wie man stiehlt und sich prügelt. Er war noch ziemlich jung, noch keine sechzig, und sehr gut in Form. Er hielt es für richtig, daß jeder arbeitende Mann sich seinen Lebensunterhalt so verdiente, wie es ihm gemäß war. Er beteiligte sich sogar an Fingerhakel-Wettkämpfen, wenn man ihm genügend Geld bot, und er bestahl die vornehmen Häuser des Bezirks. Meistens ließ er Essen und Tiere mitgehen.

Meine Mutter brannte mit dem Mann durch, den sie im Haus kennengelernt hatte. Soviel ich weiß, gingen sie nach Schottland. Kurz darauf wurde mein Großvater wegen einer Lappalie verhaftet und ins Gefängnis gesteckt. Er verteidigte sich teilweise damit, daß er nicht von zu Haus wegkönne, weil er sich um mich kümmern müsse. Das Gericht ordnete an, mich in ein Heim in der nächsten Stadt zu stecken, da er als Vormund für mich ungeeignet sei. Mit dem wilden und freien Leben bei meinem Großvater war ich glücklich gewesen, und plötzlich fand ich mich in einer Art Uniform wieder und mußte Fußböden und Tische in diesem riesigen Haus aus Ziegelsteinen schrubben. Wir bekamen auch Schulunterricht, etwas, was ich überhaupt nicht kannte.

An bestimmte Dinge in diesem Haus werde ich mich noch bis zu meinem Tod erinnern. Der Geruch der Seife, mit dem wir die Fußböden säuberten, und das Gefühl, das die Uniform auf der Haut verursachte. Ich erinnere mich an den großen Saal, dessen Decke so hoch war, das man sie fast aus dem Blick verlor, und die langen Tische, an denen wir aßen. Bei meiner Großmutter war ich glücklich gewesen. Ich hatte nie so viele Menschen in einem Raum gesehen, und mir kam es vor, als würde jeder einzelne von uns in diesem Saal verlorengehen. Ich geriet in Panik, wenn wir dort saßen, als ob wir alle zu Nummern degradiert worden wären, zu langen Reihen namenloser Menschen, die in den Augen eines anderen Individuums keinerlei Wert besaßen.

Diejenigen, die Familie oder jedenfalls Leute hatten, die sie besuchen konnten, bekamen gelegentlich Urlaub. Ich verbrachte dann einen Tag bei meinen Großeltern. Mein Großvater war inzwischen wieder aus dem Gefängnis entlassen worden. Eines Tages hatte ich eine Prügelei mit einem Nachbarsjungen, und ich verletzte ihn viel stärker, als es meine Absicht war. Ich kann mich nicht mehr daran erinnern, wer die Prügelei angefangen hatte und worum es überhaupt ging. Wahrscheinlich war es wirklich meine Schuld. Ich erinnere mich nur noch, wie er zu Boden sank und ich mich wunderte, was ich getan hatte.

Seine Eltern riefen die Polizei, und es gab einen Riesenaufruhr. Ich wurde wieder ins Heim gesteckt, weil ich noch zu jung war, um vor Gericht gestellt zu werden. Die Lokalzeitung berichtete über den Vorfall, und ein Mann namens Vaughan, von dem ich noch nie etwas gehört hatte, mußte das gelesen haben. Meine Großmutter war ganz aufgeregt, weil der Mann reich war und sagte, daß er mir helfen wolle. Er besuchte mich im Heim und unterhielt sich lange mit mir. Er war überzeugt, daß ich intelligent sei und mir nur die Möglichkeiten fehlten, etwas aus mir zu machen. Er fragte mich, ob ich damit einverstanden wäre, wenn das Gericht ihn als meinen Vormund einsetzte. Ich hätte alles dafür getan, diesem Heim zu entkommen, und meine Großeltern waren froh, daß ihnen die Verantwortung abgenommen wurde.

Es dauerte ein Jahr, bis alle rechtlichen Fragen erledigt waren. Vaughan war in der Gegend wohlbekannt. Er war Richter gewesen, unverheiratet und hatte keine Kinder. Er bestand darauf, daß ich tagsüber die Schule besuchte, und abends unterrichtete er mich dann. Ich wohnte in seinem Haus, und irgendwie gelang es ihm, mich auf der Grammar School unterzubringen.«

»Was ist das?«

»Eine Schule, auf der man Latein und Griechisch und Geschichte lernt. Und wie man mit Messer und Gabel umgeht.«

»Wußtest du das denn vorher nicht?«

»Nicht so, wie es sich gehört. Aber ich konnte dem Unterricht, den ich erhielt, gut folgen. Anfangs war es schwierig, weil mir die Voraussetzungen fehlten. Aber mein Vormund hat mich sehr motiviert.«

»Dann war er also dein großer Wohltäter, so wie die gute Fee in einem Märchen.«

»Ja. Mit einer Ausnahme. Ich mochte ihn nicht. Ich hoffte, er würde mich wie einen Sohn behandeln. Aber das tat er nicht. Er ließ mich immer nur arbeiten. Er war eine Art Sozialreformer, glaube ich, wie die Priester, die in die Londoner Slums gehen, um mit den Kindern dort zu arbeiten. Ich glaube, sein Interesse an meiner Bildung war für ihn ein Ersatz für andere Dinge im Leben. Er zeigte mir nie die geringste Zuneigung, sondern interessierte sich ausschließlich für die Fortschritte, die ich bei meinen Studien machte.«

»Aber du mußt ihm gegenüber doch Dankbarkeit empfinden.«

»Ja, ich war ihm dankbar. Ich bin es immer noch. Gelegentlich schreibe ich ihm. Als ich mit der Schule fertig war, verschaffte er mir ein Vorstellungsgespräch bei einer Londoner Firma, die mich auf ihre Kosten nach Paris schickte, damit ich Französisch lernte und mich über die Textilindustrie informierte. Dann arbeitete ich in London und wohnte als Logiergast in einem Stadtteil namens Holloway. Und dann wurde ich nach Amiens geschickt.«

Er sah sie erleichtert an. Die Selbstoffenbarung war vorüber. »Das ist alles.«

Isabelle lächelte ihn an. »Das ist alles? Das ist dein ganzes Leben? Du kommst mir so alt vor, manchmal glaube ich fast, du seist älter als ich. Ich glaube, das machen deine Augen. Deine großen, traurigen Augen.« Mit den Fingerspitzen strich sie ihm übers Gesicht.

Als sie ins Hotel zurückkehrten, ging Isabelle ins Badezimmer. Mißvergnügt stellte sie fest, daß trotz ihrer absichtlichen Leichtsinnigkeit die Blutung pünktlich eingesetzt hatte.

Nach einer Woche in Plombières fuhren sie weiter nach Süden. Stephen schrieb seiner Firma in London, fügte seine Berichte bei und erklärte, daß er nicht zurückkäme. In Grenoble feierten sie seinen einundzwanzigsten Geburtstag, und er schrieb Vaughan einen Brief, in dem er sich für dessen Vormundschaft bedankte, die nun zu Ende war. Sie blieben, bis etwas Geld für Isabelle ankam, das Jeanne, mit der sie brieflich Kontakt aufgenommen hatte, aus Rouen kabelte. Stephen verfügte noch über zwei große, englische Banknoten, die ihm sein Vormund für Notlagen geschenkt hatte.

Im Oktober kamen sie in St. Rémy-de-Provence an, wo eine Cousine mütterlicherseits von Isabelle wohnte. Sie mieteten ein kleines Haus, und Isabelle schrieb an Marguérite, legte dem Brief Geld bei und bat darum, einen Koffer mit Garderobe an sie zu schicken. Sie listete genau auf, was sie wünschte; die Kleider, die sie hier und da unterwegs gekauft hatte, waren kein Ersatz für ihre Garderobe, die sie so sorgsam aus Läden in Amiens, Paris und Rouen zusammengetragen und ergänzt oder selbst geschneidert hatte.

Im alten Glanz ihrer ochsenblutfarbenen Bluse mit der Leinenweste las Isabelle beim Frühstück im Wohnzimmer, von dem aus man die Straße überblickte, Stephen Marguérites Brief vor.

»Liebe Madame! Ich habe Ihre Handschrift gar nicht erkannt, vielleicht haben Sie ja Monsieur gebeten, daß er für Sie schreibt. Zusammen mit diesem Brief habe ich die Sachen geschickt, die Sie wünschen. Lisette geht es sehr gut, danke der Nachfrage, sie scheint zufrieden zu sein. Der kleine Grégoire ist ebenfalls wohlauf, obwohl er noch nicht wieder regelmäßig zur Schule geht. Auch mir geht es gut, aber wir vermissen Sie wirklich sehr, wir alle, weil ohne Sie nichts so wie früher ist. Monsieur und Madame Bérard haben Monsieur fast jeden Abend besucht, und manchmal höre ich, wie sich die beiden Herren lange unterhalten. Wie Sie es gewünscht haben, habe ich Ihren Brief niemandem gezeigt, so daß auch niemand weiß, daß Sie in St. Rémy sind. Ich frage mich, wie es dort aussieht und wie es Ihnen ergeht. Hier im Haus geht alles seinen Gang, aber wir hoffen, daß Sie bald zurückkommen. Mit den wärmsten Wünschen von Ihrer

Marguérite.«

Stephen schlenderte durch die Straßen der Stadt, die fast ausgestorben waren. Der Brunnen in der Platzmitte, um den sich im Sommer die Menschen versammelten, sprudelte in seiner steinernen Umgebung kalt vor sich hin. Der Herbstwind, der aus Süden blies, drückte die lockeren Fensterläden gewaltsam gegen die Häuserwände. Stephen machte weder das Gefühl der Einsamkeit etwas aus noch die Langeweile, die ihn auf seiner Arbeitsstelle erwartete. Ein Möbeltischler hatte ihn als Hilfskraft eingestellt. Er mußte die Vorarbeiten erledigen, Sägen und Hobeln, und durfte nur manchmal beim Entwerfen und Schnitzen, den schwierigeren Arbeiten, mit Hand anlegen. Mittags ging er mit den anderen vier Männern, die in der Tischlerei beschäftigt waren, in eine Bar, rauchte und trank Pastis. Obwohl er merkte, daß die anderen ihn für einen merkwürdigen Menschen hielten, und er bemüht war, nicht länger als unbedingt nötig zu bleiben, war er ihnen doch dankbar, daß sie ihn in ihre Runde aufnahmen.

Abends kochte Isabelle aus dem, was sie auf dem Markt auftreiben konnte, das Essen. Dem Angebot gegenüber war sie kritisch. »Kaninchen und Tomaten sind offenbar alles, was man hier ißt«, sagte sie, als sie einen großen Topf auf den Herd setzte. »Zu Hause hatte ich immerhin die Wahl zwischen einem Dutzend Fleischsorten.«

»Obwohl die Picardie auch nicht gerade das kulinarische Zentrum Frankreichs ist«, sagte Stephen.

»Mochtest du das Essen denn nicht?«

»Doch, schon. Besonders gern mochte ich die Mittagessen mit dir und Lisette. Aber ich kann mir nicht vorstellen, daß ein Pariser Gourmet in den Restaurants viel Grund zum Jubeln gehabt hätte.«

»Tja, dann soll er eben zu Hause bleiben«, sagte Isabelle beleidigt, weil sie das als Kritik an ihren eigenen Kochkünsten empfand.

»Sei nicht eingeschnappt«, sagte er und legte eine Hand auf ihre Wange.

»Bei dir bin ich nie eingeschnappt, lieber Junge. Was sind das für Kratzer auf deiner Hand?«

»Ein neuer Meißel, der anders ist als die, mit denen ich vorher gearbeitet habe.«

»Du solltest besser auf dich aufpassen. Und jetzt setz dich und iß dein Kaninchen.«

Nach dem Essen saßen sie am Kaminfeuer und lasen. Sie gingen früh zu Bett, in einem Zimmer im hinteren Teil des Hauses. Isabelle hatte es gestrichen und neue Vorhänge genäht. Die Photographien standen auf der schäbigen Kommode, und der riesige, geschnitzte Kleiderschrank faßte ihre Kleider kaum. Auf dem Markt gab es kaum einmal Blumen zu kaufen, aber Lavendel gab es immer, den sie in blauen Töpfen im ganzen Haus verteilte. Verglichen mit der großbürgerlichen Opulenz am Boulevard du Cange war dies Haus öde. In Stephens Augen entstand jedoch durch die Anwesenheit ihrer persönlichen Dinge eine Atmosphäre, die ihn an ihr Schlafzimmer erinnerte. Die Seidenstrümpfe, die manchmal aus einer offenen Schublade heraushingen, und die Stapel zarter Unterwäsche allerfeinster Qualität ließen ihn über die nackten Fußbodendielen hinwegsehen. Im gemeinsamen Schlafzimmer empfand Stephen zu diesen kleinen Intimitäten eine privilegierte Nähe, die nicht einmal ihr Mann je erfahren hatte. Und auch im Schlaf waren sie vereint, obwohl Stephen die Nähe von Isabelles bewußtlosem Körper unbehaglich war, so daß er oft eine Decke nahm und sich im Wohnzimmer aufs Sofa legte.

Er lag dort allein, starrte gegen die Zimmerdecke, zum großen Kamin und hinüber zur Küchenzelle mit ihren schwarzen, hängenden Gerätschaften. Seine Gedanken und Träume füllten sich nicht mit den hohen Himmeln Lincolnshires oder den Erinnerungen an Mensatische und Läusekontrollen; er bedauerte es auch nicht, so abrupt seine Stelle gekündigt zu haben, sehnte sich nicht nach Importlizenzen, Zollquittungen und Baumwollbündeln zurück, die an den Ostindienkais gelöscht wurden. Er dachte an den Augenblick und an den kommenden Tag und an den Kokon, in den sein und Isabelles Dasein eingesponnen waren, ein Geflecht, das wiederum mit dieser Stadt und der Welt da draußen verknüpft war. Er hatte das Gefühl, sich dies Dasein erstritten zu haben, ahnte jedoch, daß es ihm auf lange Sicht nicht vergönnt bleiben würde.

Er dachte an die Arbeit, die am nächsten Tag auf ihn wartete. Manchmal dachte er auch an gar nichts, sondern folgte einfach mit den Blicken den Rissen in den Holzbalken über seinem Kopf.

Zwei Monate vergingen, und auf schwere Herbststürme folgte eine eisige Winterstille, die das Straßenpflaster gefährlich machte und das Wasser im Brunnen gefrieren ließ. Wenn Stephen zur Arbeit ging, blieb Isabelle fast den ganzen Tag zu Hause. Sie verbrachte ihre Zeit damit, die Einrichtung ihrem Geschmack anzupassen und Suppen oder Eintöpfe zu kochen, die er aß, wenn er nach Hause kam. Das komfortable Leben mit den aufmerksamen Laufburschen der Modistin oder des Lebensmittelladens, das sie in Amiens geführt hatte, vermißte sie nicht. Es machte ihr nichts aus, daß ihre Tage mit Hausarbeit dahingingen, die selbst Marguérite lieber Madame Bonnet überlassen hatte. Ihre Cousine, deren Mann die Apotheke gehörte, besuchte sie häufig, so daß sie sich nicht einsam fühlte.

Ende Dezember kam kein Blut. Sie schlug in dem kleinen, schwarzen Tagebuch nach, in dem sie sich die Tage notiert hatte, und stellte fest, daß es überfällig war. Ende Januar kam immer noch kein Blut. Isabelle erschien das durchaus angemessen. Es war schwierig gewesen, sich Blut als Zeichen neuen Lebens und der Hoffnung vorzustellen, wie Jeanne es ihr erklärt hatte, als sie beim ersten Mal, vor Beunruhigung schluchzend, zu ihr gelaufen war; indem das Blut jetzt ausblieb, empfand sie ein Gefühl der Heilung. Sie hatte aufgehört zu bluten; ihre Kraft wandte sich nun nach innen, wo sie im Stillen schaffen würde. Stephen sagte sie nichts.

An einem Samstagmittag traf sie sich mit ihm nach der Arbeit, und sie machten einen Spaziergang durch die Stadt. Sie kehrten kurz in einem Café ein, damit er nach der Anstrengung des Morgens etwas essen konnte, und gingen dann an der Stadthalle vorbei durch eine schmale Ladenstraße dem Stadtrand entgegen. Ihr Atem gefror zu dünnen Spuren, als sie eine leichte Steigung emporgingen, die aus der Stadt hinausführte. Bevor die Straße in eine Landstraße überging und in der grau und violett schimmernden Landschaft verschwand, erreichten sie einen Platz.

Isabelle war schwindelig, und sie setzte sich auf eine Bank. Auf ihrer Stirn lag Schweiß, den der Winterwind kühlte.

»Ich besorge dir Riechsalz«, sagte Stephen und machte sich auf die Suche nach einer Apotheke.

Isabelle saß regungslos da; sie wußte nicht, ob sie den Mantel öffnen sollte oder ob sie ihn lieber fest geschlossen lassen sollte, damit er sie vor der Kälte schützte. Sie hatte die Absicht, Stephen zu erzählen, daß sie ein Kind erwartete, doch irgend etwas ließ sie zögern. Am liebsten hätte sie ihm das fertige Kind ohne die lange Last der Schwangerschaft präsentiert. Sie spürte kein Bedürfnis, umsorgt oder mit besonderer Rücksicht behandelt zu werden. Sie hatte nicht das Gefühl, daß die organischen Veränderungen, die in ihr vorgingen, irgend jemanden außer ihr etwas angingen, nicht einmal den Mann, der sie verursacht hatte.

Und doch liebte sie das Kind bereits. Sie nahm an, daß es ein Junge werden würde, und stellte sich dessen lächelndes, offenes Gesicht vor. Sie sah kein verknittertes Baby, sondern einen jungen Mann mit tadellosen Manieren, deutlich größer als sie selbst, der sie schützend in die Arme schlösse, bevor er sich wieder seiner anspruchslosen Arbeit auf den Feldern zuwendete. In ihren Phantasien war er nie ein Kleinkind, aber auch kein bedeutender oder wichtiger Mann, auf den sie stolz sein würde, sondern stets nur dies alterslose, glückliche männliche Wesen.

Sie dachte an all die Mütter, die in den Dörfern an der schmalen Landstraße lebten, die aus der Stadt herausführte. Dort draußen gab es Millionen junger Männer, stark und lächelnd wie ihr eigener Junge und wie er das Land bearbeitend. Sie wußten nichts voneinander, begegneten sich nie, ahnten nichts von Verwandtschaften oder Beziehungen untereinander oder dem Land gegenüber, in dem sie lebten, weil derlei Dinge nur zu Kriegszeiten eine Rolle spielten.

Isabelle dachte mit Bedauern an ihre Eltern und das Leben, das sie immer noch führten. Das wachsende Kind sorgte bereits dafür, daß ihre unruhigsten Erwartungen gedämpft wurden. Das Bedürfnis, das in ihr zur Ruhe kam, war so tief, daß sie es zuvor gar nicht wahrgenommen hatte; es war, als ob ihr erst nach dem Essen klar geworden wäre, daß sie am Verhungern gewesen war. Es schien die Ebenen und das Gleichgewicht ihrer Bedürfnisse zu verändern. Sie fühlte sich jetzt wieder dem Mädchen näher, das sie zu Hause gewesen war; ein unterbrochener Kreis hatte sich endlich geschlossen. Obwohl dies ein beruhigender Gedanke war, brachte er doch auch Zweifel über ihr Tun mit sich; er ließ in ihr den Wunsch entstehen, wieder bei ihrer Familie zu sein, oder jedenfalls bei ihrer Schwester Jeanne. Mehr als mit irgend jemand anderem wollte sie mit ihr sprechen. Sie mußte die erste sein, dachte Isabelle, die von dem Kind erfuhr.

Inzwischen war ihr nicht mehr ganz wohl bei dem Gedanken daran, was sie und Stephen in Azaires Haus getan hatten. Stephen schien sich so sicher gewesen zu sein, und sie war von Leidenschaft so überwältigt gewesen, daß sie ihm vertraut hatte. Sie hatte ihren Instinkten gehorcht, und Zweifel, die sich geregt hatten, waren von seiner Bestimmtheit und der Zärtlichkeit ihrer Gefühle für ihn überdeckt worden. Ohne den Reiz der Angst und des Verbotenen hatte ihre Leidenschaft nachgelassen.

Hier im südlichen Winter schienen die Exzesse ihrer schamlosen Affäre einer anderen Zeit anzugehören. Sie ging in St. Rémy in eine Kirche und beichtete dort einem einheimischen Priester, brachte es jedoch nicht über sich, detailliert zu beschreiben, was sich zwischen ihr und Stephen abgespielt hatte. Der Priester unterbrach sie jedoch schnell, nachdem sie den Ehebruch eingestanden hatte. Die Buße schien in keinem Verhältnis zur Sünde zu stehen; es war lediglich eine Formalität, aus jenem Register gezogen, in dem derlei alltägliche Übertretungen abgeheftet waren. Isabelle war unzufrieden, und obwohl sie das Geschehene nicht bereute, empfand sie Schuld.

Stephen kam mit einem Fläschchen Riechsalz zurück und setzte sich neben sie auf die Bank.

»Was mag nur mit dir los sein«, sagte er. »Hast du vielleicht zu Hause nicht genug gegessen? Dann fühlt man sich ja manchmal etwas schwach. Ich hab dir deshalb ein Stückchen Kuchen mitgebracht.«

»Nein, das ist es wohl nicht. Es ist nichts Ernstes.« Sie legte eine Hand auf seinen Arm. »Mach dir keine Sorgen um mich.«

Sie lächelte ihm so süß und nachsichtig zu, als sei er es, der umsorgt und geschützt werden müsse. Sie brach den Kuchen in zwei Teile und bot ihm eine Hälfte an. Ein Schauer gelber Krümel fiel zwischen ihnen auf die hölzerne Sitzfläche.

Über ihnen erklang das Flattern und Schlagen von Flügeln, als eine fette Taube, die vom Anblick der Kuchenkrümel angelockt worden war, von der Regenrinne des Gebäudes hinter ihnen abhob und ohne jede Scheu zwischen ihnen auf der Bank landete.

»Herrgott!« Stephen sprang entsetzt auf.

Isabelle, von der Furchtlosigkeit des Vogels eher amüsiert, sah ihn beunruhigt an. »Was ist denn los?«

»Der Vogel, der Vogel. Um Himmels willen. Scheuch ihn weg.«

»Das ist doch nur eine Taube, es ist nur …«

»Scheuch sie weg. Bitte.«

Isabelle klatschte in die Hände, und der plumpe Vogel stieg wieder schwerfällig in die Luft, flog über den Platz in die Zweige eines Baumes, wo er sich, in Sichtweite der Krümel, niederließ.

»Was, um alles in der Welt, ist denn los, mein Liebling? Du zitterst ja.«

»Ich weiß. Ich weiß. Tut mir leid. Es geht schon wieder.«

»Das ist doch bloß eine fette, alte Taube, die tut dir doch nichts.«

»Das weiß ich ja. Ich glaube auch nicht, daß sie mich angreift, es ist irgendeine merkwürdige Angst.«

»Komm, setz dich wieder. Los, komm. Setz dich neben mich, und dann lege ich meinen Arm um dich. So ist's recht. Mein armer Junge. Ist es besser so? Soll ich dir durchs Haar streichen?«

»Nein, es geht schon wieder. Tut mir leid, daß ich so einen Aufstand gemacht habe.«

»Du bist richtig laut geworden.«

»Ich weiß.«

Nach und nach hörte Stephen auf zu zittern. »Vögel habe ich immer gehaßt. Ich habe dir doch erzählt, wie ich einmal diesen Jungen niedergeschlagen habe und dann zurück ins Heim mußte. Er hatte mich wegen ein paar Krähen aufgezogen, die der Forstaufseher an einen Zaun genagelt hatte. Ich ging hin und faßte eine an, um zu beweisen, daß ich keine Angst hatte. Sie hatte schon Maden unter den Flügeln und tropfende, milchige Augen.« Er schüttelte sich.

»Wenn du Vögel siehst, denkst du also, daß du wieder in dies Heim zurückmußt?« fragte Isabelle.

»Teilweise schon. Aber ich habe Vögel immer gehaßt, schon viel früher. Sie haben so etwas Grausames, Prähistorisches an sich.«

Sie stand auf und ergriff seinen Arm. Einen Moment lang schaute sie in seine dunkelbraunen Augen, in die symmetrische Schönheit seines bleichen Gesichts. Sie nickte leicht und lächelte.

»Es gibt also etwas, vor dem sogar du Angst hast«, sagte sie.

Als Isabelle eine Woche später am Tisch stand und Gemüse schnitt, spürte sie plötzlich einen stechenden Schmerz unterhalb des Taillenbandes ihres Rocks. Es war ein Gefühl, als ob sie von einer Stricknadel durchbohrt würde, auf der große Walnüsse aufgespießt wären. Sie preßte die Hände auf die schmerzende Stelle und setzte sich schwerfällig an den Tisch. Wenn sie ruhig und konzentriert blieb, würde sie das Baby behalten; sie würde nicht zulassen, daß es ihr verlorenging. Ihre sorgfältig manikürten Finger tasteten über den Bereich, in dem sie das kaum erst sichtbare Wesen vermutete. Ihr Puls pochte durch den Stoff ihrer Kleidung und die darunter liegende, weiche Haut bis zu der Stelle, an der das neue Leben entstand. Sie versuchte, es durch die Anstrengung ihres Willens zum Bleiben zu bewegen, es durch die Sanftheit ihrer Handflächen zu beruhigen, doch spürte sie zugleich, wie weitere, scharfe Stiche ihren Unterkörper durchzuckten. Sie ging ins Schlafzimmer und legte sich hin, mußte aber feststellen, daß sie blutete, und wußte nicht, wie sie die Blutung stillen sollte.

Nachmittags warf sie sich in ihren Mantel und suchte einen Arzt auf, der ihr von ihrer Cousine empfohlen worden war. Es war ein glatzköpfiger Mann mit tiefer Stimme und einem Fettwulst am Hals, der über den steifen, weißen Kragen herunterlappte. Ihre Besorgnis ließ ihn unbeeindruckt, und er sprach in kurzen, aufmunternden Sätzen, während er sie untersuchte und zu einer Seitentür seiner Praxis wies, wo sie ein Glasröhrchen finden würde. Er erklärte ihr, daß ihm das Testergebnis innerhalb einer Woche vorliegen würde und daß sie ihn dann erneut aufsuchen sollte. In der Zwischenzeit, sagte er, solle sie sich ruhig verhalten und sich nicht überanstrengen. Er drückte ihr ein großes, gefaltetes Stück Papier in die Hand und sagte, sie möge bei der Sprechstundenhilfe am Eingang das Honorar entrichten.

Auf dem Heimweg machte Isabelle in der Kirche Station und setzte sich in eine der hinteren Bänke. Sie verspürte kein Bedürfnis mehr, dem Priester gegenüber die Beichte abzulegen, aber sie wollte die Schuldgefühle eingestehen, und sei es nur sich selbst gegenüber, weil sie sich derart der körperlichen Lust hingegeben hatte. In der Winterkälte der Kirche überkamen sie klare Bilder von Nachmittagen am Boulevard du Cange. Sie sah Stephens blutgeschwelltes Fleisch vor ihrem Gesicht aufragen, vor ihrem Mund; sie spürte, wie es jede ungeschützte Stelle ihres Körpers bedrängte und durchdrang, aber nicht gegen ihren Willen, sondern unter ihrer hungrigen und verzweifelten Anteilnahme.

Sie öffnete die Augen und vertrieb die sündigen Bilder aus ihren Vorstellungen, schämte sich, daß sie diese in einer Kirche wachgerufen hatte, selbst wenn es nur deshalb geschehen war, weil sie sie eingestehen wollte. Sie blickte zum Altar, auf dem ein Holzkreuz von Kerzen erleuchtet wurde; das wächserne Fleisch war unterhalb der Rippen durchbohrt und blutete von der Lanze des römischen Soldaten. Wie rein körperlich dies Leiden gewesen war, dachte sie: die aufgerissene Haut der Stirn, Füße, Hände, das Auseinandertreiben von Fleisch mit Nägeln und Stahl. Wenn selbst das göttliche Opfer sich auf diese Weise ausgedrückt hatte, dann war es manchmal schwer zu begreifen, wie das menschliche Leben den Begrenzungen von Pulsschlag, Haut und Verwesung entgehen sollte.

Isabelle schrieb:

»Meine liebste Jeanne!

Ich habe Dich so sehr vermißt, nicht erst in den vergangenen Wochen, sondern in all den Jahren, in denen es uns nicht vergönnt war, uns wiederzusehen. Wie sehr ich das heute bedauere! Ich komme mir vor wie ein Kind, das den ganzen Tag in seinem Spiel versunken war und plötzlich aufschreckt, um festzustellen, daß es dunkel wird, daß es nicht weiß, wo es ist, und daß der Heimweg sehr lang ist.

Ich wünsche mir so sehr, Dich zu sehen und mit Dir über all das zu sprechen, was geschehen ist. Ich bin schwanger, obwohl ich in der letzten Woche befürchtete, das Kind verloren zu haben. Ich habe starke Schmerzen und Blutungen, aber der Arzt sagt, das sei alles ganz normal. Er sagt, ich hätte vielleicht eine innerliche Prellung, die Blut absondert und die Lage des Babys verändern kann. Ich muß mich ruhig halten und Anstrengungen vermeiden.

Stephen habe ich immer noch nichts gesagt. Warum ich dazu nicht in der Lage bin, weiß ich nicht. Ich liebe ihn sehr, aber er macht mir auch ein bißchen angst. Ich bin mir nicht sicher, ob er meine Freude über die Schwangerschaft oder auch meine Sorge, das Kind zu verlieren, teilen würde. Über solche Dinge redet er so gut wie nie. Selbst wenn er von seiner eigenen Kindheit erzählt, klingt das so, als spräche er über einen Fremden. Wie kann er sich dann mit etwas verbunden fühlen, das noch gar nicht existiert?

Aber es gibt noch etwas Schlimmeres, Jeanne. Als wir jung waren und ich noch das Baby, hat sich niemand je wirklich um mich gekümmert (außer Dir, natürlich), und so konnte ich tun, was ich wollte, so lange mein Kleid keine Flecken bekam und ich mich bei den Mahlzeiten gut benahm. Ich wollte etwas erforschen. Erinnerst Du Dich noch daran, wie ich sagte, daß ich nach Afrika reisen wollte? Heute glaube ich, daß ich in gewisser Weise etwas erforscht habe. René hat das geschadet, obwohl ich ihm kaum etwas schulde, nachdem er mich so übel behandelt hat. Es hat auch Lisette und Grégoire geschadet, und Dir und Mama und Papa natürlich auch, obwohl ich gar nicht weiß, ob Papa überhaupt noch mitbekommt, was um ihn herum vorgeht. Aber das Baby werde ich lieben und mit aller Kraft beschützen, obgleich ich kaum eine ideale Mutter sein werde, kompromittiert, wie ich nun einmal bin.

In den schlimmsten Momenten habe ich das Gefühl, zu weit gegangen zu sein. Stephen und ich waren furchtlos – man könnte auch sagen: skrupellos –, und wir hatten keine Zweifel, daß das, was wir taten, richtig war: Stephen pflegte zu sagen, unser Tun sei zugleich seine eigene Rechtfertigung. Ich habe aber das Gefühl, daß wir die Orientierung verloren haben. Ich bin allein, allein wie das Kind bei Anbruch der Nacht. Und obwohl ich mich verlaufen habe, glaube ich immer noch, daß ich den Heimweg finden kann, wenn ich jetzt losgehe.

Ich weiß, das klingt ziemlich schwach. Du wirst Dir sagen: Sie hat ihre Wahl getroffen und kann es sich jetzt nicht mehr anders überlegen. Aber ich möchte Dich unbedingt wiedersehen, ich wünsche mir so sehr, daß Du das Baby in den Arm nimmst, wenn es denn kommt, daß Du es an Dich drückst. Ich möchte auf dem Bett in Deinem Zimmer sitzen und Deine Hand auf meinem Kopf spüren, wenn Du mein zersaustes Haar kämmst. Welche kranken Gedanken und welche Beweggründe haben mich nur so weit von Dir entfernt?«

Isabelle weinte so heftig, daß sie den Brief nicht weiterschreiben konnte. Jeanne hatte schon genug getan, als Isabelle ihr zum ersten Mal geschrieben und um Geld gebeten hatte. Sie hatte Stephen nie kennengelernt, aber aus Liebe zu ihrer Schwester ihre Ersparnisse angegriffen. Es wäre nicht anständig, dachte Isabelle, noch mehr von ihr zu verlangen.

Sie saß am Küchentisch und ließ den Kopf auf die Arme sinken. Sie kam sich betrogen vor. Sie hatte sich ein bestimmtes Bild von sich selbst gemacht, aber nun sah dies Bild ganz anders aus. Woher sollte sie die Gewißheit nehmen, daß sie ihrer derzeitigen Zuneigung vertrauen konnte? Könnte nicht auch diese von neuer, noch überzeugenderer abgelöst werden? In ihrer Verwirrung war das einzig sichere Gefühl die Hingabe an das Kind, das sich in ihr regte. Aus Gründen, die sie nicht zu entwirren vermochte, konnte sein Wohlbefinden in dem Leben, das sie hier lebte, nicht garantiert werden, so fern von zu Haus, mit Stephen in dieser eisigen Stadt.

Auch Stephen dachte an Zuhause. Das Cottage seines Großvaters lag am Dorfrand mit Blick auf die Kirche, ein paar häßliche, neue Häuser und die große, nach Norden führende Straße dahinter. In der anderen Richtung erstreckten sich weite Felder, ganz blaßgrün gefärbt, die sich zwischen undurchdringlichen Wäldern verloren, in denen die einheimischen Bauern auf Jagd gingen.

Er dachte daran, wie er all das Isabelle eines Tages zeigen würde. Er hatte keine sentimentalen Bindungen an sein Zuhause, er weinte seinem diebischen Großvater oder seiner verschwundenen Mutter keine Träne nach, aber er wollte Isabelle vor diesem so ganz anderen Hintergrund sehen, damit die verschiedenen Perioden seines Lebens endlich einen Zusammenhang bekämen.

Er wunderte sich über die Zärtlichkeit, die er in sich entdeckt hatte und die ganz und gar Isabelle galt. Wenn er morgens das Holz bearbeitete, stellte er sich vor, wie glatt es sein müßte, damit sie barfuß darüber gehen könnte. Wenn die Langeweile der Arbeit seine Stimmung sinken ließ, dachte er an ihr Gesicht, wie es sich, wenn er abends nach Haus kam, aufhellte. Seine Zuneigung hatte sie von einem Geschöpf, das er angstvoll begehrte, zu einem Wesen gemacht, dessen Wohlbefinden zum Mittelpunkt seines Lebens geworden war, aber diese Verwandlung ließ ihn nie den Sinn für ihre Würde, den Altersunterschied und ihre gesellschaftliche Stellung verlieren.

Isabelle traf inzwischen in aller Heimlichkeit Vorbereitungen, Jeanne in Rouen zu besuchen. Stephen würde sie sagen, daß sie sich nur ein paar Tage dort aufhalten wollte, und wenn sie da wäre, wollte sie entscheiden, ob sie zu ihm zurückkehren würde oder nicht. Der richtige Moment, sagte sie sich,würde kommen, wenn sie es Stephen sagte.

Eine weitere Woche verging, und ihre Schwangerschaft wurde nun auch äußerlich sichtbar. Stephen merkte, daß sie dicker geworden war, aber das neuerliche Schamgefühl, das zwischen ihnen entstanden war, bedeutete auch, daß er ihren Körper kaum noch ohne Kleidung erkunden konnte. Er bemerkte auch, daß sie weniger mit ihm sprach, und wußte nicht warum. Sie schien besorgt und zurückhaltend. Es war zu einer weiteren, schmerzhaften Blutung gekommen.

Als er eines Tages auf der Arbeit war, packte sie einen kleinen Koffer und setzte sich dann an den Tisch, um einen Abschiedsbrief zu schreiben.

»Ich habe das Gefühl, daß wir zu weit gegangen sind und daß ich zurückkehren muß«, begann sie, zerriß dann aber das Papier und stopfte die Fetzen in ihre Tasche. Es gab nichts, was sie sagen konnte, um sich selbst zu erklären. Sie sah sich im vorderen Zimmer um; das offene Herdfeuer und der schwere Kaminsims aus Holz, der ihr anfangs so sehr gefallen hatte. Sie ging nach oben, um einen letzten Blick auf die rauhen Dielen des Schlafzimmers und die Gardinen zu werfen, die sie selbst genäht hatte. Dann verließ sie das Haus und ging zum Bahnhof.

Als Stephen abends nach Haus kam, sah er sofort, daß ein paar ihrer Kleider und persönliche Dinge fehlten, ihre Photographien und ihr Schmuck. Er öffnete den Kleiderschrank. Die meisten Kleider hingen noch da. Er nahm ein Kostüm heraus, das sie einmal kurz nach seiner Ankunft im Boulevard du Cange getragen hatte. Es war cremefarben, mit einem raschelndem Rock, Elfenbeinknöpfen und Rüschenbordüre. Er drückte es sich vors Gesicht und zerknüllte es dann mit den Händen.

Er kam sich vor wie einer der Holzblöcke, die sie manchmal im Hinterhof der Werkstatt spalteten; die Axt wurde hineingeschlagen, dann angehoben und auf den Boden geknallt, so daß sich das Holz von oben bis unten spaltete. Kein Span und keine Fiber entging der Trennung.

In den folgenden Tagen ging er seiner Arbeit nach. Er kam morgens pünktlich und war freundlich zu den anderen Männern. Er fluchte mit ihnen und spuckte auf die verkantete Säge, wenn das Blatt im astigen Holz hakte. Unter seinem Hobel fielen zusammengerollte Späne zu Boden. Er schmirgelte mit drei Papierstärken, spürte die Oberfläche des bearbeiteten Holzes auf der weichen Haut seiner Finger. Mittags schmeckte er den süßen

Anis auf der Zunge und sah, wie sich die milchigen Wolken der Flüssigkeit im Glas ausbreiteten, wenn er Wasser dazu goß. Er unterhielt sich mit den Männern, erzählte sich Witze mit ihnen und ließ sich nicht anmerken, daß sich etwas verändert hatte.

Abends mühte er sich mit der Feuerstelle ab, rührte zusammen, was an Eßbarem aufzutreiben war, Kaninchen und Tomaten in allen Variationen. Dann hockte er vor dem Feuer, trank flaschenweise Wein und starrte in die glühenden Scheite.

Sie hatte ihn verlassen, weil sie das Gefühl hatte, damit ihre Seele retten zu können. Sie war nach Hause zurückgekehrt, weil sie Angst vor der Zukunft hatte und sich sicher war, die natürliche Ordnung wieder herstellen zu können. Ihm blieb nichts weiter übrig, als das zu tun, was er begonnen hatte.

Wenn die Weinflaschen leer waren, ging er nach oben und legte sich aufs Bett, die Stiefel auf den weißen Laken. Er konnte an nichts mehr denken.

Er lag da und starrte durchs Fenster in die Nacht.

Er spürte, wie ihm kalt wurde.

II

FRANKREICH 1916

Jack Firebrace lag fünfzehn Meter unter der Erde, und mehrere hunderttausend Tonnen französischen Bodens türmten sich über seinem Gesicht. Er hörte das Zischen im hölzernen Schacht, durch den Luft in den Tunnel gepumpt wurde. Wenn sie ihn erreichte, war sie jedoch schon fast vollständig verbraucht. Seinen Rücken sicherte ein Holzkreuz, die Füße stemmte er gegen den Lehm, sein Kopf zeigte in Feindrichtung. Mit einem Spezialspaten lockerte er kleine Erdmengen und schob sie in einen Sack, den er seinem Kameraden Evans weiterreichte, der dann mit dem Sack durch die Dunkelheit davonkroch. Jack hörte Hammerschläge, mit denen Stützbalken für den Tunnel zusammengenagelt wurden, aber hier an der Spitze, wo er arbeitete, gab es keine Garantie, daß der Lehmboden nicht einstürzte.

Der Schweiß lief ihm von der Stirn, brannte in den Augen, und er versuchte, die Tropfen abzuschütteln, indem er den Kopf hin und her warf. An dieser Stelle war der Tunnel etwa einen Meter zwanzig breit und einen Meter fünfzig hoch. Jack rammte den Spaten vor sich ins Erdreich und hackte darin herum, als ob es ihm persönlich verhaßt sei. Er hatte kein Gefühl mehr dafür, wie lange er schon hier unten war. Es fiel ihm leichter, einfach weiterzugraben, statt daran zu denken, wann er abgelöst werden würde. Je stärker er schuftete, desto leichter schien ihm die Arbeit zu fallen. Es mußten jetzt schon mehr als sechs Stunden vergangen sein, seit er Tageslicht gesehen hatte, und selbst das war nicht sehr hell gewesen, sondern nur ein schwacher, grünlicher Schimmer über den Ebenen des französisch-belgischen Grenzlands, erleuchtet von den Explosionen vereinzelter Geschosse.

Seine Einheit hatte sich nicht in ihre Unterkünfte im Dorf zurückziehen können. An diesem Frontabschnitt waren die Kampfhandlungen so heftig, daß sich die Bodentruppen ohne Unterstützung der untertage arbeitenden Männer nicht in ihren Schützengräben halten konnten. Die Tunnelarbeiter mußten vorübergehend in Unterständen am Schachteingang oder bei der Infanterie in den Schützengräben schlafen.

Eine Hand krallte sich in Jacks Ellbogen. »Jack. Wir brauchen dich. Turner hat etwas gehört, etwa zwanzig Meter weiter hinten. Komm mit.«

Evans zog ihn unter dem Holzkreuz heraus, Jack drehte sich mit steifen Gliedern um, zog sich die schweißgetränkte Weste von den Schultern und folgte Evans, der rückwärts kroch, bis er stehen konnte. Nachdem er so lange aufs schwarze Erdreich gestarrt hatte, erschien ihm sogar die schmutzige Holzverschalung des Stollens als hell. Er blinzelte ins Zwielicht.

»Hier drüben, Firebrace. Turner hat gesagt, es hört sich an, als würde jemand graben.«

Captain Weir, eine jämmerliche Gestalt mit wirrem Haar, der Turnschuhe und einen zivilen Pullover trug, schob ihn zu Turner, einem müden, verängstigten Mann, der in der Hitze des Stollens vor Erschöpfung zitterte und sich auf seine Spitzhacke stützte.

»Es war genau hier«, sagte Turner. »Ich kam mit dem Kopf ganz dicht an den Balken und konnte die Erschütterungen hören. Unsere Jungs waren das aber nicht, das kann ich Ihnen sagen.«

Jack preßte den Kopf gegen die Tunnelwand. Im Schlauch, der von der Decke herabhing, hörte er das rhythmische Keuchen des Gebläses. »Sie müssen die Frischluftzufuhr abstellen, Sir«, sagte er zu Weir.

»Herrgott«, sagte Turner, »ich krieg keine Luft mehr.«

Weir ließ einen entsprechenden Befehl nach oben durchgeben. Zwei Minuten später erstarb das Geräusch, und Jack kniete sich wieder hin. Sein ungewöhnlich scharfes Gehör wurde häufig benötigt. Zwei Meilen südlich von Ypern hatte er im vergangenen Winter auf der Sohle des Schützengrabens ein Ohr so lange in einen wassergefüllten Petroleumkanister gehalten, bis jedes Gefühl aus seinem Kopf gewichen war. Die sauerstofflose Stille des Tunnels war ihm allerdings lieber als die Fühllosigkeit seines Schädels.

Die Männer rührten sich nicht, als Weir den Zeigefinger an die Lippen legte. Jack holte tief Luft und lauschte, seinen Körper vor Anstrengung verkrampft. Er hörte entfernte, unregelmäßige Geräusche. Wodurch sie verursacht wurden, konnte er nicht genau ausmachen. Wenn man den Stollen jetzt vorsichtshalber evakuieren ließ und sich dann herausstellte, daß es sich bei den Geräuschen lediglich um Granatfeuer oder Truppenbewegungen an der Oberfläche handelte, verlöre man zuviel Zeit beim Vortrieb. Allerdings wären die Verluste wahrscheinlich größer, wenn die Geräusche von deutschen Tunnelarbeitern verursacht wurden, die sich von der anderen Seite näherten.

»Um Gottes willen, Firebrace«, zischte ihm Weir ins Ohr. »Die Männer kriegen kaum noch Luft.«

Jack hielt eine Hand hoch. Er lauschte nach dem typischen Klopfen, das entstand, wenn Schalholz gegen Stollenwände genagelt wurde. Wenn ein anderer Stollen sehr nahe war, konnte man manchmal auch das Geräusch von Spaten oder Säcken hören, in denen die Erde aus den Stollen geschleift wurde.

Wieder gab es ein dumpfes Geräusch, das jedoch nicht hohl genug klang, um vom Schalholz herzurühren; es hörte sich eher an, als erzitterte das Erdreich unter Granateinschlägen. Jack spannte noch einmal seine Nerven aufs äußerste an. Aber seine Konzentration wurde von einem Geräusch gestört, das wie das Poltern eines umfallenden Kartoffelsacks klang. Turner war auf dem Stollenboden zusammengebrochen. Jack hatte sich entschieden.

»Granatfeuer«, sagte er.

»Sind Sie sicher?« fragte Weir.

»Jawohl Sir. So sicher, wie ich nur sein kann.«

»Also gut. Sie sollen die Luftzufuhr wieder anstellen. Firebrace, sie gehen wieder unters Kreuz. Und Sie beiden da helfen Turner auf die Beine.«

Jack kroch mit den Füßen voran in die Dunkelheit zurück, wo Evans ihm in die richtige Lage half und den Spaten anreichte. Er grub ihn ins Erdreich über sich und war froh, die mühselige Plackerei wieder aufnehmen zu können. Neben ihm gruben Evans Hände, ohne daß er sie sah. Gegen Schichtende fing er an, sich bestimmte Dinge vorzustellen. Für einen Augenblick glaubte er, am hell erleuchteten Tresen eines Londoner Pubs zu stehen, ein Bierglas ins Lampenlicht zu halten und in den großen, goldgerahmten Spiegel hinter dem Tresen zu blicken. Die gleißende Spiegelung ließ ihn blinzeln, und die Bewegung seiner Augenlider brachte die Wirklichkeit der Erdwand vor ihm wieder zurück. Evans Hände kratzten. Jack streckte sich, daß ihm die Armgelenke schmerzten.

Evans fluchte keuchend vor sich hin, Jack streckte die Hand aus und griff abwehrend nach seinem Arm. Evans hatte versucht, eine Kerze anzuzünden, aber es gab nicht genug Sauerstoff. Das Streichholz glühte hellrot auf, bildete aber keine Flamme. Die beiden Männer hielten inne und lauschten. Sie hörten, wie ihr Atem in der Stille unheimlich anschwoll. Sie hielten die Luft an und hörten nichts mehr. Sie hatten sich bis ans Ende der Welt vorgegraben. Jack roch die feuchte Erde und den Schweiß auf Evans' Körper. Normalerweise konnten sie hören, wie hinter ihnen die Balken vorsichtig mit der Hand gegen das Erdreich gedrückt wurden. Nicht einmal dieses leise Geräusch war jetzt zu vernehmen. Der enge Tunnel schloß sie ein. Jack spürte, wie Evans nach seinem Arm griff. Sein Atem kam stoßweise. Irgend etwas mußte hinter ihnen passiert sein.

»Also gut«, sagte Jack. »Hilf mir hier mal raus.«

Evans zog die Holzstütze weg und half Jack, sich auf die Seite zu rollen. Sie krochen zurück, bis sie Lampenschein sahen. Weir stand gebückt im niedrigen Stollen. Er hielt sich die Ohren zu und gab ihnen dann durch Gesten zu verstehen, daß sie sich an die Seitenwände drücken sollten. Er wollte ihnen eine Erklärung zurufen, aber bevor er noch den Mund aufgemacht hatte, durchtobte den Tunnel ein Donnern, und ein riesiger Ball aus Erde und

Felsgestein raste an ihnen vorbei. Er riß vier Männer mit sich, ihre zerschmetterten Köpfe und Glieder verschluckte der Erdrutsch. Jack, Weir und Evans wurden vom Luftdruck gegen die Seitenwände gedrückt und entgingen so den Geröllmassen. Jack sah, wie Teile von Turners Gesicht und ein Stück seines Schädels, an dem noch die Haare hingen, zu der Stelle rollten, wo sich der Tunnel verengte und wo er eben noch gegraben hatte. Zu seinen Füßen lag ein Arm mit Corporals-Streifen, aber die anderen Körperteile der Männer waren von der feuchten Erde verschluckt worden.

»Raus hier«, sagte Weir, »bevor das noch mal losgeht.«

Als sie wieder im Schützengraben waren, hatte irgend jemand in der Dunkelheit bereits eine Lampe angezündet.

Jack hielt Evans an der Schulter fest. »Komm schon, mein Junge. Los, beruhige dich.«

Die Abenddämmerung lag über der Erde, und es regnete. Krankenträger schoben sich an Jack vorbei, als er blinzelnd am Stolleneingang stand und die feuchte Luft einsog. Weir ließ die Leute abtreten und machte sich auf die Suche nach einem Feldtelefon. Jack ging vom Stolleneingang zu seinem Platz im Schützengraben.

»Da ist'n Brief für dich, Jack«, sagte Bill Tyson. »Heut morgen ist Post gekommen.«

Sie hockten zusammengekauert unter einem Holzgerüst, über das eine Plane gespannt war. Arthur Shaw, der als dritter Mann ihren Unterstand teilte, versuchte, auf einem Spirituskocher Teewasser zu erhitzen.

Jacks Brief war von seiner Frau in Edmonton. »Geliebter Jack!« begann er, »Wie mag es Dir ergehen?«

Er faltete ihn zusammen und schob ihn in die Tasche. Er konnte seine Gedanken nicht auf jene ferne Welt richten, die aus ihrer Handschrift sprach. Er fürchtete, ihren Brief nicht verstehen zu können oder daß sie ihm etwas Wichtiges zu berichten hätte, das zu registrieren er einfach zu erschöpft war. Er trank den Tee, den Shaw, allen Widrigkeiten zum Trotz, zusammengebraut hatte.

»Turner ist tot«, sagte er. »Und mindestens noch zwei andere.«

»Hast du denn nichts gehört?« fragte Tyson.

»Doch, aber ich dachte, es sei Granatfeuer. Es muß da einen anderen Tunnel geben.«

»Mach dir nichts draus«, sagte Tyson. »Jeder macht mal ’nen Fehler.«

Etwa hundert Meter zur ihrer Rechten kam das Heulen einer Granate über den Himmel.

»Irgendwas gehört, wann wir hier rauskommen?« fragte Jack.

»Angeblich morgen«, sagte Shaw, »aber ich kann mir nicht vorstellen, wie wir hinter die Linien gelangen sollen, solange dieser Beschuß andauert. Hat Weir was gesagt?«

»Nein, ich glaube nicht, daß er was weiß.«

Die drei Männer sahen sich aus müden, ausdruckslosen Augen an. Tyson und Shaw waren seit einem Jahr zusammen, nachdem sie sich, gelockt von der Soldzulage von sechs Shilling für Männer mit Bergbauerfahrung, freiwillig gemeldet hatten. Beide waren in Nottingham Bergarbeiter gewesen, obwohl Tyson kaum untertage gearbeitet hatte, sondern meistens mit der Wartung von Maschinen befaßt gewesen war. Shaw behauptete, daß er einunddreißig sei, wirkte aber zehn Jahre älter. Im Tunnel arbeitete er wie ein Pferd, hatte jedoch nur wenig Verständnis für die militärische Disziplin, die man ihnen bei der Infanterie abverlangte.

In Jacks Leben waren sie an die Stelle von zwei Freunden aus London getreten, mit denen er beim Bau der Central Line zusammengearbeitet hatte. Diese beiden Männer, Allen und Mortimer, waren vor einem Jahr bei einer Explosion auf der Messines-Höhe in der Nähe von Ypern ums Leben gekommen. Ihre weißen Gesichter entschwanden aus Jacks Erinnerung, er war dem Tod gegenüber längst gleichgültig geworden. Auf die Freundschaft mit Tyson und Shaw hatte er sich nur widerwillig eingelassen, dann jedoch mit einem gewissen Unbehagen festgestellt, daß ihre Gesellschaft ihm wichtig geworden war. Als sie sich schlafen legten, ließ er es zu, daß Shaw den Kopf auf seine Knie legte, die er nach innen abwinkelte, damit sie nicht aus dem Schützengraben ragten. Wenn ihm eine Ratte übers Gesicht lief, erwachte er. Manchmal lag er schlaflos, hin und her gerissen zwischen der Angst, von einer Granate zerfetzt oder von der Erde verschlungen zu werden, in der sie Schutz suchten, und dem überwältigenden Bedürfnis, den Lärm nicht mehr wahrnehmen zu müssen, der sie umtobte. Sie lagen auf Holzplanken, die hart gegen die Knochen preßten. Selbst Shaws mächtige Flanken und Schultern boten ihm kein Polster aus Fleisch, wenn er sich im Halbschlaf hin und her wälzte.

Am Rand der Plane erschien Captain Weirs Gesicht. Er trug ein wasserdichtes Cape über dem weißen Pullover und hatte sich kniehohe Gummistiefel angezogen.

»Shaw, Sie werden im Tunnel gebraucht«, sagte er. »Ich weiß, daß Sie heute morgen schon unten waren, aber die Leute brauchen Hilfe, um das Geröll wegzuschaffen. Und Sie melden sich lieber auch gleich zum Dienst, Tyson.«

»Ich hab um zehn Wachdienst, Sir.«

»Das übernimmt Firebrace für Sie. Los, los, Bewegung. Sergeant Adams hat das Kommando über die Arbeitsgruppe. Verschwinden Sie, und melden Sie sich bei ihm.«

»Trink meinen Tee aus, Jack«, sagte Shaw. »Ich will nicht, daß die Ratten ihn kriegen.«

Als die beiden anderen verschwunden waren, versuchte Jack, Schlaf zu finden, aber seine Nerven waren zu überreizt. Er schloß die Augen, sah jedoch immer nur das Dunkel des Tunnelendes, hörte immer nur die plötzliche Stille, die ihn und Evans hatte innehalten und den Atem anhalten lassen. Er machte sich keine Vorwürfe, daß er die Geräusche nicht als die eines deutschen Tunnels identifiziert hatte. Er hatte sein Bestes getan, und die Männer wären vielleicht sowieso krepiert, womöglich auf weitaus schlimmere Art und Weise, mit Gas in den Lungen oder hilflos im Niemandsland verblutend. Man würde das Stück von Turners Gesicht und Kopf finden, und man würde es zusammen mit irgendwelchen anderen Knochen- und Uniformfetzen, die man von unten heraufbringen würde, in der Erde verscharren. Er stellte sich vor, wie Shaws große Hände die aufgewirbelten Erdmassen untersuchten. Für einen Moment fiel er in Schlaf, doch sofort ließ das Gefühl, daß sein Körper sich entspannte, ihn aufschrecken, und er war wieder hellwach, sein Körper angespannt und kampfbereit.

Er unterdrückte sein Schlafbedürfnis, indem er den Brief aus der Brusttasche zog und einen Kerzenstummel anzündete, den er in der Seitentasche von Tysons Tornister fand.

»Geliebter Jack!

Wie mag es Dir ergehen? In Gedanken und Gebeten sind wir immer bei Dir. Wir lesen täglich die Zeitung und schlagen als erstes die Verlustmeldungen auf. An Deinem Frontabschnitt gibt es aber wohl nichts Neues. Mutter hat uns besucht und läßt ausrichten, daß sie Deinen Brief bekommen hat und noch ein Päckchen mit Seife und Zigaretten und Stachelbeeren aus dem Garten schickt. Ich hoffe, daß sie noch nicht überreif sind, wenn sie bei Dir ankommen.

Leider muß ich Dir mitteilen, daß unser kleiner John krank ist. Es ging ihm wirklich sehr schlecht, und der Arzt sagt, es sei Diphtherie. Letzte Woche war er in Tottenham im Krankenhaus, und jetzt geht es ihm etwas besser, aber er hat immer noch hohes Fieber. Du kannst Dir vielleicht vorstellen, daß es nicht leicht ist, Medikamente und Ärzte zu bekommen, die sich um ihn kümmern, weil nun so viel an die Männer an der Front geht, was ja auch so sein soll.

Wenn er wach ist, ist er in guter Stimmung, und wir haben ihn im Krankenhaus besucht. Ich soll Dich herzlich von ihm grüßen. Es tut mir leid, daß ich Dich mit diesen Nachrichten belästigen muß, aber ich glaube, es ist besser, wenn Du es weißt. Er vermißt Dich sehr, und ich weiß, daß er Dich liebt. Unsere Gebete begleiten Dich, und auch ich grüße Dich von ganzem Herzen.

Deine Margaret.«

Mit der Post waren Verpflegungsrationen gekommen, ein paar Konservendosen mit Eintopf und Rindfleisch, die fürs Mittagessen aufbewahrt wurden, aber es gab auch Brot und Marmelade, dazu einen halben Becher Tee. Hungrig von der Arbeit untertage, schlang Jack in einer provisorischen Kantine am Ende des Funkergrabens alles hastig in sich hinein. Die Männer, die die Verpflegung hertransportierten, hatten manchmal vage Informationen über Truppenbewegungen und Pläne hinter den Linien; aber heute gab es nichts Neues. Jack aß schweigend und kehrte dann in seinen Unterstand zurück.

Vor acht Jahren war sein Sohn John geboren worden, als Margaret fast vierzig war und sie die Hoffnung auf ein Kind beinahe schon aufgegeben hatten. Der Junge war mager und hübsch, hatte helle Augen und einen leeren Gesichtsausdruck, der manchmal einem schrillen Lachen wich. Zu seiner körperlichen Zerbrechlichkeit gesellte sich auch noch geistige Schlichtheit. Von den anderen Jungen aus der Nachbarschaft wurde er nur toleriert, wenn ihnen bei ihren Spielen jemand fehlte. Beim Fußballspielen ohne Schiedsrichter mußte er Torwart sein, und einen Cricketschläger durfte er nur in die Hand nehmen, wenn ohne ihn keine Mannschaft vollzählig war.

Jack starrte auf die akkurate Handschrift seiner Frau und versuchte, sich dabei das Gesicht des Jungen zu vergegenwärtigen. Im Dämmerlicht des regnerischen Abends, der nur von Tysons Kerzenstummel erhellt wurde, war die Schrift kaum zu entziffern. Er schloß die Augen und stellte sich vor, wie die Knie seines Sohns unter den abgetragenen, grauen Shorts hervorschauten, wie er die großen Zähne entblößte, wenn er lächelte, und die ungekämmten Haare, über die er ihm manchmal mit väterlicher Hand gestrichen hatte.

An der Front dachte er kaum an Zuhause. In seiner Brieftasche hatte er ein Photo von Margaret, aber keins von John. Es gab hier immer so viel zu bedenken, daß er es sich nicht leisten konnte, in Dinge abzuschweifen, die nicht überlebenswichtig waren. Seit über einem Jahr war er nicht mehr zu Hause gewesen. Er fand es unglaubwürdig, als Shaw ihm einmal erzählt hatte, daß die Kanonen unter atmosphärisch günstigen Bedingungen noch in London zu hören seien. Die Orte, an die er sich – zumal oft untertage – versetzt sah, gaben keine klaren Hinweise darauf, wo das nächste Dorf lag und schienen von jenen Straßen und Häusern so weit entfernt zu sein, als lebte er nun in einer anderen Welt.

In dieser Nacht übernahm er auf dem Schützenauftritt am Ende des Grabens die Wache für Tyson, der immer noch nicht aus dem Tunnel zurück war. Die Bergarbeiter waren eigentlich nicht dazu verpflichtet, Wache zu schieben, aber ihr Führungsoffizier hatte mit seinem Kollegen von der Infanterie eine andere Regelung ausgehandelt. Wenn Feindbewegungen auszumachen waren, woraus sich dann untertage entsprechende Gefahren ergaben, sorgte die Infanterie in den Stollen für Kampfschutz, und als Ausgleich mußten die Bergarbeiter der Infanterie einen Teil ihrer Aufgaben abnehmen. Die Tage und Nächte hatten für Jack alle Unterschiede verloren. Es gab nur noch die Dunkelheit des Tunnels, das Zwielicht des Spätnachmittags im unruhigen Flakkern des Granatenbeschusses und die Schwärze des nächtlichen Schützengrabens unterm Vorhang einer Plane.

Er lauschte auf die Geräusche vor ihm im Niemandsland. Deutsche Nachtspähtrupps waren mit dem Befehl unterwegs, Feindbewegungen festzustellen und Unruhe zu schüren. Jack stellte sich vor, daß auch seine Seite dort draußen Männer auf Horchposten hatte, die längst vor ihm alles hörten, aber in seinem Grabenabschnitt wurde das den Wachhabenden nie gesagt, damit sie nicht nachlässig wurden. Das Infanteriebataillon kam aus London; sie nannten die Bergarbeiter »Kanalratten« und setzten alles daran, ihnen zu beweisen, daß sie als Soldaten nichts taugten.

Jack war so müde, daß er über den Punkt hinaus war, an dem er hätte einschlafen können. Er hätte nicht sagen können, aus welcher Quelle sich die Wachsamkeit speiste, die sein Körper wie einen Automatismus entwickelt hatte, der ihn wach, wenn nicht gar alarmiert hielt, während andere Männer längst eingenickt waren oder vor sich hindösten; manche waren wie tot auf der Grabensohle zusammengesunken, manche lehnten mit dem Rücken an den Holzwänden. Weiter hinten hörte er Pioniertrupps, die die Gräben ausbesserten.

In seiner Vorstellung war Johns Gesicht jetzt ganz hell; der blasse, einsame Junge im Schlepptau der Nachbarskinder, das stolpernde Baby mit seinen unsicheren Schritten. Er konnte seine pfeifende Stimme mit dem Londoner Akzent hören, seine nachgeplapperten Grüße, seinen unbegründeten Optimismus. Er stellte sich seinen Jungen in der Wachstation des Krankenhauses mit den hohen Zimmerdecken vor, das gelbe Geflacker von Gaslampen, die gestärkten Hauben der Schwestern und den Geruch nach Seife und Desinfektionsmitteln.

Der Schlaf überfiel ihn wie ein unsichtbarer Angreifer. Es war nicht mehr das schummerige Licht der Wachstation, sondern die Lampen eines riesigen Pubtresens an der Lea Bridge Road: Die Männer in Anzügen und Schirmmützen hielten im steigenden Rauch Biergläser in den Händen. Übergangslos kamen andere Bilder: Die Küche seines Elternhauses in Stepney; ein Park, ein Hund; wieder der hell erleuchtete, überfüllte Pub; Johns Gesicht, der liebe Junge. Er war sich bewußt, daß ihm eine große Versuchung angeboten wurde, eine seelische Entspannung, ein wenig Schlaf, für den er das Leben seiner Kameraden verkaufen würde, und er nahm das Angebot an, merkte aber nicht, daß er bereits eingeschlafen war, der Kopf auf die Brust gesunken, zwischen die schmerzenden Schultern, die ohne Pause stundenlang französische Erde durchwühlt hatten.

Er wußte nicht, daß er schlief, bis er wieder geweckt wurde; er spürte, wie er nach vorn wegsackte, als eine Stiefelspitze gegen seinen Fußknöchel stieß.

»Wie heißen Sie?« Es war die Stimme eines Offiziers.

»Firebrace, Sir.«

»Ach, Sie sind's, Firebrace.« Er erkannte Captain Weirs überraschte Stimme.

»Sind Sie eingeschlafen?« Die Stimme des ersten Offiziers war kalt.

»Ich weiß nicht, Sir. Ich habe bloß nicht hingehört und ...«

»Sie sind im Dienst eingeschlafen. Das bedeutet Kriegsgericht. Melden Sie sich morgen früh um sechs bei mir. Ihr Sergeant wird Sie herbringen. Sie wissen ja, mit welcher Strafe Sie rechnen müssen.«

»Jawohl, Sir.«

Jack sah, wie die beiden Männer weitergingen und dann am Ende des Feuerschutzwalls links abbogen; die Spitzen ihrer Zigaretten glühten rot auf.

Bob Wheeler, ein anderer Tunnelarbeiter, löste ihn ab. Er ging zu seiner Stellung zurück, wo Tyson und Shaw unter dem Holzgerüst schliefen. Da für ihn kein Platz mehr war, nahm er ein paar Zigaretten aus der Packung und ging, vorbei am halbherzigen Anruf einer Wache, durch den Funkergraben wieder zurück. Er kletterte über den hinteren Wall des Nachschubgrabens und geriet in einen Bereich, wo Munition und Ausrüstungsgegenstände im Nieselregen unter Teerplanen gestapelt waren. In der Nähe schoben ein paar Männer Wache, unter ihnen ein Sergeant. Er ging hin, meldete sich und sagte, daß er auf die Latrine müsse; man ließ ihn passieren.

Er fand einen Baum, der vom Granatbeschuß verschont geblieben war, setzte sich darunter, zündete sich eine Zigarette an und sog den Rauch ein. Vor dem Krieg hatte er Tabak nicht angerührt; jetzt war er sein größtes Vergnügen.

Wenn das Kriegsgericht ihn für schuldig befinden sollte, konnte er standrechtlich erschossen werden. Die Bergarbeiter waren nach und nach zu einer Armee-Einheit geworden; obwohl sie nicht den erniedrigenden Drill und die Schikanen über sich ergehen lassen mußten, denen die Infanterie ausgesetzt war, bevor sie als kampftauglich galt, hatten sie doch den Sonderstatus eingebüßt, den sie anfangs genossen hatten. Als Jack mit seinen Londoner Freunden Allen und Mortimer vor Ypern angekommen war, hatte man ihnen erklärt, sie würden den Krieg dort verbringen, während verschiedene Infanterie-Divisionen kamen und gingen, aber dann gerieten sie von Anfang an ständig in chaotische Truppenbewegungen, also genau jene Probleme, die ihre Organisation eigentlich hätte verhindern sollen. Sie wurden zu Soldaten, und man erwartete von ihnen, daß sie den Feind nicht nur durch den Tunnelbau bekämpften, sondern mit Bajonetten töteten oder, wenn es sein mußte, mit bloßen Händen.

Dies war nicht die Arbeit, die Jack sich vorgestellt hatte, als er sich freiwillig gemeldet hatte. Im Alter von achtunddreißig Jahren hätte er dem Armeedienst problemlos ausweichen können, aber in London gab es keine Arbeit. Margaret war zehn Jahre älter als er und hatte genug damit zu tun, sich um John zu kümmern. Gelegentlich nahm sie Putzstellen an, aber das Geld reichte trotzdem nicht. Jack glaubte nicht, daß der Krieg lange dauern würde; zu Margaret sagte er, daß er nach einem Jahr mit der ersparten Hälfte seines Solds wieder zu Hause sein würde.

Sie war eine praktisch veranlagte Frau irischer Herkunft, die sich von Jacks Humor und Freundlichkeit angezogen gefühlt hatte. Sie hatten sich auf der Hochzeit einer ihrer acht Schwestern kennengelernt, die einen Arbeitskollegen von Jack heiratete. Auf dem Fest nach der kirchlichen Trauung hatte Jack Bier getrunken und vor ein paar Kindern Zauberkunststücke vorgeführt. Er hatte ein großes, breites Gesicht und einen Mittelscheitel. Ihr gefiel die Art, wie er mit den Kindern redete, bis er dann mit den anderen Männern herumalberte, die gekommen waren, um bei der Hochzeit ihres Freunds dabeizusein.

»Ich bin eine alte Jungfer«, sagte sie zu Jack, als er eine Woche später bei ihr vorsprach. »Du willst doch nicht etwa mit mir ausgehen.« Aber er schien genau zu wissen, was er wollte, und drei Monate später waren sie verheiratet.

Als er sich unter seinem Baum eine neue Zigarette anzündete und das Kreischen eines Geschosses hörte, das etwa einen Kilometer weiter südlich über die britischen Linien zischte, begann Jack Firebrace zu zittern.

Er hatte gedacht, daß der Tod ihm gleichgültig geworden sei; er hatte gedacht, daß er sich gegen ihn abgehärtet hätte, aber so war es nicht. Wenn man ihn schuldig sprechen sollte, würde man ihn bei Tagesanbruch an einen einsamen Ort hinter den Linien bringen – eine Waldlichtung, einen gepflasterten Platz hinter der Mauer eines Bauernhofs – und erschießen. Um die Sache zu erledigen, würde man Kameraden seiner eigenen Einheit verpflichten, Bergarbeiter und Tunnelgräber, Männer, die nicht einmal dazu ausgebildet waren, auf den Feind zu schießen. Einige würden Platzpatronen haben und einige scharfe Munition; niemand würde wissen, ob der tödliche Schuß von Tyson oder Shaw oder Wheeler oder Jones abgefeuert sein würde. Er würde wie die Millionen anderer Tote in den Schlamm sinken: Bäckerjungen aus Sachsen, Landarbeiter aus Frankreich und Fabrikarbeiter aus Lancashire – all das Fleisch und Blut im Erdreich.

Er konnte sich diese Möglichkeit nicht vorstellen, ohne dabei zu zittern. Wenn es zur Schlacht kam oder zum Angriff, rechnete man mit dem Tod; es gab Verluste durch Scharfschützen, durch Granaten und Mörser, durch Explosionen in den Stollen; und das ständige Bewußtsein, daß jeder Augenblick auf unterschiedliche Weise den Tod bringen konnte, war immer schwerer zu begreifen gewesen. Aber langsam hatte sich Jack sogar daran gewöhnt. Wenn sie in Ruhestellung zurückgezogen wurden, mußte er jedesmal erst einen ganzen Tag schlafen, um sich darauf einzustellen, daß er nicht mehr in akuter Lebensgefahr war; dann konnte er wieder lachen und in der aufkeimenden Erleichterung Geschichten erzählen. Die Gleichgültigkeit, die er sich angewöhnt hatte, betraf allerdings nicht nur die Vernichtung des Feindes, sondern auch die seiner Kameraden und Freunde; nun mußte er sich eingestehen, daß er gegenüber der Aussicht des eigenen Todes keineswegs gleichgültig war.

Er hielt die Hände vors Gesicht und betete zu Gott, daß er ihn retten möge. Er hatte keine Aufgabe, die zu vollenden wäre, keine Bestimmung, der er nachzukommen hätte: Er wollte nur Margaret wiedersehen. Er wollte über Johns Haare streichen. Mein Sohn, dachte er, als er im Regen saß, mein lieber Junge. Für den Ausgang des Kriegs wäre es bedeutungslos, ob er überlebte oder nicht; es wäre bedeutungslos, ob heute Turner der Kopf vom Körper geschossen würde oder morgen seiner oder Shaws oder Tysons. Laß sie sterben, betete er und schämte sich zugleich; laß sie sterben, aber bitte, Gott, laß mich leben.

Die ganze Nacht saß er unbeweglich und allein da und preßte seiner ausgelaugten Vorstellungskraft Erinnerungen an sein bisheriges Leben ab, Bilder all dessen, was er getan hatte und was ihn begleiten und trösten würde, wenn er in die Mündungen der Gewehre blicken müßte, die auf seinen Kopf gerichtet sein würden. Es hatte die Fußballspiele auf den Hackney Marshes gegeben, die Freundschaft mit den Arbeitern beim Bau der Londoner U-Bahn; merkwürdige Gesichter und Stimmen aus der Kindheit; seinen Sohn. Aber es gab nichts, was es wert gewesen wäre, daß sein Leben verschont bliebe. Am Ende lieferte die Erinnerung ihm nur noch Bruchstücke seiner frühen Kindheit: Wie er vor dem Küchenherd sitzt, der Duft seiner Mutter, wenn sie ihm im Bett den Gute-Nacht-Kuß gibt. Mit den Bruchstücken überkam ihn das Bedürfnis nach Schlaf, nach Aufgabe. Er stand auf, reckte die steifen Glieder, schlurfte zu seinem Unterstand im Graben zurück und kroch neben Tyson und Shaw. Kurz vor Morgengrauen machte er sich auf die Suche nach Sergeant Adams.

»Dann kommen Sie mal mit«, sagte Adams. »Nehmen Sie Haltung an. Richten Sie Ihr Koppel.«

Er gehörte nicht zu jener Sorte Sergeant, die die meisten Männer fürchteten. Er hatte einen spöttischen Sinn für Humor und brüllte nur selten. Insgeheim bewunderten ihn die Männer.

»Ich weiß schon Bescheid über Sie«, sagte er. »Im Dienst eingeschlafen.«

Jack sagte nichts. Er war bereit zu sterben.

»Vielleicht haben Sie Glück. Bei diesen jungen Offizieren wird nicht gleich alles so heiß gegessen, wie's gekocht wird. Mr. Wraysford ist der merkwürdigste Offizier, der mir je begegnet ist. Befolgt nur seine eigenen Gesetze. Hier entlang.«

Adams führte ihn durch einen schmalen Graben, an dessen Ende sich mehrere Unterstände befanden. Er zeigte auf einen Eingang am Ende des Abschnitts und sagte, er solle allein hingehen.

Jack schaute zum Rand der Welt hinauf, die im grauen Licht sichtbar wurde: Die verbrannten und zerfetzten Bäume, die Felder, die einst grün gewesen waren, lagen nun eintönig braun da, jeder Brocken Erde von Granaten umgegraben. Er war damit einverstanden, diese Welt zu verlassen.

Er kletterte die Holzleiter hinunter und stieß auf einen Gasschutzvorhang, der vor einer selbstgebauten Tür hing. Er klopfte an und wartete.

Eine Stimme forderte ihn auf, einzutreten, und er stieß die Tür auf. Drinnen herrschte strenger Paraffingeruch. Pfeifenrauch umwaberte die Einrichtung des Raums. Jack konnte jedoch ein Etagenbett erkennen; auf der unteren Pritsche lag eine im Schlaf zusammengekrümmte Gestalt; ein selbstgebauter Tisch und Stühle. Der Tisch war besser gebaut als die meisten anderen provisorischen Möbel, die er bislang gesehen hatte, wirkte jedoch zwischen den primitiven Regalen an den Wänden mit den zusammengewürfelten Tassen, Kerzen, Dochten und Nägeln, die Gebrauchsgegenstände ersetzen mußten, selber primitiv.

»Wer sind Sie?« Ein Leutnant sprach ihn an, der zusammen mit einem anderen Offizier am Tisch saß. Und dieser andere war Jacks Kompanieführer, Captain Weir – zu Gast bei der Infanterie.

»Firebrace, Sir. Sie haben Befehl gegeben, daß ich mich heute früh um sechs bei Ihnen melden soll.«

»Weshalb?«

»Ich bin beim Wachdienst eingeschlafen.«

Der Offizier stand auf, ging auf Jack zu und brachte sein Gesicht ganz dicht an Jacks heran. Jack sah einen Mann, dessen dunkles Haar an den Schläfen grau wurde; er trug einen dichten Schnurrbart, der über die Oberlippe herabhing, und seine großen, braunen Augen starrten ihn nachdenklich an. Sein Alter mochte irgendwo zwischen fünfundzwanzig und vierzig liegen.

»Ich kann mich nicht daran erinnern.«

»Ich glaube, Sie wollten mich vors Kriegsgericht stellen lassen, Sir.«

»Ich glaube nicht, daß ich dazu befugt bin. Sie gehören nicht meiner Einheit an. Sie sind doch Tunnelbauer, oder?«

»Jawohl, Sir.«

»Ihr Mann, Weir.«

Jack blickte zu Weir hinüber und bemerkte die fast leere Whiskyflasche, die auf dem Tisch stand. Es gab aber nur zwei Gläser.

»Setzen Sie sich, Firebrace. Trinken Sie einen Schluck«, sagte Weir.

»Nein danke, Sir. Wenn ich ...«

»Setzen Sie sich trotzdem.«

Jack sah sich um. Er wollte nicht an dem Tisch sitzen, der dem kommandierenden Offizier der Infanterie gehörte, einem jähzornigen Mann namens Gray, den er einmal hatte Befehle brüllen hören. Er fragte sich, wo er war: Vielleicht schikanierte er gerade die Wachposten.

Jack setzte sich auf den Stuhl, den Weir ihm mit dem Fuß hinschob. Weir trug wieder seine weichen Schuhe und den weißen Pullover. Er war unrasiert, und seine Augen waren blutunterlaufen. Jack sah zu Boden, weil er sich vor Weirs Blick fürchtete. Auf dem Tisch lagen auch fünf sternförmig angeordnete Spielkarten, die Rückseiten nach oben, dazwischen dünne Sandspuren. In der Mitte dieser Anordnung standen eine geschnitzte Holzfigur und ein Kerzenstummel.

»Das ist Leutnant Wraysford«, sagte Weir. »Seine Einheit liegt direkt neben unserm Frontabschnitt. Es sind seine Leute, die wir vor Minen zu schützen haben. Letzte Nacht hatte er zwei Mann draußen auf Horchposten. Vielleicht hat er sich Sorgen um sie gemacht. Stimmt das, Wraysford?«

»Nein. Brennan und Douglas kommen schon zurecht. Die wissen, was sie zu tun haben.«

»Wollen Sie denn nicht mit dem Mann hier reden?« fragte Weir.

»Wenn ich mich daran erinnern könnte, wer er ist, würde ich's tun.« Er wandte sich Jack zu. »Es wird gleich Tee geben, wenn Sie keinen Whisky mögen. Ich sage Riley, daß er noch eine Tasse mehr bringt.«

Als sich Jacks Augen an den verräucherten Unterstand gewöhnt hatten, sah er, daß die Wände teilweise mit Stoff verkleidet waren. Er sah wie teure, ausländische Seide oder Baumwolle aus. Auf einem kleinen Spind standen noch mehr Holzskulpturen menschlicher Körper. Auf den Bücherregalen in der Ecke standen keine Photographien, sondern ein paar amateurhafte Skizzen von Köpfen und Körpern. Er merkte, daß der Leutnant seinen Blicken gefolgt war.

»Zeichnen Sie?« fragte er.

»Ein bißchen«, sagte Jack. »Jetzt fehlt mir aber die Zeit dazu. Und die Ruhe.«

Riley, ein kleiner, grauhaariger Mann in korrekter Offiziersburschen-Uniform, brachte ein Tablett mit drei Bechern Tee herein. Er griff nach einer Tüte, die außer Reichweite der Ratten an der Decke hing, und entnahm ihr etwas Zucker.

Jack beobachtete, wie der Leutnant zu den Regalen ging und eine Skizze herunternahm. »Die menschliche Anatomie ist ungewöhnlich einfach«, sagte er. »Zum Beispiel die Konstruktion der Beine: Zwei lange Knochen mit einem einfachen Gelenk, um sie zu beugen, und die Proportionen sind immer gleich. Aber wenn man sie zeichnet, ist es schwierig, die Form abzubilden. Jeder kann diesen Schenkelmuskel sehen, den Quadrizeps. Ich wußte aber nicht, daß es hier, innen, noch einen weiteren gibt, den Sartorius. Aber wenn man das zu sehr betont, wird die Darstellung zu starr.«

Jack fiel auf, daß der Leutnant, während er sprach, mit dem Finger über die Linien des Beins auf der Zeichnung strich. Er war sich nicht sicher, ob der Mann ihn nur quälen, seine Todesangst verlängern – oder ob er sich wirklich mit ihm übers Zeichnen unterhalten wollte.

»Natürlich«, sagte der Leutnant seufzend, »gibt der Krieg uns allen täglich Anatomieunterricht. Ich könnte einen Aufsatz über die wesentlichen Organe des gemeinen britischen Soldaten schreiben. Leberquerschnitte. Eingeweide, bis zu einem gewissen Grad herausgerissen. Der pulverisierte Knochen des durchschnittlichen englischen Untertans.«

Jack hustete. »Entschuldigen Sie, Sir. Darf ich Sie etwas wegen der Anklage fragen?«

»Anklage?«

»Herrgott noch mal, Wraysford«, sagte Weir. »Sie haben diesem Mann gesagt, er solle sich bei Ihnen melden, weil er eingeschlafen war. Er will wissen, ob Sie ihn vors Kriegsgericht bringen. Er will wissen, ob er Kunstunterricht bekommen soll oder ob er erschossen wird.«

»Es gibt keine Anklage. Sie unterstehen nicht meinem Kommando.«

Jack spürte ein heißes Stechen in den Augen.

»Ich gehe davon aus, daß Ihr Kompanieführer Sie bestrafen wird, wenn er das für richtig hält.«

Weir schüttelte den Kopf. »Keine weiteren Maßnahmen.«

»Danke, Sir. Danke.«

Jack sah die beiden Männer liebevoll und dankbar an. Sie hatten Verständnis für die Probleme eines Mannes, der über seine Kräfte hinaus gefordert worden war. Er war sich sicher, daß ihre Milde dem Mitleid entsprang, das sie für ihn empfanden. Er zog Margarets Brief aus der Tasche. In seinem Glück, am Leben zu bleiben, wollte er nun auch die Last teilen, die ihm mit der Krankheit seines Sohnes auferlegt war.

»Sehen Sie, Sir. Ich habe diesen Brief von meiner Frau bekommen. Unserem Jungen geht es sehr schlecht. Ich habe mir Sorgen um ihn gemacht. Ich habe mir solche Sorgen um ihn gemacht, daß ich nicht schlafen konnte, als ich aus dem Stollen zurückgekommen bin.«

Er reichte Weir den Brief, der aber nur nickte. »Sehen Sie das, Wraysford?« sagte er und schob den Brief über den Tisch.

»Ja«, sagte Stephen. »Ich sehe. Diphtherie, steht da. Das ist gefährlich.«

»Könnte ich Urlaub bekommen, damit ich ihn besuchen kann?«

Stephen sah Weir mit hochgezogenen Augenbrauen an.

»Das bezweifle ich. So, wie es im Moment aussieht, sind wir unterbesetzt«, sagte Weir.

»Haben Sie Kinder, Sir?« fragte Jack.

Weir schüttelte den Kopf. »Unverheiratet.«

»Und Sie, Sir?«

»Nein«, sagte Stephen.

Jack nickte ein paarmal vor sich hin. »Ich finde es schon komisch, daß ich hier draußen bin und rund um mich her werden Männer getötet, aber wirklich in Gefahr ist mein Sohn.«

»Jeder der Männer, die wir getötet haben, ist der Sohn eines Vaters«, sagte Stephen. »Denken Sie daran, wenn Sie die Toten sehen? Machen Sie sich Gedanken darüber, was ihre Mütter empfanden, als sie sich ihr Kind zum ersten Mal an die Brust legten – daß sie so enden würden?«

»Nein, Sir. Daran habe ich noch nie gedacht.«

Die drei Männer tranken ihren Tee. Draußen heulten Granaten vorbei. Sie spürten die Erschütterungen der Explosionen. Trockene Erde fiel von der Decke.

»Zwei meiner Männer haben letzte Nacht acht Stunden in einem Granattrichter gelegen und ins Niemandsland gelauscht«, sagte Stephen. »Was glauben Sie wohl, woran die die ganze Zeit gedacht haben? Und es ist ja nicht so, daß sie sich dabei unterhalten dürfen.« Er sah Jack an.

»Ich weiß nicht, Sir. Vielleicht ist das so wie mit uns im Tunnel. Nach einer Weile denkt man an gar nichts mehr. Es ist, als habe man zu leben aufgehört. Die Gedanken sterben ab.«

»Ich würde mir gern mal Ihren Tunnel ansehen«, sagte Stephen.

»Nein, bestimmt nicht«, sagte Weir. »Selbst die Tunnelbauer gehen da nur ungern rein.«

»Ich wüßte gern, was für ein Gefühl das ist. Manche meiner Männer glauben, daß Sie da unten nicht schnell genug arbeiten. Sie glauben, daß Sie die Feindgeräusche nicht hören. Sie haben Angst, daß sie von unten in die Luft gesprengt werden.«

Weir lachte. »Wir wissen genau, was für ein Gefühl das ist.«

Jack rutschte auf dem Stuhl hin und her. Irgend etwas war seltsam an diesen beiden Offizieren. Er hatte den Verdacht, daß sie betrunken waren. Weir hatte er immer für verläßlich gehalten. Er war, wie alle Kommandeure der Bergbaukompanie, im Zivilberuf Ingenieur, der zum Offizier ernannt worden war. Untertage war er umsichtig und zuverlässig, obwohl er vor dem Krieg keine Erfahrungen im Bergbau gemacht hatte. Aber jetzt waren seine Augen wirr und vom Whisky gerötet. Die bräunlichen Stoppeln auf Wangen und Kinn rührten daher, daß er sich seit Tagen nicht mehr rasiert hatte. Der Leutnant, fand Jack, wirkte nüchterner, aber in gewisser Weise auch sehr viel seltsamer. Man wußte nicht recht, ob er es ernst meinte. Er schien vergeßlich und geistesabwesend zu sein, war jedoch von der Idee, untertage zu gehen, begeistert. Fast schien es so, als sei er nicht ganz bei Verstand, dachte Jack. Die Zuneigung und Dankbarkeit, die er anfangs empfunden hatte, begann sich zu verflüchtigen. Er wollte seine persönlichen Empfindungen nicht mehr mit ihnen teilen. Er wollte lieber wieder bei Tyson und Shaw sein oder sogar bei Wheeler und Jones. Bei ihnen wußte er jedenfalls, woran er war.

»Haben Sie eine Ahnung, wann wir eine Ruhepause bekommen, Sir?« fragte er Weir.

»Morgen, glaube ich. Länger kann man uns hier unmöglich lassen. Was ist mit Ihren Leuten, Wraysford?«

»Was weiß denn ich«, seufzte Stephen. »Ich höre dauernd Gerüchte aus dem Bataillons-Hauptquartier. Früher oder später müssen wir angreifen. Aber nicht hier.«

»Müssen wir also ein paar Leben opfern, um uns bei den Franzosen lieb Kind zu machen?« Weir lachte.

»Aber ja. Sie wollen das Gefühl haben, daß man sie nicht im Stich läßt. Aber ich glaube, daß sie Sturm ernten werden.«

Riley erschien im Hintereingang des Unterstands. »Es ist gleich sechs, Sir. Appell in zehn Minuten.«

»Sie gehen jetzt besser, Firebrace«, sagte Weir.

»Ich sehe Sie in diesem Tunnel«, sagte Stephen.

»Danke, Sir.«

Jack kletterte aus dem Unterstand heraus. Draußen war es fast hell. Nur wenige Kilometer hinter den deutschen Linien berührte der niedrige Himmel Flanderns an einem flachen Horizont die Erde. In der Morgenluft atmete er tief durch. Sein Leben war ihm geschenkt worden; ein letzter Schwall der Erleichterung durchströmte ihn, als er über den Grabenwällen die Rauchwolken von Zigaretten und den Dampf von Teebechern aufsteigen sah, die von klammen Fingern gehalten wurden. Er dachte an den Gestank seiner Kleidung, die Läuse in den Nähten, an die Männer, vor deren Freundschaft er sich fürchtete, weil er Angst hatte, daß ihre Körper schon am nächsten Tag vor seinen Augen zerfetzt werden würden. Es war der Zeitpunkt, an dem Tyson sich wusch, seine Gedärme in einen Farbtopf entleerte und dann den Inhalt über dem Grabenrand auskippte.

Aus dem Offiziersunterstand hinter ihm drang Klaviermusik, eine aufsteigende Melodie unterm Kratzen einer dicken Grammophonnadel.

Als sie endlich abgelöst wurden, durften die Tunnelarbeiter sich in ein Dorf zurückziehen, das weiter hinter der Front lag als ihre üblichen Quartiere. Die Männer waren so müde, daß sie kaum noch marschieren konnten. Fünf Kilometer hinter der Front erreichten sie eine gepflasterte, mit Gräben gesäumte Straße. Da der Befehl ›ohne Tritt marsch‹ gegeben worden war, rauchten einige Männer im Gehen. Unter dem Gewicht seines Gepäcks, das durch die Grabwerkzeuge noch erhöht wurde, konzentrierte sich Jack Firebrace darauf, eine gerade Linie einzuhalten. Am Ende einer Allee kam verschwommen ein Dorf in Sicht, aber wenn er es zu fixieren versuchte, verloren seine Füße die Koordination. Er hatte das Gefühl, über eine Schlucht zu balancieren, und dreißig Meter unter ihm läge die Straße. Zweimal schreckte er auf und stellte fest, daß er schlafend marschiert war. Ein paar Reihen hinter ihm mußte man Wheeler aus dem Straßengraben ziehen. Für einen Moment schloß Jack vor der Helligkeit des Tageslichts die Augen, öffnete sie jedoch sofort wieder, weil ihm übel wurde und er das Gleichgewicht verlor.

Er entdeckte Dinge, von denen er geglaubt hatte, daß er sie nie wiedersehen würde, Anzeichen dafür, daß jenseits des engen Infernos seiner Existenz das Leben weitergegangen war. Ein Pfarrer kam ihnen auf einem Fahrrad entgegen und lüftete seinen flachen Hut, während er an der Marschkolonne vorbeiradelte. Neben der Straße wuchs Gras, das immer noch grün und nicht umgepflügt war. Die Bäume blühten.

Als sie auf dem Dorfplatz haltmachten, gestattete Sergeant Adams, daß sie sich hinsetzten; ein paar Männer machten sich auf Quartierssuche.

Jack lehnte an der steinernen Umrandung des Dorfbrunnens. Tyson starrte ihn mit leeren Augen an und war nicht mehr in der Lage, Veränderungen seiner Umgebung wahrzunehmen. Von den Hausdächern in der kleinen Straße hinter dem Platz stiegen Rauchsäulen. Sie sahen einen Lebensmittelladen und eine Schlachterei, in deren Eingangsflur zwei kleine Jungen spielten.

Dann hörte Jack eine Frauenstimme. Sie sprach in einer ihm unbekannten Sprache mit einem harten Akzent, der ganz fremd in seinen Ohren klang, aber es war eindeutig eine Frauenstimme. Sie gehörte einer stämmigen Frau um die dreißig, die mit einem blonden Mädchen sprach. Die Tunnelarbeiter lauschten den hohen Stimmen, die wie tröstliche Erinnerungen an ein verlorenes Leben durch die weiche Morgenluft geschwebt kamen.

O'Lone und Fielding, zwei andere Männer aus Jacks Einheit,

waren so, wie sie lagen, auf dem Pflaster eingeschlafen. Jack ließ es zu, sich langsam von einem Gefühl der Ruhe überkommen zu lassen, und versuchte, sich an die Abwesenheit der Angst zu gewöhnen.

Er drehte sich zu Shaw, der neben ihm saß. Sein unrasiertes Gesicht war dreckverschmiert, und die Augen lagen weiß und starr im Schmutz. Seit sie den Marsch angetreten hatten, hatte er nichts mehr gesagt, und sein Körper wirkte wie eingefroren.

An einer Ecke des Platzes bellte ein weißer Hund. Er lief vor der Schlachterei hin und her, bis der Schlachter herauskam und kräftig in die Hände klatschte. Dann näherte sich der Hund den Leuten, die ihm am nächsten hockten, und schnüffelte an ihren Füßen herum. Vor Aufregung über die Anwesenheit so vieler Menschen wedelte er mit dem Schwanz. Er hatte ein längliches, spitzes Maul und einen buschigen Schwanz, der sich über seinem Rücken zurückrollte. Er leckte an Jacks Stiefel und legte dann den Kopf auf Shaws bewegungsloses Knie. Shaw blickte in die hellen Augen, die in seinem Gesicht nach Anzeichen dafür suchten, ob er ihm etwas zu fressen geben würde. Er tätschelte den Kopf des Hundes. Jack sah Shaws große Bergarbeiterhand über den weichen Nacken des Hundes streichen. Shaw lehnte seinen Kopf ganz sanft gegen die Hundeflanke und schloß die Augen.

Captain Weir führte sie zu einer Scheune am Dorfrand. Der Bauer hatte sich längst daran gewöhnt, Truppen einzuquartieren, und machte gute Geschäfte damit. Viele der Männer ließen ihr Gepäck einfach fallen und schliefen auf dem erstbesten Strohballen ein, den sie finden konnten. Tyson fand eine saubere Ecke und lud Shaw und Firebrace ein, sich ihm anzuschließen. Die Gewohnheiten des jeweils anderen mißfielen ihnen, aber sie hatten sich daran gewöhnt, und wovor sie sich fürchteten, war etwas weitaus Schlimmeres.

Nachmittags erwachte Jack und ging auf den Bauernhof hinaus. Das Kochgerät der Kompanie, eine fahrbare Gulaschkanone, wurde aufgebaut. Ein Pferdefuhrwerk war angekommen, um unter den kritischen Augen des Quartiermeisters Desinfektionsmittel und Läusepulver zu liefern.

Jack ging den Weg entlang, der ins Dorf führte. Er sprach kein Wort französisch, und die Gebäude, Felder und Kirchen kamen ihm allesamt höchst fremdartig vor. Die Erleichterung, nicht mehr unter Beschuß zu stehen, wich nun einem immer stärkeren Heimweh. Vor dem Krieg war er noch nie im Ausland gewesen, und nur ein- oder zweimal hatte er die gewohnten Geräusche und Anblicke der Londoner Straßen verlassen, in denen er aufgewachsen war. Er vermißte das Rattern und Klappern der Trambahnen, die langgestreckten Terrassen Nord-Londons und die Namen, die ihm den Weg in den Stadtteil wiesen, in dem er zu Hause war, Turnpike Lane, Manor House, Seven Sisters.

Im Dorf rastete auch ein Infanterie-Bataillon. Der ganze Ort war vom Lärm und der Unruhe einer Armee erfüllt, deren Reihen umgruppiert werden, die rastet und versucht, wieder zu Kräften zu kommen. Wie im Traum eines Kindes ging Jack zwischen schnaubenden Pferden, schnauzenden Unteroffizieren und kleinen Gruppen rauchender, lachender Soldaten umher. Über das, was sich in ein paar Kilometern Entfernung abspielte, fiel kein Wort. Kein einziger dieser Männer gab zu, daß das, was sie sahen und taten, die Grenzen menschenwürdigen Verhaltens weit überschritt. Man würde nie auf die Idee kommen, dachte Jack, daß der Bursche mit der aus der Stirn geschobenen Mütze, der da gerade mit seinem Freund vorm Schaufenster der Schlachterei herumalbert, zugesehen hat, wie sein anderer Kamerad in einem Granattrichter verreckt ist, als sich das Gas in seine Lungen fraß. Darüber verlor niemand ein Wort; und auch Jack gehörte dieser stillschweigenden Verschwörung an, es war alles gut, nirgends war die natürliche Ordnung verletzt. Er machte die Unteroffiziere für alles verantwortlich, die ihrerseits die Offiziere für alles verantwortlich machten; und die Offiziere verfluchten die Stabsoffiziere, die wiederum die Generäle verfluchten.

Die Gulaschkanone spuckte heißen Eintopf und Kaffee aus und für die ganz Unerschrockenen als zweiten Gang eine Art

Sauce, die aus einer Mischung von Fett und heißem Wasser bestand. Mit einem Stück frischen Brots in der einen Hand, schaufelte Jack mit der anderen gierig alles in sich hinein. Wheeler beklagte sich, daß das Essen ekelhaft sei, nicht zu vergleichen mit den Mahlzeiten, die seine Frau ihm zubereitete, oder mit den *Fish and Chips*, die er auf dem Heimweg vom Pub manchmal als Abendbrot aß. O'Lone erinnerte sich an Fleischpasteten mit neuen Kartoffeln, und Kuchen zum Nachtisch. Tyson und Shaw beklagten sich nie, fanden jedoch auch wenig Geschmack an dieser Verpflegung. Jack aß auf, was Tyson übrigließ. Er schämte sich zuzugeben, daß das Armee-Essen, auch wenn es nicht immer den Vorschriften entsprach und manchmal schon verdorben war, wenn es endlich an der Front ankam, allgemein besser war als das, was sie sich zu Hause leisten konnten.

Shaw hatte sich erholt. Mit seinem starken Kreuz half er dabei, Strohballen in die Scheune zu schleppen; sein Baß stimmte wieder einmal in die sentimentalen, sich stets wiederholenden Lieder ein, die nach dem Essen gesungen wurden. Jack freute sich darüber; von der Verläßlichkeit bestimmter Männer hing es ab, wie er mit diesem unnatürlichen Leben zurechtkam, und Arthur Shaw mit dem gutaussehenden, schweren Kopf und der beruhigenden Ausstrahlung war seine wichtigste Inspiration.

In bester Laune ließen sich die Männer die Frotzeleien der Waschfrauen gefallen, die sie kaum verstanden; sie gaben ihnen ihre Kleidung und stellten sich dann nackt vor den Badewannen an, die in einer langen Scheune vorbereitet worden waren. Jack stand hinter Shaw und bewunderte dessen breiten Rücken: Die Muskeln wölbten sich bis über die Schulterblätter, so daß die an sich kräftige Taille dagegen wie ein eingedrückter Trichter wirkte, über dem Grübchen des Steißbeins und den vollen Schwellungen der behaarten Hinterbacken. In der Scheune brachen die Männer in lautstarken Gesang und brüllende Scherze aus, bewarfen sich mit Seifenstücken und bespritzten sich mit dem Wasser, das in den aus Weinfässern und Futtertrögen improvisierten Badewannen mit verschiedenen Temperaturen schwappte. Am Eingang stand Sergeant Adams mit einem Schlauch, über dessen Öffnung er einen Finger hielt, um den Druck zu verstärken, und trieb so mit dem eiskalten Wasserstrahl die Männer an die frische Luft, wo sie frisch gewaschene Uniformen anzogen, die aber immer noch von unausrottbaren Läusen wimmelten.

Abends erhielten sie ihren Sold in Fünf-Franc-Scheinen ausgezahlt und suchten nach Möglichkeiten, das Geld auszugeben. Da Jack Firebrace in ihrer Einheit als der Witzbold vom Dienst galt, erwartete man von ihm auch, daß er sich um das Unterhaltungsprogramm kümmerte. Frisch rasiert, mit gekämmten Haaren und blankpolierten Abzeichen an den Mützen, traten Tyson, Shaw, Evans und O'Lone vor ihm an.

»Um neun Uhr seid ihr alle wieder hier. Und zwar nüchtern«, sagte Sergeant Adams, als sie durch die Tore des Bauernhofs hinausdrängten.

»Darf's auch halb zehn werden?« rief Evans.

»Um halb zehn laß ich einen gehn«, reimte Jack. »Das riecht schön.« Als sie im Dorf ankamen, lachten die Männer immer noch.

Vor einem Laden, in dem eine provisorische Bar aufgebaut war, die man *estaminet* nannte, bildeten sich Warteschlangen und lösten sich wieder auf. Jack bemühte sein Talent als Zeremonienmeister und steuerte auf ein Bauernhaus zu, dessen Küche hell erleuchtet war und vor dem nur eine kurze Warteschlange stand. Die Männer folgten ihm und warteten draußen, bis genügend Platz entstand, daß sie sich alle um einen Tisch drängen konnten; eine ältere Frau servierte Bratkartoffeln aus einer Pfanne mit siedendem Öl. An die Essenden wurde Weißwein aus etikettlosen Literflaschen ausgeschenkt. Die Männer mochten den trockenen Geschmack nicht und forderten eine der jüngeren Frauen auf, ihnen Zucker zu bringen, den sie in die Gläser schütteten. Obwohl ihr Gesichtsausdruck selbst dann noch Widerwillen signalisierte, schütteten sie enorme Mengen in sich hinein. Jack trank eine Flasche Bier. Aber es schmeckte nicht so wie die Pints, die er in Erinnerung hatte, wenn er in den heimischen viktorianischen Pubs Bier trank, gebraut mit Hopfen aus Kent und Londoner Wasser.

Um Mitternacht, als Tyson seine letzte Zigarette im Stroh ausdrückte, schliefen sie ein. In den lauten Schnarchgeräuschen vergaßen sie das Unverzeihliche. Jack war aufgefallen, daß Männer vom Schlage Wheelers und Jones' die Tage wie Arbeitsschichten verbrachten und sich abends frotzelnd und witzereißend unterhielten, genauso, wie sie es auch zu Haus getan hätten. Vielleicht entsprach dies auf eine ihm unverständliche Weise dem Verhalten, das auch die beiden Offiziere an den Tag gelegt hatten; vielleicht war das Gerede über realistisches Zeichnen nur ein Versuch, so zu tun, als gehe alles seinen normalen Gang. Als er langsam dem Schlaf entgegentrieb, konzentrierte er sich ganz auf die Gedanken an sein Zuhause. Er versuchte, sich den Klang von Margarets Stimme vorzustellen und was sie wohl zu ihm sagen würde. Die Gesundheit seines Sohnes wurde wichtiger als Leben und Tod seiner Kompanie. Nicht einer hatte in dem *estaminet* sein Glas auf Turner erhoben; niemand erinnerte sich mehr an ihn oder die drei anderen, die mit ihm verreckt waren.

Am Abend, bevor sie wieder an die Front zurückmußten, wurde gesungen. Die Männer waren enthemmt. Wheeler und Jones sangen ein geschmackloses Duett über ein Mädchen, dem eine Million Wünsche galten. O'Lone rezitierte ein Gedicht über ein kleines Haus mit weißen Rosen an der Pforte und einem Vogel im Baum, der tra-la-la zwitschert.

Weir, der sich hatte überreden lassen, die Klavierbegleitung zu übernehmen, wurde schamrot, als Arthur Shaw und der Rest seiner Einheit, Leute, von denen er wußte, daß sie persönlich dafür verantwortlich waren, mindestens hundert Männer in den Tod geschickt zu haben, mehrere Strophen lang den Küssen ihrer Mütter nachschmachteten. Weir schwor sich im stillen, sich nie wieder mit unteren Rängen abzugeben.

Jack Firebrace erzählte Witze im Stil der *Music-Hall*-Komiker. Die Männer unterbrachen ihn bei manchen Pointen, die sie auswendig kannten, lachten aber trotzdem über seine Darbietung. Jacks ernstes Gesicht glühte vor Anstrengung, und der donnernde Beifall der Männer, die pfiffen und sich vor Vergnügen auf die Schenkel klopften, war ein Zeichen ihrer Entschlossenheit – und ihrer Angst.

Jack sah sich in dem Saal um, den man aus diesem Anlaß gemietet hatte. Die Reihen geröteter Gesichter lachten und leuchteten im Schein der Lampen, und die Männer johlten und sangen mit weit aufgerissenen Mündern. Alle sahen zu Jack hoch, der an einem erhöhten Platz am Ende des Saals auf einer umgedrehten Kiste stand und sich dennoch von den anderen in nichts unterschied. Diese Männer hätten alle eine eigene Geschichte haben können, aber im Schlagschatten dessen, was sie erwartete, wurden alle austauschbar. Er wollte nicht, daß einer ihm lieber als der andere wäre.

Gegen Ende seines Auftritts kroch die Furcht in ihm hoch. Daß er dies Dorf, das doch nur ein Dorf wie viele andere war, verlassen sollte, kam ihm nun wie der schwerste Abschied vor, den er je würde nehmen müssen; keine Trennung von Eltern, Frau und Kind, kein sentimentales Lebewohl auf einem Bahnsteig machte das Herz schwerer als der kurze Marsch zur Front durch die Felder Frankreichs. Mit jedem Mal wurde es schwerer. Er konnte sich nicht daran gewöhnen, konnte sich dagegen nicht abhärten. Jedesmal schien er nur noch tiefer in seinen Vorrat gedankenloser Entschlossenheit greifen zu müssen.

In einem Anfall von Angst und kameradschaftlichen Gefühlen für die Masse geröteter Gesichter schloß er seinen Auftritt mit einem Lied. »If you were the only girl in the world«, sang er. In die unbeholfenen Verse stimmten die Männer so dankbar ein, als ob darin ihre tiefsten Gefühle zum Ausdruck kämen.

Stephens Frontabschnitt war drei Tage lang immer wieder bombardiert worden. Man ging davon aus, daß ein Großangriff unmittelbar bevorstand. Am dritten Morgen erwachte er in seinem Unterstand, stand erschöpft auf und schob den Gasschutzvorhang beiseite. Seine Augen waren schwer vor Übermüdung. Sein Körper funktionierte nicht mehr durch die natürliche Energie, die Essen und Schlaf verschafften, sondern durch eine nervöse, biochemische Reaktion, gespeist von unbekannten Drüsen. Vom Mund bis in die Eingeweide spürte er ein Brennen und einen sauren Geschmack. Unter der Schädeldecke klopfte ein unregelmäßig beschleunigter Puls. Die Hände begannen zu zittern. Er mußte hinaus, um die Männer seiner Einheit aufzumuntern.

Er traf Brennan und Douglas, die zu den erfahrensten Leuten zählten und leichenblaß auf dem Schützenauftritt hockten; auf dem Boden lagen an die sechzig Zigarettenkippen.

Stephen warf ihnen ein paar Nettigkeiten zu. Er war kein beliebter Offizier. Er fand es schwierig, sich ermutigende oder aufmunternde Bemerkungen auszudenken, wenn er selbst nicht daran glaubte, daß dieser Krieg einen Sinn hatte oder daß ein Ende absehbar sei. Der Kompanieführer Captain Gray, ein scharfsinniger und energischer Mann, hatte ihn einmal zurechtgewiesen, weil er zu einem Soldaten gesagt hatte, er glaube, daß der Krieg noch sehr viel schlimmer werden würde, bevor man darauf hoffen könnte, daß er sich zum Besseren wendete.

Brennans Kommentare über das Trommelfeuer enthielten das bei ihm übliche Quantum Obszönitäten. Sein Lieblingsadjektiv tauchte so oft in seinen Sätzen auf, daß Stephen es schon gar nicht mehr zur Kenntnis nahm. Das war bei allen Männern das gleiche.

Stephen war zum Offizier befördert worden, weil er eine bessere Ausbildung als die meisten anderen hatte und weil man diejenigen, die einen Universitätsabschluß vorweisen konnten und noch nicht tot waren, zu Kompanieführern ernannt hatte. Gray hatte ihn ausgesucht und kurzfristig zu einem Offizierslehrgang nach England geschickt. Bei seiner Rückkehr nach Frankreich bekam er in Béthune von Stabsoffizieren weitere Instruktionen, obwohl seiner Meinung nach der wirklich entscheidende Moment während eines Fußballspiels gekommen war, in dem er seinen Kampfgeist beweisen sollte. Er bestand die Probe, indem er sich heftig mit einem Spieler der Gegenseite anlegte, woraufhin er von einem asthmatischen Major, der seinen ersten Ausflug aus dem Brigade-Hauptquartier absolvierte, auf eine hastige Drei-Wochen-Tour die Front entlang mitgenommen wurde. Der Major bestand darauf, daß Stephen mit niemandem Kontakt aufnahm, den er von früher kannte; er sollte den Mannschaften als fremdes, höheres Wesen präsentiert werden, das auf wundersame Weise die Eigenschaften eines Offiziers angenommen hatte. Als der Major seinen Abschiedsgruß keuchte, sah sich Stephen im Besitz eines glänzenden Gürtels, neuer Stiefel und eines ehrerbietigen Offiziersburschen. Von seiner Einheit hatte er noch keinen einzigen Mann zu Gesicht bekommen, während die Leute, mit denen zusammen er ausgebildet worden war und mit denen er bislang gekämpft hatte, nur etwa hundert Meter von ihm entfernt an der Front lagen.

»Also immer noch keine Nachricht, wann das hier aufhört?« fragte Douglas.

»Mit mir reden die ja nicht. Was meinen Sie?«

»Mir wär 'ne kleine Pause ganz recht.«

»Die machen bald Mittag«, war noch die munterste Bemerkung, die Stephen einfiel. »Kein deutscher Kanonier läßt seine Wurst im Stich.« Aber sein ausgetrockneter Mund fand keinen Geschmack an der krampfhaften Lustigkeit.

Als eine Kanone abgefeuert wurde, zerriß ein Kreischen die Luft. Es war ein mittelgroßes Geschoß, dessen klapperndes, rasselndes Geräusch erst matt klang, dann aber plötzlich bedrohlich anschwoll, als es auf sie zuflog. Brennan und Douglas duckten sich hinter den Grabenwall, als es über sie hinwegzischte. Die Erde bebte, und kleine Erdklumpen regneten sanft auf ihre Köpfe nieder. Als sich Douglas das Gesicht abwischte, sah Stephen, daß seine Hände heftig zitterten.

Er nickte den beiden Männern zu. »Ewig kann es ja nicht dauern.«

Nachts richtete sich der Beschuß normalerweise auf die hinteren Linien, wo sich die Geschütze, die Munition und die Depots befanden. Wenn die vordere Frontlinie tagsüber beschossen wurde, deutete das meistens darauf hin, daß ein Angriff bevorstand, obwohl Stephen den Verdacht hatte, daß es sich diesmal um eine Änderung der Taktik oder schlicht um mangelnde Zielgenauigkeit handelte. Er machte seine Runde durch den Graben und sprach mit anderen Männern der Einheit. Sie bekamen ihre Befehle von den Unteroffizieren und sahen in Stephen lediglich das Symbol einer fernen Autorität, der gegenüber sie sich korrekt und respektvoll zu benehmen hatten. Auf Grund seiner Freundschaft mit Weir war Stephen inzwischen über die Tunnelbauer fast so gut informiert wie über seine eigenen Leute. Wenn er während des ununterbrochenen Trommelfeuers mit ihnen sprach, stellte er fest, daß er keine Ahnung hatte, wer diese Leute waren. Die meisten stammten aus London und waren vor dem Krieg in der Territorial-Streitmacht gewesen.

Am besten gefielen ihm Reeves, Byrne und Wilkinson, ein sardonisches Trio, das sich, anders als Brennan und Douglas, nie freiwillig zu gefährlichen Aufgaben meldete, aber einen starken, ungebrochenen Haß gegen den Feind hegte.

Er traf sie wie stets zusammen an, doch diesmal waren sie ungewöhnlich schweigsam. Reeves meldete, daß eine Feldhaubitzen-Batterie ihre Aktivitäten seit einer Stunde verstärkt habe. Während er sprach, hörten sie den Abschußknall, gefolgt vom heulenden Fluglärm des Geschosses.

»Die kriegen wir jetzt andauernd«, sagte Reeves. »Hören Sie doch.«

Die drei Männer lagen dicht aneinandergedrängt. Mehr als Kugeln fürchteten sie Granaten, weil sie die Verletzungen gesehen hatten, die die Splitter anrichteten. Ein Volltreffer vernichtete sofort jeden physischen Beweis, daß ein Mann überhaupt existiert hatte; Splitter rissen ganze Stücke aus dem Mann; und selbst kleinere Treffer schadeten mehr als eine Kugel, weil sie oft zu Entzündungen oder Wundbrand führten.

Ein lautes Wimmern erscholl ein paar Meter weiter im Graben. Es war ein schriller, irrer Ton, der sogar die Schüsse übertönte. Ein junger Mann namens Tipper lief über die Laufbretter, hielt an und hob dann sein Gesicht himmelwärts. Wieder schrie er, und der Ton dieser Urangst fuhr allen, die ihn hörten, durch Mark und Bein. Sein schmaler Körper war ganz steif, und man sah, wie sich unter seiner Haut die Konturen der Gesichtsmuskeln abzeichneten. Er schrie nach seinem Zuhause.

Byrne und Wilkinson begannen zu fluchen.

»Helfen Sie mir mal«, sagte Stephen zu Reeves. Er kroch los, ergriff den Arm des Jungen und versuchte, ihn über den Schützenauftritt nach unten zu stoßen. Reeves packte ihn von der anderen Seite. Tippers Augen starrten immer noch in den Himmel, und weder Stephen noch Reeves waren dazu in der Lage, seine verspannte Nackenmuskulatur so zu lockern, daß er den Blick hätte senken können.

Aus Tippers Gesicht war alle Farbe gewichen. Das Weiße der Augen, nur ein paar Zentimeter von Stephens Gesicht entfernt, zeigte keine roten Spuren von Blutgefäßen; ein brauner Kreis mit erweiterter Pupille schwamm in einem weißen Feld, das durch das krampfhafte Aufreißen des Auges noch vergrößert wurde. Die Pupille schien dunkler und größer zu werden, so daß aus der Iris alles Licht, jeder Anschein des Lebendigen wich.

Der Junge wußte nicht, wo er war, und stieß immer wieder inständig ein unverständliches Wort aus, vielleicht einen Kosenamen für seinen Vater oder seine Mutter. Es war die Sprache nackter Angst. Stephen spürte plötzlich, wie ihn Mitleid überkam, das er so schnell wie möglich unterdrückte.

»Weg mit ihm«, sagte er zu Reeves. »So was kann ich hier nicht gebrauchen. Sie und Wilkinson bringen ihn zum Sanitäter.«

»Jawohl, Sir.« Reeves und Wilkinson zogen den stocksteifen Körper zum Verbindungsgraben.

Stephen war erschüttert. Dieser natürliche Angstausbruch bewies einmal mehr, wie unnatürlich die Existenz war, die sie hier führten; an die Normalität wollten sie unter keinen Umständen erinnert werden. Als er schließlich zu seinem Unterstand zurückkehrte, war er wütend. Wenn sie anfingen, die Wahrheit zu sehen, würde es Menschenleben kosten.

Es schien keine Möglichkeit zu geben, mit dieser Furcht fertig zu werden. Bei Ypern und in anderen Schlachten hatten sie sich noch auf den möglichen Tod vorbereiten können, aber das Granatfeuer zermürbte sie. Männer, die sich darauf eingestellt hatten, in Maschinengewehrsalven zu stürmen oder ihre Gräben bis aufs Messer zu verteidigen, konnten diesem Tod nicht die Stirn bieten. Sie taten so, als sei es etwas ganz anderes; es war der Beweis dessen, was sie mit angesehen hatten. Reeves hatte seinen Bruder gesucht, aber nicht die kleinste Spur gefunden, die er hätte beerdigen können, kein Haar, nicht einmal ein Stiefelstück. Er hatte es Stephen voll ungläubiger Bitterkeit erzählt. Die Granate, die ihn getroffen hatte, war so gewaltig, daß sie von einem Eisenbahnwaggon mit dem Kran in die Kanone geladen werden mußte; nachdem sie eine Entfernung von zehn Kilometern durchflogen hatte, hinterließ sie einen Krater, der so groß war, daß ein Bauernhof samt Nebengebäuden darin versunken wäre. Kein Wunder, sagte Reeves, daß von seinem Bruder keine Spur übriggeblieben war. »Mir wär's ja scheißegal«, sagte er, »aber er war mein Fleisch und Blut.«

Am Nachmittag des dritten Tags fragte sich Stephen, welche Auswirkungen das Granatfeuer auf die Männer seiner Einheit haben würde. Er kam sich vor wie ein nutzloses und unbenutztes Glied in der Kette. Die altgedienten Offiziere trauten ihm nicht viel zu; Befehle bekamen die Männer von den Unteroffizieren, und Trost sprachen sie sich untereinander zu. Das Bombardement ging weiter.

Stephen sprach kurz mit Harrington, dem Leutnant, mit dem Gray sich einen Unterstand teilte, und trank dann den Tee, den Riley pünktlich um fünf servierte. Er ging nach draußen und schaute ins Licht des Spätnachmittags. Es hatte wieder zu regnen begonnen, doch die Geschosse zischten immer noch über den dunkler werdenden Himmel, ihr Flackern wie unerwartete Sterne in der grüngrauen, wüsten Dunkelheit.

Gegen Mitternacht kam Weir in den Unterstand. Er hatte keinen Whisky mehr, wollte sich etwas von Stephens ausbitten und wartete, bis Gray gegangen war.

»Wie war Ihre Ruhepause?« fragte Stephen.

»Lange her«, sagte Weir und nahm einen tiefen Zug aus der Feldflasche, die Stephen ihm hingeschoben hatte. »Wir sind seit drei Tagen wieder da.«

»Dann waren Sie also untertage. Das ist immerhin der sicherste Ort.«

»Die Männer kommen aus dem Loch raus und finden sich in dieser Scheiße wieder. Sie wissen nicht, was sie schlimmer finden sollen. So kann das doch nicht weitergehen, oder? Es kann so nicht mehr weitergehen.«

»Nehmen Sie's leicht, Weir. Es wird keinen Angriff geben. Die bleiben, wo sie sind. Es dauert fast eine Woche, bis diese großen Kanonen in ihre Stellungen eingegraben sind.«

»Sie sind aber auch ein ganz eiskalter Hund, Wraysford. Sie erzählen mir hier doch bloß was, damit ich zu zittern aufhöre, sonst nichts.«

Stephen steckte sich eine Zigarette an und legte die Füße auf den Tisch. »Wollen Sie den Granaten zuhören, oder wollen Sie sich lieber über was anderes unterhalten?«

»Das kommt nur von Firebrace, diesem Idioten mit seinem Spezialgehör. Der hat mir beigebracht, wie man die verschiedenen Geschosse auseinanderhalten kann. Ich kann Ihnen die Größe sagen, die Flugbahn, die Einschlagstelle, den zu erwartenden Schaden.«

»Aber als der Krieg anfing, fanden Sie das doch gut, nicht wahr?«

»Was?« Weir richtete sich in seinem Stuhl auf. Er hatte ein rundes, ehrliches Gesicht und dünnes Haar, das auszufallen begann. Was davon noch übrig war, stand meistens aufrecht und wirkte ungekämmt, wenn er seine Mütze abgesetzt hatte. Er trug eine Schlafanzugjacke unter einem weißen Marinepullover. Er rückte ein Stück mit dem Stuhl vom Tisch ab und dachte darüber nach, was Stephen gesagt hatte. »Heute kommt es mir völlig unmöglich vor, aber ich glaube, ich fand das wirklich gut.«

»Kein Grund, sich zu schämen. Wir hatten alle unsere Gründe, daß wir uns gemeldet haben. Sehen Sie sich doch Price an, unsern Spieß. Der ist hier doch richtig aufgeblüht, stimmt's? Und wie war das bei Ihnen? Waren Sie einsam?«

»Ich will nicht über England reden«, sagte Weir. »Ich muß mich darauf konzentrieren, am Leben zu bleiben. Acht meiner Männer sind untertage, und aus der anderen Richtung wird ein deutscher Tunnel auf uns zu getrieben.«

»Schon gut«, sagte Stephen. »Ich gehe sowieso in einer halben Stunde raus, um meine Leute zu inspizieren.«

Der Unterstand erbebte unter der Druckwelle einer riesigen Granate. Die Laterne an der Balkendecke pendelte hin und her, die Gläser sprangen auf dem Tisch, und Erdklumpen fielen von der Decke. Weir packte Stephens Handgelenk.

»Reden Sie mit mir, Wraysford«, sagte er. »Reden Sie mit mir über irgendwas.«

»Also gut. Ich will Ihnen was erzählen.« Stephen stieß in einer langgezogenen Wolke Zigarettenrauch aus. »Ich bin neugierig auf das, was passiert. Da kriechen also nun Ihre Kanalratten unter der Erde in ein Meter breiten Löchern rum. Und meine Männer drehen durch, weil sie dem Trommelfeuer ausgesetzt sind. Von unseren kommandierenden Offizieren hören wir kein Wort. Ich hocke hier, ich rede mit meinen Leuten, ich gehe auf Patrouille und liege im Dreck, während Maschinengewehrfeuer mir den Nacken rasiert. In England weiß kein Mensch, was hier los ist. Wenn man dort sehen könnte, wie diese Männer leben, würde man seinen Augen nicht trauen. Das ist kein Krieg mehr; das ist ein Experiment, wie tief Menschen sinken können. Ich bin höchst neugierig, wie weit sich das noch treiben läßt; ich will das wissen. Ich glaube, daß es noch gar nicht richtig angefangen hat. Ich glaube, daß man sich noch weitaus schlimmere Dinge ausdenken wird als die, die wir bislang gesehen haben, und daß man sie an Millionen Jungen und Männern wie meinem Tipper und Ihrem Firebrace ausprobieren wird. Es gibt keine Grenze, an der das haltmacht. Sie sehen doch auch ihre Gesichter, wenn sie von der Front abgezogen werden, und denken dann, die können nicht mehr, denken, daß irgend etwas in denen sagt, es reicht, das kann niemand mehr ertragen. Aber ein Tag Schlaf, warmes Essen und Wein im Bauch, und schon machen sie weiter. Ich glaube, sie ertragen noch zehnmal soviel, bevor es zu Ende ist, und ich bin neugierig, herauszubekommen, wieviel genau Menschen ertragen können. Wenn ich diese Neugier nicht hätte, würde ich einfach ins feindliche Feuer laufen und mich umbringen lassen. Ich würde mir mit einer dieser Granaten selbst den Kopf absprengen.«

»Sie sind ja verrückt«, sagte Weir. »Wünschen Sie sich denn nicht, daß es einfach vorbei wäre?«

»Ja, natürlich wünsche ich mir das. Aber da wir jetzt schon einmal so weit gekommen sind, will ich auch wissen, was das eigentlich bedeutet.«

Weir fing wieder zu zittern an, als die Fluggeräusche der Geschosse immer näher kamen. »Das ist jetzt ein Mischfeuer. Die Feldhaubitzen wechseln sich mit schwerer Artillerie ab, und zwar in Abständen von ...«

»Seien Sie doch still«, sagte Stephen. »Quälen Sie sich nicht auch noch selbst.«

Weir stützte den Kopf zwischen die Hände. »Reden Sie mit mir über irgend etwas, Wraysford. Reden Sie mit mir über alles, aber nicht über diesen Krieg. England, Fußball, Frauen, Mädchen. Was immer Sie wollen.«

»Mädchen? Die die Männer ihre Schätzchen nennen?«

»Wenn Sie so wollen.«

»Ich habe seit langem nicht mehr an Mädchen gedacht. Dauerndes Granatfeuer ist die beste Medizin gegen unkeusche Gedanken. Ich denke nie an Frauen. Sie gehören einer anderen Welt an.«

Weir schwieg einen Moment. »Wissen Sie was?« sagte er dann. »Ich bin noch nie mit einer Frau zusammengewesen.«

»Was? Noch nie?« Stephen sah ihn an, um abzuschätzen, ob er es ernst meinte. »Wie alt sind Sie denn?«

»Zweiunddreißig. Ich wollte schon, ich wollte es eigentlich immer, aber zu Hause war das schwierig. Meine Eltern waren sehr streng. Ein oder zwei der Mädchen, mit denen ich abends ausging, nun ja, die ... die wollten immer nur geheiratet werden. Dann waren da noch die Arbeitermädchen aus der Stadt, aber die hätten mich ja doch nur ausgelacht.«

»Sind Sie denn gar nicht neugierig, wie das so ist?«

»Doch, ja natürlich. Aber inzwischen hat es eine derartige Bedeutung bekommen, ist in meinem Leben so wichtig geworden, daß es ganz schwierig wäre.«

Stephen merkte, daß Weir nicht mehr dem Geschoßlärm lauschte. Er starrte nachdenklich auf das Glas in seiner Hand.

»Wieso gehen Sie nicht in eins dieser Lokale in den Dörfern, wo alle Männer hingehen? Sie finden bestimmt eine, die nett zu Ihnen ist und nicht zu teuer.«

»Sie verstehen mich nicht, Wraysford. So einfach geht das nicht. Für Sie ist das anders. Ich nehme an, daß Sie schon mit Hunderten von Frauen zusammen waren, stimmt's?«

Stephen schüttelte den Kopf. »Lieber Gott, nein. In meinem Dorf gab es ein Mädchen, die es mit jedem machte. Bei ihr verloren alle Jungen ihre Unschuld. Man mußte ihr aber ein Geschenk geben – Schokolade oder Geld oder irgend etwas anderes. Sie war nur ein einfaches Mädchen, aber wir waren ihr alle sehr dankbar. Natürlich wurde sie schwanger, und niemand wußte, wer der Vater war. Wahrscheinlich irgendein fünfzehnjähriger Bengel.«

»War das alles?«

»Nein. Es gab noch andere Mädchen. Jungen mußten es einfach machen. Sie dachten, daß es ungesund wäre, es bei sich zu behalten. Sogar ihre Mütter dachten so. Das ist eben der Unterschied zwischen einem Dorf in Lincolnshire und einer Stadt wie – wo war doch noch gleich Ihr Zuhause?«

»Leamington Spa.«

»Genau! Der Preis der Wohlanständigkeit.« Stephen lächelte. »Da haben Sie eben Pech gehabt.«

»Das kann man wohl sagen.« Weir fing zu lachen an.

»Gut gemacht.«

»Was soll das heißen, ›gut gemacht‹?«

»Sie lachen.«

»Ich bin betrunken.«

»Das ist doch egal.«

Weir goß sich das Glas wieder voll und kippte den Stuhl nach hinten. »Also los, Wraysford, diese ganzen Mädchen, erzählen Sie doch mal ...«

»So viele waren's gar nicht. Vielleicht vier oder fünf.«

»Egal wie viele, war denn eine dabei, die Sie geliebt haben? Gab es eine, mit der sie es immer wieder gemacht haben?«

»Ja, ich glaube schon.«

»Nur eine?«

»Ja, nur eine.«

»Und wie war das? War das ganz anders als mit den anderen?«

»Ja, ich glaube schon. Es war völlig anders. Es vermischte sich mit anderen Gefühlen.«

»Sie meinen, Sie ... Sie waren verliebt in sie, oder was?«

»So könnte man es ausdrücken. Aber was es war, wußte ich zu dem Zeitpunkt nicht. Ich hatte das Gefühl, unter einem Zwang zu stehen. Ich konnte es einfach nicht lassen.«

»Und was ist mit dieser Frau passiert?«

»Sie hat mich verlassen.«

»Warum.«

»Ich weiß es nicht. Ich kam eines Tages nach Hause, und sie hatte nicht einmal eine Nachricht hinterlassen, keine Zeile.«

»Waren Sie verheiratet?«

»Nein.«

»Und was haben Sie dann gemacht?«

»Nichts. Was hätte ich denn auch machen sollen? Ich konnte sie ja schließlich nicht verfolgen. Ich habe sie gehen lassen.«

Weir schwieg einen Moment. »Aber als Sie ...«, sagte er dann, »na, Sie wissen schon, mit ihr, war das ein anderes Gefühl, eine andere Erfahrung als mit dem Dorfmädchen? Oder ist es immer das gleiche?«

»Ich glaube, darüber habe ich nicht nachgedacht, als sie mich verlassen hat. Ich hatte eher das Gefühl, als ob jemand gestorben wäre. Als ob man ein Kind sei, dessen Vater oder Mutter verschwunden ist.« Stephen blickte auf. »Sie müssen das für sich selbst herausfinden. Beim nächsten Urlaub. Oder vielleicht können wir uns auch mal auf andere Weise von der Front verdrükken. Von meinen Männern wird schon irgendeiner wissen, wie man das macht.«

»Wollen Sie mich verspotten?« sagte Weir. »Egal, diese Frau also. Denken Sie noch an sie? Haben Sie ein Andenken von ihr?«

»Ich hatte einen Ring, der ihr gehörte. Aber ich habe ihn weggeworfen.«

»Denken Sie denn nie an sie, wenn Sie nachts hier liegen und draußen die Kanonen donnern?«

»Nein. Nie.«

Weir schüttelte den Kopf. »Das verstehe ich nicht. Ich würde es mit Sicherheit tun.«

Draußen trat plötzlich für einen Augenblick Stille ein. Die beiden Männer sahen sich im schummrigen Licht an, die Gesichter grau und sorgenvoll. Stephen beneidete Weir um dessen Unschuld, die unter der Anspannung, die sich über seine offenen Gesichtszüge gelegt hatte, immer noch sichtbar war. Stephen hatte das Gefühl, als habe er längst jeden Bezug zu seiner früheren Heiterkeit verloren, die vielleicht noch jenseits des Geschützlärms existieren mochte. Die grauen Haarsträhnen an seinen Schläfen und über den Ohren schienen ihn daran erinnern zu wollen, daß er sich verändert hatte und es keinen Weg zurück mehr gab.

»Und?« sagte er. »Waren Sie einsam? Vor dem Krieg?«

»Ja, das war ich. Ich wohnte immer noch bei meinen Eltern. Ich war offenbar nicht dazu in der Lage, meinen eigenen Weg zu gehen. Mir fiel nichts Besseres ein, als in die Armee einzutreten. Mein Vater kannte jemanden bei den Pionieren, und da landete ich dann prompt. Ich verpflichtete mich im Jahr Neunzehnhundertzwölf. Sie haben schon recht. Ich mochte es, eine Funktion zu haben. Und mir gefiel die Kameradschaft. So einfach war das. Vorher hatte ich keine Freunde gehabt, und plötzlich hatte ich welche, und wenn es keine echte Freundschaft war, dann gab es wenigstens die Gesellschaft mit Hunderten von Männern meines Alters. Als ich mein Offizierspatent bekam, merkte ich, daß einige mich sogar bewunderten. Das war ein großartiges Gefühl.«

»Sie haben sich gut geschlagen«, sagte Stephen. »Man respektiert Sie.«

»Nein«, sagte Weir abschätzig, »die würden jedem gehorchen, der ...«

»Ich meine es ehrlich. Sie gehen gut mit Ihren Leuten um.«

»Danke, Wraysford.«

Stephen schenkte Whisky nach. Er hoffte immer, daß er davon einschlafen könnte, aber im Grunde machte es überhaupt keinen Unterschied. Wenn der Schlaf kam, war er ein Geschenk, das sich nach Tee oder Kaffee genausogut einstellen konnte wie nach Alkohol.

»Meine Leute respektieren mich nicht«, sagte er. »Sie respektieren Sergeant Price. Allerdings haben sie vor ihm auch Angst. Und sie tun, was die Unteroffiziere Smith und Petrossian ihnen sagen. Aber ich bin völlig irrelevant für sie.«

»Blödsinn«, sagte Weir. »Die stecken mit Ihnen zusammen in der Scheiße wie jeder x-beliebige Rekrut. Sie gehen auf Patrouille. Die müssen Sie doch bewundern.«

»Aber sie respektieren mich nicht. Und sie haben recht damit. Und wissen Sie auch, warum? Weil ich sie auch nicht respektiere. Manchmal glaube ich, daß ich sie verachte. Was glauben die denn eigentlich, was sie im Namen Gottes hier veranstalten?«

»Sie sind schon ein komischer Vogel«, sagte Weir. »Ich erinnere mich noch gut an einen Major, den ich vor Ypern kennenlernte, auf Vorposten, der ...«

Die Tür des Unterstands wurde aufgerissen. Es war Hunt. »Sie müssen kommen, Sir«, sagte er zu Stephen. »Volltreffer in unserm Abschnitt. Es gibt 'ne Menge Verluste. Reeves, Wilkinson, glaube ich.«

Stephen nahm seine Mütze und folgte Hunt in die Nacht hinaus.

Der Schutzwall aus Sandsäcken war auf einer Breite von etwa zwanzig Metern weggerissen, die Wand des Schützengrabens eingestürzt, und zurückgepreßter Stacheldraht vibrierte über der aufgewühlten Erde. Man hörte lautes Stöhnen. Krankenträger versuchten, den Schutt zur Seite zu räumen, um an die Verwundeten heranzukommen. Stephen griff sich einen Spaten und begann zu graben. Einen Mann zogen sie an den Schultern heraus. Es war Reeves. Sein Gesichtsausdruck war noch leerer als sonst. Auf einer Seite fehlte ihm der Brustkorb, und unterhalb seines Brustbeins ragte ein großer Granatsplitter heraus.

Ein paar Meter weiter gruben sie Wilkinson aus. Sein dunkles Profil wirkte noch vielversprechend unversehrt, als Stephen sich ihm näherte. Er versuchte, sich an Wilkinsons persönliche Daten zu erinnern. Dann fiel ihm alles ein. Er hatte eben erst geheiratet. Er arbeitete als Buchbinder. Ein Baby war unterwegs. Als er Wilkinson erreichte, legte Stephen sich ein paar aufmunternde Worte zurecht. Aber als die Krankenträger ihn aufhoben, drehten sie seinen Körper zur Seite, und Stephen sah, daß ihm ein Teil des Kopfes weggerissen war; die glatte Haut und das hübsche Gesicht gab es nur noch auf einer Seite, während auf der anderen die Reste seines Gehirns aus dem zertrümmerten Schädelknochen über die versengte Uniform tropften.

Er nickte den Krankenträgern zu. »Bringen Sie ihn weg.«

Weiter vorn gab es noch einen Verletzten, Douglas, den er noch am Morgen getroffen und für unverwundbar gehalten hatte. Douglas lebte noch und lag der Länge nach an der Grabenwand. Stephen ging hin und setzte sich neben ihn.

»Zigarette?« fragte er.

Douglas nickte. Stephen zündete eine an und steckte sie Douglas zwischen die Lippen.

»Helfen Sie mir«, sagte Douglas, »damit ich mich hinsetzen kann.«

Stephen schob sich einen Arm über die Schulter und hob ihn an. Aus einer Schrapnellwunde in Douglas' Schulter pulsierte Blut.

»Was ist das Weiße an meinem Bein?« fragte er.

Stephen sah nach unten. »Ein Knochen«, sagte er. »Der Oberschenkel. Halb so schlimm, es ist nur der Knochen. Sie haben auch ein paar Muskeln verloren.«

Stephen war über und über mit Douglas' Blut verschmiert. Es verströmte einen merkwürdigen Geruch – im Grunde nicht einmal unangenehm, obwohl es in solchen Mengen aus dem Körper gepumpt wurde. Es roch frisch. Es roch wie in einer Schlachterei, nur intensiver.

»Was ist mit Tom?« fragte Douglas.

»Wer?«

»Tom Brennan.«

»Ich glaube, es geht ihm gut. Keine Sorge, Douglas. Halten Sie sich an mir fest. Wir geben Ihnen Morphium und sehen zu, daß wir die Blutung stillen. Ich lege Ihnen etwas auf die Schulter. Das ist nur ein Uniformstück.«

Als er es gegen die Wunde drückte, spürte er, wie ihm Douglas' Fleisch unter den Händen wegrutschte. Ein oder zwei Rippen waren gebrochen, so daß seine Hand bis zur Lunge des Mannes vordrang. Er verminderte den Druck.

»Hunt!« schrie er. »Holen Sie um Himmels willen eine Trage. Besorgen Sie Morphium.«

Douglas' Blut lief in den Ärmel von Stephens Uniformiacke. Es lief ihm übers Gesicht und durch die Haare. Seine Hose war blutgetränkt. Douglas hielt sich an ihm fest.

»Haben Sie eine Frau, Douglas?«

»Jawohl, Sir.«

»Lieben Sie sie?«

»Ja.«

»Gut. Ich werde es ihr sagen. Ich werde ihr schreiben. Ich werde ihr sagen, daß Sie der beste Mann sind, den wir haben.«

»Werde ich sterben?«

»Nein, natürlich nicht. Aber Sie können erst mal keine Briefe schreiben. Ich werde ihr alles sagen, was Sie gemacht haben. Die Patrouillen und so weiter. Sie wird stolz auf Sie sein. Wo bleibt das Morphium? Hunt! Um Himmels willen! Sie lieben Ihre Frau, Douglas. Sie werden sie wiedersehen. Denken Sie an sie, wenn man Sie ins Lazarett bringt. Denken Sie immer nur an sie. Denken Sie an nichts anderes. Alles in Ordnung, alles in Ordnung, da kommen sie schon. Halten Sie sich an meinem Arm fest. So ist's gut. Ich nehme Ihnen mal die Zigarette ab, sonst verbrennen Sie sich noch. Keine Sorge, ich steck Ihnen 'ne neue an. Sehen Sie, so.«

Stephen wußte nicht mehr, was er sagte. Er war nahe daran, an Douglas' Blut zu ersticken. Als die Krankenträger sie endlich erreichten, war Douglas bewußtlos geworden. Sie hoben den Körper auf und bemühten sich, die Wunden dabei nicht noch weiter aufzureißen.

Als sie ihn wegtrugen, heulte ein metallischer Lärm über ihren Köpfen auf. In einem Explosionsblitz schlug eine weitere Granate ein. Für einen Moment überblickte Stephen die gesamte Grabenanlage, zwanzig Meter geradeaus, dann ein spitzer Winkel, um Druckwellen zu brechen, dann wieder geradeaus. Er sah, wie sich das Land hinter dem Graben kilometerweit hinzog; Bäume, ein Bauernhof in der Ferne. Einen Augenblick war es still: das ländliche Frankreich im strahlenden Licht.

Dann wurde er von einem Sturm aus Erde und Granatsplittern zu Boden gedrückt. Der hintere Krankenträger war am Kopf getroffen worden. Douglas war von der Trage gerutscht und lag auf den Laufbrettern. Stephen, der unverletzt geblieben war, brüllte: »Bringen Sie ihn weg! Hunt! Bringen Sie ihn weg!« Er fühlte, wie das Blut sein Gesicht verklebte, hielt den Kopf zwischen beiden Händen und schrie: »Weg! Weg mit dem Blut dieses Mannes.«

Als sie an der Front abgelöst wurden, hatte Stephens Kompanie drei Tage Ruhe in Béthune, einer Stadt, die bei den Männern wegen ihrer vielen Bars und *estaminets* sehr beliebt war – und weil die französischen Mädchen hier besonders freundlich waren. Stephen wurde im Haus eines Arztes am Stadtrand einquartiert. Es hatte einen gepflegten Vorgarten, durchzogen von Kieswegen in Dreiecksform und kleinen Taxushecken. Obwohl noch fünf andere Offiziere hier untergebracht waren, hatte Stephen zum ersten Mal seit Kriegsbeginn ein eigenes Schlafzimmer. Vom Fenster konnte man die Wiese hinterm Haus überblicken, Weidegras mit ein paar verwilderten Blumenbeeten und einer Kastanie am Rand.

Es wurde Nachmittag, bis er endlich nicht mehr im Dienst war. Er legte seine Ausrüstung auf den gebohnerten Fußboden, zog die Stiefel aus und ließ sich aufs Bett fallen, das mit frischen Laken bezogen war. Die Bettwäsche duftete nach getrockneten Kräutern. Zu Anfang war es ihm immer unmöglich einzuschlafen, weil sein Körper so schnell entspannte, daß die Muskeln zuckten und ihn wieder aufschrecken ließen. Der Stabsarzt hatte ihm eine Schachtel Tabletten gegeben, aber sie verursachten einen derartig schweren Schlaf, daß er bis zum Abend keine einnehmen wollte.

Er spürte die Erschöpfung in allen Gliedern und Organen, eine schmerzende, niederdrückende Schwere. Seine Gedanken blieben klar. Er hatte zwar kein exaktes Zeitbewußtsein mehr, aber die Bilder der vergangenen Tage hatten sich mit statischer Deutlichkeit in seine Erinnerung eingebrannt. Er sah Weirs ängstliches, offenes Gesicht, das verzweifelt nach Bestätigung suchte; Wilkinsons Profil mit den weichen, schönen Lippen und die Verwüstung, aus der die andere Hälfte seines Gesichts bestand; wieder roch er Douglas' Blut, dessen Geruch ihm immer noch anhaftete, der an seinen Verletzungen gestorben war, sein Blut durch die Ritzen der Laufbretter verströmend; die Kante des Granatsplitters, der aus Reeves' Herz geragt hatte; dessen Seriennummer sichtbar gewesen war, als ob der Hersteller Wert darauf gelegt hätte, daß man sie zur Kenntnis nahm. Am nächsten Tag, als das Trommelfeuer endlich nachgelassen hatte, waren sie begraben worden, die Holzkreuze aus Lagern hertransportiert, und ihre Kameraden hatten kleine Steinhaufen auf ihre Freunde gelegt. Als die deutschen Kanonen schwiegen, hörten sie in der wundervollen Ruhe das Lied einer Amsel.

Stephen hielt mühsam die Augen offen. Nichts, was er vorausgesehen hatte, nichts, was er geträumt hatte, kam diesem Dasein auch nur nahe. Er trank etwas Whisky aus der Feldflasche in seinem Gepäck. Plötzlich war er eingeschlafen.

Er erwachte erst wieder am nächsten Morgen um sieben. Erstaunt sah er auf seine Uhr. Er hatte sich nicht einmal die Uniform ausgezogen und zwölf Stunden bewegungslos geschlafen. Niemand hatte ihn zum Essen gerufen, und in dem großen Haus hatte er keinerlei Bewegungen wahrgenommen.

Er fand ein Badezimmer, ließ das Wasser laufen und rasierte sich. Als er fertig war, zog er sich die sauberen Sachen an, die Riley ihm in eine Tasche gepackt hatte, und ging auf sein Zimmer zurück, wo er sich aufs Bett setzte und gegen die Kissen lehnte. Er stieß das Fenster zum Garten auf. Es war ein trüber Tag, aber die Luft war frisch, und nirgends war Kanonendonner zu hören; mehr verlangte er nicht. Stephen stellte fest, daß auch er auf den Hurentrick hereingefallen war, den er an seinen Männern verachtete: Schlaf heilt alle Wunden.

Er dachte ans Frühstück. Es würde bestimmt Eier geben, aber auch Fleisch? Ihm fiel ein, wie Bérard darauf beharrt hatte, daß alle Engländer jeden Morgen Braten zum Frühstück äßen. Wo mochte Bérard jetzt wohl stecken? Vermutlich irgendwo in sicherem Abstand hinter der Front. Obwohl Amiens von den Deutschen eingenommen worden war, bevor es zurückerobert wurde, war Stephen davon überzeugt, daß sich Bérard eine bequeme Existenz gesichert hatte; um *sein* Wohlergehen mußte er sich gewiß keine Sorgen machen.

Vom Schlaf erfrischt, ließ er seine Gedanken in das große Haus am Boulevard du Cange zurückschweifen. Es war nun schon fast sechs Jahre her, daß er dort, Isabelle am Arm, in die Nacht hinausgetreten war und die Tür hinter sich hatte offenstehen lassen. Was unter jenem soliden, verwinkelten Dach geschehen war, schien einer Welt anzugehören, die genauso fremd und unnormal war wie die, in der er jetzt lebte. Er erinnerte sich an den unkontrollierbaren Ausbruch seiner Begierde, die von Isabelle uneingeschränkt erwidert worden war. Er konnte sich immer noch ihren Kopf vorstellen, wie er, gegen die Wand gepreßt, ein gerahmtes Blumengemälde an seinem Haken verschoben hatte. Er spürte noch den Geschmack ihrer Haut auf seiner Zunge. Wenn er angestrengt nachdachte, sah er auch noch vage die Umrisse ihres Gesichts, so vage freilich nur, daß ihre Züge nie an Schärfe gewannen. Was sie als Mensch ausgemacht hatte, ihre Verhaltensweisen und ihre Gedanken, war vollständig aus seiner Erinnerung getilgt. Das Ausbleiben dieser Details empfand er als Qual. Wenn er versuchte, sich Isabelle ins Gedächtnis zurückzurufen, hörte er nie ihre Stimme; er konnte sich an keine Einzelheit mehr erinnern, nicht an ihr Aussehen, nicht an die Art und Weise, in der sie gesprochen hatte, nicht an ihren Gang und nicht an ihre Gesten. Es war, als ob sie tot sei – und er trüge die Verantwortung dafür, daß sie umgebracht worden war. Das, was er und seine Männer zu ertragen hatten, war die Strafe für seine Schuld.

Nachdem sie ihn verlassen hatte, blieb er noch ein Jahr in St. Rémy. Falls sie ihre Meinung ändern würde, sollte sie wissen, wo er brieflich zu erreichen war. Vielleicht würde sie ihn brauchen, seine Hilfe im Umgang mit ihrer Familie oder mit dem getrennt lebenden Ehemann benötigen. Es kam kein Wort, und als er ertragen konnte, sich das einzugestehen, wußte er, daß sie niemals schreiben würde.

Schließlich verabschiedete er sich von den Leuten in der Möbeltischlerei und nahm den Zug nach Paris. Er mietete sich ein Zimmer in einem Haus an der Rue de Rennes und machte sich auf Arbeitssuche. Seine alte Rolle als Geschäftsmann wollte er nicht wieder aufnehmen; sein Wissen um Webereien, Tarife und Steuern wollte er vergessen. Ein Bauunternehmer, der einen Mann für die Holzarbeiten brauchte, stellte ihn ein.

In einem Zimmer auf derselben Etage wohnte Hervé, ein aufgeweckter, junger Student aus Tours, der begeistert war, auf eigenen Füßen in der Hauptstadt leben zu können. Er machte Stephen in verschiedenen Cafés in der Nähe der Place de l'Odéon mit seinen Freunden bekannt. Er verkehrte dort, trank Rum und Kaffee, konnte aber Hervés nervöse Begeisterungsfähigkeit nicht teilen. Er spielte mit dem Gedanken, nach England zurückzukehren, aber da er keine konkreten Vorstellungen hatte, was er dort eigentlich anfangen sollte, fand er es einfacher, sich weiterhin in einem fremden Land aufzuhalten. Seinem ehemaligen Vormund schrieb er einen kurzen Brief, daß es ihm gutgehe. Er bekam nie eine Antwort.

Im Haus nebenan wohnte eine Familie mit einer achtzehnjährigen Tochter namens Mathilde. Der Vater, der in einer Anwaltskanzlei arbeitete, verschaffte Stephen eine Stelle als Bürogehilfe, die zwar langweilig war, aber besser bezahlt wurde, als Holz zu zersägen. Von der Familie wurde er gelegentlich zum Essen eingeladen, und man ermunterte ihn dazu, an Wochenenden mit Mathilde im Jardin du Luxembourg spazierenzugehen. Im Verlauf dieser ausgedehnten Spaziergänge freundeten sie sich miteinander an, und Stephen offenbarte Mathilde seine Affäre mit Isabelle.

Da er jedoch den körperlichen Aspekt der Geschichte unterschlug, klang seine Erzählung höchst unvollständig. Mathilde wunderte sich über Isabelles überraschenden Sinneswandel. »Da muß doch noch etwas gewesen sein, das Sie nicht wissen«, sagte sie.

Die Freundschaft mit Mathilde war für ihn eine neue Erfahrung. Die Jungen im Heim waren alle auf sich selbst gestellt gewesen, einzig daran interessiert herauszukommen. Obwohl es angesichts gemeinsamer Probleme ein Kameradschaftsgefühl gegeben hatte, war doch jeder zu sehr damit beschäftigt gewesen, für sich selbst zu sorgen, als daß man miteinander freundschaftlich umgegangen wäre. Auf seiner Arbeitsstelle in Leadenhall Street hatte er Kollegen gehabt, die aber mit Ausnahme von zwei Laufburschen aus Poplar, die zudem unter sich blieben, nicht in seinem Alter waren. Und auch bei seinen Besuchen auf Werften und Fabriken hatte Stephen Männer seines Alters kennengelernt und ihre Gemeinschaft geteilt, aber die Zeit war immer zu kurz gewesen, um sie wirklich kennenzulernen.

Mathilde hatte gesunde Zähne und braunes Haar, das sie mit einer Schleife zusammenband. Ihre großen Augen zeigten einen ernsten Ausdruck, der aber häufig in Lachen überging. Sie nahm Stephen zu Spaziergängen am Fluß mit, und er zeigte ihr die Orte, die ihm noch aus der Zeit vertraut waren, als seine Firma ihn zum ersten Mal nach Paris geschickt hatte. Die Freundschaft zu Mathilde war unkompliziert und frei von Erwartungen, ohne jede Leidenschaft und ohne Konkurrenzgefühle. Es war leicht, sie zum Lachen zu bringen, und Stephen machte die Erfahrung, daß auch er durchaus frivol sein konnte, wenn sie es aus ihm herauskitzelte. Dennoch vermißte er Isabelle; trotz aller guter Eigenschaften schien Mathilde kaum mehr als eine blasse Kopie dessen zu sein, was Weiblichkeit wirklich bedeuten konnte. Stephen sah alle Frauen in diesem Licht. Ihm taten die Männer leid, die mit solchen ganz offensichtlich mittelmäßigen Wesen verheiratet waren; selbst jene Männer, die stolz und glücklich wegen der Schönheit ihrer Frauen waren, einer Schönheit, die sie sich im Grunde nur einbildeten, gingen seiner Ansicht nach lediglich verzweifelte Kompromisse ein. Er bedauerte sogar die Frauen selbst: In seinen Augen waren ihre Eitelkeiten, ihr Aussehen, ihr Leben armselige Dinge – und meilenweit von dem entfernt, was tatsächlich möglich war.

Seine Selbstquälerei hielt noch ein Jahr an und starb dann in ihm ab. Er hatte nicht das Gefühl, gesundet zu sein, war sich nicht bewußt, daß die Zeit seine Wunden geheilt oder ihm eine neue Perspektive geschenkt hatte, aus der er sein Leiden sah. Er stellte lediglich fest, daß bestimmte Erinnerungen ausblieben. Ihre Gegenwart, die er bis dahin ständig empfunden hatte, verschwand schlagartig. Ihm blieb das Unbehagen uneingelöster Gefühle und eines Verhältnisses, das kein rechtes Ende gefunden hatte.

Diese innere Kälte erleichterte ihm sein Leben und versetzte ihn auch in die Lage, sich bis zu einem gewissen Grad auf andere Menschen einzulassen; er sah sie nun nicht mehr nur ausschließlich als Marionetten, die ihr armseliges Leben führten. Gleichwohl bereitete ihm der plötzliche Verlust der Erinnerung an Isabelle auch Unbehagen. Etwas war begraben worden, was noch gar nicht gestorben war.

Als der Krieg ausbrach, empfand Stephen Erleichterung. Er dachte daran, in die französische Armee einzutreten, aber obwohl dieser Schritt bedeutet hätte, daß er dieselben Menschen töten und dasselbe Land verteidigen würde, war es doch etwas anderes, als gemeinsam mit englischen Landsleuten zu kämpfen. Aus den Zeitungen erfuhr er, daß in Lancashire und London britische Regimenter mobilisiert wurden; um Elsaß-Lothringen zu verteidigen, strömten Männer massenweise in die Rekrutierungsbüros in Suffolk und Glasgow. Die Nachrichten in den französischen und britischen Blättern gaben keinerlei Anlaß zur Beunruhigung, Obwohl das Ausmaß des Kriegs schnell erkennbar wurde, gab es dennoch keinen Grund zu der Annahme, daß er länger als ein Jahr dauern könnte. Die Berichte über den englischen Rückzug aus Mons im August betonten, daß sich eine zahlenmäßig unterlegene britische Streitmacht gegenüber der großmäuligen deutschen Infanterie als mindestens ebenbürtig erwiesen hatte. Beim Rückzug hatten die Briten Initiative und Tapferkeit bewiesen, indem sie die Brücken über den Kanal verbarrikadierten; von den Brückenköpfen aus hatten sie ihre Gewehre so schnell abgefeuert, daß die Deutschen glaubten, unter Maschinengewehrfeuer geraten zu sein. Der Gedanke, daß seine Landsleute diesen ausländischen Krieg führten, bewegte Stephen zutiefst.

Er kehrte mit positiven Gefühlen für England nach London zurück. Die verdrängten Frustrationen und die Gewalt, die er in seiner bisherigen Existenz nicht hatte ausleben können, verwandelten sich jetzt in Haß gegen die Deutschen. Die Vorstellung, sie zu besiegen und zu töten, belebte ihn; er pflegte und schürte dies Gefühl kräftig: Endlich war der Feind in Sicht.

An der Victoria Station traf er einen Büroangestellten namens Bridges, den er von früher kannte; der Mann hatte sich zur Territorialstreitmacht gemeldet. »Wir können kein komplettes Bataillon aufstellen«, sagte er. »Uns fehlen noch ein paar Mann. Wenn du mitmachst, sind wir vielleicht schon zu Weihnachten drüben. Los, sei ein Sportsmann.«

»Ich bin überhaupt nicht ausgebildet«, sagte Stephen.

»Du kommst einfach am Wochenende in den New Forest. Der Sergeant wird ein Auge zudrücken. Also mach schon. Wir können es gar nicht abwarten, die Deutschen vor die Flinte zu kriegen.«

Stephen tat, was Bridges ihm vorgeschlagen hatte. Weihnachten waren sie zwar noch nicht in Frankreich, aber im nächsten Frühjahr setzten sie über den Kanal. Sie wurden auf zwei reguläre Bataillone verteilt und kamen sich schon bald wie alte Hasen vor.

Anfangs glaubte er noch, der Krieg könnte auf traditionelle Weise geführt und schnell entschieden werden. Aber dann sah er, wie Maschinengewehrschützen ihre Salven in die Reihen der vorrückenden deutschen Infanterie jagten, als ob ein einzelnes menschliches Leben überhaupt keine Bedeutung mehr hätte. Er sah die Hälfte seiner Einheit schon im ersten Feuer des feindlichen Bombardements verrecken. Er gewöhnte sich an den Anblick und den Geruch zerfetzter menschlicher Körper. Er sah, wie sich die Männer angesichts des mechanisierten Schlachtens verhärteten. Der Krieg kam ihm wie ein gewaltiger Ausbruch natürlicher Instinkte vor, den aufzuhalten niemand die Macht hatte.

Er konnte dagegen protestieren, oder er konnte mitmachen. Er verlegte sich aufs Töten. Er versuchte, furchtlos zu sein, und hoffte, damit die anderen Männer zu motivieren, deren verwirrte und zweifelnde Gesichter er in Strömen von Blut und im Schlachtenlärm erblickte. Wenn so etwas zugelassen und in Berichten glorifiziert wurde, fragte er sich, wie weit es noch kommen mußte, bis man damit ein Ende machte. Er gelangte zu der Überzeugung, daß noch weitaus Schlimmeres bevorstand; daß es erst zu einem Ausmaß von Vernichtung kommen mußte, wie es sich kein Mensch bislang hatte träumen lassen.

Das Frühstück stand schon auf dem Tisch, als Stephen nach unten kam. Captain Gray war über das gute Quartier für sich und seine Offiziere erfreut; er hatte sich auch einen Burschen namens Watkins zugelegt, der früher Küchenchef des Connaught Hotels in London gewesen war. Seine Kochkünste waren angesichts der Front-Rationen und der eingeschränkten Verpflegung, die in den Dörfern aufzutreiben war, nur von geringem Nutzen, aber von der Art und Weise, mit der er servierte, war Gray dennoch begeistert. Er war stets als erster am Tisch.

»Gut geschlafen, Wraysford?« fragte er und sah von seinem Teller auf. »Harrington ist gestern abend mal hochgegangen, um nach Ihnen zu sehen, aber er sagte, daß Sie wie ein Toter geschlafen haben.«

»Ja, ich habe geschlafen wie ein Kind. Das macht wahrscheinlich die frische Luft.«

Gray lachte. »Bedienen Sie sich. Hier sind die Spiegeleier. Ich habe Watkins losgeschickt, damit er Speck auftreibt, aber einstweilen müssen Sie ohne auskommen. Französischer Speck ist außerdem nicht besonders gut.«

Gray war ein unorthodoxer Offizier. Die Männer fürchteten sich vor ihm; aber obwohl er sich die zackigen Manieren des Frontsoldaten angewöhnt hatte, verbrachte er seine Freizeit meistens mit Lektüre. Er hatte immer einen Gedichtband in der Tasche, und in seinem Unterstand hing über dem Bett ein kleines Bücherregal, dessen Bestand mit Paketen aus England erweitert oder ausgewechselt wurde. Nach dem Universitätsstudium war er Arzt geworden und hatte sich eben als Chirurg niedergelassen, als der Krieg ausbrach. Auf seinem Regal standen Werke der Wiener Psychiatrieschule neben den Romanen Thomas Hardys. Er galt als streng, seit er einem Standgericht vorgesessen hatte, das einen jungen Freiwilligen zum Tode verurteilte, aber er sprach auch viel von Motivation und darüber, daß man die Männer verstehen müsse. Seine Kindheit im schottischen Tiefland hatte ihm einen trockenen Sinn für Ironie und praktisches Denken mitgegeben, die seine eher abstrakten, militärischen und psychologischen Theorien erträglich machten.

Er kaute sich energisch durch Brot und Spiegeleier und schenkte sich noch eine Tasse Kaffee ein.

»Hübsches Häuschen hier, nicht wahr?« sagte er, schob den Stuhl zurück und zündete sich eine Zigarette an. »Wenn's um Gemütlichkeit geht, kann man sich auf Ärzte verlassen. Kennen Sie Frankreich gut?«

»Recht gut«, sagte Stephen, der Platz genommen und seinen Teller mit Spiegeleiern gefüllt hatte. »Ich habe hier vor dem Krieg eine Zeitlang gelebt.«

»Wie lange?«

»Ungefähr vier Jahre.«

»Lieber Himmel. Dann müssen Sie die Sprache ja wie ein Einheimischer beherrschen.«

»Ich glaube, mein Französisch ist inzwischen etwas eingerostet, aber damals war es nicht schlecht.«

»Könnte für uns nützlich sein. Nicht, daß wir derzeit irgendwelche Kontakte mit den Franzosen hätten. Aber man weiß ja nie. So, wie der Krieg sich entwickelt ... Und was macht Ihre Einheit? Führen Sie gern das Kommando?«

»Wir haben allerlei durchgemacht. Viele Verluste.«

»Ja, natürlich. Und Sie? Kommen Sie mit den Leuten gut zurecht?«

Stephen trank mehr Kaffee. »Ja, ich denke schon. Ich bin mir aber nicht sicher, ob sie mich respektieren.«

»Gehorchen sie Ihnen?«

»Ja.«

»Finden Sie, daß das reicht?«

»Wahrscheinlich schon.«

Gray stand auf und ging zu dem marmornen Kaminsims. Er drückte die Zigarette auf dem Rost aus. »Sie müssen dafür sorgen, daß sie Sie lieben, Wraysford. Das ist das ganze Geheimnis.«

Stephen verzog das Gesicht. »Wieso?«

»Dann kämpfen sie besser. Und sie fühlen sich auch besser dabei. Sie haben keine Lust, sich unter dem Kommando eines Hampelmanns das Gehirn wegschießen zu lassen.« Grays drahtiger Körper bewegte sich lebhaft, und er nickte vor Begeisterung; seine klaren Augen suchten auf Stephens Gesicht nach Zeichen der Zustimmung.

»Mag sein«, sagte Stephen. »Ich versuche, ein Vorbild zu sein.«

»Das sind Sie bestimmt, Wraysford. Ich weiß, daß Sie selber mit den Leuten auf Patrouille gehen und ihnen die Wunden verbinden und so weiter. Aber lieben Sie sie auch? Würden Sie für sie Ihr Leben opfern?«

Stephen hatte das Gefühl, verhört zu werden. Er hätte »Jawohl, Sir« sagen und damit das Gespräch beenden können; doch Grays ungezwungenes, leicht großmäuliges Verhalten war ihm zwar unbehaglich, verlangte aber eine ehrliche Antwort.

»Nein«, sagte er. »Ich glaube nicht.«

»Das habe ich mir gedacht«, sagte Gray mit einem leisen, triumphierenden Lachen. »Liegt es daran, daß Sie Ihr eigenes Leben für so wichtig halten? Glauben Sie, daß es mehr wert ist als das eines einfachen Soldaten?«

»Überhaupt nicht. Ich bin selber nur ein einfacher Soldat, vergessen Sie das nicht. Sie waren es doch, der dafür gesorgt hat, daß ich befördert wurde. Es liegt eher daran, daß ich mein eigenes Leben für nicht wichtig genug halte. Ich habe kein Verständnis für das Ausmaß dieser Opfer. Ich weiß nicht, was überhaupt noch etwas wert ist.«

Gray setzte sich wieder an den Tisch. »Irgend etwas verstehe ich nicht an Ihnen«, sagte er. Er verzog sein Gesicht in gespielter

Ratlosigkeit, beobachtete Stephen dabei und lachte dann. »Aber ich werde schon dahinterkommen, keine Sorge. Wenn Sie wollten, könnten Sie ein guter Soldat sein. Noch sind Sie es nicht, aber Sie könnten es werden.«

Stephen schwieg einen Moment. »Price ist ein guter Soldat«, sagte er dann.

»Price ist ein wunderbarer Mann. Auch eine meiner Entdeckungen, wenn ich mich mal ein bißchen in seinem Glanz sonnen darf. Der Bursche war vor dem Krieg Angestellter in einem Warenhaus. Er hat den ganzen Tag an einem Tisch gesessen und Zahlen addiert. Und heute läuft ohne ihn in der Kompanie gar nichts. Er zeigt den Leuten, wo's langgeht. Und haben Sie ihn etwa schon jemals aufgeregt erlebt?«

»Nein, Gott sei Dank. Ich bin von ihm ebenso abhängig wie meine Männer.«

»Selbstverständlich sind Sie das«, sagte Gray. »Und jetzt erzählen Sie mir mal was über diese Wühlmäuse. Sie sehen die doch oft, nicht wahr?«

»Ja. Ihr Tunnel fängt in unserem Frontabschnitt an. Alles in allem ist das eine gute Truppe. Sie müssen da unten schwer schuften. Es gibt nicht viele Männer, die so einer Arbeit gewachsen sind.«

»Wie heißt doch noch gleich das Bürschchen mit den Turnschuhen?«

»Weir? Der Kompanieführer?«

»Ja. Was ist das für ein Typ?«

»Er ist ein merkwürdiger Mensch, aber unter den gegebenen Umständen vielleicht auch nicht merkwürdiger als wir alle. Er ist eigentlich kein Bergarbeiter, sondern Ingenieur, dem man das Kommando über die Tunnelarbeiter gegeben hat.«

»Auf mich wirkt er irgendwie komisch. Ich kann mich selber nicht um diese Wühlmäuse kümmern. Die buddeln monatelang vor sich hin, plazieren schließlich ihre Sprengladungen und lassen die hochgehen. Und was hat man davon? Einen hübschen, kleinen Krater mit aufgeworfenem Rand, den der Feind als Deckung benutzen kann.«

Leutnant Harrington, ein großer, betrübt aussehender Mann, der leicht stotterte, betrat das Eßzimmer.

»Guten Morgen, Sir«, begrüße er Gray. Seine Haltung war unterwürfig, und auf seinem Gesicht lag ein Ausdruck dauernder Überraschung, als könne er kaum glauben, in was für einer Situation er sich befand. Stephen fragte sich, wie er es fertigbrachte, immer so pünktlich zu sein, da es ihm offenbar schwerfiel, sich den jeweiligen Wochentag zu merken.

»Wir haben uns eben über die Tunnelarbeiter unterhalten«, sagte Gray.

»Oh, jawohl, Sir.«

»Wraysford ist mit dem Kompanieführer Weir befreundet.«

»Ich glaube, die beiden sind unzertrennlich, Sir«, sagte Harrington.

Gray lachte. »Wußt' ich's doch. Haben Sie das gehört, Wraysford?«

»Ich hatte gar keine Ahnung, daß sich Leutnant Harrington so für mein Leben interessiert.«

»War doch nur ein Witz, Wraysford«, sagte Harrington und schob sich Spiegeleier auf den Teller, die unter der Abdeckung schon glasig zu werden begannen.

»Natürlich«, sagte Stephen. »Ich werde mich jetzt einmal in der Stadt umsehen. Entschuldigen Sie mich.«

»Gute Idee«, sagte Gray. »Mit dem Speck wird das ja wohl nichts mehr. Wenn Sie mehr Kaffee wollen, sagen Sie Watkins Bescheid, Harrington.«

»Danke, Sir.«

Gray ging nach oben in sein Schlafzimmer, um zu lesen, und Stephen trat zur Tür hinaus. Er schlenderte durch den Garten bis zur Straße und schloß die Augen, als er den blassen Sonnenschein auf dem Gesicht spürte. Dann atmete er tief durch und ging los.

Um seinen Sohn besuchen zu können, stellte Jack Firebrace einen Urlaubsantrag, der abgelehnt wurde. »Ich habe mir die Sache überlegt«, sagte Weir. »Ich bin mir der Tatsache bewußt, daß Sie seit einem Jahr nicht mehr zu Hause waren. Aber Tatsache ist, daß mir die Leute fehlen und es eine Wahnsinnsarbeit ist, die Männer nach Hause und an die Front zu transportieren. Die Straßen sind derzeit mit Nachschub verstopft. Sie müssen warten, bis Sie dran sind.«

Also ging Jack wieder untertage. Der Tunneleingang im Schützengraben verdeckte einen vertikalen, holzverschalten Schacht, von dem aus zwei Tunnel gegraben worden waren. Der erste hatte in einer Tiefe von zehn Metern Probleme mit deutschen Tunneln bekommen. Untertage hatte es auf engstem Raum Kampfhandlungen gegeben. Es war leichter, sich durch Lehm als durch Kalk zu graben. Die häufigen Explosionen lockerten den Kalk; er vermischte sich mit Wasser, das aus Bombenkratern im Niemandsland einsickerte, und ließ einen klebrigen Brei entstehen, der sich manchmal mit dem Blut der Tunnelarbeiter, die bei den Explosionen zerrissen worden waren, rot färbte.

Weir führte Befehle seiner Vorgesetzten aus, indem er den Bau eines zweiten Tunnels anordnete, der in einer Tiefe von zweiundzwanzig Metern vorgetrieben werden sollte. Er durfte laut Vorschrift nur einen Meter breit sein.

»Das gefällt mir nicht«, sagte Tyson, der hinter Shaw und Evans flach auf dem Boden lag. »So was Enges hab ich in meinem ganzen Leben noch nicht gesehen.«

Weiter hinten, wo die Stützbalken eingesetzt wurden, hatten die Männer Lampen, aber am Tunnelkopf war es dunkel.

Jack versuchte, nicht an das Gewicht des Erdreichs zu denken, das über ihnen lag. Er dachte auch nicht an die Baumwurzeln, die sich durchs Erdreich zogen. Dafür waren sie jetzt sowieso viel zu tief. In London hatte er sich die Arbeit erträglich gemacht, indem er sich den Tunnel, den er grub, als ein Eisenbahnabteil bei Nacht vorstellte: Über einem kleinen Ausschnitt, in dem man nichts erkennen konnte, waren die Rollos heruntergezogen, aber draußen in der Dunkelheit huschte eine weite Welt mit Bäumen und Feldern unter hohen Himmeln vorbei. Wenn der Ausschnitt jedoch nur noch einen Meter breit war und die Erde einem in Mund und Augen rieselte, wurde es schwierig, diese Illusion am Leben zu halten.

Hinter ihm kratzten unermüdlich Evans' Hände: Jack hörte, wie er keuchend den wenigen Sauerstoff einsog, den die Luftversorgung noch bis hierher transportierte. Evans' Anwesenheit war ihm angenehm. Draußen konnte er mit seinem Frettchengesicht und seinen sarkastischen Scherzen wenig anfangen, aber hier unten arbeiteten ihre Herzen und Lungen zusammen, als gehörten sie zu einem einzigen Körper.

Shaw löste ihn am Tunnelkopf ab. Er mußte über Evans' Körper kriechen, Jack dann unter dem Stützkreuz herausziehen und sich selbst auf die Tunnelsohle pressen, damit Jack über ihn hinweg durch den Tunnel zurückkonnte. Selbst zwanzig Meter weiter hinten konnten sie immer noch nicht stehen, aber zumindest in gebückter Haltung ein Glied nach dem anderen recken. Die Luft roch sauer, und im Lampenschein sah man, daß die Holzverstrebungen mit beruhigender Genauigkeit eingepaßt worden waren.

»Zehn Minuten Pause«, sagte Weir. »Macht das Beste draus.«

»Müßten Sie jetzt eigentlich nicht in Ihrem Unterstand sitzen und 'n hübsches Täßchen Tee trinken?« sagte Jack. »Ich geh jede Wette ein, daß sich von den anderen Kompanieführern keiner nach hier unten traut.«

»Ich muß euch immer hübsch im Auge behalten«, sagte Weir. »Jedenfalls so lange, bis die Sache hier richtig läuft.«

Den Bergleuten war es gestattet, sich untertage mit den Offizieren wie mit ihresgleichen zu unterhalten. Auf diese Weise wurde dem Umstand Rechnung getragen, daß die Bedingungen im Tunnel äußerst schwierig waren. Indem sie so redeten, als arbeiteten sie in einem normalen Bergwerk, erinnerten sie sich auch gegenseitig an die Unterschiede zwischen ihnen und der Infanterie; sie mochten Kanalratten sein, aber sie wurden besser bezahlt.

»Wollen wir Fritz spielen?« schlug Evans vor. Es war ein abergläubisches Spiel, das unter den Tunnelarbeitern beliebt war – was den Offizieren freilich unbegreiflich blieb.

»Lieber nicht«, sagte Weir. »Aber wenn's unbedingt sein muß, seid wenigstens ganz leise.«

»Gut«, sagte Evans. »Ich sage, er ist fünfundzwanzig, verheiratet, zwei Kinder. Er ist drei Meter von der Kammer entfernt.«

»Ich sage, daß sie zu viert sind«, sagte Jack. »Sie sind jetzt im Kampftunnel. Drei Meter bis zur Teepause heißt, daß wir vor ihnen ankommen.«

Evans hatte sich eine Zählweise ausgedacht, die auf der Anzahl der Meter beruhte, die der Tunnel täglich vorgetrieben wurde. Der Sinn des Spiels bestand darin, die Position des Feinds vorherzusagen. Wer zuerst den toten Feind sah, war der Gewinner; der Verlierer mußte die anderen in Zigaretten auszahlen. Weir verstand weder die Regeln noch die Zählweise, ließ die Männer aber gewähren, weil das Spiel sie ablenkte und ihre Wachsamkeit dem Feind gegenüber verstärkte. Turner hatte fünf Tage nacheinander verloren, sogar das Spiel am Morgen seines Todes – was seine Kameraden bezeichnend fanden.

An diesem Nachmittag bekam Weir die Nachricht, er möge sich mit Captain Gray besprechen; er traf ihn im hinteren Bereich, wo er Nachschublieferungen inspizierte.

»Wir kennen uns noch nicht, stimmt's?« sagte Gray. »Ihre Leute leisten gute Arbeit. Da unten muß es ja wirklich furchtbar zugehen.«

»Auch nicht schlimmer als unter Beschuß zu sein. Wir dürfen uns bloß nicht erwischen lassen. Ihre Leute haben Angst, daß man sie von unten in die Luft jagt, meine haben Angst, daß sie in einem ein Meter breiten Tunnel feststecken und beschossen werden. Haben Sie mein Gesuch bekommen?«

»Ja, hab ich. Natürlich brauchen Sie ordnungsgemäße Deckung. Das ist mir völlig klar. Aber Sie müssen verstehen, daß meine Leute nicht daran gewöhnt sind, sich untertage aufzuhalten. Haben sie sich denn bis jetzt korrekt verhalten?«

»Ja, sie haben das gut gemacht. Aber wir brauchen eine regelmäßige Ablösung.«

»Und von Ihren eigenen Leuten können Sie wirklich keinen entbehren?«

»Nicht, wenn wir jetzt den tieferen Tunnel graben. Sie arbeiten rund um die Uhr. Es geht ja nur um eine Patrouille gleichzeitig. Drei oder vier Mann würden reichen.«

»Also gut«, sagte Gray. »Wie Sie vielleicht wissen, habe ich meine Zweifel, ob es überhaupt sinnvoll ist, Krater zu sprengen, die der Feind dann einnehmen kann, aber wenn es um die Sicherheit Ihrer Leute geht, will ich natürlich keine Haarspalterei anfangen. Ich werde Wraysford das Kommando übertragen. Ich glaube, Sie kennen ihn.«

»Ja.«

»Guter Mann?«

»Ich glaube schon«, sagte Weir.

»Etwas seltsamer Vogel«, sagte Gray. »Ich rede später mit ihm. Sie können heute abend anfangen.«

Stephen fragte nach Freiwilligen. »Wir nehmen eine Kanalratte mit, die uns den Weg zeigt, aber ich brauche noch zwei Mann. Wir werden in einen Kampftunnel gehen. Da muß man nicht kriechen.«

Niemand meldete sich. »Also gut, dann gehen Hunt und Byrne mit.«

Er ging zu Sergeant Adams, um sich zu erkundigen, wer von den Tunnelarbeitern mitkommen würde.

»Die schicken gleich einen Freiwilligen rauf, Sir. Es wird der Mann sein, der beim Fritz verloren hat.«

Es traf Jack, der nicht nur Evans fünf Zigaretten abtreten mußte, sondern auch noch die Männer in den Tunnel führen sollte. Sie nahmen Gasmasken mit und hängten sich Handgranaten an die Gürtel. Um zehn Uhr betraten sie den Tunneleingang.

Stephen warf einen letzten Blick auf den Himmel, bevor er Jack durch den Schacht nach unten folgte. Er war noch nie untertage gewesen. So pervertiert das Land durch eingedrückte Stacheldrahtrollen über der kraterübersäten Erde auch sein mochte, spürte er doch für die offene Welt unter endlosem Himmel Zärtlichkeit in sich aufsteigen.

Die Sprossen der Leiter, die durch den Schacht abwärts führte, waren auf Stabilität ausgelegt; auf dem rauhen Holz spürte er keinen Feinschliff. Sie waren in ungleichmäßigen Abständen eingesetzt, so daß es schwierig war, beim Absteigen einen Rhythmus zu finden. Er bemühte sich, mit Jack Firebrace Schritt zu halten. Anfangs achtete er noch darauf, ihm nicht auf die Finger zu treten, aber bald konnte er weit unter sich nur noch einen Helm erkennen, der sich hin und her bewegte und manchmal aufschimmerte.

Endlich erreichte Stephen das Ende der Leiter, wo Jack ihn erwartete. Für einen Moment erinnerten ihn Dunkelheit und Stille an Spiele aus der Kinderzeit, wenn er und die anderen Jungen Mutproben absolvierten, indem sie in leerstehende Keller oder nicht mehr benutzte Brunnenschächte geklettert waren. Verglichen mit dieser überwältigenden Tiefe waren die Explosionskrater an der Erdoberfläche nichts als Kratzer. Wenn der Stollen in Bewegung geriet und einstürzte, gab es keine Überlebenschance, keine Möglichkeit, sich zu wehren oder mit einer Verwundung davonzukommen. Selbst Reeves' jüngerer Bruder hatte eine bessere Chance gehabt, als ihn das Haubitzengeschoß erwischte.

Hunt und Byrne fühlten sich unbehaglich. Sie trugen Karabiner und hatten ihre weichen Dienstmützen mit Grubenhelmen vertauscht. Stephen hatte einen Revolver umgeschnallt, und alle trugen Handgranaten am Gürtel, die, wie Weir ihnen gesagt hatte, wahrscheinlich die effektivsten Waffen wären, falls sie Probleme bekommen sollten.

»Ich habe aus dieser Richtung Geräusche von deutscher Seite gehört«, sagte Jack mit gedämpfter Stimme. »Wir müssen unseren Leuten, die den Angriff vorbereiten, Deckung geben, aber wir müssen auch den unteren Tunnel schützen, von dem die Deutschen noch nichts ahnen. Wir gehen hier durch diesen Eingang, der in einen langen Stollen mündet. Davon zweigen zwei Kampftunnel mit Horchposten ab. Wir müssen dicht zusammenbleiben.«

Byrne blickte auf das Loch, das Jack als Eingang bezeichnet hatte.

»Ich dachte, wir müssen nicht kriechen.«

»Weiter hinten wird es höher«, sagte Jack.

Byrne fluchte und strich mit den Händen am aufgetürmten Lehm und Erdreich entlang.

»*La France profonde*«, sagte Stephen. »Dafür kämpfen wir.«

»Ich nicht«, sagte Byrne. »Nicht mal für 'n Shilling pro Tag.«

Jack kroch in die Dunkelheit voraus. Seine Augen waren daran gewöhnt, im Dämmerlicht zu funktionieren, und er bewegte sich in einem flüssigen, automatischen Kriechgang. Als sie sich etwa zehn Minuten lang vorgearbeitet hatten, stieß der schmale Tunnel auf die Abzweigung des Seitenstollens, den Jack mit seiner Truppe vor zwei Monaten gegraben hatte. Rechts befand sich der Eingang zu einem Paralleltunnel, der schließlich zu der Kammer führen sollte, in der die Männer die Sprengladungen zünden würden. Aus einem der nach links abzweigenden Kampftunnel hatten sie die feindlichen Grabgeräusche gehört.

Byrne und Hunt fluchten nicht mehr. Hunt sah verängstigt aus.

»Alles in Ordnung?« fragte Stephen.

Hunt schüttelte schwerfällig den Kopf. »Das gefällt mir nicht hier unten. Man ist so eingeschlossen.«

»Es ist völlig sicher«, sagte Stephen. »Das sind Fachleute. Sehen Sie doch, wie solide die Stützbalken gesetzt sind.«

Hunt hatte zu zittern begonnen.

»Das ist nicht richtig«, sagte er. »Ich bin Infanterist. Ich muß so was nicht machen. Ich mache meine Arbeit im Schützengraben, nicht in so einem Scheißloch. Was, wenn die Erde einstürzt? Herrgott.«

»Seien Sie still«, sagte Stephen. Hunt griff in Panik nach seinem Arm. »Um Gottes willen, Hunt. Sie kommen jetzt mit in den Tunnel, oder ich verpasse Ihnen ein Disziplinarverfahren.

Ich jage Sie auf jede Patrouille, bis Sie jedes Stück Stacheldraht von hier bis zur Schweizer Grenze durchgeschnitten haben.«

Stephen spürte, wie Hunts Angst auf ihn übergriff. Er hatte sich selbst immer schon davor gefürchtet, sich in einem Gang aufzuhalten, der so schmal war, daß man sich darin nicht umdrehen konnte.

Jack verschwand im Eingang zum Kampftunnel, und Stephen starrte im Dunkeln in Hunts angstverzerrtes Gesicht. Für einen Moment stellte er sich den Mann in dessen Zivilleben vor. Er war Arbeiter auf Baustellen in London und Hertfordshire; zweiundzwanzig Meter unter der Erde eines fremden Landes wollte er nicht sterben. Stephen merkte, wie Mitleid ihn erweichen wollte.

»Gehen Sie da rein, Hunt«, sagte er. »Ich folge Ihnen.«

»Ich kann nicht, ich kann nicht«, schnatterte Hunt.

»Wenn Sie das nicht tun, krepieren wir alle.« Stephen zog den Revolver und entsicherte ihn. »Sie hassen doch die Deutschen, nicht wahr?«

»Jawohl.«

»Sie haben Ihre Freunde umgebracht. Sie wollen auch Sie umbringen. Sie haben Reeves und seinen Bruder umgebracht. Wilkinson. Douglas. Alles Ihre Freunde. Das ist Ihre Chance, daß Sie jetzt ein paar von denen erledigen können. Los, rein mit Ihnen.« Er zeigte mit dem Revolverlauf auf die Öffnung und dann auf Hunts Kopf. Er wunderte sich über seine Brutalität und vermutete, daß seine eigene Angst sie auslöste.

Hunt verschwand langsam im Tunnel, und Stephen folgte ihm. Vor sich hörte er Hunts Stiefel knirschen, und hinter ihm kroch Byrne. Wenn es Probleme geben sollte, säße er fest. Er konnte weder vor noch zurück. Er preßte die Augen zusammen und fluchte lautlos vor sich hin, um sich selbst Mut zu machen.

Die Tunneldecke war dreißig Zentimeter über ihren Köpfen. Er wiederholte im Geist die widerlichsten Worte in den furchtbarsten Kombinationen, die er sich nur ausdenken konnte; er stieß lautlose Obszönitäten aus, gegen die Welt, gegen die Menschheit und gegen ihren imaginären Schöpfer.

Endlich wurde der Tunnel höher. Sie konnten gebückt stehen. Byrne hatte eine Zigarette aus der Tasche geholt und nuckelte daran herum. Stephen nickte ihm aufmunternd zu. Byrne lächelte.

»Wir glauben, daß es hier ganz in der Nähe einen deutschen Tunnel gibt«, flüsterte Jack Stephen zu. »Unsere Leute, die die Sprengladungen anbringen, haben Angst, daß sie aus Versehen in ihre Kammer durchstoßen. Ich gehe jetzt zu dem Horchposten. Einen nehme ich als Begleitschutz mit. Der andere bleibt bei Ihnen.«

»Gut«, sagte Stephen. »Nehmen Sie lieber Byrne mit.«

Er sah, wie die beiden weiter vordrangen, und wandte sich dann Hunt zu, der, die Arme um die Knie geschlungen, auf der Tunnelsohle kauerte.

Er jammerte leise vor sich hin. »Das niedrige Stück, durch das wir eben gekommen sind. Das sprengen die bestimmt. Wir kommen nicht mehr raus. Wir sind eingeschlossen.«

Stephen setzte sich neben ihn. »Hören Sie zu«, sagte er. »Denken Sie gar nicht daran. Diese Patrouille dauert nur zwei Stunden, solange unsere Leute die Sprengladungen vorbereiten. Zwei Stunden sind schnell vorbei. Denken Sie daran, wie schnell das geht. Denken Sie an solche Gelegenheiten, von denen Sie sich gewünscht haben, daß sie länger dauerten. Von jetzt an dauert es nur noch so lange wie ein Fußballspiel – wir sind ja schon seit einer halben Stunde unten.« Er packte Hunt am Arm. Er merkte, daß er seine eigene Angst unterdrücken konnte, wenn er auf ihn einredete.

»Hassen Sie die Boche?« fragte Hunt.

»Ja«, sagte Stephen. »Sehen Sie sich doch an, was die gemacht haben. Sehen Sie sich die Welt an, die sie hier geschaffen haben, diese Hölle. Wenn ich könnte, würde ich sie alle umbringen.«

Hunt begann zu stöhnen. Er hielt den Kopf zwischen den Händen und sah dann Stephen an. Er hatte sanfte, offene Züge mit fleischigen Lippen und glatter Haut. Sein flehendes, ängstliches Gesicht wurde von großen, verarbeiteten Händen gerahmt, in deren Haut die Narben und Wunden zahlloser Arbeitsschichten eingegraben waren.

Stephen schüttelte verzweifelt den Kopf und streckte seine Hand aus. Hunt nahm sie zwischen seine Handflächen und begann zu schluchzen. Er kroch in Stephens Arme und legte den Kopf gegen seine Brust. Stephen spürte, wie zwischen den Schluchzern, die Hunts Körper erschütterten, seine Lunge Luft einsog und wieder ausstieß. Er hatte gehofft, daß Hunt vielleicht die Angst, die ihn selber gepackt hatte, von ihm nehmen würde, aber nach einer Minute wurde sein Schluchzen immer lauter. Stephen stieß ihn von sich und legte einen Finger an die Lippen. Hunt lag mit dem Gesicht auf dem Boden und versuchte, die Geräusche zu unterdrücken, die er verursachte.

Stephen hörte, wie sich das Geräusch von Stiefeln näherte. Byrnes hagere Gestalt hastete gebückt auf sie zu.

Sein tabakgeschwängerter Atem blies Stephen ins Gesicht. »Fritz hat sich in unseren Tunnel durchgegraben. Firebrace sitzt dreißig Meter weiter vorn auf Horchposten. Er sagt, daß Sie kommen müssen.«

Stephen schluckte. »Also gut.« Er packte Hunt an den Schultern und schüttelte ihn. »Wir machen jetzt ein paar Deutsche fertig. Stehen Sie auf.«

Hunt kniete sich hin und nickte.

»Also los«, sagte Byrne.

Die drei Männer drangen weiter in die Dunkelheit vor. Sie brauchten fünf Minuten bis zu der Stelle, an der Jack hockte und das Ohr gegen die Wand preßte. Am Ende des verschalten Tunnels konnten sie das unregelmäßige Loch erkennen, durch das die deutschen Tunnelbauer durchgebrochen waren.

Jack legte einen Finger an die Lippen, formte lautlos das Wort Fritz und zeigte auf das Loch.

Es war vollkommen still. Stephen beobachtete Jacks lauschendes Gesicht. Er trug ein ausgefranstes Hemd mit aufgekrempelten Ärmeln; der Stoff war schweißnaß. Stephen sah auf Jacks breitem, ausrasiertem Nacken die Haarstoppeln.

Hinter sich hörten sie eine Explosion und die Geräusche fallender Felsen und Erdklumpen. Die Männer standen wie erstarrt. Aus einem Paralleltunnel hörten sie Schritte, die sich in Richtung der britischen Linien von ihnen zu entfernen schienen.

Hunt begann zu schreien. »Wir sitzen in der Falle, wir sitzen in der Falle! Sie haben den Tunnel gesprengt. O Gott, ich wußte es, ich …«

Stephen hielt Hunt den Mund zu und drückte seinen Kopf gegen die Tunnelwand. Die Schritte hielten an und bewegten sich dann auf sie zu.

»Hier entlang«, sagte Stephen und ging in die Richtung zurück, aus der sie gekommen waren. »Wir schneiden ihnen den Weg ab, bevor sie unsere Leute erwischen.«

Am Ende des Kampftunnels, kurz vor der Einmündung des Stollens, war der Zugang, durch den sie hereingekrochen waren, von der Explosion verschüttet, die sie gehört hatten; die Stützbalken waren eingebrochen und das Erdreich nachgesackt. Stephen und Jack wühlten sich einen Weg durch den Schutt, als hinter ihnen Gewehre abgefeuert wurden.

»Sie sind durch, sie sind durch, sie sind durch das Loch gekommen!« kreischte Hunt.

Stephen zog Byrne über das Geröll. Er sah, wie Hunt eine Handgranate an die Stelle warf, an der es die Explosion gegeben hatte, bevor er selbst in Sicherheit war. Aus etwa dreißig Metern Entfernung krachten wieder Gewehrschüsse. Vier Deutsche waren kurz sichtbar, als Hunts Handgranate mit einem dumpfen, hallenden Knall explodierte. Stephen sah, daß zwei von ihnen umgeworfen und ein dritter seitlich gegen die Wand geschmettert wurde, aber schon nach wenigen Sekunden wurde wieder auf sie geschossen. Stephen kletterte auf den Geröllhaufen und feuerte ins Dunkel. Byrne ging auch in Stellung und hantierte mit seinem unhandlichen Karabiner herum. Dann feuerten beide Männer mehrfach auf das Mündungsfeuer, das vor ihnen aufblitzte. Stephen griff nach den Handgranaten an seinem Gürtel. Mit einem Gewehr war hier nichts auszurichten; eine Handgranate mußte größeren Schaden anrichten und würde vielleicht den Tunnel blockieren, so daß die Leute, die im Paralleltunnel die Sprengladungen anbrachten, sich zurückziehen konnten. Während er noch an seinem Gürtel herumfummelte, rief er den anderen zu, daß sie ihre Handgranaten werfen sollten. Seine schienen sich offenbar verklemmt zu haben. Er fingerte noch verzweifelt an ihnen herum, als vor ihm wieder Schüsse abgegeben wurden, und plötzlich hatte er das Gefühl, unter einem einstürzenden Haus begraben zu werden. Die Wucht riß ihn um.

Hunt stand auf Stephens Körper und richtete sich auf, damit er seine Handgranaten durch den Zwischenraum schleudern konnte, an dem eben noch Stephen gestanden hatte. Er und Byrne warfen rasch nacheinander je drei, die eine langanhaltende, rollende Explosion verursachten, die in zwanzig Metern Entfernung die Tunneldecke zum Einsturz brachte. Das deutsche Gewehrfeuer verstummte und Byrne, der ein paar Brocken Deutsch aufgeschnappt hatte, hörte einen Befehl, den Tunnel zu räumen. Unter Jacks Führung zogen sie Stephen durch den Tunnel bis zum Stollen; sie fluchten und stöhnten unter der Muskelanspannung, mit der sie das zusätzliche Gewicht seines erschlafften Körpers zu ziehen hatten. Im Stollen trafen sie auf weitere Tunnelbauer, die aus dem Tunnel flohen, und vier Männer, die Zündschnüre in die Sprengkammer verlegt hatten.

Es gab ein Durcheinander aus Rufen und falsch verstandenen Meldungen über das, was geschehen war. Die Männer wechselten sich dabei ab, Stephen bis zum Fuß der Leiter durch den Tunnel zu schleppen. Sein Gewehr schlug dabei gegen seinen Brustkorb, und sein warmes, glitschiges Blut machte es den müden Männern noch schwerer, ihn festzuhalten.

Als sie an die Oberfläche kamen, fanden sie sich in einem Chaos wieder. Erneuter Beschuß hatte im Schützengraben Verluste gefordert und die Brustwehr auf einer Breite von fünfzig Metern aufgerissen. Sie suchten Deckung, wo sie noch Deckung finden konnten. Byrne schleppte Stephens Körper zu einem relativ unbeschädigten Abschnitt, während Hunt sich auf die Suche nach Hilfe machte. Man sagte ihm, daß der Sanitätsposten des Regiments, der so eingegraben war, daß er angeblich nicht zerstört werden konnte, durch einen Volltreffer dem Erdboden gleich gemacht worden sei.

Stephen lag auf der Seite, das Gesicht auf dem Holz der Laufbretter; Byrne hatte ihm die Beine zur Seite gedrückt, damit er den auf und ab laufenden Leuten nicht im Weg lag. Seine Gesicht war mit Schmutz bedeckt, die Poren von Teilchen verstopft, die die Explosion einer deutschen Handgranate verursacht hatte. In der Schulter steckte ein Schrapnellsplitter, und am Hals war er von einer Gewehrkugel getroffen worden; die Explosion hatte ihm das Bewußtsein genommen, er war ohnmächtig. Byrne zog sein Sanitätspaket heraus und schüttete Jod in das Loch in Stephens Hals; er tastete nach den Schnüren, mit denen das Leinensäckchen verschlossen war, und zog den Verbandsmull von der langen Rolle ab.

Um zehn Uhr wurden Essensrationen verteilt. Byrne versuchte, Stephen etwas Rum einzuträufeln, aber seine Lippen ließen sich nicht öffnen. Unter Beschuß galt die Priorität der Wiederherstellung der Verteidigungsfähigkeit und der Entfernung jener Verwundeten, die selber laufen konnten. Einen Tag lang lag Stephen in der Mulde, die Byrne ihm gegraben hatte, bis ihn schließlich ein Sanitäter herausholte und auf einer Trage zu einer Verbandsstation brachte.

Stephen spürte eine tiefe Müdigkeit. Er wollte in völliger Stille schlafen, tagelang, zwanzig Tage lang und noch einmal zwanzig Tage. Als er das Bewußtsein wiedererlangte, fiel er nur noch in einen flachen Schlaf. Er tauchte in ihn hinein und wieder empor, und wenn er erwachte, stellte er fest, daß man seinen Körper bewegt hatte. Er merkte nicht, daß ihm Regen ins Gesicht prasselte. Wenn er erwachte, schien sich der Schmerz jedesmal verstärkt zu haben. Er hatte den Eindruck, daß die Zeit rückwärts lief und daß er dem Augenblick, in dem er getroffen worden war, immer näher kam. Schließlich würde die Zeit in dem Moment stillstehen, in dem das Metall sein Fleisch durchbohrte, und der Schmerz würde für immer diese Intensität haben. Er sehnte sich nach Schlaf; mit der letzten Willenskraft, die ihm noch geblieben war, verscheuchte er die wache Welt und zwang sich selbst in Dunkelheit.

Eine Entzündung stellte sich ein; er begann zu schwitzen; innerhalb weniger Minuten fieberte er so heftig, daß sein Körper geschüttelt wurde und seine Zähne aufeinanderschlugen, Muskeln verkrampften sich, und der Puls raste in einem sich ständig steigernden Rhythmus. Der Schweiß durchtränkte seine Unterwäsche und die schlammstarre Uniform.

Als man ihn zur Verbandsstation gebracht hatte, begann das Fieber wieder zu sinken. Der Schmerz in Arm und Hals war verschwunden. Statt dessen hörte er das Blut in seinen Ohren rauschen. Manchmal verebbte es zu einem Summen, und manchmal steigerte es sich zu einem schrillen Klang, je nachdem, wie kräftig sein Herz pumpte. Die Geräusche brachten ein Delirium mit sich. Er verlor jegliches körperliche Gefühl und glaubte, sich in einem Haus an einem französischen Boulevard zu befinden, in dem er nach Isabelle suchte und ihren Namen rief. Übergangslos geriet er in ein englisches Cottage, dann in ein riesiges Kinderheim, dann zurück an den erinnerungslosen Ort seiner Geburt. Er schlug um sich und schrie.

Er roch den strengen Karbolgeruch der Seife im Erziehungsheim, dann den Staub und die Kreide des Klassenzimmers. Er würde sterben, ohne je geliebt worden zu sein, nicht ein einziges Mal, von niemandem, der ihn gekannt hatte. Er würde einsam sterben, und niemand würde um ihn trauern. Er konnte ihnen nicht verzeihen – weder seiner Mutter noch Isabelle noch dem Mann, der versprochen hatte, wie ein Vater zu sein. Er schrie.

»Er ruft nach seiner Mutter«, sagte der Sanitäter, als man ihn ins Zelt trug.

»Das tun sie alle«, sagte der Feldarzt und wickelte den Notverband ab, den Byrne vor fast dreißig Stunden angelegt hatte.

Man legte ihn wieder vors Zelt, wo er den Verwundetentransport zu erwarten hatte oder den Tod, je nachdem, wer von beiden eher eintreffen würde.

Dort, unter dem gleichgültigen Himmel, verließ sein Geist den Körper mit seinem geschundenen Fleisch, den Entzündungen, dem geschwächten und beschädigten Dasein. Während der Regen auf seine Arme und Beine niederströmte, war jener Teil von ihm, der noch am Leben war, unerreichbar. Es war nicht sein Verstand, sondern irgendeine andere Essenz, die sich nach Frieden sehnte, nach einer stillen, schattigen Straße, auf der es keinen Kanonendonner mehr gab. Am Ende der Straße öffneten sich die tiefen Pfade der Dunkelheit, öffneten sich auch für andere Männer, die, keine fünfzig Meter entfernt, neben den Gräben ausgehobener Erde lagen.

Als dann das Fieber in seinem verlassenen Körper den Höhepunkt erreichte und er sich schon dem Vergessen in die Arme fallen lassen wollte, hörte er eine Stimme, nicht menschlich, aber klar und durchdringend. Es war der Klang seines Lebens, das ihn verließ. Es war ein spöttischer Ton. Er bot ihm statt des Friedens, nach dem er sich sehnte, die Möglichkeit der Rückkehr an. Noch an diesem allerletzten Punkt konnte er in seinen Körper zurückkehren und in die viehische Perversion des Lebens, das zwischen der umgewühlten Erde und dem zerrissenen Fleisch des Krieges geführt wurde; mit einer letzten Anstrengung seines Mutes und seines Willens konnte er zurückkehren in das furchtbare, gefährliche und unbegreifliche Sein, aus dem auf Erden das menschliche Leben besteht. Die Stimme rief ihn; sie appellierte an sein Schamgefühl und seine längst noch nicht befriedigte Neugier; doch wenn er ihr nicht folgte, mußte er sterben.

Das Bombardement war eingestellt worden. Jack Firebrace und Arthur Shaw saßen auf dem Schützenauftritt, rauchten Zigaretten und tranken Tee. Sie unterhielten sich über die Gerüchte, daß die Division für einen Angriff nach Süden verlegt werden sollte. Im Bewußtsein, den Artillerlebeschuß und die

Kämpfe im Tunnel überlebt zu haben, befanden sie sich in nachdenklicher Stimmung und hatten das Bedürfnis, sich gegenseitig ein bißchen aufzumuntern.

»Gibt's was Neues von deinem Jungen, Jack?« fragte Shaw.

»Immer noch schlecht. Ich hoffe, daß bald ein Brief kommt.«

»Kopf hoch. Unser Junge hatte auch mal so was, und am Ende war er wieder ganz gesund. Zu Hause gibt's gute Krankenhäuser, das weißt du doch.« Shaw legte eine Hand auf Jacks Schulter. »Was ist mit dem Leutnant passiert, der mit dir unten war und verwundet worden ist?«

»Weiß ich nicht. Man hat ihn schließlich hinter die Linien gebracht, aber da war er schon ohnmächtig.«

»Das war doch der, der dich vors Kriegsgericht stellen wollte, stimmts? Das hat er nun davon.«

Jack sah ihn nachdenklich an. »Am Ende war er aber anständig. Er hat überhaupt nichts unternommen.«

»Hat dir aber 'ne schlaflose Nacht verpaßt.«

Jack lachte. »Davon hab ich sowieso mehr als genug. Wir können ja mal Captain Weir fragen, was passiert ist.«

»Dann geh mal los und erkundige dich«, sagte Shaw. »Jetzt ist ja alles ruhig. Wenn der Sergeant wissen will, wo du bist, denk ich mir schon was aus. Geh los und krieg raus, was da unten passiert ist.«

Jack dachte einen Moment nach. »Zugegeben, ich bin ein bißchen neugierig auf den Burschen. Ich glaube, ich geh wirklich mal hin und seh ihn mir an. Vielleicht krieg ich sogar 'n Andenken von ihm.«

»So ist's recht«, sagte Shaw. »Bring mir und den anderen auch eins mit.«

Jack trank den Tee aus, nahm ein paar Zigaretten aus der Schachtel und steckte sie sich in die Brusttasche. Er winkte Shaw zu und machte sich auf den Weg zum Verbindungsgraben, der in den hinteren Abschnitt führte. Nach dem Bombardement wurden überall die Brustwehren repariert. Jack fand es merkwürdig, wie schnell die Straßen und Felder den Charakter französischen

Ackerbaus verloren und sich in Bahnstationen, Müllkippen und Nachschubposten verwandelten – all das, was die Leute unter dem Begriff »Transportsystem« zusammenfaßten. Die Granaten hatten den Boden so durchgepflügt, daß er aussah, als ob man hier Früchte und Gemüse anbauen könnte, aber dieser Eindruck würde nicht lange andauern.

Einen Mann, der neue Latrinen aushob, fragte er nach dem Feldlazarett.

»Keine Ahnung, Kumpel. Aber da drüben gibt's so 'n Operationszelt.« Er machte sich wieder an seine Arbeit.

Jack traf einen Sanitäter, der eine Liste der Verwundeten hatte, und sie gingen gemeinsam die Namen durch.

»Wraysford. Ja. Hier steht er. Man hat ihn hinter der Mauer abgelegt.«

»Sie meinen, er ist tot?«

»Man hat ihn jedenfalls nicht abtransportiert. Der war wohl erledigt. Das war erst vor einer Stunde. Da hinter der Mauer liegen noch ein paar Dutzend.«

Ich werde für ihn beten, dachte Jack: Ich will wenigstens meine Christenpflicht erfüllen.

Im Zwielicht ging Jack über eine zerwühlte, matschige Fahrspur zu einer niedrigen Steinmauer, hinter der ein gepflügter Acker begann. Überall lagen Lumpenbündel mit dunklen Flecken herum. Ein paar Gesichter leuchteten weiß im Mondlicht, das hinter einem Gebüsch hervorkam. Einige Körper waren aufgequollen und platzten aus den Uniformen, anderen fehlten Gliedmaßen; über allen lag eine unerträgliche Schwere.

Als Jack hinter den Reihen weggeworfenen Fleisches auf die Ackerfurchen sah, weiteten sich beim Anblick einer Gestalt, die er vorher nicht wahrgenommen hatte, seine Augen vor Staunen. Abgesehen von einem einzigen Stiefel und einem Verband um den Hals war die Erscheinung nackt und ihr Körper über und über mit Schmutz und Spuren getrockneten Bluts bedeckt. Stephen taumelte im schwachen Licht auf ihn zu. Seine Lippen formten trockene Worte; sie klangen wie »Holt mich raus.«

Jack, der sich von seinem Schreck erholt hatte, kletterte über die Mauer und ging näher auf ihn zu. Stephen machte einen kurzen Schritt vorwärts und fiel dann Jack in die Arme.

Michael Weir saß in seinem gewohnten Quartier im Dorf an dem kleinen Tisch am Fenster und schaute in den Regen hinaus, der auf die graue, pappelgesäumte Allee fiel. Er versuchte, nicht an Stephen zu denken. Er wußte, daß man ihn in ein Feldlazarett gebracht hatte, aber darüber hinaus hatte Weir nichts in Erfahrung bringen können. Er glaubte jedoch, daß Stephen durchkommen würde, weil er eine unzerstörbare Eigenschaft an sich zu haben schien, mit der er sein Schicksal meistern konnte. Weir atmete tief durch: Dies war ja genau der törichte Aberglaube, mit dem die Infanteristen Stephen sahen.

Er notierte sich einige Dinge, die er zu erledigen hatte. Normalerweise genoß er solche häuslichen Arbeiten, mit deren Hilfe er die Schrecken des Trommelfeuers verdrängen und sich praktischen Tätigkeiten zuwenden konnte.

Er machte sich Sorgen um die Brustwehren des Schützengrabens, in dem sie ihrer Arbeit nachgingen. Die Sandsäcke wurden zu häufig von Patrouillen beschädigt, wenn sie überstürzt zurückkehrten, um nicht in den Lichtschein deutscher Leuchtraketen zu geraten. Wenn die Sandsäcke dann nicht wieder sorgfältig gestapelt wurden, ergaben sich Schußfelder für deutsche Scharfschützen, die bei Tageslicht stundenlang die entsprechenden Stellen anvisierten. Die unerwartete Kugel in den Kopf sorgte zwar für einen schnellen, vergleichsweise sauberen Tod, aber die demoralisierende Wirkung auf die Überlebenden war beträchtlich.

Weir versuchte, Captain Gray davon zu überzeugen, daß die Infanterie sich stärker um ihre Sicherheit zu kümmern oder zumindest die Pionierkompanien damit zu beauftragen hätte; da Weirs Leute im Tunnel jedoch von der Infanterie abgesichert wurden, mußten sie umgekehrt immer stärker deren Aufgaben übernehmen. Er fragte sich, ob daß der Preis dafür sei, daß ihm Stephen so großzügigen Zugriff auf seinen Whisky gewährte.

Auf seiner Liste notierte er als erstes »Platten überprüfen«. Die Durchlässe für die Wachen waren mit Eisenplatten gesichert, von denen einige inzwischen aber durch Granatsplitter, Maschinengewehrfeuer und Scharfschützen beschädigt waren. Auch der Stacheldraht mußte instand gehalten werden, obwohl er seine Leute vor dieser Arbeit bislang hatte verschonen können. Die Infanterie band leere Konservendosen als Alarmglocken an den Stacheldraht, aber sie wurden immer nur von Ratten ausgelöst. Wenn es regnete, tropfte das Wasser vom Draht in die leeren Dosen. Die unterschiedlichen Wasserstände in den Dosen boten der Infanterie natürlich immer Anlaß zu Wetten; die Männer verglichen dann jeweils ihre Dosen miteinander; aber sie waren auch eine Quelle abergläubischer Ängste, was es wohl zu bedeuten hätte, wenn sich eine Dose schneller als die andere gefüllt hatte.

Weir hörte aus den Geräuschen etwas anderes heraus. Einmal hatte er in einer Ruhepause auf dem Schützenauftritt gesessen und darauf gewartet, daß Stephen von seinem Kontrollgang zurückkam, und dabei hatte er der Musik gelauscht, die die Dosen verursachten. Die leeren klangen sonor, die volleren gaben höhere Töne von sich. Die randvollen produzierten lediglich einen satten Trommelschlag, doch wenn sie überliefen, ergaben sich lautstarke Variationen dieses Themas. In Hörweite hingen unterschiedlich gefüllte Dosen mit verschiedenen Resonanzen. Dann hörte er, wie sich der Stacheldraht im Wind bewegte. Er verursachte ein klagendes Hintergrundgeräusch, das gelegentlich deutlich anschwoll und dann wieder zu reiner Begleitmusik gedämpft wurde. Er mußte sich bemühen, in dieser Dosenmusik eine Melodie zu entdecken oder sich vielleicht auch nur einzubilden, aber in seinen Ohren klang sie immer noch angenehmer als der fürchterliche Lärm der Kanonen.

Der Nachmittag war bereits fortgeschritten, und Weir wollte

noch ein paar Stunden schlafen, bevor er mit seinen Leuten wieder ihre nächtlichen Aktivitäten aufnahm. In dieser Nacht sollten sie die Infanterie dabei unterstützen, Munition zu transportieren und neue Schützenlöcher zu graben. Auch die Wälle und Querwälle der Schützengräben mußten repariert werden, von der Arbeit, die untertage auf sie wartete, ganz zu schweigen.

Bevor er sich hinlegte, machte er noch einen Rundgang zu seinen Leuten. Sie rauchten und besserten ihre Ausrüstung aus. Besonders die Kleidung der Tunnelarbeiter mußte ständig geflickt werden, und inzwischen waren alle zu Nadel-und-Faden-Experten geworden, wobei jeder seine eigenen Methoden entwickelt hatte.

Nachdem er ein paar aufmunternde Worte mit ihnen gewechselt hatte, ging Weir wieder in sein Quartier und legte sich hin. Als er sich morgens im Bataillons-Hauptquartier nach Stephen erkundigt hatte, hatte niemand etwas über sein Schicksal gewußt. Weir glaubte, daß Stephen ihm eine Nachricht hätte zukommen lassen, wenn er noch am Leben war. Selbst wenn der befehlshabende Offizier von den Sanitätern nicht offiziell unterrichtet worden wäre, hätte Stephen doch zumindest seine Freunde wissen lassen, wie es ihm ging.

Weir schloß die Augen und versuchte zu schlafen. Er wollte einen Brief an Stephens Angehörige schreiben, falls es überhaupt Angehörige gab. In Weirs Vorstellung formten sich einige Sätze. Er kannte keine Angst ... er war ein Vorbild ... er war mein bester Freund, meine Kraft und mein Schild. Die hohlen Phrasen, die schon so viele Briefe nach Hause gefüllt hatten, schienen nicht auszureichen, um die Rolle zu beschreiben, die Stephen in seinem Leben gespielt hatte. Weirs Augen füllten sich mit Tränen. Wenn Stephen tot war, dann wäre es auch ihm unmöglich weiterzuleben. Er würde den Tod suchen, er würde an den Brustwehren entlanggehen, er würde den Mund öffnen und die nächste Phosgenwolke einatmen, die über sie hinwegziehen würde, und er würde dafür sorgen, daß das Telegramm das Haus in der stillen Straße in Leamington Spa erreichen würde, wo seine Eltern und seine Freunde vor sich hin lebten und sich nicht darum scherten, ja nicht einmal ahnten, welche Welt er und Stephen zu durchleben hatten.

Zelle für Zelle kehrte Stephen Wraysford in seinen Körper zurück; jeder quälend langsame Zentimeter war von neuen Schmerzen und verschütteten Gefühlen begleitet, die ihn daran erinnerten, was es hieß, lebendig zu sein. Das Bett hatte keine Laken, doch er spürte auf dem Gesicht die rauhe Liebkosung alten Leinens, das so oft gewaschen und desinfiziert worden war, daß es alle Glätte verloren hatte.

Abends nahmen die Schmerzen in seinem Arm und am Hals zu, jedoch nie so schlimm, daß er sie nicht mehr ertragen konnte, und sie waren auch nicht so überwältigend wie die, die der Mann im Bett nebenan zu erleiden hatte, der seine Schmerzen offenbar optisch wahrnahm und buchstäblich sah, wie sie über ihn hereinbrachen. Jeden Tag wurde dem Mann ein Stück seines Körpers genommen, indem man ihn oberhalb des Wundbrands amputierte, aber es war nie genug. Wie ein unbesiegbarer Dämon, der in ihn gefahren war, tropfte Flüssigkeit aus seinem Fleisch, wenn die Verbände abgenommen wurden. Er lag da, und sein Körper zersetzte sich wie diejenigen, die im Stacheldraht hingen, sich von rot zu schwarz verfärbten und schließlich im Erdreich zerfielen, wo sie nichts als Fäulniserreger hinterließen.

Eines Morgens erschien am Ende des Lazarettsaals ein etwa neunzehnjähriger Junge. Seine Augen waren mit braunen Papierstücken bedeckt. Er trug ein beschriftetes Schildchen um den Hals, das sich der Oberstabsarzt, ein ungeduldiger Mann im weißen Kittel, durchlas. Er rief nach einer Schwester, und ein junges, englisches Mädchen, selber kaum älter als zwanzig, kam, um ihm zu assistieren.

Sie zogen den Jungen aus, der offensichtlich seit Monaten nicht mehr gebadet hatte. Seine Stiefel schienen an den Füßen zu kleben. Stephen beobachtete alles und fragte sich, warum man sich nicht einmal die Mühe machte, einen Wandschirm aufzustellen. Als er selbst eingeliefert worden war, hatte er errechnet, daß er die Socken seit zweiundzwanzig Tagen nicht mehr gewechselt hatte.

Als sie schließlich dem Jungen die Stiefel heruntergerissen hatten, erfüllte den Lazarettsaal ein derart widerlicher Gestank, daß sich die Schwester ins steinerne Waschbecken, das neben ihnen an der Wand hing, übergeben mußte. Stephen hörte, wie der Arzt sie anschnauzte.

Sie schälten den Jungen aus seiner Kleidung, und der Arzt mußte ihm die Unterwäsche mit einem Messer vom Leib schneiden. Abgesehen von den beiden Augenpflastern, stand der Junge schließlich nackt da. Die obere Hautschicht hatte sich vom Körper gelöst, und nur um die Taille, wo der Gürtel ihn geschützt hatte, war noch ein unversehrter Streifen.

Er versuchte zu schreien. Er hatte den Mund aufgerissen, und die Sehnen an seinem Hals streckten sich, aber er brachte keinen Ton heraus, weil offenbar der Kehlkopf versagte.

Der Arzt zog ihm die braunen Papierstücke vom Gesicht. Auf den Wangen und auf der Stirn war die Haut mit blau-violetten Flecken übersät. Aus den Augen lief Schleim, als leide er unter akuter Bindehautentzündung. Sie wuschen sie mit einer Flüssigkeit aus, in die zuvor die Schwester Tropfen einer speziellen Lösung geträufelt hatte. Schweigend verkrampfte sich sein Körper dabei. Sie versuchten, ihm den Schmutz abzuwaschen, aber er hielt unter der Berührung von Wasser und Seife nicht still.

»Wir müssen Sie von dem Dreck befreien, junger Mann«, sagte der Arzt. »Bewegen Sie sich nicht.«

Sie gingen durch den Lazarettsaal, und als sie näher kamen, konnte Stephen die Brandwunden auf seinem Körper erkennen. Unter den Achseln und an den Innenseiten der Schenkel war die weiche Haut von großen, rohen Blasen bedeckt. Er atmete in kurzen, schnellen Zügen. Sie nötigten ihn auf ein Bett, obwohl er seinen Körper aufbäumte, um den Kontakt mit den Laken zu vermeiden. Schließlich verlor der Arzt die Geduld und drückte seine Brust mit den Händen nieder. Der Mund des Jungen öffnete sich zu lautlosem Protest, aber über seine Lippen kam nichts als gelber Schaum.

Der Arzt überließ es der Schwester, ihn mit einer Art provisorischem Zeltgerüst, über das ein Laken gebreitet wurde, zu bedecken. Schließlich fand sie auch die Zeit, einen Wandschirm zu holen, damit er von den anderen Patienten getrennt war.

Stephen beobachtete, daß sie durchaus dazu in der Lage war, die Wunden des Manns im Bett neben ihm zu verbinden, ihn sogar für den Lärm, den er machte, zurechtzuweisen; aber wenn sie hinter dem Wandschirm wieder zum Vorschein kam, rang sie in einer sprichwörtlichen Geste der Verzweifelung die Hände, wie Stephen es noch nie gesehen hatte.

Er sah ihr in die Augen und versuchte, sie zu trösten. Seine eigenen Verletzungen verheilten rasch, und er hatte kaum noch Schmerzen. Als der Arzt kam, um ihn zu untersuchen, fragte er ihn, was mit dem Jungen passiert sei. Offenbar war er, noch hinter der Front, in einen Gasangriff geraten. Blind vom Chlor, war er in ein Haus gestolpert, das nach einem Bombentreffer in Brand geraten war.

»Der dumme Junge hat sich nicht rechtzeitig die Gasmaske aufgesetzt«, sagte der Arzt. »Dafür werden sie doch gedrillt.«

»Wird er sterben?«

»Wahrscheinlich. Das Gas hat auch seine Leber ruiniert. Sein Körper zeigt bereits Anzeichen von Post-Mortem-Syndromen.«

Im Lauf der Zeit bemerkte Stephen, daß die Schritte der Schwester immer langsamer wurden und ihre Augen sich wie von Vorahnungen verschleierten, wenn sie sich dem Wandschirm näherte, hinter dem der Junge lag. Sie hatte blaue Augen und blonde Haare, die sie unter der gestärkten Haube hochgesteckt hatte. Fast blieb sie stehen, atmete dann aber tief durch und hob entschlossen die Schultern.

Am dritten Morgen fand der Junge seine Stimme wieder. Er bettelte darum, sterben zu dürfen.

Die Schwester hatte den Wandschirm leicht geöffnet gelassen, und Stephen sah, wie sie mit großer Behutsamkeit das Zeltgerüst abhob und es hoch über den geschundenen Körper hielt, bevor sie sich umdrehte und es auf dem Boden abstellte. Sie sah auf das Fleisch nieder, das niemand berühren durfte, auf die zerstörten Augen, sah das Gesicht und den Hals, die enthäutete Brust, die Scham und die zitternden Beine. Hilflos streckte sie in einer Geste mütterlicher Liebe die Arme aus, als ob sie ihn damit hätte trösten können. Er reagierte nicht. Sie nahm eine Flasche mit Öl, die neben dem Bett stand, und beugte sich über ihn. Vorsichtig träufelte sie ihm ein paar Tropfen auf die Brust, aber der Junge stieß einen hohen, tierischen Schrei aus. Sie wich zurück und wandte die Augen zum Himmel.

Als Stephen am nächsten Morgen erwachte, war der Junge nicht mehr da. Er kam weder abends noch am nächsten Tag zurück. Stephen hoffte, seine Gebete mögen erhört worden sein. Als die Schwester kam, um seine Laken zu wechseln, fragte er sie nach dem Jungen.

»Er bekommt ein Bad«, sagte sie. »Wir haben ihn für einen Tag in eine Kolloid-Lösung gelegt.«

»Liegt er etwa in einer Wanne?« fragte Stephen ungläubig.

»Nein, er hängt in einer Leinenhalterung.«

»Ich verstehe. Ich hoffe, er stirbt bald.«

Nachmittags vernahm er hastiges Fußgetrappel, und man hörte den Arzt schreien: »Holt ihn raus, holt ihn raus!«

Ein in tropfende Decken gewickeltes, schreiendes Bündel wurde durch den Lazarettsaal getragen. Diese Nacht gelang es noch, den Jungen am Leben zu halten. Am nächsten Tag war er ruhig, und abends versuchten sie, ihn in die Halterung zu heben und wieder ins Bad zu hängen. Seine Glieder baumelten schlaff aus den Leinwandstreifen heraus. Bewegungslos ließ er es zu, daß man sein rohes Fleisch transportierte. Seine entzündeten Lungen gurgelten und spuckten gelben Schleim, in dem sein Protest unterging, als man ihn draußen in die Steinbadewanne senkte.

Stephen betete, der Junge möge in dieser Nacht sterben. Morgens sah er die Schwester bleich und verstört zu ihm kommen. Fragend hob er die Augenbrauen. Sie nickte bestätigend und brach dann in hemmungsloses Schluchzen aus.

Nachmittags durfte Stephen nach draußen gehen und sich auf eine Bank setzen, wo er den Wind in den Bäumen beobachten konnte. Er sprach nicht; er hatte kein Bedürfnis, etwas zu sagen. Bald konnte er ohne Hilfe gehen, und die Ärzte eröffneten ihm, daß er Ende der Woche entlassen werden würde. Er war zwanzig Tage im Lazarett gewesen.

»Besuch für Sie«, sagte die hübsche Schwester eines Morgens.

»Für mich?« Stephen sprach wieder. Seine Stimme rollte sich in ihm auseinander wie eine Katze, die sich nach langem Schlaf streckt. Er freute sich über das ungewöhnliche Geräusch. »Etwa der König?«

Die Schwester lächelte. »Nein. Es ist Captain Gray.«

»Wie heißen Sie?« fragte Stephen.

»Schwester Elleridge.«

»Und Ihr Vorname?«

»Mary.«

»Ich möchte Ihnen etwas sagen, Mary. Könnten Sie bitte mal einen Moment herkommen.«

Sie trat, leicht zögernd, an sein Bett. Stephen ergriff ihre Hand.

»Setzen Sie sich eine Sekunde aufs Bett.«

Sie sah sich zweifelnd um, setzte sich dann aber auf die Bettkante. »Was wollen Sie mir denn sagen?«

»Ich lebe«, sagte Stephen. »Das wollte ich Ihnen sagen. Wußten Sie das? Daß ich lebe?«

»Herzlichen Glückwunsch.« Sie lächelte. »Ist das alles?«

»Ja. Das ist alles.« Er ließ ihre Hand los. »Danke.«

Captain Gray kam durch den Lazarettsaal. »Guten Morgen, Wraysford.«

»Guten Morgen, Sir.«

»Wie ich höre, können Sie schon wieder laufen. Wollen wir nach draußen gehen?«

An der Lazarettwand standen zwei schmiedeeiserne Bänke, von denen aus man einen Rasen überblicken konnte, der sich bis zu einer Zeder und einem großen, zuflußlosen Teich erstreckte. Manchmal bewegten sich auf Stöcke gestützte Gestalten vorsichtig durch den Park.

»Sie haben sich ja offensichtlich bestens erholt«, sagte Gray. »Man hatte mir bereits gesagt, Sie seien erledigt.«

Er nahm seine Mütze ab und legte sie zwischen sich und Stephen auf die Bank. Seine gekräuselten Haare glänzten braun, ohne eine Spur von Grau; sein Schnurrbart war sorgfältig gestutzt. Obwohl Stephen ungekämmt war und sich in seinen Haaren graue Strähnen zeigten, lag auf seinen Zügen noch etwas Jugendliches, was aus Grays Gesicht längst gewichen war. Das Leuchten in seinen großen Augen versprach immer noch Überraschungen, während Grays Blick zwar wach, aber abgeklärt war. Er war ein Mensch, der sich selbst im Griff hatte, und obwohl er sich bemüht ungezwungen gab, blieb er doch zugleich deutlich der ranghöhere Offizier.

Stephen nickte. »Seitdem die Entzündung abgeklungen ist, habe ich gute Fortschritte gemacht. Die Verletzungen waren an sich gar nicht so schlimm. Die Bewegungen dieses Arms werden noch eine Weile beeinträchtigt sein, aber davon abgesehen geht es mir gut.«

Gray nahm eine Zigarette aus der Dose in seiner Brusttasche und klopfte sie mit der Spitze auf der Bank fest. »Sobald Sie das Lazarett verlassen, haben Sie zwei Wochen Heimaturlaub«, sagte er. »Anschließend werden Sie befördert. Ich möchte, daß Sie in Amiens einen Lehrgang besuchen. Danach werden Sie in den Brigadestab berufen.«

»Das werde ich nicht tun«, sagte Stephen.

»Was?« Gray lachte.

»Ich fahre nicht nach Hause, und ich werde auch keinem Stab angehören. Jetzt noch nicht.«

»Ich dachte, das würde Sie freuen«, sagte Gray. »Sie waren doch jetzt über ein Jahr lang an der Front, nicht wahr?«

»Genau«, sagte Stephen. »Ein Vorbereitungsjahr. Im entscheidenden Moment möchte ich aber nicht abtreten.«

»Welcher entscheidende Moment?« Gray sah ihn mißtrauisch an.

»Jeder weiß, daß wir einen Angriff planen. Das wissen sogar die Ärzte und Schwestern. Und deshalb versuchen sie ja auch mit allen Mitteln, die Leute wieder auf die Beine zu bringen.«

Gray verzog die Lippen. »Mag sein, mag sein. Aber hören Sie, Wraysford. Sie haben sich mit Ihrer Einheit bewährt. Sie hat noch nicht viel erreicht, aber wer von uns hat das schon? Sie haben sie unter feindlichem Feuer zusammengehalten. Sie haben sich eine Pause verdient. Kein Mensch käme auf die Idee, daß Sie sich drücken wollen. Um Gottes willen, vor drei Wochen hat man Sie noch aufgegeben, weil man Sie für tot hielt. Wissen Sie das eigentlich? Man hat Sie einfach zu den Leichen gelegt.«

Die Vorstellung, sich von den Männern zu trennen, mit denen er gekämpft hatte, stieß Stephen ab. Er haßte den Krieg, aber bevor er nicht erlebt hatte, wie er endete, konnte er ihm nicht den Rücken kehren. Auf eine bestimmte Weise, die er selbst nicht ganz verstand, war er mit dem Krieg verheiratet: Sein kleines Schicksal war untrennbar mit den großen Ereignissen verwoben.

»Vor allem«, sagte er, »habe ich in England kein Zuhause. Ich wüßte gar nicht, wo ich hin sollte. Soll ich etwa auf dem Piccadilly Circus herumflanieren? Oder soll ich in Cornwall am Meer spazierengehen und mich in ein kleines Cottage setzen? Ich bleibe lieber in Frankreich. Hier hat es mir immer gefallen.«

Gray lächelte mit neugieriger Nachsicht. »Reden Sie ruhig weiter. Und die Beförderung? Wollen Sie die etwa auch nicht? Das würde bedeuten, daß Harrington an Ihrer Stelle befördert wird.«

Stephen lächelte. »Von mir aus gern, Sir. Ich glaube, es wird auch später noch Möglichkeiten geben, befördert zu werden. Ich glaube eigentlich nicht, daß das Morden so bald aufhört.«

»Wahrscheinlich nicht«, sagte Gray. »Aber hören Sie, Wraysford, ich gebe hier nur Befehle weiter. Daran kann ich nicht viel ändern.«

»Sie könnten aber mit dem kommandierenden Offizier darüber reden.«

»Colonel Barclay?« Gray schüttelte den Kopf. »Das glaube ich nicht. Der hält sich streng an die Vorschriften. Ich glaube manchmal, er hat sich die Vorschriften selbst ausgedacht.«

Stephen schöpfte Hoffnung. Wegen seiner Unbefangenheit und seiner soldatischen Kühnheit schien der unorthodoxe Vorschlag Gray offenbar zu gefallen.

Die beiden saßen schweigend da. Ein Lastwagen brachte Männer auf Tragen zum Lazarett, und zwei Sanitäter tauchten auf, um sie abzuladen. Ein paar der Männer kamen nur noch zum Sterben; die am schwersten Verwundeten wurden von den Krankenträgern immer zuletzt abtransportiert, weil ihre weitere Verwendung unwahrscheinlich war. Das mußte, dachte Stephen, auf diejenigen, die in Granattrichtern lagen und zusehen mußten, wie die Entzündungen in ihnen hochkrochen, wie ein unausgesprochenes Todesurteil wirken.

»Wissen Sie, wohin wir verlegt werden?« fragte er.

»Ja, ich weiß es«, sagte Gray. »Aber ich darf es Ihnen jetzt noch nicht sagen.«

Stephen sagte nichts, öffnete aber unter einem leichten Zucken die Handflächen.

»Albert«, sagte Gray. »Danach bekommen wir genauere Order. Das Brigade-Hauptquartier wird in einem Dorf namens Auchonvillers eingerichtet, falls ich das richtig ausspreche. Der Colonel nennt es Ocean Villas.«

»Das kenne ich!« sagte Stephen aufgeregt. »Da bin ich schon mal gewesen. Es liegt direkt an der Ancre. Ich kenne die Gegend gut. Und ich spreche französisch. Ich wäre ...«

»Unersetzlich«, lachte Gray.

»Genau.«

»Dann erzählen Sie mir mal Genaueres.«

»Es ist eine sehr schöne Gegend. Eigentlich nicht flach, man müßte es wohl eher als Flußtal bezeichnen. In der Ancre kann man gut angeln – ich selbst habe aber nie was gefangen. Weite Felder, ein paar ausgedehnte Wälder und Buschbestand. Sehr intensiver Gemüse- und Obstanbau. Ich glaube, sehr viel Zuckerrüben. Die Dörfer sind öde. Die Eisenbahnstrecke aus Albert endet in Beaumont. In der Nähe gibt es ein hübsches Dorf namens Beaumont Hamel.«

»Davon dürfte nicht mehr viel übrig sein. Es ist heute eine deutsche Festung. Was sonst?«

»Das ist so ziemlich alles. Es gibt aber ein großes Problem. Die Hügel. Alles hängt davon ab, wer die Höhen hält. Bergauf kann man nicht angreifen, das wäre Selbstmord.«

»Ich gehe eigentlich davon aus, daß wir freiwillig überhaupt keinen Angriff durchführen wollen, aber wir müssen unbedingt deutsche Feuerkraft von Verdun weglocken. Wenn die Deutschen dort durchbrechen, sind wir erledigt.«

»Und werden wir dann bergauf angreifen?«

»Der Boche sitzt da seit einem Jahr. Ich kann mir nicht vorstellen, daß er sich die Niederungen ausgesucht hat.«

Stephen sagte eine Weile nichts. Dann: »Und wer wird dabei sein?«

»Im wesentlichen die grünen Jungs, Kitcheners Armee, und dann noch ein paar alte Hasen wie wir, zur Verstärkung.«

»Man will die doch nicht etwa da angreifen lassen?« fragte Stephen ungläubig.

Gray nickte. Stephen schloß die Augen. Er erinnerte sich an den Tag des Angelausflugs und daran, wie das Gelände vom Fluß her anstieg. Er erinnerte sich schwach an einen großen Wald auf einem Hügel, der unterhalb eines Dorfes lag, das, wenn er sich recht erinnerte, Thiepval hieß. Er wußte, wie nach einem Jahr Vorbereitung die deutschen Verteidigungslinien aussehen würden; sie bauten schon innerhalb einer Woche bessere Schützengräben als die Briten. Die Vorstellung war absurd, daß ausgerechnet dort reihenweise Geschäftsleute und Arbeiter, Handwerker und Angestellte hinaufstürmen sollten, um ihre erste Erfahrung mit diesem Krieg zu sammeln. Die Deutschen würden mit ihnen kurzen Prozeß machen.

»Haben Sie sich's anders überlegt?« fragte Gray. »Piccadilly Circus ist doch gar nicht so übel. Zumindest kriegen Sie da vernünftiges Essen. Sie können ja ins Café Royal gehen.«

Stephen schüttelte den Kopf. »Glauben Sie, daß Sie ein gutes Wort für mich einlegen können? Dafür sorgen, daß ich hierbleiben kann?«

»Möglich ist alles. Am Ende ist es immer einfacher, einem Kommandeur Truppen anzubieten, als ihm welche wegzunehmen. Ich werde mit seinem Adjutanten reden, Major Thursby.«

»Und was ist mit dem Job beim Stab? Können Sie das herauszögern oder jemand anders berufen?«

»Aber nur, wenn Sie sich unersetzbar machen«, sagte Gray. »Und wenn Sie die Zügel etwas straffer ziehen.«

»Was soll das heißen?«

Gray hustete und trat die Zigarette mit dem Absatz aus. »Sie sind abergläubisch, nicht wahr?«

»Das sind wir doch alle.«

»Offiziere sind nicht abergläubisch, Wraysford. Unser Leben hängt von Strategie und Taktik ab, nicht von Streichhölzern oder Spielkarten.«

»Vielleicht bin ich in tiefster Seele ja noch ein einfacher Soldat.«

»Tja, aber damit ist jetzt Schluß. Ich habe den Krempel in Ihrem Unterstand gesehen. Diese geschnitzten Figuren, Karten und Kerzenstummel, Schmeißen Sie das raus. Vertrauen Sie auf gute Vorbereitung und erfahrene Führung. Vertrauen Sie Ihren Leuten. Und wenn Sie unbedingt was Übernatürliches brauchen, dann besuchen Sie den Feldgeistlichen.«

Stephen sah zu Boden. »Horrocks ist mir aber noch nie als besonders übernatürlich aufgefallen.«

»Werden Sie bloß nicht witzig, Wraysford. Sie wissen genau, was ich meine. Wenn ich Ihnen helfe, müssen Sie sich bei mir revanchieren. Vergessen Sie den Hokuspokus und glauben an sich selbst.«

»Ich glaube eigentlich gar nicht an diese Dinge«, sagte Stephen, »Sie wissen schon, Karten und Schicksal und so weiter. Aber sonst glauben alle daran.«

»Nein, das stimmt nicht, Stephen. Sie glauben daran, weil Sie bestimmte Kindheitserfahrungen gemacht haben.« Grays Stimme war ein wenig sanfter geworden.

»Wie meinen Sie das?«

»Ich kenne Ihre Lebensgeschichte nicht, aber ich glaube, daß es für Kinder wichtig ist, an Mächte außerhalb ihrer selbst zu glauben. Deshalb lesen sie auch Geschichten über Hexen und Zauberer und weiß Gott was alles. Dafür gibt es ein menschliches Bedürfnis, das sich allerdings normalerweise in der Kindheit erschöpft. Aber wenn die Welt eines Kindes durch zu starke Realitätseinbrüche zerrüttet wird, dann wird dies Bedürfnis ins Unterbewußte verdrängt.«

»Welcher lächerliche, österreichische Quacksal ...«

»Halten Sie den Mund.« Gray stand auf. »Ich bin Ihr Kompanie-Chef. Ich habe Dinge zu wissen, von denen Sie nichts wissen. Wenn ich dafür sorge, daß Sie hier an der Front bleiben können, Gott stehe Ihnen bei, dann werden Sie sich in Zukunft so verhalten, wie ich es wünsche.«

Er streckte Stephen die Hand entgegen. Stephen schüttelte sie kurz und ging ins Lazarett zurück.

Sie verrückter Hund, Wraysford«, sagte Michael Weir. »Wollen Sie damit etwa sagen, daß Sie freiwillig hierbleiben, statt nach Haus zu fahren?«

»Nach Haus?«

»Sie wissen genau, was ich meine. England. Zu dieser Jahreszeit ist es da besonders schön. Früher habe ich Pfingsten immer bei einer Tante verbracht, die in Sheringham an der Küste Norfolks wohnte. Ende Mai war die Luft so klar, daß man davon besoffen werden konnte. Die Felder und Hecken waren voller Leben. Es war die schönste Zeit überhaupt. Und in Burnham Thorpe gab es einen kleinen Pub, wo ich ...«

»Dahin können Sie mich mitnehmen, wenn wir hier fertig sind. Inzwischen will ich Ihnen mal was zeigen. Nämlich den Ort, an den wir verlegt werden. Haben Sie schon Ihre Marschbefehle?«

»Ja, aber die sind nicht besonders detailliert. Wir rücken Freitag ab und ziehen uns nach Albert zurück. Glück gehabt. Ich dachte schon, wir müßten den Rest des Krieges hier verbringen, aber da unten graben die Deutschen so viele Tunnel, daß der Generalstab zwei zusätzliche Kompanien angefordert hat. Und raten Sie mal, wen's getroffen hat. Ist Albert nicht der Ort mit der Madonna am Kirchturm?«

»Ja. Es wird 'n ziemliches Gedränge geben. Die Hälfte des verdammten britischen Expeditionskorps wird dort zusammengezogen. Whisky?«

»Klar doch«, sagte Weir.

»Donnerstag abend, wenn die Transporte durch die hinteren Linien erfolgen, gehe ich mit Ihnen ins Dorf und mach Ihnen ein Abschiedsgeschenk.«

»Wie meinen Sie das?«

»Abwarten und Tee trinken. Es ist etwas, auf das Sie schon lange gewartet haben.«

Weir sah Stephen mißtrauisch an, sagte aber nichts. Er konnte sich denken, was Stephen vorhatte. Leute, die aus den Reservequartieren zurückkamen, hatten von einem Bauernhof abseits des Dorfs erzählt, wo die ganze Nacht über eine Lampe im Fenster hing. Man munkelte, daß dort eine Frau mit ihrer Tochter eine ganze Einheit abfertigte.

Der Gedanke daran machte Weir angst. Er war schon siebzehn gewesen, als er zum ersten Mal einen weiblichen Körper berührt hatte, dann jedoch vor den Möglichkeiten, die sich eröffnet hatten, zurückgeschreckt. Das Mädchen war nur ein Jahr älter gewesen, schien aber bereits einer ganz anderen Generation anzugehören. Während er sich als viel zu jung empfand und nicht dazu fähig war, auf ihr Angebot einzugehen, legte sie eine humorvolle Weltgewandtheit an den Tag, als ob ihre reichhaltigen Erfahrungen den Akt als die einfachste und natürlichste Sache erscheinen ließen, die man sich vorstellen konnte. Was er darüber gehört hatte und endlich selber erfahren wollte, erschien ihm so peinlich und intim, daß er dabei von niemandem beobachtet werden wollte, nicht einmal von dem Mädchen. Er lehnte ihr Angebot ab; sich selbst gegenüber argumentierte er, daß er warten wollte, bis er etwas älter wäre.

Inzwischen beobachtete er mit einiger Verwirrung die ihm bekannten Ehepaare, insbesondere seine Eltern. Wenn sie im Wohnzimmer ihres geräumigen, soliden Steinhauses saßen, Bücher lasen oder Karten spielten, sah er ihnen mit großen Augen zu und malte sich obszöne Szenen aus. Wenn seine Mutter sich ihm mit einer fragenden Kopfbewegung zuwandte, das Nähzeug beiseite legte und ihn fragte, woran er dächte, mußte er sich schnell auf ihr gescheiteltes Haar konzentrieren, die Perlenkette und die sittsame Bekleidung und aus seiner Phantasie die Bilder entflammter und ineinander verschränkter Körper verbannen. Diese Akte waren sicherlich normal, insofern sich auf diese Weise die Welt verjüngte und fortpflanzte, doch wenn er sah, wie sich seine Eltern mit ihren verheirateten Freunden unterhielten, wunderte er sich über die merkwürdige Verschwörung, mit der sie ihr Treiben unter ihrem zweifelhaften, öffentlichen Verhalten versteckten.

Er lud Frauen zu Tanzabenden oder Teegesellschaften in sein Elternhaus ein, doch schien Sexualität dabei nie eine Rolle zu spielen. Gelegentlich hielt er Händchen oder erhaschte, wenn das Glück ihm hold war, einen Gute-Nacht-Kuß auf die Wange. Er ging auf die Universität, wo die kleine Minderheit von Frauen getrennt ausgebildet wurde; wenn es zu kurzen Treffen mit den Männern kam, standen diese Zusammenkünfte unter strenger Anstandsaufsicht. Wenn er es nur ein einziges Mal gemacht hätte, wüßte er, wie er es weiterhin machen könnte. Mit Dreiundzwanzig kam er auf die Idee, noch einmal jenes Mädchen aufzusuchen und sie zu fragen, ob sie immer noch an ihm interessiert sei, aber dann sah er ein, daß allein schon der Gedanke daran lächerlich war. Später erfuhr er, daß sie geheiratet hatte.

Zwei Jahre vor Kriegsausbruch trat er den Königlichen Pionieren bei. Die rein männliche Kameradschaft bot ausreichend Tarnung. Hier wäre er zumindest gleich unter Gleichen: Ein Mann, der sich nach Frauen sehnte, der ihnen jedoch – bedauerlicherweise, wenn auch in seinem Fall mit einer gewissen Erleichterung – gezwungenermaßen entsagen mußte. Mit den anderen riß er rüde Witze über die abwesenden Frauen, und seine Bemerkungen klangen dann besonders verbittert. Die ersten sechs Monate des Krieges empfand er als Befreiung; er agierte euphorisch. Er erwarb sich schnell den Ruf eines exzentrischen, aber zuverlässigen Offiziers, der sich nie seine gute Laune verderben ließ. Dank seines Universitätsstudiums wurde er schnell befördert, und seine Leute erwärmten sich an seiner Herzlichkeit. Aber als die Schlachten kein Ende nahmen und die Kanonaden zu Trommelfeuern wurden, verlor er nach und nach die Nerven. Er war nicht dafür ausgebildet worden, sich lange in einem ein Meter schmalen Tunnel in großen Tiefen aufzuhalten. Und er litt unter dem Gefühl, daß jeder Moment im Schützengraben sein letzter sein konnte,

Als er mit Dreißig immer noch keine körperlichen Erfahrungen mit Frauen gemacht hatte, schlug dies Lebensdefizit in etwas Positives um. Seine Ahnungslosigkeit hatte ihn zermürbt, und er empfand gegenüber anderen Menschen keinen Neid mehr. Er kam zu der Überzeugung, daß das, was ihm entgangen war, *per definitionem* keinesfalls außergewöhnlich sein konnte. Es war lediglich eine simple Körperfunktion, der Rede nicht wert und also problemlos zu ignorieren. Die Vorstellung, mit seiner Enthaltsamkeit zu brechen, kam ihm immer bizarrer vor, verbunden mit allerlei Tücken, die er nie würde bewältigen können; am Ende wurde die Sache für ihn ganz und gar undenkbar.

Das schwere Trommelfeuer hatte nicht den von vielen befürchteten feindlichen Großangriff eingeleitet. Es war lediglich der Auftakt zu einem weiteren, aber kurzen Bombardement gewesen, das schließlich eingestellt wurde und einer trügerischen Ruhe wich.

Nachts rückten Patrouillen aus und belauschten die Geräusche in den deutschen Gräben: das Abwickeln von Stacheldraht, das Annähen von Knöpfen, die Besuche des Sanitäters mit dem Läusepulver und eines alten bayerischen Barbiers. Die Deutschen waren besser verschanzt als ihre britischen Gegner und mit mobilen Feldküchen und Bierfässern, die noch aus den hintersten Linien an die Front geschafft wurden, auch besser versorgt. Nachts erklangen manchmal Volkslieder. Sie waren nicht so sentimental wie die Lieder, die von den britischen Soldaten gesungen wurden, sondern kraft- und sehnsuchtsvolle Beschwörungen eines geliebten Landes.

Stephen, der mit Byrne in einem Bombenkrater lag, spürte, wie sich sein Körper vor Haß auf den Gesang verkrampfte. Viele Männer seiner Einheit empfanden gegenüber den Deutschen Respekt und in Kampfpausen sogar eine Toleranz, die in seinen Augen bereits die Grenze zur Sympathie überschritt. Mit Ausnahme eines wilden Bedürfnisses nach Gewalt kannte er keinerlei Gefühle mehr. Er wollte ihnen mit Stahl und Feuer antworten, mit Metall, das weiches Gewebe zerriß und Knochen splittern ließ. Wenn der Krieg vorbei sein würde, gäbe es Zeit genug zum Nachdenken, zur Großzügigkeit gar, aber in der Zwischenzeit pflegte er den Haß, um sein eigenes Leben und das seiner Männer zu schützen.

Er näherte sich Byrnes rußgeschwärztem Gesicht, drückte die Lippen an sein Ohr und flüsterte so leise, daß der Schlag seiner Zunge gegen Zähne und Gaumen lauter als die Worte selbst war.

»Maschinengewehr ganz außen. Keine besonderen Vorkommnisse. Schlafen alle. Wir können umkehren.«

Die Nacht war völlig sternenlos; der Mond verbarg sich hinter dichten Regenwolken. Ein müder Wind reichte nicht aus, die

Wolkendecke aufzureißen und Licht über die aufgewühlte Erde zu gießen, in der sie lagen. Durch das gelegentliche Rauschen und Murmeln der Brise hörte man das Lied einer Nachtigall.

Stephen stieß sein unbenutztes Messer mit Bedauern in die Scheide zurück. Byrne nickte. Er trug eine sechzig Zentimeter lange Keule bei sich, die er sich aus einem Eichenast gemacht hatte. Mit einer kurzen Ausholbewegung und dem schnellen Zugriff der anderen Hand um sein Handgelenk hatte er damit einmal einer deutschen Wache den Schädel zertrümmert.

Sie krochen aus dem Bombentrichter heraus und schlichen zu ihren eigenen Linien zurück, wo sie im gefährlichsten Teil des Patrouillengangs noch vier Reihen Stacheldraht überwinden und sich dann so in den Graben fallen lassen mußten, daß sie kein Feuer auf sich zogen – weder von deutschen Maschinengewehren, die ständig auf die Ränder des britischen Grabens ausgerichtet waren, noch von den eigenen Wachen, die vielleicht mit schlechtem Gewissen aus ihrem Schlaf hochschreckten und das erstbeste Geräusch, das sie hörten, unter Feuer nahmen.

Hunt hatte Wachdienst, als sie den Graben erreichten. Sie hörten, wie er den Hahn seines Karabiners spannte, als Byrne gegen eine Dose klopfte, die vom Stacheldraht herunterbaumelte.

Stephen griff nach Hunts Hand, die er ihm entgegenstreckte, um ihm in den Graben zu helfen. Byrne ließ sich nach ihm hineinrollen.

»Gut gemacht, Hunt«, sagte Stephen. »Ich werde diesem Mann jetzt einen Drink spendieren. Mögen Sie Whisky, Byrne?«

»Aber immer.«

»Wenn Petrossian wissen will, wo Byrne steckt, sagen Sie ihm, daß er bei mir ist.«

»In Ordnung.« Hunt sah, wie die beiden Männer über die Laufbretter huschten und verschwanden.

Ein paar Meter weiter hockte Jack Firebrace auf dem Schützenauftritt im Graben, trank eine Tasse Tee und erholte sich von sechs Stunden Arbeit untertage. Seine Gedanken wanderten nach

Haus. Jacks Leben hatte sich verändert, seit seine Frau vor achteinhalb Jahren einen Sohn zur Welt gebracht hatte. Als der Junge größer wurde, beobachtete Jack an ihm Eigenschaften, die er schätzte und die ihn zugleich überraschten. Das Kind ließ sich nicht unterkriegen. Aus seiner Unschuld sprach Hoffnung. Als Jack das einmal zu Margaret sagte, lachte sie. »Er ist doch erst zwei Jahre alt«, sagte sie. »Natürlich ist er unschuldig.«

So hatte Jack es gar nicht gemeint, aber er fand keine Worte für die Wirkung, die sein Sohn auf ihn ausübte. Er sah in ihm ein Wesen, das aus einem anderen Universum gekommen war; und in Jacks Augen war der Ort, von dem der Junge gekommen war, nicht nur eine andere, sondern auch eine bessere Welt. Seine Unschuld war etwas ganz anderes als Unwissenheit, vielmehr eine machtvolle Güte, die allen Menschen zugänglich war: Vielleicht war es sogar das, was das Gebetbuch mit Stand der Gnade bezeichnete, vielleicht auch eine Hoffnung auf die Seligkeit.

Jack war der Ansicht, wenn ein normales menschliches Wesen, sein eigener Sohn, niemand Besonderes also, solch eine Reinheit des Herzens besaß, daß dann die seltenen Beweise von Tugendhaftigkeit, über die sich die Leute, wenn sie erst erwachsen waren, so sehr wunderten, durchaus nicht für sich allein standen; vielleicht waren sie lediglich die natürliche Fortsetzung jener unschuldigen Güte, mit der alle Menschen auf die Welt kamen. Wenn das stimmte, waren seine Mitmenschen nicht die groben, verkommenen Kreaturen, für die man sie zumeist hielt. Ihre Vergehen waren nicht angeboren, sondern das Ergebnis von Fehltritten, die durch schlechte Erfahrungen noch gemeiner wurden; im Tiefsten ihrer Herzen blieben sie stets vollkommen rein.

Diese Liebe, die Jack gegenüber seinem Sohn empfand, erleichterte ihm seine Vorstellung vom menschlichen Leben und nährte sein Gottvertrauen. Wenn seine Frömmigkeit früher nur der Reflex eines ehrfürchtigen Mannes gewesen war, so verwandelte sie sich jetzt in etwas, das seinen Glauben an das Gute im Menschen zum Ausdruck brachte.

Er war sich durchaus bewußt, daß John für einen derartigen

Wandel seines Glaubens ein ungewöhnliches Medium war, aber das war ihm egal; sein Sohn war ihm das Liebste auf der Welt. Als er ausgerückt war, hatte er keine Gelegenheit gehabt, sich von ihm zu verabschieden, und korrespondiert hatte er mit dem Jungen immer nur durch Grüße in den Briefen von und an Margaret. An der Front und untertage war er oft zu abgelenkt, um an John und Margaret denken, um sich genaue Vorstellungen von ihnen machen zu können, aber wenn er am Tunnelkopf unter dem Stützkreuz lag oder während des Wachdienstes in die Dunkelheit lauschte, gab es irgendein Gefühl, das ihm sagte, daß sie bei ihm waren. Ihnen allein galt sein Durchhalten; die Mühe, die er sich gab, zu überleben, galt einzig dem Wiedersehen mit seinem Jungen.

Er sah, wie Byrne und Stephen verschwanden, und dann betete er inständig für Johns Leben. Der Erdgeruch im Schützengraben erinnerte ihn an seine eigene Kindheit, wenn er beim Fußballspielen in den Matsch fiel oder im Fluß, der hinter der Fabrik durch freies Gelände zog, Dämme baute: Auch damals war da dieser durchdringende Geruch nach Erde und Kindheit gewesen. Er war ganz allein, allein, wie er immer gewesen war, aber jetzt trug er die Sorge um das Leben eines anderen Kindes in seinem Herzen.

Am nächsten Tag kam ein Brief von Margaret. Er beschloß, ihn erst nach Schichtende zu öffnen. Falls er im Tunnel ums Leben käme und die Nachricht aus dem Krankenhaus schlecht sein sollte, wäre es besser, zu sterben, ohne sie zur Kenntnis genommen zu haben. Sollte es jedoch eine gute Nachricht sein, wäre es um so schöner, sie sich aufgespart zu haben.

Es war ein ruhiger Tag. Teile der Division packten bereits für den Abmarsch zusammen. Morgens nahm Jack sich sein Skizzenbuch und fertigte ein paar Zeichnungen seines Freundes Arthur Shaw an. Die gewichtigen Schattierungen seines mächtigen Kopfs verlangten die weiche Linienführung eines Bleistifts. Shaw saß geduldig Modell, als Jack sich an die Arbeit machte; er hielt den Bleistift locker in der Hand, seine Augen huschten vom Papier zum Gesicht und wieder zurück. Tyson gesellte sich dazu, schaute Jack über die Schulter und stieß ein knappes, anerkennendes Grunzen aus. Die Zeichnung war schlicht, in den Details nicht ausgeführt, aber Jack hatte Shaw gut getroffen, und das imponierte Tyson, der nun auch selber gezeichnet werden wollte. Was die Wahl seiner Motive anging, war Jack unberechenbar. Er hatte ein paar Skizzen von Lastwagen und Lagern gemacht, ein paar von dem Dorf, in dem ihre Quartiere lagen, gelegentlich ein Gruppenbild aus der Erinnerung an einen Konzertsaal oder ein *estaminet,* aber die meisten Zeichnungen in seinem Skizzenbuch waren Porträts von Arthur Shaw.

Im Spätnachmittag erschien Sergeant Adams mit Jones und O'Lone, und die Männer machten sich auf den Weg zur Arbeit.

Michael Weir hatte Adams das Kommando übergeben, weil er den Abend in seinem Unterstand mit einem Buch verbringen wollte. Gegen acht Uhr zog Stephen den Gasschutzvorhang beiseite und trat ein. Er befand sich in einem Zustand nervöser Erregung.

»Auf geht's«, sagte er.

»Wohin?«

»Die Überraschung, von der ich Ihnen erzählt habe. Also los. Nehmen Sie die Whiskyflasche mit.«

Weir erhob sich zögernd. Er fürchtete sich vor dem, was Stephen plante. Er hatte schon ein paar Gläser getrunken, nahm noch einen Schluck Whisky aus der Flasche und spürte die Wirkung. Aus Stephens Verhalten schloß er, daß auch er getrunken hatte.

Weir atmete tief durch, als sie in die Dunkelheit eintauchten. In der trockenen Sommernacht hörte man nur das halbherzige Feuern eines Geschützes, etwa zwei Kilometer von ihnen entfernt, wie ein vertrautes, metallisches Wiegenlied, das die Vergeßlichen daran erinnerte, daß der Tod sie noch im Schlaf treffen konnte.

Weir folgte Stephen durch den Verbindungsgraben und den Reservegraben in die hinteren Bereiche, wo sich Lastwagenscheinwerfer auf den dreispurigen Straßen näherten und große Stapel von Ausrüstung erleuchteten, die unter Planen zum Abtransport bereitlagen. Feldwebel Price schlenderte am Ausladebahnhof vorbei, wo eine riesige Kanone mühsam auf einen Zug gehievt wurde. Ausgerüstet mit Schreibunterlage und einer Liste, war er vorübergehend wieder in seine alte Rolle als Warenhausangestellter geschlüpft.

Um von Price nicht gesehen zu werden, duckte Stephen sich und drängte Weir in einen matschigen Bereich am Ende einer Pappelreihe, wo zwei Männer rauchend an einem Motorrad lehnten.

»Ich brauche das Motorrad«, sagte er. »Major ... Watson braucht es dringend.« Er nickte in Weirs Richtung.

»Major wer?« sagte der Mann und sah Weir mißtrauisch an, der seinen weißen Pullover ohne Rangabzeichen und die weichen Schuhe trug.

»Geheimauftrag«, sagte Stephen. »Nehmen Sie die hier, und sagen Sie niemandem etwas davon.« Er hielt dem Mann eine Dose mit fünfzig Capstan-Zigaretten hin.

»Das kann ich nich' machen, Kumpel«, sagte der Soldat, nahm die Zigaretten aber an. »Aber da hinten, hinter dem Schuppen, steht 'n Motorrad, das niemand benutzt. Dem Meldefahrer hat 'n Bauer in 'n Arsch geschossen. Mit 'ner Schrotflinte!« Er lachte.

Stephen fand das Motorrad und bewegte es, um zu kontrollieren, ob es aufgetankt war. Das Benzin schlug von innen schwach gegen die Tankwand; es würde reichen. Er trat den Anlasser durch und legte den ersten Gang ein. Weir kletterte vorsichtig hinter ihn und hielt sich an ihm fest. Das Motorrad hatte nur einen Sitz, so daß er auf einem Gepäckträger sitzen mußte, der über dem Hinterrad montiert war. Seine Beine baumelten frei herunter.

Als sie über die tiefen Fahrspuren holperten und dann auf der Straße beschleunigten, spürte Stephen in sich eine Woge von Glück aufsteigen. Sie hatten den Tod und den Dreck und das Chaos hinter sich gelassen; sie brachen aus, hinein in die Dunkelheit der Normalität, in der Essen und Trinken auf sie warteten, die Stimmen von Frauen und der Anblick von Männern, deren erster Gedanke nicht der Frage gelten würde, wie sie sie umbringen könnten. Das Motorrad röhrte über die Schotterstraße.

Sie erblickten die spärlichen, verhangenen Lichter des Dorfs und am äußersten, westlichen Rand ein erleuchtetes Fenster, das gerüchteweise zu beträchtlichem Ruhm gekommen war. Stephen spürte Weirs Finger, die sich in seine Rippen bohrten.

Das Gebäude war ein Bauernhof mit einem niedrigen Ziegelhaus auf der einen Seite und Scheunen und Ställen auf der anderen. Stephen bockte das Motorrad am Eingangstor auf, während Weir die Flasche aus der Tasche zog und gierig daran sog.

»Hören Sie mal, Wraysford, ich glaube nicht, daß ich bei dieser Sache noch weiter mitmachen will. Sehen Sie sich doch bloß den Hof an, der ist total verdreckt und ...«

»Kommen Sie schon. Es ist ja nur eine Frau, ein weiches Wesen, das nett zu Ihnen sein wird und dafür sorgt, daß Sie sich wohl fühlen. Das ist doch niemand mit einem Gewehr.«

Er packte Weir am Arm und führte ihn über den Hof. Weir geriet ins Stolpern, als sie auf die Tür zugingen. Am Eingang begann Weir zu zittern.

»Herrgott, Wraysford, lassen Sie uns verschwinden. Ich will wieder nach Hause. Ich will das hier nicht.«

»Nach Hause? Nach Hause? Ein Schützengraben voller Ratten?«

»Wenn uns die Feldjäger erwischen, werden wir erschossen.«

»Natürlich werden wir nicht erschossen. Höchstens kriegen wir 'ne Disziplinarstrafe und werden degradiert. Reißen Sie sich zusammen.«

Sie gingen durch eine düstere Diele, in deren Mitte ein Herd stand. Daneben saß eine alte Frau und rauchte Pfeife. Sie nickte den beiden zu. Als Stephen zu sprechen anfing, schüttelte sie mit dem Kopf und zeigte auf ihre Ohren.

»Ich will hier weg«, sagte Weir.

Stephen hielt ihn am Handgelenk fest. »Warten Sie.«

Die alte Frau rief irgend etwas in Richtung der Tür, die ins Haus führte. Sie hörten Schritte, dann eine weibliche Stimme. Eine vielleicht fünfzigjährige Frau erschien auf der dunklen Schwelle.

»Ich habe heute abend eigentlich keine Gäste erwartet«, sagte sie.

Stephen zuckte mit den Schultern. »Mein Freund wollte unbedingt kommen und Sie kennenlernen. Ich fürchte, daß er ein bißchen nervös ist. Er möchte, daß Sie sehr viel Geduld mit ihm haben.« In der Hoffnung, Weir möge ihn nicht verstehen, sprach Stephen sehr schnell.

Die Frau lächelte grimmig. »Sehr gut.«

»Sie haben eine Tochter, Madame?«

»Was geht Sie das an?«

»Ich habe gehört, daß auch sie ...«

»Das geht Sie gar nichts an. Sagen Sie Ihrem Freund, daß er mitkommen soll.«

»Also los.« Stephen stieß Weir in den Rücken und sah zu, wie er zagend und verängstigt in der Dunkelheit jenseits der Türschwelle verschwand.

Stephen wandte sich der alten Frau zu und lächelte. Er machte eine Geste des Trinkens und zog einen Fünf-Franc-Schein aus der Tasche. Sie ging schwerfällig in eine Ecke des Raums, holte eine Flasche Wein und ein verstaubtes Glas hervor. Stephen setzte sich auf einen Stuhl neben dem Herd und stützte den Ellbogen auf das lange Ofenrohr, das vom Herd zur Wand führte. Er hob sein Glas in Richtung der alten Frau und trank von dem sauren Wein.

Er wollte, daß Weir die Erfahrung machte, was für ein Gefühl es war, mit einer Frau zusammenzusein und ihre körperliche Nähe zu spüren. Ihm war es gleichgültig, ob Weir ohne diese Erfahrung sterben würde, doch war er der festen Überzeugung, daß es für ihn wichtig sein müßte, den Vorgang, der auch ihn ins Leben gebracht hatte, zu verstehen.

Seit er seiner eigenen Auslöschung entkommen war, hatte Stephen vor nichts mehr Angst. In der Existenz, die er jetzt wieder führte und die so fern und fremd von allem war, was man als Normalität bezeichnen konnte, gab es nur die Wahl zwischen einem gewaltsamen Tod oder dem Überleben; feinere Unterschiede wie Liebe, Vorlieben oder Freundlichkeiten waren belanglos. Der Körper einer Bauernwitwe, gekauft mit dem Sold des Tötens, war in der reduzierten Wirklichkeit, in der er und Weir sich bewegten, immer noch eine bessere Alternative als der in Fetzen gerissene Körper Wilkinsons, dessen Erinnerungen und Hoffnungen in Form von Gehirnzellen über seine Schultern in den Schmutz getropft waren.

Er streckte die Beine aus und beobachtete die Abdrücke, die seine Stiefelabsätze auf der gestampften Erde des Bauernhauses hinterließen. Er hatte die Flasche schon fast leer getrunken und spürte, wie der Wein den letzten Rest von Vorsicht verwischte und zugleich letzte Erinnerungen an die gekünstelten Verhaltensweisen und Anstandsformen einer friedlichen, bürgerlichen Existenz auslöschte. Er fühlte sich um Jahre gealtert und ausgelaugt, aber sehr ruhig.

Die alte Frau war eingeschlafen. Stephen ging leise in die Ecke des Raumes und fand dort im Regal noch eine Flasche Wein. Er schenkte das Glas voll, setzte sich wieder und wartete im schummrigen Licht.

Weir sah bleich und mitgenommen aus, als er zurückkam. Im Zwielicht der Diele waren die schwarzen Ringe unter seinen Augen deutlich sichtbar. Stephen sah ihn fragend an. Weir schüttelte den Kopf. »Jetzt gehen Sie.«

»Nein, vielen Dank. Das ist Ihre Expedition. Ich bin an ihr nicht interessiert.«

»Sie will aber, daß Sie kommen. Los, gehen Sie zu ihr. Gehen Sie zu ihr, Sie Arschloch. Sie haben damit angefangen. Sie müssen es auch zu Ende bringen.«

Weir war noch aufgeregter, als er es während des Trommelfeuers gewesen war.

Stephen ergriff plötzlich Panik. »Was haben Sie getan?« sagte er. »Was haben Sie getan, Sie Vollidiot?«

Weir ließ sich schwer auf einen Stuhl fallen und verbarg das Gesicht in den Händen.

Als Stephen durch die Tür lief, schossen ihm furchtbare Bilder durch den Kopf. Er stand in einem Flur, von dem vier Gänge abzweigten. Er rief.

Das Licht war so schwach, daß er kaum erkennen konnte, wohin er ging. Er tastete sich an einer Wand entlang und stieß eine Tür auf. Drinnen erklang das Geräusch schlagender Flügel. Er warf die Tür so heftig zu, daß der Rahmen erzitterte, lief in einen anderen Gang hinein, drückte Türen auf, schloß sie wieder erleichtert, wenn sich dahinter kein furchtbarer Anblick bot, und hastete verzweifelt weiter.

Hinter sich hörte er eine Frauenstimme. »Monsieur?« Es war eine junge, dunkelhaarige Frau. Sie hatte große, sanfte Augen; ihr Haar wurde von einem roten Band zusammengehalten. Stephen erstarrte sprachlos.

»Was wünschen Sie?«

»Ich suche ... Ihre Mutter.«

»Hier entlang.«

Sie faßte ihn am Arm. Sie gingen in ein Zimmer mit einer roten Lampe und Wandschirmen mit orientalischen Ornamenten. Die Tür war mit einem Holzrahmen in Form eines Minaretts verkleidet. Der Fußboden bestand aus der gleichen, gestampften Erde wie der in der Diele. Stephen staunte. Die junge Frau führte ihn hinter einen der Wandschirme, wo ein selbstgebauter Baldachin aus roter Seide über einem Doppelbett stand. Auf dem Fußboden brannten sechs Kerzen, und eine flackerte unruhig im Fenster.

»Nur keine Aufregung. Alles ist in Ordnung. Geben Sie mir jetzt das Geld.«

Der letzte Satz stellte wieder eine gewisse Normalität her.

»Schon gut. Ich möchte nicht ... Ich wollte nur nachsehen, ob auch alles in Ordnung ist.«

Hinter dem Wandschirm hörte er Lachen. Es war die Frau, die Weir mit sich genommen hatte. »In Ordnung. In allerbester Ordnung.« Plötzlich stand sie neben Stephen. Er roch ihren Schweiß.

»Ihr Freund ist sehr merkwürdig. Ich fasse ihn so an« – sie griff nach Stephens Geschlecht –, »und da zuckt er gleich zurück.« Sie lachte. »Er ist lang und weich, und wenn ich ihn anfasse, fängt er zu weinen an.«

Sie war älter, als Stephen im ersten Moment vermutet hatte. Im Kerzenlicht konnte er sie deutlicher erkennen als in der Diele. Sie setzte sich aufs Bett, schob den Rock bis zu den Hüften hoch, legte sich auf den Rücken und spreizte die Beine. Stephen hatte noch nie einen Menschen dieses Alters nackt gesehen. Sie tauchte die Hand in einen Topf mit Desinfektionsmittel, strich mit den Fingern durch den Spalt zwischen ihren Beinen, durchs störrische Haar und über das rote Fleisch, das unter ihrer vertrauten Berührung aufklaffte.

Stephen schreckte, wie vor ihm Weir, zurück. Dann lachte er. Er streckte die Hand aus und ergriff den Arm der jungen Frau. »Sie, Mademoiselle, ja. Sie oder keine.«

Die ältere Frau stand vom Bett auf, zog sich den Rock herunter und kam auf ihn zu. Er spürte ihre Hände an seiner Hose. Sie schob die Finger hinein und zog heraus, was sie gesucht hatte, ein Stück schlaffen Fleisches, als wäre sie ein Schlachter, der Fleisch vom Haken nimmt und es sich auf dem Hackklotz zurechtlegt. Stephen spürte, wie sich ihr Mund um sein Geschlecht schloß, aber er brachte es nicht fertig, sich ihrer sklavenhaften Tätigkeit zu entziehen. Er schaute auf und sah, daß die junge Frau sich auszog. Als sie die Unterwäsche abstreifte, wurden die weißen Rundungen ihres Hinterns vom Schein des Kerzenlichts erfaßt, und Stephen spürte, wie er sich im Mund der Frau versteifte.

Sie stand auf, hielt sein erigiertes Glied in der Hand und lächelte. »Ihr Engländer«, sagte sie und verschwand hinter dem Wandschirm.

Es kam Stephen gar nicht in den Sinn, wie lächerlich er jetzt aussehen mußte. Seine Haut, die vom pumpenden Blut nahezu bis zur Durchsichtigkeit gespannt war, schien zu platzen.

Das Mädchen lächelte ihm zu. Sie hatte kleine, runde Brüste.

Sie saß mit ausgestreckten Beinen auf dem Bett und verschränkte die Arme vor ihrem Bauch. Auf dem Bett war kein Laken.

»Ziehen Sie sich doch aus«, sagte sie.

Stephen folgte wie geistesabwesend ihrem Vorschlag. Dann stand er nackt vor ihr. Das Mädchen war geduldig, als ob sie daran gewöhnt war, mit verstörten Soldaten umzugehen.

Stephen sah sie an. Seit er zum letzten Mal eine Frau berührt hatte, waren beinahe sechs Jahre vergangen. Sie war schön. Ihre dunkelbraunen Augen leuchteten; ihre Glieder waren anmutig und voller Leben, ihr Körper jung und unversehrt. Er wollte sich in ihr ertränken, sich tief in den Zellen ihrer Haut vergraben und sich dort vergessen. Sie bot Frieden und Freundlichkeit; sie bot die Möglichkeit der Liebe und die Möglichkeit kommender Generationen.

Während er einen Schritt auf das Bett zutrat, erinnerte er sich an jenen Tag, als eine andere Frau nackt vor ihm gelegen hatte, die Beine vor seinen Augen gespreizt, und dort hatte er sie dann geküßt und mit seiner Zunge dafür gesorgt, daß sie sich ihm öffnete, als ob eine Entsiegelung stattfand, die ihm einen Weg in ihr tiefstes Selbst wies. Er erinnerte sich an ihren Seufzer der Überraschung.

Er hatte sich in ihr aufgelöst; er hatte seine Sehnsüchte und seine Leidenschaft gestillt; er hatte in ihrem Körper Ruhe gefunden und sich darin verströmt. Ihr Vertrauen und ihre Liebe hatten die ungelösten Konflikte seines Lebens besänftigt. Vielleicht lebte sein wahres Selbst noch immer in ihr – betrogen und unheilbar.

Der menschliche Körper bestand nur aus Fleisch und Knochen, aber sie hatte ihm den ihren entzogen; und in ihrer körperlichen Abwesenheit tat sich eine Leere auf, die mehr als Knochen und Fleisch bedeutete: die totale Verlassenheit.

Die Zärtlichkeit, die er eben noch für das dunkelhaarige Mädchen empfunden hatte, war verflogen. Sie lächelte ihn an und rollte sich auf die Seite, so daß er die Rundung ihrer Hüfte sah, die sich üppig emporwölbte.

Seine Augen wanderten hoch, er sah die Rippen und Schultern und dachte an den Granatsplitter, der aus Reeves Brustkorb geragt hatte; er dachte an das Loch in Douglas' Schulter, auf das er seine Hand gepreßt hatte, bis er beinah die Lunge berührte.

Seine Zärtlichkeit wich zuerst einem zuckenden Widerwillen. Dann überkam ihn eine vollständige Leere. Es gab nur noch diese körperliche Masse. Er verlor die Kontrolle. Einen Anblick wie den der alten Frau, die sich Desinfektionsmittel zwischen die Beine schmierte, hatte er noch nie zuvor gesehen. Der Körper der Tochter war nur noch animalische Materie, weniger lieb, weniger kostbar als die Körper der Männer, die er hatte sterben sehen.

Er wußte nicht, ob er das Mädchen nehmen oder töten sollte.

In der Tasche der Hose, die zu seinen Füßen lag, steckte das Messer, das er mit auf seine Patrouillen nahm. Er bückte sich, zog es heraus und klappte mit dem Handballen die Klinge aus. Er setzte sich auf die Bettkante.

Das Mädchen sah ihn an; ihre Augen waren weit aufgerissen, der Mund geöffnet, aber sie brachte keinen Laut hervor. Ihre ahnungslose Furcht erregte kein Mitleid in ihm.

Er drehte das Messer, so daß die Klinge in seiner Handfläche lag, und strich dann mit dem Griff zwischen ihren Brüsten entlang und über ihre Schenkel.

Er wußte nicht, was er tat. Er haßte sie dafür, daß sie nicht mit angesehen hatte, was er hatte mit ansehen müssen. Er spürte, wie die Haut an ihren Beinen unter seinem Druck nachgab. Wo der Messergriff das Fleisch für einen Moment auseinanderpreßte, hinterließ er eine weiße Spur, bis das Blut wieder unter der Haut zusammenströmte. Er wollte etwas anderes erkennen als das bloße Fleisch. Er drückte den Griff ins Haar zwischen ihren Beinen; die Klinge zeigte auf ihren Unterkörper. Das Mädchen blickte entsetzt in die Lichtreflexe auf dem blanken Stahl.

Stephen ließ das Messer los. Es blieb ausbalanciert liegen. Das Mädchen war vor Angst wie erstarrt. Schließlich schob sie die

Hand langsam über den Oberschenkel empor und griff nach dem Messer, wobei sie die ganze Zeit Stephen im Blick behielt. Sie faßte die Klinge mit den Fingern, klappte das Messer zu und schleuderte es in eine Zimmerecke, wo es auf der gestampften Erde liegenblieb.

Stephen blickte auf das Bett hinunter. In sein Gedächtnis, das wie ausgelöscht gewesen war, strömten Gedanken und Erinnerungen zurück.

Das Mädchen hatte sich wieder gefaßt. Sie schrie nicht um Hilfe und machte ihm keine Vorwürfe, sondern sah nur auf die gebrochene Gestalt, die da mit gesenktem Kopf und geschrumpfter Erregung auf dem Bett hockte. Die Erleichterung stimmte sie milde.

Sie berührte seine Hand.

Stephen schrak auf und sah sie an. Diese zärtliche Berührung kam ihm unfaßbar vor. Sie hätte ihn lieber töten sollen.

Er schüttelte verwirrt den Kopf. »Was ...?«

Sie legte einen Finger auf die Lippen. Ihre Erleichterung und seine Verzweiflung ließen sie sogleich selbstbewußter werden.

»Es ist sehr schwer«, sagte sie. »Der Krieg.«

»Es tut mir leid«, stammelte er. »Es tut mir leid.«

»Ich verstehe.«

Er sah sie ungläubig an, hob seine Sachen auf und kleidete sich hinter dem Wandschirm hastig an.

Im Durcheinander, das eine sich zum Abmarsch formierende Division auslöst, bemerkte niemand die kurze nächtliche Abwesenheit der zwei Offiziere. Sie stellten das Motorrad dort ab, wo sie es gefunden hatten, und machten sich wieder auf den Weg zur Front; beide fühlten sich auf unerwartete Weise ernüchtert.

Am nächsten Tag bekam Weir seine Order. Man würde am folgenden Abend in ein noch zu benennendes Quartier abrücken und dann nach Albert marschieren. Weirs Einheit sollte dabei helfen, die Tunnelarbeiten durchzuführen, mit denen in der Nähe des Dorfs Beaumont Hamel bereits begonnen worden war. Es gab keine Hinweise darauf, ob es sich dabei um den Teil einer umfassenden Strategie handelte oder lediglich um eine routinemäßige Ablösung. Da jedoch die gesamte Division abrückte, schienen sich die Gerüchte zu bewahrheiten: Man würde angreifen.

Weir ließ sich auf das untere Bett in seinem Unterstand fallen. Er strich sich mit der Hand durch sein spärliches Haar. Nun kam es also doch zum Angriff. Schluß mit Ruhe und Frieden. Der große Vorstoß. Er schnaubte und lachte trocken auf. Schluß mit dem ruhigen Frontabschnitt, Schluß mit den angenehmen Routinepatrouillen. Gemeinsam mit den Männern der neu aufgestellten Armee würde er die Deutschen aus Frankreich herausjagen.

Er fand sich damit ab. Er hatte das Gefühl, die Kontrolle über sein Leben verloren zu haben; als er endlich versucht hatte, einen zentralen Punkt seiner Existenz zu verändern, war nichts als Demütigung dabei herausgekommen. Schlimmer konnten auch die deutschen Geschütze nicht sein.

Nachdem Jack von seiner Nachtschicht untertage zurückgekehrt war, suchte er sich einen ruhigen Winkel im Graben, trank eine Tasse Tee und holte Margarets Brief hervor. Er las ihn sehr langsam und zwang sich dazu, mit den Augen nicht vorauszuschweifen.

»Geliebter Jack!

Wie geht es Dir? Wir denken immer an Dich, und unsere Gebete begleiten Dich. Vielen Dank für Deine Briefe, die für uns ein großer Trost waren. Wir freuen uns, daß es Dir gutgeht und Du weiterhin guter Dinge bist.

Ich muß Dir mitteilen, daß unser Junge heute morgen gestorben ist. Die Ärzte sagen, daß er keine Schmerzen hatte und friedlich eingeschlafen ist. Man konnte nichts mehr für ihn tun. Ich habe ihn im Krankenhaus besucht, aber man hat mir nicht erlaubt, ihn mit nach Hause zu nehmen. Ich glaube aber, daß man sich dort bis zum Schluß so um ihn bemüht hat, daß er nicht leiden mußte.

Es tut mir so leid, mein lieber Jack, daß ich Dir dies schreiben muß; ich weiß ja, wie sehr Du ihn geliebt hast. Du darfst deshalb aber den Mut nicht sinken lassen. Nun bist Du alles, was mir geblieben ist, und ich bete, daß Gott Dich gesund zu mir zurückbringen möge.

Heute nachmittag muß ich seinen kleinen Körper abholen; die Beerdigung ist am Freitag. Ich werde in der Kirche für Dich eine Kerze anzünden.

Ich werde Dir später mehr schreiben, weil mir im Augenblick die Worte fehlen. Paß bitte gut auf Dich auf, und komm zu mir zurück. In Liebe,

Deine Margaret.«

Jack legte den Brief auf den Boden und starrte vor sich hin. Er dachte: Ich lasse es nicht zu, daß dadurch mein Glaube erschüttert wird. Johns Leben war eine herrliche Sache, es war voller Freude. Dafür will ich Gott danken.

Er legte den Kopf in seine Hände, um zu beten, aber die Trauer um den Verlust überwältigte ihn. Ihm kamen keine Worte der Dankbarkeit in den Sinn, sondern nur die brüllende Dunkelheit der Verzweiflung. »Mein Junge«, schluchzte er, »mein lieber Junge.«

In der ersten Juniwoche erreichten sie Albert. Die Tunnelarbeiter wurden sofort an die Front verlegt, während sich die Infanterie noch in der Etappe aufhalten durfte, wo sie weniger als sonst gedrillt und kontrolliert und verdächtig besser verpflegt wurde; es gab sogar Orangen und Walnüsse.

Captain Gray besuchte zusammen mit Stephen Colonel Barclay, der sein Quartier in einem geräumigen Haus im Westteil der Stadt hatte.

»Er ist ein jähzorniger Typ«, sagte Gray. »Aber Sie sollten sich durch sein Verhalten nicht irritieren lassen. Er ist ein guter Soldat. Er liebt Schwierigkeiten und die Gefahr.« Gray zog eine Augenbraue hoch, als wolle er damit die Charakteristik Barclays, die er eben gegeben hatte, in Frage stellen.

Sie trafen den Colonel beim Kartenstudium in einem umfunktionierten Büro an. Er war jünger, als Stephen erwartet hatte, bereits ergraut, aber von einer schnellen, frettchengleichen Geistesgegenwärtigkeit.

»Hübsches Haus, finden Sie nicht auch?« sagte Barclay. »Aber keine Bange, ich werde bei Ihnen im Graben sein, wenn Ihre Leute zum Angriff übergehen.«

»Werden Sie auch persönlich zum Angriff übergehen, Sir?« fragte Gray mit einem Anflug von Überraschung.

»Das will ich doch schwer hoffen«, sagte Barclay. »Ich sitz' hier seit sechs Wochen untätig auf meinem Arsch und muß mich mit den Jammerlappen vom Stab rumschlagen. Ich habe durchaus die Absicht, an dem Tag, an dem der Ballon hochgeht, in Bapaume zu Abend zu essen, und zwar mit dem Tafelsilber des Regiments.«

Gray hustete. »Das würde in der Tat einen bemerkenswerten Vorstoß voraussetzen.« In Barclays Gegenwart schien sich sein schottischer Akzent zu verstärken.

»Und wissen Sie auch, mit wem ich essen werde? Mit dem befehlshabenden Kommandeur der Zweiten Indischen Kavallerie.«

»Es war mir gar nicht bekannt, daß auch die Kavallerie an dem Angriff beteiligt sein wird.«

»Aber natürlich ist die beteiligt. Wir schaffen die Lücke, und sie stößt dann hindurch. Haig ist schon ganz heiß darauf«

»Ich verstehe.« Gray nickte schwerfällig und räusperte sich. »Dies ist Leutnant Wraysford, der das Gelände gut kennt. Sie erinnern sich vielleicht, daß ich ihn Ihnen gegenüber bereits einmal erwähnte.«

»Ja, ich erinnere mich«, sagte Barclay. »Der Somme-Experte. Also, dann singen Sie uns mal was vor, damit Sie sich Ihr Abendessen verdienen.«

Sie gingen für einen Spaziergang in den Garten des Hauses, und Barclay fragte Stephen nach der Geländebeschaffenheit. Auf Grays Vorschlag hatte er seine Erinnerungen an Hand einer Karte aufgefrischt, so daß er nun von den sumpfigen Ufern der Ancre berichten konnte, dem ansteigenden Gelände in Richtung Thiepval auf der einen und dem Hügelkamm auf der anderen Seite.

»Hawthorne-Höhe«, sagte der Colonel. »So heißt das jetzt hier. Wir greifen auf dieser Linie in Richtung Beaumont Hamel an. Aber vorher wird man noch ein verdammt großes Loch in diese Anhöhe sprengen.«

»Ich verstehe«, sagte Gray. »Das wird aber den Feind nicht nur warnen, sondern ihm auch gleich noch jede Menge natürlicher Deckung liefern.«

Barclay sah ihn mit mitleidiger Strenge an. »Dann sind wir längst da, Gray. Aber das wird ein langer Tag werden. Ich gehe davon aus, daß wir bei verschiedenen Gelegenheiten noch andere Einheiten zu unterstützen haben, je nachdem, wie die Sache läuft.«

»Aber wir werden die erste Angriffswelle bilden?«

»Aber ja doch«, strahlte der Colonel. »Im Morgengrauen ran an den Feind, keine Bange. Zu Mittag neu formieren und ein Päuschen einlegen. Am frühen Abend müßte man dann, falls das noch notwendig sein sollte, die Brechstange ansetzen. Sind Ihre Leute darauf vorbereitet?«

»Oh«, sagte Gray, »ich glaube schon. Was meinen Sie, Wraysford?«

»Das glaube ich auch, Sir. Ich mache mir aber ein wenig Sorgen wegen des Geländes. Und außerdem ist er schon seit einiger Zeit hier, nicht wahr? Der Feind, meine ich? Er wird Verteidigungsanlagen gebaut haben wie in …«

»Großer Gott«, sagte Barclay, »solche Hasenfüße wie Sie sind mir ja noch nie untergekommen. Es wird ein sechstägiges Trommelfeuer geben, das jedes Stück deutschen Stacheldrahts zwischen hier und Dar-es-Salaam in Fetzen reißen wird. Und wenn dann noch der eine oder andere Boche am Leben sein sollte, dann wird er so froh darüber sein, daß alles vorbei ist, daß er mit erhobenen Händen rauskommen wird.«

»Das würde uns einen unerwartet großen Schritt voranbringen«, sagte Gray.

»Und noch etwas«, sagte Barclay. »Ich brauche keine taktischen Ratschläge von einem Kompanieführer. Mir sitzt schon Rawlinson im Nacken, und dann kommen auch noch jeden Tag die Stabsbefehle. Tun Sie einfach, was man Ihnen sagt. Und jetzt wollen wir erst mal zu Mittag essen.«

Barclays Stellvertreter, Major Thursby, und die drei anderen Kompanieführer ließen sich mit ihnen in einem Zimmer mit großen Fenstern in einem Seitenflügel des Hauses an einem gepflegten Tisch nieder. Stephen überlegte, ob er anbieten sollte, die Bedienung zu übernehmen, was er lieber getan hätte, als mit diesen ranghöheren Offizieren Konversation zu treiben, aber Kellner, die von einem älteren französischen Ehepaar dirigiert wurden, schien es im Überfluß zu geben.

»Was ist das denn für 'n Zeug?« sagte Barclay und hielt eine Flasche gegen das Licht. »Gevrey-Chambertin. Hmm, schmeckt nicht übel, obwohl ich mich natürlich wundern muß, daß wir keinen Weißwein zum Fisch serviert bekommen.«

»Im Keller gab es keinen Weißwein mehr, Sir«, sagte der Offiziersbursche des Colonels, ein kleiner, weißhaariger Londoner. »Aber ich wußte natürlich, daß Sie auf einem Fischgang bestehen würden. Forelle, Sir. Frisch aus dem Fluß hier.«

»Sehr gut, Davis«, sagte Barclay und füllte sich erneut sein Glas.

Ein dünner Eintopf folgte, dann gab es reifen Käse mit frischem Brot. Das Essen zog sich bis nach drei Uhr hin; anschließend ließ man sich bei Kaffee und Zigarren im sonnendurchfluteten Salon nieder.

Stephen spürte den weichen Sesselstoff unter sich und tastete mit den Fingern über den Brokat. Einer der Kompanieführer, ein großer Mann namens Lucas, plauderte über seine Angelerlebnisse am Fluß Test in Hampshire in der Nähe seines Elternhauses.

Die anderen diskutierten über ein Fußballspiel, daß vom Bataillon organisiert werden sollte. Zu einer Einheit aus Edinburgh, die einen benachbarten Frontabschnitt übernehmen sollte, gehörte die komplette Profimannschaft von Heart of Midlothian, die sich als unschlagbar erwiesen hatte.

Der Bursche des Colonels servierte Brandy, und Stephen dachte daran, wie sich die Männer seiner Einheit in den feuchten Schützengräben auf winzigen Spirituskochern Teewasser zubereiten mußten. Ein mürrischer Dekorateur namens Studd machte sich einen Spaß daraus, mit einem auf sein Bajonett gespießten Stück Käse die Ratten vor den Gewehrlauf zu locken und dann abzudrücken. Stephen hatte das Gefühl, seine Männer zu betrügen, indem er in diesem gepflegten Haus aß und trank, obwohl natürlich die Männer selbst davon überzeugt waren, daß man nehmen mußte, was man kriegen konnte. An der Front oder in den Quartieren rafften sie zusammen, was ihnen zwischen die Finger kam, und trieben Tauschhandel damit; Lebensmittelpakete galten als gemeinsames Eigentum, und als neulich eins für Wilkinson ankam, der schon seit einigen Wochen tot war, wurde das ausgiebig gefeiert.

Stephen lächelte in sich hinein, weil er wußte, daß sein kurzer Urlaub von der Wirklichkeit sehr bald beendet sein würde.

Das Bataillon rückte zum Dorf Colincamps vor. Beim Marschieren sangen sie und schwenkten rhythmisch die Arme. Es war ein warmer Junitag, und die Sonne lag auf dem blassen Grün des Landes. Aus den Ulmen klangen die dunklen Rufe der Saatkrähen, und in den Platanen und Kastanien lärmten Amseln und Drosseln. Das Dorf war ein Babel der Akzente aus Ulster, London, Glasgow und Lancashire. Der Bedarf an Quartieren überforderte die einheimischen Familien. Abends spielten die Männer Fußball, und der Schweißgeruch aus den ungewaschenen, verlausten Uniformen weckte Erinnerungen an vergangene Schlachten.

Stephen führte seine Einheit zu einer Scheune, über deren Nutzung Gray mit einer zögernden Frau und ihrem Sohn verhandelte. Bei Einbruch der Nacht hatten sie die Männer in sauberem Stroh untergebracht und mit einer heißen Mahlzeit aus der Gulaschkanone versorgt.

In dieser Nacht begann das Trommelfeuer. Auf dem Heuboden der Scheune las Stephen bei Kerzenlicht in einem Buch, als er es hörte. Nicht weit entfernt war eine Haubitze in Stellung gebracht worden und schüttelte nun den Staub der Jahrhunderte von den Dachsparren.

Das Bombardement war anfangs jedoch nicht besonders stark; es glich eher einem Räuspern, wenn auch die Echos wie ein klingender Baß bis weit in die Ebenen hallten. Als das Echo so tief wurde, daß es nicht mehr hörbar war, ließ sich in dem ununterbrochenen Geräuschvorhang ein anderer, tiefer Knall vernehmen, dann wieder ein anderer, der die Holzwände der Scheune erzittern ließ. Stephen spürte, wie die Erschütterungen durch die Holzdecke des Heubodens liefen. Er stellte sich die Kanoniere vor, denen bei ihrer Arbeit so warm wurde, daß sie sich in den tief eingegrabenen Stellungen die Hemden auszogen und sich die Wachspfropfen tiefer in die Ohren schoben. Das Geräusch der Kanonen verblüffte ihn; auf einer Linie von zwanzig Kilometern produzierten sie eine rollende Sequenz; die schwersten Geschütze verursachten wie ein langanhaltender Paukenwirbel ein ununterbrochenes Grollen, die leichteren stimmten in unregelmäßigen Abständen ein und akzentuierten den Rhythmus. Nach einer Stunde stieß die gesamte Linie Geschosse aus und erfüllte die Nacht mit einem Stahlgewitter. Das Geräusch erinnerte an Donner, der in endlosen Wellen heranbrandete.

Aus dieser unbestreitbaren Feuerkraft ließ sich ein gewisser Trost ziehen; völlig trostlos war jedoch das Ausmaß des Konfliktes, den dieses Trommelfeuer ankündigte. Stephen hatte das Gefühl, daß sich die Widersprüche dramatisch zuspitzten; die Möglichkeit des Entkommens oder auch nur des Kompromisses war endgültig dahin; was blieb, war einzig die Hoffnung, seine Seite möge sich dem Feind überlegen zeigen.

Sie blieben noch zwei Tage in Colincamps; dann marschierten sie zur Front.

»Jetzt geht's los, Sir«, sagte Byrne, trat seine Zigarette aus und reihte sich neben Hunt ein. »Ich hätt' nie damit gerechnet, daß wir Sie wiedersehen würden, nachdem es Sie in dem Tunnel erwischt hat.«

»Ich auch nicht«, sagte Hunt. »Ich wünschte, wir wär'n alle in diesem verdammten Tunnel geblieben.«

Stephen lächelte. »Damals hat's Ihnen da unten aber gar nicht gefallen. Na, ist ja auch egal. Jetzt wird's ganz anders hergehen. Holen Sie bitte mal Studd und Barnes her. Leslie, Sie hatten zwei Tage lang Zeit, Ihr Gewehr zu putzen. Jetzt, wo es zum Abmarsch geht, brauchen Sie damit nicht anzufangen.«

Unter den kritischen Augen Hauptfeldwebels Price setzte sich die Kompanie in Bewegung; er hastete von einem Ende des Platzes zum anderen, um seine Befehle von Captain Gray entgegenzunehmen. Price war offenbar der einzige, der wußte, welche Landstraße sie an die richtige Stelle führen und welche Marschkolonne sie schließlich an ihre zugewiesene Position an der Front bringen würde. Während das Trommelfeuer den dritten Tag begann, schwankte unter ihren Füßen der Boden.

Auf ihrem Marsch über die befestigte Straße in Richtung Auchonvillers geriet die Kompanie in ein unruhiges *joie de vivre*. Die Munitions- und Nachschubtransporte waren so dicht, daß die Männer einen Feldweg quer durchs Gelände einschlagen mußten.

Der Staub und die Blütenpollen, die von den Feldern und Hecken herübergeweht wurden, ließen Stephens Haut und Nase jucken. Die Männer schwitzten unter ihrem schweren Gepäck, und der Schweißgeruch stieg in die warme Sommerluft. Sie sangen Marschlieder mit trivialen, sich ständig wiederholenden Refrains über die Heimat. Stephen blickte auf die Streifen zwischen den Fahrspuren, wo die Karrenräder das Gras nicht niedergedrückt hatten. Er dachte an die Generationen von Bauern, die an solchen klaren Sommertagen hier entlanggezogen waren.

Hinter einer Wegbiegung sah er zwei Dutzend Männer mit nackten Oberkörpern, die am Wegrand eine etwa zehn mal zehn Meter große Grube aushoben. Einen Augenblick stutzte er. Die Grube schien keinem landwirtschaftlichen Zweck zu dienen, weil längst gepflügt und ausgesät war. Dann war ihm schlagartig klar, wozu sie dienen sollte. Die Männer gruben ein Massengrab. Er überlegte, ob er einen Befehl schreien sollte kehrtzumachen, oder daß die Männer zumindest die Gesichter abwenden sollten, aber da waren sie schon an der Grube angekommen – und in diesem Augenblick sahen viele ihr eigenes Grab. Die Lieder erstarben auf ihren Lippen, und die Vögel eroberten sich die Melodien zurück.

Sie marschierten schweigend weiter, schwenkten wieder auf die befestigte Straße ein und erreichten schließlich Auchonvillers. In Erwartung der Schlacht hatte sich hier alles verändert. Das Café, in dem er damals mit den Azaires zu Mittag gegessen hatte, war in ein Feldlazarett umgewandelt worden. In der Hauptstraße des Dorfs, umrahmt von Strohballen und Karren voller Tierfutter, saß Colonel Barclay auf einem Schlachtroß mit glänzenden, gestriegelten Flanken. Um ihn herum formierten sich die Kompanien zu einem Rechteck, schwiegen und blickten zu ihm auf; er räusperte sich und sagte dann, was alle längst erwartet hatten, bislang aber offiziell noch nicht wußten. Mit seiner angestrengten Würde und dem ungeduldig schnaubenden Pferd sah Barclay wie eine Figur der komischen Oper aus.

»Ihr werdet den Angriff ausführen. Ich weiß, daß ihr euch darüber freut, weil ihr einzig und allein deshalb hier seid. Ihr werdet kämpfen, und ihr werdet siegen. Ihr werdet dem Feind eine vernichtende Niederlage beibringen, von der er sich nie wieder erholen wird. Hört nur, wie die Artillerie die feindlichen Stellungen in Schutt und Asche legt. Morgen wird das Trommelfeuer eingestellt, und dann werdet ihr angreifen. Der Feind wird dann bereits total demoralisiert sein. Seine Verteidigungsanlagen sind zertrümmert, die Stacheldrähte zerfetzt, die Schützengräben eingestürzt. Ich bin fest davon überzeugt, daß kaum noch ein Schuß auf euch abgegeben wird. Der Feind wird froh sein, endlich Soldaten zu sehen, denen er sich ergeben kann.«

Barclay hatte die anfängliche Nervosität und Barschheit inzwischen überwunden. Seine Begeisterungsfähigkeit, sein naiver Glaube an das, was er sagte, sprang auf die Männer über. Manche der jüngeren brachen in Tränen aus.

»Allerdings muß ich euch warnen, bei allen Kapitulationsangeboten äußerste Vorsicht walten zu lassen. Meine Befehle vom Generalstabschef lauten, daß es einzig Sache des Feindes ist, seine Kapitulation unmißverständlich deutlich zu machen. Solltet ihr auch nur den leisesten Zweifel haben, wißt ihr, was ihr zu tun habt. Ich halte das Bajonett immer noch für eine äußerst effektive Waffe.

Ich muß wohl niemanden unter euch ausdrücklich an die glorreiche Geschichte dieses Regiments erinnern. Unseren Spitznamen, die ›Ziegen‹, haben wir uns im Spanischen Halbinselkrieg erworben, als wir in gebirgigem Gelände gezeigt haben, was in uns steckt. Wir wichen keinen Schritt zurück; und es war der Duke of Wellington persönlich, der das hohe Lied auf unsere Tapferkeit anstimmte. Ich kann euch nicht mehr mit auf den Weg geben als dies: Daß ihr der Erinnerung an jene Männer, die vor euch unsere Farben getragen haben, gerecht werden müßt. Euer Kampfgeist muß den großen Taten dieses Regiments Ehre machen. Siegen müßt ihr für eure Familien, für euren König und für euer Heimatland. Und ihr werdet siegen. Wir treffen uns zum Abendessen in Bapaume. Gott mit uns.«

Vereinzelte Hurra-Rufe wurden von der Militärpolizei sofort unterdrückt, die jeder Kompanie eine Reihe von Instruktionen zubrüllte. Strengste Disziplin sei zu wahren. Wer seine Pflicht nicht erfülle, werde auf der Stelle erschossen. Im Getümmel der Schlacht werde es keine Zeit zu Nachfragen geben. Als die Begeisterung der Leute bereits sank, verlas die Militärpolizei auch noch eine Liste jener Männer, die wegen Feigheit vor dem Feind exekutiert worden waren: »Kennedy, Richard, Desertion im Angesicht des Feindes, hingerichtet; Masters, Paul, Befehlsverweigerung, hingerichtet ...«

Stephen wandte sich von der Stimme ab, die die Liste verlas, und schaute in die verunsicherten, angsterfüllten Gesichter Hunts, Leslies und Barnes'. Tipper, der Junge, den man schreiend aus dem Schützengraben entfernt hatte, war rechtzeitig wieder zur Stelle, und er hatte immer noch den gleichen, leeren Gesichtsausdruck. Sogar Byrnes lange, sanguinische Züge waren kalkweiß. Vielen Männern standen Zweifel ins Gesicht geschrieben, als wären sie Jungen, die zwischen Abenteuerlust und dem Wunsch, zu ihren Müttern zurückzukehren, hin und her gerissen wurden. Stephen wollte nicht weiterhören.

»Simpson, William, Desertion, hingerichtet ...«

Als sie aus Auchonvillers abrückten, streifte Stephens Erinnerung jenen heißen Tag, den er mit der Familie Azaire hier am Fluß verbracht hatte. Sie hatten andere Familien getroffen, manche sogar aus Paris, die wegen der berühmten Angelplätze an der Ancre angereist waren. Vielleicht würde er morgen schließlich doch noch in der Patisserie von Thiepval *English Teas zu* trinken bekommen.

Er dachte an Isabelles offenes, liebevolles Gesicht; er dachte an ihren Puls, jenen verborgenen Rhythmus der Leidenschaft, in dem sich ihre ungewöhnliche Lebendigkeit ausgedrückt hatte. Er erinnerte sich an Lisettes gerötetes Gesicht, an ihre Koketterie und auch daran, wie sie seine Hand genommen und an ihren Körper gepreßt hatte. Jener von Gefühlen aufgeladene Tag erschien ihm jetzt genauso unwirklich und bizarr wie der Nachmittag, durch den sie nun querfeldein zu den Reservegräben marschierten.

Stephen hörte das Marschgeräusch, als die Männer sich in Bewegung setzten, und schaute auf seine Füße hinunter; die Stiefel unter den Wickelgamaschen trugen ihn vorwärts. In diesem Augenblick, da sie das Dorf mit seinen Kulissen der Normalität verließen, schien die Zeit stillzustehen und zusammenzubrechen. Die folgenden drei Tage vergingen wie ein Wimpernschlag; und dennoch waren alle Bilder von einer statischen Angst aufgeladen, die bis zum Augenblick des Todes präsent sein würde.

Unterwegs wurden Drahtscheren verteilt.

»Ich dachte, die Kanonen hätten den Draht zerfetzt«, sagte Byrne. »Zwei Gasmasken? Wieso denn zwei?«

Tipper lächelte irre, als Price ihm ein Blechdreieck an den Rücken heftete. »Damit dich die Beobachter von hinten auch erkennen können, junger Mann«, sagte Price. Die Luft über ihnen bestand aus Metall, der Boden schwankte unter den Einschlägen.

Selbst den erfahrenen Männern boten sich ungewohnte Anblicke. In den Reserve- und Verbindungsgräben wimmelte es wie in Eisenbahnwaggons zur Stoßzeit, und nur Prices gebrüllte Befehle hielten eine gewisse Ordnung aufrecht. Harringtons Einheit marschierte in falscher Richtung auf Serre. Kompanie B unter Lucas nicht an Ort und Stelle. Schweißgeruch unter achtzig Pfund schwerem Marschgepäck im Gedränge zwischen erregten, nervösen Männern. Ein plötzliches Sommergewitter, das aus Pozières heranzog, entlud sich über den deutschen Linien, drehte dann nach Westen und verwandelte die Erde unter dem Druck britischer Stiefel zu Matsch. All das geschah gleichzeitig.

Michael Weir stand auf einem Erdhügel und starrte in Richtung der Hawthorne-Höhe. Stephen kletterte aus dem Graben und ging zu ihm hinüber. Weirs Gesicht war von einer ungewöhnlichen Erregung gezeichnet. »Da drüben wird es einen solchen Knall geben, daß ihnen die Luft wegbleibt«, sagte er. »Wir haben gerade die Sprengladungen angebracht. Firebrace ist noch unten und legt die Zündschnur.«

Stephen erfüllte plötzlich eine große Klarheit. »Was werden Sie morgen machen? Wo werden Sie sein?« Seine Stimme klang abgerissen, besorgt.

»Ich sehe aus sicherer Entfernung zu.« Weir lachte. »Wir haben unsere Schuldigkeit getan. Einige meiner Männer haben sich freiwillig als Krankenträger gemeldet, falls es nicht genügend geben sollte. Wir hoffen, daß wir Sie alle bei einem warmen Abendessen wiedersehen. Sehen die deutschen Linien nicht bildschön aus?«

Stephen sah gelben Ginster und Gräser vor den schon seit langem befestigten Linien; weiße Kalkstreifen zogen sich über die Hügel, in die die zentralen Verteidigungsanlagen gegraben waren. Darüber ballte sich eine rote Staubwolke zusammen, die aus den Ziegeln des Dorfs bestand, das vom Trommelfeuer pulverisiert wurde. Schrapnellkegel explodierten in weißem und gelbem Licht. Als die Sonne durch die Gewitterwolken drang, spannte sich über ihnen ein schwacher Regenbogen.

Weir grinste. »Zufrieden?«

Stephen nickte. »O ja.«

Er verschwand wieder im Gedränge, das durch den Graben wogte, und dachte: Diese Sache hat jetzt eine Eigendynamik, und sie trägt mich mit sich fort. »Armer Fritz«, sagte eine Stimme. »Unsere Kanonen müssen ihn wahnsinnig gemacht haben.«

Neben ihm war Hunt, der unter seiner Gepäcklast stöhnte. Er hatte einen kleinen Holzkäfig daran festgebunden, in dem zwei Tauben saßen. Stephen starrte in ihre leeren, marmornen Augen.

Sie mußten nur noch diese Nacht herumbringen. Dann würde es losgehen. Sie lagen in Angriffsformation. Irgendwie hatte Price ihre Position gefunden, und in seiner Detailversessenheit hatte Corporal Petrossian die Einheit ordnungsgemäß antreten lassen. Der Schützengraben war in gutem Zustand. »Bester Appell, den ich je erlebt habe«, sagte er. »Und endlich mal 'ne Vorderwand, die ganz mit Holz verkleidet ist.«

»Sehen Sie mal, da ist der Reservepater.«

Mit dem Meßgewand über der Khakihose, mit Stola, Gebetbuch und glühender Glatze stand Horrocks wie ein an die Erde gefesselter Vogel auf einer Anhöhe: der Pater höchstpersönlich, der Reservepater genannt wurde, weil er nie jenseits der hinteren Linien auftauchte. Nervöse Bewegung unter den Männern, Ungläubige fanden in ihrer Angst zum Glauben. Eine verschämte Herde scharrte sich um den Seelenhirten.

Stephen Wraysford schloß sich ihnen an. Er sah Jack Firebrace, dessen Gesicht noch schmutzverkrustet war. Neben ihm Arthur Shaw, ein großer, ernster Mann.

Und auch seine Männer, die am Morgen angreifen würden, knieten zu Boden, verbargen das Gesicht hinter einer Hand und fanden sich im lähmenden Tunnel ihrer selbst, in einer Dunkelheit, in der es keine Zeit mehr gab, sondern nur noch den Versuch, sich mit dem Tod vertraut zu machen. Die Worte des Paters waren im Toben des Trommelfeuers kaum zu verstehen.

Stephen stieß auf etwas Tieferes als Demut – ein Gefühl totaler Inkonsequenz. Er preßte die Hand vors Gesicht, Haut, Fleisch und Knochen; pathetischer Junge aus Lincolnshire. Um sein Blut, seine Muskeln, seine Knochen fürchtete er nicht, aber das Ausmaß dessen, was nun seinen Lauf nahm, die ungeheure Masse unterm fürchterlichen Inferno des Himmels untergrub seine Selbstkontrolle.

Sein Mund formte das Wort Jesus. Er wiederholte es lautlos, wieder und wieder. Es war sowohl Gebet als auch Fluch. Jesus, *Jesus* ... Jetzt stand das Schlimmste bevor; ein Vorspiel nur, was bislang geschehen war.

Die Hostie lag auf seiner Zunge, der süße Wein, aber er verlangte nach mehr. Das Abendmahl war vorüber, aber einigen Männern gelang es nicht, sich zu erheben. Sie blieben knien. Sie hatten ihren Ursprung gefunden, und nun wollten sie auf der Stelle sterben, ohne den Tag ertragen zu müssen, der vor ihnen lauerte.

Stephen kehrte in den Graben zurück; die Männer waren erregt.

»Der Angriff ist um zwei Tage verschoben worden«, sagte Byrne. »Es ist zu naß.«

Stephen schloß die Augen. Jesus, Jesus. Er war bereit gewesen.

Grays Gesicht bestand nur noch aus einer zerfurchten Linie tiefster Sorge. Sie gingen gemeinsam zu einem kleinen Hügel, der aus dem Aushub eines Tunnels bestand.

»Wir müssen die Ruhe bewahren«, sagte Gray. Stephen sah, wie schwer ihm das fiel. »Ich will noch einmal den Plan rekapitulieren. Die Artillerie legt vor Ihnen ein Sperrfeuer. Sie rücken im Schrittempo hinter dem Sperrfeuer vor. Wenn es unterbrochen wird, nehmen Sie Ihre Ziele ins Auge und warten dann, bis das Sperrfeuer wieder einsetzt. Dadurch haben Sie während des gesamten Angriffs Feuerschutz. Der deutsche Draht ist in Stücke gerissen, und viele Geschütze des Feinds sind zerstört. Die Verluste dürften bei zehn Prozent liegen.«

Stephen lächelte ihn an. »Glauben Sie das wirklich?«

Gray holte tief Luft. »Ich gebe Ihnen Ihre Befehle. Wir sind auf der Flanke des Hauptangriffs. Unser Bataillon muß sich flexibel verhalten. Wir stehen mitten zwischen hervorragenden Kampfverbänden. Die Ulsters, die neunundzwanzigste Division – die Incomparables, frisch aus Gallipoli.«

»Frisch?« fragte Stephen.

Gray sah ihn an. »Wenn ich sterbe, Wraysford, und Sie noch am Leben sind, dann übernehmen Sie das Kommando über die Kompanie.«

»Ich? Wieso nicht Harrington?«

»Weil Sie ein wahnsinniger, kaltherziger Teufel sind, und genau so einen werden wir brauchen.«

Das Tageslicht schwand, und Gray hob zum wohl zwanzigsten Mal an diesem Tag den Feldstecher vor die Augen. Er reichte ihn Stephen. »Über dem vordersten deutschen Graben hängt eine Fahne. Können Sie lesen, was draufsteht?«

Im Glas erblickte Stephen ein riesiges Plakat. »Ja. Da steht ›Willkommen bei der neunundzwanzigsten Division‹.« Ihm wurde übel.

Gray schüttelte den Kopf. »Der Stacheldraht ist noch intakt, müssen Sie wissen. Ich möchte nicht, daß Sie das Ihren Männern sagen, aber ich bin mit dem Glas die Linien auf und ab gewandert, und ich kann Ihnen versichern, daß es über Abschnitte von mehreren hundert Metern überhaupt keine Bombenschäden gibt. Die Geschosse sind nicht explodiert.«

»Ich dachte, der Draht sei von hier bis Dar-es-Salaam in Fetzen geschossen?«

»Eine Stabsphantasie. Haig, Rawlinson, diese Typen. Sagen Sie es aber nicht Ihren Männern, Wraysford. Sagen Sie es Ihnen nicht, beten Sie für sie.«

Gray schlug die Hände vors Gesicht. Seine Klugheit und seine gefüllten Bücherregale nutzten ihm hier nichts, dachte Stephen.

In den achtundvierzig Stunden ungewollter Gnadenfrist hatten die Männer nun noch mehr Zeit, sich vorzubereiten.

Dem ersten Gewehrschuß folgte ein falsettartiges Knacken. Barnes hatte sich durch die Stirn geschossen.

Bei Anbruch der Nacht schrieben sie Briefe.

Michael Weir schrieb:

»Liebe Mutter, lieber Vater!

Wir werden angreifen. Seit Tagen haben wir untertage Vorbereitungen getroffen. Meine eigene Einheit war daran beteiligt, und nun haben wir unsere Arbeit erledigt. Einige Männer haben sich freiwillig gemeldet, um am Tag des Angriffs als Krankenträger zur Verfügung zu stehen. Die Moral ist hervorragend. Wir gehen davon aus, daß dieser Vorstoß den Krieg beenden wird. Es ist sehr unwahrscheinlich, daß viele Deutsche unser Bombardement überlebt haben.

Vielen Dank für den Kuchen und die Erdbeeren. Es ist schön, daß der Garten Euch so viel Freude bereitet. Die Beeren haben wir hier sehr genossen. Ich denke oft an Euch beide und an unser ruhiges Leben daheim. Macht Euch bitte keine Sorgen um mich. Eure Gebete mögen aber die Männer begleiten, die aus den Schützengräben herausmüssen. Mutter, vielen Dank für die Seife, die, wie Du Dir denken kannst, sehr willkommen war. Ich freue mich, daß Euer gemeinsamer Abend mit den Parsons so erfolgreich verlaufen ist. Bitte richtet auch Mr. und Mrs. Stanton mein Beileid aus. Das mit ihrem Sohn habe ich erst neulich erfahren.

Ich bin mir ganz sicher, daß ich die Schneiderrechnung beglichen habe, als ich auf Urlaub war, aber falls ich mich irren sollte, wäre ich Euch dankbar, wenn Ihr das für mich regeln könntet; bei meinem nächsten Urlaub werde ich Euch die Auslagen erstatten. Macht Euch bitte keine Sorgen um mich. Hier ist es warm genug. Fast ein bißchen zu warm – ich brauche also weiter nichts, weder Socken noch Pullover.

Herzlich, Euer Sohn
Michael.«

Tipper schrieb:

»Liebe Mama und Papa!

Man hat mich wieder zu meinen Kumpels zurückgeschickt, und ich bin wirklich stolz, wieder dabeizusein. Das ist hier eine tolle Sache mit all den Kapellen und den Männern aus den anderen Kompanien. Unsere Kanonen verschießen das schönste Feuerwerk. Wir werden angreifen, und wir können es kaum noch abwarten, dem Fritz den Hintern zu versohlen. Die Generäle sagen, daß wir mit überhaupt keinem Widerstand rechnen müssen, weil unsere Kanonen sie längst erledigt haben. Wir sollten eigentlich schon gestern rüberspazieren, aber da war das Wetter nicht so gut.

Die Warterei fällt einem schwer. Ein paar von den Jungs sind etwas niedergeschlagen. Byrne, dieser Bursche, von dem ich Euch schon mal geschrieben habe, kommt immer mal bei mir vorbei und muntert mich auf. Ich freue mich, daß Fred Campbell bislang alles gut überstanden hat. Prima Sache.

Also, liebe Mama und lieber Papa, mehr habe ich Euch eigentlich nicht zu erzählen. Morgen werden wir wissen, ob wir uns eines Tages wiedersehen werden. Macht Euch keine Sorgen um mich. Ich habe keine Angst vor dem, was auf mich zukommt. Als ich ein kleiner Junge war, habt Ihr mich immer gut behandelt, und ich werde Euch nie im Stich lassen. Bitte schreibt mir wieder; über die Nachrichten von zu Hause freue ich mich immer ganz besonders. Bitte schickt mir ein paar Ansichtskarten von St. Albans. Grüßt Kitty herzlich von mir. Ihr wart mir die liebste Mama und der liebste Papa auf der ganzen Welt.

Herzlich, Euer Sohn
John.«

Stephen mußte schlucken, als er den Brief las und den Umschlag versiegelte. Er dachte an den Ausdruck böser Vorahnungen auf Grays erfahrenem Gesicht und spürte, wie ihn eine maßlose Wut überkam. Er riß ein Blatt aus seinem Notizbuch und schrieb:

»Liebe Isabelle!

Ich schicke diesen Brief an die Adresse in Amiens, wo er vermutlich nicht ankommen wird, aber ich schreibe Dir dennoch, weil ich sonst niemanden habe, dem ich schreiben könnte. Ich sitze unter einem Baum in der Nähe des Dorfs Auchonvillers, wo wir einmal zusammen einen Tag verbracht haben.

Wie Hunderttausende anderer britischer Soldaten versuche ich mit meinem Tod auf diesen Feldern ins reine zu kommen. Ich schreibe Dir, um Dir zu sagen, daß Du der einzige Mensch bist, den ich je geliebt habe.

Dieser Brief wird Dich wahrscheinlich nie erreichen, aber ich wollte jemandem mitteilen, wie es sich anfühlt, an diesem Freitag im Juni hier im Gras zu sitzen, zu spüren, wie die Läuse auf meiner Haut krabbeln; mein Magen ist voll mit warmem Eintopf und Tee, vielleicht die letzte Mahlzeit meines Lebens, und über mir höre ich die Kanonen zum Himmel schreien.

Hier wird gegenwärtig ein großes Verbrechen gegen die Natur begangen. Ich fühle es in jeder Pore meines Körpers. Diese Männer und Jungen sind Kaufleute und Angestellte, Gärtner und Väter –Väter kleiner Kinder. Kein Land kann es sich leisten, solche Männer zu verlieren.

Ich habe Angst vorm Sterben. Ich habe gesehen, was Geschosse anrichten können. Ich habe Angst, den ganzen Tag lang verwundet in einem Granattrichter zu liegen. Isabelle, ich habe furchtbare Angst davor, allein zu sterben, und niemand ist da, der mich berührt. Aber ich muß ein Vorbild sein.

Ich muß morgen früh als erster aus dem Graben. Sei bei mir, Isabelle, begleite mich im Geiste. Hilf mir, wenn ich sie in das hineinführen muß, was uns erwartet.

Ich werde Dich immer lieben,
Stephen.«

Jack Firebrace schrieb:

»Liebe Margaret!

Ich danke Dir für Deinen Brief. Ich finde keine Worte für meine Trauer. Er war unser Junge, er war das Licht unseres Lebens.

Aber, liebe Margaret, wir müssen stark sein. Ich mache mir so große Sorgen um Dich und frage mich, wie Du damit umgehst. Hier gehen Dinge vor, die mich davon ablenken.

Ich glaube, es war Gottes Wille. Wir wollten ihn behalten, aber Gott wollte es anders. Weißt Du noch, wie er unten am Kanal den Pusteblumensternen nachgelaufen ist? Und was für ulkige Worte er für Dinge benutzte, die er noch nicht aussprechen konnte, als er noch ein Kleinkind war?

Ich denke ständig an diese Dinge, und Gott ist gnädig. Er hat mir Erinnerungen an ihn als kleinen Jungen zurückgegeben, viele kleine Dinge sind mir wieder eingefallen. Daran denke ich, wenn ich nachts schlaflos liege, und sie trösten mich dann. Ich stelle mir dann vor, daß er in meinen Armen schläft.

Sein Leben war ein Segen für uns, es war ein Geschenk Gottes. Es war das schönste Geschenk, daß man nur bekommen kann. Wir müssen dankbar sein.

Morgen werden die Männer angreifen, und ich denke, daß wir einen großen Sieg erringen. Bald wird der Krieg vorbei sein, und dann komme ich wieder zu Dir nach Hause zurück.

In Liebe, Dein Mann
Jack.«

Byrne, der, anders als die anderen Männer, kein regelmäßiger Briefeschreiber war, fand ein kleines Stück Papier, auf dem er seinem Bruder schreiben wollte. Er schrieb sehr sorgfältig in blauer Tinte.

»Lieber Ted!

Dies sind ein paar Zeilen nur für Dich, falls wir uns nicht wiedersehen sollten. Wir werden morgen angreifen, alles ist total in Hurrastimmung und bester Laune, und wir vertrauen auf unser Glück.

Bitte grüße all die vielen, sehr lieben Freunde.

Sag Mama, daß ich sie liebe, aber auch Tom und Dalsy und die Babies.

Ich hoffe, dies ist ein au revoir und kein Lebewohl.

Dein Dich liebender Bruder Albert.«

Als er fertig war, brachte er es nicht über sich, den Briefumschlag zuzukleben. Er zog den Brief wieder heraus und schrieb quer über den unteren Rand: »Kopf hoch, Ted, mach Dir um mich keine Sorgen, mir geht's prima.«

Acht Stunden vor dem neu festgesetzten Zeitpunkt des Angriffs schwiegen die Geschütze; man sparte Munition für den Morgen.

Es war Nacht, aber niemand schlief. Tipper starrte Leslie und Studd ungläubig an. Jetzt konnten ihn kein Zauber und kein Aberglaube mehr retten. Seine letzte Chance war vertan. Jetzt mußte er sich nur noch bis zum Anbruch der Dämmerung zusammenreißen.

Stephen betrachtete eingehend Byrne, der neben ihm saß. Als er die Augen aufschlug, konnte Stephen seinem Blick nicht standhalten. Byrne wußte die Wahrheit.

Er ging zu Hunt, der betend auf dem Boden des Schützengrabens kniete. Er berührte seine Schulter und legte ihm dann die Hand auf den Kopf. Er ging zu Tipper, klopfte ihm auf die Schulter und drückte ihm lange die Hand.

Smith und Petrossian, die Corporale, zwängten sich zwischen den widerstrebenden Männern durch und kontrollierten die Ausrüstungen.

Brennan saß für sich allein und rauchte. »Ich habe an Douglas gedacht«, sagte er. Stephen nickte. Brennan fing an, ein irisches Lied zu singen.

Er sah, wie Byrne die Arme ausstreckte und Tipper an seine Brust drückte. »Es dauert nicht mehr lange, es dauert gar nicht mehr lange.«

Gegen vier, als die Nacht am dunkelsten war, senkte sich eine tödliche Stille über die Front. Niemand sprach.

Endlich hob sich schwaches Licht über den Hügeln, und vom Fluß stieg Dunst auf. Es begann zu regnen.

Gray erschien am Ende des Verbindungsgrabens und stieß mit saurem Atem hervor: »Der Angriff erfolgt um sieben Uhr dreißig.«

Die Kompanieführer waren entsetzt und mochten es nicht glauben. »Bei Tageslicht? Bei *Tageslicht*?« Die Gesichter der Männer verzogen sich vor Angst und Verzagtheit, als sie die Nachricht erreichte.

Zum Frühstück gab es Tee, der in Benzinkanistern hertransportiert wurde. Hunts ernstes Gesicht beugte sich über einen winzigen Kocher, auf dem er sich Speck briet.

Stephen spürte, wie die Säure einer schlaflosen Nacht vom Magen auf die Zunge rann.

Dann gab es Rum, der die Zungen wieder löste. Die Männer tranken gierig. Einige der ganz jungen torkelten lachend herum. Deutsches Artilleriefeuer, das bislang nur ganz sporadisch zu hören war, verstärkte sich zur Überraschung der Männer wieder, denen man erzählt hatte, daß die deutschen Geschütze alle zerstört seien.

Die britische Antwort kam prompt. Immerhin waren die Männer jetzt nah genug, um beobachten zu können, was die Geschosse anrichteten; der Anblick machte ihnen Mut. Studd und Leslie warfen, vom Rum berauscht, die Arme in die Luft und brüllten. Sie konnten erkennen, wie vor den deutschen Gräben Erdfontänen aufspritzten.

Der Lärm über ihren Köpfen wurde immer dichter. Sieben Uhr fünfzehn. Gleich war es soweit. Stephen kniete am Boden, einige Männer zogen Photographien aus den Taschen und küßten die Gesichter ihrer Frauen und Kinder. Hunt riß schmutzige Witze, Petrossian umklammerte ein silbernes Kruzifix.

Das Bombardement erreichte seinen Höhepunkt. Über ihren Köpfen bestand die Luft nur noch aus ohrenbetäubendem Lärm, der bewegungslos zu sein schien. Es war, als ob sich in der Luft Wellen aufbauten, ohne zu brechen. Es war ein Geräusch, das die Erde noch nicht gehört hatte. Jesus, sagte Stephen, Jesus, Jesus.

Auf der Anhöhe explodierte die Sprengladung und riß ein riesiges Stück zusammenhängenden Bodens in die Höhe; die Erde war ausgeweidet. Flammen schlugen mehr als dreißig Meter in den Himmel. Das ist zu viel, dachte Stephen. Das schiere Ausmaß verschreckte ihn. Schockwellen der Explosion erschütterten den Graben. Brennan wurde gegen den Schützenauftritt geschleudert und brach sich ein Bein.

Wir müssen jetzt raus, dachte Stephen. Aber immer noch kein Kommando. Byrne sah ihn fragend an. Stephen schüttelte den Kopf. Noch zehn Minuten.

Sofort setzte deutsches Feuer ein. Der Rand des britischen Grabens spritzte und spuckte Erde, wenn die Maschinengewehrgarben einschlugen. Stephen duckte sich. Männer schrien.

»Noch nicht!« brüllte Stephen. Die Luft über dem Graben bestand jetzt aus Stahl.

Der kleine Zeiger seiner Armbanduhr in Zeitlupe. Eine Minute vor halb. Die Trillerpfeife zwischen seinen Lippen. Sein Fuß auf dem Auftritt. Er schluckte trocken und stieß Luft in die Pfeife.

Er kletterte aus dem Graben und sah sich um. Für einen Augenblick herrschte vollkommene Stille, weil das Bombardement eingestellt worden war und auch die deutschen Maschinengewehre schwiegen. Hoch im wolkenlosen Himmel segelten und sangen Lerchen. Er fühlte sich so verlassen, als ob er im Moment der Schöpfung in diese frische Welt gestolpert wäre.

Dann begann die Artillerie, das erste Sperrfeuer zu legen, und die deutschen Geschütze antworteten umgehend. Zu seiner Linken sah Stephen Männer, die aus dem Graben zu klettern versuchten, aber von Kugeln umgerissen wurden, bevor sie sich überhaupt aufgerichtet hatten. In den Durchlässen zwischen den Stacheldrahtverhauen häuften sich Leichen. Hinter ihm krochen immer mehr Männer aus dem Graben. Er sah Gray am Rand des Grabens entlanglaufen und anfeuernde Worte brüllen.

Zögernd ging er vorwärts; seine Haut spannte sich in Erwartung des Gefühls, daß Metall in Fleisch reißt. Er drehte seinen Körper leicht seitwärts, um die Augen zu schützen. Im Inferno ohrenbetäubenden Lärms krümmte er sich zusammen wie eine alte Frau.

In dem befohlenen, langsamen Schrittempo ging neben ihm Byrne. Stephen blickte nach rechts und sah eine lange, schwankende Reihe aus Khaki, primitive Puppen, die sich entschlossen, mit festem Tritt vorwärtsbewegten, mit den Armen durch die Luft ruderten, zu Boden fielen, ersetzt wurden, fielen, ersetzt wurden und wieder fielen, als fahre ein Sturm durch sie hindurch. Er versuchte, Byrnes Blick zu erhaschen, aber es gelang ihm nicht. Das Rattern der Maschinengewehre wechselte mit dem scharfen Knallen der Scharfschützen und dem Brüllen des Sperrfeuers vor ihnen.

Er sah, wie rechts neben ihm Hunt fiel. Studd bückte sich, um ihm aufzuhelfen, und Stephen sah, wie Maschinengewehrkugeln den Kopf zu hellrotem Brei zerfetzten und den Helm wegdrückten.

Seine Füße tasteten sich behutsam über die zerwühlte Erde. Nach zwanzig oder dreißig Metern ergriff ihn ein Gefühl, als schwebe er über seinem Körper, als hätte sein Körper ein automatisiertes Eigenleben angenommen, das er nicht mehr kontrollieren konnte. Es war, als wäre er in einem Traum von der Luft aus Metall geschieden worden, durch die sein Fleisch wandelte. In dieser Trance schwang eine Art Erlösung mit, die fast schon Heiterkeit gleichkam.

Zehn Meter vor ihm, auf der rechten Seite, ging Colonel Barclay. Er trug einen gezückten Säbel.

Stephen fiel zu Boden. Irgendeine Kraft hatte ihn umgerissen. Er lag neben einem blutenden, zitternden Mann in einer Mulde. Das Sperrfeuer war viel zu weit gezielt. Jetzt richteten die deutschen Geschütze ihrerseits eine Mauer aus Metall auf. Schrapnelle jagten ihre gezackten Kegel durch jeden Millimeter Luft, der noch nicht von Maschinengewehrkugeln gefüllt war.

Es gibt nicht genug Platz für all dies Metall, dachte Stephen. Es muß miteinander kollidieren und über uns Funken schlagen. Der Mann neben ihm schrie unhörbar. Stephen wickelte seine Jacke um das Bein des Mannes und sah dann an sich selbst hinunter. Er war nicht verwundet. Er kroch an den Rand des Trichters. Vor ihm liefen Männer. Er stand auf und ging weiter.

Vielleicht wäre er mit ihnen zusammen sicherer. Er empfand nichts, als er über die geschundene Erde stapfte, auf der in Abständen von wenigen Metern überall verkrümmte Khakihaufen lagen. Die Last auf seinem Rücken drückte ihn schwer. Er blickte sich um und sah eine zweite Angriffswelle durchs Niemandsland ins Sperrfeuer laufen. Die Männer wurden wie eine Brandungswelle, die ins Meer zurückschlägt, hochgewirbelt. Körper türmte sich auf Körper und versperrte den Weg nach vorn.

Neben ihm, im gleichen, träumerischen Zustand, ging ein Mann, dem ein Teil des Gesichts fehlte, der aber immer noch sein Gewehr ausgestreckt vor sich hertrug. Seine Nase hing nur noch an einem Hautfetzen, und dort, wo eine Wange gewesen war, konnte Stephen die Zähne sehen. Der Lärm war anders als alles, was er je gehört hatte. Er lastete auf seiner Haut, vibrierte durch seine Knochen. Er dachte an den Befehl, nicht darauf zu warten, daß die hinteren Reihen aufschlössen, rückte langsam weiter vor und sah, als die Rauchschleier sich hoben, den deutschen Stacheldrahtverhau vor sich.

Er war völlig intakt. Auf der Suche nach einer Lücke liefen Männer davor hin und her. Im chaotischen Durcheinander mähten Maschinengewehrgarben sie nieder. Die Körper zuckten auf und ab, verdrehten sich und vollführten Sprünge. Dennoch gaben sie nicht auf. Zwischen den Leichen mühten sich zwei Männer vergeblich mit ihren Drahtscheren ab; ihre Bewegungen wurden zur Zielscheibe treffsicherer Scharfschützen. Dann rührten sie sich nicht mehr.

Dreißig Meter zu seiner Rechten sah er eine Bresche. Er lief darauf zu, obwohl er wußte, daß sie aus mehreren Richtungen unter Maschinengewehrfeuer lag. Er atmete tief durch, als er sie erreichte, und erwartete den Tod.

Sein Körper bewegte sich durch reine Luft, und während er rannte und rannte, fing er zu lachen an, ließ sich in einen Graben rollen und schob sein schweres Gepäck schützend über sich. Er war allein.

Lebendig, dachte er, lieber Gott, ich lebe ja noch. Der Krieg löste sich von ihm ab. Nur ein Stückchen Feld unter französischem Himmel, dachte er. Jenseits des Lärms gibt es Bäume, und unten im Tal fließt der fischreiche Fluß. Er empfand Durst, der ihm die Kehle ausdörrte, und griff zur Wasserflasche. Die warme, durchgeschüttelte Flüssigkeit durchströmte seinen Körper, und er schloß verzückt die Augen.

Außer ihm war niemand in dem Schützengraben. Er drückte sich an den Schanzanlagen vorbei. Sie waren meisterhaft konstruiert, verfügten über hohe Brustwehren und waren so sorgfältig befestigt wie Fensterbretter in Sussex. Auch die Zugänge zu den tief ausgehobenen Unterständen waren beste Handwerksarbeit. Von dieser erhöhten Position erkannte er, daß jeder Schritt der britischen Linien schutzlos feindlichem Feuer ausgesetzt war. Durch den Rauch des deutschen Sperrfeuers sah er, wie die verdreckte Angriffswelle immer noch vorwärtsstolperte, als würde sie von einem träge arbeitenden Uhrwerk vor den mörderischen Schlund der Maschinengewehre gedrückt.

In etwa zwanzig Metern Entfernung war der Schützengraben

abgewinkelt. Er konnte nicht erkennen, was hinter der Ecke lag, auf die er zukroch; er warf eine Handgranate über die Traverse und duckte sich. Niemand schoß auf ihn. Er stand auf, und von der Grabenkante spritzte ihm Erde in die Augen, als ein Maschinengewehr aus der zweiten Linie das Feuer eröffnete. Stephen vermutete, daß die meisten der Männer, die mit ihm die erste Angriffswelle gebildet hatten, tot waren. Die zweite Welle war noch nicht so weit gekommen, und vielleicht würde sie es nie schaffen. Er überlegte, ob er versuchen sollte, sich nach rückwärts durchzuschlagen, um sich dann einem erneuten Angriff anzuschließen, aber sein Befehl lautete, an Beaumont Hamel vorbei bis auf Beaucourt am Flußufer vorzustoßen. Das Motto des Soldaten, das Price den Leuten immer wieder einschärfte, lautete: Im Zweifel immer vorwärts.

Er schlich den Graben entlang und stieß auf eine Leiter. Während das Maschinengewehrfeuer über ihm die Erde hochwarf, kletterte er ins offene Gelände hinaus, begann zu laufen, ließ sich fallen und kroch auf einen Bombentrichter zu. Hier feuerten sechs Mann der Lancashire Fusiliers verbissen auf den deutschen Reservegraben. Als er sich in das Loch rollen ließ, wurde er fast von einem Bajonett aufgespießt.

Einer der ununterbrochen schießenden Männer sah ihn an und sagte etwas, was Stephen nicht verstand. Die Lippen schienen »mausetot« zu formen. Der Mann tippte auf Stephens Regimentsabzeichen, fuhr sich dann mit dem Finger an der Kehle entlang und deutete über die Schulter hinweg auf das Gemetzel im Niemandsland. Sie hatten ein Lewis-Maschinengewehr bis in diesen Bombentrichter geschleppt, und soviel Stephen verstehen konnte, wollten sie jetzt versuchen, es hinter einer Baumgruppe in Stellung zu bringen, um von dort aus den deutschen Graben unter Beschuß zu nehmen.

Stephen schüttelte den Kopf, legte sein Gewehr über den Trichterrand und begann zu schießen. Eine Stunde, vielleicht auch zwei, vergingen so unter zunehmendem Gegenfeuer aus dem zweiten Graben. Die Brustwehre waren noch fast völlig intakt, die Drähte unversehrt, die Unterstände unbeschädigt. In Kürze würde der Gegenangriff beginnen.

Stephen blickte in die erschöpften Gesichter der Lancashire-Männer im Bombentrichter. Sie wußten, daß sie in der Falle saßen.

Unter seinen Füßen entstand eine Bewegung. Es war das furchtbar verstümmelte Gesicht eines Mannes. Er brüllte, daß er getötet werden wollte, aber da er nicht zu seinem Regiment gehörte, weigerte sich Stephen. Als er sich bückte, um dem Mann seine zweite Wasserflasche zu geben, bettelte er darum, erschossen zu werden. Im Lärm der Schlacht, dachte Stephen, würde niemand etwas bemerken. Er schoß zweimal nach unten. Es war das erste Leben, dem er an diesem Tag ein Ende gesetzt hatte.

Jack Firebrace und Arthur Shaw standen auf einer Anhöhe, die sie Ein-Baum-Hügel getauft hatten, und blickten auf das Geschehen hinab. Sie hatten einen glatten Durchmarsch ohne nennenswerten Widerstand erwartet.

Jack stöhnte. Shaw sagte gar nichts. Sie sahen, wie die Schotten, die mit ihren Röcken wie hastende Frauen aussahen, ihre Stellungen verließen und auf dem gelbbraunen Erdboden reihenweise niedergemäht wurden. Sie sahen die Hampshires mit ihrem gleichmäßigen Tritt, als ob sie freiwillig an einem Tanz in Zeitlupe teilnahmen, von dem nie zurückzukehren sie einverstanden waren. Aus allen Richtungen sahen sie Männer, die machtlos in einen immer stärker werdenden Sturm taumelten.

Das riesige Loch, ihr eigener Beitrag zum Angriff, war bereits um zwanzig nach sieben gesprengt worden, so daß der Feind zehn Minuten Zeit gehabt hatte, seine Stellungen in aller Ruhe zu ordnen. Sie beobachteten, wie am Rand des Kraters junge Männer, ohne selbst einen einzigen Schuß abzugeben, in solchen Massen starben, wie sie es sich in ihren schlimmsten Träumen nicht vorgestellt hätten.

Sie trauten angesichts dieser Ungeheuerlichkeit ihren Augen nicht und hielten sich gegenseitig an den Armen fest.

»Das kann so nicht weitergehen«, sagte Jack, »das darf nicht weitergehen.«

Shaw staunte mit offenem Mund. Abgestumpft durch die Verwüstungen, die er mit angesehen und selbst verursacht hatte, beeindruckte ihn Gewalt nicht mehr, doch was er jetzt sah, gehörte einer völlig anderen Dimension an.

Bitte, Gott, mach, daß das aufhört, dachte Jack. Bitte mach, daß nicht noch mehr Männer in diesen Wirbelsturm geschickt werden.

Pater Horrocks kam und stellte sich neben sie. Er bekreuzigte sich und versuchte, sie mit Wort und Gebet zu trösten.

Jack wandte sich ab von dem, was er sah, und als er sich umdrehte, spürte er, wie etwas in ihm starb.

Shaw hatte zu schluchzen begonnen. Er preßte seine Bergmannshände gegen die Schläfen, und Tränen liefen ihm durchs Gesicht. »Junge, Jungs«, sagte er immer wieder. »Oh, meine armen Jungs.«

Horrocks zitterte. »Das ist die Hälfte Englands. Was sollen wir bloß tun?« stammelte er.

Dann schwiegen sie. Aus dem Graben unter ihnen brach es erneut hervor, und eine weitere Angriffswelle erschien auf der kraterübersäten Mondlandschaft, vielleicht Essex oder Duke of Wellington; es war unmöglich zu erkennen. Sie schafften kaum zehn Meter, bevor sie in Auflösung gerieten; erst fielen nur einzelne Männer, drehten sich um die eigene Achse, dann, als sie sich dem Sperrfeuer näherten, immer mehr; als sie schließlich in Reichweite der Maschinengewehre gerieten, gingen sie zu Boden, als ob ein starker Wind durch ein Kornfeld wütet. Jack dachte an Fleisch, an den Geruch von Fleisch.

Horrocks riß sich das silberne Kruzifix von der Brust und schleuderte es weg. Sein eingefleischter Reflex funktionierte noch, denn er fiel auf die Knie, aber er betete nicht. Er kniete mit ausgestreckten Händen auf dem Boden, senkte dann den Kopf und bedeckte ihn mit den Händen. Jack wußte, was in ihm gestorben war.

Stephen dachte an die kurze Kommunion, die ihm zuteil geworden war, als er, um besser zielen zu können, auf die Leiche des Mannes trat, den er getötet hatte. Nichts war mehr heilig; alles war entweiht. Im Toben über seinem Kopf konnte er nur ein einziges Wort einigermaßen klar verstehen.

»... das Scheiß-Lewis-Gewehr ... ums Verrecken.«

Noch im alles verzehrenden Lärm mußten sie ausbrechen und diejenigen töten, die sie töteten. Zwei Mann hatten das Lewis-Gewehr auf den Kraterrand geschoben, aber als sie mühsam das sperrige Magazin hinaufwuchteten, wurden sie von einem Geschoßhagel zerfetzt. Die anderen blieben mit Stephen im Krater, sie wollten sich ergeben. Ein Mann warf ein weißes Taschentuch hinaus und kletterte nach oben, wo ihn mit lautloser Präzision eine Kugel ins Auge traf.

Stephen sah sich um. Von hinten näherte sich ihnen in strenger Marschordnung eine Reserveeinheit. In einer Entfernung von dreißig Metern geriet sie ins Schußfeld der Maschinengewehre, die sie mit ruhiger Routine erfaßten, bis sie alle, vom ersten bis zum letzten Mann, in einer diagonalen Linie niedergemäht waren. Von den Körpern ging keine Bewegung mehr aus.

Er brüllte dem Mann neben ihm etwas ins Ohr, und der Mann brüllte zurück, aber der eine verstand nur »Jesus«, und der andere nur »Scheißmaschinengewehr«. Stephen warf seine beiden Mills-Handgranaten über den Kraterrand nach vorn, und als sie explodierten, rannte er auf eigene Faust auf eine kleine Ulmengruppe zu und ließ sich dort in einen Graben fallen.

Es war Mittag, und die Sonne stand sehr heiß am Himmel. Keine Wolke verschattete sie, keine Brise kühlte ihn. Der Lärm hatte sich nicht abgeschwächt. Er verspürte tiefe Erschöpfung. Er sehnte sich nach Schlaf. Er griff nach seinen Wasserflaschen, aber beide fehlten.

Im Kampfgetümmel um die deutschen Gräben herrschte Verwirrung. Er beobachtete, daß einige Männer unsicher waren, in welche Richtung sie vorrücken sollten. Der Graben, in den er am Morgen vorgedrungen war, war inzwischen vom Feind zurückerobert worden. Hinter Stephen setzte sich erneut eine Angriffsformation in Bewegung.

Auch er glaubte, weiter angreifen zu müssen. Das Gefühl der Erleichterung hatte ihn verlassen, und jetzt ergriff ihn eine automatisierte Entschlossenheit. Wenn er nicht sterben wollte, müßte er zuerst einmal etwas trinken. Seine Zunge war geschwollen wie die eines Ochsen; er hatte das Gefühl, zwei Zungen im Mund zu haben. Ihm fiel die Ancre ein, die hügelabwärts zu seiner Rechten lag. Da er alle seine Männer verloren hatte, war es egal, an welcher Stelle er weiterkämpfte. Er stand auf und begann zu rennen.

Er sah Soldaten eines Kolonialregiments, Kanadier, dachte er, die durch eine schmale Bresche auf einen Hohlweg vorrückten. In den vierzig Minuten, die er brauchte, um sie zu umgehen, wurde er Zeuge, wie das gesamte Bataillon auf dem Schlachtfeld niedergemetzelt wurde. Den deutschen Graben erreichten nur noch drei Mann, wo sie erschossen wurden.

Er rannte, halb wahnsinnig, wie in einem Traum, den Berg hinab zum Fluß. Rechts neben sich sah er eine vertraute Gestalt. Es war Byrne, der am rechten Oberarm blutete, sich aber noch auf den Beinen hielt.

»Was ist passiert?« schrie er.

»Ausgelöscht!« brüllte ihm Byrne ins Ohr. »Der Colonel ist tot. Zwei Kompanieführer tot. Wir sollen uns neu formieren und wieder angreifen.«

»Am Fluß?«

»Ja.«

»Was ist mit Ihnen?«

»Ich bin zurückgegangen und habe mich dem nächsten Angriff angeschlossen. Die zweite Welle wurde im Graben getötet. Vor lauter Leichen konnte man sich nicht mehr bewegen.«

»Haben Sie noch Wasser?«

Byrne schüttelte den Kopf.

Als sie sich den deutschen Linien näherten, kamen sie an Granattrichtern vorbei, in denen Jungen schliefen. Schlaflose Nächte im Trommelfeuer und die Aufregung des Morgens vor dem Angriff forderten selbst in Reichweite feindlicher Geschütze ihren Tribut.

Wieder setzte Granatbeschuß ein, und Stephen und Byrne legten sich neben einen schlafenden Jungen und einen Mann, der schon seit Stunden tot sein mußte. Teile seiner Gedärme waren herausgequollen und lagen, von der Sonne zum Kochen gebracht, auf der zerfurchten Erde des Kraters.

Links von ihnen riß ein Sergeant mächtig den Mund auf, als wollte er Männer dazu zwingen, einen erneuten Vorstoß auf den deutschen Graben zu unternehmen, der sich bis zur Bahnlinie hinzog.

»Da sind welche von unserer Truppe«, sagte Byrne.

Es war Harringtons Einheit, beziehungsweise das, was davon übrig war.

»Wir müssen uns ihnen anschließen«, sagte Stephen.

Und noch einmal torkelten sie in kaum noch zusammenhängender Formation dem aus Maschinengewehrmündungen takkernden Tod entgegen. So blutüberströmt, daß er es gar nicht mehr wahrnahm, sah Stephen, wie die lebendigen Bündel mit ihren Erinnerungen und ihren Lieben sich um sich selbst drehten, sich übergaben und in den Erdboden gestampft wurden. Der Tod hatte längst keine Bedeutung mehr, doch gebar die nie zuvor gesehene Unendlichkeit seines Wütens immer neue Schrecken.

Harrington brüllte vor Schmerz, als ein Granatsplitter ihm die rechte Seite wegriß, und fingerte mit zitternden Händen nach den Morphiumtabletten.

Aus den leichenverstopften Bombentrichtern vor dem deutschen Graben begannen wieder die Scharfschützen mit ihrem mörderischen Handwerk, dann ein letzter Sprung vorwärts. Die Gewalt des Treffers in seine Schulter schmetterte einen Jungen rückwärts gegen einen Baumstamm, andere fielen oder ließen sich auf den Boden fallen, den sie mit ihren eigenen Waffen zerpflügt hatten.

Byrne robbte unbemerkt zu dem schreienden Jungen und erreichte den Baumstamm, dessen Rinde im Feuer von beiden Seiten zersplitterte. Stephen sah das Weiß eines Notverbands aufleuchten, als Byrne die Wunden des Jungen zu verbinden begann. Hinter ihnen erschienen aufrechten Ganges Sanitäter mit Tragen, zogen jedoch nur langgezogene, wellenartige Maschinengewehrsalven auf sich.

Stephen preßte das Gesicht gegen den Boden und füllte den Mund mit Erde. Er schloß die Augen, denn er hatte genug gesehen. Dann gehst du zur Hölle. Azaires Abschiedsworte rasten ihm durch den Sinn. Der unerträgliche, allgegenwärtige Lärm bohrte sie ihm ins Gehirn.

Byrne gelang es irgendwie, den Jungen wieder in den Bombentrichter zu ziehen. Stephen wäre es lieber gewesen, wenn es ihm nicht gelungen wäre. Sterben mußte er auf jeden Fall.

Harringtons Sergeant brüllte einen erneuten Vorstoß zusammen, und ein Dutzend Männer antworteten noch. Stephen sah, wie sie den ersten Stacheldrahtverhau erreichten; erst dann merkte er, daß auch Byrne dabei war. Er versuchte, sich einen Weg durch den Draht zu bahnen, als er zu Boden stürzte und dort ausgestreckt liegenblieb; während sein Körper mit Kugeln vollgepumpt wurde, vibrierten seine Stiefel unter den Einschlägen.

Stephen lag mit dem Jungen und dem Mann, der am Morgen gestorben war, im Bombenkrater. Bis die Sonne endlich schwächer wurde, hörte er den Jungen drei Stunden lang um Wasser wimmern. Er versuchte, seine Ohren vor dieser Bitte zu verschließen. An einer Leiche hing noch eine Flasche, aber aus einem Einschußloch war fast der gesamte Inhalt ausgelaufen. Übrig war nur noch eine rötlich-braune, von Erde und Blut durchsetzte Lache. Stephen flößte sie dem Jungen in seinen flehenden Mund.

Rings um ihn her versuchten Verwundete, sich aufzuraffen und zurückzugehen, und zogen damit aufflammendes Maschinengewehrfeuer auf sich. Wo sie Deckung fanden, schossen sie verbissen zurück.

Als aus dem Niemandsland nicht mehr auf sie geschossen

wurde, feuerten die Deutschen aus dem zweiten Graben auf die Körper, die im Stacheldrahtverhau hingen. Innerhalb von zwei Stunden hatten sie Byrnes Kopf Stück für Stück vom Körper geschossen, so daß zwischen seinen Schultern nur noch ein Loch klaffte.

Stephen betete, daß es dunkel werden möge. Seit der ersten Minute dieses Morgens hatte er nicht daran gedacht, sein eigenes Leben zu retten. Selbst als er durch die Bresche im Draht gelaufen war, sein Körper sich geöffnet und er halluziniert hatte, von Kugeln durchsiebt zu werden, hatte er nicht an Aufgabe gedacht. Das einzige, wonach er sich nun sehnte, war, daß der Tag ein Ende nehmen möge und mit ihm die neue, unerträgliche Wirklichkeit, die dieser Tag hervorgebracht hatte.

Wenn die Nacht käme, würde die Erde vielleicht wieder ihren natürlichen Rhythmus annehmen, und vielleicht würde man das, was im Licht des Tages geschehen war, im Lauf vieler Jahre als eine Verirrung ansehen, würde es im Rhythmus eines normalen Lebens vielleicht sogar begreifen können. Aber in diesem Augenblick kam es Stephen genau umgekehrt vor: daß genau dies die neue Wirklichkeit war, die Welt, in der zu leben sie von nun an verdammt waren, und daß der Rhythmus der Jahreszeiten und der Rhythmus von Tag und Nacht für immer verloren war.

Als er den Geruch blutigen Fleisches in seinem Bombenkrater nicht mehr ertragen konnte, entschloß er sich, einfach loszulaufen – komme, was da wolle. Ein schwacher Angriffsversuch zu seiner Rechten zog vorübergehend das deutsche Maschinengewehrfeuer auf sich, und als er mit Glück oder vom Schicksal begünstigt oder auch nur aus reinem Aberglauben den richtigen Moment abgepaßt hatte, rannte er, zusammen mit mehreren anderen, die auch nicht mehr die Nacht abwarten wollten, Haken schlagend zurück.

Dem Zusammenbruch nahe, taumelte er hügelabwärts dem Fluß, dem Wasser entgegen, das zu trinken seit dem Mittag sein wichtigster Gedanke gewesen war. Er ließ sein Gewehr am Ufer liegen und torkelte ins Wasser. Er hielt den Kopf in die gemächliche Strömung und spürte, wie es die Poren seiner Haut durchspülte. Wie ein Fisch öffnete er den Mund.

Er stand im Flußbett und versuchte, sich zusammenzureißen. Wie in einer Geste der Demut hob er die Arme und kehrte die Handflächen nach außen. Der Lärm trommelte von beiden Flußufern gegen seine Schädeldecke. Er wollte nicht weichen. Er dachte an Byrne, der wie eine flügelschlagende Krähe im Draht gehangen hatte. Ob man Wasser in das Loch zwischen seinen Schultern gießen sollte? Wie sonst konnte er trinken?

Er versuchte, seine Gedanken zu beruhigen. Byrne war tot: Er brauchte kein Wasser mehr. Sein Tod zählte allerdings nicht; daß die Welt aus den Fugen geraten war, zählte. All die Zehntausende von Toten zählten nicht; daß der Beweis erbracht war, daß man menschlich sein und sich zugleich auf eine Art und Weise verhalten konnte, die jenseits des Natürlichen lag, zählte.

Er versuchte, wieder ans Ufer zu waten, aber die Strömung war stärker, als er gedacht hatte, und als jetzt sein Körper in einen letzten Erschöpfungszustand geriet, verlor er den Halt und wurde flußabwärts gerissen.

Um ihn herum schwammen Deutsche im Wasser. Direkt vor ihm das Gesicht eines Mannes, der fremdsprachige Worte schrie. Stephen klammerte sich an ihm fest. Andere hielten sich gegenseitig und mühten sich verzweifelt, aus dem Wasser zu kommen. Er war umringt von Leuten, die seine Freunde, seine Männer getötet hatten. In ihren weit aufgerissenen Augen, den gezeichneten Gesichtern erblickte er aus nächster Nähe Menschen wie sich selbst. Ein alter, grauhaariger Feldwebel schrie. Ein Junge mit dunklem Teint weinte, wie viele andere Jungen geweint hatten. Stephen bemühte sich, sie immer noch so zu hassen, wie er sie zuvor gehaßt hatte.

Der Kontakt mit deutschen Körpern, die ihn im Fluß umringten, die durchnäßten Uniformen, die sich gegen ihn preßten und sich nicht darum scherten, wer er war. Das schrille Stimmengewirr einer unverständlichen Sprache in Todesangst.

Über den Fluß spannte sich eine schmale, von britischen Pionieren provisorisch erbaute Brücke. Die Deutschen versuchten, sich daran festzuklammern, aber die britischen Soldaten traten ihnen auf die Hände. Stephen blickte zu einer Gestalt auf, die etwas abseits stand, ein britischer Soldat ohne Helm, der voller Verachtung in den Fluß hinabsah.

»Holt mich raus!« schrie er. »Holt mich raus.«

Der Mann streckte ihm den Arm entgegen und zog. Aber Stephen spürte andere Arme im Wasser, die ihn zurückrissen. Der Soldat schoß in den Fluß, und dann war Stephen auf der Brücke. Ein paar der Männer sahen ihn erstaunt an.

»Gefangene«, sagte der Mann, der ihn herausgezogen hatte. »Wieso sollten wir denen raushelfen?«

Stephen schleppte sich von der Brücke ans Flußufer und ließ sich ins sumpfige Gras fallen.

Isabelle, das rote Zimmer, das Cottage seines Großvaters ... Er versuchte, sich auf Bruchstücke krisensicherer Erinnerungen zu konzentrieren, um aus der Vergangenheit eine mögliche Zukunft ableiten zu können. Seine Gedanken verwellten beim Geruch eines stickigen Büros an den Docks der Ostindiengesellschaft. Eine Minute, vielleicht auch länger, hielt er sich wieder in dem Raum über den Anlegern auf.

Die Dämmerung fiel, bald würde die Nacht hereinbrechen, aber Licht und Lärm umfingen ihn immer noch, als wollten sie sich über ihn lustig machen.

Seine Neugier kehrte zurück. Er wollte wissen, was geschehen war. Er war am Morgen mit dem Befehl aufgebrochen, anzugreifen und vorzurücken, so weit es nur ging.

Das Gewicht seines nun mit Wasser vollgesogenen Gepäcks kam ihm so schwer vor, daß er vergaß, daß er kein Gewehr mehr mit sich schleppte. Oberhalb, zu seiner Rechten, erstreckte sich der große Wald von Thiepval.

Er zwang sich, wieder aufzustehen, und begann, in Richtung der deutschen Linien zu gehen. Plötzlich spürte er einen Schlag gegen den Kopf, als ob ein Ziegelstein aus großer Höhe auf seine Stirn gefallen wäre, und stürzte zu Boden.

Das Gesicht, das sich über ihn beugte, gehörte nicht Isabelle oder seiner Mutter, womit er eigentlich gerechnet hatte, sondern einem von Weirs Tunnelarbeitern.

»Donnerwetter, Sie sind ja ziemlich weit vom Weg abgekommen. Sie müssen fast zwei Kilometer gelaufen sein«, sagte der Mann und öffnete ein Verbandspäckchen.

Stephen stöhnte. Die beruhigende Stimme des Mannes überstieg sein Fassungsvermögen; sie mußte aus einer anderen Zeit kommen.

»Tyson ist mein Name. Wir sind alle als Freiwillige verpflichtet worden, wenn Sie wissen, was ich meine. Der Angriff blieb vor unserer Stellung stecken. Und dann haben sie unsere Truppe hier runter geschickt. Die anderen Krankenträger sind alle niedergemacht worden. Die Ulsters haben alle ins Gras gebissen. Und Ihre Einheit auch.«

»Was fehlt mir?«

»Fleischwunde, würde ich sagen. Linkes Bein. Nicht besonders schlimm, verglichen mit all den anderen. Ich schicke Captain Weir zu Ihnen.«

Stephen streckte sich in dem flachen Bombenkrater aus. Er spürte keine Schmerzen im Bein.

Price verlas die Namensliste. Vor ihm standen die Männer seiner Kompanie, denen der Rückzug gelungen war. Ihre Gesichter schwankten grau und undeutlich in der Dunkelheit.

Anfangs fragte er noch nach dem Verbleib jedes einzelnen vermißten Mannes. Nach einer Weile sah er ein, daß es zu lange dauern würde. Diejenigen, die überlebt hatten, waren sich nicht immer sicher, wen sie tot gesehen hatten. Sie ließen vor Erschöpfung die Köpfe hängen; jedes Organ, jedes Glied ihrer Körper schien um Erlösung zu bitten.

Price las schneller. Er hetzte von einem unbeantworteten Namensaufruf zum nächsten. Byrne, Hunt, Jones, Tipper, Wood, Leslie, Barnes, Studd, Richardson, Savile, Thompson, Hodgson, Birkenshaw, Llewellyn, Francis, Arkwright, Duncan, Shea, Simons, Anderson, Blum, Fairbrother. Namen fielen in die Dämmerung, erinnerten an die Heimat ihrer Vorfahren, an Dörfer und Städte, in die die Telegramme geschickt werden würden, an die Häuser, wo hinter heruntergelassenen Rollos und hinter geschlossenen Türen am Nachmittag schwere Seufzer hervordringen würden; und an die Orte, in denen sie geboren worden waren, die nun wie Nonnenklöster sein würden, wie vom Leben verlassene, sinnlose Geisterstädte ohne die Stimmen von Vätern, die mit ihren Kinder spielten, ohne junge Männer in den Fabriken und auf den Feldern, ohne Männer für die Frauen, ohne Stimmengewirr aus den Kneipen, und die Kinder, die nicht geboren würden, die aufgewachsen wären und gearbeitet oder gemalt, vielleicht sogar regiert hätten, blieben ungezeugt im zerschmetterten Fleisch ihrer Väter, das in stinkenden Bombenkratern auf den Rübenfeldern verweste, nachdem sie ihr Zuhause verlassen hatten, um statt lebendigen Fleisches nichts als Granitsteine aufzurichten, über deren unmenschliche Glätte bald die grüne Ununterscheidbarkeit von Moos und Flechten kriechen würde.

Von den 800 Männern des Bataillons, die aus den Gräben gestürmt waren, beantworteten nur noch 155 ihren Namensaufruf. Price ließ seine Kompanie abtreten, aber er brüllte den Befehl nicht so, wie er ihn auf dem Kasernenhof brüllte; er sprach ihn freundlich aus. Sie versuchten noch, korrekt zu grüßen, und taumelten dann steifbeinig in neuen Formationen davon, gingen neben Männern, die sie zuvor noch nie gesehen hatten. Sie schlossen die Reihen.

Jack Firebrace und Arthur Shaw warteten auf sie und fragten, wie es ihnen ergangen wäre. Die Männer gingen wie in einem Traum weiter und gaben keine Antwort. Manche spuckten aus oder schoben sich die Helme ins Genick; die meisten blickten mit ausdruckslosen Gesichtern, die aber von tiefer Traurigkeit gezeichnet waren, zu Boden. Sie gingen zu ihren Zelten und legten sich nieder.

Draußen lag Stephen in seinem Bombenkrater, blickte zu den Hügeln von Thiepval und wartete darauf, daß es vollständig dunkel würde.

Michael Weir kroch neben ihn. »Tyson hat mir gesagt, wo Sie sind. Was macht das Bein?«

»Nicht so schlimm. Ich werde gehen können. Was machen Sie denn hier?«

»Freiwillig. Im Frontabschnitt herrscht Chaos. Es gibt nicht genügend Leute, um die Männer rauszubringen. Die Feldlazarette sind überfüllt. Der Graben, aus dem heraus Sie angegriffen haben, liegt voller Leichen, Männer, die erst gar nicht aus dem Graben herausgekommen sind.« Weirs Stimme zitterte. Er lehnte gegen Stephens verletztes Bein. »Zwei der Generäle haben Selbstmord begangen. Es ist furchtbar, es ist furchtbar, es ist ...«

»Beruhigen Sie sich, Weir, ganz ruhig. Rücken Sie mal bitte ein Stück zur Seite.«

»Besser so? Wie ist es Ihnen denn ergangen?«

Stephen seufzte und ließ sich wieder auf die Erde sinken. Der Lärm nahm beständig ab. Auf beiden Seiten hatte die Artillerie das Feuer eingestellt, aber immer noch flackerten gelegentlich Maschinengewehrsalven und Scharfschützenfeuer auf.

»Ich weiß es nicht mehr«, sagte er. »Ich weiß es nicht. Ich habe gesehen, wie Byrne ums Leben kam. Anfangs dachte ich, daß alles bestens klappt. Dann war ich im Fluß. Ich weiß es nicht mehr. Ich bin so müde.«

Endlich war es völlig dunkel geworden. Die Nacht ergoß sich in Wellen von den Höhen, und schließlich schwiegen auch die Waffen.

Die Erde begann sich zu bewegen. Rechts von ihnen richtete sich ein Mann auf, der seit dem ersten Angriff bewegungslos dagelegen hatte, fiel aber sogleich wieder hin, weil er sich nicht auf seinen zerschossenen Beinen halten konnte. Anderswo regten sich vereinzelt Männer, krochen wie Würmer aus den Bombenkratern, humpelnd, kriechend, auf allen vieren. Innerhalb weniger Minuten wimmelte der Hügelabhang von den Bewegungen der Verwundeten, die versuchten, sich zu ihren Linien zurückzuschleppen.

»Großer Gott«, sagte Weir. »Ich hatte ja keine Ahnung, daß noch so viele Leute hier draußen sind.«

Es war wie eine Auferstehung auf einem zwanzig Kilometer langen Friedhof. Gebeugte, gequälte Gestalten zogen in großer Zahl über die geschundene Erde, humpelten und krochen zurück, um erneut ihr Leben in Besitz zu nehmen. Es war, als stieße das Land eine Generation verkrüppelter Schläfer hervor, die sich alle von ihren gebrochenen Brüdern unterschieden und doch mit ihnen verwandt waren, als sie sich nun von der gleichgültigen Erde erhoben.

Weir zitterte heftig.

»Schon gut«, sagte Stephen. »Es wird nicht mehr geschossen.«

»Das ist es nicht«, sagte Weir. »Es ist das Geräusch. Hören Sie es denn nicht?«

Stephen hatte außer dem Schweigen, das dem Schlachtenlärm gefolgt war, nichts gehört. Aber als er jetzt lauschte, hörte auch er, was Weir gemeint hatte: ein tiefes, unablässiges Stöhnen. Es war aber nicht das Wehklagen eines Menschen, der Schmerz empfindet, sondern das Geräusch lief links von ihnen das Flußufer hinab und dann mehr als einen Kilometer hügelaufwärts. Je mehr sich Stephens Ohren daran gewöhnten, daß der Gefechtslärm verstummt war, desto deutlicher hörte er es: Es klang, als ob die Erde stöhnte.

»O Gott, o Gott.« Weir begann zu weinen. »Was haben wir getan? Was haben wir getan? Hören Sie doch. Wir haben etwas Furchtbares getan, und nichts wird mehr so sein, wie es einmal war.«

Stephen legte eine Hand auf Weirs Arm. »Seien Sie still«, sagte er. »Sie müssen durchhalten.«

Aber er wußte, was Weir fühlte, denn er hatte es selbst gefühlt. Als er den Protest der Erde hörte, hörte er das Geräusch einer neuen Welt. Wenn er sich jetzt nicht bemühte, seine Selbstkontrolle zu behalten, würde er nie wieder in die Wirklichkeit zurückfinden, in der er bislang gelebt hatte.

»O Gott, o Gott.« Weir zitterte und jammerte, während sich das Geräusch wie nebelsatte Winde hob, die an einem Himmel aus Glas kratzten.

Stephen ließ seinen erschöpften Gedanken einen Augenblick freien Lauf. Das Geräusch trug ihn in eine Welt, die nur aus Schrecken bestand. Er zuckte zusammen, riß sich mit großer Anstrengung in sein altes Leben zurück, das zwar nie mehr das gleiche sein, das aber, wenn er nur fest daran glaubte, weitergehen würde.

»Halten Sie mich fest«, sagte Weir. »Bitte, halten Sie mich fest.«

Er kroch über den Erdboden und legte den Kopf gegen Stephens Brust. »Nenn mich bei meinem Vornamen«, sagte er.

Stephen legte den Arm um ihn und drückte ihn an sich. »Schon gut, Michael. Schon gut, Michael. Halt durch, gib nicht auf. Halt durch, halt durch.«

III

ENGLAND 1978

In der Dunkelheit des Tunnels, in dem die U-Bahn feststeckte, stieß Elizabeth Benson einen ungeduldigen Seufzer aus. Sie wollte nur noch nach Haus, um die Post durchzusehen und in der Wohnung zu sein, falls das Telefon klingeln sollte. Aus dem Gedränge der Fahrgäste im Mittelgang des Waggons drückte ihr ein Wintermantel gegen das Gesicht. Elizabeth zog den kleinen Koffer dichter an ihre Füße heran. Sie war heute morgen von einer zweitägigen Geschäftsreise aus Deutschland zurückgekommen und, ohne erst in ihre Wohnung zu gehen, vom Flughafen Heathrow direkt in die Firma gefahren. Da die Lichter erloschen waren, konnte sie nicht mehr die Zeitung lesen. Sie schloß die Augen und versuchte, ihre Gedanken von dem haltenden Zug abzulenken, der immer noch in seinem engen Loch festsaß.

Es war Freitag abend, und sie war müde. Sie stellte sich angenehme Dinge vor: Robert in der Morgendämmerung mit den grauen Strähnen im vollen Haar, die Augen funkelnd von Vorfreude auf den Abend; ein von ihr entworfener Mantel, den der Hersteller angefertigt und in einer eng anliegenden Plastikhülle abgeliefert hatte.

Im Waggon war ein Verrückter, der damit anfing, alte Music-Hall-Lieder zu singen. »It's a long way to Tipperary ...« Er grunzte und verstummte, als ob er im Schutz der Dunkelheit von einem Ellbogen angerempelt worden wäre.

Der Zug setzte sich in Bewegung, huschte durch den Tunnel, und die Deckenbeleuchtung ging wieder an. Am Lancaster Gate kämpfte sich Elizabeth durch die Wintermäntel auf den Bahnsteig. Sie war erleichtert, als sie endlich oben im Regen stand, durch den zum Geräusch nasser Reifen auf Laub, das durch die Gitter des Hyde Parks herübergeweht war, der Verkehr drängte. Sie senkte den Kopf vor dem Sprühregen und eilte auf die grüne Fassade des Spirituosenladens zu, der ihr einen banalen Willkommensgruß entgegenstrahlte.

Einige Minuten später stellte sie den Koffer und die sperrige Plastiktragetasche auf den Stufen ab und öffnete die Eingangstür des viktorianischen Hauses. Die Post lag immer noch in dem Drahtkorb, der an der Tür befestigt war: Postkarten für das Mädchen von oben, Postwurfsendungen für alle fünf Wohnungen, eine Mahnung der Gaswerke für Mrs. Kyriades und, für sie selbst, ein Brief aus Brüssel.

Oben in ihrer Wohnung ließ sie Wasser in die Wanne laufen, und nachdem sie sich im Bad entspannt hatte, öffnete sie den Brief.

Wenn Robert seinen kurzen, überängstlichen Anrufen auch noch eine schriftliche Botschaft hinterherschickte, bedeutete das normalerweise, daß er Schuldgefühle hatte. Oder aber die Kommissionsarbeit war ihm derartig über den Kopf gewachsen, daß er nicht einmal Zeit gefunden hatte, zu seiner Frau nach Hause zu fahren.

»... ertrinke hier in Arbeit ... die britische Delegation hat ein langweiliges Memorandum verlesen ... nächste Woche Luxemburg ... hoffe, am Sonnabend in London zu sein ... Annes Semesterferien ...«

Elizabeth legte den Brief auf die Badematte und lächelte. Sie war sich nicht sicher, was sie von all den längst vertrauten Phrasen eigentlich glauben sollte, aber zumindest empfand sie eine gewisse Zuneigung für ihn, wenn sie sie las. Sie ließ sich tiefer in die Wanne sinken, und das warme Wasser schloß sich über ihren Schultern. Das Telefon klingelte.

Nackt und tropfnaß kauerte sie auf dem Wohnzimmerteppich und preßte den Hörer ans Ohr, wobei sie sich wie immer fragte, ob es im Telefongerät elektrische Ströme gebe und ob die Wassertropfen auf ihrem Ohr einen Schock ins Gehirn leiten könnten.

Es war ihre Mutter, die wissen wollte, ob sie am nächsten Tag zum Tee nach Twickenham herauskäme. Als sie schließlich zugesagt hatte, war Elizabeth trocken. Es lohnte sich nicht mehr, wieder in die Wanne zu steigen. Sie wählte eine Brüsseler Nummer und lauschte dem einzelnen, europäischen Rufton. Sie ließ es zwanzig-, dreißigmal klingeln, aber niemand hob ab. Sie blickte sich im unaufgeräumten Wohnzimmer um, sah die Bücherstapel und Zeitungen, die überquellenden Aschenbecher und ungespülten Tassen, während das Telefon wieder und wieder klingelte, ohne erhört zu werden.

Zwischen einem Kinderwagen und einer Babykarre fand im Flur von Marks und Lindsays Reihenhaus die Begrüßung statt. Elizabeth überreichte Mark eine Flasche Wein – eine Geste, die sich seit ihrer Collegezeit erhalten hatte.

Als sie ins Wohnzimmer kam, dessen Fläche verdoppelt worden war, indem man eine Wand herausgenommen hatte, geriet Elizabeth in eine derart vertraute Routine, als folgte ihr Reden, Lächeln und Verhalten einem vorgefertigten Programm. Manchmal, wenn sie Mark und Lindsay besuchte, waren noch andere Leute zu Gast. Heute abend handelte es sich um ein Ehepaar aus der Nachbarschaft und einen Mann, der verdächtigerweise allein gekommen war. Schon bald hielt Elizabeth eine brennende Zigarette zwischen den Fingern und ließ sich den Rotwein über die Zunge rollen.

Es waren ihre ältesten Freunde, die durch gemeinsame Erfahrungen mit ihr verbunden waren. Obwohl sie oft dachte, daß sie sich mit den beiden wohl kaum so eng anfreunden würde, wenn sie sich erst heute kennengelernt hätten, war die Beziehung dennoch überraschend herzlich. Lindsay war eine impulsive Frau, die zu einer gewissen Dominanz neigte; Mark war ein gemütlicher, etwas indifferenter Mann. Als sie noch in ihren Zwanzigern gewesen waren, waren häufig andere Gäste dagewesen, die mit Geschichten über ihre eigene Wichtigkeit Eindruck zu schinden versuchten oder sich bemühten, politisch korrekte Haltungen an den Tag zu legen, die den anderen unerreichbar blieben; aber inzwischen nahmen diese Abende eher einen freundlichen und etwas uninspirierten Verlauf. Elizabeth, die jetzt achtunddreißig war, erinnerten sie daran, wie wenig sich in ihrem Leben verändert hatte. Nur die Kinder hatten die Dinge verschoben. Zu einem bestimmten Zeitpunkt würden die anderen sich über deren Entwicklung und Schulfragen austauschen, und dann würde sie wieder die Ohren davor zusperren müssen, teils aus Langeweile, teils aber auch aus einem vagen Unbehagen.

Es hatte eine Zeit gegeben, in der Lindsay alleinstehende Männer eingeladen hatte, wenn Elizabeth zu Besuch kam. Zwei oder drei Jahre lang war die vertraute Dreierrunde dann von einer ganzen Reihe unverheirateter Männer ergänzt worden, die verzweifelt, geschieden oder betrunken waren, zumeist aber durchaus damit einverstanden, das zu sein, was sie waren.

»Dein Problem ist«, hatte Lindsay einmal gesagt, »daß du Männer abschreckst.«

»Mein Problem?« sagte Elizabeth. »Ich wußte gar nicht, daß ich Probleme habe.«

»Du weißt schon, was ich meine. Sieh dich doch an. Du kommst so gelassen daher mit deinen eleganten Klamotten und deinem Anouk-Aimée-Aussehen.«

»Das klingt nach mittlerem Alter.«

»Ach, du weißt doch, wie ich das meine. Männer sind so schüchterne Wesen, ehrlich. Mit denen muß man vorsichtig umgehen, muß sie ihn Sicherheit wiegen. Jedenfalls am Anfang.«

»Und später kann man dann tun, was man will?«

»Natürlich nicht, Elizabeth. Ich meine, daß du etwas kompromißbereiter sein mußt. Erinnerst du dich noch an diesen David, den ich dir mal vorgestellt habe? Er ist sehr nett, genau dein Typ. Aber du hast ihm keine Chance gegeben.«

»Du hast offenbar vergessen, daß ich schon einen Freund habe. Ich habe es nicht nötig, schöne Augen zu machen und mit Dennis oder David, oder wie immer der hieß, zu flirten. Ich bin in festen Händen.«

»Meinst du etwa diesen Eurokraten?«

»Sein Name ist Robert.«

»Der trennt sich nie von seiner Frau. Das weißt du doch genau, oder etwa nicht? Versprechen tun sie es alle, aber dann bleibt immer alles beim alten.«

Elizabeth lächelte verkrampft. »Es ist mir egal, ob er sich trennt oder nicht.«

»Erzähl mir bloß nicht, daß du lieber unverheiratet bliebest.«

»Ich weiß es nicht. Ich habe meine Arbeit, meine Freunde. Ich kann meine Zeit doch nicht plötzlich damit verschwenden, daß ich mir einen Mann suche.«

»Und was ist mit Kindern?« fragte Lindsay. »Ich vermute, daß du jetzt sagst, daß du auch keine Kinder willst.«

»Natürlich habe ich Kinder gern. Aber ich glaube, ich müßte erst wissen, wieso ich eigentlich welche haben sollte.«

Lindsay lachte. »Da gibt es überhaupt nichts zu wissen. Das nennt man Biologie. Du bist neununddreißig.«

»Achtunddreißig, genau.«

»Dein Körper sagt dir, daß die Zeit knapp wird. Du bist nicht anders als die Millionen anderen Frauen auf der Welt. Du brauchst doch, um Himmels willen, keine Gründe.«

»Das finde ich aber schon. Ich glaube, daß man durchaus Gründe dafür haben sollte, wenn man etwas tut, was letzten Endes völlig unnötig ist.«

Lindsay lächelte und schüttelte den Kopf. »So reden alte Jungfern.«

Elizabeth lachte. »Also schön. Ich werd's versuchen, Ehrenwort. Ich werde mich ernsthaft bemühen, mich spontan und leidenschaftlich in Dennis zu verlieben ...«

»David.«

»Wen immer du mir vorsetzt.«

Nachdem sie im Grunde längst aufgegeben hatte, machte Lindsay an diesem Abend einen allerletzten Versuch: ein Mann namens Stuart. Er hatte gewellte, blonde Haare und trug eine Brille. In seinen schlanken Fingern drehte er ein Weinglas.

»Was machen Sie beruflich?« fragte er Elizabeth.

»Ich habe eine Konfektionsfirma.« Sie haßte es, wenn ihr diese Frage gestellt wurde, weil sie der Ansicht war, daß man neue Bekanntschaften eher danach fragen sollte, wer sie seien, und nicht danach, was sie täten, als ob nur ihre Arbeit sie definierte.

»Sie sagten, Sie haben eine Firma. Dann sind Sie also die Chefin, stimmt's?«

»Das ist richtig. Vor etwa fünfzehn Jahren habe ich als Designerin angefangen, aber dann bin ich auf die kaufmännische Schiene übergewechselt. Wir haben eine neue Firma gegründet, und ich bin die geschäftsführende Direktorin.«

»Ich verstehe. Und wie heißt die Firma?« fragte Stuart.

Elizabeth sagte es ihm.

»Müßte ich die kennen?« fragte er.

»Wir beliefern eine Reihe von Ladenketten, aber die kleben dann ihre eigenen Label auf die Sachen. Unter unserem eigenen Namen produzieren wir noch eine kleine Kollektion, die wir *couture* nennen. Vielleicht ist Ihnen unser Name schon einmal in dem Zusammenhang aufgefallen.«

»Und was genau ist *couture*?«

Elizabeth lächelte. »Das, was man normalerweise Bekleidung nennt.«

Im Verlauf des Abends lockerte Stuart den steifen Ton seines anfänglichen Kreuzverhörs, und Elizabeth stellte fest, daß er ihr durchaus sympathisch war. Sie hatte sich inzwischen daran gewöhnt, wie die Leute auf sie reagierten. Viele waren der Ansicht, daß Arbeit und Ehe sich gegenseitig ausschlossen und daß Elizabeth demnach, je motivierter sie sich für ihre Arbeit entschieden hatte, zugleich desto heftiger die Vorstellung, mit einem Mann eine feste Beziehung einzugehen und Kinder zu bekommen, verworfen haben müßte. Elizabeth hatte es irgendwann aufgegeben, ihre Haltung zu erklären. Sie hatte sich in die Arbeit geworfen, weil sie Geld verdienen mußte; sie hatte statt langweiliger Arbeit etwas Interessantes gefunden; und sie hatte sich bemüht, diese Arbeit nicht nur abzuleisten, sondern gut zu machen. Ihr leuchtete es nicht ein, wieso auch nur einer dieser drei logischen Schritte als verbissene Ablehnung von Männern oder Kindern verstanden werden konnte.

Stuart erzählte ihr, daß er Klavier spiele. Sie unterhielten sich über Orte, die sie besucht hatten. Er lieferte ihr keine langen Einführungen in den Kapitalmarkt und ließ sich auch auf keinen Streit mit Mark ein; und außerdem flirtete er nicht allzu offensichtlich mit ihr und machte ihr auch keine Komplimente. Über manche Dinge, die sie ihm erzählte, lachte er, aber sie merkte, daß sein Vergnügen mit einer Prise Überraschung versetzt war, als ob er nicht damit gerechnet hätte, daß sie sich als so umgänglich erwies. Als er sie schließlich nicht nach ihrer Telefonnummer fragte, war sie erleichtert und zugleich ein ganz klein wenig enttäuscht.

Als sie auf dem vertrauten Heimweg war, jenseits des Flusses, fragte sie sich, was es heißen würde, verheiratet zu sein. An der Fulham Road war der Gehweg so verbreitert worden, daß die nun schmale Straße für Lastwagen unpassierbar wurde. An dieser Stelle hielt sie immer den Atem an, als ob sie ihr kleines Auto damit noch schmaler machen könnte, während sie zwischen den Pollern hindurchsteuerte, an denen bereits Farbkratzer breiterer Autos klebten. Wenn sie verheiratet wäre, würde vielleicht ihr Mann am Steuer sitzen; immerhin etwas. Bei den Ehepaaren, die sie kannte, war das jedenfalls so.

Als sie in ihrer Wohnung ankam, war es ein Uhr. Sie knipste das Licht im Wohnzimmer an und sah dort ihren immer noch unausgepackten Koffer stehen. Sie ging in die Küche, um sich Tee zu kochen, aber dann fiel ihr ein, daß sie auf dem Weg von der U-Bahn vergessen hatte, Milch zu kaufen. Neben der Spüle standen noch Frühstückstasse und -teller von vor zwei Tagen, als sie in aller Eile zum Flughafen aufgebrochen war.

Sie seufzte. Es war egal. Morgen war Samstag, und sie würde nach Belieben ausschlafen können. Sie würde im Bett die Zeitung lesen, während im Hintergrund leise das Radio spielen würde, und niemand würde sie in ihren ruhigen Gewohnheiten stören.

So glatt wie geplant, klappte es nie. Zuerst einmal mußte sie sich anziehen und zum Laden gehen, um Milch zu kaufen. Und als sie es sich dann, mit der Zeitung und einer Kanne Tee, wieder im Bett bequem gemacht hatte, klingelte zweimal das Telefon.

Dann folgte mindestens eine Stunde völliger Ruhe. Der Leitartikel der Zeitung bezog sich, wie viele andere Leitartikel auch, auf den sechzigsten Jahrestag des Waffenstillstands von 1918. Es gab Interviews mit Veteranen und Kommentare verschiedener Historiker. Elizabeth las all das mit einer gewissen Verzweiflung; das Thema war zu komplex, zu vage und zu weit von ihrem Leben entfernt, als daß es sie in diesem Moment hätte interessieren können. Und dennoch beunruhigte sie etwas daran.

Nachmittags fuhr sie hinaus nach Twickenham. Der Steuerberater hatte ihr empfohlen, sich ein großes Auto als Firmenwagen anzuschaffen. Er meinte, das würde die Kunden beeindrucken und sei zudem, wie er sich ausdrückte, steuerbegünstigt. Elizabeth hatte sich eine chromglitzernde, schwedische Limousine zugelegt, die eher zögernd zu beschleunigen pflegte und dazu neigte, nicht anzuspringen.

»Du arbeitest zuviel, das ist dein Problem«, sagte ihre Mutter und schenkte Tee aus einer Kanne mit rosa Röschen aus, die unglaubwürdigerweise an Geißblattstengeln hingen.

Françoise war Mitte Sechzig, eine hübsche Frau mit einem sanften, faltigen Gesicht, auf dem sich der Puder, mit kurzsichtigen Augen aufgetragen, manchmal in kleinen Flecken auf den Wangenknochen abzeichnete. Sie strahlte eine gewisse Würde aus, die von ihrer Haltung und dem ernsten Schimmer der blauen Augen herrührte. Obwohl das graue Haar sie wie eine Großmutter aussehen ließ, konnte man an ihrer Haut und der Struktur ihres Gesichts die frühere Schönheit sehen; an der Stirn schimmerte das Haar noch blond; Erinnerungen an die besten Jahre, selbst noch an die Kindheit sprachen aus den offenen, kaum geschminkten Gesichtszügen.

Elizabeth lächelte und streckte die Beine zum Kamin aus. Die Unterhaltungen mit ihrer Mutter verliefen in vorhersagbaren

Bahnen – allerdings nur bis zu einem bestimmten Punkt. Natürlich war Françoise daran gelegen, daß ihre Tochter guter Laune war und nicht müde aussah, wenn sie zu Besuch kam, aber sie war nicht, wie Lindsay, der Meinung, daß zu diesem Zweck eine Heirat notwendig sei. Sie selbst war mit einem Alkoholiker namens Alec Benson verheiratet gewesen, der sich darüber enttäuscht zeigte, daß Elizabeth kein Junge war, und sich kurz nach ihrer Geburt nach Afrika abgesetzt hatte, wo er einer Frau nachlief, die er in London kennengelernt hatte. In unregelmäßigen Abständen war er wieder aufgetaucht, und Françoise hatte ihn, wenn er eine Bleibe brauchte, geduldig wieder aufgenommen. Sie hatte immer noch eine Schwäche für ihn, hoffte jedoch, daß ihre Tochter etwas Besseres finden möge.

Auf der Kommode stand ein Photo, das Elizabeth als Dreijährige auf dem Schoß ihrer Großmutter zeigte. Es war ein Familiensprichwort, daß sie in Elizabeth »vernarrt« gewesen sei, während Elizabeth es ihrerseits irritierend fand, keine Erinnerungen an die Großmutter zu haben: Sie war ein Jahr, nachdem das Photo aufgenommen worden war, gestorben. Da saß sie also nun auf dem Photo, zweifellos geliebt, aber diese unerwiderte Zuneigung hatte für Elizabeth etwas Geisterhaftes und Beunruhigendes.

»Ich habe einen Artikel zum Jahrestag des Waffenstillstands gelesen«, sagte sie zu Françoise, die ihrem Blick gefolgt war.

»Ja, die Zeitungen sind voll davon, nicht wahr?«

Elizabeth nickte. Wenn sie schon wenig von ihrer Großmutter wußte, so wußte sie von ihrem Großvater noch weniger. Ihre Mutter hatte gelegentlich »diesen schrecklichen Krieg« erwähnt, aber Elizabeth hatte sich nicht weiter dafür interessiert. Und irgendwann war ein Stadium erreicht, an dem es peinlich gewesen wäre, ihre Mutter nach ihm zu fragen, weil Elizabeth damit lediglich ihre Unwissenheit zugegeben hätte. Aber der Artikel über den Krieg hatte irgend etwas in ihr ausgelöst; er schien einen Bereich der Unruhe und Neugier zu berühren, der mit ihrem eigenen Leben und ihren Entscheidungen zusammenhing.

»Hast du eigentlich noch die alten Aufzeichnungen deines Vaters?« fragte sie.

»Ich glaube, ich habe das meiste weggeworfen, als ich umgezogen bin. Aber vielleicht liegt noch das eine oder andere auf dem Dachboden. Warum fragst du?«

»Ach, ich weiß nicht. War nur so eine Idee. Irgendwie bin ich neugierig. Es muß wohl was mit meinem Alter zu tun haben.«

Françoise hob eine Augenbraue, aber das war das Äußerste, was sie tat, um sich nach Elizabeths Privatleben zu erkundigen.

Elizabeth fuhr sich mit der Hand durchs Haar. »Ich habe das Gefühl, den Kontakt mit der Vergangenheit zu verlieren. Das habe ich früher nie so empfunden. Ich bin mir ganz sicher, daß das etwas mit meinem Alter zu tun hat.«

Was sie als vage Neugier beschrieben hatte, kristallisierte sich in ihr bereits zu einem festen Entschluß. Ausgehend von dem, was sie auf dem Dachboden ihrer Mutter finden würde, wollte sie der Spur dieses Mannes nachgehen: Die Verspätung, mit der sie ihm Interesse entgegenbrachte, würde sie dadurch ausgleichen, daß sie ihre ganze Energie dieser Aufgabe widmen wollte. Zumindest bot sich hier eine Möglichkeit, sich selbst besser zu verstehen.

Elizabeth stand vor dem Spiegel und strich sich die Haare glatt. Sie trug einen Wildlederrock, Lederstiefel und einen schwarzen Cashmere-Pullover. Sie schob sich ihr schweres, dunkles Haar hinter die Ohren und drehte den Kopf zur Seite, um sich die beiden ochsenblutroten Ohrringe anzustecken. Sie hatte nur etwas Wimperntusche benutzt; ihre weiße Haut verlieh ihr ein weit weniger französisches Aussehen, als Lindsay zu behaupten pflegte, und dennoch gab es in ihren Gesichtszügen etwas Dramatisches, das durch stärkeres Make-up nur übertrieben gewirkt hätte. Jedenfalls war es Montagmorgen und höchste Zeit, zur U-Bahnstation Lancaster Gate zu gehen; ihr Mund brannte noch vom Kaffee, den sie zu heiß und zu hastig hinuntergestürzt hatte, als die Zeitansage im Radio verkündete, daß es halb neun sei.

Der Zug der Central Line schoß durch den Tunnel wie eine Kugel durch den Lauf. Als er wie üblich zwischen Marble Arch und Bond Street plötzlich und unerklärlich in der Dunkelheit zum Stillstand kam, sah Elizabeth die Rohre und Leitungen des Tunnels, die nur wenige Zentimeter von der Außenwand des Waggons entfernt hingen. Dies war die tiefste und heißeste U-Bahnlinie Londons, die von schwitzenden Tunnelarbeitern für einen armseligen Tagelohn gegraben worden war. Mit geheimnisvoller Leichtigkeit setzte sich der Zug wieder in Bewegung und glitt verspätet in die Bond-Street-Station, wo bereits Menschenmassen warteten. An der Oxford Street stieg Elizabeth aus und bahnte sich einen Weg durch die Passanten, die, ohne aufzublicken, in Dreierreihen nebeneinander herliefen, und bog dann hinter der Ladenzelle links ab.

Einmal wöchentlich, manchmal auch öfter, besuchte sie Erich und Irene, die für ihre Firma verantwortlichen Designer. Beide hatten sich geweigert, aus ihrem alten Studio auszuziehen oder auch nur den Namen an der Tür zu ändern, als vor fünf Jahren die neue Firma gegründet worden war.

Da sie sowieso zu spät kommen würde, machte es jetzt auch keinen Unterschied mehr, wenn sie noch rasch in dem italienischen Café haltmachte. Sie bestellte drei Kaffee zum Mitnehmen, und Lucca, der bärbeißige, korpulente Kellner, riß einen Karton Mars-Riegel auseinander, auf deren Pappe sie die Tassen die paar Meter balancieren konnte, bis sie vor einem Namensschild aus Messing stand, das an der Klinkerwand befestigt war: *Bloom Thompson Carman. Großhandel, Herstellung und Design.*

»Tut mir leid, daß ich zu spät bin!« rief sie, als sie im zweiten Stock aus dem Fahrstuhl trat und auf die offenstehende Tür zuging. Sie stellte das improvisierte Tablett auf den Tisch in dem Bereich, der scherzhaft die Rezeption genannt wurde, und ging zum Fahrstuhl zurück, um die Falttür zu schließen.

»Ich hab Kaffee mitgebracht, Erich.«

»Danke.« Erich kam aus einem weiter hinten liegenden Raum. Er war ein Mann Anfang Siebzig mit wirren, grauen Haaren und einer Brille mit Goldrahmen. Die Löcher an den Ellbogen seines Arbeitskittels waren so groß, daß keine Ellbogen mehr vorhanden waren. Er war Kettenraucher, Marke Embassy, und mit den Tränensäcken unter seinen Augen ging von ihm eine mühsam unterdrückte Erschöpfung aus, die jedoch von seinen nervösen, trommelnden Fingerspitzen ausgeglichen wurde, wenn er etwa, voller Ungeduld über ihr langsames Zurückdrehen, die runde Wählscheibe eines Telefons bearbeitete oder die goldene Schere durch Ballen unbeschnittenen Tuchs ratschen ließ.

»Der Zug ist wieder mal im Tunnel steckengeblieben«, sagte Elizabeth.

Sie setzte sich an eine Tischecke und schob mit der Hüfte Zeitschriften, Schnittmuster, Rechnungen und Kataloge beiseite. Ihr Rock schob sich über die schwarzen Wollstrümpfe hoch, daß man die Knie sah. Vorsichtig schlürfte sie den brühheißen Kaffee. Er schmeckte nach Eicheln, Erde und Dampf.

Erich sah sie traurig an, ließ den Blick von oben bis unten an ihr hinabgleiten, vom schweren, dunklen Haar über die Linien ihrer Schenkel und das entblößte Knie bis zu den Spitzen der kastanienfarbenen Lederstiefel.

»Wie du wieder aussiehst. Du hättest die ideale Frau für meinen Sohn abgegeben.«

»Trink deinen Kaffee, Erich. Ist Irene noch nicht da?«

»Doch doch, natürlich. Seit halb neun. Um zwölf kommt ein wichtiger Kunde, das hab ich dir doch erzählt.«

»Deshalb also dieser elegante Zwirn?«

»Weiche von mir, Weib.«

»Kämm dich wenigstens, und zieh diesen Kittel aus.«

Sie lächelte ihm zu und ging dann in den Arbeitsraum, um Irene zu begrüßen.

»Sag es bloß nicht«, sagte Elizabeth.

»Was?« fragte Irene und sah von der Nähmaschine auf.

»Wie die Mieze sich wieder in Schale geworfen hat.«

»Hatte ich auch nicht vor«, sagte Irene. »Zum Plaudern hab ich eh keine Zeit.«

»Hier ist Kaffee. Hattest du ein angenehmes Wochenende?«

»Nicht schlecht«, sagte Irene. »Meinem Bob ging's allerdings Samstag abend nicht gut. War aber nur Verstopfung. Und er dachte schon, es sei der Blinddarm. Wie der sich angestellt hat. Wie geht's deinem Bob?«

»Meinem Bob? Er hat nicht angerufen. Ich weiß es nicht. Er hat mir geschrieben, aber das ist irgendwie anders, stimmt's?«

»Das kann ich dir sagen. Mein Bob setzt freiwillig nie einen Stift aufs Papier, es sei denn, er muß was unterschreiben.«

»Ich dachte, er sei Fachmann für Archäologie?«

Irene hob eine Augenbraue. »Du darfst nicht immer alles so wörtlich nehmen, Elizabeth.«

Elizabeth räumte eine Ecke ihres Schreibtisches frei und nahm das Telefon. Sie mußte Termine vereinbaren, einen Stoffhersteller besuchen, Kunden vertrösten. Als Erich 1935 aus Österreich gekommen war, hatte er in Wien enttäuschte Kunden zurückgelassen, die sich für seine ungewöhnlichen Entwürfe nicht lumpen ließen. Er hatte Irene ursprünglich als Zuschneiderin angestellt, war dann jedoch, als seine eigene Energie nachließ, von ihr abhängig geworden. Vor fünfzehn Jahren, als ihre Auftragsbücher sich nicht mehr recht füllen wollten, war Elizabeth bei ihnen angestellt worden. Es hatte eine Weile gedauert, den Abwärtstrend aufzuhalten, aber seitdem hatte sich die Firma prächtig entwickelt; das Stammhaus in Epsom beschäftigte fünfzehn Mitarbeiter und florierte sogar zu diesen wirtschaftlich schwierigen Zeiten. Die Inflation verschlang einen Teil des Gewinns, bevor er noch verbucht war: Wie in Weimar, sagte Erich. Selbst die Erfolge sah er mit düsterem Blick, aber seine eigene Inspiration war nahezu erschöpft, und die erfolgreichsten Entwürfe der Firma stammten zumeist von jüngeren Leuten, die Elizabeth als freie Mitarbeiter beschäftigte.

Zur Mittagszeit schlossen sie den Laden und gingen in Luccas Café.

»Die Lasagne ist heute sehr gut«, sagte Lucca und beugte sich mit einem spitzen Buchhalterbleistift über einen kleinen Spiralblock.

»Gut«, sagte Elizabeth, »dann nehm' ich sie.«

»Sehr gut gewählt, Signora«, sagte Lucca. Er liebte es, so dicht neben Elizabeth zu stehen, daß sein gewaltiger Bauch nicht nur die fleckige, weiße Schürze wölbte, sondern auch gegen die schwarze Cashmerewolle an ihrer Schulter stieß. »Ich bringe Ihnen auch einen kleinen Salat.«

Sein Verhalten schien immer andeuten zu wollen, daß der Salat ein besonderes Geschenk für Elizabeth sei, angerichtet aus feinen Streifen frischen Fenchels und italienischen Wildpilzen, die morgens frisch aus Pisa eingeflogen wurden, in aller Heimlichkeit von ihm persönlich zubereitet, um nicht den Neid anderer Gäste zu erregen, und mit dem Extra Virgine Olivenöl gekrönt, der dann aber galanterweise nicht auf der Rechnung erschien.

»Bitte nicht so viel Zwiebeln«, sagte Elizabeth.

»Ich trinke nur ein Glas Wein«, sagte Erich und zündete sich eine Zigarette an.

»Ich nehme auch die Lasagne«, sagte Irene.

Lucca watschelte davon; seine Rückenansicht enthüllte ein violettes Stückchen Haut über dem Bund seiner blaugewürfelten Hose. Er kam mit einem Liter eines dunklen, tintigen Getränks und drei Gläsern zurück, von denen er jedoch nur eins füllte.

Elizabeth sah sich im Restaurant um, das sich nun mit Einkaufenden, Arbeitern, ja sogar Touristen füllte, die durch die Läden nördlich der Oxford Street gebummelt waren.

Das war der Mittelpunkt ihres Lebens, die Dinge, die zu ihr gehörten. Auftragsbücher und Luccas Salat; Roberts ersehnte Anrufe und die Mäkeleien Lindsays und ihrer Mutter. Streiks und Wirtschaftskrise. Der Versuch, nicht zu rauchen, und der ewige Kampf, nicht zuzunehmen. Ein geplanter Urlaub mit drei oder vier Bekannten in einem Ferienhaus in Spanien; ein klammheimliches Wochenende mit Robert im Elsaß oder sogar direkt in Brüssel. Ihre Garderobe, ihre Arbeit, ihre Wohnung, deren kleiner, ordentlicher Haushalt durch den wöchentlichen Einsatz einer Putzfrau gepflegt wurde, wenn sie selbst ihrer Arbeit nachging. Kein kompliziertes System aus Kinderkrippe, Tagesmutter und Kindergarten, wie ihre verheirateten Freunde es bis zur Erschöpfung diskutierten. London kurz vor Wintereinbruch, das Rauschen des Verkehrs durch den Park und Spaziergänge an kalten Sonntagvormittagen, die in ausgelassenen Treffen in den Pubs von Bayswater endeten, aber immer eine Stunde zu lang ausfielen. Und das Gefühl, daß es tief in ihr noch ein weitgespannteres Leben geben müsse, hervorgerufen und bestätigt durch Bilder, die sie in Galerien sah, auch durch Bücher, die sie las, aber insbesondere eben durch Bilder; irgend etwas Unerfülltes, etwas, das erst noch verstanden werden wollte.

Manchmal fuhr sie allein in einsamere Gegenden Nordenglands, wo sie las oder Spaziergänge machte. Sie empfand kein Selbstmitleid, weil sie nichts an sich entdeckte, was bedauerlich gewesen wäre; die mondänen Sorgen und Interessen ihres Lebens füllten sie aus. Sie quartierte sich in *Bed-and-Breakfast-Cottages* ein, die sie in Reiseführern gefunden hatte, und machte kleine Pubs ausfindig, wo sie sich manchmal auf Unterhaltungen mit den Besitzern oder anderen Gästen einließ, und manchmal saß sie nur am Kamin und las.

In einem Dorf in den Dales kam an der Bar des Pubs einmal ein Junge mit ihr ins Gespräch, der höchstens neunzehn war. Sie hatte noch ihre Lesebrille auf und trug einen dicken, grauweiß gesprenkelten Pullover. Er war blond mit einem noch wenig überzeugenden Bartansatz. Er ging auf die Universität und hatte sich hierher zurückgezogen, um in Ruhe für sein Studium zu lesen. Mit vorgefertigten Worthülsen, die Ironie signalisieren sollten, sprach er auf sie ein und machte Anspielungen auf Bücher oder Filme, die sie beide kannten. Es schien, als sei er nicht in der Lage, irgend etwas zu sagen, was keine Zitate waren. Nachdem er zwei oder drei Pints Bier getrunken hatte, wurde er etwas ruhiger und erzählte ihr von seinem Zoologie-Studium und von seinen Freundinnen zu Hause. Er gab vor, ein wild bewegtes Liebesleben zu haben. Elizabeth gefiel sein Enthusiasmus und die permanente Erregung, in der er offenbar lebte, selbst noch in diesem schlichten Pub in den Hügeln Yorkshires, wo ihn nichts mehr erwartete als das Steak und die Nierenpastete des Hauses.

Erst nach dem Essen, als sie über die schmale Treppe zu ihrem Zimmer emporstieg und hörte, wie er ihr folgte, dämmerte ihr, daß sein Interesse über die reine Konversation hinausging. Sie konnte kaum das Lachen unterdrücken, als er vor ihrer Zimmertür mit plumper Zärtlichkeit nach ihrem Arm griff. Sie küßte ihn auf die Wange und empfahl ihm, sich lieber wieder seinen Büchern zuzuwenden. Als er eine Stunde später an ihre Tür klopfte, ließ sie ihn dennoch ein. Ihr war eiskalt.

Er war vor Dankbarkeit und Erregung überwältigt und konnte sich nicht einmal eine Minute lang beherrschen. In den klammen, eisigen Morgenstunden versuchte er es noch einmal. Nicht gerade begeistert, daß sie aus dem Tiefschlaf gerissen wurde, ließ Elizabeth ihn dennoch nachlässig gewähren. Am Morgen wollte er nicht mehr mit ihr reden, sondern so schnell wie möglich abreisen. Sie empfand ihm gegenüber einen Hauch von Zärtlichkeit. Sie fragte sich, was für eine Bedeutung diese Episode wohl für sein Leben und seine Privatmythologie bekommen werde.

Sie lebte gern allein, sie war gern allein. Sie aß, was ihr schmeckte, keine richtigen Mahlzeiten, sondern Pilze und gebackene Kartoffeln, Weintrauben, Pfirsiche oder Suppen, die sie sich selbst zubereitete. Sie füllte Eiswürfel und Zitronenscheiben ins Glas, goß Gin darüber, lauschte den Explosionen des Eises und ließ kaum noch Platz für Tonic-Wasser. Sie verschloß die Weinflaschen mit Plastikkorken, damit der Wein bis zum nächsten Tag frisch blieb.

Im Kino gab sie sich der sinnlichen Gewalt der Bilder und Töne hin, die sie den Firmenstreß und den Konversationszwang vergessen ließ. In den schlechtesten Filmen folgte sie gar nicht der Handlung, sondern belebte die Szenen mit Plots, die sie sich selber ausdachte. Sie war selbstbewußt genug, ohne Begleitung ins Kino zu gehen, aber um ihr bekannten Paaren auszuweichen, denen sie nicht bei ihrem abendlichen Rendezvous Hand in Hand im Foyer begegnen wollte, ging sie meistens in die Samstagnachmittags-Vorstellung, verschwand aus dem hellen Tageslicht in der Dunkelheit und hatte dann immer noch den ganzen Abend vor sich.

Doch am Ende eines Wochenendes hatte sie das Bedürfnis, mit jemandem zu reden. Sie hatte Zeitungsartikel gelesen oder etwas im Fernsehen gesehen, das sie angeregt hatte, und brauchte nun einen Gedankenaustausch.

»Was weißt du eigentlich vom Krieg, Irene?« fragte sie. »Vom Ersten Weltkrieg, meine ich.«

»›Pack up your troubles in your old kitbag‹ und dieses ganze Zeug?« sagte Irene »Furchtbare Sache war das, nicht wahr?«

»Hat dein Vater mitgekämpft?« fragte Elizabeth, während sie das faserige Innenstück aus einer geviertelten Tomate herausschnitt.

»Ich glaube nicht. Ich habe ihn nie danach gefragt. Aber irgendwo hat er gekämpft, weil ich mal seine Orden gesehen habe.«

»Wann ist er geboren?«

»Tja, er war noch keine Dreißig, als ich geboren wurde, also nehme ich an, daß er so um Achtzehnhundertfünfundneunzig geboren wurde.«

»Dann war er also im richtigen Alter.«

»Frag mich bloß nicht. Ich habe keine Ahnung, wann diese wahnsinnige Sache passierte. Frag lieber Erich. Männer wissen über so was doch immer Bescheid.«

Erich goß den Rest aus der Liter-Karaffe in sein Glas. »Ich bin ja nicht einmal alt genug, um mitgekämpft zu haben. Ich kann mich aber noch schwach erinnern. Ich war damals ein Schulkind.«

»Aber wie war das denn bloß?« fragte Elizabeth.

»Ich habe keine Ahnung. Ich mache mir keine Gedanken über den Krieg. Und außerdem hättest du auf deiner englischen Schule alles darüber lernen müssen.«

»Vielleicht kam es auch im Unterricht vor. Aber ich habe offenbar nicht aufgepaßt. Das kam mir alles so langweilig und bedrückend vor, diese ganzen Schlachten und Kanonen und so weiter.«

»Genau«, sagte Erich. »Sich damit zu beschäftigen ist morbid. Ich habe von diesen Dingen in meinem eigenen Leben so viel erleben müssen, da muß ich nicht auch noch die Vergangenheit umgraben.«

»Wieso interessierst du dich denn plötzlich so für alte Geschichte?« fragte Irene.

»Ich bin mir nicht sicher, ob das alte Geschichte ist«, sagte Elizabeth. »Es ist ja noch gar nicht lange her. Es müssen doch noch alte Männer leben, die da mitgekämpft haben.«

»Du müßtest mal meinen Bob fragen. Der weiß alles.«

»Darf ich jetzt Kaffee servieren?« sagte Lucca.

Die Straße schwang sich in einer langgezogenen Schrägkurve, von der aus sie zu ihrer Linken die ruhige, graue See liegen sah, nach Dover hinab. Beim Anblick des Wassers ergriff Elizabeth eine kindliche Freude; es war ihr Ferienbeginn, sie würde übersetzen. An diesem winterlichen Dienstag abend kam es ihr vor wie eine Befreiung.

Vorschriftsmäßig fuhr sie unter aufragenden Hebekränen eine Rampe hoch und dann wieder durch schmale, markierte Fahrspuren abwärts, wobei sie um das runde Papierstück herumschielen mußte, das ein Mann aus einem Kiosk mitten auf die Windschutzscheibe geklatscht hatte. Sie wurde an den Anfang eines leeren Parkstreifens gewunken. Sie stieg aus dem Wagen und spürte, wie ihr der Seewind ins Haar griff. Links von ihr standen auf dem Anleger zwei Tieflader mit Containern und etwa ein Dutzend kleinerer Lastwagen in markierten Spuren; diese Fährstrecke war nicht sonderlich beliebt. Im Laden kaufte sie sich eine Karte Nordost-Frankreichs und eine Autobahnkarte Europas, die sie nach Brüssel lotsen sollte.

Im vibrierenden Schiffsinnern holte sie ihr Buch heraus, die Brille und einen zweiten Pullover, falls sie später an Deck gehen würde. Sie war froh, als sie an den Dieselabgasen der riesigen Lastzüge vorbei war und über die stellen Treppen zum Passagierdeck stieg.

Sie kam sich ein wenig anmaßend vor. Ohne je kaum mehr als nur einen flüchtigen Blick auf die gelegentlichen Kriegsgedenktage oder entsprechende, langweilige Dokumentationen geworfen zu haben, war sie achtunddreißig Jahre alt geworden und durchaus unsicher, was sie eigentlich herausfinden wollte. Wie sah ein »Schlachtfeld« aus? Handelte es sich um einen präparierten Kampfplatz, auf dem die Positionen der feindlichen Parteien eingezeichnet waren? Standen dort denn keine Gebäude und Bäume im Weg? Vielleicht wußten die Leute, die heute an diesen Orten lebten, mehr darüber; aber eine morbide Schlachtfeldtouristin, die sich wie Schaulustige mit ihren Kameras an der Absturzstelle eines Flugzeugs herumtrieb, dürfte ihnen kaum willkommen sein. Wahrscheinlicher ist noch, dachte sie, daß diese Leute gar nichts darüber wußten. Es war doch alles schon viel zu lange her. »Schlacht von was?« würden sie fragen. Der einzige Mensch, an den sie sich erinnern konnte, der Interesse an diesen Dingen an den Tag gelegt hatte, war ein Junge gewesen, mit dem sie zur Schule gegangen war: ein lustiges, sanftes Geschöpf mit weinerlicher Stimme, der gut in Algebra war. Würde die Geschichte dort für sie sichtbar werden? Oder wäre inzwischen längst alles »bereinigt«? War es sechzig Jahre nach einem Ereignis überhaupt noch vorstellbar, daß ein Land gegenüber ihren amateurhaften Nachforschungen pflichtbewußt seine Vergangenheit enthüllen würde – und dann noch ausgerechnet einem Menschen gegenüber, der zuvor keinerlei Interesse gezeigt hatte? Außerdem war Frankreich heute im großen und ganzen wie England: Wohnblocks und Industrie, *fast food* und Fernsehen.

Sie strich sich die Haare zurück, rückte die Brille zurecht und nahm sich das Buch vor, das Irenes Bob ihr geliehen hatte. Es war, wie sie fand, schwierige Lektüre, schien sich an Fachleute zu richten, an Leute, die bereits alles über die militärischen Fachbegriffe und die verschiedenen Regimenter wußten; es erinnerte sie an die Flugzeug-Magazine, die ihr Vater bei seinem letzten Versuch, aus ihr den Jungen zu machen, den er sich gewünscht hatte, für sie gekauft hatte. Dennoch sprach aus den eher sachlichen Abschnitten des Buchs, den trockenen Statistiken und geographischen Beschreibungen etwas, was ihre Aufmerksamkeit erregte. Am eindrucksvollsten waren die Photografien. Es gab eine von einem mondgesichtigen Jungen, der mit unerschütterlicher Geduld in die Kamera schaute. Dies war sein Leben, seine Gegenwart, dachte Elizabeth, für ihn so normal wie Geschäftstermine oder Liebesaffären; so normal wie die banale Atmosphäre des Salons auf dieser Kanalfähre, die jedem zeitgenössischen Urlauber in England vertraut war: Sein Entsetzen und sein bevorstehender Tod waren für ihn so normal und unabänderlich wie für sie der Drink an der Bar, die bevorstehende Nacht im Hotel und all die anderen überflüssigen Kleinigkeiten eines Lebens im Frieden, die ihre bequeme, sorgenfreie Existenz ausmachten.

Obwohl ihre Großmutter Französin gewesen war, kannte sie das Land nicht besonders gut. Sie klaubte ein paar Sprachbrocken zusammen, als der ausdruckslose Polizist am Anleger seine Hand durchs Wagenfenster schob und einige schnelle, gutturale Anweisungen gab. Die großen Sattelschlepper rumpelten über den Kai; sonst hatten offenbar keine anderen Wagen diese winterliche Überfahrt zu einem kalten, dunklen Kontinent mitgemacht.

Außerhalb Calais' fand sie die Straße nach Süden. Jetzt dachte sie nur noch an Robert. Sie stellte sich den Abend vor, den sie gemeinsam in Brüssel verbringen würden. Er machte stets Restaurants ausfindig, wo er keine Bekannten antreffen würde und mit ihr reden konnte, ohne ständig auf der Hut sein zu müssen. Nicht, daß irgend jemand Anstoß genommen hätte: Die Mehrzahl der Diplomaten und Geschäftsleute, die für längere Zeit nicht zu Hause waren, schafften sich ihre »Arrangements«. Robert war insofern ein Sonderfall, als er die doppelte Unbequemlichkeit auf sich nahm, daß sowohl seine Frau als auch seine Geliebte in England lebten. Der Gedanke daran ließ Elizabeth auflachen. Er war schon ziemlich unpraktisch. Und er hatte Schuldgefühle, deshalb wollte er nicht mit ihr zusammen gesehen werden. Anders als seine Mitverschwörer in Sachen Ehebruch, die ihre Geliebten über eines von vielen Geschäftskonten aushielten, sie ihren Freunden und manchmal sogar ihren Ehefrauen vorstellten, tat Robert einfach so, als gäbe es Elizabeth gar nicht. Dieses Verhalten fand sie nicht sonderlich erfreulich, aber sie hatte bestimmte Vorstellungen, wie es zu ändern sei.

Sie nahm sich in Arras ein Hotel; Bob hatte ihr gesagt, daß die Stadt in der Nähe von diversen Friedhöfen und Schlachtfeldern sei. Das Hotel lag in einer schmalen Seitenstraße, die auf einen stillen Platz mündete. Sie ging durch ein schmiedeeisernes Tor, erreichte über einen Kiesweg die Eingangstür und trat ein. Rechts war ein Speisezimmer mit gedämpftem Licht, in dem ein halbes Dutzend Leute vereinzelt saßen und vernehmlich klappernd zu Abend aßen. Sie wurden von einem Kellner beobachtet, der in gebeugter Haltung neben dem Küchendurchgang stand.

Der Empfangstresen befand sich in einer Nische unter dem Treppenaufgang. Eine Frau, deren rostbraunes Haar zu einem Knoten zusammengefaßt war, legte einen Stift beiseite und schaute sie durch dicke Brillengläser an. Ein Zimmer mit Bad war frei; ihr Gepäck würde man ihr später hinaufbringen. Ob sie im Hotel zu Abend essen wolle? Elizabeth verneinte. Den kleinen Koffer trug sie selbst einen langen Flur entlang, in dem die Deckenbeleuchtung immer schwächer zu werden schien, je weiter sie sich vom Treppenabsatz entfernte. Schließlich fand sie die Tür mit der richtigen Nummer. Es war ein riesiges Zimmer, an dessen Wänden geschmacklose Tapeten über die Leimfarbe des neunzehnten Jahrhunderts gekleistert worden waren. Mit Vorhängen, die von einem Baldachin herabhingen, hatte man versucht, dem Bett mit seinen vier Pfosten einen Seraileffekt zu geben, aber die ovalen Türgriffe aus Porzellan und die Nachttischchen mit ihren Marmorplatten wirkten alles andere als orientalisch. Der Raum roch nach feuchter Pappe, vielleicht auch nach schwarzem Tabak aus einer fernen Epoche; der Geruch mischte sich mit einem süßlichen Aroma, vielleicht Rasierwasser, wie es vor dem Krieg benutzt worden war; vielleicht war es aber auch nur der Versuch, irgendeine halb vergessene Leckstelle in einer Leitung zu übertünchen.

Elizabeth ging in die Nacht hinaus. Von der Hauptstraße aus sah sie zu ihrer Rechten den Platz und vor sich den Bahnhof und die Spitze einer Kathedrale oder großen Kirche. Sie behielt den Kirchturm im Blick, während sie durch die schmalen Straßen ging und nach einem passenden Restaurant suchte, wo eine alleinstehende Frau nicht besonders auffiel. Sie fand sich schließlich auf einem großen Platz wieder, der dem Grand' Place in Brüssel ähnelte. Sie versuchte, ihn sich voller britischer Soldaten mit Lastwagen und Pferden vorzustellen, obwohl sie sich gar nicht sicher war, ob es damals bereits Lastwagen gegeben hatte, oder umgekehrt, ob man damals noch Pferde benutzte. Sie aß in einer überfüllten Brasserie, in der junge Männer Tischfußball spielten. Aus einem Lautsprecher über der Tür donnerte Popmusik. Gelegentlich wurde der Lärm noch verstärkt, wenn draußen einer der Jugendlichen ein Motorrad aufheulen ließ.

Sie suchte im Index von Bobs Buch nach Arras und fand Hinweise auf Stabshauptquartiere, Nachschublinien und eine ganze Reihe verwirrender Nummern und Namen von Regimentern, Bataillonen und Offizieren. Der Kellner brachte ihr Hering mit Kartoffelsalat; beides schmeckte wie aus der Dose. Er stellte auch einen auf rustikal gequälten Krug mit Rotwein neben ihr Glas.

Was aber taten sie denn nun eigentlich in einer Stadt? Sie hatte sich Kriege immer so vorgestellt, daß sie auf dem Land, in offenem Gelände stattfanden.

Sie trank von dem Rotwein. Was ging es sie überhaupt an? Es war ja nur eine Station auf dem Weg zu Robert.

Sie las in dem Buch noch ein paar Seiten und trank mehr Wein. Diese Kombination erweckte in ihr einen Anflug von Entschlossenheit: Sie wollte diese Sache verstehen, sie wollte sich darüber Klarheit verschaffen. Ihr Großvater hatte in diesem Krieg gekämpft. Wenn sie schon selbst keine Kinder hatte, wollte sie doch zumindest begreifen, was ihr vorausgegangen war; sie mußte wissen, welche Linie mit ihr zu Ende ging.

Der Kellner servierte ein Steak mit einer gewaltigen Portion Pommes frites. Sie aß, soviel sie konnte, schmierte Senf auf das Fleisch. Sie beobachtete, wie der Fleischsaft von den Kartoffelrändern aufgesogen wurde und sie rot färbte. Sie genoß die kleinen Wirklichkeitspartikel, die ihr auffielen, wenn sie allein war; in Gesellschaft hätte sie einfach nur geredet und gekaut.

Das Essen und der Wein entspannten sie. Sie lehnte sich gegen die mit rotem Plastik gepolsterte Rückenlehne der Bank. Sie merkte, daß zwei der dünnsten und größten der jungen Männer sie von der Bar her beobachteten, und schaute schnell wieder ins Buch, damit sie ihren Müßiggang nicht als Aufforderung mißverstehen konnten.

Ihr eher zaghafter Entschluß verdichtete sich zu fester Entschlossenheit. Was es sie anging? Es ging sie entschieden etwas an. Es ging sie etwas an, weil ihr Großvater hier gewesen war, in dieser Stadt, auf diesem Platz: ihr eigenes Fleisch und Blut.

Am nächsten Tag fuhr sie nach Bapaume und folgte den Verkehrsschildern Richtung Albert; die Stadt lag, wie Bob ihr erzählt hatte, in der Nähe von einigen historischen Schauplätzen, und aus dem Buch ging hervor, daß es dort auch ein Museum gab.

Hinter Bapaume verlief die Straße wie mit dem Lineal gezogen. Elizabeth lehnte sich im Sitz zurück und berührte mit der linken Hand nur ganz leicht den unteren Rand des Steuers, so daß der Wagen wie von selbst fuhr. In dem Serail hatte sie gut geschlafen, und der starke Kaffee und das eiskalte Mineralwasser, das man im Hotel serviert hatte, vermittelten ihr ein eigentümliches Wohlbehagen.

Nach zehn Minuten sah sie kleine, braune Hinweistafeln am Straßenrand; dann erschien, wie ein ganz normaler Gemeindefriedhof, hinter einer Mauer eine Begräbnisstätte, die sie durch die Dieselschwaden der Containerlastwagen kaum erkennen konnte. Die Schilder wiederholten sich nun in immer kürzeren Abständen, obwohl es noch etwa zehn Kilometer bis Albert waren. Durch die Felder zu ihrer Rechten sah Elizabeth zwischen Getreide und Bäumen einen merkwürdig häßlichen Bogen aufragen. Sie hielt ihn anfangs für eine Zucker-Raffinerie, merkte dann jedoch, daß er dafür viel zu hoch war: Er war aus Ziegeln oder anderen Steinen gebaut und von monumentalem Ausmaß. Es sah aus, als ob das Pantheon oder der Arc de Triomphe auf eine Wiese versetzt worden wäre.

Sie bog von der Straße nach Albert ab und folgte neugierig einer kleineren Straße, die durch die leicht hügeligen Felder führte. Der merkwürdige Bogen blieb aus jedem Winkel ständig in Sicht, was seine Erbauer offenbar auch beabsichtigt hatten. Sie erreichte eine Gebäudeansammlung, aber es waren zu wenige Häuser, als daß man von einem Dorf oder auch nur Flecken hätte sprechen können. Sie stieg aus dem Wagen aus und ging zu Fuß auf den Bogen zu.

Davor erstreckte sich ein dichter, gemähter und auf englische Art gepflegter Rasen, durch den ein Kiesweg führte; das Gras an den Wegrändern war sorgfältig geschnitten. Aus der Nähe wurde jetzt die Dimension des Bogens erst richtig erkennbar: Er ruhte auf vier riesigen Säulen und beherrschte weithin die Landschaft. Seine Größe wurde noch durch sein geradezu brutal modernes Design unterstrichen; obwohl es sich eindeutig um ein Mahnmal handelte, fühlte sie sich dennoch an Albert Speers Architektur des Dritten Reichs erinnert.

Elizabeth ging über die Steinstufen auf den Bogen zu. Ein Mann in einer blauen Jacke fegte die leere Fläche zwischen den Säulen.

Als sich Elizabeth dem Bogen näherte, stellte sie überrascht fest, daß er beschriftet war. Sie ging näher heran. Sie starrte den Stein an. Namen waren in ihn eingemeißelt. Die gesamte Oberfläche war mit britischen Namen übersät; die gemeißelten Großbuchstaben erstreckten sich von ihren Fußknöcheln bis zum höchsten Punkt des Bogens; die Säulenflächen waren, so weit ihr Blick reichte, über und über mit Namen bedeckt, die sich meterweit hinzogen, Hunderte von Metern nur Namen, Namen, meilenweit in Stein.

Sie ging über die Fläche unterhalb des Bogens, wo der Mann fegte. Die anderen Säulen waren ebenfalls mit Namen übersät, von allen Seiten starrten ihr in Stein gehauene Namen entgegen.

»Wer sind diese, diese ...?« Sie machte eine Geste mit der Hand.

»Die?« Der Mann mit dem Besen schien verwundert. »Die Vermißten.«

»Männer, die in dieser Schlacht gefallen sind?«

»Nein. Die Vermißten, die, die man nicht gefunden hat. Die anderen liegen auf den Friedhöfen.«

»Dies sind nur die ... die man nicht gefunden hat?«

Sie blickte zu dem Gewölbe über sich empor, sah sich erschrocken um, sah die endlosen Inschriften, als ob sich der gesamte Himmel in Papier verwandelte, das mit Anmerkungen übersät war.

Als sie ihre Sprache wiedergefunden hatte, sagte sie: »Aus dem ganzen Krieg?«

Der Mann schüttelte den Kopf. »Nur diese Felder.« Er deutete mit dem Arm eine Kreisbewegung an.

Elizabeth ging zwischen den Säulen hindurch und setzte sich auf der anderen Seite des Mahnmals auf die Stufen. Unter ihr erstreckte sich ein gepflegter Garten, in dem ein paar Reihen weißer Granitsteine aufragten; vor jedem stand sorgsam ausgerichtet eine Blume oder Pflanze; die Steine waren sauber und glänzten in der schwachen Wintersonne.

»Davon hat mir niemand etwas gesagt.« Sie fuhr sich mit den Fingern, mit den rotlackierten Fingernägeln, durch die schweren, dunklen Haare. »Mein Gott, niemand hat es mir gesagt.«

Nachdem sie fast eine Stunde durch Brüssel geirrt war, gab Elizabeth die Hoffnung auf, Roberts Wohnung zu finden. Ein einziges Mal hatte sie es in die Nähe der richtigen Straße geschafft, mußte dann jedoch einer Einbahnstraße folgen, die wieder in die falsche Richtung führte. Sie stellte den Wagen vor einem großen Gebäude ab und nahm sich ein Taxi.

Sie freute sich auf das Wiedersehen mit ihm; sie spürte, wie sie immer aufgeregter wurde, während sich der Taxifahrer durch den dichten Verkehr schlängelte. Sie war auch ein bißchen nervös, weil sie jedesmal, wenn sie sich mit Robert traf, befürchtete, daß er anders sein würde, als sie ihn in Erinnerung hatte. Fast war es so, als läge auf ihm ein Druck, die Wirkung rechtfertigen zu müssen, die er auf ihr Leben ausübte. Sie ließ sich auf keine anderen Männer ein, lebte allein und war mitverantwortlich an einem fortgesetzten Betrug; er hatte zu beweisen, daß er all das wert war. Zugleich war er ein überaus ängstlicher Mann, der nicht dazu in der Lage war, solche Entscheidungen für sich allein zu treffen, nichts versprach und sie dauernd dazu aufforderte, sich so zu verhalten, wie es ihren Interessen entsprach. Vielleicht war das einer der Gründe dafür, daß sie ihn liebte.

Sie zahlte das Taxi und klingelte an der Haustür. Seine Stimme drang aus der Gegensprechanlage, und die Tür öffnete sich mit einem durchdringenden Summton. Sie lief die Treppe hinauf; das Echo ihrer Schritte hallte auf den hölzernen Stufen. Er stand in der Tür seiner Wohnung im ersten Stock, ein Bär von einem Mann, die Zigarette in der Hand, noch im Anzug, aber mit geöffnetem Hemdkragen und die Krawatte auf Halbmast. Elizabeth flog ihm in die Arme.

Wie so oft fühlte sie sich während der ersten Minuten in seiner Gegenwart desorientiert und hatte das Bedürfnis nach Bestätigung. Sie erklärte ihm, wo sie das Auto gelassen hatte, und nachdem er darüber ausgiebig gelacht hatte, meinte er, daß es besser sei, es zu holen und in der Tiefgarage abzustellen.

Eine halbe Stunde später waren sie wieder in der Wohnung und fingen noch einmal von vorne an. Elizabeth nahm ein Bad, während Robert die Füße auf den Couchtisch legte und Restaurants anrief.

Sie kam in einem neuen, schwarzen Kleid ins Wohnzimmer zurück und war bereit auszugehen. Er drückte ihr einen Drink in die Hand. »Ich hab auch garantiert kein Tonic reingetan. Ich hab nur mit dem Etikett gewunken. Du siehst hinreißend aus.«

»Danke. Du siehst auch ganz gut aus. Behältst du den Anzug an, oder ziehst du dich noch um?«

»Ich weiß nicht. Darüber habe ich mir noch keine Gedanken gemacht.«

»Erzähl mir doch nichts.«

Er setzte sich neben sie aufs Sofa, nachdem er dort zwischen Büchern und Papieren Platz geschaffen hatte. Er war ein kräftig gebauter Mann, groß, mit mächtigem Brustkasten und einem schweren Bauch. Er strich Elizabeth durch die Haare und küßte sie auf die glänzenden Lippen. Er schob die Hand unter ihren Rock und tuschelte ihr etwas ins Ohr.

»Robert, ich habe mich eben erst angezogen. Laß das.«

»Du verschmierst mein Make-up«, sagte er.

»Nein, ehrlich. Und nimm deine Hand da weg. Warte lieber bis später.«

Er lachte. »So kann ich mich aber entspannen und das Essen besser genießen.«

»Robert!«

Er verschob ihre Strümpfe und verschmierte ihren Lippenstift, aber ihr blieb Zeit genug, den Schaden zu reparieren, bevor sie losgingen. Eigentlich hat er recht, dachte Elizabeth; es war viel einfacher, miteinander zu reden, wenn die körperliche Nähe erst einmal wiederhergestellt war.

Beim Essen erkundigte er sich, was sie in der Zwischenzeit getan hatte, und sie erzählte ihm von ihrer Arbeit und ihrer Mutter und auch davon, wie sie angefangen hatte, sich für die Eltern ihrer Mutter zu interessieren. Während sie sprach, schien dies Interesse für sie selbst klarer zu werden. Ihr Leben war an einem Punkt angekommen, an dem sie nicht mehr die letzte sein konnte, die dereinst sterben würde; es mußte jemanden geben, der jünger war als sie, eine Generation ihrer Kinder, die jetzt die luxuriöse Sicherheit eines Wissens genießen durfte, daß vor ihrer eigenen Sterblichkeit noch wie eine schützende Barriere die Eltern und Großeltern standen. Aber da sie selbst nun einmal keine Kinder hatte, begann sie, sich der Vergangenheit zuzuwenden und sich mit dem Schicksal einer gewesenen Generation zu beschäftigen. Weil deren Leben vollendet war, fühlte sie sich sicher; sie empfand dieser Generation gegenüber beinah mütterliche Gefühle.

Sie erzählte von ihrem Besuch in Irenes Haus, wo sie Bob kennengelernt hatte, den sie sich gemäß Irenes Darstellungen als jemanden vorgestellt hatte, der kaum außerhalb der Kneipe oder des Wettbüros anzutreffen war, der sich dann jedoch als kleiner, vogelähnlicher Mann mit dicken Brillengläsern und flinken Handbewegungen entpuppte und ihr aus einem Raum voller Bücherregale zwei oder drei Bücher zur Auswahl angeboten hatte.

»Aber nichts hat mich darauf vorbereitet, was ich dann zu sehen bekam. Das bloße Ausmaß. Das Mahnmal ist so groß wie Marble Arch, größer noch, und jeder Zentimeter ist mit Buchstaben bedeckt. Es sieht noch so frisch aus. Der Wärter hat mir eine Granate gezeigt, die man erst letzte Woche im Wald gefunden hat.«

Während sie erzählte, füllte Robert ihr mehrfach das Glas nach, und als sie das Restaurant verließen und sich auf den Weg zum Grand' Place machten, fühlte sie sich erleichtert und entspannt. Was für eine solide Stadt Brüssel doch war! Ein Denkmal der Schaffenskraft flämischen Fleißes, dazu das Behagen üppiger Mahlzeiten, die mit französischer Inspiration zubereitet wurden, und, wichtiger als alles andere, das Glück, in Frieden leben zu können.

Sie neigte nun dem Gefühl zu, daß ein ereignisarmes Leben nicht notwendigerweise eine Frivolität sein mußte; daß die besten Werte des Bürgertums erst erarbeitet sein wollten, bevor sie weitergegeben werden konnten. Roberts starker Arm lenkte sie der Gemütlichkeit eines Cafés entgegen, wo sie einen Digestif trinken wollten. Als sie um eine Ecke bogen, standen sie plötzlich auf dem Grand' Place. Elizabeth blickte zu den vergoldeten Fassaden der Kaufmannshäuser empor, glitzerndes Gold im dichten Nieselregen, erleuchtet von den weichen Lichtern des Platzes.

Sonntag nachmittag spürte sie den inneren Druck, den die bevorstehende Trennung auslöste. Manchmal kam es ihr so vor, als fürchte sie sich vor dem Abschied bereits im Augenblick der Ankunft.

Robert hatte eine Schallplatte aufgelegt, lag rücklings auf dem Sofa und balancierte die Asche auf seiner Zigarette, während er der Musik lauschte.

»Wann heiraten wir endlich?« fragte Elizabeth.

»Ist da irgendwo ein Aschbecher unter den Zeitungen?«

»Ja.« Sie schob ihn zu ihm hin. »Also?«

»Ach, Elizabeth.« Robert richtete sich auf. »Das Problem ist, daß du zu ungeduldig bist.«

»Aha, das ist also das Problem, ja? Es gibt jede Menge Theorien. Aber ich finde nicht, daß zwei Jahre besonders ungeduldig sind.«

»Ich laß mich scheiden, aber im Moment geht das nicht.«

»Wieso nicht?«

»Das hab ich dir doch schon gesagt. Anne ist gerade auf eine neue Schule gekommen. Und Jane muß erst mal dort, wo wir jetzt hingezogen sind, neue Freunde finden, und ...«

»Das ist Anne gegenüber nicht fair.«

»Genau. Sie ist doch erst zehn.«

»Und bald macht auch sie Examen, und dann wird Jane Aufmunterung nötig haben, und dann hast du einen neuen Job.«

Robert schüttelte den Kopf.

»Und im Jahr darauf«, sagte Elizabeth, »wird es zu spät sein.«

»Zu spät für was?«

»Zu spät für dich und mich.«

Robert seufzte. »Das ist alles nicht so leicht, Elizabeth. Ich verspreche dir, daß ich mich scheiden lasse. Ich gebe dir sogar einen festen Termin, wenn du das möchtest. Sagen wir mal, in drei Jahren.«

»Darauf kann ich mich nicht verlassen«, sagte Elizabeth. »Ich kann doch mein Leben nicht an einem so vagen Versprechen ausrichten.«

»Brütest du wieder vor dich hin?«

»Fällt dir kein besseres Wort ein? Ich bin doch kein Huhn. Wenn ich ein kleines Kind sehe, dann gerät mein Unterleib in Aufruhr. Ich muß dann anhalten und mehrmals tief Luft holen, weil mein ganzer Körper sich so danach sehnt. Meinst du das, wenn du das Wort benutzt?«

»Tut mir leid, Elizabeth. Es tut mir wirklich leid. Ich bin nicht der Richtige für dich. Du mußt dich endgültig von mir trennen. Du mußt einen anderen finden. Ich verspreche dir, daß ich keine Schwierigkeiten machen werde.«

»Du verstehst überhaupt nicht, worum es geht.«

»Was soll das heißen?«

»Ich will dich! Du bist der Mann, den ich liebe. Ich will keinen anderen.«

Robert schüttelte den Kopf. Ihre Entschlossenheit schien ihn zu rühren, aber diese Rührung blieb hilflos. »Wenn das so ist, weiß ich auch nicht weiter.«

»Heirate mich, du Idiot, so geht es weiter. Folge den Regungen deines Herzens.«

»Aber mein Herz ist zerrissen. Es ist zerrissen wegen Anne. Ich könnte es nicht ertragen, ihr weh zu tun.«

Elizabeth spürte, daß sie diese Antwort hätte vorhersehen müssen. Sie lenkte ein. »Ich würde mich um sie kümmern«, sagte sie sanft. »Ich würde mich um sie kümmern, wenn sie bei uns bleiben würde.«

Robert stand auf und ging zum Fenster. »Du mußt dich von mir trennen«, sagte er. »Das weißt du doch genau, oder? Das ist die einzige Lösung.«

Obwohl sie wild entschlossen war, nicht zu weinen, brach sie doch in Tränen aus, als sie sich in der Tiefgarage von ihm verabschiedete. Sie empfand sich als abhängig und hilflos und verachtete sich zugleich deswegen. Seine Arme kamen ihr so lang vor, als er sie an seine Brust drückte.

»Ich ruf dich an«, sagte er und warf hinter ihr die Wagentür zu.

Sie nickte und lenkte den Wagen in die vor ihren Augen verschwimmende Schlacht des Nachmittagsverkehrs.

Am Donnerstag abend fuhr Elizabeth nach Twickenham, um ihre Mutter zu besuchen, und während Françoise in der Küche beschäftigt war, stieg Elizabeth auf den Dachboden, wo mehrere Koffer standen, die mit Papieren, Photografien und Büchern gefüllt waren. Den Grund für ihre Nachforschung verriet sie ihrer Mutter nicht, sondern sagte, sie suche nach einem ihrer alten Tagebücher.

Der Dachboden war nicht hoch genug, um aufrecht stehen zu können, so daß Elizabeth unter die Dachschräge kriechen mußte; immerhin hatte der Erbauer des Hauses elektrisches Licht verlegt, in dessen Schein sie nun das Ausmaß der Aufgabe erkannte, die sie sich gestellt hatte.

Sie fand fünf Lederkoffer und sechs aus schwarzem Blech, dazu noch mehrere Pappkartons, von denen nur wenige beschriftet waren. Die meisten waren offenbar willkürlich gefüllt worden: Weihnachtsschmuck und alte Spiele, denen wesentliche Teile fehlten, waren mit Briefbündeln und Quittungen zusammengewürfelt.

Sie begann mit den Lederkoffern. Sie hatte gar nicht gewußt, daß ihre Mutter solch eine leidenschaftliche Theaterbesucherin gewesen war. Es gab Bündel mit Programmen aus dem West End und Zeitschriften, in denen Schauspieler, die sie erst neulich in ergrauten Charakterrollen im Fernsehen gesehen hatte, als Bühnendarsteller vor dreißig Jahren abgebildet waren, die funkelnden Augen mit schwarzer Schminke gerändert, die Handgelenke von spitzenbesetzten Manschetten umwogt und das sorgfältig gestutzte Haar im Scheinwerferlicht der Matinées glänzend.

In einem anderen Koffer befand sich eine Schachtel mit der

Aufschrift NACHLASS ALEC BENSON, die verschiedene testamentarische Dokumente enthielt. Geld hatte er nicht vererbt, sondern lediglich allerlei interessante Schulden. Ohne Wissen seiner Frau hatte er Anteile an einer Pferde-Spedition in Newmarket erworben, und der Verkauf dieser Anteile hatte immerhin einen Teil seiner Schulden abgedeckt. Der restliche Inhalt des Koffers bestand aus einem Durcheinander von Prospekten und Briefen verschiedener Firmen, die er aufgekauft oder verkauft oder in die er investiert hatte; die meisten saßen in Kenia und dem ehemaligen Tanganjika. Gemeinsam war ihnen allen, daß sie unterkapitalisiert waren und einen gewissen Eldorado-Optimismus versprühten. Die späteren Dokumente stammten aus Rhodesien und Südafrika. Es gab auch Rollen mit sorgfältig sortierten Golf-Karten. Score, Handicap 6, Net 73. *Let down by putting* verriet eine gekritzelte Notiz am unteren Rand einer Karte, datiert Johannesburg, 19. Aug. 1950.

Im ersten der Metallkoffer stieß Elizabeth auf eine Khaki-Uniformjacke. Sie zog sie heraus und hielt sie gegen das Licht. Die Jacke sagte ihr gar nichts. Sie schien gut erhalten zu sein, der rauhe Stoff war unbeschädigt, und die Streifen auf den Ärmeln waren akkurat aufgenäht. Sie fand auch einen Stahlhelm, gleichfalls gut erhalten; das Innenfutter war noch vorhanden, und von außen war er nur leicht abgestoßen. Auf dem Boden des Koffers lag eine kleine Schreibmappe aus Leder, in der sich ein unbenutzter Schreibblock und ein monochromer Schnappschuß befand, der eine Gruppe Soldaten zeigte, die hemdsärmelig auf einem gepanzerten Fahrzeug saßen. Eine handschriftliche Notiz auf der Rückseite besagte: *Tunesien 1943 – Die furchtlosen Fünf (Jarvis fehlt).*

Falscher Krieg, falscher Mann. Nach allem, was sie gesehen hatte, nach all den Namen auf dem großen Mahnmal, war man also, keine zwanzig Jahre später, noch einmal »zur Sache gekommen«. Falls sie je einen Sohn bekommen sollte, welche Garantie gab es dann, daß nicht auch er Jahre seines erwachsenen Lebens in einer solchen höllischen Perversion würde zubringen müssen?

Sie schob sich kriechend über den Dachboden, an der Reihe der Metallkoffer entlang. Im nächsten war noch mehr Krimskrams: ein paar ihrer alten Spielsachen und weitere Rechnungen und Geschäftskorrespondenz, die sich auf den Kauf des Hauses bezog.

Obwohl diese Unterlagen an sich banal waren, rührten sie Elizabeth doch, als sie sich darin vertiefte. Die Kolumnen mit Schulden und Zinsen, eingetragen in blau linierte Blätter mit rotem Rand, Zahlen, die mit einer mechanischen Schreibmaschine eingetippt und dann mit schwarzer Tinte gegengezeichnet worden waren, sprachen von läppischen Summen zu freundschaftlichen Zinssätzen; doch wie abschreckend sie zu ihrer Zeit gewirkt haben mußten, wie sehr sicherlich der Seelenfrieden durch sie gestört worden war! Und vor allem standen sie für ein Familienleben, wie brüchig und unsicher es auch gewesen sein mochte, standen für ein Haus und ein Kind und vermutlich auch für die Entscheidung ihrer Eltern, zumindest ihrer Mutter, den Versuch zu wagen, die schlechten Zeiten der Vergangenheit zu überwinden. Und diese geringe Schuldenlast gegenüber irgendeiner Hypothekenbank hatte persönliche Opfer nach sich gezogen, hatte Reisen und einen angenehmeren Lebensstil verhindert. Und dennoch war es schwierig, ihr eigenes Leben als Resultat der Opfer zu begreifen, die frühere Generationen gebracht hatten.

Auf dem Boden des dritten Metallkoffers fand sich ein Päckchen, das fest verschnürt und verknotet war. Der Staub, der davon aufstieg, legte sich trocken auf ihre Finger und ließ sie mit den Zähnen knirschen. Sie löste die Knoten, das Päckchen brach mürbe auseinander, und sein Inhalt fiel ihr in die Hände: noch mehr Papiere und Briefe und Notizbücher, aber auch ein paar bunte Bänder, drei Orden und ein Taschenflakon.

Zwischen anderen Briefen lagen einige, die handschriftlich auf französisch abgefaßt waren. Auf einem stand eine Adresse in Rouen. Elizabeth las ihn mit schlechtem Gewissen. Es war schwer zu entziffern, worum es in dem Brief überhaupt ging. Die Handschrift war dicht und verschnörkelt, die Tinte ausgeblichen, und Elizabeths Französisch war nicht gut genug, um den stark idiomatischen Wendungen zu folgen. Es gab noch einen zweiten Brief in derselben Handschrift, der an eine Münchener Anschrift gerichtet war.

Ganz unten in diesem Stapel lagen zwei Bücher. Das erste war ein militärisches Handbuch für Offiziere. Auf dem Umschlag stand *Captain Stephen Wraysford, April 1917*. Elizabeth schlug es auf. Unter den Verhaltensregeln für Offiziere befand sich eine, die forderte, Offiziere »müssen Blut dürstig sein und beständig daran denken, wie der Feind zu töten ist, und den gemeinen Soldaten darin bestärken, ihnen nachzueifern«. Irgend etwas an der Art und Weise, wie das Adjektiv »blutdürstig« in zwei Worte gespalten war, ließ Elizabeth zittern.

Der andere Band war ein Notizbuch, dessen Seiten mit dicken, blauen Linien versehen waren. Es war gefüllt mit Tintenschrift, die über die Linien hinausquoll.

Es erwies sich für Elizabeth als noch unverständlicher als die Briefe, schien es doch in griechischer Schrift verfaßt zu sein. Sie blätterte verdutzt darin herum. Wenn es einem Ausländer gehört hatte, der mit der Familie gar nichts zu tun hatte, wie war es dann in das kleine Päckchen mit den Sachen ihres Großvaters geraten? Sie schob es in ihre Rocktasche und band die anderen Papiere wieder mit den Bündeln zusammen.

Ihre Mutter saß im Wohnzimmer und las ein Buch.

Elizabeth schnitt das Thema mit einer kleinen Notlüge an. »Das Tagebuch, was ich gesucht habe, konnte ich nicht mehr finden. Es ging um eine alte Adresse von früher. Als ich ausgezogen bin, hast du mir erlaubt, daß ich viele von meinen Sachen da oben einlagere, weißt du noch?«

»Ja, und ich finde, du solltest endlich mal wegwerfen, was du nicht mehr brauchst.«

»Mach ich. Als ich nach dem Tagebuch gesucht habe, bin ich auf ein Päckchen gestoßen, in dem Papiere lagen, die wohl deinem Vater gehört haben.«

»Ich dachte, die wären längst alle verschwunden. Früher gab

es einen ganzen Haufen davon, aber als ich in dieses Haus eingezogen bin, ist vieles verlorengegangen.«

»Was war das denn alles?«

»Kistenweise Notizbücher, die er geführt hatte, seit er zum ersten Mal in Frankreich gewesen war. Ich glaube, es waren insgesamt zwanzig oder dreißig. Aber ich konnte sie nicht lesen, weil sie in einer Art Geheimschrift verfaßt waren.«

»Auf dem Dachboden liegt noch eins. Es sieht aus, als wär es in griechisch geschrieben.«

»Das muß eins davon sein«, sagte Françoise und legte das Buch beiseite. »Es gab noch viel mehr. Ich war immer der Meinung, daß er englisch geschrieben hätte, wenn er gewollt hätte, daß jemand sie liest.«

»Was war dein Vater für ein Mensch?«

Françoise richtete sich im Sessel auf, und eine leichte Röte huschte über ihre Wangen. »Ach, wenn du ihn nur kennengelernt hättest. Er hätte dich geliebt. Wenn er dich doch nur einmal gesehen und dein Gesicht gestreichelt hätte.«

Am nächsten Samstag ging Elizabeth in die U-Bahnstation und bestieg einen Zug, der schwankend und klappernd seine elektrische Bahn auf dem Grund der Röhre zog, die durch den klebrigen Lehm unter der Stadt gegraben worden war. In Stratford stieg sie wieder ans winterliche Tageslicht empor und nahm einen Bus. Sie verfluchte die chromglänzende, schwedische Limousine, die sich geweigert hatte anzuspringen.

Das Haus von Bob und Irene stand an einem Platz mit einem halben Dutzend nackter Platanen auf einem Rasenstück hinter Eisengittern. An einem Ende befand sich ein Sandkasten und ein rot und orange gestrichenes Klettergerüst für Kinder, auf dessen grelle Flächen Worte aus einer Schrift gesprayt waren, die einzig dem Sprayer geläufig sein dürfte. Auf Elizabeth wirkten sie wie wüste Drohungen fundamentalistischer Schriften. Es war zu kalt, als daß Kinder auf dem Spielplatz gespielt hätten, und nur eine Frau, die einen Wollschal um den Kopf gewickelt trug, ließ sich von einem mageren Schäferhund über das spärliche, schmutzige Grün ziehen; am Sandkasten hielt der Hund an und krümmte den Rücken.

Elizabeth eilte auf das Haus zu und drückte auf den Klingelknopf. In der halb geöffneten Tür sah sie, wie Irene sich bückte, um ihren kläffenden Terrier zurückzuhalten. Zwischen Ermahnungen und Drohungen an den Hund und Grußworten an Elizabeth gelang es Irene immerhin, so viel Platz zu schaffen, daß sie beide nebeneinander im Flur stehen und die Haustür wieder schließen konnten.

Sie gingen ins Wohnzimmer im vorderen Teil des Hauses, und Elizabeth setzte sich, während Irene Tee kochte. Das Zimmer war dunkelbraun tapeziert, aber fast die gesamte Tapete war mit Bildern und Regalen bedeckt, auf denen Glasvitrinen mit ausgestopften Vögeln und Sammeltassen und Untertassen aus Porzellan standen. Zwei Kleiderpuppen standen herum; die eine trug ein lila Kleid aus dem neunzehnten Jahrhundert, während über den nackten Torso der anderen alte Spitzenstores geworfen waren. Im Zimmer standen eine ganze Reihe kleiner Tische mit Messingkuriositäten und Plastiken.

»Ich hoffe, Bob nimmt es mir nicht übel, wenn ich ihn als Bibliotheksauskunft mißbrauche«, sagte Elizabeth, als Irene mit dem Tee zurückkam.

»Das glaube ich nicht«, sagte Irene. »Wahrscheinlich freut er sich darüber, daß er gefragt wird. Haben die Bücher dich weitergebracht?«

»Ja, durchaus. Ich hab dir doch von dem Mahnmal erzählt, das ich gesehen habe, nicht wahr? Es ist einfach so, daß ich inzwischen von dieser Sache geradezu besessen bin und mehr wissen will. Ich habe dies Notizbuch meines Großvaters gefunden – jedenfalls nehme ich an, daß es meinem Großvater gehört hat, es lag nämlich mit anderen Sachen von ihm zusammen. Es ist in einer Sprache geschrieben, die ich nicht verstehe, und ich frage mich, ob Bob das vielleicht entziffern kann, da er sich doch für Archäologie und dergleichen interessiert.«

»Ägyptische Hieroglyphen, solche Sachen?«

»Na ja, ägyptisch ist das nicht, aber ...«

»Ich weiß, was du meinst. Früher wußte er wirklich sehr viel über Sprachen. Er hat Seminare darüber besucht. Ich glaube nicht, daß er diese Sprachen spricht, aber wahrscheinlich kann er verstehen, was das überhaupt ist, vor allem, wenn es sich um eine alte Sprache handelt. Nicht sonderlich an der modernen Welt interessiert, mein Bob. Ich habe ihm vor Jahren einmal einen Satz dieser Sprachschallplatten geschenkt, damit er für unseren Urlaub Französisch lernt, aber er hat das nicht mal ausgepackt.«

Nachdem Bob sich nach Irenes drittem Versuch überreden ließ, aus dem Garten ins Haus zu kommen, schüttelte er Elizabeth die Hand und nahm sich eine Tasse Tee. Sie erzählte ihm von ihrem Frankreichbesuch, und er nickte dazu, schlürfte laut den Tee und hörte zu. Er war kleiner als seine Frau, hatte eine Glatze und trug eine Schildpattbrille. Während sie redete, legte er den Kopf zur Seite und kratzte sich hin und wieder die hochgezogene Schulter. Nachdem sie schließlich auf den Grund für ihren erneuten Besuch zu sprechen kam, wurden seine Bewegungen wacher und aufmerksamer.

»Dürfte ich mal einen Blick in das besagte Dokument werfen?« sagte er und streckte die Hand aus.

Elizabeth reichte ihm schuldbewußt das Notizbuch, da sie sich unsicher war, ob sie das, was ihr Großvater vor so vielen Jahren aufgeschrieben hatte, dem neugierigen Blick dieses merkwürdigen, kleinen Mannes aussetzen dürfte.

»Aha«, sagte er und blätterte wie ein Bankangestellter, der Geldscheine zählt, durch die Seiten. Elizabeth hatte Angst, das ausgetrocknete, mürbe Papier könnte brechen. »Hat viel geschrieben, was? Haben Sie noch mehr davon?«

»Nein, dies ist das einzige, was erhalten geblieben ist.«

»Ich glaube, dann müssen wir uns mal in mein Arbeitszimmer begeben. Wir sind gleich wieder da, Irene.« Er erhob sich schnell und forderte Elizabeth auf, ihm durch den dunklen Flur in ein

Zimmer am Ende des Hauses zu folgen, von dem aus man in den Garten sehen konnte; die Nachmittagssonne war verschwunden, und nur noch die schwarzen Umrisse einer Schubkarre und ein qualmendes Feuer vor dem Holzzaun waren zu erkennen.

»Ich habe Ihnen die Bücher mitgebracht, die Sie mir geliehen haben«, sagte Elizabeth.

»Danke. Legen Sie sie einfach da hin. Ich stelle sie wieder ins Regal, wenn ich hiermit fertig bin.«

Bob stieß ein paar saugende und summende Laute aus, während er in den trockenen Seiten vor- und zurückblätterte. »Ich habe eine Idee, was das sein könnte«, murmelte er. »Ich hab da so eine Idee ...« Er zog ein Buch aus einem der Regale, die die Wände vom Boden bis zur Decke bedeckten. Sie waren alphabetisch geordnet, und in verschiedenen Abständen waren Aufkleber an den Regalen befestigt, die ein neues Wissensgebiet markierten. Bob setzte sich in einen tiefen Lederarmsessel; Elizabeth nahm, nachdem er sie dazu aufgefordert hatte, auf dem hölzernen Stuhl am Schreibtisch Platz.

»... aber andererseits geht das nicht ganz auf.« Bob ließ das Notizbuch auf den Schoß sinken, schob sich die Brille auf die Stirn und rieb sich die Augen. »Wozu müssen Sie eigentlich wissen, was das alles bedeutet?«

Elizabeth lächelte traurig und schüttelte den Kopf. »Ich weiß nicht, ich weiß es wirklich nicht. Es ist nur eine Ahnung, wirklich, nur eine vage Idee, das es mir vielleicht etwas erklären könnte. Aber ich glaube eigentlich kaum, daß etwas Interessantes drinsteht. Möglicherweise handelt es sich bloß um Haushaltslisten oder um Notizen, was er alles erledigen wollte.«

»Möglich«, sagte Bob. »Wissen Sie, wenn Sie wollen, können Sie es natürlich auch von einem Experten untersuchen lassen. Wenn Sie damit zu einem Museum oder einem Universitätsinstitut gehen, finden Sie bestimmt jemanden, der auf diese Dinge spezialisiert ist.«

»Damit möchte ich aber niemanden belästigen, wenn es sich

um derlei banale Dinge handelt. Könnten Sie es nicht versuchen?«

»Vielleicht kann ich es entziffern. Das hängt davon ab, wieviel in persönlicher Geheimschrift geschrieben ist. Nehmen Sie beispielsweise mal an, Sie führten ein Tagebuch und würden darin Irene immer als, sagen wir mal, Königin Bess bezeichnen. Dann könnte man wohl die Worte Königin Bess entziffern, aber damit wäre man auch nicht viel klüger, nicht wahr?«

»Wahrscheinlich nicht. Ich möchte auch nicht, daß Sie allzuviel Zeit damit vergeuden, Bob. Warum lassen wir es nicht einfach ...«

»Nein nein, interessieren würde es mich schon. Ich möchte das gern herausfinden. Die Schrift entspricht nicht der Sprache, in der es geschrieben ist, soviel kann ich Ihnen jetzt schon sagen. Das hier ist griechische Schrift, aber es sind keine griechischen Worte. Ich glaube, die Worte sind aus verschiedenen Sprachen kombiniert, und dann sind da vielleicht noch ein paar Privatbegriffe eingestreut.«

»Sie meinen also, daß es sich bei der Sprache gar nicht um Englisch handelt?«

»Genau. Als man die Linear B-Schrift durchchiffrierte, hat man jahrelang geglaubt, es mit Griechisch zu tun zu haben, aber das war nicht der Fall. Jedenfalls nicht mit attischem Griechisch. Sobald man das aber ausgeschlossen hatte, ergab sich der Rest von selbst. Ich kann Ihnen aber versichern, daß dies hier nicht so schwierig ist wie Linear B.«

Elizabeth lächelte. »Wieso wissen Sie soviel über diese Dinge?«

»Irgend etwas mußte ich ja machen, um mit Irene gleich zu ziehen. In den Jahren, als das Geschäft noch gut lief, hat sie das Geld verdient. Ich habe mich nur um den Haushalt gekümmert. Aber in meiner Freizeit habe ich ein bißchen studiert. Es ist schon erstaunlich, was man durch bloße Lektüre alles lernen kann. Wissen Sie was? Wenn ich es innerhalb von zwei Wochen nicht entziffern kann, dann gehen Sie damit zu jemand anderem.«

»Und es macht Ihnen auch bestimmt nichts aus?«

»Nein. Es ist mir ein Vergnügen. Mir gefällt so eine Herausforderung.«

Sie bekam einen Anruf von Stuart, dem Mann, den sie bei Lindsay kennengelernt hatte. Elizabeth war zwar überrascht, aber es war ihr durchaus nicht unangenehm, daß er sich meldete. Er schlug vor, zum Essen auszugehen, und sie stimmte zu. Wenn sie mit anderen Männern ausging, überkamen sie immer leichte Schuldgefühle. Sie konnte sich noch so oft sagen, wie »untreu« Robert ihr gegenüber war – das Schuldgefühl blieb bestehen, hielt sie allerdings auch nicht davon ab, Verabredungen einzugehen.

Sie gingen in ein China-Restaurant, von dem Stuart behauptete, daß dort die Küche authentischer sei als bei den üblichen Chinesen in England. Er hatte ein Jahr in Hongkong gearbeitet und dort etwas Chinesisch gelernt. Er orderte ein halbes Dutzend Speisen und sagte ein paar Worte auf Mandarin-Chinesisch, worauf der Kellner so tat, als verstehe er ihn. Elizabeth hörte interessiert zu, als er ihr jedes einzelne Gericht erklärte. Sie hatten alle die gleiche, klebrige Konsistenz, die sie aus Paddington kannte, wenn sie sich dort chinesisches Essen mit nach Hause nahm, aber Stuart bestand darauf, daß das Essen hier unverfälschter sei. Sie hätte außerdem auch lieber Wein statt Tee getrunken.

Er fragte sie, ob sie anschließend noch mit in seine Wohnung kommen wollte. Sie lag in einem Mietshaus in St. John's Wood, nicht weit vom Restaurant entfernt. Elizabeth fühlte sich von ihm angezogen und war neugierig auf seine Wohnung. Sie ließ die Augen schnell über den Parkettfußboden schweifen, die geschmackvollen Teppiche, die vollgestopften Bücherregale. An den hellgrauen Wänden hingen nur drei Bilder, die aber elegant und passend waren – irgendwo zwischen Kunst und Dekoration.

Während sie Kaffee trank, ging er zu einem Flügel und knipste unter einem roten Schirm eine Lampe an.

»Wollen Sie etwas spielen?« fragte sie.

»Ich bin aber ganz aus der Übung.«

Er ließ sich eine Weile bitten, rieb sich dann aber die Hände und setzte sich.

Er spielte ein Stück, das Elizabeth vage bekannt vorkam; die Wirkung der zerbrechlichen Melodie entfaltete sich aus kaum mehr als zwei oder drei Tönen. Dennoch war die Art, in der er spielte, sehr zart und mit subtiler Phrasierung, rührend schön. Als sie die kleine Melodie hörte, wußte Elizabeth sofort, daß sie ihr nicht mehr aus dem Sinn gehen würde.

»Ravel«, sagte er, als er fertig war. »Hübsch, nicht wahr?«

Er erzählte ihr von Ravel und Satie und verglich die beiden mit Gershwin. Elizabeth, die diese Komponisten immer für grundverschieden gehalten hatte, war beeindruckt.

Als sie sich schließlich ein Taxi bestellte, war es bereits Mitternacht. Sie ging die Treppe hinunter und summte dabei fröhlich die Melodie, die er gespielt hatte. Auf dem Heimweg schossen ihr verräterische Gedanken über Robert durch den Kopf. Sie hatte immer wieder zu ihm gesagt, daß er sie unglücklich machte, weil er sich nicht von Jane trennen wollte; und sie hatte ihm versprochen, daß er mit ihr glücklicher sein würde. Soviel sie wußte, waren ihre Einwände gegen seine Ehe stets leidenschaftlich wahr gewesen. Allerdings, das gestand sie sich ein, als das Taxi jetzt die Edgware Road überquerte, war es natürlich denkbar, daß sie sich aus einem ganz bestimmten Grund jemanden gesucht hatte, der unerreichbar bleiben mußte: So konnte er nämlich nie ihre Unabhängigkeit gefährden.

IV

FRANKREICH 1917

Im schwindenden Zwielicht kniff Stephen Wraysford die Augen gegen den Nieselregen zusammen. Die Männer vor ihm verschwanden fast hinter den Uniformballen und Ausrüstungsgegenständen, die sie zu schleppen hatten. Sie sahen aus, als befänden sie sich auf einer Expedition zum Nordpol, Forscher auf dem Weg ans Ende der Welt. Stephen fragte sich, woher er die Kraft nahm, immer noch ein Bein vor das andere zu setzen.

Es regnete schon seit drei Wochen, erst Sprühregen, dann strömender Dauerregen, dann blieb es für etwa eine Stunde trocken, bis die Wolken sich erneut im Winterlicht über dem niedrigen Horizont Flanderns zusammenballten. Die Uniformen der Männer waren durchnäßt, jede einzelne Wollfaser wassersatt, und das Gewicht des Wassers erschwerte ihr Gepäck um zwanzig Pfund. Sie waren aus ihren Quartieren bis in die hinteren Linien marschiert, doch bereits hier war ihre Haut durch das Hin- und Herrutschen der Lasten wundgerieben. Unter ständig wiederholten Marschliedern und Gesängen hatten sie es bis zu den Nachschublinien geschafft, und als dann die Dunkelheit hereinbrach, mußten sie feststellen, daß es immer noch fünf Kilometer bis zur Front waren. Langsam verstummten die Lieder und die Gespräche, bis sich schließlich jedermann nur noch darauf konzentrierte, die Stiefel wieder aus dem Morast zu ziehen, der sie bei jedem Schritt einzusaugen schien. Ihr Weltbild verengte sich auf den durchnäßten Rücken des Vordermanns.

Im Verbindungsgraben stand knöcheltief orangefarbener Schleim, der Stiefel und Gamaschen verkleisterte. Je näher sie der Front kamen, desto stärker begann es zu stinken. Nach einem Kilometer hatte sich der Graben in eine in Zickzacklinie verlaufende Klärgrube verwandelt, in der schenkeltiefer Matsch waberte, vermischt mit Exkrementen aus den übergelaufenen Latrinen und verdickt von verwesenden Leichenteilen, die, wenn eine Grabenwand einstürzte, immer wieder aus den unteren Erdschichten aufgeschwemmt wurden.

Ein irritierter Schrei pflanzte sich durch die Linien bis nach hinten fort: Die ersten Reihen gingen zu schnell, jemand war gestürzt. Es bestand die Gefahr, daß sie am falschen Frontabschnitt landeten und dann noch einmal den ganzen Weg von vorn machen mußten. Sie waren allerdings schon einmal hier gewesen; fast war es ein Automatismus, der sie in der Dunkelheit den richtigen Weg finden und die richtigen Abzweigungen nehmen ließ; auch die Flüche und lauten Proteste waren längst Routine geworden. Bestenfalls hatte all das etwas mit Stolz zu tun. Sie hatten Dinge gesehen, die vor ihnen noch kein menschliches Auge geschaut hatte, und dennoch hatten sie bislang den Blick nicht abgewandt.

Diese Gruppe von Männern hielt sich selbst für außergewöhnlich. Kein Inferno konnte sie mehr schrecken, kein Sturm sie zerstören, weil sie dem Schlimmsten bereits ins Auge gesehen und überlebt hatten.

In guten Momenten empfand Stephen für sie jene Liebe, die Gray von ihm gefordert hatte. Ihr verzweifelter Mut, geboren aus der Notwendigkeit, hatte etwas Anziehendes. Je wüster, härter, verbitterter sie wurden, desto mehr wuchsen sie ihm ans Herz. Und dennoch verstand er sie immer noch nicht ganz: Er begriff nicht, wie sie sich pausenlos aufs neue antreiben lassen konnten. Er war neugierig darauf gewesen, wie weit man es mit ihnen würde treiben können, aber sein Interesse war zusammengebrochen, als er die Antwort bekam: daß es keine Grenzen gab, die sie nicht überschreiten, keine Leiden, die sie nicht erdulden würden.

Er sah in ihre mit Wollmasken geschützten Gesichter, sah die Schirme der Feldmützen unter den Helmen hervorragen, und sie kamen ihm vor wie Wesen von einem anderen Stern. Manche trugen Strickjacken und Westen, die man ihnen von zu Hause geschickt hatte, andere hatten sich Lumpen oder Verbandsstoff um die Hände gewickelt, weil sie ihre Handschuhe verloren hatten oder weil sie ihnen von völlig Skrupellosen aus dem Gepäck gestohlen worden waren. Jeder Stoffetzen, jedes Stück Wolle, das sie in den Dörfern hatten auftreiben können, wurde als Ersatzsocke oder zusätzliche Kopfbedeckung umfunktioniert; manche hatten sich flämische Zeitungen in die Hosen gestopft.

Der Sinn ihres Daseins bestand darin, durchzuhalten und Widerstand zu leisten; sie sahen aus wie willenlose Geschöpfe, die sich den höllischen Bedingungen angepaßt hatten, unter denen sie vegetieren mußten. Doch wußte Stephen, daß sie den Horror, dem sie ins Auge geblickt hatten, in ihren Herzen verschlossen hielten, und der dröhnende Stolz auf ihre Widerstandskraft wirkte nicht überzeugend. Sie prahlten angeberisch mit dem, was sie gesehen und durchgemacht hatten; aber aus ihren traurigen, lumpenverhüllten Gesichtern las er die Last von Erfahrungen ab, die sie nicht gewollt hatten.

Stephen wußte, was sie empfanden, weil er ihre Erfahrungen geteilt hatte und weil auch er durch das, was er gesehen hatte, weder härter noch stärker geworden war; er kam sich armselig und betrogen vor. Er teilte ihre Brüderschaft der Tapferkeit, aber manchmal empfand er für sie, was er für sich selbst empfand – keine Liebe, sondern bedauernswerte Verachtung.

Sie sagten, daß sie zumindest noch am Leben waren, aber selbst das war nicht die Wahrheit. Von ihrer ursprünglichen Kompanie waren nur noch er, Brennan und Petrossian an der Front. Die Namen und Gesichter der anderen verloren sich bereits in seiner Erinnerung. Geblieben war ihm nur das unscharfe Bild einer niedergeschlagenen Gruppe in Überziehern und schlammverschmierten Wickelgamaschen, über deren Helmen Zigarettenrauch aufstieg. Er erinnerte sich noch an eine Stimme, ein Lächeln, eine eigenartige Sprechweise. Er erinnerte sich an einzelne Glieder, die von den Körpern gerissen worden waren, und an die merkwürdigen Formen verschiedener Verletzungen; er konnte sich noch die erschreckende Intimität freigelegter, innerer Organe ins Gedächtnis rufen, aber er vermochte kaum noch zu sagen, zu wem dies Fleisch einmal gehört hatte. Zwei oder drei waren endgültig nach England zurückgekehrt, der Rest war vermißt, in Massengräbern verscharrt oder, wie Reeves Bruder, zu Teilchen zerfetzt, die so klein waren, daß sie im Wind verwehten.

Was sie als Überleben bezeichneten, bestand darin, daß sie die Reihen schlossen und verschiedene Einheiten mit neu rekrutierten Verstärkungen aufgefüllt wurden. Gray wurde zum Bataillonskommandeur befördert und ersetzte Barclay und Thursby, die gefallen waren, während Stephen das Kommando über Grays Kompanie bekam. Harrington machte sich auf den langen Heimweg nach Lancashire, ließ jedoch einen Teil seines linken Beins am Nordufer der Ancre zurück, wo sich die Krähen ein Fest machten.

Als sie an der Front ankamen, war es Nacht. Die Männer, die sie ablösten, übergaben ihnen schenkelhohe Gummistiefel, die seit acht Monaten ununterbrochen getragen worden waren. Die verweste Masse in ihrem Innern bestand aus einem Matsch aus Walöl und verfallenen Lumpen, in den nahezu jede Schuhgröße paßte. Solange es dunkel war, blieb keiner ganz ruhig. Die aufzuckenden Lichter explodierender Geschosse nahmen sie noch als harmlos hin, weil sie so weit entfernt waren, aber dicht am Graben gab es immer Geräusche und Schatten, die sofort die alten Reflexe wachriefen. Manchmal dachte Stephen, daß sie sich nur auf diese Weise sicher sein konnten, überhaupt noch am Leben zu sein.

Der Unterstand, der als Kompaniehauptquartier diente, war ein überdachtes Loch im zweiten Graben. Obwohl er klein war, verfügte er über ein provisorisches Etagenbett und einen Tisch. Stephen packte ein paar der Dinge aus, die er an die Front mitgeschleppt hatte: einen Skizzenblock, einige Tafeln Schokolade und Zigaretten, ein Periskop und eine Strickweste, die er von einer alten Frau gekauft hatte. Er teilte den Unterstand mit einem jungen, rothaarigen Mann namens Ellis, der gern im Bett las. Er war höchstens neunzehn oder zwanzig, aber er machte einen gefaßten und vernünftigen Eindruck. Er rauchte ununterbrochen, lehnte aber angebotene Drinks kategorisch ab.

»Bei unserm nächsten Urlaub will ich nach Amiens fahren«, sagte er.

»Das ist doch viel zu weit weg«, sagte Stephen. »Da kommen Sie nie hin.«

»Der Adjutant hat gesagt, daß es geht. Er hat gesagt, daß es im Rahmen der Neuorganisation möglich ist. Offizieren soll am Ort ihrer Wahl eine angemessene Zeit zugestanden werden.«

»Na, dann viel Glück«, sagte Stephen, setzte sich an den Tisch und zog eine Flasche Whisky zu sich heran.

»Wollen Sie denn nicht mitkommen?«

»Ich? Wohl kaum. Das ist doch nur ein Eisenbahnknotenpunkt.«

»Waren Sie schon mal da?«

»Ja. Vor dem Krieg war ich schon mal da.«

»Und wie ist es?«

Stephen schenkte sich ein. »Es gibt da eine schöne Kathedrale, falls Sie sich für Architektur interessieren. Mir hat sie aber nicht sonderlich gefallen. Es ist ein kaltes Gebäude.«

»Also, ich fahre da jedenfalls hin. Wenn Sie es sich noch anders überlegen sollten, können Sie mir ja Bescheid sagen. Der Feldwebel hat gesagt, daß Sie sehr gut französisch sprechen.«

»So? Hat er das? Ich dreh jetzt mal eine Runde und seh nach, ob alle ihren Platz gefunden haben.« Stephen leerte das Glas. »Wissen Sie, wo der Einstieg zum Tunnel ist?«

»Ungefähr fünfzig Meter in dieser Richtung.«

Etwa dort, wo Ellis gesagt hatte, befand sich ein Loch im Boden. Stephen erkundigte sich bei der Wache, wann die Schicht wieder hochkommen werde.

»In etwa einer halben Stunde, Sir.«

»Ist Captain Weir dabei?«

»Jawohl.«

»Falls er rauskommt, bevor ich wieder hier bin, sagen Sie ihm, daß er auf mich warten soll.«

»Jawohl, Sir.«

Stephen ging durch den Graben und stolperte dabei zweimal über ausgestreckte Beine von Leuten, die sich Schlaflöcher in die Vorderwand gegraben hatten. Er fragte sich, ob es tatsächlich möglich war, nach Amiens zu kommen. Es war jetzt fast sieben Jahre her, daß Isabelle und er mit jenem Nachtzug abgereist waren. Jetzt wäre es wohl ungefährlich, dorthin zurückzukehren. Nach der Besetzung und Bombardierung durch die Deutschen, nach den fast sieben Jahren, die ins Land gegangen waren, würde der Ort gewiß keine beunruhigenden Erinnerungen mehr auslösen.

Michael Weir tauchte gerade aus dem Tunnel auf, als Stephen zurückkam. Zwischen den beiden war ein Moment von körperlicher Fremdheit, in dem weder der eine noch der andere die Hand ausstreckte. Weirs Kompanie war kurz nach dem Sturmangriff an jenem heißen Morgen im Juli an ihre Ausgangsposition zurückbeordert worden. Er freute sich darüber, daß nach einigen Monaten auch Stephens Bataillon zurückkehrte.

»Angenehmen Urlaub gehabt?« sagte Weir.

»Ja. Sehr schön. Und was ist da unten los?«

»Wir haben eine neue Lieferung Kanarienvögel bekommen. Die Männer sind froh darüber. Sie fürchten sich vor dem Gas.«

»Gut. Hast du Lust auf einen Drink? Sieht ja ziemlich ruhig aus. Später schicken wir noch eine Patrouille raus, aber es passiert wohl nichts mehr.«

»Hast du Whisky?«

»Ja. Riley scheint den immer irgendwo aufzutreiben.«

»Gut. Ich hab nämlich keinen mehr.«

»Wie ist das denn möglich? Kannst du dir nicht einfach Nachschub bestellen?«

»Offenbar hab ich meine Ration schon versoffen.«

Weirs Hände zitterten, als er im Unterstand zur Flasche griff und das Glas füllte. Ellis lag auf dem Bett und sah schweigend zu; er war entsetzt über Weirs heruntergekommenes Aussehen und seine Unfähigkeit, vernünftig zu reden, bevor der Alkohol ihn aufgerichtet und einigermaßen klar gemacht hatte. Er sah zu alt aus, um noch mit Explosionsmaterial untertage herumzukriechen, vor allem mit derart zittrigen Händen.

Weir stürzte den Whisky hinunter und schüttelte sich, als er durch seine Kehle rann. Selbst mit Hilfe der Rationen, die er in seinem Flachmann mitnahm, fiel es ihm immer schwerer, die langen Schichten untertage durchzustehen. Immer häufiger fand er Gründe, jemand anderen vorzuschieben, der seine Männer nach unten führte.

Weir hatte seinen Urlaub in England verbracht. In der Abenddämmerung kam er an der viktorianischen Villa seiner Eltern in Leamington Spa an und klingelte an der Haustür. Das Hausmädchen öffnete und fragte, wer er sei. Sein Telegramm war nicht angekommen; man erwartete ihn nicht. Seine Mutter war ausgegangen, aber das Hausmädchen sagte, sie glaube, sein Vater halte sich im Garten auf. Es war ein Abend im Oktober, drei Monate nach dem Angriff an der Ancre.

Weir zog seinen Mantel aus und legte ihn auf einem Stuhl in der Eingangshalle ab. Er ließ seinen Rucksack auf den Fußboden fallen und ging durchs Haus zum Hintereingang, überquerte den weitläufigen Rasen mit den Lorbeerbüschen und der riesigen Zeder ganz am Ende. Über sich in der feuchten Luft sah er die Mücken tanzen, und seine Stiefel sanken tief in den kurzgeschorenen Rasen ein. Das dichte Gras dämpfte seine Schritte. Die Luft war schwer von abendlichen Gartendüften. Die durchdringende Stille legte sich wie Druck auf seine Ohren. Dann hörte er, wie im Haus eine Tür zugeschlagen wurde, dann hörte er eine Drossel, dann hörte er einen Lastwagen durch die stille Vorstadtstraße rumpeln.

Auf der linken Seite des Rasens stand ein großes Gewächshaus. Weir sah, daß ein kleine Rauchwolke aus der Tür quoll. Als er auf die Tür zuging, roch er das vertraute Aroma des Pfeifentabaks seines Vaters. Weir blieb auf der Schwelle stehen und sah hinein. Sein Vater kniete vor einem Regal, auf dem kleine Kisten mit Samen akurat gestapelt waren. Er schien mit jemandem zu sprechen.

»Was tust du da?« sagte Weir.

»Ich füttere die Kröte«, sagte sein Vater, ohne aufzublicken. »Sei still.«

Aus einer alten Tabaksdose, die neben ihm auf dem Boden lag, nahm er ein kleines, totes Insekt heraus, hielt es zwischen Daumen und Zeigefinger und schob die Hand langsam unter das Regal. Weir sah von ihm nur die glattgescheuerte Sitzfläche seiner Hose und den kahlen Hinterkopf.

»So ist's recht, du bist der Beste. Der hier ist ein Prachtkerl. Du solltest mal sehen, wie groß er ist. Wir haben seit Wochen keine Insekten mehr hier drin. Komm her und sieh ihn dir an.«

Weir ging über den Plattenweg, den sein Vater im Gewächshaus angelegt hatte, und kniete sich neben ihn auf den Kies.

»Siehst du ihn? Da, in der Ecke?«

Weir hörte ein fettes Quaken aus der Richtung, in die sein Vater zeigte. »Ja«, sagte er. »Ein Prachtexemplar.«

Sein Vater rutschte von den Samenkästen weg und stand auf. »Na, dann komm mal rein. Deine Mutter ist bei der Chorprobe. Warum hast du dich nicht angemeldet?«

»Ich habe ein Telegramm geschickt. Es muß verlorengegangen sein. Daß ich Urlaub bekomme, habe ich erst am ersten Urlaubstag erfahren.«

»Na ja, macht nichts. Wir haben deine Briefe bekommen. Vielleicht möchtest du dich nach der Reise erst mal frisch machen?«

Weir betrachtete die stattliche Figur seines Vaters, während sie über den Rasen gingen. Er trug eine Strickjacke über dem Hemd, auf das noch der steife Bürokragen geknöpft war, und eine dunkle, gestreifte Krawatte. Weir fragte sich, ob er auch nur ein einziges Wort des Willkommens sagen würde. Aber als sie an der Terrassentür zum Wohnzimmer ankamen, war die Gelegenheit dahin.

»Ich werde dem Hausmädchen sagen, daß es dir ein Bett herrichten soll«, sagte sein Vater, »falls du hier übernachten willst.«

»Wenn es keine Umstände macht«, sagte Weir. »Nur für ein oder zwei Nächte.«

»Natürlich macht das keine Umstände.«

Weir nahm seinen Rucksack und ging nach oben ins Badezimmer. Das Wasser rumorte in der Leitung, gurgelte, als es von einer Luftblase aufgehalten wurde, und donnerte dann aus der breiten Hahnöffnung in die Wanne. Er nahm an, daß er sich bald heimisch fühlen würde. Er ging in sein ehemaliges Zimmer und zog sich eine Flanellhose und ein kariertes Hemd an: Er wartete auf den Moment, der ihn in die vertraute Normalität zurückbrachte, in der er in sein altes Selbst zurückversetzt werden würde und die Erfahrungen der vergangenen zwei Jahre sich zu einer klaren Perspektive ordnen würden. Er merkte, daß Hose und Hemd ihm zu groß waren. Die Hose hing auf dem Hüftknochen. Er fand Hosenträger in einer Schublade und knöpfte sie an. Nichts geschah. Das polierte Mahagoni der Kommode sah fremd aus; es erschien ihm fast so, als hätte er es nie zuvor gesehen. Er trat ans Fenster und sah auf den vertrauten Anblick hinab, wo der Garten an der Zeder endete und die Ecke des Nachbarhauses mit seiner rückwärtigen Terrasse und dem langen Regenrohr den Himmel verdeckte. Ihm fielen langweilige Nachmittage seiner Kindheit ein, wenn er am Fenster vor diesem Anblick gestanden hatte, doch die vertraute Erinnerung brachte nicht das geringste Gefühl dafür zurück, daß dies wirklich zu ihm gehörte.

Als er nach unten kam, stellte er fest, daß seine Mutter zurückgekehrt war.

Sie küßte ihm die Wange. »Du siehst etwas dünn aus, Michael«, sagte sie. »Was habt ihr denn da drüben in Frankreich zu essen bekommen?«

»Knoblauch«, sagte er.

»Na dann, kein Wunder!« Sie lachte. »Wir haben deine Briefe erhalten. Sie waren wirklich sehr nett. Sehr beruhigend. Wann ist noch mal gleich der letzte angekommen?«

»Vor etwa vierzehn Tagen. Du schriebst, daß du verlegt worden bist.« Weirs Vater stand vor dem Kamin und stopfte sich eine frische Pfeife.

»Das ist richtig«, sagte Weir. »Wir sind von Beaucourt abgezogen worden. Wir werden demnächst wieder verlegt, hoch nach Ypern. Irgendwo in die Nähe von Messines, wo wir auch schon am Anfang waren. Ich darf euch darüber aber gar nicht so viel erzählen.«

»Es wäre doch gut gewesen, wenn wir gewußt hätten, daß du kommst«, sagte seine Mutter. »Wir haben schon frühzeitig Tee getrunken, damit ich pünktlich zur Chorprobe konnte. Es gibt noch etwas kalten Schinken und Zunge, falls du hungrig bist.«

»Das wäre nett.«

»Also gut. Ich sage dem Mädchen, daß es für dich im Eßzimmer decken soll.«

»Für meine Tomaten kommst du leider zu spät«, sagte sein Vater. »Wir hatten dieses Jahr eine Rekordernte.«

»Ich werde das Mädchen fragen, ob es nicht noch ein bißchen Salat gibt.«

Weir aß seine Mahlzeit allein im Eßzimmer. Das Mädchen deckte einen Teller, ein Glas Wasser und eine saubere Serviette auf. Auf einem kleinen Teller lag eine Scheibe Brot mit Butter. Er schluckte schweigend, und seine Kaugeräusche verstärkten sich in der umgebenden Stille.

Anschließend spielte er mit seinen Eltern im Wohnzimmer Karten; um zehn Uhr sagte seine Mutter, daß es nun für sie Zeit sei, zu Bett zu gehen.

»Wie schön, dich unversehrt wiederzusehen, Michael«, sagte sie, zog die Strickjacke enger um sich und ging zur Tür. »Und daß ihr beiden mir bloß nicht die ganze Nacht durchredet.«

Weir saß seinem Vater vor dem Kamin gegenüber.

»Wie geht's im Büro?«

»Alles bestens. Die Geschäfte laufen weitaus normaler, als du dir vielleicht vorstellst.«

Sie schwiegen. Weir wußte nicht, was er sagen sollte.

»Wenn es dir recht ist, werden wir ein paar Gäste einladen«, sagte sein Vater. »Falls du noch übers Wochenende bleibst.«

»Einverstanden. Ja.«

»Ich nehme doch an, daß dir der Sinn ein wenig nach Gesellschaft steht, nachdem ... nach, du weißt schon.«

»Frankreich?«

»Ganz recht. Verschaff dir jetzt mal etwas Abwechslung.«

»Es war furchtbar«, sagte Weir. »Ich muß es dir sagen, es war ...«

»Wir haben darüber in der Zeitung gelesen. Wir haben alle den Wunsch, daß es schnell zu Ende geht.«

»Nein, es war viel schlimmer. Ich meine, das kannst du dir gar nicht vorstellen.«

»Schlimmer als was? Schlimmer als in der Zeitung? Gibt es etwa höhere Verluste?«

»Nein, das ist es nicht. Es ist ... ich weiß nicht.«

»Du solltest das nicht so schwernehmen. Reg dich nicht auf. Weißt du, jeder tut doch nur seine Pflicht. Wir wollen alle, daß es zu Ende geht, aber inzwischen müssen wir tun, was zu tun ist.«

»Das ist es nicht«, sagte Weir. »Es ist ... könnte ich vielleicht einen Drink bekommen?«

»Einen Drink? Was denn?«

»Einen ... ein Glas Bier vielleicht.«

»Bier haben wir nicht im Haus. Es könnte noch Sherry im Schrank sein, aber den wirst du jetzt wohl nicht mögen, nicht wahr? Doch nicht so spät des Nachts.«

»Nein. Ich glaube nicht.«

Weirs Vater stand auf. »Nun schlaf dich erst mal richtig aus. Das ist immer das Beste. Ich werde dem Mädchen sagen, daß es morgen Bier besorgt. Wir müssen ja schließlich sehen, daß du wieder zu Kräften kommst.«

Er streckte die Hand aus und klopfte seinem Sohn auf den linken Oberarm. »Also, gute Nacht«, sagte er. »Ich schließe jetzt das Haus ab.«

»Gute Nacht«, sagte Weir.

Als die Schritte seines Vaters oben nicht mehr zu hören waren, ging er zum Eckschrank und nahm die Sherryflasche heraus, die noch zu zwei Drittel gefüllt war. Er ging in den Garten und setzte sich auf eine Bank, steckte sich eine Zigarette an und griff mit zitternder Hand zur Flasche.

Ich möchte, daß du mir das Orakel legst. Sag mir mein Schicksal voraus«, sagte Weir.

Stephen lächelte ihm zu. »Du bist doch wirklich ein hoffnungsloser Fall, stimmt's? Er will, daß ich ihm sage, daß er überlebt«, sagte er zu Ellis, der vom Bett aus zusah.

»Fang schon an«, sagte Weir. »Tu bloß nicht so, als glaubtest du nicht daran. Du hast mich schließlich damit bekannt gemacht.«

Stephen stand auf und ging zum Gasschutzvorhang, der vor dem Eingang des Unterstands hing. »Riley!« brüllte er. »Bringen Sie mir mal 'ne Ratte!«

Während sie warteten, holte Stephen ein Kartenspiel, ein paar Kerzenstummel und etwas Sand von dem Holzregal neben der Tür. Er markierte auf dem Tisch ein Fünfeck, indem er verschiedene Karten verdeckt auslegte und sie mit Sandspuren miteinander verband. Er zündete die Kerzenstummel an und plazierte sie an fünf Punkten, die gleich weit voneinander entfernt waren. Er spürte, wie sich Ellis' Augen in seinen Rücken bohrten.

»Diesen Voodoo hab ich mir ausgedacht, um die Langeweile zu vertreiben. Weir gefällt das. Er hat dann das Gefühl, daß sich jemand um ihn kümmert. Es ist besser, eine üble Weissagung zu bekommen als eine unklare.«

Ellis schwieg. Die Beziehung zwischen den beiden Männern verstand er nicht. Der Captain aus dem Tunnel schien immer kurz vorm Zusammenbruch zu stehen, während Wraysford, sein Vorgesetzter, offenbar immer so gefaßt war, daß es sich sogar leisten konnte, Weir gegenüber grausam zu sein, ihm Dinge ins Gesieht zu sagen, gegen die Weir sich nicht einmal wehrte.

Weir kam zitternd, um Whisky und Zuspruch bettelnd, in den Unterstand; offensichtlich war er Wraysfords Kälte hörig. Bei anderen Gelegenheiten, besonders spät nachts, hatte Ellis jedoch den Eindruck gehabt, daß in der unbestreitbaren Freundschaft der beiden Männer noch ein anderer Aspekt eine Rolle spielte. Er blickte hinüber und sah Wraysfords tief in den Höhlen liegende Augen, die im Kerzenlicht schwarz wirkten und sich auf Weirs nervöses Gerede zu heften schienen; sie waren auf Weir fixiert, als ob Wraysford wegen einer Eigenschaft, die ihm selbst abging, seinerseits Weir hörig war. Manchmal, dachte Ellis, war es fast so, als ob ihm Weir wirklich etwas bedeutete.

Riley brachte eine Ratte herein, die er am Schwanz hielt. »Coker hat sie erwischt, Sir. Der Trick mit dem Käse auf der Bajonettspitze.«

Ellis sah Riley verächtlich an. Er war ein sehr schlauer, kleiner Mann, auf seine Weise fast vollkommen. Ellis bewunderte ihn dafür, empfand ihn jedoch als kriecherisch und zu Hinterhältigkeiten neigend.

»Nehmen Sie einen Drink, Riley«, sagte Stephen. »Nehmen Sie sich auch ein Stück Schokolade.«

Riley zögerte, weil Ellis ihn unverwandt anstarrte, griff aber zu.

»Ellis?« sagte Stephen. »Wollen Sie heute abend auch mal 'nen Drink riskieren? Ins Bett tragen müssen wir Sie ja nicht. Sie können gleich liegenbleiben.«

Ellis schüttelte den Kopf. Draußen setzte Geschützfeuer ein. Noch war er nicht dazu in der Lage, zwischen Haubitzen und Kanonen, zwischen den verschiedenen Kalibern der feindlichen Artillerie zu unterscheiden. Die Wirkung von Granattreffern hatte er allerdings während seiner Ausbildung theoretisch mitbekommen. Man hatte dort die zerstörerischen Kräfte anhand von Landkarten und auf präparierten Schießständen demonstriert; er hatte Diagramme konischer Schrapnelleinschläge und kompakter Mörsertreffer gezeichnet. Was er jedoch erst in der vergangenen Woche gesehen hatte, waren die Geschoßwirkungen auf weiches Gewebe, auf die rosa Haut zweier Soldaten seiner Einheit, deren Überreste ein anderer Soldat in einem Sandsack zusammengesammelt hatte; er hatte mit angesehen, wie die kleinen Fleischfetzen im Sack verschwanden. Seitdem kamen ihm doch Bedenken, wenn er Geschützfeuer hörte. Die Erschütterung, die er spürte, wenn das Geschoß explodierte, war erträglich; es war wie das Brechen einer Welle, laut, aber kurz. Schlimmer war da schon der Sog der Angst, den der abebbende Lärm erzeugte. Er schien an ihm zu saugen und zerrte jedesmal an seinen Kräften.

»Heute abend wissen sie ganz genau, worauf sie zielen«, sagte Riley. »Sie hatten offenbar die ganze Woche Aufklärungsflugzeuge oben.«

Stephen blickte nicht vom Tisch hoch. »Machen Sie jetzt die Laterne aus«, sagte er. »Das gefällt ihm besonders«, sagte er zu Ellis. »Es jagt ihm nämlich Angst ein.«

Er stellte eine kleine Holzfigur, die er geschnitzt hatte, in die Mitte des Arrangements auf den Tisch. Das flackernde Kerzenlicht ließ die rauhen Umrisse verschwimmen. Er zog ein Messer mit einer sorgfältig geschliffenen Klinge aus der Tasche, bohrte die Klinge zwischen die Vorderfüße in die Brust der Ratte und zog das Messer abwärts. Mit der anderen Hand hielt er die Ratte fest und schüttelte die Innereien auf den Tisch.

Trotz allem, was er bereits mit angesehen hatte, war Weir fasziniert. Zwischen den Sandkörnern auf der Holzplatte lag ein grünroter, warmer Haufen aus Milz und Leber. Stephen stach das Messer nochmals in den Kadaver und kratzte die letzten Reste heraus. Weir lehnte sich über den Tisch und sah gebannt zu.

»Was bedeutet es?« sagte er.

Stephen lachte. »Woher soll ich das denn wissen? Das ist doch nur 'ne tote Ratte. Sind das da die Därme? Ja, ich glaub schon. Sie hat gegessen ... Was ist das? Ist das Fleisch?«

»Wie hießen die beiden Leute aus deiner Einheit?« fragte Weir.

»Um Himmels willen«, sagte Ellis. »Das ist ja ekelhaft. Ich geh nach draußen. Sie sollten sich schämen. So etwas Widerliches tun nur die ungebildeten Soldaten. Sie sollten ein Vorbild abgeben.«

»Für wen?« sagte Stephen. »Für Sie?«

Eilis rutschte von seinem Bett und stand auf. Stephen stieß ihn zurück. »Setzen Sie sich hin und sehen Sie zu.« Ellis kauerte unschlüssig auf der Bettkante.

Stephen wühlte mit der Klinge in den Eingeweiden herum. »Die Zeichen sind nicht eindeutig«, sagte er. »Sie deuten auf eine angenehme Zukunft hin, aber nur, wenn du dich weder mit Frauen noch mit Priestern einläßt. Wenn du das tust, könntest du Probleme bekommen.«

»Welche Karte steht für den Priester?«

»Die Zehn«, sagte Stephen. »Zehn für die zehn Gebote. Die Dame ist eine Frau.«

»Und was kann ich erhoffen?«

Stephen stieß das Messer wieder in die Masse auf dem Tisch. »Frieden. Gerade Zahlen. Und deine persönliche Zahl – die Vier. Du bist doch im April geboren, stimmt's?«

»Ja.«

»Ich werde jetzt die Karten aufdecken«, sagte Stephen. Er schob die Klingenspitze unter die nächstliegende Karte und flippte sie auf die Vorderseite. Es war eine Acht. »Gut«, sagte er. Die nächste Karte war die Herz Vier. Weir sah erleichtert aus. Stephen drehte die nächste Karte ganz langsam um. Es war die Kreuz Zwei. »Ich glaube, der Alte Mann da oben meint es gut mit dir, Weir«, sagte er. Die vierte Karte war das Herz As. »Frieden«, sagte Stephen. »Das As bedeutet Macht und Stabilität. Ein besseres Horoskop hättest du dir gar nicht wünschen können.« Er schob das Messer unter die letzte Karte und ließ sie besonders hoch fliegen. Es war die Karo Vier.

»Du hast die Karten präpariert«, sagte Weir, aber der Ton seiner Stimme deutete an, daß er das Gegenteil erhoffte.

Stephen schüttelte den Kopf.

»Du wußtest, welche Karten auf dem Tisch lagen, und du hast sie so arrangiert, daß es genau auf mich paßte.«

»Hast du gesehen, daß ich die Karten sortiert habe?«

»Nein, aber das ist doch völlig klar.«

»Ich weiß nicht, wieso du mich diese absurde Vorstellung geben läßt, wenn du nicht an das Ergebnis glaubst. Will Coker seine Ratte wiederhaben, Riley?«

»Das bezweifele ich, Sir.«

»Sie verschwinden jetzt lieber. Ich räum das hier schon auf. Und machen Sie bitte wieder die Laterne an, wenn Sie rausgehen.«

Nachdem Riley gegangen war, herrschte langes Schweigen. Ellis griff nach seinem Buch und zündete sich die nächste Zigarette an. Weir starrte wie hypnotisiert auf die Sandspuren auf dem Tisch.

»Warum hängst du eigentlich so an deinem Leben?« fragte Stephen.

»Weiß der Himmel«, sagte Weir. »Sonst hab ich doch nichts, nur mein Leben. Unter diesen Bedingungen möchte man es doch gern behalten. Vielleicht werde ich später etwas damit anfangen, vielleicht wird sich alles klären.«

Stephen schrubbte die Tischplatte mit einer Bürste und einem Wassereimer sauber, die die vorigen Bewohner des Unterstands hinterlassen hatten. Er fühlte sich leicht beschämt.

Ellis sah von seinem Bett herunter. »Die meisten Leute wollen den Krieg überleben, damit wir ihn gewinnen. Wir kämpfen für unser Land.«

Weir sah ihn im Licht der wieder brennenden Laterne mit weit aufgerissenen Augen an. Irgendwie hatte er sich Rattenblut auf die Wange geschmiert. Sein Mund stand in ungläubigem Staunen offen. Stephen lächelte.

»Und?« sagte Ellis. »Stimmen Sie dem nicht zu? Dafür kämpfen wir, oder etwa nicht? Deshalb nehmen wir es hin, diese tapferen Männer leiden und sterben zu sehen. Weil wir wissen, daß sie es für eine gute Sache tun.«

»Ich bin neulich auf Patrouille gewesen«, sagte Stephen, »und zwar mit einem Jungen aus Ihrer Einheit, Ellis, und er hat Zigaretten der Marke *Golden Future* geraucht. Wo hat er die her? Sie stanken wie Stallmist im Sommer.«

»Die gehören zu den Rationen«, sagte Ellis. »Sie haben ziemlich einfallsreiche Namen. *Glory Boys, Rough Riders.* Aber Sie haben meine Frage noch nicht beantwortet.«

Stephen goß sich Whisky ein. Er trank selten mehr als zwei Gläser, und wenn, dann nur, um Weir Gesellschaft zu leisten. Heute nacht hatte er bereits eine halbe Flasche getrunken, vielleicht, weil er Ellis damit irritieren wollte. Die Zunge lag ihm schwer im Mund; sein Unterkiefer hing herab, und er hatte Mühe, die Worte deutlich auszusprechen.

»Weir, Sie lieben doch Ihr Land, nicht wahr?«

»Es hat mir gestunken, als ich auf Urlaub war«, sagte Weir. »Diese fetten Schweine haben keine Ahnung, was für ein Leben wir hier für sie führen. Ich wollte, ein Riesenbombardement würde alles zwischen Piccadilly und Whitehall in Stücke hauen und sie alle umbringen.«

»Auch Ihre eigene Familie?«

»Vor allem meine Familie. Die vor allem. Ich habe versucht, ihnen zu erklären, was hier los ist, und wissen Sie was? Mein Vater war gelangweilt. Ihn hat das alles nur gelangweilt. Ich würde mir wünschen, daß auf unsere Straße ein fünftägiges Trommelfeuer niedergeht. Und auf die Leute, die in den Fabriken für mehr Geld gestreikt haben, während wir hier für einen Shilling am Tag verrecken.« Weirs Stimme überschlug sich. »Ich würde gern zusehen, wie sie alle ins feindliche Maschinengewehrfeuer marschieren, in langen Reihen. Für einen Shilling.«

»Und was ist mit Ihnen?« sagte Ellis zu Stephen. »Sind Sie auch so verbittert wie dieser Mann?«

Der Alkohol löste in Stephen eine falsche Beredsamkeit aus, mit der er jede nur denkbare Meinung fließend zu seiner machen konnte. »Ich kann mich nicht mehr an das Land erinnern«, sagte er. »Sollen wir für Felder und Hecken und Bäume kämpfen? Vielleicht sollten wir das. Wenn sie voll der Liebe sind, die die Menschen ihnen entgegengebracht haben, sind sie es vielleicht wert, für sie zu sterben. Und die Webereistädte, in denen ich früher Fabriken inspiziert habe, die gewundenen Straßen, und London mit seinen Docks und Gebäuden – vielleicht sind diese Steine und dieser Mörtel ja mehr wert als die Ziegelsteine des Feindes in Hamburg oder München. Wenn die Felder und Hügel von genügend vielen Menschen geliebt worden sind, sollten wir uns vielleicht für sie umbringen lassen, die Kugeln und Granaten sollten uns in Stücke reißen, damit die grünen Hügel endlich ihre Ruhe haben.«

»Wollen Sie damit etwa sagen, daß das Land an sich mehr wert ist als die Menschen und unsere Gesellschaft?« sagte Ellis.

»Nein.«

»Wofür kämpfen Sie denn?«

»Wenn ich überhaupt für irgend etwas kämpfe«, sagte Stephen, »dann für die, die schon tot sind. Nicht für die Lebenden zu Hause. Für die Toten, die hier liegen. Wilkinson, Reeves und sein Bruder, der pulverisiert worden ist. Zu Nichts pulverisiert. Byrne, der im Draht hängengeblieben ist. Für ihn kämpfe ich.« Seine Stimme wurde fester, und er ballte die Fäuste. »Und all die anderen. Ich kannte sie. Studd und, wie hieß er noch gleich? Der blonde Mann, mit dem er zusammen war, ständig waren die beiden zusammen. Gott, ich kann mich nicht einmal mehr an seinen Namen erinnern.«

»Mach dir nichts draus«, sagte Weir. »Solange du noch weißt, wie jetzt die Leute heißen.«

»Ja, das weiß ich, natürlich weiß ich das. In gewisser Hinsicht gibt es unsere Einheit noch. Petrossian und ... Brennan, natürlich. Und die neuen Leute. Einer heißt Goddard. Und Barlow und Coker. Und viele andere. Sie sind in Ordnung. Wie hieß doch noch mal Brennans Freund? Er blutete und blutete. Douglas. Untertage habt ihr nicht so hohe Verluste.«

»Wir haben genügend Verluste gehabt. Tyson vor Beaumont Hamel, aber auch die Leute im Tunnel selbst. Aber ich werde nicht sterben.«

Während die Nacht dahinging, nahmen Weirs Augen einen

blauen Schimmer an, hervorgerufen von Hoffnung und Berauschung. Die wenigen Haare, die ihm geblieben waren, standen über seinen Ohren in dünnen, hellen Strähnen vom Kopf ab. Die Erregung ließ seine Stimme immer lauter werden.

»Sieh mich nicht so skeptisch an. Erzähl mir bloß nicht, daß du nie an irgendwelche Zauberkräfte geglaubt hast«, sagte er.

Stephen war betrunken genug, um die Wahrheit zu sagen. Die Redseligkeit hatte nachgelassen, und an ihre Stelle war Ehrlichkeit getreten. »Als ich ein Junge war, hab ich an so was geglaubt. Wir haben versucht, tote Seelen zu erwecken. Ich bin auf Jahrmärkten zu Wahrsagern gegangen. Ich wollte unbedingt glauben, daß ich eine wichtige Bestimmung hatte. Ich schuf mir eine Wunschwelt, weil ich es nicht ertragen konnte, in der wirklichen Welt zu leben.«

Der Unterstand erbebte unter der Druckwelle eines nahen Einschlags.

Weir sah verblüfft aus. »Schon damals?«

»Als ich im Lazarett war, hat Gray mir mal erzählt, daß so etwas ziemlich normal sei bei Kindern, die ... wie hat er das noch mal genannt? ›Denen der normale Zauber ihrer Kindheit geraubt wurde‹ ... irgendwas in der Art.«

»Was, zum Teufel, weiß denn Gray von so was?«

»Einer seiner österreichischen Ärzte hat's ihm erzählt.«

Ellis hörte immer noch vom Bett aus zu. »Was passierte, als Sie verwundet waren?« fragte er.

»Da fing ich an, an etwas zu glauben.«

»An was?«

Stephen ließ das Kinn auf die Hände sinken. Seine Worte kamen unscharf, mit langen Pausen, in denen er versuchte, seine Gedanken Sprache werden zu lassen. Durch die Pausen zwischen den Worten heulten Granaten. »Ich hörte eine Stimme. Jenseits von mir war etwas. Ich hatte mein ganzes Leben in der Überzeugung verbracht, daß es kein Jenseits gäbe ... Fleisch, Körper, der kurze Moment des Lebens ... dann nichts mehr. In meinem Aberglauben suchte ich nach ...« Er machte eine wischende Handbewegung. »Ratten. Aber da war nichts. Dann hörte ich das Geräusch meines eigenen Lebens, das mich verließ. Es war so ... sanft. Ich bereute, daß ich es nie zuvor beachtet hatte. Dann glaubte ich an die Weisheiten, die andere Menschen längst vor mir gewußt hatten ... Ich sah, daß diese einfachen Dinge vielleicht doch wahr sind ... Ich wollte nie daran glauben, weil ich es für besser hielt, meine eigene Schlacht zu schlagen.« Mit plötzlicher Sicherheit sagte er: »Man kann an etwas glauben, ohne damit die Last seiner eigenen Existenz zu vermindern.«

Weir sah ihn verständnislos an. Ellis hustete. »Aber an was glauben Sie denn?«

»Ein Zimmer, ein Platz. Ein Platz, den man sich selbst geschaffen hat.« Stephens Stirn lag fast auf der Tischplatte, und seine Stimme war kaum noch vernehmbar. »Einfach ein Zimmer. Wo man es versteht.«

»Ich glaube«, sagte Ellis, »Sie haben noch einen langen Weg vor sich, bevor Sie sich als echten Christen bezeichnen dürfen.«

Stephen hob den Kopf vom Tisch. Langsam füllten sich seine Augen mit Zorn, dann leuchteten sie vor Wut – das unbeherrschbare Temperament eines Bauernburschen. Er stand auf und schwankte zum Bett, packte Ellis am Hemd und zog ihn hoch.

»Hören Sie, tut mir leid, ich wollte Sie doch nicht beleidigen.« Ellis erschrak über Stephens Gesichtsausdruck. »Sie sind ja betrunken, lassen Sie mich in Frieden.«

Stephen atmete tief durch und ließ die Hände sinken. »Gehen Sie raus und sehen Sie nach Ihren Leuten«, sagte er leise. »Es ist drei Uhr. Gehen Sie und reden Sie mit den Wachposten. Sie wissen ja, wie sehr die sich fürchten.«

Ellis zog seinen Mantel an und verschwand aus dem Unterstand. Stephen sah ihm nach und wandte sich dann wieder an Weir. »Das ist richtig, stimmt's Weir? Er muß doch rausgehen und nachsehen, ob mit seinen Leuten alles in Ordnung ist?«

»Wer? Ellis? Dem hättest du in den Arsch treten sollen. Ich schlaf in seinem Bett, bis er wiederkommt. Seit Adamson verwundet wurde, bin ich ganz allein.«

Jack Firebrace und Arthur Shaw lagen dicht aneinandergedrängt in ihrem Unterstand. In dem Raum, der acht Quadratmeter groß und ein Meter fünfzig hoch war, drängten sich zehn Männer. Wenn sie sich erst einmal hingelegt hatten, konnte sich keiner mehr bewegen. Jack hatte sich daran gewöhnt, die ganze Nacht auf einer Seite zu schlafen; mit Arthur Shaws Oberkörper neben sich konnte er sich nicht umdrehen. Shaws tiefes, rauhes Atmen sang ihn in den Schlaf; die Konturen seines Körpers waren ihm inzwischen vertraut. Er schlief neben ihm genausogut, wie er in London neben Margaret geschlafen hatte, wo er versuchte, die Ohren vor dem Geräusch der Züge zu verschließen, die am Hinterfenster vorbeiratterten.

Am Morgen schrieb er einen Brief nach Hause:

»Liebe Margaret!

Vielen Dank für das Paket, das gut angekommen ist und sehr willkommen war. Ein paar Brühwürfel mehr können wir immer gut gebrauchen, und den Kuchen haben alle sehr genossen. Wir sind jetzt sehr viel besser untergebracht, und auch gesundheitlich geht es mir sehr gut. Wir haben richtige Unterstände – wie früher nur die Offiziere! Es ist richtig luxuriös, das kann ich Dir sagen, und wir bekommen auch alle ausreichend Schlaf.

Wir bauen auch allerhand Tunnel. Ich glaube, die Infanterie akzeptiert uns jetzt besser, und was wir hier tun, ist sehr wichtig für den nächsten, großen Angriff. Ja, es wird wieder einen Angriff geben.

Natürlich ist es auch gefährlich, und wir hatten ein paarmal Gasalarm, aber weil wir jetzt eine neue Lieferung Kanarienvögel bekommen haben, fühlen wir uns alle sicherer. Ich glaube, daß es auch Feindtunnel gibt, aber bislang sind wir noch auf keinen gestoßen. Wenn ich Dir das alles schreibe, dann darfst Du Dir um mich keine Sorgen machen. Wenn Du Dir Sorgen machst, dann tut es mir leid, daß ich es geschrieben habe.

Die Infanterie will dauernd, daß wir Teile ihrer Aufgaben übernehmen, aber wir haben genug untertage zu tun. Wir buddeln doch nicht für andere Leute deren Schützengraben, das kannst Du mir glauben. Wir haben geholfen, ein paar Telefonkabel zu verlegen, aber mehr nicht. Jetzt schickt uns schon die Infanterie ein paar ihrer Leute, damit sie uns helfen. So muß es sein!

Neulich mußten wir fünf Meilen marschieren, um ein Bad zu nehmen, und dabei hatten wir erst am Tag zuvor ein Bad genommen. Da haben natürlich einige kräftig gemeckert, das kann ich Dir sagen. Was hat man auch davon, sauber zu sein, wenn man seine Klamotten nicht wechseln kann, die voller ›Gäste‹ sind. Es war aber ein gutes Bad, jede Menge warmes Wasser und sogar noch warme Duschen. Dann waren die Männer auch alle sehr froh, weil wir eine Ruhepause hatten, und es gab sogar Bier in einer Kneipe. Der Sergeant hat uns mächtig zusammengeschissen, als wir wiederkamen, aber das war die Sache auch wert.

Du sagst, daß es bei Dir nichts Neues gibt und es mich langweilen muß, was Du schreibst; aber das ist nicht so. Wir sehnen uns so nach jedem Wort von zu Hause. Das ist alles, woran wir denken können: nach Hause, nach Hause, nach Hause.

Ich denke auch sehr oft an den Jungen. Ich muß zugeben, daß es mir nicht leichtfällt, fröhlich zu bleiben. Sonntags haben wir Gottesdienst, und die Predigten sind immer sehr interessant. Letzte Woche hat der Pater die Geschichte vom Verlorenen Sohn erzählt, wie ein reicher Mann zwei Söhne hatte und einer geriet in schlechte Gesellschaft, aber als er wieder nach Hause kam, schlachtete sein Vater das fetteste Kalb für ihn. Ich hätte auch so gern nur das Beste für John gegeben, aber es hat nicht sollen sein.

Ich gebe mir alle Mühe, guter Dinge zu bleiben, und Du

darfst Dir um mich keine Sorgen machen. Richte bitte Miss Hubbard meinen Dank für Ihre guten Wünsche aus. Schreib mir bald wieder.

Dein Dich liebender
Jack.«

Tief unter der Erde wurden die Tunnel durch eine blaue Tonschicht getrieben. An den am tiefsten liegenden Tunnelköpfen gruben sich die Männer Kammern, in denen sie rasten und schlafen konnten, statt an die Oberfläche zurückzukehren. Die Wärme und Sicherheit ließ sie den Gestank ihrer aneinandergepreßten, ungewaschenen Körper ertragen. Jede Minute hier unten war besser, als dem Regen ausgesetzt zu sein, der ununterbrochen aus dem niedrigen Himmel fiel; keine Nacht war unerträglich, in der sie Schutz vor den kalten Winden fanden, die ihre wasserdurchsogenen Uniformjacken und Hosen zu Eisbrettern gefrieren ließen. Den Gestank einzuatmen war unangenehm, aber oben war es kaum besser, weil dort das Chlorcalzium die Atmosphäre eher noch schlechter machte, statt sie vom Verwesungsgeruch der Leichen zu reinigen; und weil die Latrinenlöcher einfach zugeschüttet oder sogar offengelassen wurden, atmeten die Leute lieber die giftigen Dämpfe von Kohlenfeuern als den Fäkaliengestank ein.

Während die tiefen Hauptstollen, an denen man seit zwei Jahren baute, nach und nach verbreitert und in Richtung des Hügelkamms vorgetrieben wurden, grub Weirs Kompanie einen niedrigen Tunnel, der als Horchposten für feindliche Gegentunnel dienen sollte. Eines Morgens hörten sie über sich Geräusche, die von deutschen Aktivitäten herrühren mußten. Es hatte den Anschein, als gäbe es in der Nähe eine unterirdische Leiter, von der immer wieder Leute herabsprangen. Die Geräusche der Stiefel oberhalb des Tunnels waren deutlich hörbar. Weir gab Befehl, seinen Tunnel zu evakuieren, aber zwei oder drei Männer mußten dauernd auf Horchposten zurückgelassen werden, um sicherzugehen, daß die Deutschen nicht den britischen Schützengraben unterminierten. Niemand meldete sich freiwillig für diese Aufgabe, so daß Weir Wachen abkommandieren mußte, die nach dem Rotationsprinzip abgelöst wurden. Diese Horchposten hatten Kerzen bei sich, damit sie während der Dienstzeit lesen konnten. Insgesamt waren erst zwanzig Mann unten gewesen und wieder nach oben gekommen, als die Explosion, die sie immer schon befürchtet hatten, die Erde beben ließ. Mit einer gewaltigen Sprengladung brachten die Deutschen ihren Tunnel zum Einsturz. Die beiden Horchposten wurden unter Abertausenden Tonnen flandrischen Bodens begraben.

Weir befand sich im Schützengraben, trank mit Stephen Tee und rechtfertigte seine Anordnungen, als die Sprengladung detonierte. Er wurde leichenblaß, als die Erde unter ihnen schwankte. Die heiße Flüssigkeit rann ihm über die zitternden Hände, ohne daß er es bemerkte.

»Ich wußte es«, sagte er. »Ich wußte, daß sie ihn in die Luft jagen würden. Ich muß da runter. Es war meine Idee, sie dort Wache schieben zu lassen. O Gott, ich wußte, daß es passieren würde.« Entsetzt und auf Mitgefühl hoffend, blickte er Stephen an und drängte sich dann an ihm vorbei zum Tunneleinstieg.

»Moment mal«, sagte Stephen. »Mag ja sein, daß du da unten zwei Mann verloren hast, aber wenn es dem Feind gelingt, einen Tunnel unter diesen Graben zu treiben, dann verliere ich meine halbe Kompanie. Du solltest dir lieber verdammt sicher sein, wo deren Tunnel verläuft.«

»Komm doch selber mit, wenn dir das so wichtig ist. Ich muß zuerst an meine eigenen Leute denken«, sagte Weir.

»Schick einen deiner Leute her; er soll mir Meldung machen.«

Weir war so wütend, daß er nicht einmal mehr zitterte. »Erzähl mir bloß nicht, was ich zu tun habe. Wenn du dir solche Sorgen um deine Leute machst, dann kannst du ja ...«

»Natürlich mache ich mir Sorgen um sie. Wenn sie glauben, daß unter ihnen eine Mine gelegt wird, halten sie keine vierundzwanzig Stunden mehr still. Dann gibt's 'ne Meuterei.«

»Dann komm mit runter, verdammt noch mal, und sieh es dir selber an.«

»Es ist nicht meine Aufgabe, da unten rumzukriechen.«

Stephen folgte Weir durch den Graben bis zu der Stelle, wo das Material für den Tunnelbau deponiert war. Er nahm einen kleinen Holzkäfig, in dem ein Kanarienvogel saß, und wandte sich Stephen zu.

»Hast du Angst?« fragte Weir.

Stephen zögerte und starrte den Käfig an. »Natürlich nicht. Ich bin bloß ...«

»Also los dann.«

Stephen, dem es nur selten passierte, daß Weir ihm gegenüber die Oberhand behielt, sah ein, daß ihm keine andere Wahl blieb.

»Es dauert nur eine Stunde«, sagte Weir, den es beruhigte, daß er Stephens wunden Punkt getroffen hatte. »Beim letzten Mal bist du verwundet worden, nicht wahr?« sagte er nach einer Pause. »Ich nehme an, daß du deshalb Angst hast, noch einmal runterzugehen.«

»Nein«, sagte Stephen. »Ich habe keine Angst, da runterzugehen.«

Weir gab ihm einen Grubenhelm mit aufmontierter Lampe und eine Spitzhacke. »Es ist da sehr eng, und wir werden wohl Schutt wegräumen müssen, wenn wir zur Explosionsstelle kommen.«

Stephen nickte wortlos. Er beauftragte den erstbesten Mann, Ellis auszurichten, wo er hinging, und folgte dann Weir zum Tunneleinstieg.

Über einem Holzrahmen, der nur ein paar Schritte von der Vorderwand des Schützengrabens entfernt war, hing ein Stück Plane. Die ausgehobene Erde wurde in Sandsäcken fortgeschafft und in den hintersten Linien deponiert, damit feindliche Aufklärungsflugzeuge nicht herausfinden konnten, wo der Tunnel gegraben wurde. Der Einstieg war kaum größer als ein Kaninchenloch.

Weir, dessen Gesicht jetzt angstverzerrt war, drehte sich zu Stephen um. »Komm so schnell wie möglich hinter mir her.«

Unter der Brustwehr des Grabens befand sich ein Stollen, der senkrecht in die Nacht der Erde hinabführte. Zwischen den waagerechten, hölzernen Sprossen klafften Abstände von fast einem Meter. Weir kletterte mit routinierter Leichtigkeit abwärts und hielt dabei den Henkel des Vogelkäfigs zwischen den Zähnen, aber Stephen mußte mit den Füßen jede einzelne Sprosse ertasten. Schließlich erreichte er eine Holzplattform, wo Weir auf ihn wartete.

»Also los, in Gottes Namen. Hier ist es. Es ist nur ein niedriger Schacht.«

»Hätte man nicht die Sanitäter runterschicken müssen?« sagte Stephen schweratmend.

»Ja, sie sind bereit, aber sie kommen erst, wenn ihnen ein Offizier sagt, wo sie hin müssen.«

Weir ging gebückt in die Dunkelheit hinein und trug nun den Käfig in der linken Hand. Stephen folgte ihm im Abstand von drei bis vier Schritten. Der Vogel zwitscherte, aber Stephen wußte nicht, ob er Angst hatte oder fröhlich war. Es schüttelte ihn bei dem Geräusch. Er dachte an die Erdoberfläche über ihnen: eine Struktur runder Krater, aus denen das Niemandsland bestand, alle zur Hälfte mit Wasser vollgelaufen; dort tummelten sich die Ratten und mästeten sich an den ungeborgenen Leichen. Sie krochen etwa zehn Meter durch eine dichte, klebrige Lehmschicht, in die immer noch die Feuchtigkeit der Welt einsickerte, die über ihnen lag.

Weir kroch jetzt auf Händen und Füßen, weil der Tunnel nur noch knapp einen Meter hoch war. Die Wände verengten sich, und Stephen konnte kaum noch den Strahl von Weirs Lampe vor sich sehen. Seine eigene Lampe erleuchtete nur die Sohlennägel in Weirs Stiefeln und ab und zu ein Stück Stoff über seinem sich langsam vorarbeitenden Hinterteil.

Je weiter sie vordrangen, desto mehr verklebte der Lehm Stephens Hände. Er spürte den Wunsch, die Arme auszubreiten und die Tunnelwände beiseite zu drücken, um mehr Atemluft zu bekommen. Solange jedoch Weirs Körper zwischen ihm und dem

Vogelkäfig war, ließ sich die Angst ertragen, die ihm das Gewicht der ihn umschließenden Erde einflößte. Alles konnte er ertragen, wenn er nur nicht dem Vogel zu nahe kommen mußte.

Weir schnappte laut und hechelnd nach Luft, während er sich weiterschob; mit einer Hand stützte er sich ab, mit der anderen hielt er den Käfig. Ein scharfer Steinsplitter riß Stephen die linke Hand auf. Er konnte nichts daran ändern. Die Erde über ihnen war mit Gasbrandbazillen vergiftet, die durch das übermäßige Düngen mit dem Mist kranker Pferde von den Bauern verbreitet wurde; er hoffte, daß die Erreger nicht bis in diese Tiefe gedrungen waren. Er schob sich weiter und versuchte, sein Gewicht auf die Handoberfläche zu verlagern. Der Tunnel verengte sich jetzt so stark, daß sie ihn mit den Spitzhacken erweitern mußten. Da es jedoch nicht genügend Platz gab, um mit den Hacken auszuholen, kamen sie nur sehr langsam voran.

Plötzlich hielt Weir an, und Stephen hörte ihn fluchen.

»Hier ist es«, sagte er. »Hier ist das Ende. Eigentlich müßte es noch zehn Meter weiter gehen. Sie haben das ganze Scheißding gesprengt. Beide müssen tot sein.«

Stephen schloß zu ihm auf und sah den Erdwall, der ihnen den Weg versperrte. Panik schoß in ihm hoch. Wenn nun auch noch der Tunnel hinter ihnen einstürzte? Instinktiv bewegte er die Füße so, daß er sich umdrehte: Eine derartig heftige Explosion mußte gewiß die gesamte Struktur mit ihren schwachen Stützbalken gelockert haben.

Aus seinem Rucksack zog Weir eine runde Holzscheibe und drückte sie gegen die Tunnelwand. Dann holte er ein Stethoskop heraus, befestigte es an einer Einkerbung der Scheibe und lauschte. Er legte einen Finger an die Lippen. Stephen hatte allerdings auch nicht die Absicht, ihn zu stören, sondern lauschte selber angestrengt. Es war verdächtig ruhig. Etwas an dieser Stille war besonders beunruhigend: das Fehlen des Kanonendonners.

Weir nahm das Stethoskop aus den Ohren. »Nichts«, sagte er.

»Funktioniert das Ding tatsächlich?«

»Ja, sehr gut. Ein Pariser Wissenschaftler hat es erfunden. Ganz sicher kann man sich natürlich nie sein.«

»Wer war da drin?«

»Shaw war der eine. Der andere hieß, glaube ich, Stanley. Ein Neuer.«

»Und wie sollen wir sie da rauskriegen?«

»Überhaupt nicht. Wenn wir versuchen, den Schutt wegzuräumen, stürzt die Decke ein. Wir müssen ein paar Leute runterschicken, damit sie den Tunnel abstützen, und wenn sie dann durchkommen, um so besser. Ich will diesen Tunnel aber schließen lassen.«

»Und wenn sie nicht an die beiden rankommen?«

»Beten wir für sie. Letztlich werden wir alle irgendwann begraben.«

»Willst du jetzt für sie beten?«

Weirs Gesicht befand sich so dicht an seinem, daß Stephen seine Alkoholfahne roch. »Ich kenne keine Gebete. Du?«

»Ich könnte mir eins ausdenken.« Der Kanarienvogel stieß einen kleinen, lebhaften Ton aus. Stephen stöhnte vor Angst auf. Auf seinen Lippen formten sich Worte. »In Deine Hände, o Gott, empfehlen wir die Seelen dieser beiden Männer. Mögen Sie ruhen in Frieden. Möge ihr Tod nicht umsonst gewesen sein. Im Namen Jesu Christi. Amen.«

»Also los«, sagte Weir. »Laß mich lieber vorangehen. Ich versuche, mich an dir vorbeizudrücken. Rück mal ein Stück zur Seite, so, drück dich gegen die Wand.«

Stephen machte sich so dünn wie möglich, um Weir vorbeizulassen. Als Weirs Körper sich gegen seinen preßte, verhakte sich seine Spitzhacke im Lehm der Decke. Ein Brocken löste sich und fiel auf Weir herunter. Weitere Brocken rutschten nach und prasselten auf seinen rechten Arm. Er stieß einen Schrei aus. Stephen kroch instinktiv ein Stück zurück, weil der Tunnel dort breiter war. Weir fluchte und stöhnte.

»Mein Arm ist gebrochen. Zieh mich raus, zieh mich raus. Beeil dich, sonst kommt die ganze Scheiße runter.«

Stephen robbte zu ihm zurück und entfernte sehr vorsichtig die Erdbrocken von Weirs Körper. Er schob den Lehm an die Stelle, an der der Tunnel blockiert war. Weir stöhnte vor Schmerz.

»Weg damit, weg damit, wir müssen hier raus.«

»Ich tu, was ich kann«, sagte Stephen durch zusammengebissene Zähne. »Aber das muß vorsichtig gemacht werden.« Er lag auf Weir, mit dem Kopf über Weirs Füßen, und hob den Schutt von seinem Arm. Dann mußte er sich wieder an Weir entlangquetschen, wobei durch sein Gewicht dessen Gesicht in den Lehm gepreßt wurde. Schließlich gelang es ihm, sich umzudrehen, so daß sie Gesicht an Gesicht lagen; Weirs Füße zeigten zu dem Erdrutsch und Stephens in Richtung Ausgang. Weir spuckte Lehm aus.

»Schaffst du das?« sagte Stephen.

»Mein Arm ist gebrochen. Vielleicht auch eine Rippe. Ich muß mit einer Hand kriechen. Nimm du den Vogel.«

Stephen griff hinter sich. Der leichte Holzrahmen des Käfigs war durch Erdbrocken eingedrückt worden; er war leer.

»Der Vogel ist weg«, sagte er. »Laß uns abhauen.«

»Verdammte Scheiße«, sagte Weir. »Den dürfen wir nicht hier unten lassen. Wir müssen ihn finden und wieder nach oben bringen. Sonst finden die Boche ihn, und dann wissen sie, daß wir ...«

»Um Himmels willen, die wissen doch sowieso, daß es hier einen Tunnel gibt. Deshalb haben sie ihn doch gesprengt.«

Weir spuckte schmerzverzerrt immer noch Lehm. »Man darf unter gar keinen Umständen den Vogel zurücklassen. Niemals. Das steht in der Dienstvorschrift. Sonst komm ich vors Kriegsgericht. Such den Vogel.«

Stephen kroch über Weirs verkrümmten Körper zurück. Er war den Tränen nahe, während er im matten Lampenschein den Lehm absuchte. Links neben dem Loch, aus dem die Brocken gefallen waren, sah er etwas Gelbes aufleuchten. Zaghaft streckte er die Hand danach aus.

Er spürte, wie sein Herz gegen die Tunnelsohle pochte; seine

Kleidung war schweißnaß, und der Schweiß lief ihm in die Augen. Er hielt seine Hand senkrecht, spreizte im Lichtkegel die Finger und bewegte die Hand auf den Vogel zu. »Bitte, Gott«, murmelte er, »bitte, bitte ...« Als seine Hand keine fünfzehn Zentimeter mehr von dem Vogel entfernt war, griff er zu. Der Vogel flog auf, und seine Flügel streiften Stephens Handrücken, als er an ihm vorbeiflatterte. Stephen schrie. Sein Körper zog sich zusammen, und mit den Füßen stieß er gegen Weirs Schenkel.

»Um Gottes willen! Was ist los? Du bringst den Tunnel zum Einsturz.«

Stephen lag keuchend da, das Gesicht nach unten, die Augen geschlossen.

»Halt still«, sagte Weir. »Halt um Himmels willen jetzt still. Er ist jetzt hier bei mir.«

Stephen lag still und sagte nichts. Weir lag reglos da. Stephen hörte, daß er kleine, pfeifende Geräusche ausstieß. Er versuchte, den verstörten Vogel zu beruhigen und in seine Hand zu locken. Stephen sah immer noch in die falsche Richtung. Weirs Körper blockierte den Durchgang, der ins Licht zurückführte.

Er spürte, wie Weir eine schnelle Bewegung machte. »Ich hab ihn«, sagte er. »Ich hab ihn in der Hand.«

»Also gut. Dann los. Du voraus und ich hinterher.«

»Ich kann nur eine Hand benutzen. Ich kann nicht auch den Vogel halten.«

»Dann mach ihn tot. Das ist doch nur ein Kanarienvogel. Los jetzt. Ich will zurück. Ich kriege Krämpfe. Ich will hier raus.«

Schweigen. Weir bewegte sich nicht. »Ich kann ihn nicht töten«, sagte er schließlich. »Ich kann es nicht.«

Stephen spürte ein merkwürdiges Gewicht auf seinen Magen drücken. »Du mußt ihn töten«, sagte er. Seine Stimme kam leise aus dem trockenen Mund.

Erneutes Schweigen. »Ich kann es nicht, Wraysford«, sagte Weir nach einer Weile. »Ich kann es nicht. Es ist doch nur ein kleiner Vogel. Er hat niemandem etwas getan.«

»Verdammt!« sagte Stephen, der sich nur mühsam unter Kontrolle halten konnte. »Töte ihn. Zerquetsch ihn mit der Hand. Beiß ihm den Kopf ab. Irgendwas.«

»Mach du's doch.«

»Nein! Es ist zu riskant, wenn du ihn mir rüberreichst. Er könnte wieder wegfliegen.«

Weir drehte sich auf den Rücken und streckte Stephen die linke Faust entgegen. Zwischen Daumen und kleinem Finger war der Kopf des Vogels sichtbar. »Hier ist er«, sagte Weir. »Ich halte ihn fest, und du holst dein Messer raus und schneidest ihm die Kehle durch.«

Stephen spürte, wie sich Weirs Augen auf ihn richteten. Er griff in die Tasche und zog das Messer heraus. Er klappte die Klinge auf und streckte sich über Weirs Knie. Weit, der auf dem Rücken lag, konnte ihm in die Augen blicken, als Stephens Kopf zwischen seinen Schienbeinen auftauchte. Die beiden Männer sahen sich über dem kleinen, gelben Kopf hinweg gegenseitig an. Stephen dachte an die langen Reihen Menschen, die er ins Geschützfeuer hatte laufen sehen; er dachte daran, wie bei Thiepval die Erde gestöhnt hatte. Weir blickte ihn unverwandt an. Stephen schob das Messer in die Tasche zurück. Er unterdrückte die aufsteigenden Tränen. Weit konnte den Vogel loslassen. Stephen würde den Vogel berühren.

»Ich nehme ihn«, sagte er.

»Du brauchst beide Hände zum Graben und Kriechen«, sagte Weir.

»Ich weiß.«

Aus seinem Taschentuch knüpfte Stephen eine Schlinge, um den Vogel aufzunehmen. Er knotete drei Ecken zusammen und ließ eine Öffnung frei.

»Also gut. Setz ihn da rein, und ich binde es dann zu.«

Mit fest zusammengebissenen Zähnen streckte er Weir beide Hände entgegen, und Weir setzte den Vogel in das Taschentuch. Stephen schrak zusammen, als er spürte, wie die Flügel gegen seine Handflächen schlugen. Es gelang ihm, mit zitternden Händen die vierte Ecke des Taschentuchs über die drei anderen zu legen und zu verknoten. Er biß in den Knoten, hielt das Bündel mit den Zähnen fest und kletterte über Weirs Körper.

Sie begannen ihren langsamen Rückzug; wo immer es ging, schob Stephen die lockere Erde beiseite und verbreiterte den Durchgang. Weir kämpfte sich mit einer Hand weiter.

In der bedrückenden Dunkelheit spürte Stephen unterhalb seines Gesichts das federleichte Gewicht. Manchmal schlug der Vogel mit den Flügeln, manchmal hielt er in stummer Angst still. Vor seinem geistigen Auge sah er die Knochen des gestreckten unteren Flügels, die zuckenden Kopfbewegungen und die schwarzen, unruhigen Augen. Er versuchte, seine Gedanken abzulenken, indem er an andere Dinge dachte, aber kein anderer Gedanke wollte sich einnisten. Es war, als hätte sein Gehirn zu arbeiten aufgehört, und nur eine einzige Vorstellung war noch vorhanden: der versteinerte Umriß eines Vogels, ein in Kalkstein gebannter Flugsaurier, der lange, scharfe Schnabel mit der prähistorischen Krümmung, die ausgebreiteten Schwingen, ihre verblüffende Länge und enorme Spannweite, vor allem auf der Unterseite des zerbrechlichen Flügels, die kräftigen Federn, die an einem Ende ins Blut des Vogels stachen und sich dann ausbreiteten, um ihm ins Gesicht zu klatschen und zu schlagen, wenn die wahnsinnige Kreatur in der Raserei ihres tiefen Hasses seinen riesigen, klappernden Schnabel in seine Augen bohren würde.

Der kleine Kanarienvogel, der da unter seinem Mund hing, vollführte matte Bewegungen, und die gelben Federn drangen durch das Taschentuch und streichelten sanft sein Gesicht. Er schloß die Augen und schob sich weiter. Er sehnte sich nach dem Matsch und dem Gestank, nach dem Heulen der Geschosse.

Hinter ihm kroch Weir, so gut es eben ging. Als er den Arm vorn in sein Hemd schob, um ihn abzustützen, bat er Stephen anzuhalten. Er schrie vor Schmerz auf, als die beiden Knochenstücke für einen Moment gegeneinanderstießen.

Sie erreichten die Leiter und konnten wieder aufrecht stehen. Stephen nahm das Taschentuch aus dem Mund und gab es Weir.

»Ich klettere raus und schick ein paar deiner Leute runter, damit sie dir nach oben helfen. Halt den Vogel fest.«

Weir nickte. Stephen sah, daß er kreidebleich war. Dann erschien auf Weirs Gesicht jenes breite Grinsen mit leeren Augen, das Ellis so erschreckte. »Du bist ein tapferer Mann, Wraysford«, sagte er.

Stephen zog die Augenbrauen hoch. »Warte hier.«

Mit wachsender Erleichterung kletterte er den Tunnelschacht empor. Oben, im Schlamm, im gelben Licht, im Regen, streckte er sich und atmete gierig das Chlorcalcium ein, als wäre es der angenehmste Duft aus der Rue de Rivoli.

Ellis wartete schon nervös am Stolleneingang.

»Ah, Ellis, schicken Sie doch mal ein paar Kanalratten runter, ja? Major Weir hat sich den Arm gebrochen.«

»Wo waren Sie, Sir?«

»Hab bei den Pionieren ausgeholfen, wissen Sie. Man muß guten Willen beweisen. Wenn man dann ganz nett anfragt, graben die einem sogar den Unterstand.«

»Ich habe mir Sorgen gemacht, Sir. Hätten Sie denn nicht jemand anderen runterschicken können?«

»Das reicht, Ellis. Schicken Sie jetzt zwei Mann runter. Ich mach mal einen Spaziergang. Schöner Tag heute, finden Sie nicht auch?«

Am Ende der Stellung hörte er Price, der einer erschöpften Gruppe Befehle zubrüllte, den Schützengraben auszubessern. Stephen lächelte. Wenn die Felder Europas nicht länger für menschliche Zwecke gebraucht und ins Feuer der Schöpfung zurücksinken würden, dann würde Price immer noch seine Listen abhaken.

Natürlich können Sie fahren«, sagte Colonel Gray. »Dieser Krieg wird jetzt auf zivilisierte Weise geführt. Und wir wissen ja auch, wo Sie zu finden sind. Sorgen Sie aber dafür, daß sich der kleine Ellis nicht verläuft. Das wär's.«

Stephen nickte. »Danke, Sir.«

Gray griff zu seinem Buch und legte wieder die Füße auf den Tisch. Als Stephen und Ellis das Haus verließen, das als Bataillons-Hauptquartier diente, hatte Gray bereits eine weitere Seite Thukydides gelesen.

Am nächsten Tag fuhren sie mit dem Zug durch eine Landschaft, die nahezu unter Kriegstrümmern begraben war. Anfangs des Krieges hatte Stephen es noch merkwürdig gefunden, wenn er nach einem Angriff aus dem Graben hinaussah und feststellte, daß nur wenige Kilometer hinter der Front das alltägliche Landleben seinen gewohnten Gang nahm, aber nach nunmehr drei Jahren Kampf war das Land mit dem industriellen Müll des Krieges übersät. Benzinkanister, Geschoßhülsen, Holzkisten, Dosen: Die Verpackungen aller möglichen Versorgungsgüter und Munitionsbehälter lagen auf beiden Seiten der Schienen.

Nach zehn Minuten sahen sie den ersten grünen Baum, den ersten Stamm, der nicht von Geschossen zerfetzt und geschwärzt war, sondern immer noch seine braune Borke trug und von Zweigen gekrönt wurde, in denen sich Tauben und Drosseln versammelten.

Ellis bot ihm eine Zigarette an. Stephen griff nach dem Päckchen und sah es sich an. »*The Flag.* Wo kriegen Sie bloß immer dies Zeug her, Ellis?«

»Ich versuche, so viele verschiedene Marken wie möglich zu probieren. Es soll eine geben, die *Kitchener's Small Size* heißt, aber die ist mir noch nie untergekommen.«

Der Rauch des billigen Tabaks wogte durch das Abteil.

Seitdem Ellis zum ersten Mal Amiens erwähnt hatte, gestattete sich Stephen doch, schwach zu werden. Er hatte sich vorgenommen, nie wieder dorthin zurückzukehren, aber inzwischen war er der Ansicht, daß das, was dort geschehen war, so lange her und auch eine derart ungewöhnliche Erfahrung gewesen war, daß es auf sein gegenwärtiges Leben keinen Einfluß mehr nehmen konnte. Vielleicht lag eine gewisse Gefahr darin, an Orte zurückzukehren, die in früheren Zeiten Bedeutung gehabt hatten, aber sentimentale Gefühle waren ihm völlig fremd. Er empfand lediglich eine gewisse Neugier, wie sich die Stadt verändert hatte. Gray hatte gesagt, sie sei durch Bomben »angeschlagen« worden.

»Sagen Sie, Sir«, sagte Ellis, »diese Karten damals an dem Abend, Sie wissen schon. Haben Sie ...«

»Sie müssen mich nicht mit Sir anreden. Und was die Karten betrifft ... was glauben Sie denn?«

»Ich glaube, Sie haben sie präpariert.«

Stephen lächelte. »Natürlich habe ich das gemacht. Sogar Weir weiß es.«

»Aber warum will er dann, daß Sie ihm die Karten legen?«

»Weil er sich fürchtet.«

Ellis sah verwirrt aus.

»Ja, das ist schon seltsam, das finde ich auch. Weir glaubt an gar nichts. Aber er braucht etwas, das ihn aufrichtet. Er versucht zu glauben, daß es sich lohnt, für sein Überleben zu kämpfen. Dafür zu sterben, könnte man fast sagen.«

»Und die Karten helfen ihm dabei?«

»Vielleicht. Er ist ein sehr ängstlicher Mann. Wahrscheinlich kann er sich selbst austricksen.«

»Ich verstehe«, sagte Ellis. Seine Stimme klang abgehackt und stoßweise. »Und wann hat er zum ersten Mal die Hosen voll gehabt?«

»Ich glaube nicht, daß es sich bei ihm um Angst in diesem Sinn handelt«, sagte Stephen sehr einfühlsam. »Er hat keine Angst vor Gas oder Bomben oder davor, verschüttet zu werden. Er hat Angst, daß es für all das keinen Grund gibt, daß es sinnlos ist. Er hat Angst, daß er irgendwie im falschen Leben gelandet ist.«

»Ich verstehe«, sagte Ellis nachdenklich.

Der Zug ratterte Amiens entgegen, und Stephen empfand steigende Vorfreude. Ellis war durchaus nicht der Mann, den er sich normalerweise als Reisebegleiter ausgesucht hätte, aber er war entschlossen, sich ihm gegenüber freundlich zu verhalten. Weir erholte sich in einem Rehabilitationszentrum in der Nähe von Arras. Er hatte gehofft, Heimaturlaub zu bekommen, aber Verletzungen wie der seinen wurde seit den ersten Kriegstagen mit Mißtrauen begegnet, weil manche Infanteristen, in der Hoffnung, sich damit selbst verletzen zu können, die Arme in die rotierenden Windenräder gehalten hatten.

Ellis zog einen Schreibblock heraus und begann, einen Brief nach Haus zu schreiben. Stephen sah aus dem Fenster. Der Kriegslärm blieb hinter ihm zurück. Anders als Weir, der noch im stillen Schlafzimmer seines Elternhauses von der Erinnerung an heulende Geschosse gequält wurde, war Stephen in der glücklichen Lage, vergessen zu können.

Was für ein Mensch war er vor sieben Jahren gewesen? In was für einer Welt hatte er gelebt, in welcher überheblichen, stumpfen Existenz? Damals hatte jenes Leben einen Zusammenhang gehabt; es hatte mächtige Gefühle in ihm freigesetzt, die Tag für Tag durch erfüllte Sinnlichkeit bestätigt worden waren, und deshalb war ihm diese Existenz nicht nur verständlich vorgekommen, sondern auch bedeutungsvoll. In seinem damaligen Leben hatte er beinahe etwas verstanden, beinahe sogar etwas für sich bewiesen, aber was genau das eigentlich gewesen war, vermochte er heute nicht mehr zu sagen.

»Was wollen Sie in Amiens unternehmen?« fragte er Ellis.

»Ich weiß nicht. Dies ist mein erster Fronturlaub. Ich weiß nicht, ob dort ein normales Leben stattfindet. Ich würde vielleicht ganz gern ins Theater gehen. Was würden Sie mir denn empfehlen?«

Stephen zuckte mit den Schultern. »Die meisten Leute wollen sich erstmal betrinken, und dann gehen sie ins Bordell.«

Ellis runzelte die Stirn. »Ich glaube nicht, daß mir das zusagen würde.«

Stephen lachte. »Was? Sich betrinken?«

»Nein, das ... andere.«

»Ich glaube aber, daß das von Ihnen erwartet wird. In der Armee gilt es als gesund, regelmäßig mit einer Frau zu verkehren. Die Bordelle sind von der Militärpolizei genehmigt.«

»Tja, gehen Sie denn auch?« sagte Ellis herausfordernd.

Stephen schüttelte den Kopf. »Nein. Das interessiert mich überhaupt nicht.«

»Also, dann mache ich das auch nicht«, sagte Ellis.

»An wen schreiben Sie?«

»An meine Mutter.«

Stephen lächelte. »Dann habe ich sie wohl im falschen Moment auf diese Sache angesprochen. Aber ich gehe mit Sicherheit in eine Bar. Ich würde Sie gern zu Champagner einladen. Damit werden wir anfangen.«

Stephen erkannte den Bahnhof nicht wieder, als der Zug einlief. Er versuchte vergeblich, sich zu erinnern. Auf dem Bahnsteig blickte er zu dem Kuppeldach hoch und sah sich dann in der Halle um. Mit Isabelle war er von einem anderen Gleis am Ende des Bahnhofs abgefahren. Plötzlich erinnerte er sich an eine grüne Tür, die er aus dem Abteilfenster heraus angestarrt hatte, während sie auf die Abfahrt warteten. Er blickte über die Gleise und sah, daß die Tür sich immer noch an derselben Stelle befand.

Es war Nachmittag, als er und Ellis auf den gepflasterten Bahnhofsplatz hinaustraten. Der Himmel war bedeckt, aber es gab doch Anzeichen dafür, daß der sechsmonatige Winter langsam seinen Griff lockerte. Es hatte zu regnen aufgehört, und die Brise war nicht mehr so eiskalt.

Sie gingen in Richtung der Kathedrale. Manchen der Gebäude sah man an, daß sie beschossen worden waren. Amiens lag nur wenige Kilometer hinter den alliierten Linien und hatte schwer unter den Gezeiten des Krieges gelitten. Die alliierten Vorstöße der vergangenen Wochen hatten die Stadt endlich wieder sicher gemacht: Sie wurde nicht mehr beschossen, und die örtlichen Geschäftsleute bemühten sich, aus der wiederhergestellten Ruhe in der Somme-Region Kapital zu schlagen. Läden öffneten wieder; die Acht-Uhr-Sperrstunde, die für Bars und Restaurants gegolten hatte, war aufgehoben.

Stephen sah sich neugierig in den Straßen um, an die er sich erinnern konnte. Abgesehen davon, daß hier und da eine Wand fehlte oder manche Mauern geschwärzt waren, hatte sich im wesentlichen nichts verändert. Während der sieben Jahre, in denen er nicht mehr hiergewesen war, hatte er sich nie die Stadt ins Gedächtnis zurückgerufen; er hatte nicht einmal mehr an sie gedacht. Als er jetzt jedoch einstmals vertraute Wege ging, war es, als ob die Straßen in seiner Erinnerung zu neuem Leben erwachten.

An einer Ecke stand das Fachwerkhaus, durch dessen geöffnetes Fenster Isabelle einmal eine Melodie gehört hatte, die sie, im Gegensatz zu Bérard, den Freund ihres Mannes, so sehr fasziniert hatte. Rechts davon zweigte eine schmale Gasse ab, an der das Restaurant lag, in dem er häufig zu Mittag gegessen hatte. Vielleicht gab es immer noch seinen Lieblingsplatz am Fenster; und es war auch möglich, daß immer noch derselbe Besitzer aus Paris hinter der Bar stand.

»Ellis, sind Sie einverstanden, wenn wir hier rübergehen? Es gibt da ein Café, das ich von früher kenne.«

»Wenn es da Champagner gibt. Heißt das Lokal nicht Gobert? Das hat man mir nämlich empfohlen.«

»Ich weiß nicht mehr, wie es heißt. Es wurde früher von einem Mann geführt, der vorher ein Café am Place de l'Odeon in Paris hatte.«

Sie standen jetzt vor dem Lokal, und Stephen schaute durchs Fenster hinein. Die Holzverkleidungen gab es nicht mehr. Auf einer Seite befand sich ein einfacher Tresen, und auf der anderen standen ein paar billige Stühle und Tische. Er stieß die Tür auf, deren Glaseinsatz von einem leichten Holzrahmen gehalten wurde, der über den Boden schleifte. Niemand befand sich im Lokal. Sie gingen zur Theke, hinter der ein paar schlecht gefüllte Regale standen.

Ein glatzköpfiger Mann mit einem müden, zerfurchten Gesicht und schmutziger Schürze kam steifbeinig die Treppe herunter und betrat den Raum durch eine schmale Tür am Ende des Lokals. Auf seiner Unterlippe zitterte eine Zigarette. Er grunzte einen Gruß. Stephen bestellte zwei Bier.

»Wissen Sie, was aus dem Mann geworden ist, dem dieser Laden früher gehört hat?« fragte er.

»Der ist in Deutschland. Gefangener. 1914 hat man hier alle verhaftet.«

»Wen, alle?«

»Alle Männer aus Amiens. Als die Deutschen die Stadt besetzt haben.«

Stephen griff zum Bier. »Wollen Sie etwa sagen, daß alle Männer aus der Stadt nach Deutschland gebracht worden sind?«

Der Mann zuckte mit den Schultern. »Nur die, die blöd genug waren. Und die Feiglinge. Die anderen haben sich arrangiert.«

»Und Sie?« fragte Stephen.

»Ich war zu alt; für mich haben sie sich nicht interessiert.«

»Was sagt er?« fragte Ellis.

»Er sagt, daß der Mann, dem dies Lokal gehört hat, nach Deutschland deportiert worden ist. Ist das nicht ein trauriger Laden jetzt? Früher war hier viel los, voll mit Studenten und so weiter.«

Stephen setzte das Bierglas zwischen den Wasserrändern auf dem Zinktresen ab. Schlagartig war ihm klar geworden, wo all die Studenten geblieben waren, die hier ihre Bestellungen durch den Lärm gerufen und die Luft mit dem Rauch ihrer starken Zigaretten gefüllt hatten. Diejenigen, die nicht in Verdun gefallen waren, wurden derzeit unter ihrem neuen, charismatischen General für die Offensive an der Aisne zusammengezogen.

»Los«, sagte er, »wir suchen uns was anderes.«

»Wieso? Ich hab doch noch gar nicht ...«

»Das ist hier zu traurig. Kommen Sie.« Stephen warf ein paar Münzen auf den Tresen.

Draußen wurde es langsam dunkel. Stephen nahm sich vor, Ellis' ersten Fronturlaub nicht mit seinen eigenen Gedanken zu belasten.

»Sie suchen das Lokal aus«, sagte er, »und ich zahle die Zeche.«

Sie gingen an der Kathedrale vorbei, deren Wände bis zu den

unteren Fenstern mit Sandsäcken gesichert waren. Das Gebäude war unbeschädigt, nur einige Fensterscheiben fehlten. Stephen fiel auf, daß viele der Frauen in Amiens schwarze Trauerkleidung trugen.

Sie kehrten in eine Bar ein, die *Aux Huitres* hieß, in der es aber keine Austern gab. Sie war mit Soldaten aller Nationalitäten gefüllt: Engländer, Franzosen, Belgier, Portugiesen. Stephen bestellte Champagner und füllte Ellis' Glas. Dann hob er seins, und sie tranken sich zu. Stephen hatte das Bedürfnis, schnell einen Zustand zu erreichen, in dem die Erinnerung versagt. Es fiel ihm schwerer als erwartet, sich an diese relativ normale Welt anzupassen. Die Gegenwart so vieler Soldaten empfand er als irritierend. Er wußte, daß viele von ihnen noch gestern bis zu den Hüften im Matsch zwischen Ratten herumgekrochen waren. Er sah ihre gewichsten Gürtel und glattrasierten Gesichter. Wenn sie jetzt derart ausgelassen lachen konnten, dann würden sie in Zukunft auf noch größere Täuschungen hereinfallen.

Die Frauen von Amiens, die keine toten Männer zu betrauern hatten, schienen sich in Gesellschaft der ausländischen Soldaten wohl zu fühlen. Sie ließen sich zu Drinks einladen, setzten sich zu den englischen Offizieren an die Tische und bemühten sich, deren kauziges Französisch zu verstehen.

Bevor er noch ein zweites Glas getrunken hatte, hatte Ellis ihn bereits dazu überredet, sich als Dolmetscher zur Verfügung zu stellen. Es ging um einen etwa dreißigjährigen Major, der gewaltige Wolken Pfeifentabak ausstieß, um seine Unsicherheit zu verbergen, weil ein schottischer Offizier versuchte, ihn mit einer lauten, rotweintrinkenden Französin zu verkuppeln.

»Sagen Sie ihr, daß er scharf drauf ist, ihr mal seinen Unterstand zu zeigen«, sagte der Schotte.

Stephen übersetzte. »Sie sagt«, erwiderte er dann, »daß sie ihn für einen sehr gut aussehenden Mann hält, und sie fragt sich, ob er sie nicht zum Essen einladen möchte.« Stephens Übersetzung fiel freilich sehr viel direkter aus als das, was die Frau tatsächlich gesagt hatte.

Der Major versuchte, selbst eine Antwort zusammenzustammeln, aber mehr als »Est-ce que possible pour« gab sein Französisch nicht her, so daß er sich wieder mit seiner Pfeife beschäftigte und es mit einigen galanten Gesten in Richtung der Frau bewenden ließ.

»Ich glaube, sie hätte gern einen Drink«, sagte Stephen.

»Ich verstehe. Es tut mir furchtbar leid, daß ich ...«

»Keine Sorge, ich bestelle etwas für sie. Sie können ja weiter mit ihr plaudern.«

Der Schotte versuchte dann zu erklären, warum das, was Stephen gesagt hatte, witzig war: Im Armeeslang konnte »plaudern« auch bedeuten, Läuse zu zerdrücken; er wußte jedoch weder das französische Wort für Läuse noch das für zerdrücken und vollführte deshalb mit den Fingern Gesten, die Insekten andeuten sollten, und eine quetschende Faustbewegung auf dem Tisch. Die Frau schüttelte verwirrt den Kopf; er nahm ein Feuerzeug, hielt es an die Naht seiner Uniformjacke, legte sich dann rücklings auf den Fußboden und stieß die Beine in die Luft.

Als Stephen von der Theke zurückkam, lachte die Frau schallend. Ellis sah Stephen ein wenig unsicher an, aber als er sah, daß er lächelte, fing auch er zu lachen an und schlug mit der flachen Hand auf den Tisch. Ein paar Männer, die an der Bar standen, sahen amüsiert zu ihnen hinüber. Stephen schloß die Augen und trank in großen Zügen. Er hatte sich von der Bar eine Flasche *Old Orkney* und ein Wasserglas geholt und spülte nun den Whisky zusammen mit dem Champagner hinunter. Als er die Augen wieder öffnete, empfand er gegenüber den anderen Männern eine schmelzende Wärme. Er war erleichtert.

»Sagen Sie ihr«, sagte der Schotte, »daß er sie bei seinem nächsten Urlaub mit nach Paris nehmen will. Er will da ins Moulin Rouge.«

»Moulin Rouge«, echote die Frau lachend. »Sehr gut.«

Man gratulierte ihr zu ihren Englischkenntnissen. »Sagen Sie ihm«, sagte sie zu Stephen, »daß ich Englisch von einem General gelernt habe, der in der Stadt sein Quartier hatte.«

»Sie sagt, daß sie glaubt, daß Sie bald zum General befördert werden.«

Der Major schüttelte beschämt und bescheiden den Kopf. Seine Unbeholfenheit erinnerte Stephen an Weir, und er empfand plötzlich Mitleid für seinen abwesenden Freund. Er wünschte, er wäre jetzt bei ihm, der arme, seltsame Weir, der so gar nicht in diese Welt zu passen schien und dennoch auf eine Weise, die ihm selbst höchst unwillkommen war, Erfahrungen gemacht hatte, die man sich sonst nicht einmal träumen ließ.

Natürlich wollte der Schotte, unter dem Vorwand, seinem englischen Freund zu helfen, selbst die Frau beeindrucken.

»Fragen Sie doch bitte mal die Lady, ob sie in Amiens wohnt. Fragen Sie, ob sie vielleicht noch ein Zimmer frei hat für zwei Offiziere aus einem der berühmtesten Hochland-Regimenter.«

Die Frau sah Stephen fragend an. Sie hatte braune, humorvolle Augen und eine rosige Gesichtsfarbe. »Aha«, sagte sie, »ich vermute, er will mit mir schlafen?«

Stephen lächelte. »Das glaube ich auch.«

Die Frau lachte. »Sagen Sie ihm, daß er dafür zu einem Haus mit blauen Lampen gehen muß. Oder roten, wenn er es billiger haben will. Ich kann drei Männern ein erstklassiges Abendessen bieten, ein Zimmer mit sauberen Bettlaken und frische Eier und Kaffee zum Frühstück, alles zu einem vernünftigen Preis. Aber sonst biete ich leider gar nichts. Sie können bei mir übernachten, wenn Sie wollen.«

»Danke. Gibt es in der Stadt Bars, in denen die Einheimischen verkehren? Nicht die Soldaten, sondern die Leute, die schon immer hier gewohnt haben?«

»Ja, davon gibt es zwei oder drei in Richtung Rue de Beauvais – beziehungsweise was davon noch steht.«

»Na los, Kumpel«, sagte der Schotte. »Was hat sie gesagt?«

»Sie sagt, daß es für Ihre Wünsche bestimmte Etablissements gibt.«

»Lieber Himmel«, sagte der Major und blies die Luft aus, »sie redet ja wie das Orakel von Delphi.«

Der Schotte sah plötzlich verunsichert aus, und Stephen bedauerte, daß er seine gute Laune gedämpft hatte. »Nein, nein«, sagte er. »Sie war sehr freundlich. Sie kann Ihnen ein Bett zur Verfügung stellen und ... Ich glaube, sie möchte einfach weiter ihren Spaß haben.«

Der Schotte wirkte erleichtert. »Gut, das ist ja prima. Dann wollen wir erst mal noch was trinken. Anderson, das ist Ihre Runde.«

Stephen lehnte sich über den Tisch und flüsterte Ellis ins Ohr: »Ich geh mal für einen Moment raus. Mir ist es hier zu heiß. Meinen Sie, daß Sie allein zurechtkommen, falls ich nicht wiederkehren sollte? Haben Sie Geld dabei?«

»Ja, alles klar. Mir gefällt es hier.«

Stephen goß ihm ein Glas Whisky ein und steckte sich dann die Flasche in die Jackentasche. »Also gut«, sagte er. »Ich seh Sie dann später.«

Auf der Straße war es wieder winterlich, aber nach der Hitze und dem Rauch in der Bar genoß Stephen die kalte Luft auf seinem Gesicht. Er zog den Mantel enger um sich und schlug den Kragen hoch. Ein Hund schnüffelte am Bordstein entlang und bog dann in eine Einfahrt ein; der weiße Schwanz ragte im weichen Mondlicht über seinen Rücken empor; er ging seinen Geschäften nach. Fast alle in der Stadt gingen ihren Geschäften nach, und obwohl die Läden geschlossen und dunkel waren, konnte Stephen durch die Fenster die leeren Verkaufstresen sehen, hinter denen die Stoffballen lagen oder die Flaschen des Apothekers aufgereiht standen. Am nächsten Tag würde es beim Bäcker die üblichen Gespräche geben; der Morgengruß der Kunden an den Bäcker und der Gruß an die anderen Kunden; dann würde das Brot, mit höflichen Dankesworten von beiden Seiten, den Besitzer wechseln. Ein stoisches Stirnrunzeln oder Achselzucken würde vielleicht andeuten, daß nicht alles so war, wie es hätte sein sollen, aber man kam zurecht. Ansonsten ging das Leben wie immer weiter, und zwar aus dem einfachen Grund, daß man keine Wahl hatte. Neben dem Bäcker war ein Schlachter, der Pferdefleisch in drei verschiedenen Qualitäten anbot. Auf den Straßen und in den Straßengräben der Nachschublinien gab es mit Sicherheit keinen Mangel an diesem Rohmaterial, dachte Stephen, aber über die billigste Qualität machte er sich lieber keine Gedanken.

Aus einer Bar auf der gegenüberliegenden Straßenseite drang Gesang, und er ging hinüber, um einen Blick hinein zu werfen. Er ging durch die Tür und fand sich wiederum von Soldaten umringt, obwohl es sich hier fast ausschließlich um britische Wehrpflichtige handelte. Ihre jungen Gesichter waren vom Alkohol gerötet, und viele gaben Geräusche von sich, die halb aus Sprache, halb aus Gelächter bestanden – wie eine Art Schlachtruf. Nachdem er einmal eingetreten war, konnte er, wenn er nicht unhöflich sein wollte, sich nicht einfach umdrehen und wieder gehen, deshalb drängte er sich zur Bar durch und bestellte einen Drink.

Einer der jungen Offiziere spielte in einer Ecke Klavier, aber die Männer sangen nicht alle das gleiche Lied. Ein junges Gesicht schob sich dicht vor seins.

»Ich hab Sie noch nie im *Charlie* gesehen. Aus welchem Regiment sind Sie?«

Stephen merkte, daß der Mann nach einem Abzeichen auf seiner Uniform griff und es sich genau ansah. Er schien wenig beeindruckt. »Schon Feindberührung gehabt?«

»Ein bißchen.«

»Arme alte Frontschweine. Immer unter Beschuß, stimmt's?«

»Ja. Meistens von der eigenen Seite.«

»Seien Sie doch nicht gleich beleidigt. Tut mir aufrichtig leid. Ich glaube, mir wird schlecht.«

Der junge Mann drückte sich an Stephen vorbei und stolperte zur Tür.

»Gehen Sie und kümmern Sie sich um Ihren Freund«, sagte Stephen zu einem Leutnant, der neben ihm stand.

»O Gott, nicht schon wieder. Dem war schlecht, nicht wahr? Der hat die Hosen voll, das ist sein Problem. Entschuldigen Sie mich.«

Stephen wurde zwischen den Männern, die sich in einer dichten Traube an der Bar drängten, hin und her gestoßen. Sie stimmten mit lauten, zuversichtlichen Stimmen ein Lied an. Schließlich gelang es ihm, sich zurückzuziehen und sich zur Tür durchzukämpfen. Er ging schnell in Richtung der Rue de Beauvais.

Er fand eine Bar, deren Fenster mit weißen Gardinen verhängt war. Am Tresen standen ein paar Männer, die Füße aufs Fußgeländer gestützt. Sie sahen ihn mißtrauisch an, nickten ihm aber zu und erwiderten seinen Gruß.

Stephen holte sich etwas zu trinken und setzte sich ans Fenster. Es war ruhig und kühl, der richtige Ort, seine Gedanken zu sammeln. Er schloß die Augen und versuchte, die Ruhe zu genießen, die Abwesenheit des Geschützdonners, aber sein Bewußtsein war noch zu überreizt. Er fragte sich, ob er den Zustand der Entspannung, den er brauchte, um sich zu konzentrieren, dadurch erreichen konnte, daß er noch mehr trank. Aber dann wurde ihm klar, was ihm fehlte – die Wärme menschlichen Kontakts, nicht die, die durch die physische Nähe des Kriegs erzwungen war, sondern die freiwillig aus Freundschaft heraus entstand.

Als er wieder die Augen öffnete und aufblickte, sah er, daß eine Frau die Bar betreten hatte und eine Flasche grünen Kräuterlikörs kaufte. Sie stand mit dem Rücken zu ihm und trug einen dunklen Schal um den Kopf. Als sie sich mit der Flasche in der Hand umdrehte, verkrampfte sich Stephen der Magen, und Schockwellen durchpulsten ihn bis in die Handflächen.

Die Frau schaute in das Lokal, sah seinen schmerzverzerrten Gesichtsausdruck und legte den Kopf ein wenig zur Seite, abwehrend, aber zugleich besorgt. Ihre Augen trafen seine, wandten sich jedoch ab, als sein Blick verzweifelt auf sie gerichtet blieb.

Sie ging, peinlich berührt, mit kurzen, schnellen Schritten, die auf dem Holzfußboden widerhallten, auf die Tür der Bar zu. Stephen, dem immer noch der Mund offenstand, stieß seinen Stuhl zurück und stolperte hinter ihr her, ohne auf den Barmann zu hören, der sein Geld verlangte.

Draußen hastete Stephen über das Kopfsteinpflaster, bis er die Frau eingeholt hatte.

»Entschuldigen Sie bitte.«

»Monsieur, lassen Sie mich in Ruhe, oder ich rufe die Polizei.«

»Nein, hören Sie. Bitte. Ich glaube, ich kenne Sie. Ich möchte Sie nicht belästigen, Ehrenwort.«

Die Frau blieb zögernd stehen und sah Stephen vorsichtig an. Seine Augen tasteten ihr Gesicht ab, die weit auseinanderstehenden Augen und markanten Wangenknochen.

»Ist Ihr Name ... Verzeihen Sie, wenn ich mich irre, muß Ihnen das lächerlich vorkommen. Ist Ihr Name ... Jeanne?«

Die Frau schien zu stutzen, bejahte die Frage jedoch.

»Und Ihr Familienname ist Fourmentier?«

Sie nickte wortlos. Ihr Verhalten ähnelte entfernt dem ihrer Schwester Isabelle.

»Wissen Sie, wer ich bin?« fragte er.

Sie sah ihm in die Augen. Auf ihren Zügen lag eine resignierte Müdigkeit. »Ja. Ich glaube schon.«

»Ist es Ihnen unangenehm, daß ich Sie angesprochen habe?«

Sie gab keine Antwort. In diesem Augenblick kam der Barmann auf die Straße und brachte Stephen seinen Hut. Stephen bedankte sich und gab ihm sein Geld.

Als sie wieder unter sich waren, sagte er: »Können wir irgendwo miteinander reden? Ich möchte Sie nach ein paar Dingen fragen.«

»Also gut. Kommen Sie.«

Stephen folgte ihr. Es gab nichts, was er sie fragen wollte, es gab nichts, was er wissen mußte. In dem Moment, als er ihr Gesicht gesehen und gewußt hatte, wer sie war, hatte er die Entscheidung treffen müssen, sie entweder zu ignorieren oder sie anzusprechen. Ohne nachzudenken hatte er sich für die zweite Möglichkeit entschieden, und damit für alles, was diese Entscheidung nach sich ziehen würde.

Jeanne führte ihn auf die Place de l'Hotel de Ville und setzte sich auf eine Bank. Stephen stand unschlüssig vor ihr.

»Hier können wir nicht miteinander reden. Ich meine, könnten wir nicht irgendwo reingehen?«

Jeanne schüttelte den Kopf »Ich möchte nicht mit Ihnen zusammen in einer Bar gesehen werden.«

»Und was ist mit Ihrem Haus? Könnten wir nicht ...«

»Nein, dort können wir nicht hin. Was wollen Sie mich fragen?«

Stephen seufzte tief. Sein Atem bildete im Schein des Gaslichts zarte Figuren. Er zog den Mantel fester um die Brust.

»Vielleicht«, sagte er, »sollte ich Ihnen etwas von dem erzählen, was geschehen ist.« Er spürte, daß Jeanne ihm nicht traute, und meinte, ihre Ängste zerstreuen zu können, wenn er erklären würde, daß er weder ihr noch Isabelle gegenüber Groll hegte. Er sprach kurz von seiner Zeit mit Isabelle, obwohl er wußte, daß Jeanne die Geschichte bereits bekannt sein mußte. Wenn er bestätigen würde, was sie bereits wußte, konnte er damit seine ehrlichen Absichten beweisen. Mit einer leichten Kopfbewegung deutete Jeanne gelegentlich ein zustimmendes Nicken an.

Während er erzählte, wurde Stephen klar, was er eigentlich wissen wollte, und die Einfachheit dessen, was er wissen wollte, ließ ihn erstaunen. Er wollte wissen, ob Isabelle ihn noch liebte. Indem er ihrer älteren Schwester in die Augen sah, sah er zugleich so viel von Isabelle, daß ein Gefühl ihrer Gegenwart in ihm Gestalt annahm. Und mit diesem Gefühl für sie kam auch die Neugierde zurück.

»Dann kehrte ich nach Frankreich zurück, und seitdem tobt hier dieser Krieg. Ich bin nicht viel herumgekommen, nur ein paar Kilometer die Front auf und ab. So vergingen die Jahre. Vielleicht hört es eines Tages auf.« Er fand das Ende seines Berichts lahm. Er wollte Jeanne nicht allzu detailliert von seinen Kriegserlebnissen erzählen; er vermutete, daß diese Dinge ihr durch die eigene Familie und von Freunden bekannt waren. Er wollte auch nicht den Eindruck erwecken, als ginge es ihm um ihr Mitgefühl, wenn seine eigenen Erfahrungen sich nicht von denen unterschieden, die Millionen anderer auch gemacht hatten.

»Und was ist mit Ihnen?« fragte er. »Wohnen Sie jetzt in Amiens?«

Jeanne nickte. Sie schob den Schal, den sie um den Kopf gewickelt hatte, ein Stück beiseite, und er sah ihre großen, braunen Augen und die fast transparente Blässe ihres Teints. Ihr Gesicht war kräftiger und schlichter konturiert als Isabelles, ohne deren widersprüchliche Nuancen und Färbungen, doch aus Jeannes Haut konnte man gleichzeitig Zartheit und Stärke lesen. Ihre Stimme klang tief und weich.

»Ich lebe hier seit einiger Zeit. Ich kam her, um ... Ich kam, als man mich im vergangenen November darum bat.«

»Sind Sie verheiratet?«

»Nein.«

»Leben Sie allein?«

»Nein, ich lebe bei ... Freunden.«

Ob diese Zurückhaltung Jeannes Charakter entsprach oder ob es etwas gab, was sie nicht preisgeben wollte, vermochte Stephen nicht zu entscheiden. Sein Monolog hatte sie offensichtlich nicht ganz überzeugt. Ihn überlief ein Schauer, als der Nordwind über den Platz strich. Jeanne zog ihr Cape fester um sich. Er mußte viel direkter fragen.

»Ich möchte wissen, wie es Isabelle geht. Ich möchte wissen, ob sie wohlauf und glücklich ist. Ich habe nicht die Absicht, die Dinge zu verkomplizieren. Ich bin mir darüber im klaren, daß Sie wahrscheinlich keine gute Meinung von mir haben, weil ich ihre Ehe zerstört habe und womöglich auch das Leben, das sie jetzt führt – ich habe nicht die Absicht, mich einzumischen. Nach sechs Jahren möchte ich lediglich wissen, ob sie wohlauf ist.«

Jeanne nickte. »Wohlauf, Monsieur? Ja, es geht ihr gut. Sie müssen wissen, daß das, was Sie getan haben, großes Leid verursacht hat, für ihren Mann und besonders für die Kinder. Es war ein Skandal. Natürlich trägt Isabelle eine gewisse Mitschuld. Dafür büßt sie – ihr Leben ist ruiniert, weil die Leute sie für das, was geschehen ist, verantwortlich machen. Und was Sie betrifft:

In dieser Stadt gibt es Leute, die Sie für das, was Sie getan haben, am liebsten erschießen würden.«

»Ich verstehe. Ich habe die Sache aber nie auf die leichte Schulter genommen, es war uns beiden sehr ernst damit. Wissen Sie, wie Isabelles Ehe mit Azaire gewesen ist? Hat sie Ihnen jemals davon erzählt?«

»Isabelle hat über alles mit mir gesprochen, Monsieur. Ich bin ihre einzige Freundin und Vertraute, und sie hat mir ihr ganzes Leid anvertraut, alle Einzelheiten, die ein Mensch normalerweise mit verschiedenen Personen besprechen würde – mit Schwestern, Freunden, innerhalb der Familie. Ich weiß alles.«

»Gut. Nicht, daß die Tatsache, daß sie mit ihm unglücklich war, mich oder sie entschuldigen würde, aber es ist wichtig, daß Sie davon wissen und verstehen, warum sie so gehandelt hat.«

»Ich gebe niemandem die Schuld«, sagte Jeanne. »Meine Haltung entspricht eher der Ihren. Isabelle hat mir vertraut, und mir blieb gar nichts anderes übrig, als ihr Vertrauen zu erwidern. Ich bin ihr gegenüber immer ehrlich gewesen. Ich kann das im nachhinein nicht bewerten.«

Mit dem, was Jeanne sagte, war Stephen zufrieden. »Es ist richtig«, sagte er, »daß Treue nicht geteilt werden kann, sie muß stets vollständig sein. Ich möchte Ihnen versichern, daß meine Treue Isabelles Wohlbefinden gilt, nicht meinem eigenen oder dem einer anderen Person. Sie müssen mir vertrauen.«

»Ich kenne Sie nicht gut genug, um Ihnen zu vertrauen. Ich weiß nur das, was meine Schwester mir über Sie erzählt hat, und wenn ich hinzunehme, was ich selbst beobachtet habe, dann bin ich geneigt, Ihnen zu glauben. Es gibt jedoch gewisse Dinge, die besser offen oder unausgesprochen bleiben. Ich glaube, ich muß mich jetzt verabschieden.«

Stephen legte rasch seine Hand auf ihr Handgelenk, um sie zurückzuhalten. »Sagen Sie mir doch, warum Sie in Amiens leben.«

Jeanne sah Stephen prüfend an. »Ich bin gekommen, um mich um Isabelle zu kümmern«, sagte sie schließlich.

»Isabelle lebt hier? Sie ist jetzt hier? Und was meinen Sie mit ›kümmern‹? Ist sie denn krank?«

»Ich kann Ihnen nicht alles erzählen. Ich möchte Ihnen nichts vormachen, damit ...«

»Dafür ist es schon zu spät«, sagte Stephen. Er hörte das Echo seiner Stimme auf dem stillen Platz. Er schluckte und bemühte sich, leiser zu sprechen. »Sagen Sie, sie wohnt wirklich in Amiens? Und es geht ihr nicht gut? Was ist passiert?«

»Also gut. Ich werde es Ihnen erzählen, aber Sie müssen mir versprechen, daß Sie mich dann gehen lassen. Ich sage Ihnen alles, was Sie wissen müssen, und dann muß ich nach Hause. Sie dürfen mir nicht folgen und auch keinen Versuch machen, mit mir Kontakt aufzunehmen. Ist das klar?«

»Ja. Ich verspreche es.«

Jeanne sprach langsam, als wollte sie abwägen, bis zu welchem Grad sie die Wahrheit preisgeben durfte. »Isabelle kehrte nach Rouen zurück, in unser Elternhaus. Das war mein Vorschlag gewesen. Meine Eltern wollten sie erst nicht aufnehmen, aber ich bestand darauf. Nach einigen Monaten traf mein Vater mit Azaire eine Vereinbarung, daß sie zu ihm zurückkehren konnte. Nein, hören Sie. Lassen Sie mich ausreden. Ihr blieb in der Angelegenheit gar keine Wahl. Mein Vater hätte sie sonst hinausgeworfen. Azaire versprach, einen neuen Anfang zu machen und sie so aufzunehmen, als wäre nichts geschehen. Grégoire, sein Sohn, hat sich für sie eingesetzt. Ich glaube, daß er sie überredet hat. Sie kehrte also zurück, ins selbe Haus. Es gab noch andere Gründe, die ich Ihnen aber nicht sagen kann. Im ersten Kriegsjahr war die Stadt von den Deutschen besetzt, wie Sie ja wahrscheinlich wissen. Viele Männer wurden deportiert, auch Azaire. Dann ... nun ja, die Zeit verging, das Leben ging weiter. Isabelle blieb. Das Haus am Boulevard du Cange wurde von einer Bombe getroffen, und der hintere Teil wurde zerstört. Verletzt wurde niemand, aber Isabelle zog in eine Wohnung in der Rue de Caumartin um. Lisette heiratete, und Grégoire ging von der Schule ab. Nächstes Jahr tritt er in die Armee ein. Im vergangenen November gab es dann ein schweres Bombardement, in dem auch das Haus in der Rue de Caumartin getroffen wurde. Isabelle wurde verletzt, aber sie hat Glück gehabt. In derselben Straße kamen zwei Menschen ums Leben. Als sie im Krankenhaus lag, schrieb sie mir und fragte, ob ich sie pflegen könnte, und deshalb kam ich aus Rouen hierher. Sie ist jetzt aus dem Krankenhaus entlassen und hat sich weitgehend erholt, aber sie wird nie mehr ganz ... die alte sein. Ich werde sie noch ein paar Wochen betreuen.«

»Ich verstehe.« Die Erinnerung an Isabelle, die Jeanne auslöste, war derart intensiv, daß Stephen fast das Gefühl hatte, als säße sie zwischen ihm und ihrer Schwester auf der Bank. Offensichtlich war aber etwas, vielleicht sogar sehr vieles verschwiegen worden.

»Ich möchte sie sehen«, sagte er. Die Worte überraschten ihn selbst. Wenn er im Schlamm und Matsch lag, hatte er zu keinem Moment je den Wunsch verspürt, daß sie für ihn realer werden möge als die vage Erinnerung, die ihn gelegentlich überkam; er hatte ihr wirkliches Haar, ihren Körper und ihre Haut nicht wiedersehen wollen. Aber Jeannes Erzählung hatte diese Gleichgültigkeit aufgebrochen. Vielleicht trug seine Sorge um ihr Wohlbefinden dazu bei, daß er sich mit eigenen Augen versichern und sich nicht nur auf seine Erinnerung oder das, was Jeanne ihm erzählt hatte, verlassen wollte.

Jeanne schüttelte den Kopf. »Nein, das ist unmöglich. Es wäre nicht klug. Nach allem, was passiert ist.«

»Bitte.«

Jeannes Stimme wurde sanft, als sie Stephen antwortete. »Denken Sie doch darüber nach. Denken Sie an all die Unordnung und das Leid, das geschehen ist. Es wäre Wahnsinn, wollte man diese alten Wunden wieder aufreißen.« Sie wandte sich zum Gehen. »Monsieur, ich habe Ihnen vielleicht schon mehr gesagt, als gut ist, aber als ich Sie sah, hatte ich das Gefühl, Ihnen vertrauen zu können. Ich hatte auch das Gefühl, daß man Ihnen noch etwas schuldig ist. Als Isabelle Sie verließ, gab sie keinerlei Erklärung, aber ich finde, daß Sie sich auf Ihre Weise ehrenhaft verhalten haben. Sie haben sie nicht verfolgt und ihr Leben nicht noch schwerer gemacht, als es bereits war. Ich finde, Sie haben es verdient, daß man Ihnen zumindest das sagt, was ich Ihnen gesagt habe. Aber nun gilt meine Treue Isabelle, und wie Sie selbst gesagt haben, ist Treue nicht teilbar.«

Stephen stand dicht vor ihr. »Ich verstehe«, sagte er. »Ich danke Ihnen für das Vertrauen, das Sie mir entgegengebracht haben. Aber erlauben Sie mir noch eine Frage. Werden Sie Isabelle zumindest sagen, daß ich hier bin? Sagen Sie ihr, daß ich Sie sehen möchte, nur ein ganz kurzer Besuch, um ihr alles Gute zu wünschen. Dann kann sie selbst entscheiden.«

Jeanne verzog in größtem Unbehagen die Lippen und schüttelte dann den Kopf. Stephen kam ihr zuvor. »Das hat nichts mit Untreue zu tun. Es gibt ihr lediglich die Möglichkeit, selbst abzuwägen. Immerhin ist es ihr Leben. Nicht wahr?«

»Also gut. Es ist zwar gegen meine eigene Überzeugung, aber ich werde ihr erzählen, daß ich Sie getroffen habe. Sie müssen mich jetzt gehen lassen.«

»Und wie bekomme ich Nachricht?«

»Ich treffe Sie morgen abend um neun in derselben Bar. Ich muß jetzt gehen.«

Sie gaben sich die Hände, und Stephen sah, wie die schlanke Gestalt mit der Flasche Kräuterlikör in der Hand jenseits des Platzes verschwand.

Er ging durch die Stadt zum Boulevard du Cange, vorbei an der Kathedrale, deren kühle, gotische Formen durch die aufgestapelten Sandsäcke wie eine Festung wirkten, als seien nicht einmal mehr die spirituellen Wahrheiten vor explodierendem Metall sicher, und stieg zum Kanalufer hinab, wo er während seines ersten Aufenthalts in der Stadt an warmen Abenden die hemdsärmeligen Männer beobachtet hatte, wie sie hoffnungsvoll die Angelruten über die gezähmten, kanalisierten Wasser der Somme auswarfen.

Alles wurde wieder lebendig. Was er für tot gehalten hatte, reduziert zu einer versteinerten Erinnerung, begann sich in ihm zu regen und erneut aufzuflammen. Nie hätte er damit gerechnet, nicht in den tiefsten Stunden seiner Einsamkeit, nicht einmal unter schwerstem Trommelfeuer, wenn er Trost in den frühesten Schichten seiner Kindheit gesucht hatte. Zu keinem Zeitpunkt hatte er die Erinnerung an Isabelle oder an das, was zwischen ihnen vorgefallen war, dazu benutzt, Hoffnung oder Sinn zu finden, nicht einmal als Flucht aus der bedrückenden Wirklichkeit, die ihn gefangenhielt. Das Zusammentreffen mit Jeanne übte jedoch eine außerordentliche Wirkung auf ihn aus: Es hatte die furchtbaren Erfahrungen der vergangenen drei Jahre gelindert, wenn auch nicht begreifbar gemacht.

Er überquerte den Boulevard an seinem südlichen Ende. Er konnte es nicht fassen, daß das Haus immer noch stand; in seiner Erinnerung war es so schwankend gewesen wie seine Todeserfahrungen, aus denen sein Leben ihn mit ungewissen Versprechungen zurückgelockt hatte, so vage wie seine Erinnerungen an Augenblicke während der Schlacht, als die Zeit stillzustehen schien.

Dann sah er den roten Wein, der den Steinbalkon im ersten Stock überwucherte; die stattliche Eingangstür mit den schmiedeeisernen Ornamenten; das graue Schieferdach, das in verschiedenen Winkeln die ungleichmäßigen Zimmerfluchten und Flure überspannte. Die solide, ruhig gegliederte Fassade strahlte unbedingte Sicherheit aus.

Sein Mund füllte sich mit dem Geschmack jener Tage. Er roch den Geruch des Wachses auf dem Parkett, das das Hausmädchen bohnerte, deren Name ... Marguérite gewesen war; der Wein, den Azaire zum Essen servieren ließ, ein trockener, dunkler Rotwein, nicht billig, aber schwer und staubig; und dann die Geräusche von Schritten, bei denen man sich nie sicher sein konnte, wie nah oder fern sie tatsächlich waren; der Geruch nach Pfeifentabak im Salon; und die Kleider, die Isabelle getragen hatte, das

Rosenaroma, die gestärkte Sauberkeit und der Eindruck, den sie stets vermittelte: daß sie sich nicht nur angezogen, sondern sorgfältig zurechtgemacht hatte, als trüge sie eine Verkleidung, die nicht zu dem Haus gehörte, sondern zu einer anderen Welt, die sie in ihren Phantasien bewohnte. All das stieg in ihm mit überwältigender Klarheit auf, ebenso wie seine Gefühle zu jener Zeit, als Isabelles verschlossenes Innenleben mit dem seinen in Einklang kam. Als er auf der dunklen Straße stand und zum Haus hinüberblickte, erinnerte er sich auch an die wilde Entschlossenheit, die ihn das hatte tun lassen, was er für richtig gehalten hatte.

Er überquerte die Straße, um sich das Haus aus der Nähe anzusehen. Die Tore waren versperrt, und im Inneren brannte kein Licht. Er ging ein Stück weiter, um das Haus von der Seite überblicken zu können. Der hintere Teil war von einer großen Plane verdeckt, und offenbar wurden Reparaturarbeiten ausgeführt; Stapel von Ziegelsteinen warteten darauf, gesäubert zu werden. Soweit Stephen es erkennen konnte, schien ein großer Teil der Rückseite des Hauses zerstört zu sein. Man hatte offenbar schwere Artillerie eingesetzt, und hier mußten ein, wenn nicht gar zwei Volltreffer eingeschlagen haben. Stephen vermutete, daß auch der größte Teil des Salons und mehrere kleinere Zimmer im Erdgeschoß zerstört waren. Darüber hatten sich die hinteren Schlafzimmer sowie die Unterkünfte der Hausangestellten befunden – und das rote Zimmer.

Er setzte sich unter einem Baum auf den Bordstein. Die Macht der Erinnerung überwältigte ihn. In seinem Kopf war alles so klar vorhanden, als hätte er es aus einem Traum erweckt. Der Kamin im roten Zimmer, der mittelalterliche Ritter auf dem Bild darüber, die Clematis am Fenster ... Er versuchte, die Flut seiner Erinnerungen einzudämmen, fühlte sich jedoch zugleich von ihr wiederbelebt.

Er stand auf, entfernte sich vom Haus, ging in Richtung Stadt und dann am Kanalufer entlang. Er überlegte kurz, ob Ellis sich allein zurechtfinden würde. In der Stadt gab es ausreichend Quartiere und genügend hilfsbereite Offiziere, die ihm weiterhelfen würden. Stephen spürte kein Bedürfnis nach Schlaf. Er war jetzt dicht bei den Wassergärten und ihren fruchtbaren Inseln, durch die er an einem drückenden Nachmittag, mit Azaire und dessen Familie und mit Monsieur und Madame Bérard, gestakt war.

Die ganze Nacht hindurch ging er umher und ruhte sich gelegentlich auf einer Bank aus, um seine Gedanken zu ordnen. Bei Morgengrauen war er im Viertel Saint Leu und hörte die Geräusche des anbrechenden Tags, als Bäcker ihre Öfen anheizten und klappernde Milchkannen aus Blech auf Handkarren durch die Straßen gezogen wurden.

Um sieben aß er in einem Café Spiegeleier mit Brot und trank eine Schale Kaffee dazu. Er wusch und rasierte sich in einem kleinen Hinterzimmer, das ihm der Cafébesitzer zur Verfügung stellte. An schlaflose Nächte war er so gewöhnt, daß ihm auch diese nichts ausmachte. Vielleicht fand er irgendwo einen Saal, in dem ein Film vorgeführt wurde; ansonsten würde er sich ein Buch kaufen und es im Park hinter der Kathedrale lesen.

Er verbrachte den Tag in nervöser Erwartung. Nachmittags schlief er im Zimmer eines kleinen Hotels, das er sich genommen hatte; er schlief tiefer, als er erwartet hatte. Abends wechselte er seine Kleidung und bereitete sich auf das Treffen mit Jeanne vor. Als er zur Bar ging, merkte er, daß sein frisches Hemd genauso verlaust war wie das alte.

Kurz nach neun erschien Jeanne in der Bar. Stephen setzte sein Glas auf dem Tisch ab und erhob sich. Er zog einen Stuhl für sie heran. Er war kaum dazu in der Lage, formelle Höflichkeiten vorzubringen, ihr etwas zu trinken anzubieten und sie nach ihrem Befinden zu fragen, während seine Augen auf ihrem Gesicht nach Hinweisen suchten, welche Nachricht sie ihm bringen würde.

»Haben Sie mit Isabelle gesprochen?«

»Ja.« Jeanne, die nichts trinken wollte, saß mit gefalteten Händen am Tisch. »Sie war überrascht, daß Sie hier in Amiens sind. Aber noch überraschter war sie, als ich ihr sagte, daß Sie mit ihr reden wollen. Sie hat sich erst heute abend dazu durchgerungen. Ihr fällt das sehr schwer, Monsieur, und zwar aus einem Grund, den Sie sehen werden. Schließlich hat sie zugestimmt. Ich soll Sie heute abend zu ihr bringen.«

Stephen nickte. »Also gut. Worauf warten wir noch?« Er blieb völlig kühl, als ob es sich um eine Routineangelegenheit, um einen Kontrollgang im Schützengraben handelte.

»Kommen Sie.« Jeanne erhob sich. »Es ist nicht weit von hier.«

Sie gingen schweigend durch die dunklen Straßen. Stephen spürte, daß Jeanne jetzt keine Fragen beantworten wollte; sie schien widerstrebend ihren Auftrag zu erfüllen, mit dem sie offenbar nicht einverstanden war.

Endlich kamen sie zu einer blauen Eingangstür mit Messingbeschlägen. Jeanne sah Stephen an; ihre dunklen Augen glühten im Schatten des Schals, den sie um den Kopf trug. »Sie müssen jetzt tun, was Sie für richtig halten, Monsieur«, sagte sie. »Bleiben Sie ruhig, bleiben Sie gefaßt. Regen Sie Isabelle nicht auf. Und sich selbst auch nicht.«

Ihre Freundlichkeit rührte Stephen. Er nickte zustimmend. Sie gingen ins Haus.

Die bescheidene Diele wurde matt von einer Lampe erleuchtet; unter einem Spiegel mit vergoldetem Rahmen stand auf einem Tisch eine Vase mit Gänseblümchen. Jeanne ging die Treppe hinauf, und Stephen folgte ihr. Am Ende eines schmalen Flurs kamen sie an eine geschlossene Tür.

»Warten Sie bitte hier«, sagte Jeanne und klopfte an.

Stephen hörte hinter der Tür eine Stimme antworten. Jeanne trat ein. Er hörte, wie Sessel verschoben wurden und gedämpfte Stimmen. Er sah sich um, schaute sich die Bilder an, die neben der Tür hingen, blickte auf die verblaßte Leimfarbe der Wände.

Jeanne kam wieder heraus. »Also gut, Monsieur. Sie können jetzt eintreten.«

Sie berührte aufmunternd seinen Arm, als sie an ihm vorbeiging und dann am Ende des Flurs verschwand.

Stephens Mund war völlig trocken. Er konnte nicht schlucken. Er berührte die Tür und drückte sie auf. Das Zimmer war dunkel. Nur auf einem Beistelltisch brannte unter einem schweren Schirm eine Lampe. Am Ende des Zimmers stand ein runder Tisch, der früher vielleicht als Spieltisch benutzt worden war. Auf der anderen Seite des Tisches saß Isabelle.

Er machte ein paar Schritte ins Zimmer hinein. Das ist also Angst, dachte er; das ist es, was Männer dazu treibt, sich in Bombenkrater zu kauern oder sich selbst zu erschießen.

»Isabelle.«

»Stephen. Wie gut, dich wiederzusehen.« Es war immer noch jene tiefe Stimme, die einen ganzen Raum erfüllen konnte, so wie beim ersten Mal, als Bérard das große Wort geführt hatte; sie schnitt durch jede Faser seines Körpers.

Stephen trat näher, um sie besser erkennen zu können. Da war das Haar in den Farben von Erdbeeren und Kastanien; aber es war nicht hell genug, um ihre Haut zu sehen, aus deren stets wechselnden Mustern und Farben er den Rhythmus ihrer tiefsten Gefühle abgelesen hatte. Und da war noch etwas anderes. Ihre linke Gesichtsseite war durch einen langen Schnitt entstellt, der vom Ohrläppchen über den Kieferknochen lief, dessen natürliche Linien gebrochen zu sein schienen, den Hals hinab, und dann unter dem hochgeschlossenen Kragen ihres Kleids verschwand. Er konnte erkennen, daß die Haut nach außen geklappt worden war. Die Wunde war verheilt und trocken; das Ohr hatte man gut richten können. Aber die veränderte Linie des Kieferknochens machte unmißverständlich klar, mit welcher Wucht sie getroffen worden sein mußte, und obwohl sich die Wunde geschlossen hatte, gab der Gedanke an diese Gewalt Stephen das Gefühl, als sei es erst gestern geschehen. Ihre linke Körperseite war merkwürdig gegen die Stuhllehne gedrückt, als ob sie sie nicht mehr bewegen konnte.

Isabelle folgte seinem forschenden Blick. »Ich bin von einem Bombensplitter verletzt worden. Ich nehme an, Jeanne hat dir das schon erzählt. Erst ist das Haus am Boulevard getroffen worden und dann auch noch das Haus in der Rue de Caumartin, wohin wir umgezogen waren. Wir haben Pech gehabt.«

Stephen brachte kein Wort heraus. Etwas preßte ihm die Kehle zusammen. Er hob die rechte Hand und öffnete die Handfläche in ihrer Richtung. Die Geste sollte ausdrücken, daß er froh war, sie noch am Leben zu sehen, daß er weitaus Schlimmeres gesehen hatte, daß er Mitleid empfand und noch vieles andere mehr, aber die Geste blieb hilflos.

Isabelle schien sich sehr viel besser vorbereitet zu haben. »Ich freue mich, daß du so gut aussiehst«, fuhr sie ruhig fort. »Du bist etwas grau geworden, nicht wahr?« Sie lächelte. »Aber es ist gut, daß du diesen furchtbaren Krieg überlebt hast.«

Stephen knirschte mit den Zähnen. Er wandte sich von ihr ab und ballte die Fäuste. Er warf den Kopf hin und her, aber seine Stimme versagte immer noch. Auf diese ungeheuerliche Erfahrung körperlicher Versehrtheit war er nicht gefaßt.

Isabelle sprach weiter, doch wurde ihre Stimme dabei unsicherer. »Ich bin froh, daß du mich sehen wolltest. Ich bin sehr froh, daß du gekommen bist. Du mußt dir keine Gedanken um meine Verletzung machen. Ich weiß, sie ist häßlich, aber ich habe keine Schmerzen.«

Es war, als ob die Worte von Stephen abprallten. Langsam gelang es ihm, die Gefühle, die in ihm wüteten, unter Kontrolle zu bringen. Der Klang ihrer Stimme half ihm dabei. Er mußte seine gesamte Willenskraft aufbringen, um wenigstens halbwegs die Fassung wiederzuerlangen.

Er empfand Erleichterung, sogar Stolz, als seine Kehle endlich einen Laut hervorbrachte und er sich ihr wieder zuwandte. Wie Isabelle auch, sagte er einfache, nichtssagende Dinge. »Ich habe Glück gehabt, daß ich zufällig deine Schwester getroffen habe. Sie war sehr freundlich.«

Ihre Blicke trafen sich, und er ging zum Tisch und setzte sich ihr gegenüber.

»Mir hat es die Sprache verschlagen. Tut mir leid. Es muß dir unhöflich vorgekommen sein.«

Isabelle streckte die rechte Hand über dem Tisch aus. Stephen nahm sie zwischen seine beiden Hände und hielt sie einen Moment lang fest, gab sie aber sofort wieder frei, weil er sich nicht traute, sie länger zu berühren.

»Isabelle«, sagte er, »könnte ich ein Glas Wasser bekommen?«

Sie lächelte. »Mein lieber Stephen. Auf dem Tisch in der Ecke steht ein Krug. Bedien dich bitte. Und daneben steht englischer Whisky. Jeanne hat ihn heute nachmittag extra für dich besorgt.«

»Danke.«

Stephen ging zu dem Tisch. Nachdem er Wasser getrunken hatte, goß er sich etwas Whisky ins Glas. Seine Hände zitterten dabei nur ein wenig, und als er sich wieder Isabelle zuwandte, konnte er sich sogar zu einem Lächeln zwingen.

»Du hast dich gut gehalten«, sagte sie.

»Ja, das stimmt.« Er holte eine Metalldose aus seiner Uniformjacke und nahm eine Zigarette heraus. »Der Krieg wird mindestens noch ein Jahr dauern, vielleicht länger. Ich kann mich kaum daran erinnern, wie mein Leben vorher war. Daran denken wir nicht, wir, die wir überlebt haben.«

Er erzählte ihr, wie er zweimal verwundet worden und wieder auf die Beine gekommen war. Die Unterhaltung kam ihm völlig belanglos vor, aber damit war er zufrieden.

»Ich hoffe«, sagte Isabelle, »daß dich mein Aussehen nicht erschreckt hat. Verglichen mit anderen habe ich ja noch Glück gehabt.«

»Ich bin nicht erschrocken«, sagte Stephen. »Wenn du gesehen hättest, was ich gesehen habe ... Ich will gar nicht davon reden.«

Er dachte an einen Mann, dessen Gesicht von einer Kugel aufgerissen worden war, ein glatter Karabinerschuß. Der Schuß hatte ein präzises Dreieck in sein Gesicht getrieben, mit der Spitze in der Mitte seiner Stirn, die unteren Ecken genau auf beiden Seiten des Kiefers. Von einem Auge war ein Stück erhalten geblieben, aber mit Ausnahme einiger zurückgedrückter Zähne war sonst von dem Gesicht nichts übriggeblieben, und bestand nur noch aus von innen nach außen gekehrten Fleischfetzen. Der Mann war bei wachem Bewußtsein; er verstand und folgte den Anweisungen, die der Stabsarzt ihm gab. Verglichen mit seiner Verwundung war die Isabelles harmlos.

Und dennoch hatte er gelogen. Er war erschrocken. Nachdem er sich an das Dämmerlicht gewöhnt hatte, sah er, daß die Haut über ihrer linken Schläfe gestrafft war und damit das Auge leicht verformte. Nicht die Schwere der Verletzung stieß ihn ab, sondern das Gefühl zerstörter Intimität. Ihre Haut und ihr Blut hatten ihn Dimensionen entdecken lassen, in die explodierendes Metall niemals hätte eindringen dürfen.

Nachdem er schließlich gewissermaßen Meldung gemacht hatte, ging sie dazu über, ihm zu erzählen, wie es ihr ergangen war. Ihre gemeinsamen Erfahrungen überging sie schnell, selbst die Tage in St. Rémy oder an anderen Orten, die sie zusammen besucht hatten.

»Und dann bin ich also nach Rouen zurückgekehrt, in mein Elternhaus. Es war wieder so wie in meiner Kindheit, aber die Unschuld war dahin, das Gefühl, noch alle Möglichkeiten vor mir zu haben. In gewisser Hinsicht war es freundlich, daß sie mich aufnahmen, aber wegen meines Fehltritts empfand ich mich wie eine Gefangene. Kannst du dir das vorstellen? Es war, als ob ich noch einmal ganz von vorn anfangen mußte, weil ich nicht artig gewesen war.

Mein Vater machte mir sehr dezent den Vorschlag, nach Amiens zurückzukehren. Zuerst dachte ich, daß das nicht sein Ernst sein konnte. Ich war überzeugt, daß Azaire mich nie wiedersehen wollte – von dem Skandal ganz zu schweigen. Aber mein Vater ist ein gewiefter Unterhändler. Er behandelte die Angelegenheit so, wie er schon die Ehe arrangiert hatte. Er brachte Grégoire und Lisette mit mir zusammen. Als ich sie traf, weinte ich vor Freude. Lisette war erwachsen geworden, eine junge Frau. Sie brauchte mich nicht mehr, war aber sehr freundlich zu mir, obwohl sie das gar nicht nötig gehabt hätte. Und Grégoire schlug sich auf meine Seite. Sie waren einfach überwältigend.

Ich konnte es kaum fassen, wie nachsichtig sie zu mir waren – nach allem, was ich ihrem Vater angetan hatte. Sie sagten einfach, alles sei vergessen. Ich glaube, nachdem sie schon einmal die Mutter verloren hatten, taten sie alles, um nicht auch noch die zweite Mutter zu verlieren. Und sie verziehen mir. Sie verziehen mir, weil sie mich liebten, weil sie mich so liebten, wie ich war.

Dann kam es zu dem Treffen mit Azaire, vor dem ich mich fürchtete. Das Merkwürdige war aber, daß er sich zu schämen schien. Ich glaube, er fühlte sich gedemütigt, weil ich ihn wegen eines anderen Mannes verlassen hatte. Er verhielt sich mir gegenüber sehr nachsichtig und versprach sogar, ein besserer Ehemann werden zu wollen. Ich konnte kaum glauben, daß sich alles so fügte. Ich hatte gar nicht die Absicht, nach Amiens zurückzukehren. Entscheidend war, daß ich bei meinen Eltern ganz unglücklich war – und das war etwas, was mein Vater sehr schlau auszunutzen verstand.«

»Du bist also zu Azaire zurückgekehrt?« sagte Stephen. Er verstand es nicht, es war unbegreiflich, es sei denn, Isabelle verschwieg ihm einen Teil der Geschichte.

»Ja, Stephen, ich bin zu ihm zurückgekehrt, aber nicht freiwillig, sondern weil mir keine andere Wahl blieb, und darüber war ich sehr unglücklich. Ich bereute es bereits in dem Moment, als ich das Haus wieder betrat. Aber diesmal wußte ich, daß es kein Zurück mehr gab. Ich würde immer bleiben müssen. Nach einigen Monaten hatte mich die sogenannte ›Gesellschaft‹ wieder aufgenommen. Ich wurde von Monsieur und Madame Bérard zum Essen eingeladen. Es war das alte Leben, nur viel schlimmer. Aber der Krieg rettete mich. Vielleicht kann ich deswegen so gelassen damit umgehen.« Sie berührte mit den Fingerspitzen der rechten Hand ihren Hals. Stephen fragte sich, wie er sich anfühlen würde.

»In jenem August kamen britische Truppen durch die Stadt. Ich beobachtete sie und hoffte irgendwie, daß du dabei wärst. Die Leute sangen *God Save the King*. Aber dann wendeten sich die Dinge zum Schlechten. Ende des Monats beschloß die Armee, die Stadt nicht zu verteidigen. Sie überließen uns auf Gnade oder Ungnade den Deutschen. Ich wollte fliehen, aber Azaire war Stadtrat und bestand darauf, daß wir blieben. Wir warteten zwei Tage. Es war unerträglich. Schließlich rückten sie ein – sie kamen auf der Straße von Albert, marschierten die Rue Samt Leu hinauf, und für wenige Augenblicke herrschte Volksfeststimmung. Aber dann konfrontierten sie uns mit ihren Bedingungen. Der Bürgermeister hatte zwei Tage Zeit, enorme Mengen Verpflegung, Pferde und Ausrüstung aufzubringen. Als Garantie mußte er zwölf Geiseln stellen. Zwölf Stadtverordnete meldeten sich freiwillig. Mein Mann gehörte dazu.

Sie requirierten das Haus am Boulevard du Cange als Unterkunft für ein Dutzend deutscher Offiziere. Mein Mann wurde in jener Nacht im Rathaus festgehalten. Es dauerte viel zu lange, die verlangten Lebensmittel aufzutreiben, und die Deutschen drohten damit, die zwölf Geiseln zu erschießen. Sie richteten eine riesige Artillerie-Batterie auf die Stadt. Am nächsten Morgen erfuhren wir, daß die Geiseln alle freigelassen worden waren, aber dann stellte sich heraus, daß der Bürgermeister nicht genügend Geld aufgebracht hatte, und deshalb wurden vier Männer, zu denen auch Azaire gehörte, wieder festgesetzt. Nach drei Tagen voller Unsicherheit erklärten die Deutschen, daß ihre Bedingungen erfüllt seien und alle Stadtverordneten wieder nach Hause gehen konnten. Aber unter der Besatzung war die Stadt völlig verändert.«

Den nächsten Teil ihrer Geschichte streifte Isabelle nur, weil er mit den betroffenen Personen wenig zu tun hatte.

Alle Männer im wehrfähigen Alter wurden aufgefordert, sich einzufinden, um als Gefangene nach Deutschland gebracht zu werden. Viele nutzten zuvor die Gelegenheit und flohen aus der Stadt, aber viertausend Männer stellten sich freiwillig zur Verfügung. Den Deutschen war diese Unterwürfigkeit peinlich. Sie konnten eine derart große Anzahl auch gar nicht transportieren. Sie entließen alle, bis auf fünfhundert Freiwillige, die dann aus der Stadt abmarschierten. Als sie den Vorort Longueau erreichten, begriffen die Mutigeren unter ihnen, daß sie praktisch gar nicht bewacht wurden, und gingen wieder nach Hause. In Péronne verfrachtete man die, die geblieben waren, in beschlagnahmte französische Kraftwagen und fuhr sie nach Deutschland. Azaire, der seine Aufgabe als Stadtrat darin sah, bei den Männern Amiens zu bleiben, fuhr mit. Obwohl er schon so alt war, daß man ihm mehrfach offiziell seine Entlassung anbot, blieb er bei seinem Entschluß, das Schicksal der deportierten Männer seiner Stadt zu teilen.

Für Isabelle verwandelte sich das besetzte Amiens in eine andere Stadt; im Haus am Boulevard du Cange wirkte die Besatzung auf sie wie eine Befreiung.

Die deutschen Offiziere verhielten sich korrekt und zuvorkommend. Ein junger Preuße namens Max brachte Isabelles zweijähriger Tochter besondere Zuneigung entgegen. Er ging mit dem Kind in den Garten und spielte mit ihr; er überzeugte seine Kameraden davon, daß Isabelle, da sie sich um das Kind zu kümmern hatte, nicht als Haushälterin zur Verfügung stehen mußte, sondern daß diese Aufgaben auch vom Armeepersonal geleistet werden könnten. Er setzte auch durch, daß Isabelle das beste Zimmer für sich selbst behalten durfte.

Als sie Stephen die Geschichte erzählte, erwähnte sie das Kind mit keiner Silbe. Nur wegen des Babys war sie erst nach Rouen und dann nach Amiens zurückgekehrt; das Kind brauchte ein Zuhause und eine Familie. Sie brachte es nicht über sich, Stephen von dem Mädchen zu erzählen, obwohl es seine Tochter war. Sie hatte schon ihre Schwangerschaft vor ihm geheimgehalten und hatte auch Jeanne schwören lassen, es ihm niemals zu sagen. Sie glaubte, daß zwischen ihm und ihr alles nur noch schmerzhafter und komplizierter werden würde, wenn er von dem Kind wüßte.

Aus dem gleichen Grund, aus dem sie ihm die Existenz des Mädchens verschwieg, erzählte sie ihm jedoch von Max. Sie glaubte, daß für ihn alles einfacher und endgültiger würde, wenn er Bescheid wußte.

Die Besatzung dauerte nur ein paar Tage, aber im Krieg verdichtet sich die Zeit, und sie war lang genug, daß Isabelle sich in diesen Soldaten verliebte, der mit ihrer kleinen Tochter spielte und ihr eigenes Wohlergehen zu seiner Sache machte. Er war nicht nur ein außerordentlich höflicher Mann, sondern auch phantasievoll, distinguiert und humorvoll. Zum ersten Mal in ihrem Leben hatte sie das Gefühl, einem Mann begegnet zu sein, mit dem sie unter allen Umständen und in jedem Land glücklich sein konnte. Er kümmerte sich hingebungsvoll um sie, und sie wußte, daß keine Krisen, keine Veränderungen ihrer Lebensumstände, nicht einmal Kriege ihre schlichte, umfassende Zufriedenheit stören konnte, wenn sie diese Hingabe erwiderte. Verglichen mit ihrer stürmischen Leidenschaft zu Stephen war es eine eher ruhige Beziehung, aber keineswegs flach oder schal; sie war durch und durch zufrieden und fest überzeugt, daß sie nun endlich ihre Bestimmung gefunden hatte und, nicht eingeengt und nicht betrogen, das ruhige Leben führen konnte, daß auch für das Kind gut war.

Max erwies sich als überaus dankbar gegenüber dem, was er das Glück seines Lebens nannte. Zu Isabelles gelinder Überraschung vermochte er kaum zu glauben, daß sie seine Gefühle erwiderte. Sein Staunen verlieh ihm während der kurzen Frist, die sie miteinander verbrachten, etwas Helles und Strahlendes. Lediglich seine Nationalität warf einen Schatten auf Isabelles Empfindungen. Wenn sie nachts wach lag, kam sie sich manchmal wie eine Verräterin vor, nicht, weil sie gleich zweimal ihren Mann betrogen hatte, sondern, weitaus schlimmer, ihrem Land und ihren Landsleuten gegenüber. Sie verstand nicht, warum ausgerechnet sie von diesem merkwürdigen Schicksal betroffen wurde, wenn sie in ihren eigenen Augen immer noch ein völlig unkompliziertes Wesen war, immer noch das kleine Mädchen, das sich lediglich nach etwas Liebe und Zuneigung gesehnt hatte, nach einem natürlichen, zwischenmenschlichen Kontakt. Wie war es dazu gekommen, daß ihre einfachen Bedürfnisse sie zu einer Außenseiterin gestempelt hatten?

Sie mochte es drehen und wenden, wie sie wollte – dies Problem saß wie ein unentwirrbarer Knoten in ihr. Wenn sie darüber nachdachte, fühlte sie sich erbärmlich; allerdings hatte sie auch einen praktischen Überlebensinstinkt entwickelt. Max war ein Mann aus Fleisch und Blut, ein guter Mensch, eine humane Seele, und am Ende zählte das, selbst zu diesen schrecklichen Zeiten, mehr als der Zufall der Nationalität. Isabelles natürliches Gefühl für die dauernden, schwierigen Entscheidungen des Alltags versetzte sie in die Lage, zu tun, was sie für richtig hielt, unabhängig davon, was sie als wichtige, aber letztlich theoretische Bedenken empfand.

Sie korrespondierte mit Max. Sie reiste heimlich nach Wien, um sich dort während seines Urlaubs mit ihm zu treffen. Die langen Trennungen taten ihren Gefühlen keinen Abbruch; sie bestärkten sogar noch ihre Entschlossenheit. Dies war ihre letzte Chance, sich selbst zu finden und ihrer Tochter eine Zukunft zu bieten.

Im Juni 1916 wurde Max' Regiment als Verstärkung an einen bislang ruhigen Frontabschnitt bei Mametz an der Somme verlegt. Isabelle erhielt Stephens Brief von der Front. Sechs Monate lang brachte sie es nicht fertig, die Zeitung zu lesen. Der Gedanke, daß Max und Stephen gegeneinander kämpften, war ihr unerträglich. Sie schrieb Max aus dem Krankenhaus. Die Nachricht von ihrer Verletzung bestärkte nur noch seine Liebe zu ihr. Je schwieriger die Situation wurde, desto wichtiger war es für sie beide, die Versprechen zu halten, die sie sich gegenseitig gegeben hatten.

»Es ist nicht leicht«, sagte Isabelle. »Diese Entscheidungen sind alle sehr, sehr kompliziert. Aber je länger der Krieg dauert, desto fester ist unser Entschluß geworden.«

Sie schwieg und sah Stephen an. Solange sie sprach, hatte er kein Wort gesagt. Sie fragte sich, ob er überhaupt alles verstanden hatte. Da sie das Kind nicht erwähnte, war die ganze Geschichte sehr viel schwerer plausibel zu machen, als sie gedacht hatte. Sie war sich darüber im klaren, daß er verwirrt sein mußte.

Er hatte sich so stark verändert, daß sie ihn kaum wiedererkannt hätte; sicherlich stärker, dachte sie, als er selber wußte. Seine Haare und der ungestutzte Schnurrbart waren von grauen Strähnen durchsetzt. Er war schlecht rasiert, und er kratzte sich andauernd, was er selbst gar nicht zu bemerken schien.

Dunkel waren seine Augen immer schon gewesen, aber jetzt lagen sie tief in den Höhlen. Das Licht in ihnen war erloschen. Seine Stimme, die früher von Nuancen und Anspielungen, von unterdrücktem Temperament und Gefühlen nur so gebebt hatte, war jetzt nahezu tonlos, eine Art Knurren. Er kam ihr wie ein Mann vor, den man in eine andere Existenz getrieben hatte, wo er sich aus Mangel an natürlichen Gefühlen eingegraben und verschanzt hatte.

Isabelle war tief bewegt, als sie diese Veränderungen wahrnahm, fürchtete sich aber davor, mehr als eine Hand in diese Welt auszustrecken, in der er jetzt lebte. Wenn er ginge, würde sie um ihn weinen, aber zuvor mußte sie ihm klar und deutlich sagen, wie sich die Dinge entwickelt hatten.

Stephen nahm eine neue Zigarette aus der Dose und klopfte sie langsam auf dem Tisch fest. Er lächelte; überraschend erschien ein breites, bitteres Lächeln auf seinen Lippen. »Du hast dir wirklich nicht die leichten Wege ausgesucht, nicht wahr?«

Isabelle schüttelte den Kopf. »Aber absichtlich habe ich keins dieser Probleme herbeigeführt. Sie sind mir zugefallen.«

»Wie geht es Lisette?«

»Sie ist verheiratet. Zum großen Ärger meines Mannes hat sie Lucien Lebrun geheiratet. Erinnerst du dich an ihn? Der Mann, der den Streik organisiert hat.«

»Ich erinnere mich. Ich war mal eifersüchtig auf ihn. Und? Ist sie glücklich?«

»Ja. Sehr glücklich, abgesehen davon, daß Lucien in der Armee ist. Grégoire wird nächstes Jahr eintreten, falls der Krieg dann immer noch andauert.«

»Ich würde Lisette gern wiedersehen. Sie war ein nettes Mädchen.«

»Sie lebt in Paris.«

»Ich verstehe.« Stephen nickte. »Was ist das für ein Geräusch?«

»Das müssen die Katzen sein. Jeanne hat gleich zwei.«

»Es klang wie ein Kind.«

Man hörte Schritte auf dem Flur. Eine Tür öffnete und schloß sich wieder.

Isabelle spürte, daß sich unter Stephens ausdruckslosem Verhalten ein starkes Bedürfnis oder Verlangen verbarg.

»Isabelle«, sagte er, »ich bin froh, daß du mir das alles erzählt hast. Jetzt möchte ich dich nie wiedersehen. Mehr wollte ich nicht wissen. Ich wünsche dir viel Glück mit deinem deutschen Freund.«

Isabelle spürte, wie ihr Tränen in die Augen traten. Er wollte sie doch wohl nicht verlassen, nach diesen so großherzig vorgetragenen Worten? Sie hatte nicht erwartet, in ihm einen derart gebrochenen Mann zu sehen.

Er lehnte sich über den Tisch. Seine Stimme schien fast zu versagen, als er sie fragte: »Darf ich dich berühren?«

Sie sah in seine dunklen Augen. »Du meinst ...?«

»Ja.« Er nickte langsam. Er streckte die rechte Hand aus. Sie hielt sie mit den ihren, spürte die großen, rauhen Finger. Langsam und mit einem leichten Zittern führte sie seine Hand über ihr Gesicht und legte sie auf den Kieferknochen, direkt unterm Ohr. Sie spürte, wie seine Fingerspitzen zart über die Vertiefung in ihrer Haut strichen. Sie fragte sich, ob sie empfindsam genug waren, die Beschaffenheit ihres Fleisches zu ertasten, oder ob sie zu abgestumpft waren, die Veränderungen dessen zu registrieren, was sie berührten.

Sie wurde von Lustgefühlen überwältigt, als seine Finger die Narbe untersuchten. Es war, als ob die Finger nicht ihre Wange berührten, sondern das Fleisch zwischen ihren Beinen öffneten; wieder spürte sie das sanfte Vordringen seiner Zunge; noch einmal erlebte sie den Rausch der Demütigung und Besessenheit. Das Blut schoß durch ihre Adern, und in ihrem Bauch spürte sie ein Schmelzen und einen Strom heißer Flüssigkeit. Rot vor Erregung pochte und brannte ihre Haut unter ihrem Kleid.

Er hielt den Kopf gerade und folgte mit den Augen seiner langsamen Handbewegung durch die Narbe. Als er gegen den Kragen ihres Kleides stieß, ließ er die Hand dort einen Moment liegen, die Finger noch in der Wunde. Dann legte er den Handrücken auf die weiche, unverletzte Haut ihrer Wange, wie er es damals so oft getan hatte.

Er stand auf und verließ wortlos das Zimmer. Isabelle hörte, wie er sich mit Jeanne auf dem Treppenabsatz unterhielt, dann seine schweren Schritte treppab. Sie verbarg ihr Gesicht in den Händen.

Es war später Nachmittag, und die Dämmerung brach schon herein, als Stephen in der Bahnhofshalle ankam. Er sah Ellis am Anfang des Bahnsteigs stehen und ging zu ihm.

»Was ist mit Ihnen passiert?« fragte Ellis nervös. Er klang verärgert.

»Ich habe eine Freundin getroffen.«

Sie setzten sich in den Zug, und während der Bahnhof hinter ihnen zurückblieb, starrte Stephen aus dem Fenster.

Ellis steckte sich eine Zigarette an. »Das ist die Zeit, zu der man sonntags auf den Klang der Abendglocken wartet«, sagte er. »Ich würde alles dafür geben, nicht mehr zurückzumüssen.«

Stephen schloß die Augen. Er wußte längst nicht mehr, was er wollte oder nicht wollte. Der Zug würde sie pünktlich zurückbringen.

Am nächsten Tag suchte er Colonel Gray im Bataillons-Hauptquartier auf.

Gray legte sein Buch beiseite, als Stephen die Tür zu seinem Büro öffnete, das man in der umgebauten Diele eines Bauernhauses eingerichtet hatte.

»Setzen Sie sich, Wraysford. Hatten Sie einen angenehmen Urlaub?«

»Ja, danke, Sir.«

»Ich fürchte, Ihre Kompanie rückt bereits morgen wieder an die Front ab.«

»Das ist mir egal«, sagte Stephen. Er schlug die Beine übereinander und lächelte Gray an. »Wir machen einfach immer weiter. Bis es zu Ende ist.« Gray gefiel ihm, weil er ehrlich war. Nur seine Vorliebe für merkwürdige, psychologische Theorien störten ihn.

Gray zündete seine Pfeife an. »Man setzt mich unter Druck, Sie auf eine Stabsstelle zu versetzen«, sagte er. »Und diesmal müssen Sie akzeptieren.«

Stephen straffte sich. »Ich habe das doch nicht alles mitgemacht, um meine Männer jetzt im Stich zu lassen.«

»Welche Männer?« sagte Gray leise.

»Die Männer, mit denen ich seit mehr als zwei Jahren zusammen bin.«

Gray schüttelte wortlos den Kopf und zog die Augenbrauen hoch. Stephen schluckte und starrte auf den Fußboden.

»Die sind tot, Wraysford«, sagte Gray. »Die sind alle tot. Mehr als zwei sind von ihrer alten Einheit nicht übriggeblieben.«

Stephen leckte sich über die Lippen. Er hatte Tränen in den Augen.

»Sie sind erschöpft«, sagte Gray.

»Nein, ich bin ...«

»Sie haben sich nie vor etwas gedrückt. Ich weiß, daß Sie persönlich Stoßtrupps und Patrouillen anführen. Ich habe gehört, daß Sie sogar unten bei den Tunnelarbeitern waren. Nein, darum geht es nicht. Sie sind geistig erschöpft, Wraysford. Stimmt das etwa nicht?«

Stephen schüttelte den Kopf. Er wußte keine Antwort. Es war lange her, daß jemand mit soviel Zuneigung zu ihm gesprochen hatte.

»Dafür braucht sich niemand zu schämen. Lieber Himmel, Sie haben in diesem Bataillon mehr geleistet als jeder andere. Das Beste, was Sie jetzt tun können, ist, dem Brigadestab zu helfen. Man braucht dort Ihre Französischkenntnisse. In einem Bombenkrater kann man mit Fremdsprachen nichts anfangen.«

»Für wie lange?«

»Ein paar Monate, mehr nicht. Unter den höheren Dienstgraden unserer französischen Alliierten gibt's erhebliche Probleme. Wir müssen herausbekommen, was da los ist, freiwillig werden sie uns das nicht erzählen.«

Stephen nickte. Er sah keine Möglichkeit, sich dagegen zu wehren.

»Zuerst kriegen Sie Heimaturlaub. Und darum kommen Sie diesmal auch nicht herum.«

Grays Bursche, Watkins, brachte Tee und Walnußkuchen, den Grays Frau aus England geschickt hatte.

Sie aßen eine Weile schweigend, bis Gray sagte: »In Kompanie B hat es einen üblen Zwischenfall mit Kriegsgefangenen gegeben. Haben Sie davon gehört? Es passierte nach einem langen Trommelfeuer, das die Männer zermürbt hat. Ein Stoßtrupp hat ein Dutzend Boche gefangengenommen. Als sie merkten, daß sie sie im strömenden Regen acht Kilometer bergauf bringen mußten, hat man sie hinter einem Gebüsch einfach erschossen. Der Offizier hat ein Auge zugedrückt.«

Stephen wußte, daß Gray seine Reaktion genau beobachten würde. Es war sogar möglich, dachte er, daß Gray die Geschichte nur erfunden hatte, um ihn auf die Probe zu stellen. »Sie müssen bestraft werden«, sagte er.

»Und ich dachte immer, daß Sie mit unseren deutschen Freunden so unnachgiebig sind«, sagte Gray; sein schottischer Akzent kam, wie immer, wenn er mißtrauisch war, stärker durch.

»Bin ich auch«, sagte Stephen und setzte die Teetasse ab. Selbst im Bataillons-Hauptquartier schmeckte der Tee nach den Benzinkanistern, in denen er transportiert wurde. »Ich empfinde es als den schwersten Teil meiner Aufgabe, die Männer dazu zu bringen, den Feind genauso zu hassen, wie ich ihn hasse. Solange wir in der Etappe oder in Reserve liegen, funktioniert das ganz gut, aber je näher wir der Front kommen, desto mehr reden sie vom ›armen alten Deutschen‹. Am schlimmsten ist es, wenn meine Leute sie reden oder singen hören; dann weiß ich, daß wir Probleme bekommen. Ich erinnere sie dann an ihre toten Kameraden.«

»Und was ist mit Ihnen selbst?«

»Ich habe keine Schwierigkeiten, die Flamme des Hasses lebendig zu halten«, sagte Stephen steif. »Ich bin anders als sie. Ich habe die Dienstvorschriften lieben gelernt, ich habe gelernt, auf vorschriftsmäßige Weise blutdürstig zu sein. Ich muß nur an meine Männer denken und daran, was man ihnen angetan hat – wie sie krepiert sind.«

Stephen war erregt. Er versuchte, sich zu beruhigen, um nichts Unkorrektes zu sagen. Er dachte an Brennan, dessen Bruder vor einigen Tagen auf Patrouille vermißt war.

Gray nickte mit der intellektuellen Erregung eines Chirurgen, der auf einen ungewöhnlichen Gallenstein stößt und in der medizinischen Fachliteratur Furore machen wird.

»Ich bin nicht der Ansicht, daß Offiziere dazu verpflichtet sind, dem Feind gegenüber persönliche Haßgefühle zu entwickeln«, sagte er. »Sie sind gleichwohl dazu verpflichtet, blutdürstig zu sein, aber mit klarem Kopf und mit Rücksicht auf die Sicherheit ihrer Männer.«

»Diese Rücksicht habe ich immer walten lassen«, sagte Stephen. »Wenn man mit angesehen hat, was Sie und ich im vergangenen Juli gesehen haben, dann kommt man nicht mehr auf die Idee, auch nur einen einzigen Mann sinnlos zu opfern.«

Gray tippte sich mit dem Teelöffel gegen die Zähne. »Würde es Sie befriedigen, wenn sie eine große Anzahl des Feindes töten könnten – persönlich, mit ihren eigenen Händen?«

Stephen sah auf die Tischplatte. Der Gedanke an Isabelle und ihren Preußen belastete ihn schwer. Er versuchte sich vorzustellen, was er tun würde, wenn ihm der Mann begegnete. Es würde ihm nicht schwerfallen, er würde keinerlei Hemmungen haben, den Abzug seines Revolvers durchzuziehen; er würde, ohne zu zögern, eine Handgranate zünden. Er wußte nicht, welche Antwort Gray von ihm erwartete. Seine Gedanken waren verschattet, aber eins war immerhin klar: An diesem Punkt, nachdem so viele Männer gefallen waren, wäre es wahnsinnig, Kompromisse einzugehen oder die Sache einfach auf sich beruhen zu lassen. Er sagte die Wahrheit, weil er sagte, was er in diesem Moment für richtig hielt. »Ja. Eine große Anzahl.«

»Und trotzdem empfinden Sie Unbehagen, weil ein Dutzend Gefangene von Männern erschossen worden sind, denen sie zuvor übel zugesetzt haben?«

Stephen lächelte. »Ich kenne sie genau – ich weiß, daß sie sich ergeben, sobald sie uns nicht mehr in aller Ruhe niedermachen können, dies ganze Gerede von ›Kamerad‹ und die Souvenirs, die sie untereinander austauschen ... Aber irgendwo gibt es eine Grenze. Es klingt merkwürdig, aber wir haben die Menschlichkeit derart mit Füßen getreten, daß wir einen winzigen Raum erhalten müssen, in dem sich wieder Würde entfalten kann. Eines Tages, vielleicht. Nicht für Sie oder mich, sondern für unsere Kinder.«

Gray schluckte und nickte, ohne etwas zu sagen. »Eines Tages machen wir auch aus Ihnen einen richtigen Offizier«, sagte er schließlich. »Als erstes müssen Sie Ihren Haß vergessen. Erinnern Sie sich noch, als ich Sie im Lazarett besucht habe? Da habe ich Ihnen gesagt, daß Sie mit diesem Voodoo-Quatsch aufhören sollen. Haben Sie damit aufgehört?«

»Ich mache es nur, weil Captain Weir mich darum bittet. Für niemanden sonst.«

»Sie selber glauben nicht daran?«

»Ich präpariere die Karten. Wie könnte ich also daran glauben?«

Gray lachte und strich sich ein paar Kuchenkrümel aus dem Bart. »Und woran glauben Sie?«

»An den Krieg.«

»Was soll das heißen?«

»Ich möchte sehen, wie er endet.«

»Sonst nichts?« Gray sah jetzt wieder wie ein Arzt aus, der seinen Patienten befragt.

»Manchmal«, sagte Stephen, der zu müde war, um auszuweichen, »glaube ich an eine höhere Ordnung. Auf unterschiedlichen Erfahrungsebenen; ein Glaube an die Möglichkeit einer Erklärung.«

»Das habe ich mir gedacht«, sagte Gray. »Bei den meisten Menschen ist es genau umgekehrt. Je mehr sie sehen, desto weniger glauben sie.«

Stephen stand auf. »Ich habe«, sagte er mit Nachdruck, »an jenem Julimorgen, als wir bei Beaucourt zum Angriff übergingen, Ihr Gesicht gesehen. Sie gaben mir am Verbindungsgraben Ihre Befehle.«

»Und?«

»Ich habe in Ihre Augen gesehen, und dort war das vollkommene Nichts.«

Zum ersten Mal, seit Stephen ihn kannte, schien Gray verunsichert zu sein. Er hustete und sah zu Boden. Als er wieder Stephens Blick standhalten konnte, sagte er: »Das sind rein persönliche Momente.«

Stephen nickte. »Ich weiß. Ich war dabei. Ich sah die große Leere in Ihrer Seele, und Sie sahen meine.«

Sie begruben Arthur Shaw und Bill Stanley, den Mann, der zusammen mit Arthur gestorben war. Zuvor mußte man sie jedoch aus dem eingestürzten Tunnel holen, der sie unter sich begraben hatte. Vier Mann starke Bergungstrupps benötigten drei Tage, um sich bis zu den Leichen durchzugraben und den Stollen zu sichern. Es war ein gefährliches Unternehmen, von dem Weir abriet; da er sich aber immer noch in der Etappe befand, gelang es den Männern durch ihre Entschlossenheit, die Leichen bergen zu wollen, ihrem kommissarischen Kompanieführer, einem leicht beeinflußbaren Mann namens Cartwright, die Genehmigung abzutrotzen.

Als der Pater die Grabgebete sprach, stand Jack Firebrace neben Jones und Evans; die Männer drehten ihre Mützen in der Hand. Jeder warf eine Handvoll Erde auf die Toten. Jack wunderte sich nicht über das, was geschehen war. Er hatte keinen Grund zu glauben, daß sein Freund überlebte, während sein Sohn gestorben war. Als er die Explosion im deutschen Tunnel gehört hatte, wartete er auf die Meldungen: Zwei Mann waren unten gewesen, einer von ihnen war Arthur Shaw. Jack nickte nur, als Fielding es ihm sagte. Die willkürliche Gewalttätigkeit der Welt erreichte ihren Höhepunkt; es hatte keinen Sinn mehr, nach Gründen zu suchen.

Sie sangen den Choral *There is a green hill far away,* den Shaw geliebt hatte. Fern von hier, in der Tat, dachte Jack und starrte in den gelblichen Matsch, in dem seine Stiefel standen. Ein Trompeter spielte. Die Männer gingen schwerfällig davon, hoben die Füße von der Erde und setzten sie wieder darauf. Nun war Shaw endgültig untertage.

Jacks Gruppe lag in der Etappe, einquartiert in einer Scheune. Tyson, Shaw und er hatten zusammengelegt, um sich einen kleinen Spirituskocher kaufen zu können; jetzt gehörte er ihm allein. Er lud Jones und Evans zu einer Dose Eintopf ein; Evans steuerte ein paar Bohnen und einen Kuchen bei, den er von zu Hause geschickt bekommen hatte.

»Das ist nicht recht«, sagte Jack. »Wir sollten auf sein Wohl trinken.« Er ging zur Scheunentür und kippte den Eintopf mit den Bohnen nach draußen.

Als es dunkel wurde, machten sie sich durch die Nachschublinien auf den Weg zu einem Dorf, von dem Fielding sagte, es gäbe dort ein nettes *estaminet.* Sie folgten ihm und gelangten zu einem kleinen Bauernhaus abseits der Hauptstraße.

Jacks Hände waren eiskalt, als sie ankamen, völlig durchgefroren. Die Aufschläge der Uniformjacke rieben an den kalten Adern, und er hatte das Gefühl, daß kleine Elektroschocks seine

Finger durchzuckten. Sein Körper schrie nach warmem Wasser. Das *estaminet* war überfüllt; die Männer drückten sich gegen die Wände und versuchten, sich dichter an den Herd durchzudrängen, der am Ende des Raumes stand und auf dem eine große Pfanne mit Fett brutzelte. Zwei Frauen warfen Kartoffeln hinein, die sie dann mit Spiegeleiern servierten; von den Männern, die das Glück gehabt hatten, einen Platz an dem langen Tisch zu ergattern, wurde das Essen lautstark begrüßt.

Jack drängte sich zu einer Frau durch, die Gläser mit hellem Bier ausgab. Jack wußte aus Erfahrung, daß man sich mit dem wässrigen Gebräu nicht besaufen konnte. Er verlangte eine Flasche Weißwein, und Jones übernahm von einem Mann der den Laden verließ, eine Flasche Sirup. Sie kippten den Wein schnell herunter, und Evans rief der alten Frau, die die Eier briet, Schimpfworte zu. Sie schimpfte gut gelaunt zurück, bis er schließlich seine Portion bekam.

Sie kauften sich mehr Wein und tranken ihn zu den fetttriefenden, frischen und heißen Kartoffeln, die ihnen vorzüglich schmeckten und nach Heimat dufteten. Jack wischte sich den Mund am Ärmel ab und hob sein Glas. Evans und Jones standen dicht neben ihm im Gedränge.

»Auf Arthur Shaw«, sagte Jack. »Den besten Freund, den je ein Mann haben konnte.«

Sie tranken. Und dann tranken sie mehr, Jack mit dem langsamen, aber zupackenden Rhythmus, mit dem er auch am Tunnelkopf arbeitete. Die Erinnerung an Shaw, diese schmerzende Erinnerung, wollte nicht aus seinem nüchternen, klaren Kopf weichen. Er mußte diese Nüchternheit weghacken, Stück für Stück, bis alles, auch die Erinnerung, verschwunden wäre.

Das *estaminet* mußte um halb neun schließen, die Militärpolizei kontrollierte, daß keiner der Männer zurückblieb. Es blieben ihnen nur noch zwanzig Minuten, und sie tranken immer schneller. Evans fing zu singen an, und Jones, dessen walisische Vorfahren vor vielen Generationen nach London gekommen waren, hatte in seinen Adern genügend keltische Ursprünge, um einzustimmen. Dann überredeten sie Jack Firebrace, seine *Music-Hall*-Nummer zum besten zu geben.

Nachdem Evans um Ruhe gebeten hatte, freute sich Jack darauf, seine Nummer abzuziehen. Er begann mit ein paar bekannten Witzen; die Männer, die anfangs wenig Neigung gezeigt hatten, ihre Unterhaltungen einzustellen, hörten zu und brachen sofort in lauten Beifall aus. Er bereitete die Pointen der Witze mit professioneller Routine vor und gönnte sich keine Pausen, um die Aufmerksamkeit der Leute zu fesseln. Der Alkohol hatte ihn gelockert, aber auch beinah bewußtlos gemacht; er hatte das Gefühl, jenseits der Bühne zu stehen, wo er seinen Text lallen oder vergessen konnte, wo er überhaupt war, und ihn eine völlig unbekannte Form von Klarheit überkam. In der schlafwandlerischen Sicherheit seines Auftritts schwang eine fast grausame Gleichgültigkeit mit.

Die Männer kannten längst alle Witze, aber sie amüsierten sich trotzdem. Jacks Auftritt war hinreißend; nur wenige unter den Zuschauern hatten die alten Geschichten je so gut dargeboten bekommen. Jack lachte kaum, aber er konnte genau die Wirkung seines Auftritts auf die Zuschauer abschätzen. Ihr brüllendes Gelächter dröhnte ihm wie Brandung in den Ohren. Er wollte, daß es noch mehr anschwoll; er wollte, daß sie den Krieg in ihrem Gelächter ertränkten. Wenn sie nur laut genug brüllten, konnten sie vielleicht die Welt wieder zur Vernunft bringen; vielleicht lachten sie so laut, daß die Toten wieder erwachten.

Ein Mann hielt ihm einen Krug hin, und Jack trank noch mehr Wein. Er überschritt die Grenze zwischen dem Zustand größter Gelassenheit, in den er geraten war, weil er alle Hemmungen hatte fallenlassen, und tobender Zusammenhanglosigkeit, weil er sich vorstellte, daß das, was er fühlte und was er sich wünschte – dies große, befreiende Gelächter –, nur durch Steigerung erreichbar war, nicht durch kühle Konzentration. Er fing an, die Pointen zu wiederholen und den Beifall des Publikums zu dirigieren. Einige Männer sahen ihm verwirrt zu, andere verloren das Interesse an seiner Vorführung und unterhielten sich wieder.

Als Schlußnummer brachte Jack immer ein Lied. Merkwürdig, daß die billigsten, einfachsten Dinge immer noch die besten waren; sie ließen die Männer, jeden auf seine Weise, an ihr Zuhause denken. Er stimmte *If you were the only girl in the world* an. Seine Stimme wurde lauter, und er wedelte mit den Armen, um sie zum Mitsingen zu bewegen. Viele stimmten ein, weil sie froh waren, daß er keine Geschichten mehr erzählte.

Als er jetzt ihre Gesichter sah, die wieder freundlich und zustimmend dreinblickten, war Jack gerührt und getröstet. Er sah das Gesicht seines toten Freundes vor sich. In diesem merkwürdigen, fremden Leben war Shaw ihm der einzige Freund gewesen: sein schöner Kopf mit den ruhigen Augen, der muskulöse Rücken und die kräftigen Finger mit den abgebrochenen Fingernägeln. Jack fühlte fast die gekrümmte Linie von Shaws Körper, der sich in den engen, stinkenden Unterständen im Schlaf an den seinen geschmiegt hatte. Die Worte des albernen Lieds trieben ihm die Tränen in die Augen. Er spürte, wie alle Augen im Publikum sich wieder freundlich auf ihn richteten. Er sah in ihre geröteten, brüllenden Gesichter, wie er sie schon einmal gesehen hatte, als sie das gleiche Lied sangen. Damals hatte er sich gewünscht, nie einen dieser Männer lieber zu haben als einen anderen, da er wußte, was sie erwartete.

Vor seinem tränenerfüllten Blick schwankte der heiße, tobende Raum. Ich habe einen Fehler gemacht, dachte Jack: nicht nur einmal, sondern zweimal in meinem Leben habe ich jemanden mehr geliebt, als mein Herz ertragen konnte.

Mit diesem hoffnungslosen Gedanken kippte er vom Stuhl, in die Arme seiner Freunde Jones und Evans, die ihn unter den verwunderten, aber gleichgültigen Blicken ihrer Kameraden in die Nacht hinaustrugen.

Zwei Tage später kam es zum seltenen Schauspiel eines Divisions-Badetags. Jacks Kompanie marschierte fünf Kilometer hinter der Front zu einer stillgelegten Brauerei. Jack genoß das Ritual und amüsierte sich über den Optimismus einiger junger Offiziere, die sicher waren, daß der kurze Sprung ins Wasser die hygienischen Probleme der Leute ein für allemal kurieren werde.

Jack hatte die Läuse anfangs nur als störende Parasiten empfunden. Es hatte ihn rasend gemacht, wenn sie ihre häßlichen, rotbraunen Körper in die Poren seiner Haut bohrten. Er empfand Befriedigung, wenn er langsam mit einer brennenden Kerze an den Nähten der Uniform entlangstrich, wo die Insekten sich versteckten und brüteten. Ihr Feuertod erfolgte meistens geräuschlos, aber gelegentlich hörte er auch ein befriedigendes Knistern. Er desinfizierte auf diese Weise auch Shaws Sachen, weil Shaw nicht die dafür notwendige, ruhige Hand hatte und womöglich seine Unterwäsche in Brand gesteckt hätte. Wenn es keine Kerzen gab, war auch ein kräftiger Druck mit dem Daumennagel einigermaßen effektiv. Man fühlte sich erleichtert, wenn es zumindest ein paar dieser Kreaturen weniger gab; es war wie das Zerdrücken einer mit Blut vollgesogenen Mücke: Jack hatte stets das Gefühl, daß sie von vornherein keine Daseinsberechtigung gehabt hatten. Wenn man die Läuse dezimierte, gab es vorübergehend eine gewisse Erleichterung, weil der saure, muffige Gestank, den die Quälgeister verursachten, abnahm, aber selbst diese Erleichterung war relativ, weil der Geruch gewöhnlich von stärkeren und hartnäckigeren Körperausdünstungen verdrängt oder überdeckt wurde.

Wie fast alle anderen Männer auch kratzte sich Jack pausenlos und instinktiv und war sich kaum noch bewußt, daß er es überhaupt tat. Nicht alle blieben so gelassen. Tyson war einmal in eine derartige Raserei getrieben worden, daß ihm der Stabsarzt fünfzehn Tage Urlaub verschrieb. Die dauernde Reizung hatte ihn mehr zermürbt als Geschützlärm und Todesangst.

Vor der alten Brauerei traten die Männer an und gaben ihre Kleidungsstücke ab. Die Unterwäsche wurde auf einen Stapel geworfen, einen grauen, stinkenden Haufen, den aufzuheben und zur Wäscherei zu bringen Aufgabe der unglücklichsten Flüchtlinge war. Die Männer machten sich über die Frauen, die diese Arbeit verrichten mußten, lustig. Sie trugen Handschuhe und hatten sich Taschentücher vor die Gesichter gebunden. Jones bot einmal einer mageren, zerlumpten Belgierin seine Gasmaske an, aber die Frau verstand ihn nicht. Ihre Uniformjacken und -hosen gaben sie anderen Flüchtlingen, die sie dann, unter der Aufsicht von Jacks Feldwebel, in die Ecke eines scheunenartigen Gebäudes schleppten, wo eine Desinfektionsmaschine stand, ein Gerät, das, in der Hoffnung, die Läuse auszuräuchern, optimistischerweise die Front auf und ab geschleppt wurde.

Mit mehreren Männer seiner Einheit stieg Jack in eine Wanne. Das Wasser war noch warm, aber bereits dreckig und seifig von ihren Vorgängern. Sie rieben sich mit Seife ein und freuten sich über das Wärmegefühl auf der Haut. Den Männern, die in London die U-Bahntunnel gegraben hatten, standen keine Duschen zur Verfügung; Jack hatte schweiß- und lehmbeschmiert nach Haus gehen müssen. Hier, in den ehemaligen Bierfässern, erfuhr er Augenblicke der Freundschaft und Entspannung, wie er sie damals nicht kennengelernt hatte. Evans und O'Lone fingen an, die Hände flach durchs Wasser zu peitschen und sich gegenseitig zu bespritzen. Jack machte mit. Für einen Moment fühlte er sich beim Gedanken an seine toten Kameraden schuldig, als ob er ihnen nicht den nötigen Respekt erwies, aber das Gefühl verschwand gleich wieder. Jeden Spaß, der ihm das Leben leichter machte, wollte er genießen.

Anschließend standen sie fröstelnd auf dem Hof, wo der Quartiermeister die Ausgabe der frischen Hemden und Unterwäsche beaufsichtigte. Sie zogen die Uniformen wieder an, die aus der Desinfektion kamen, und standen dann dampfend in der schwachen Frühlingssonne. Das Wetter änderte sich. Obwohl es immer noch kalt war und nachts fror, erwärmte sich tagsüber die Luft schon spürbar. Jack dachte an die Narzissen, die jetzt zu Hause an den Ufern des Kanals aus dem Boden sprießen mußten. Er erinnerte sich daran, wie er mit John Fußball gespielt hatte, wie er ihm beigebracht hatte, Flanken zu schlagen, oder einfach stundenlang mit ihm den Ball hin und her gekickt hatte. Er hatte gehofft, daß John mit diesem Training bei den Spielen der anderen Jungen aus der Straße besser abschneiden würde, aber es machte eigentlich keinen Unterschied. Jack sah den Jungen vor sich, wie er mit vor Anstrengung geröteten Wangen dem Ball nachjagte, der vor seinem schmalen Körper viel zu groß wirkte. Er hörte seine lispelnde, aufgeregte Stimme, die unschuldig und selig durch die nebelige Luft drang.

Er verscheuchte diese Gedanken und blickte auf seine Stiefel hinunter. In den sauberen Socken streckte er die Zehen. Die Männer formierten sich, um in ihre Unterkünfte abzumarschieren. Heute abend mußten sie die Schützengräben in der vordersten Linie reparieren. Der Unterschied zwischen Front und Reserve, hatte Evans einmal gesagt, bestand darin, daß man an der Front wenigstens unter der Erde sein konnte und damit vor Granaten sicher war.

Als sie ihre Unterkünfte erreichten, spürte Jack, wie seine Haut wieder zu jucken begann. In den drei Stunden, die sie marschiert waren, hatte seine Körperwärme Hunderte von Läuseeiern ausgebrütet, die in den Hemdnähten saßen. Als er an der Front ankam, wimmelte seine Haut von ihnen.

Am nächsten Morgen erhielt Stephen einen Brief aus Amiens. Die Handschrift war ihm unbekannt, aber sie wies Ähnlichkeiten mit einer Schrift auf, in der Nachrichten für ihn in St. Rémy oder Anweisungen für die Lieferanten am Boulevard du Cange geschrieben worden waren. Er nahm den Brief mit in den Unterstand und öffnete ihn, als Ellis hinausgegangen war, um mit den Wachposten zu reden. Seit Kriegsbeginn war dies der erste Brief, den er bekam.

Er drehte den Umschlag im Licht hin und her und wunderte sich fast, seinen Namen darauf zu lesen. Er riß ihn auf und empfand das blaue, knisternde Papier als eine seltsame Intimität.

Jeanne schrieb, um ihm mitzuteilen, daß Isabelle Amiens verlassen und nach München gereist war, wohin ihr deutscher Freund zurückgekehrt sei, nachdem er schwer verwundet worden war. Max hatte eine enorme Summe aufbringen müssen, um sie durch die Schweiz reisen lassen zu können. Isabelle hatte sich von ihr verabschiedet und wollte nie mehr nach Frankreich zurückkehren. In ihrer Familie und in der Stadt war sie eine Ausgestoßene.

»Als Sie mich fragten, ob ich Ihnen schreiben wolle«, schloß der Brief, »sagten Sie, daß Sie gern Nachrichten aus dem normalen Leben hören würden. Ich glaube, daß weder Sie noch ich damit rechnen konnten, daß mein Brief dann gleich diese wichtigen Neuigkeiten enthalten würde. Da Sie mich aber nach Einzelheiten über den Alltag in Amiens fragten, kann ich Ihnen sagen, daß hier alles seinen Gang geht. Die Webereien sind voll damit ausgelastet, Uniformen für die Armee herzustellen. Da die Soldaten inzwischen aber keine roten Hosen mehr tragen, ist die Produktion langweiliger geworden. Das Leben verläuft überraschend normal. Ich werde noch eine Weile hierbleiben, bevor ich nach Rouen zurückkehre. Falls Sie die Absicht haben sollten, mich während Ihres nächsten Urlaubs zu besuchen, wäre mir das durchaus willkommen. Essen könnten Sie in dem Lokal, das Sie auch beim letzten Mal aufgesucht haben. Das Angebot ist nicht so reichhaltig wie zu Friedenszeiten, aber uns geht es wahrscheinlich besser als den Soldaten an der Front.

Mit den besten Wünschen

Ihre Jeanne Fourmentier.«

Stephen legte den Brief auf die rauhe Tischplatte, in deren Kerben das Blut der Ratte getrocknet war. Dann stützte er den Kopf in die Hände. Er hatte eine Antwort auf die einfache Frage bekommen, die ihn gequält hatte. Isabelle liebte ihn nicht mehr; oder, falls doch noch, liebte sie ihn jetzt auf eine ferne Art und Weise, die keinen Einfluß auf ihr Verhalten und auf ihre Gefühle für einen anderen Mann hatte.

Er überprüfte die ihm verbliebenen Kraftreserven und stellte fest, daß er den Gedanken ertragen konnte. Er sagte sich, daß die Gefühle, die sie füreinander gehegt hatten, immer noch existierten, aber sie existierten gewissermaßen in anderen Zeitebenen.

Einmal hatte er in der kalten Kathedrale von Amiens gestanden und die zahllosen Toten vorausgesehen. Es war jedoch, sagte er sich jetzt, weniger eine Vorahnung als vielmehr ein Wiedererkennen dessen gewesen, daß der Unterschied zwischen Tod und Leben keine materielle Tatsache, sondern eine Frage der Zeit war. Dieser Glaube hatte ihm geholfen, das Geräusch des Todes auf den Hügeln von Thiepval zu ertragen. Und so war er auch jetzt imstande, zu glauben, daß seine Liebe zu Isabelle und ihre Liebe zu ihm in ihrer höchsten Form gerettet war – nicht verloren, sondern lebendig auf jene Weise, in der auch alle gegenwärtigen und zukünftigen Gefühlszustände in der langen Dunkelheit des Todes aufgehoben waren.

Er steckte Jeannes Brief in die Tasche und ging hinaus in den Graben; Ellis kam ihm, gegen die Laufbretter geduckt, entgegen.

»Ziemlich ruhig, was?« sagte Stephen.

»Geht so«, sagte Ellis. »Ich habe ein Problem. Ich versuche, einen Arbeitstrupp zusammenzustellen, um ein paar Leichen zu bergen. Es ist ziemlich ruhig, wie Sie ja selber sagen, und eine bessere Möglichkeit ergibt sich so schnell nicht wieder.«

»Und wo liegt das Problem?«

»Meine Leute machen nur mit, wenn ich selber mitgehe. Also habe ich das zugesagt. Aber dann haben sie darauf bestanden, daß auch wenigstens ein Sappeur mitkommt, aber deren diensthabender Offizier sagt, daß das nicht ihre Sache ist und daß sie sowieso keine Lust mehr haben, unsere Aufgaben zu erledigen.«

Ellis' bleiches, sommersprossiges Gesicht sah verärgert aus. Er schob sich die Mütze aus der Stirn, auf der der braune Haaransatz bereits schütter wurde.

Stephen lächelte matt und schüttelte den Kopf »Wir sollten alle zusammen gehen. Es ist völlig egal. Es ist doch nur der Tod.«

»Gut, können Sie dann Captain Weir sagen, daß er einen von seinen Sappeuren mitschickt?«

»Ich kann ihn fragen. Vielleicht kommt er selber mit; sein Arm ist ja verhellt.«

»Ist das Ihr Ernst?« fragte Ellis streng.

»Ich weiß nicht, Ellis. Sie haben irgendwas an sich, was mir gar nicht gefällt. Sehen Sie zu, daß der Arbeitstrupp um zwölf Uhr einsatzbereit ist. Ich sehe Sie dann drüben beim MG-Nest.«

Weir lachte nur trocken auf, als Stephen ihn fragte.

»Es gibt auch Rum«, sagte Stephen.

Weirs Augen öffneten sich interessiert.

Als dann der Augenblick gekommen war, entstand plötzlich Angst und Unsicherheit. Auf den brutalen Anblick des Todes, der sie erwartete, konnten sie sich nie vorbereiten. Stephen spürte, wie schon früher in Momenten extremer Spannung, daß er sein Zeitgefühl verlor. Die Zeit schien zu stottern und fror dann ein.

Mittags mit Gasmasken auf dem Schützenauftritt. Todesgeschmack, Todesgeruch, dachte Stephen. Coker schnitt aus Sandsäcken provisorische Handschuhe. »Anziehen.« Firebrace und Fielding von den Tunnelarbeitern. Ellis, kalkweiß. Barlow, Bates, Goddard und Allen von der Infanterie. Weir goß Rum auf Whisky, schwankte auf der Leiter.

»Was wollen Sie denn hier, Brennan?«

»Ich komme mit.«

Sie krochen einem Krater entgegen. Grelle Sonne, über ihnen eine Lerche. Blauer Himmel, Augen, dem Schlamm zugewandt, sahen ihn nicht. Sie erreichten den Bombenkrater mit den Leichen, seit Wochen ungeborgen. »Versuchen Sie, ihn anzuheben.« Kein Maschinengewehrfeuer, keine Scharfschützen. Die Ohren aufs äußerste gespannt. »Nehmen Sie seinen Arm.« Der unverständliche Befehl hinter der Gasmaske. Der Arm löste sich einfach vom Rumpf. »So nicht, den Arm doch nicht abreißen!« Eine fette Ratte auf Weirs Kragen folgte einer roten Spur auf seinem Rücken. Eine aufgescheuchte Krähe hob plötzlich den schwarzen Körper, schlug mit schweren Flügeln durch die Luft. Coker, Barlow schüttelten mit den Köpfen, um aufschwärmende Fliegen zu verscheuchen, die die schwarze Haut der Leichen grün gefärbt hatten. Als Goddard sich stöhnend erbrach, lachten sie, schnüffelten selber aber heimlich unter ihren Gasmasken an getrockneter Myrte. Goddard, der die Gasmaske abgenommen hatte, atmete Widerlicheres ein, als er erbrochen hatte. Weirs Hände, mit doppeltem Sandsackleinen geschützt, streckten sich zögernd nach einer Sappeurs-Uniform aus, legten die Brust frei, um die Erkennungsmarke zu lösen, an der noch Hautfetzen hingen, als er sie in seine Uniformjacke steckte. Jacks Ekel vor der schwammigen Masse, selbst noch durchs Sackleinen fühlbar. Feucht, von Leberflüssigkeit glänzend, floh eine Ratte aus Eingeweiden, hüpfte fett und schwerfällig aus dem Überfluß durch Rippenbögen davon. Stück für Stück auf Tragbahren; was herunterfiel, blieb im Schlamm. Keine Menschen, sondern Fleisch und Fliegen, dachte Stephen. Brennan zerrte eifrig an einem kopflosen Rumpf. Er faßte ihn mit beiden Händen, zog ihn, ohne Beine, aus dem Krater, die Finger zergingen zu buttriger, grüner Masse. Es war sein Bruder.

Zurück in der Sicherheit des Grabens, war Jack wütend, daß man ihn und Fielding hatte mitkommen lassen, aber Weir wies darauf hin, daß auch drei Männer ihrer Einheit noch unbegraben draußen lagen. Goddard erbrach sich wieder und wieder, obwohl sein Magen längst leer war. Wenn er nicht würgte, hockte er auf dem Schützenauftritt und schluchzte hemmungslos. Er war neunzehn.

Michael Weir lächelte streng. Er gab Fielding und Jack eine Woche Urlaub wegen Erschöpfung und kam dann, in der Hoffnung auf Whisky, in Stephens Unterstand.

»Ich frage mich, was mein Vater wohl sagen würde«, sagte er nachdenklich. »Natürlich tun sie alle ›nur ihre Pflicht‹, wie er das nennt.« Weir schluckte und leckte sich die Lippen. »Nur, daß seine ›Pflicht‹ und meine nicht ganz das gleiche sind.«

Stephen beobachtete ihn und schüttelte heftig den Kopf. »Weißt du, wovor ich mich gefürchtet habe?« sagte er. »Der Gedanke, daß einer der Männer noch am Leben sein könnte, der hat mir wirklich angst gemacht.«

Weir lachte. »Nach so langer Zeit?«

»Man hat davon schon gehört,« sagte Stephen. Dann fiel ihm etwas ein. »Wo ist Brennan? Hast du ihn gesehen, als wir zurückgekommen sind?«

»Nein.«

Stephen suchte ihn im Schützengraben. Er saß friedlich auf dem Schützenauftritt neben dem Unterstand, in dem er und noch sechs andere Männer schliefen.

»Tut mir leid, Brennan«, sagte er. »Das muß furchtbar für Sie gewesen sein. Sie hätten nicht mitgehen müssen.«

»Ich weiß. Ich wollte aber mit. Jetzt fühle ich mich besser.«

»Sie fühlen sich *besser*?«

Brennan nickte. Er hatte einen schmalen Kopf und dichtes, schwarzes, fettiges Haar, auf das Stephen hinunterschaute. Als er den Kopf hob, sah er völlig gefaßt aus.

»Waschen Sie sich wenigstens die Hände, Brennan«, sagte Stephen. »Reiben Sie sich mit Chlorcalcium ein. Sie können ein paar Tage Urlaub haben. Ich sage Ihrem Sergeant, daß Sie eine Erholungspause brauchen.«

»Nicht nötig. Irgendwie bin ich froh. Wissen Sie noch, als ich im Juli vom Schützenauftritt fiel, als die Sprengladung hochging? Und ich mir den Fuß gebrochen habe? Und dann habe ich gesehen, wie ihr alle aus dem Schützengraben gestürmt seid. Ich habe Glück gehabt.«

»Ja, aber um Ihren Bruder tut es mir trotzdem leid.«

»Schon gut, ich habe ihn ja gefunden. Das ist das Wichtigste. Daß ich ihn da nicht liegengelassen habe. Ich habe ihn geholt, und jetzt bekommt er ein christliches Begräbnis. Er bekommt ein Grab, das man erkennen kann. Wenn der Krieg vorbei ist, kann ich herkommen und Blumen drauflegen.«

Stephen wunderte sich darüber, wie zuversichtlich Brennan war, selber zu überleben. Als er sich zum Gehen wandte, fing Brennan an, leise vor sich hinzusingen, ein irisches Lied, das er auch am Morgen des Angriffs gesungen hatte. Er hatte einen rauhen, kräftigen Tenor, und er kannte viele Lieder.

Die ganze Nacht lang sang er für seinen Bruder, den er mit eigenen Händen zurückgebracht hatte.

Im Speisesaal des Hotels Folkestone in Boulogne fand eine angeregte Party junger Offiziere statt. Viele von ihnen waren noch keine sechs Monate an der Front gewesen und hatten ihren Freunden und Familien allerhand zu erzählen. Der Krieg verlief für sie durchaus nicht ungünstig. Sie waren Zeugen von Verstümmelungen geworden und Zeugen des Todes; sie hatten die Entbehrungen der Kälte, Nässe und Erschöpfung auf sich genommen, und sie hatten es zuvor nicht für möglich gehalten, all das aushalten zu können; und dennoch erschien ihnen der Wechsel zwischen Fronteinsatz und regelmäßigem Heimaturlaub erträglich, jedenfalls für eine gewisse Zeit. Sie tranken Champagner und prahlten damit, was sie anstellen wollten, sobald sie in London wären. Das Massenabschlachten des vergangenen Jahres hatten sie nicht erlebt, und von dem mechanisierten Schlachthaus, das in den kommenden Monaten auf den Schlammfeldern Flanderns in Betrieb genommen werden sollte, ahnten sie noch nichts. Die Schrecken dieser Zwischenphase waren erträglich; sie waren froh, überlebt zu haben, und wärmten sich gegenseitig an diesem Gefühl der Erleichterung. Die jungen Stimmen stiegen wie Geschrei von Staren zu den Kronleuchtern empor.

In seinem Zimmer im ersten Stock hörte Stephen den Lärm; er schrieb einen Brief an Jeanne. Sein Flachmann, den er zuletzt in Arras mit Whisky gefüllt hatte, war fast leer, und der Aschenbecher quoll über. Im Gegensatz zu seinen Untergebenen, die täglich nach Hause schrieben, war er kein geübter Briefeschreiber. In ihren Briefen, die zu lesen seine traurige Pflicht war, munterten die Männer ihre Familien auf, bedankten sich für die Pakete, die sie bekommen hatten, und baten um neue Nachrichten.

Stephen glaubte nicht, daß Jeanne auf Nachrichten über seine Gesundheit wartete noch daß sie Einzelheiten über das Leben im Schützengraben interessierten. Während er sich dazu zwang, Isabelle nicht zu erwähnen, merkte er, wie schwierig es war, Dinge zu finden, die sowohl ihm als auch Jeanne vertraut waren. Er hätte nur über Amiens schreiben können, anfragen, wie die Einwohner überlebt hatten und ob die Häuser noch standen.

Eigentlich wollte er Jeanne sagen, daß sie, abgesehen von Michael Weir, die beste Freundin sei, die er hatte. Es gab keinen Grund, dies nicht auszusprechen, da er noch in diesem Monat tot sein konnte. Er schrieb: »Es bedeutet mir sehr viel, Post von Ihnen zu bekommen und somit Kontakt zu einer gesunden Welt zu haben. Ich weiß Ihre Freundlichkeit mir gegenüber sehr zu schätzen. Ihre Freundschaft hilft mir zu überleben.«

Er zerriß den Briefbogen und warf ihn in den Papierkorb zu seinen Füßen. Jeanne würden solche Formulierungen mißfallen; sie waren überstürzt und vulgär. Er mußte formeller schreiben, jedenfalls noch im Augenblick. Er stützte den Kopf in die Hände und versuchte, sich Jeannes schmales, kluges Gesicht vorzustellen.

Was für eine Frau war sie eigentlich? Was würde sie ihm sagen wollen? Er dachte an ihre dunkelbraunen Augen unter den schön geschwungenen Brauen. Es waren intelligente, skeptische Augen, und dennoch hatten sie auch einen Ausdruck tiefen Mitgefühls. Ihre Nase ähnelte der Isabelles, aber ihr Mund war breiter und der Ton der Lippen dunkler. Ihr Kinn war energischer, wenn auch recht klein. Die Strenge ihrer Gesichtszüge, der dunkle Teint und der ahnungsvolle Blick verliehen ihr ein leicht maskulines Aussehen; die Schönheit ihrer blassen Haut, die nicht so ausdrucksvoll war wie Isabelles, sondern Gesicht und Hals einen ganz gleichmäßigen Elfenbeinton gab, verlieh ihr gleichwohl eine außerordentliche Zartheit. Er wußte nicht, wie er sich ihr nähern sollte.

Er schrieb ein paar Details über seine Bahnfahrt nach Boulogne und versprach, ihr aus England zu schreiben, sobald er etwas Interessantes zu berichten hätte.

Auf dem Kai hatte sich eine kleine Menschenansammlung eingefunden, als das Schiff am nächsten Tag in Folkestone anlegte. Die Frauen und Kinder schwenkten Fahnen und jubelten, als die Infanteristen die Gangway herunterkamen. Stephen sah, wie die Freude auf den Gesichtern der Wartenden in Entsetzen umschlug: Sie waren gekommen, um ihre Brüder oder Söhne in Empfang zu nehmen, und sahen jetzt zum ersten Mal Soldaten, die von der Front kamen. Die hageren, ausdruckslosen Gestalten, die an Land gingen, waren nicht mehr dieselben Männer, die mit funkelnder Ausrüstung und verlegenem Lächeln zu den Klängen der Regimentskapelle an Bord gegangen waren. Manche trugen Tierfelle, die sie sich auf französischen Bauernhöfen gekauft hatten; viele hatten sich mit Messern Stücke aus ihren Uniformen geschnitten, damit sie nicht drückten oder um sich den Stoff um die frierenden Hände zu wickeln. Sie trugen Verbände um den Kopf, keine Mützen mit blanken Abzeichen. Die Körper und Uniformen starrten vor Schmutz, und in ihren Augen lag nichts als Apathie. Sie bewegten sich, als würden sie von einer starren, automatischen Kraft angetrieben. Den Zivilisten jagten sie Angst ein, weil sie zwar nicht zu Mördern, aber zu willenlosen Geschöpfen geworden waren, die nur noch ein Ziel hatten: durchhalten.

Eine Hand legte sich auf Stephens Arm. »Hallo. Sind Sie Captain Wraysford? Meine Name ist Gilbert. Ich führe hier das Kommando. Konnte leider nicht mit euch Jungs rübergehen – ich hab's am Bein. Passen Sie mal auf, Sie nehmen jetzt diese Formulare, und wenn Sie dann am Bahnhof sind, erklärt Ihnen der Transport-Offizier alles weitere. Die Namen der Leute stehen hier auf der Liste. Kapiert?«

Stephen sah den Mann amüsiert an. Er verströmte einen säuerlichen, fauligen Geruch, als er näher kam und ihm die Formulare gab.

Auf den Bahnsteigen hatten sich noch mehr Menschen zur Begrüßung versammelt. An Tischen von Hilfsorganisationen wurden Tee und Brötchen ausgegeben. Stephen ging zum Anfang des Bahnsteigs, und als er in der Wartehalle aus roten Ziegelsteinen von niemandem im Gedränge beachtet wurde, warf er das dicke Formularbündel in einen überquellenden Mülleimer.

Der Zug fuhr ab; Männer verstopften die Gänge, sie hockten auf ihrem Gepäck, rauchten, lachten und winkten den Leuten auf dem Bahnsteig zu. Stephen überließ seinen Sitzplatz einer Frau, die eine blaue Haube aufhatte.

Gegen das Abteilfenster gedrückt, sah er kaum etwas von England, das sich nur gelegentlich in Form von verwischenden

Vierecken unter seiner angewinkelten Armbeuge zeigte. Der Anblick seiner Heimat löste in ihm weder sentimentale Gefühle noch Freude über die Heimkehr aus. Er war zu müde für solche Empfindungen und spürte nichts als den Schmerz in seinem Rücken, weil er halb gebückt stand, um nicht mit dem Kopf gegen die Gepäckablage zu stoßen. Vielleicht würde er nach einer gewissen Zeit die Landschaft und die Geräusche des Friedens schätzen lernen.

»Ich steige an der nächsten Station aus«, sagte die Frau mit der Haube. »Soll ich Ihre Frau oder Ihre Eltern anrufen und ihnen sagen, daß Sie auf dem Weg zu ihnen sind?«

»Nein. Nein, ich ... glaube nicht. Vielen Dank.«

»Wo sind Sie denn zu Hause?«

»Lincolnshire.«

»Ach du liebe Güte, das ist aber noch weit.«

»Ich fahre nicht hin. Ich fahre nach ...« Er wußte nicht, wo er hin sollte. Dann fiel ihm ein, was Weir einmal zu ihm gesagt hatte. »Nach Norfolk. Da ist es um diese Jahreszeit besonders schön.«

An der Victoria Station stieg Stephen aus, drückte und kämpfte sich durchs Gedränge auf die Straße. Er wollte keine Soldaten mehr sehen, er wollte sich in der großen Einsamkeit der Stadt verlieren. Er ging zügig durch den Park bis Piccadilly und schlenderte dann langsam an der Nordseite weiter. In der Nähe der Albemarle Street betrat er einen gut sortierten Herrenausstatter. Ein Großteil seiner Garderobe war während des Transports vor einem Jahr verlorengegangen, und er brauchte zumindest neue Hemden und Unterwäsche. Er stand auf dem gebohnerten Holzfußboden und schaute in die glasbedeckten Kästen, in denen eine Auswahl teurer Krawatten und Socken lag. Ein Mann in einem Morgenanzug kam hinter dem Tresen hervor.

»Guten Morgen, Sir. Kann ich Ihnen helfen?«

Stephen sah, wie der Mann ihn von Kopf bis Fuß musterte, die Uniform und den Dienstgrad zur Kenntnis nahm. Unter der formellen Höflichkeit des Mannes entdeckte Stephen eine instinktive Abwehr. Er fragte sich, was es war, das den Mann vor ihm zurückzucken ließ. Er wußte nicht, ob er nach Chlorcalcium oder Ratten oder Blut roch. Er fuhr sich mit der Hand übers Kinn, fühlte jedoch nur ganz leichte Bartstoppeln, die nachgewachsen waren, seit er sich im Hotel Folkestone rasiert hatte.

»Ich hätte gern ein paar Hemden.«

Der Mann kletterte auf eine Leiter und zog zwei Holzschubladen heraus, brachte sie herunter und stellte sie vor Stephen auf den Tresen. Es waren weiße Hemden mit gestärkten Vorderteilen für Abendanzüge und kragenlose, gestreifte Tageshemden aus Baumwolle. Als Stephen zögerte, holte der Angestellte weitere Schubladen herunter, Hemden in allen Farben und Qualitäten, die der Laden zu bieten hatte. Stephen starrte auf die Palette der Pastelltöne, auf den bunten Angebotsfächer, den der Mann vor ihm entfaltete, die Knopflöcher handgenäht, die Manschetten abgesetzt und geplättet, die Stoffe derb bis luxuriös.

»Entschuldigen Sie, Sir, ich muß mich um diesen anderen Kunden kümmern, solange Sie noch auswählen.«

Der Angestellte wandte sich ab; Stephen verwirrte die Auswahl ebenso wie das Verhalten des Mannes. Gegenüber dem anderen Kunden, einem großen, etwa sechzigjährigen Mann, der einen teuren Mantel trug und einen Homburg aufhatte, war er viel höflicher. Nachdem er mehrere Sachen auf Rechnung erstanden hatte, verließ der Mann mit schweren Schritten das Geschäft, ohne Stephen zu beachten. Das Lächeln des Angestellten gefror und war vollständig gewichen, als er sich wieder Stephen zuwandte. Er hielt deutliche Distanz zu ihm.

»Ich möchte Sie nicht drängen, Sir«, sagte er schließlich, »aber wenn Ihnen unser Angebot nicht zusagt, sehen Sie sich vielleicht lieber woanders um.«

Stephen sah ihn ungläubig an. Der Mann war etwa fünfunddreißig, hatte sandfarbenes Haar mit Geheimratsecken und einen sauber gestutzten Schnurrbart.

»Ich kann mich so schwer entscheiden«, sagte er. Beim Sprechen fiel es ihm schwer, den Unterkiefer zu bewegen. Er spürte Müdigkeit. »Entschuldigen Sie.«

»Ich glaube, es wäre vielleicht besser, wenn ...«

»Sie wollen, daß ich gehe, nicht wahr?«

»Nein nein, Sir, es ist ...«

»Ich nehme diese beiden.« Er deutete auf die Hemden, die direkt vor ihm lagen. Vor zehn Jahren, dachte er, hätte er den Mann geohrfeigt; aber jetzt gab er ihm lediglich das Geld und ging.

Draußen sog er gierig die schwere Luft ein, die über Piccadilly hing. Auf der anderen Straßenseite sah er die Fassade des Ritz Hotels, der Namenszug mit Glühbirnen erleuchtet. Frauen in Pelzmänteln, begleitet von Männern in eleganten, grauen Anzügen und schwarzen Hüten, gingen durch die Türen ein und aus. Sie vermittelten den Eindruck dringender Geschäftigkeit, als befaßten sie sich mit bedeutenden Finanzaktionen oder internationalen Geschäften, die es ihnen nicht einmal gestatteten, das unterwürfige Lächeln des Türstehers mit dem Zylinder und den Goldtressen zu erwidern. Sie verschwanden mit wehenden Rockschößen hinter den Glastüren, desinteressiert an dem, was auf der Straße vorging und an allem, was nicht ihr eigenes Leben betraf.

Stephen sah eine Weile zu und ging dann, seinen Armeekoffer in der Hand, Richtung Piccadilly Circus, wo er sich eine Zeitung kaufte. Es hatte einen Finanzskandal und einen Unfall in einer Fabrik in Manchester gegeben. Die Titelseite brachte keine Kriegsnachrichten; nur weiter hinten, unter den Leserbriefen, stand ein Bericht über Manöver der Fünften Armee, in dem der Kommandant in den höchsten Tönen für seine taktischen Leistungen gelobt wurde.

Je weiter er ging, desto verlorener kam er sich vor. Er staunte über die Glätte der unbeschädigten Pflastersteine. Er war froh, daß in der Hauptstadt das normale Leben seinen Gang ging, aber er fühlte sich ausgeschlossen. Er hätte sich geschämt, wenn die Durchschnittsbürger eines Landes, in dem er sich sowieso seit Jahren nicht mehr aufgehalten hatte, ihn anders behandelt hätten, aber es erschien ihm seltsam, daß seine Anwesenheit nicht nur Gleichgültigkeit hervorrief, sondern Ablehnung. Er verbrachte die Nacht in einem kleinen Hotel am Leicester Square und nahm sich am nächsten Morgen ein Taxi zur Liverpool Street.

Mittags fuhr ein Zug nach King's Lynn. Er hatte Zeit genug, zu einem Friseur zu gehen, sich die Haare schneiden und rasieren zu lassen, bevor er sich eine Fahrkarte kaufte und auf den Bahnsteig ging. Er bestieg den halbleeren Zug und setzte sich auf einen der vielen freien Plätze. Die Sitzpolster der *Great Eastern Railway* waren weich und sauber. Er lehnte sich auf seinem Ecksitz zurück und holte ein Buch aus dem Koffer. Der Zug ratterte schwankend aus dem Bahnhof und wurde schneller und schneller, während er die niedrigen, schmutzigen Vorstädte Nordost Londons hinter sich ließ.

Stephen konnte sich nicht auf das Buch konzentrieren. Sein Kopf war wie betäubt und verstopft, als daß er der einfachen Geschichte hätte folgen können. Seine Knochen fühlten sich steif an, aber ansonsten spürte er seine Erschöpfung nicht körperlich; in dem kleinen Hotelzimmer hatte er recht gut geschlafen und spät gefrühstückt. Dennoch schienen ihm seine Gedanken nicht gehorchen zu wollen. Er war lediglich dazu in der Lage, still dazusitzen und auf die vorüberfliegende Landschaft zu schauen. Die Felder lagen im Licht der Frühlingssonne. Gelegentlich floß ein kleiner Bach oder Fluß still dahin. Auf Hügelketten konnte er ein- oder zweimal graue Kirchturmspitzen oder Ansammlungen von Bauernhöfen erkennen, aber ansonsten sah er nur flaches, bewirtschaftetes Land, das anscheinend unbewohnt war und dessen schwere, feuchte Erde den gleichen Kreislauf aus Wachstum und Verfall hervorbrachte.

Das Rattern des Zuges schien einen Rhythmus in einem entfernten Bereich seiner Erinnerung anzuschlagen. Er döste in seinem Sitz, träumte von seiner Kindheit in dem Dorf in Lincolnshire und schreckte auf. Dann merkte er, daß er noch schlief: Er hatte nur geträumt, erwacht zu sein. Er befand sich in einer Scheune auf flachem, farblosem Feld, und ein Zug zog vorbei. Er erwachte ein zweites Mal, verängstigt, und versuchte, klar zu denken: Aber wiederum war das Erwachen nur ein Traum.

Immer, wenn seine Augen sich öffneten, versuchte er, aufzustehen, sich aus dem Plüschsitz des Abteils zu erheben, aber seine

Glieder waren zu schwer, und er sank wieder zurück, so wie der Mann aus seiner Kompanie, der von der Brustwehr des Schützengrabens in ein ungesichertes Sumpfloch gerutscht und im zähen, gelben Matsch ertrunken war.

Schließlich gelang es ihm, aus einem dieser Momente des Erwachens in die Wirklichkeit zu wechseln und sich aufzurappeln. Er stand am Fenster und blickte auf die Felder hinaus.

Erst nach einigen Minuten war er sich sicher, nicht mehr zu träumen. Anfangs war das Gefühl nicht anders als in den Momenten des Halbschlafs, in denen er geglaubt hatte, wach zu sein, tatsächlich aber immer noch schlief und das Erwachen träumte.

Langsam kehrte Klarheit in ihn zurück. Er hielt sich am Fensterrahmen fest und atmete tief durch. Das Gefühl, nicht zu wissen, wo er war, verschwand.

Ich bin müde, dachte er, und fingerte eine Zigarette aus der Dose. Ich bin körperlich und geistig erschöpft, wie Gray gesagt hat. Vielleicht konnten Gray oder seine österreichischen Ärzte auch die merkwürdige Folge seiner halluzinatorischen Träume erklären?

Er strich sich die Uniform und die Haare glatt, die durcheinandergeraten waren, während er schlief, zog die Abteiltür auf und schwankte durch die schlingernden Waggons zum Speisewagen. Lediglich zwei Tische waren besetzt, so daß er sich auf einen Platz am Fenster setzen konnte. Der Stewart kam mit einer Speisekarte durch den Gang gedienert.

Die Auswahl uberraschte Stephen. Seit Jahren war er nicht mehr mit solchem Luxus konfrontiert gewesen. Er bestellte Consommé, Seezunge und Nierenpastete. Der Kellner hielt ihm die Weinkarte hin. Stephen hatte die Taschen voller englischer Geldscheine, die er in Folkstone für seinen Sold eingetauscht hatte. Er bestellte den teuersten Wein auf der Karte, der sechs Shilling pro Flasche kostete.

Der Stewart schwankte mit einer Suppenterrine heran und füllte den reich verzierten Teller, schüttete dabei jedoch eine lange, braune Spur auf das gestärkte, weiße Tischtuch. Stephen mochte die Suppe nicht; sie war ihm zu kräftig. Der Geschmack frischer, gewürzter Rinderbrühe irritierte ihn. Er hatte in Amiens weder zu Mittag noch zu Abend gegessen, und sein Magen hatte sich an *Tickler's Plum* und Apfelpudding gewöhnt, an Dosenrindfleisch und Zwieback und manchmal noch ein Stück Kuchen, den Weir oder Gray aus England geschickt bekommen hatten.

Die kleinen Seezungenfilets mit der dünnen Hautschicht und den feinen Fleischlagen waren so zart, daß er sie gar nicht schmeckte. Mit einer zeremoniellen Geste schenkte ihm der Stewart dann einen Schluck Wein ins Kristallglas. Stephen spülte ihn herunter und ließ sich das Glas vollschenken. Während er auf die Nierenpastete wartete, trank er behutsam. Der Geschmack überwältigte ihn. Es war, als ob sich sein Kopf mit kleinen Duft- und Farbexplosionen füllte. Er hatte seit sechs Monaten keinen Wein mehr getrunken, oder wenn, dann nur einen derben, unetikettierten Weißwein. Er setzte das Glas schnell ab. An der Front schmeckte Wasser, wenn es mit den Rationen herangeschafft wurde, einfach nach Wasser, und wenn es aus Bombentrichtern gefiltert werden mußte, schmeckte es widerlich; Tee schmeckte gleichfalls einfach nach Tee – oder Benzin, wenn er in Kanistern transportiert worden war. Aber als er diesen Wein trank, schmeckte es so, als tränke er die Essenz Frankreichs in ihrer ganzen Komplexität, nicht das Inferno der ausgeweideten Picardie, sondern eines pastoralen, uralten Landes, in dem es immer noch Hoffnung gab.

Offenbar war er doch sehr viel erschöpfter, als er gedacht hatte. Von der Pastete aß er, soviel er konnte. Den Nachtisch ließ er aus und rauchte zum Kaffee eine Zigarette. In King's Lynn fuhr er mit einer Lokalbahn an der Küste Norfolks entlang nach Sheringham; er glaubte sich zu erinnern, daß Weir ihm diesen Ort empfohlen hatte. Während die kleine Lokomotive dampfend ihres Weges zog, merkte er, wie nervös ihn die Reise machte. Er sehnte sich danach, draußen in der klaren, friedlichen Luft zu sein; er sehnte sich nach einem Gasthof mit einem weichen Bett. An der nächsten Station, einem Dorf namens Burnham Market, hob er seine Reisetasche aus der Gepäckablage und sprang auf den Bahnsteig. Er ging ins Dorf, das von einer Straße durchschnitten wurde, zu deren beiden Seiten sich eine üppige, gepflegte Dorfwiese erstreckte. Die meisten der umliegenden Häuser stammten aus dem achtzehnten Jahrhundert; sie waren geräumig, aber nicht protzig; dazwischen gab es ein paar Geschäfte, eine Apotheke, einen Krämer und einen Laden, der Ausrüstungen für Pferde verkaufte.

Hinter einer riesigen Kastanie lag ein langgestrecktes, niedriges Gebäude, ein Gasthof namens *The Blackbird*. Stephen ging hinein und zog an einem Glockenseil auf dem Tresen neben dem Treppenaufgang. Als niemand kam, ging er in die Bar, deren Fußboden aus Feldsteinen gemauert war. Sie war leer, aber auf den Tischen standen noch leere Biergläser vom Mittagessen. Der Fußboden und die niedrigen, schweren Deckenbalken gaben dem Raum eine dunkle, kühle Atmosphäre.

Er hörte hinter sich eine Frauenstimme, drehte sich um und sah eine dicke Frau mit Schürze, die etwas unsicher lächelte, als er sie anblickte. Sie erklärte ihm, daß sie nur die Putzfrau und der Inhaber den Nachmittag über nicht da sei, daß sie ihm aber ein Zimmer geben könne, wenn er einen Meldeschein ausfülle. Sie führte ihn nach oben in ein kleines Schlafzimmer, in dem eine Mahagonikommode und eine alte, hölzerne Bettstatt mit einer dicken, weißen Daunendecke standen, ein Ledersessel und ein Waschgestell mit Becken und Krug aus Porzellan. Neben der Tür hing ein kleines Bücherregal mit ein paar zerlesenen Bänden. Die Kommode stand unter einem Fenster, von dem aus man den Rasen vor dem Hotel sehen konnte, und die weißen Blüten der Kastanie ragten in den Himmel. Stephen bedankte sich bei der Frau und warf seine Tasche auf das Bett. Es war genau das Zimmer, das er sich gewünscht hatte.

Nachdem er seine Sachen ausgepackt hatte, legte er sich aufs Bett und schloß die Augen. Er wollte schlafen, aber seine Augenlider flatterten zu stark. Immer, wenn der Schlaf ihn fast überkommen hatte, verscheuchte sein Körper ihn wieder. Schließlich fiel er, wie schon im Zug, in einen Halbschlaf, in dem hell erleuchtete Szenen aus den vergangenen zwei oder drei Jahren ungeordnet an ihm vorbeizogen. Ereignisse und Menschen, die er längst vergessen hatte, erschienen in lebhafter Deutlichkeit und verschwanden wieder. Er versuchte, die bedrückenden Erinnerungsbilder zu verdrängen. Immer wieder sah er Douglas von der Trage auf die rutschigen Laufbretter des Grabens fallen, als eine Granate einschlug; er hörte den leblosen Aufprall des Körpers. Ein Mann namens Studd, den er längst vergessen hatte, kam in seine Erinnerung zurück: Er bückte sich, um einem gestürzten Mann aufzuhelfen, und dabei riß ihm eine Maschinengewehrsalve den Helm vom Kopf und zerfetzte seinen Schädel.

Stephen kletterte aus dem Bett. Die Hände zitterten ihm wie Michael Weir bei Trommelfeuer. Er atmete tief durch und hörte, wie die Luft seine Brust füllte. Es kam ihm ungewöhnlich vor, daß ihn ausgerechnet jetzt, in der Sicherheit eines ruhigen, englischen Dorfs, der Schock überkam.

Er dachte, daß ihn vielleicht die Umgebung verunsicherte. Es war lange her, seit er zuletzt in England gewesen war. Vielleicht war es besser, hinauszugehen und sich umzuschauen.

Seine Stiefel hallten über die hölzernen Treppenstufen, als er ohne Hut nach unten stieg, durch die Diele und hinaus an die frische Luft ging.

Er zog die Schultern hoch und ließ sie dann, mit einem langen, gebrochenen Seufzer, wieder fallen. Er ging an der Rasenfläche entlang und schlug einen Weg ein, der vom Dorf weg führte. Er versuchte, sich zu entspannen. Ich habe unter Beschuß gelegen, dachte er; aber jetzt ist es vorbei. Unter Beschuß. Die Worte kehrten wieder. Wie schwach und unangemessen der Ausdruck war.

Die Hecken am Wegrand waren dicht, verwildert und mit Waldkraut überwuchert. Die Luft war so rein, als sei sie noch nie geatmet worden; in der aufkommenden Abendbrise wurde es kühl. In den hohen Ulmen, die er am Ende des Felds sah, krächzten Saatkrähen, und das sanfte Gurten von Ringeltauben erklang ganz in seiner Nähe. Er hielt an und lehnte sich gegen ein Gatter. Die Stille der ihn umgebenden Welt schien jenseits der Zeit zu sein, und keine menschliche Stimme störte sie.

Er sah einen frühen Mond weiß und niedrig über den Ulmen

aufgehen. Über und hinter ihm hingen lange, ausgefranste Wolkenstreifen, die sich in gerippten Linien im Blaßblau des Himmels verloren und zu weißen Dunstschleiern vergingen.

Stephen hatte das Gefühl, von einer mächtigen Woge der Empfindung überspült zu werden. Er erschrak, weil er fürchtete, daß sie ihn verletzen könnte, er in Krämpfe verfalle, zu bluten begänne oder gar sterben müßte. Dann begriff er, daß dies Gefühl sich nicht gegen ihn richtete, sondern als tiefe Übereinstimmung aus ihm selber kam. Es war Übereinstimmung mit dem Feldweg, der sich bis zu den Bäumen hinzog, und mit dem Pfad, der ins Dorf zurückführte, von dem er noch die Kirchturmspitze erkennen konnte: Diese Anblicke und der versöhnlich weite Himmel waren nicht voneinander getrennt, sondern gemeinsamer Teil einer Schöpfung, und auch er, der bei gelassener Betrachtung immer noch ein junger Mann war, er, den in zarten Pulsschlägen Blut durchströmte, war ein Teil davon. Er blickte zum Himmel auf und ahnte die Sterne, die die Dunkelheit mit sich bringen würde, sah die kreisenden Nebel und flackernden Lichter ungeheurer Entfernungen: Plötzlich wurde ihm klar, daß es keine fremden Welten waren, sondern daß sie durch den Geist der Schöpfung mit den verwehenden, weißen Wolken in Verbindung standen, mit der nie geatmeten Mailuft, mit dem Erdreich, das unter dem feuchten Gras zu seinen Füßen lag. Ergriffen von einer uralten Ehrfurcht, hielt er sich am Pfosten des Gatters fest und legte den Kopf auf seine Arme, als ob die Kraft der allesverbindenden Liebe ihn von der Erde wischen könnte. Er wollte die Arme ausstrecken und die Felder umfassen, den Himmel, die Ulmen mit den singenden Vögeln; er wollte sie mit der verzeihenden Liebe umarmen, die ein Vater für seinen verlorenen, verirrten, aber dennoch geliebten Sohn empfindet. Isabelle und die Toten des grausigen Kriegs; seine verlorene Mutter, seinen Freund Weir: Es gab nichts Unmoralisches, nichts, was nicht verziehen werden konnte, alles konnte miteinander vereint, alles unter der allumfassenden Aussicht auf Verzeihung verstanden werden. Er klammerte sich an das Holz und wünschte, daß auch ihm alles, was er getan hatte, verziehen sein möge; er sehnte sich nach der Einheit der Schöpfung, mit der seine Seele verbunden war, damit in ihr auch seine Sünden und sein Zorn eingeschmolzen würden. Sein ganzer Körper erbebte unter der Kraft dieser Liebe, die ihn nun überkam, nachdem er aus ihr vertrieben worden war in die Blutströme des großen Schlachtens.

Er hob den Kopf und merkte, daß er lächelte. Er ging etwa eine Stunde friedlich die Straße entlang, obwohl er keinerlei Zeitgefühl hatte. So weit er auch ging, blieb der Abend hell, die Felder in all ihren Schattierungen, die Bäume in Gruppen oder Reihen oder auch allein, dort, wo ein Same sie zufällig hatte wachsen lassen.

Als die Straße abschüssig wurde und eine Kurve bildete, erreichte er ein kleines Dorf Auf einem großen Rasen jenseits des Straßengrabens spielten zwei Jungen. Stephen ging in ein Pub auf der anderen Straßenseite; der Schankraum sah eher wie ein privates Wohnzimmer aus. Ein mürrischer, alter Mann fragte ihn nach seinen Wünschen. Er holte ihm Bier aus einem Faß, das im Hinterzimmer stand; zusammen mit dem Bierkrug brachte er ihm ein kleineres Glas mit Zimtschnaps. Stephen ging mit beiden Gläsern nach draußen, setzte sich auf eine Bank neben dem Rasen und sah dem Spiel der Jungen zu, bis schließlich die Sonne unterging und der weiße Mond leuchtete.

Stephen kehrte einen Tag vor Ende seines Urlaubs nach Frankreich zurück, um Jeanne in Amiens zu besuchen. Seine Überstellung in den Brigadestab war um vierzehn Tage verschoben worden, und für die Zwischenzeit hatte er den Befehl, sich wieder seiner Kompanie an der Front anzuschließen. Er glaubte, die Rückkehr in den Krieg würde ihm leichter fallen, wenn er eine Nacht in Frankreich verbrächte, bevor er sich in das Quartier verfügte, das Gray ihm inzwischen zugewiesen hatte.

Der Bahnhof von Amiens wirkte nun schon wie ein vertrautes Wahrzeichen auf ihn, obwohl er, als er darüber nachdachte, zu seiner Überraschung feststellte, daß er erst zum dritten Mal hier ankam. Das erste Mal hatte zu außergewöhnlichen und unvorhersehbaren Konsequenzen geführt, und beim zweiten Mal war es, jedenfalls in gewisser Hinsicht, kaum anders gewesen. Diesmal würde er mit Sicherheit nicht auf Isabelle treffen; vielleicht würde es endlich keine Dramen und keine deprimierenden Situationen mehr geben.

Jeanne hatte Vertrauen zu ihm gefaßt, und er war ihr dafür dankbar. Sie hatte im Grunde keine Veranlassung dazu, aber er dachte, daß es für ihre Großzügigkeit sprach – es sei denn, dies Vertrauen wäre nichts als Mitleid. Es fiel ihm schwer, einzuschätzen, was für Gefühle er jetzt in anderen Menschen auslöste, aber selbst wenn Jeanne lediglich aus Mitgefühl für einen entwurzelten Soldaten handelte, wollte er es gern annehmen. Sie war eine liebenswerte Frau. Er fragte sich, warum sie nicht geheiratet hatte: Sie mußte achtunddreißig oder neununddreißig Jahre alt sein und war damit fast schon zu alt, um noch Kinder zu bekommen.

Er hatte ihr ein Telegramm aus Boulogne geschickt und auf ihre Antwort gewartet. Sie freue sich, kabelte sie zurück, ihn noch am selben Abend zu sehen.

Er ging durch die Stadt und schleppte immer noch seinen sperrigen Armeekoffer mit sich herum. Er trug neue Unterwäsche und eins der neuen Hemden, die er in London gekauft hatte. Wenn er sich nicht täuschte, waren die Läuse, die ihn geplagt hatten, alle in dem Feuer verbrannt, das er in Norfolk mit seinen alten Sachen gemacht hatte. Als er auf der Rückreise durch die Liverpool Street gekommen war, hatte er sich vom Friseur den Bart abnehmen lassen. Fast fühlte er sich wieder wie der junge Mann, als der er einst am Boulevard du Cange aufgetaucht war.

Er überquerte den Platz mit dem Café, in dem er Jeanne getroffen hatte, und erreichte das kleine Haus, in dem sie mit Isabelle gewohnt hatte. Er klingelte an der Haustür. Während er wartete, versuchte er sich vorzustellen, wie Jeanne aussah, aber er konnte sich kein Bild von ihr machen.

»Kommen Sie herein, Monsieur.« Jeanne streckte ihm die Hand entgegen.

Stephen betrat aufs neue die bescheidene Diele, aber diesmal schien sie heller erleuchtet zu sein. Jeanne öffnete rechts eine Tür, die ins Wohnzimmer führte. Der Parkettfußboden war poliert, und in der Mitte stand eine runder Tisch mit Fresien in einer Glasvase. Auf beiden Seiten des Marmorkamins standen Sessel.

»Sind Sie müde von der Reise?«

»Nein, gar nicht. Ich fühle mich sehr gut.«

Stephen setzte sich in den Sessel, den Jeanne ihm angeboten hatte, und sah sie an. An die ausgeprägten Gesichtszüge und die weiße Haut erinnerte er sich; der Anblick dieses Gesichts beruhigte ihn. In ihren Augen und Kopfbewegungen gab es bestimmte Ähnlichkeiten mit Isabelle, etwas Ungeduldiges, das jedoch in der Gelassenheit Jeannes zur Ruhe gekommen war.

»Sie hat mir erzählt, daß Sie die Leute oft so anstarren«, sagte Jeanne.

Stephen entschuldigte sich. »Die Jahre im Schlamm – ich weiß nicht mehr, wie man sich benimmt.« Er war froh, daß das Thema Isabelle so früh auf den Tisch kam. Sie würden es bald beenden können.

»Haben Sie etwas von Isabelle gehört?«

»Ja«, sagte Jeanne. »Sie ist sehr glücklich. Max ist zwar schwer verwundet, aber er wird überleben. Sie hat mich gebeten, daß ich Ihnen ihren Dank dafür ausspreche, daß Sie sie besucht haben. Ich glaube, es war sehr wichtig für sie. Sie hat viel Pech gehabt – oder war sehr dumm, wie mein Vater es ausdrücken würde. Alle ihre Entscheidungen waren schwierig. Sie wiederzusehen und zu wissen, daß Sie ihr zumindest alles Gute wünschen, das hat sie, glaube ich, erleichtert.«

»Das freut mich«, sagte Stephen, obwohl es ihn durchaus nicht freute. Die Vorstellung, daß seine Rolle in Isabelles Leben nun darin bestehen sollte, sie zu bestätigen, irritierte ihn. »Das freut mich«, wiederholte er, und in diesem Moment einer kleinen Unwahrheit hatte er das Gefühl, als verlasse ihn Isabelles Gegenwart endgültig, aber nicht, indem sie, wie beim ersten Mal, in ein vorübergehendes Vergessen fiel, sondern indem sie einfach aus seinem Bewußtsein verschwand.

Er wandte sich Jeanne zu. »Wie lange wollen Sie noch in Amiens bleiben? Zu Hause sind Sie doch in Rouen?«

Jeanne sah auf ihre Hände. »Mein Vater ist alt und wünscht, daß ich komme und mich um ihn kümmere. Meine Mutter lebt zwar noch, aber es geht ihr nicht gut, und sie ist ihm gegenüber auch nicht so aufmerksam, wie er es sich wünscht.«

»Dann gehen Sie also zurück?«

»Ich weiß es nicht«, sagte Jeanne. »Ich bin immer eine pflichtbewußte Tochter gewesen. Aber andererseits wäre ich doch gern unabhängig. In Amiens gefällt es mir, hier in diesem kleinen Haus.«

»Natürlich.« Stephen dachte wieder an ihr Alter. »Und was ist mit Ihren Schwestern? Könnten die sich nicht um ihn kümmern?«

»Nein. Sie sind alle verheiratet. Nun, Monsieur, in einer Stunde können wir essen. Ich muß mich noch ein wenig darum kümmern. Ich weiß nicht, ob Sie sich ausruhen wollen oder einen Aperitif nehmen ... Ich bin derlei Dinge nicht gewöhnt.« Sie hob ihre Hand. »Das ist alles etwas unüblich für mich.«

»Derzeit ist auf der Welt gar nichts üblich.« Stephen lächelte. »Ich bin Ihnen für Ihr Verständnis dankbar. Inzwischen nehme ich gern einen Drink.«

Sie lächelte zurück. Zum ersten Mal sah er sie lächeln, und es war das ungewöhnlichste Lächeln, das er je gesehen hatte. Es begann mit einem langsamen Breiterwerden der Lippen, dann strahlte ihr blasses Gesicht, aber nicht unter Blutandrang wie bei Isabelle, sondern als ob ein inneres Licht es erleuchtete. Schließlich erreichte es die Augen, die zu funkelnden Juwelen wurden und, indem sie sich etwas verengten, einen einnehmenden Sinn für Komik ausstrahlten. Es war aber nicht nur dies Lächeln, dachte Stephen, sondern ihr ganzes Gesicht, das sich verwandelte und von dem Verständnis und zugleich Ernsthaftigkeit ausging.

»Als Sie Isabelle besucht haben, hat sie mir gesagt, ich sollte etwas für Sie kaufen. Es riecht furchtbar. Es heißt *Old Orkney* und ist ein englisches Getränk.«

Stephen lachte. »Schottisch, glaube ich. Ich kenne es recht gut.«

Jeanne stellte ihm die Flasche und einen Wasserkrug hin. Stephen goß sich etwas Whisky in ein kleines Kristallglas und sah sich im Zimmer um, während Jeanne in der Küche hantierte. Er hörte Geräusche von Pfannen und Messern; der Duft von Wein und Kräutern rief Hungergefühle wach. Er steckte sich eine Zigarette an und suchte in dem eleganten, kleinen Salon nach einem Aschenbecher. Es gab mehrere kleine Schalen aus Keramik und Porzellan, aber er traute sich nicht, sie zu benutzen, sondern schnippte die Asche in den Kamin, wo er sie auch noch mit der Fußspitze verteilte. Trotz seiner läusefreien Kleidung kam er sich in diesem reinlichen, femininen Raum zerlumpt und unpassend vor. Er fragte sich, ob er wohl seine alte Selbstverständlichkeit und Natürlichkeit unter normalen Lebensumständen wiedererlangen würde oder ob er inzwischen zu einem Wesen degeneriert war, das zwischen rostigen Eisenträgern, rohen Holzwänden und niedrigen Balken hauste, an denen rattengesicherte Lebensmittelpäckchen hingen.

Jeanne hatte auf einem Tisch am Ende des Zimmers gedeckt und trug nun eine Suppenschüssel auf. Es hätte eine Fischsuppe nach Diepper Art werden sollen, aus ihrer Heimat in der Normandie also, aber in Amiens, erklärte sie, habe sie nicht alle Zutaten bekommen können. Stephen erinnerte sich daran, wie beleidigt Isabelle einmal gewesen war, als er gesagt hatte, Amiens sei nicht berühmt für seine Küche.

»Ich nehme an, daß der Krieg die Versorgungslage erschwert«, sagte er.

»Da bin ich mir gar nicht so sicher«, sagte Jeanne. »Es kann auch sein, daß sich die Amiénois einfach nicht für gutes Essen interessieren. Mögen Sie den Wein einschenken? Ich weiß nicht, ob er gut ist, aber es ist einer, den mein Vater oft trinkt.«

Stephen wußte immer noch nicht, ob Jeanne ihn als Flüchtling ansah, dessen eine mitfühlende Seele sich anzunehmen habe, oder ob ihr freundschaftliches Verhalten einfacheren Motiven entsprang. Während sie aßen, fragte er sie.

Sie rückte nicht leicht mit der Sprache heraus. Ihr Verhalten war von einer angenehmen Schüchternheit, als ob sie das Gefühl hatte, daß dieser Abend nach formellen Anstandsregeln unstatthaft sei und jeden Moment jemand eintreten und seinen weiteren Verlauf untersagen könne. Stephen vermutete, daß das Pflichtgefühl gegenüber ihrem Vater, der ihr seinen Willen offenbar ebenso aufzuzwingen verstand wie bei Isabelle, sie so lange im Elternhaus gehalten hatte. Sie hatte sich erfolgreicher als ihre jüngere Schwester gegen die Heiratskandidaten gewehrt, die ihr Vater präsentierte, aber er hatte sich gerächt, indem er denjenigen ablehnte, der ihr genehm gewesen wäre. So, wie er Isabelles Soldaten vergrault hatte, hatte er auch einen Witwer, der ihm Jeanne wegnehmen wollte, aus dem Haus geekelt.

Jeanne sprach in sehr abgemessenen Sätzen; ihr Verhalten hatte etwas Strenges, das jedoch durch den Schalk gemildert wurde, der ihr aus den Augen sah, aber auch durch die plötzlichen, lebhaften Bewegungen ihrer langen, schlanken Finger.

In ihrer Gegenwart empfand Stephen nach wie vor ein Gefühl der Ruhe. Er war glücklich, sie reden zu hören, und wenn sie ihn etwas fragte, konnte er entsprechend antworten, selbst wenn sich das Gespräch um den Krieg drehte.

Je später es wurde, desto stärker belastete ihn der Gedanke an die Rückkehr zur Front. Von früher Kindheit an, als man ihn von den Feldern holte und dazu zwang, ins Heim zurückzukehren, in dem er aufwuchs, fürchtete er eine Trennung mehr als alles andere: Sie bedeutete Verlassenheit. Der Gedanke an die Rückkehr in den Schützengraben war ihm unerträglich. Es wurde später und später, und irgendwann brachte er kein Wort mehr heraus.

»Sie denken daran, daß Sie zurückmüssen, nicht wahr?« sagte Jeanne. »Sie antworten gar nicht mehr auf meine Fragen.«

Stephen nickte nur.

»Es kann nicht ewig dauern. Marschall Pétain sagt, daß bald die Panzer und die Amerikaner kommen. Wir müssen alle Geduld haben. Denken Sie doch lieber an Ihren nächsten Urlaub.«

»Dürfte ich Sie noch einmal besuchen?«

»Wenn Sie wollen, gern. Zählen Sie die Tage und Wochen. Passen Sie auf sich auf. Es klingt ja so, als ob Ihre neue Aufgabe nicht mehr mit direkten Kampfhandlungen zu tun hat. Seien Sie vorsichtig.«

»Sie haben recht«, sagte Stephen und seufzte. »Aber es geht schon so lange, schon viel zu lange. Ich denke an die Männer, mit denen ich zusammen war und ...«

»Dann dürfen Sie eben nicht mehr an sie denken, denken Sie nicht mehr an die Toten. Sie haben für sie getan, was Sie konnten, und mehr können Sie nicht tun. Wenn alles vorbei ist, können Sie wieder an sie denken. Jetzt müssen Sie sich darauf konzentrieren, daß Sie überleben. Ihr Tod würde denen, die schon tot sind, nichts nützen.«

»Ich schaffe es nicht, Jeanne, ich schaffe es nicht mehr. Ich bin so müde.«

Jeanne sah in sein flehendes Gesicht. Er war den Tränen nahe.

»Ich habe alles gegeben«, sagte er. »Ich kann nicht mehr. Lassen Sie mich hierbleiben, bitte.«

Wieder lächelte Jeanne. »Das kann doch nicht die Rede des Mannes sein, der seine Männer an der Ancre geführt hat. Nur noch ein paar Wochen in der Etappe, wo es ganz ungefährlich ist. Das schaffen Sie schon.«

»Es ist nicht die Gefahr. Es ist die Anstrengung. Ich kann mich einfach nicht mehr auf den Krieg konzentrieren.«

»Ich weiß.« Jeanne legte eine Hand auf seine. »Ich verstehe. Aber Sie müssen stark sein. Ich habe Ihnen ein Bett gemacht, weil ich mir gedacht habe, daß Sie vielleicht hier übernachten wollen. Ich wecke Sie morgen rechtzeitig. Kommen Sie.«

Stephen folgte ihr zögernd zur Tür. Er wußte, daß er am nächsten Tag wieder einrücken würde.

Der Angriff auf die Höhen von Messines wurde lange und detailliert vorbereitet. Veteranen des vergangenen Juli gingen mit den Menschenleben, für die sie verantwortlich waren, vorsichtig um.

»Ich habe gute Nachrichten für Sie«, sagte Gray, als Stephen sich bei ihm zurückmeldete. »Bevor Sie Ihre neue Position antreten, bleibt noch genügend Zeit für Sie, einen größeren Angriff auf die feindlichen Linien vorzubereiten. Das gehört zu unserer neuen, vorsichtigen Taktik, die auch darin besteht, Informationen über den Feind zu sammeln. Aufklärung.« Er versuchte erfolglos, ein Lächeln zu unterdrücken.

»Ich verstehe«, sagte Stephen. »Aber wird es denn wirklich etwas an unserer Gesamtstrategie ändern, wenn wir feststellen, daß wir es mit dem einundvierzigsten statt mit dem zweiundvierzigsten Regiment zu tun haben?«

»Das bezweifle ich stark«, sagte Gray. »Aber ich habe Befehl, Aufklärung über die feindliche Front zu bekommen und weiterzugeben. Ich glaube, Ihre Kompanie kommt in dieser Woche aus der Reserve. Für einen Frontsoldaten wie Sie ist also Zeit genug.«

»Danke, Sir.«

Gray lachte. »Schon gut, Wraysford. Rühren. Im Grunde erwarte ich von Ihnen nichts anderes, als daß Sie einen Angriff gegen den Kanal auf der linken Flanke führen. Wir brauchen da einen Brückenkopf. Es ist nur ein eng begrenzter Vorstoß. Sie machen sich bei Morgengrauen mit dem Rest des Bataillons auf den Weg. Im Lauf des Tages bekommen wir dann noch Verstärkung von unseren Black-Country-Freunden. Ist das eher nach Ihrem Geschmack?«

»Es dürfte jedenfalls eine sinnvollere Art zu sterben sein, als die Abzeichen auf den Mützen des Feindes zu zählen.«

»Guter Mann, Wraysford. Machen Sie weiter so. Ich wußte, daß Sie so reagieren würden.«

»Und wie machen Sie weiter, Sir?« fragte Stephen.

Gray lachte. »Mein schottisches Blut hilft mir. Wir haben ja noch gar nicht richtig angefangen.«

Und wieder marschierten die Männer zur Front, durch den langen Verbindungsgraben und dann in die verschlammte, von Sandsäcken geschützte Spalte in der Erde. Abgesehen von Stoßtrupps und Patrouillen hatten sie seit neun Monaten keinen Angriff mehr durchgeführt, und die Männer, die den Befehl bekamen, die Sturmleitern an den Grabenwänden aufzustellen, waren nervös und gereizt. Den ganzen Morgen hörte man es hämmern und sägen, weil das Holz für die Leitern zugeschnitten und dann in bestimmten Abständen an den Brustwehren befestigt werden mußte. Stephen hatte das Gefühl, daß seine Leute, trotz aller Gerüchte über eine Großoffensive in Belgien, die General Haig angeblich so sehr am Herzen lag, irgendwie geglaubt hatten, daß sie selbst nicht noch einmal ins Stahlgewitter geschickt werden würden.

Als Jack Firebrace von seiner Schicht wieder nach oben kam, bemerkte er, was vorging, und diese Aktivitäten riefen in ihm Erinnerungen wach, die er bis jetzt erfolgreich verdrängt hatte. Er erinnerte sich daran, wie er für die Männer gebetet hatte, die an jenem Sommermorgen aus den Gräben stürmten, und wie er darauf vertraut hatte, daß alles gutgehen würde. Diesmal hatte er keine Gebete mehr.

Er ging in den großen Unterstand neben dem Stolleneingang, in dem seine Kompanie vorübergehend untergebracht war. Er kochte Tee, trank ihn zusammen mit Evans und holte dann seinen Skizzenblock heraus. Da Shaw tot war, hatte Jack auch keine Bilder mehr von ihm gezeichnet, aber damit angefangen, Skizzen von Stephen anzufertigen. Seit jenem Augenblick, da er ihm, von den Toten auferstanden, in die Arme gefallen war, interessierte Jack sich für ihn. Inzwischen hatte er seinen großen, dunklen Kopf in verschiedenen Perspektiven und Haltungen gezeichnet – die großen Augen ungläubig aufgerissen oder in wilder Entschlossenheit zu Schlitzen verengt; das Lächeln, mit dem er Jacks Vorgesetzten, Captain Weir, irritierte; der leere, abwesende Gesichtsausdruck, als ob sein Gedächtnis versagte, mit dem er Jack entlassen hatte, als er sich bei ihm melden mußte, weil er im Dienst eingeschlafen war. An Johns Gesicht konnte er sich nicht gut genug erinnern, um es zu zeichnen.

Das Warten auf den Angriff war kurz, aber nicht weniger unangenehm. Stephen sprach mit den Gruppenführern, die als erste über die breiten Leitern in die ungewisse Welt außerhalb des Grabens steigen würden.

»Sie dürfen nicht zögern«, sagte er. »Was Sie erwartet, läßt sich nicht ändern, aber wenn Sie zögern, gefährden Sie unnötigerweise das Leben anderer.«

Er sah, daß sich Ellis die Lippen leckte. Schweiß stand ihm auf der bleichen Stirn. Das Trommelfeuer setzte ein und ließ Erdklumpen vom Dach des Unterstands fallen.

Stephen sprach mit der Gelassenheit der Erfahrung, aber die Erfahrung nutzte ihm nichts. Die Tatsache, daß er es schon einmal geschafft hatte, war keine Garantie dafür, daß er es auch jetzt wieder schaffen würde. Wenn der Augenblick käme, würde er noch einmal in seine eigenen Abgründe blicken müssen, und er hatte Angst, daß er sich verändert haben könnte.

Das Bombardement sollte nur einen Tag andauern. Die Artillerie hatte ihnen versichert, daß der Beschuß mit wissenschaftlicher Präzision erfolge, die dank Luftaufklärung auf genauer Ortskenntnis beruhe. Es würde keine unversehrten Drahtverhaue mehr geben, keine intakten Betonverschanzungen mehr, die auf den zerwühlten Feldern zu Wellenbrechern des Todes werden konnten.

Um Mitternacht kam Weir in Stephens Unterstand. Weirs Augen blickten starr, die Haare waren zersaust. Stephen empfand Unbehagen bei diesem Anblick. Er wollte sich nicht von der Angst des anderen anstecken lassen. Er wollte nicht, daß er ihn beeinflußte.

»Dieser Lärm«, sagte Weir. »Ich kann es nicht mehr aushalten.«

»Das sagst du schon seit zwei Jahren«, sagte Stephen bissig. »In Wirklichkeit bist du einer der zähesten Männer innerhalb der gesamten britischen Streitkräfte.«

Weir holte Zigaretten aus der Tasche und blickte sich hoffnungsfroh um. Zögernd schob Stephen ihm eine Flasche über den Tisch.

»Wann greift ihr an?« fragte Weir.

»Wie üblich. Wird schon schiefgehen.«

»Stephen, ich mache mir Sorgen um dich. Ich habe Vorahnungen.«

»Ich will nichts von deinen Vorahnungen wissen.«

»Du warst ein wunderbarer Freund, Stephen. Ich werde nie vergessen, wie wir in dem Trichter lagen und du mit mir geredet hast und ...«

»Natürlich wirst du das vergessen. Und jetzt sei still.«

Weir zitterte. »Du verstehst mich nicht. Ich will mich bei dir bedanken. Ich habe nun mal diese schlechte Vorahnung. Weißt du noch, wie wir beim letzten Mal die Karten gelegt haben, und du hast ...«

»Ich präpariere die Karten. Ich bescheiße. Sie bedeuten gar nichts.« Stephen konnte das Gespräch nicht ertragen.

Weir sah verwirrt und niedergeschlagen aus. Er trank einen großen Schluck. »Ich weiß, daß ich das nicht sagen sollte, ich weiß, daß es egoistisch ist, aber ...«

»Halt den Mund, Weir.« Stephen schrie ihn an, und seine Stimme überschlug sich fast zu einem Schluchzen. Er brachte sein Gesicht dicht vor Weirs. »Versuch doch einfach, mir zu helfen. Wenn du dankbar bist oder was auch immer, dann versuch mir zu helfen. Herrgott noch mal, glaubst du etwa, ich freue mich darauf? Glaubst du etwa, ich bin zu so etwas geboren?«

Weir zuckte zurück, als Speicheltröpfchen ihn trafen.

Er wollte widersprechen, aber Stephens Wut war jetzt nicht mehr zu bremsen. »All diese achtzehn- und neunzehnjährigen Jungen, die morgen früh rausgehen werden, und ich muß mitgehen und auf sie aufpassen. Kannst du denn nicht ein einziges Mal über etwas anderes reden!«

Benebelt vom Alkohol, war Weir nicht weniger erregt als Stephen. »Das muß aber endlich mal gesagt werden, und es ist mir scheißegal, ob es taktvoll ist. Es gibt wichtigere Dinge im Leben. Ich will mich bei dir bedanken und mich von dir verabschieden, falls ...«

Stephen packte ihn am Uniformkragen und zerrte ihn zur Tür des Unterstandes. »Verpiss dich, Weir, verpiss dich und laß mich in Ruhe.« Er gab ihm einen Stoß, so daß er mit dem Gesicht in den Matsch fiel. Weir rappelte sich langsam wieder auf, sah Stephen vorwurfsvoll an, wischte sich Schlamm und Dreck von der Uniform und machte sich dann auf seinen einsamen Rückweg.

Endlich allein, begann Stephen die Reise durch sich selbst, die erst im Morgengrauen enden würde. Er sah an sich hinunter und erinnerte sich an die Dinge, die seine Hände berührt hatten; er sah die Linien auf seinen Fingerspitzen und legte den Handrücken auf die weiche Haut seiner Lippen.

Er legte sich auf die harte Pritsche und spürte auf seinem Gesicht die Wolldecke. Es war ein Gefühl, das er aus seiner Kindheit kannte. Er schloß die Augen und dachte an die frühesten Erinnerungen, die er an seine Mutter hatte, an das Gefühl ihrer Hände, an ihre Stimme und ihren Duft. Er wickelte sich ins Tuch seiner Erinnerungen, in denen es keine Granaten und Kugeln gab, und hoffte, dort in Sicherheit zu sein. Er schluckte und spürte den vertrauten Druck auf Zunge und Kehle. Es war derselbe Körper, den er schon als unschuldiger Junge gehabt hatte. Wie konnte diesem Körper überhaupt etwas zustoßen? Seine wiedergefundene Liebe zur Welt machte die Vorstellung, sie verlassen zu müssen, unerträglich.

Eine Stunde vor Anbruch der Dämmerung brachte Riley ihm warmes Wasser zum Rasieren. Stephen war es angenehm, den schlauen, kleinen Mann mit den unterwürfigen Manieren zu sehen. Er hatte ihm auch eine große Kanne Tee gekocht. Stephen rasierte sich sorgfältig und legte das Koppel um, das Riley poliert hatte.

Als er durch den Schützengraben ging, stellte er fest, daß die Verpflegung pünktlich geliefert worden war, und einige der Leute hatten sich sogar Speck zum Frühstück gebraten. Er mußte sich im Dunkeln vorsichtig bewegen, um nicht auf den Laufbrettern auszurutschen. Er traf Feldwebel Price, der die Ausrüstung kontrollierte. Price' systematisches Vorgehen half ihm: Es war doch nur ein ganz normaler Tag. Dann unterhielt er sich mit Petrossian, dem Corporal aus seiner alten Einheit. Sein vertrautes, dunkles Gesicht sah hoffnungsvoll zu Stephen auf, als könne er ihm die Angst nehmen. Stephen blickte schnell weg. Er ging zu einer Gruppe von Leuten, die noch keinen Angriff mitgemacht hatten, Barlow, Coker, Goddard und einige andere, die neben einer Sturmleiter hockten. Er sprach sie an, und sogar in der Dunkelheit konnte er ihren merkwürdigen Gesichtsausdruck erkennen. Es war, als hätte sich ihre Gesichtshaut so stark gespannt, daß sie nun glühte. Sie waren nicht in der Lage, ihm zu antworten; sie waren in sich selbst versunken, die Zeit stand still, und helfen konnte ihnen jetzt niemand mehr.

Die Artillerie legte ihr Sperrfeuer ins Niemandsland. Sie blickten über die Sandsäcke der Brustwehr und sahen die Erde spritzen und spucken. Stephen sah auf seine Uhr. Noch vier Minuten. Er kniete sich auf den Schützenauftritt und betete, ein wortloses Ächzen.

Diesmal war es so schnell gegangen. Das lange Trommelfeuer vor dem Angriff im Juli war fast unerträglich gewesen, aber es hatte den Leuten zumindest Zeit gegeben, sich vorzubereiten. Aber jetzt kam es ihm so vor, als hätte er erst vor ein paar Stunden mit Jeanne gegessen, und nun war er bereit zu sterben. Es war gleichgültig, daß dies ein vergleichsweiser kleiner Angriff war: Der Tod machte keine Unterschiede.

Er erhob sich von den Knien und ging in die nächste Feuerstellung, wo er Ellis sah, der auf die Uhr schaute. Er ging zu ihm und legte ihm den Arm um die Schulter. Ellis' angespanntes Gesicht machte ihm Mut; irgendwie brachte er ein aufmunterndes Lächeln zustande, und noch einmal drückte er ihm die Schulter. Am Anfang des Verbindungsgrabens stand Price mit einer Liste. Er streckte Stephen die Hand entgegen, und Stephen schüttelte sie. Price würde nicht mit hinausgehen, aber er würde später auszurechnen haben, welcher Preis gezahlt worden war.

Stephen blickte zum Himmel; erstes Morgenlicht brach durch die Wolken. Er stieß einen langen Seufzer aus, der ihn bis zu den Zehenspitzen erbeben ließ. »O Gott, o Gott«, sagte er ausatmend, und ein Schauer lief ihm den Rücken hinab. Wo war jetzt die allumfassende Liebe der Welt? Jetzt, da nur noch eine Minute Zeit war, erschütterte ihn die Erkenntnis genauso, wie sie seine Leute erschütterte: Es gab kein Zurück mehr. Er warf einen sehnsüchtigen Blick in den Verbindungsgraben und wandte sich dann nach vorn. Eine Trillerpfeife schrillte, und die Männer erklommen, vom

Gewicht des Sturmgepäcks zurückgezogen, schwerfällig die Leitern – hinaus in die Luft aus Metall.

Stephen sah ihre unbeholfenen, krebsartigen Bewegungen und spürte, wie sich sein Herz mit Mitleid und Liebe für sie füllte. Er schob sich durchs Gedränge und folgte ihnen.

Die Männer liefen, so schnell sie konnten, über die zerwühlte Erde; das langsame Vorrücken, das noch im vergangenen Jahr befohlen worden war, hatte man aufgegeben. Ihre eigenen Maschinengewehre legten über ihre Köpfe hinweg ein Sperrfeuer, das gegen das Abwehrfeuer des Feindes schlug. Als Stephen den Kopf senkte, um, so gut es ging, den Schutz seines Stahlhelms zu nutzen, spürte er die ungeheure Lärmdichte. Er mußte über Körper steigen, die am Boden lagen, und über kleine Schlammkrater springen. Er sah, daß die erste Welle vor ihm bereits den feindlichen Graben erreicht hatte. Seine eigene Kompanie, die nachrücken sollte, formierte sich in einer Entfernung von etwa fünfzig Metern im Schutz von Bombentrichtern neu.

Stephen rutschte über den Rand eines drei Meter tiefen, verschlammten Kraters, in dem sich bereits Goddard und Allen befanden; Allen preßte sich einen Notverband gegen den Oberarm. Coker stand auf den Schultern eines anderen Mannes und blickte mit einem Feldstecher über den Kraterrand, um zu sehen, welche Signale von der ersten Welle kamen.

Er sprang in den Matsch hinunter. »Ich kann nichts erkennen, Sir!« brüllte er Stephen durch den Lärm zu. »Keine Signale, nichts. Sie scheinen aber durch den Drahtverhau durch zu sein. Und im Graben gehen Mills-Bomben hoch.«

Stephen sah einen Hoffnungsschimmer. Es war immerhin möglich, daß es die Artillerie zum ersten Mal, seit er an der Front war, geschafft hatte, die Drahtsperren zu vernichten, so daß seine Männer nicht mehr zu Zielscheiben der feindlichen Maschinengewehre werden konnten.

Petrossian stolperte in den Krater. Er war über und über mit schwarzem Schlamm und Verwesungsdreck aus anderen Bombentrichtern bedeckt, aber er blutete nicht.

»Signal von Kompanie B, Sir!« brüllte er. »Sie sind durch.«

»Also gut. Dann los!«

Stephen kletterte auf den Kraterrand und schwenkte eine Signalflagge. Der Boden schien in Bewegung zu geraten, als er auf einer Breite von hundert Metern Männer ausspie. Der Lärm vor ihnen verdoppelte sich noch, als die Deutschen aus ihrem zweiten Graben das Feuer eröffneten. Die Männer der Kompanie B versuchten, ihnen Feuerschutz zu geben, aber ihre Gewehre kamen nicht gegen die deutschen Maschinengewehre an. Die letzten fünfzig Meter legten sie springend und sich duckend zurück, schlugen Haken, um den Salven auszuweichen, und stolperten über die Körper Gefallener.

Stephen folgte zwei anderen Männern durch eine Bresche im deutschen Draht und sprang in eine Feuerstellung hinunter, die völlig überfüllt war. Niemand wußte genau, was vorging. Auf den Laufbrettern kauerten Gruppen deutscher Gefangener; sie lächelten nervös und schienen erleichtert zu sein, hatten jedoch auch Angst, daß ihnen zu diesem späten Stadium doch noch etwas zustoßen könnte. Sie boten den Männern der Kompanie B Souvenirs und Zigaretten an. Der deutsche Graben mit seinen gewaltigen, tiefen Erdbunkern und sorgfältig konstruierten Brustwehren erschien den britischen Soldaten wie ein Wunderwerk. Sie blickten sich mit unverhohlener Neugier in dieser fremden »Privatsphäre« um, von der sie sich vorher alle möglichen Vorstellungen gemacht hatten und in die sie nun endlich eingedrungen waren.

Stephen gelang es, die Gefangenen in einem unbeschädigten Erdbunker unterzubringen; Petrossian und drei andere Männern ließ er als Bewachung zurück. Er wußte, daß Petrossian erleichtert war, nicht weiter vorrücken zu müssen, daß es ihm jedoch ein Vergnügen sein würde, die Gefangenen zu erschießen, falls das notwendig sein sollte. Er ging durch den Graben und stieß auf Ellis: schweißüberströmt, leerer Blick – als ob die Schlacht in einer anderen Welt stattfand.

Auf der linken Seite, wo der Graben an den Kanal grenzte, wurde immer noch gekämpft, aber nach einer halben Stunde kamen immer mehr gefangene Deutsche aus den Unterständen, und der Gefechtslärm flaute ab.

Ellis sah Stephen erwartungsvoll an. »Und jetzt?«

»Wir bekommen mittags aus dem Wald da vorne rechts Verstärkung von den Truppen, die Gray unsere *Black-Country*-Freunde nennt. Wir müssen das Kanalende sichern und dann den zweiten Graben unter Druck setzen.«

Ellis lächelte unsicher. Stephen verzog das Gesicht zu einer Grimasse. »Wir bombardieren jetzt schon die zweite Linie!« schrie er durch das Heulen über ihm. »Ziehen Sie Ihren Helm fest und drücken beide Daumen.«

Im Graben entstand hektische Aktivität, als die Männer Sandsäcke aufstapelten, um von der Rückseite des Grabens die zweite Linie der Deutschen unter Beschuß nehmen zu können. Bei der Suche nach Lücken, durch die sie feuern konnten, bekamen viele Kopfschüsse und fielen. Lewis-Schützen suchten nach einer sicheren Stellung, von der aus sie ihr Ziel bestreichen konnten, aber zum gegenwärtigen Zeitpunkt war kaum zu entscheiden, ob ein weiteres Vorrücken überhaupt möglich war oder ob ein Gegenangriff erfolgen würde. Die Artillerie hatte sich inzwischen exakt eingeschossen. Granaten explodierten auf den Grabenrändern und rissen Menschen und Erdfontänen in die Höhe. Hinter den Linien setzte schweres Gegenfeuer der deutschen Artillerie ein. Zum Bataillons-Hauptquartier gab es keine Verbindung mehr, und im Lärm und der zunehmenden Verbissenheit der Schlacht schien die einzige Möglichkeit, den Angriffsbefehl umzusetzen, darin zu bestehen, dem ursprünglichen Plan zu folgen. Er stieg auf den improvisierten Schützenauftritt. Soweit er es erkennen konnte, schien der Feind einen weiteren Rückzug in den Reservegraben vorzubereiten. Wenn es doch nur die Möglichkeit gäbe, dachte er, mit der Artillerie zu kommunizieren; sie könnte die Deutschen unter Beschuß nehmen, sobald sie sich zurückzögen.

Im Gebrüll einiger nur teilweise zu verstehender Befehle begann ein zweiter Angriff. Ohne geordnete Reihen war er längst nicht so gut koordiniert wie der erste, aber die Männer, die es bis hierher geschafft hatten, befanden sich jetzt in einem Kampfrausch und warfen sich auf die zweite Verteidigungslinie. Da die Gewehre sie nur behinderten, sprangen sie mit Bajonetten und bloßen Fäusten in den Graben. Einige, die zu spät über den zweiten Vorstoß informiert worden waren, wurden vom eigenen Artilleriefeuer zerfetzt, und andere sprangen direkt in den Tod. Stephen drückte sich durch den Drahtverhau und landete auf dem Körper eines deutschen Leutnants, dem eine Granate beide Beine abgerissen hatte. Er lebte noch und versuchte, sich in Deckung zu bringen. Sie bildeten Gruppen und kämpften sich in beiden Richtungen durch den Graben vorwärts, damit ihre Nachhut geschützt war, aber weil immer noch Leute nachrückten, konnten sie keine Handgranaten über den Querwall werfen, weil sie sonst die eigenen Kameraden getroffen hätten. Die Männer mußten sich also auf gut Glück um die Ecken wagen. Das Schicksal der ersten zwei oder drei war dann ein Zeichen für die Nachrückenden. Stephen sah, wie die Männer weiterwüteten, auf die Körper ihrer Freunde traten, eine Feuerstellung nach der anderen säuberten und sich gegenseitig wegstießen, um an der nächsten Traverse der erste zu sein. Sie dachten an tote Brüder und Freunde; alle Angst war weggebrannt. Sie töteten mit Lust. Sie waren wahnsinnig.

Am späten Vormittag hatten sie auch den Nachschubgraben freigekämpft. Stephen schickte eine Meldung zum Kanal, daß man sich dort eingraben solle, falls ein Gegenangriff erfolgte. Sie mußten jetzt nur noch die Stellung halten, bis mittags die Verstärkung käme, um ihre andere Flanke zu sichern.

Stephen konnte den Anblick der Deutschen nicht ertragen und versuchte, die Gefangenen so schnell wie möglich nach hinten schaffen zu lassen. Trotz des fortgesetzten Artilleriebeschusses meldeten sich genügend Freiwillige als Bewachung. Da sie an einem einzigen Morgen gleich zwei Linien überrannt hatten, wollten die Männer ihr Schicksal nicht noch weiter herausfordern. Nach fünf Stunden verbissenen Kampfes sehnten sie sich nach Ruhe. Stephen blickte ihnen neidisch nach, als sie mit hängenden Schultern abrückten.

Der Gefechtslärm wurde für eine Weile schwächer, nahm dann aber wieder zu, und zwar besonders auf der rechten Flanke, die von unsichtbaren Maschinengewehrstellungen und Gewehrgranaten unter Feuer genommen wurde. Stephen war der Erfolg des beträchtlichen Vorstoßes noch gar nicht richtig klar geworden, als ihre Stellung bereits wieder zu wanken begann. Wegen der Zickzack-Konstruktion des Grabens konnte man die Kampfhandlungen nur einige Meter weit überblicken, aber aus dem Lärm schloß er, daß ein Gegenangriff erfolgt sein mußte.

Eine ziehharmonika-ähnliche Bewegung im rechten Graben schien darauf hin zu deuten, daß entweder die Feuerstellungen geräumt worden sein mußten oder sie nur stillhielten. Um zwölf kletterte er auf einer Leiter an einer zerstörten Brustwehr nach oben und starrte zu dem Wald hinüber, aus dem die Verstärkung kommen sollte. Kein Mensch war zu sehen. Er sprang wieder in den Graben und fand dort ein Periskop. Er hielt es in Richtung Niemandsland, konnte aber außer der entfernten Kolonne der Gefangenen, die abgeführt wurden, auch dort weit und breit niemanden sehen. Er schloß die Augen und seufzte leise, während der Feuersturm über ihm hinwegtobte. Er hätte es wissen müssen. Er hatte es geahnt.

Ein Kompanieführer namens Sibley brüllte ihm etwas ins Ohr. Er wollte wissen, wann mit der Verstärkung zu rechnen sei.

»Es gibt keine Verstärkung. Sie kommen nicht!« brüllte Stephen zurück.

»Warum nicht?« schrie Sibley.

Stephen schwieg.

Eine Stunde später waren die Deutschen wieder im äußersten Ende des Grabens, wo sich ein Kampf Mann gegen Mann entwickelte. Kurz darauf bekam Kompanie B von ihrem Kommandeur den Befehl, sich in den vorderen Graben zurückzuziehen, den man am Morgen gestürmt hatte. Als die Männer über die Brustwehren rutschten, gerieten sie ins Feuer deutscher Maschinengewehre, die im Nachschubgraben wieder in Stellung gegangen waren.

Der Lärm machte es unmöglich, einen klaren Gedanken zu fassen. Stephen merkte, daß Ellis ihm etwas zubrüllte. »Wir verrecken, wir verrecken!« formten lautlos seine Lippen.

Stephen schüttelte den Kopf.

Ellis legte die Lippen an Stephens Ohr. »Kompanie B ist weg.«

»Ich weiß. Ich weiß.« Stephen gab keine Erklärungen. Sein Befehl lautete, mit seiner Kompanie die Stellung zu halten; Kompanie B hatte den Befehl, den Angriff mit durchzuführen, konnte sich dann jedoch nach eigenem Gutdünken bewegen. Stephen war entschlossen, die Befehle auszuführen, die Colonel Gray ihm gegeben hatte, wollte es Ellis aber nicht sagen.

Ein Sergeant mit blutbespritztem Gesicht hastete an ihnen vorbei; eine ganze Reihe Männer folgten ihm, die von der ungedeckten, rechten Flanke des Grabens zurückgedrängt worden waren. Der Gegenangriff kam nun auch aus Richtung der Reservestellung ins Rollen. Zwei Lewis-Maschinengewehre konnten ihn nicht stoppen. Wenn jetzt auch noch ein Vorstoß von der Kanalseite erfolgte, wären sie völlig eingeschlossen. Stephen kalkulierte hastig die Chance eines Rückzugs. Inzwischen waren so viele Deutsche im Graben, daß sie ihre Positionen oben auf den Brustwehren halten und seinen Leuten in den Rücken schießen konnten, wenn sie zurückliefen.

Ellis weinte. »Was sollen wir bloß tun?« jammerte er. »Ich muß meine Leute retten. Was sollen wir tun?«

Stephen sah nur noch einen einzigen Ausweg: Man mußte die Leichen seiner Kompanie wie Sandsäcke übereinanderstapeln. Es war nicht seine Wahl, aber es gab keine anderen Möglichkeiten mehr.

»Was sollen wir tun?« heulte Ellis durch den Lärm.

»Wir halten die Stellung, wir halten die verdammte Scheißstellung!« In dem unhörbaren Schrei sah man nur die Zunge und die Zähne in seinem aufgerissenen Mund.

Um ihr Leben zu retten, kämpften die Männer verzweifelt um jeden Zentimeter Graben. Auch Stephen feuerte pausenlos in die vorrückenden, feldgrauen Reihen.

Kurz vor drei hörte er direkt an seinem Ohr eine Stimme mit Yorkshire-Akzent und blickte in ein unbekanntes Gesicht. Er blickte dem Mann verblüfft in die Augen. Es war ein Leutnant des Duke-of-Wellington-Regiments. Er schrie Stephen zu, daß seine Leute das äußerste Ende des Grabens zurückerobert hätten.

Innerhalb einer Stunde hatten sie wieder den gesamten Graben bis zum Kanal unter Kontrolle. Weitere Verstärkungen rückten mit Granatwerfern und Maschinengewehren nach. Der deutsche Gegenangriff brach zusammen, letzte Nachzügler zogen sich in die Reservestellungen zurück.

Stephen kletterte auf die Laufbretter zurück und ging zu einem Unterstand, wo er auf einen Major des Duke-of-Wellington-Regiments traf.

»Sieht so aus, als hätten Sie's geschafft«, sagte der Major munter. »Ihr Befehl lautet jetzt, sich zurückzuziehen. Wir sind hier, um Ihnen Feuerschutz zu geben. Vorhin ist leider etwas schiefgegangen. Wieder mal so ein Triumph der Planung.«

Stephen sah dem Mann ins Gesicht. Er sieht noch so jung aus, dachte er, aber er hat eine Art Wunder vollbracht.

»Und was werden Sie tun?« fragte er.

»Ihren Rückzug decken. Und dann nichts wie weg hier.«

Stephen schüttelte dem Mann die Hand und ging hinaus.

Zuerst brachten sie die Verwundeten und Toten zurück, und das, was von der Kompanie übrig war, erreichte bei Anbruch der Nacht wieder den eigenen Graben. Ellis war von einer Maschinengewehrsalve getötet worden. Die Überlebenden schleppten sich in kleinen Gruppen langsam durch den Schlamm zurück, durch den sie am Morgen gelaufen waren. Sie fragten nicht nach dem Schicksal ihrer Kameraden; sie wollten nur noch irgendwo ankommen, wo sie ihre Glieder ausstrecken konnten.

Stephens neue Aufgabe schien darin zu bestehen, daß er sich über Landkarten zu beugen und festzustellen hatte, welches Bataillon sich wo befand. Er war in einem angenehmen Haus im

Dorf einquartiert, mußte jedoch hin und wieder eine Nacht in einem Unterstand der Reservelinie verbringen. Doch selbst das war eine enorme Erleichterung gegenüber dem, was er durchgemacht hatte.

Da der Angriff auf die Höhen von Messines unmittelbar bevorstand, war seine Arbeit wichtig. Mit bitterem Vergnügen stellte Stephen fest, daß Weirs Tunnelkompanie kurz vor dem betreffenden Termin von der Front abgezogen werden sollte. Ihre Arbeit wäre bis dahin getan, und die Sprengladungen würden von anderen Leuten gezündet werden.

Der Brigademajor, ein Mann namens Stanforth, erinnerte ihn in seinem Verhalten an Colonel Barclay. Er neigte dazu, grundlos herumzuschnauzen, und sprach in abgehackten Sätzen, die offenbar Dringlichkeit vermitteln sollten. Wenn etwas Unvorhergesehenes passierte, bewies er sogleich seine Führungsstärke, indem er umfassende und komplizierte Befehle gab, obwohl sich die Probleme gemeinhin von selbst lösten.

Am Tag seiner Ankunft genügte Stephen der traurigen Pflicht, Ellis' Mutter zu schreiben, die man offiziell bereits über den Tod ihres Sohnes informiert hatte. Er saß in seinem Büro und kaute länger als eine Stunde auf dem Stift herum, bis er schließlich den Brief begann. Es war ein Sommertag, und im Garten des Hauses zwitscherten Drosseln und Amseln.

Er setzte mehrfach an, indem er Einzelheiten des Angriffs zu beschreiben versuchte oder von der Zeit erzählte, die er mit Ellis im Unterstand oder in Amiens verbracht hatte. Schließlich brachte er jedoch nur nichtssagende Beileidsbekundungen zu Papier.

»Liebe Mrs. Ellis!

Gestatten Sie, daß ich Ihnen mein tiefempfundenes Beileid zum Tod Ihres Sohnes ausdrücke. Wie man Ihnen wohl schon mitgeteilt hat, fiel er im Verlauf einer offensiven Kampfhandlung am Morgen des 2. Juni. Er kam durch feindliches Maschinengewehrfeuer ums Leben, als er die Verteidigung eines deutschen Schützengrabens organisierte, der unter seinem

Kommando kurz zuvor mit großer Tapferkeit erobert worden war. Er ist zusammen mit Leutnant Parker und Leutnant Davies beerdigt worden. Das Grab ist ordnungsgemäß markiert worden, und seine genaue Lage hat die Gräberverwaltung registriert.

Während des letzten Gesprächs, das ich mit ihm führte, sagte er mir, daß er keine Angst vor dem Tod habe und sich jeder Aufgabe gewachsen fühle, die man ihm zuweisen werde.

In allen Situationen hat er sich stets als erstes um das Wohlergehen und die Sicherheit seiner Leute bemüht.

Seine Leute liebten ihn, und ich spreche Ihnen hiermit nicht nur mein persönliches Mitgefühl aus, sondern auch das seiner Leute. Indem er sein Leben dem Britischen Empire opferte, gehört er zu den vielen, die einen hohen Preis entrichteten. Wir empfehlen die Seelen unserer gefallenen Brüder der Gnade und Liebe Gottes.«

Als Stephen den Brief noch einmal überflog, unterstrich er das Wort »allen«. »In *allen* Situationen ...« Es war die Wahrheit. In wenigen Monaten hatte Ellis den Respekt seiner Männer gewonnen, weil er keine Angst hatte oder sie zumindest nicht zeigte. Er war ein guter Soldat geworden, aber das half ihm nun nichts mehr.

Stephen war es leid, solche Briefe zu schreiben. Er stellte fest, daß sein Stil trocken und unsensibel geworden war. Er stellte sich die Wirkung vor, die der Brief auf die untröstliche Mutter haben müßte. Ihr einziger Sohn tot ... Er wollte lieber nicht darüber nachdenken.

Während der letzten Woche vor dem Angriff wurde Jacks Kompanie in die tiefen Stollen unter den Höhen beordert, wo sie in präparierten Kammern tonnenweise Ammonium plazierten.

Zwei Tage vor dem Angriff hatten sie ihre Aufgabe erfüllt, und Jack kehrte erschöpft ans Tageslicht zurück. Evans, Fielding und

Jones folgten ihm. Sie standen in dem Grabensektor, in dem sich der Stolleneingang befand, und gratulierten sich gegenseitig zu ihrer Leistung. Sie mußten Captain Weir noch Meldung machen, bevor sie offiziell abtreten konnten, und trotteten über die Laufbretter zu seinem Unterstand.

»Es gibt 'n Gerücht, daß du Heimaturlaub kriegst, Jack«, sagte Fielding.

»Das glaub ich nicht. Die lassen uns vorher doch noch bis Australien buddeln.«

»Hier gibt's für uns nichts mehr zu buddeln«, sagte Evans. »Das ist ja schon 'n ganzes Bergwerk da unten. Ich bin froh, wenn ich hinter die Linien komme – und dann ein schönes, weiches Bett und zwei oder drei Gläser Wein im Bauch.«

»Ja«, sagte Fielding, »und vielleicht eins von diesen französischen Mädchen neben dir.«

Jack begann langsam daran zu glauben, daß für ihn das Schlimmste vorüber sein könnte. Er gestattete sich sogar, sich die Halle seines Hauses in London vorzustellen, in der Margaret auf ihn wartete.

Weir kam ihnen auf den Laufbrettern entgegen. Er schien ungewöhnlich gut gelaunt zu sein. Er trug Stiefel, Uniformjacke und eine weiche Mütze. Als er sich ihnen näherte, bemerkte Jack, daß einige Sandsäcke auf dem Wall immer noch beiseite geschoben waren, nachdem die Infanterie hier aus dem Graben gestürmt war. Er wollte Weir eine Warnung zurufen, daß er nicht genügend Deckung habe. Weir kletterte auf einen Schützenauftritt, um eine Proviantgruppe vorbeizulassen, und die Kugel eines Scharfschützen drang ihm oberhalb der Augen in die Stirn, so daß Teile des Gehirns gegen die Sandsäcke der Rückenwehr hinter ihm spritzten.

Sein Körper schien einen Augenblick lang weiterlaufen zu wollen, als habe er nicht bemerkt, was geschehen war. Dann brach er mit wegknickenden Beinen wie eine Puppe zusammen und stürzte mit dem Gesicht zuerst in den Schlamm.

Stephen erhielt die Nachricht am nächsten Abend durch einen Aufklärungsoffizier namens Mountford. Er befand sich in seinem Unterstand in der Reservelinie, wo er als Verbindungsstation zwischen Hauptquartier und den Männern fungierte, die am Morgen die zweite Welle bilden sollten. Mountford faßte sich kurz. »Ich glaube, er war ein Freund von Ihnen«, sagte er. Er sah Stephens Gesicht und wußte, daß es keinen Sinn hatte, länger zu bleiben.

Einen Moment saß Stephen nur still da. Bei ihrer letzten Begegnung hatte er Weir mit dem Kopf voran auf den Boden des Schützengrabens gestoßen. Das war also seine letzte Geste gewesen. Minutenlang konnte er an nichts anderes als an Weirs verletzten, vorwurfsvollen Blick denken, als er sich den Schlamm aus dem Gesicht gewischt hatte.

Dennoch hatte er ihn geliebt. Einzig Weir hatte ihm den Krieg erträglich gemacht. Weirs Erschrecken im Trommelfeuer hatte wie ein Blitzableiter für seine eigenen Ängste funktioniert, und sein unschuldiges Wesen hatte Stephen die Möglichkeit geboten, sich über Eigenschaften lustig zu machen, die er selbst längst verloren hatte. Weir war auch weitaus tapferer gewesen als Stephen: Er hatte ja mit dem Entsetzen gelebt, hatte es jeden Tag erfahren, und er hatte es durch seine merkwürdige Sturheit besiegt. Er hatte sich keinen einzigen Tag vor seiner Pflicht gedrückt; er war an vorderster Front gefallen.

Stephen stützte die Ellbogen auf die rauhe Holzplatte des Tisches. Noch nie in seinem Leben hatte er sich so einsam gefühlt. Nur Weir war ihm an die Ränder der Wirklichkeit gefolgt, an denen er gelebt hatte; nur Weir hatte die Klage des Himmels bei Thiepval gehört.

Er lag mit trockenen Augen auf dem Bett. Kurz nach drei Uhr morgens gingen die Sprengladungen hoch und ließen sein Bett erbeben. »Die Explosion wird man bis London spüren«, hatte Weir sich gebrüstet.

Das Telefon klingelte, und Stephen setzte sich wieder auf den Stuhl am Schreibtisch. Den ganzen Morgen erhielt er nun Meldungen. Um neun Uhr hatte die Zweite Armee die Höhen erreicht. Die Stimmen, mit denen er sprach, klangen erleichtert: Endlich hatte etwas geklappt wie geplant. Die Sprengladungen waren enorm gewesen, und die Infanterie, die neue Angriffsformationen von den Kanadiern übernommen hatte, war durchgestürmt. Glückwünsche gingen durch die Telefonleitungen hin und her.

Mittags wurde Stephen abgelöst. Er legte sich aufs Bett und versuchte einzuschlafen. Er hörte, daß die Bombardierung der deutschen Linien ununterbrochen fortgesetzt wurde. Er verfluchte sein Schicksal, nicht dabeisein zu können. Jetzt, um Grays hypothetische Frage zu beantworten, jetzt würde er skrupellos töten. Er beneidete die Männer, die nun auf den geschlagenen Feind schießen konnten, die die Möglichkeit hatten, Bajonette in ungeschützte Körper zu bohren, die das Glück hatten, Maschinengewehrsalven in die zu jagen, die seinen Freund getötet hatten. Jetzt hätte er leichten Herzens töten können.

Er versuchte daran zu denken, daß Weir sich über den Sieg auf den Höhen freuen und daß der Erfolg ihn auch bestätigen würde, aber er konnte es sich nicht vorstellen. Er war jetzt einfach nicht mehr da. Stephen dachte an sein verblüfftes, ehrliches Gesicht, die kalkweiße Haut, rot gesprenkelt von geplatzten Blutgefäßen, Folgen des Alkohols; er dachte an seine kahle Stirn und die entsetzten Blicke, die seine eigene Unschuld nicht fassen konnten. Er dachte an die Traurigkeit dieses Körpers, der wieder zu Erde werden würde, ohne je einen anderen menschlichen Körper erfahren zu haben.

Die ganze Nacht und den folgenden Tag lag er regungslos auf dem Bett. Er sagte kein Wort, als Mountford vorbeikam, um ihn aufzumuntern. Er verfluchte sich, weil seine letzte Reaktion auf Weir so unbeherrscht ausgefallen war. Er haßte den Egoismus seiner Gefühle, weil er sich selbst mehr bedauerte als seinen toten Freund. Er konnte nichts daran ändern. Er hatte, wie alle anderen auch, gelernt, den Tod aus seinen Gedanken zu verdrängen, aber die Einsamkeit konnte er nicht abschütteln. Jetzt, da Weir tot war, gab es niemanden mehr, der ihn verstand. Er versuchte zu weinen, aber die Tränen, die seiner Verzweiflung oder seiner Liebe für den armen, verrückten Weir gegolten hätten, wollten nicht kommen.

Am dritten Tag besuchte ihn Colonel Gray.

»Endlich, ein Erfolg«, sagte er. »Diese Tunnelbauer haben ganze Arbeit geleistet. Darf ich mich setzen, Wraysford?«

Stephen saß auf der Bettkante. Er war aufgestanden und wollte salutieren, als Gray eingetreten war, aber Gray hatte abgewinkt. Stephen deutete mit der Hand auf den Stuhl am Tisch.

Gray schlug die Beine übereinander und steckte sich eine Pfeife an. »Der Boche wußte gar nicht, was da unter ihm hochging. Ich war ja eigentlich nie ein großer Freund der Kanalratten, weil sie sonst nur kleine Krater geschaffen haben, die dem Feind Deckung gegeben haben, aber jetzt muß sogar ich zugeben, daß sie diesmal ganze Arbeit geleistet haben.«

Er redete noch ein paar Minuten über den Angriff und nahm offenbar gar nicht zur Kenntnis, daß Stephen ihm keine Antworten gab.

»Unsere Jungs lagen in Reserve«, fuhr er fort. »Wurden aber gar nicht gebraucht. Ich glaube, einige waren sogar ein bißchen enttäuscht.« Er sog an der Pfeife. »Allerdings nur einige.«

Stephen fuhr sich mit der Hand durchs ungekämmte Haar. Er fragte sich, ob Gray hergeschickt worden war oder ob er von sich aus beschlossen hatte, ihn zu besuchen.

»Stanforth«, sagte Gray. »Sieht wie der typische, englische Stabsoffizier aus, stimmt's? Fett, selbstgefällig, schlecht informiert. Entschuldigen Sie, ich habe gar nichts gegen die Engländer, das wissen Sie ja, Wraysford. Aber in seinem Fall täuscht das Äußere. Er ist ein sehr kompetenter Planer. Ich glaube, er hat bei diesem Angriff vielen Leuten das Leben gerettet.«

Stephen nickte; ein Anflug von Interesse schob sich in seine Gleichgültigkeit; es war wie das schmerzhafte Prickeln, wenn Blut in eingeschlafene Glieder zurückströmt.

Gray redete und rauchte weiter. »Im Hinblick auf unsere vornehmen französischen Alliierten wird sich demnächst eine etwas heikle Lage ergeben. Sie haben Probleme. Eine gewisse, wie soll ich mich ausdrücken, zögerliche Haltung breitet sich unter ihnen aus. Die Abberufung des draufgängerischen Generals Nivelle hat die Lage verbessert. Pétain scheint etwas vorsichtiger mit dem Leben seiner Leute umzugehen, aber die Lage ist immer noch ernst. Soviel wir wissen, sind zwei Drittel der gesamten Armee auf die eine oder andere Weise davon betroffen, und eine von fünf Divisionen ist ernsthaft gefährdet.«

Stephen war jetzt neugierig, was Gray zu sagen hatte. Unter vergleichbaren Umständen hatte sich die französische Armee als erfolgreicher erwiesen als die britische und dabei bemerkenswerte Zuverlässigkeit an den Tag gelegt. Meuterei und Befehlsverweigerung schienen unvorstellbar.

»Stanforth wird Sie und Mountford auffordern, ihn zu begleiten. Es handelt sich um ein völlig informelles Treffen. Die betreffenden französischen Offiziere befinden sich offiziell auf Urlaub. Es ist einfach ein Treffen unter guten Freunden.«

»Ich verstehe«, sagte Stephen. »Ich bin überrascht, daß so etwas erlaubt ist. Wir haben uns doch sonst kaum mit den Franzosen getroffen.«

»Richtig«, sagte Gray mit einem kleinen, triumphierenden Lächeln. Er hatte Stephen zum Sprechen gebracht. »Erlaubt ist es nicht. Es ist aber auch nur ein Essen unter Freunden. Ach, übrigens. Sie sehen ja furchtbar aus. Rasieren Sie sich, und nehmen Sie ein Bad. Tut mir leid für Ihren Freund. Und jetzt kommen Sie mal wieder auf die Beine.«

Stephen sah ihn ausdruckslos an. Sein Körper war ohne jede Energie. Sein Blick heftete sich auf die blasse Iris in Grays Augen. Er versuchte, die Kraft des älteren Mannes in sich einzusaugen.

Grays Stimme wurde sanfter, als er sah, daß Stephen sich bemühte, eine Antwort zu geben. »Ich weiß, was es bedeutet, wenn man plötzlich allein ist; es ist so, als ob niemand miterlebt hat, was man selber durchgestanden hat. Aber Sie müssen weitermachen, Wraysford. Ich werde Sie fürs Militärkreuz vorschlagen, für Ihre

Leistungen beim Vorstoß am Kanal. Wären Sie damit einverstanden?«

Stephen zuckte zusammen. »Nein, überhaupt nicht. Man kann doch Leuten keine Blechsterne anheften, weil andere Männer ihr Leben gelassen haben. Um Gottes willen.«

Wieder lächelte Gray, und Stephen hatte, wie schon so oft, das Gefühl, daß man mit ihm spielte wie mit einem Instrument. »Sehr gut. Kein Orden.«

»Verleihen Sie Orden«, sagte Stephen, »aber zeichnen Sie damit Ellis aus oder einen anderen der Männer, die gefallen sind. Das macht seiner Mutter die Sache vielleicht leichter.«

»Ja«, sagte Gray. »Oder es bricht ihr das Herz.«

Stephen stand auf. »Ich fahre ins Hauptquartier und ziehe mich um.«

»Gut«, sagte Gray. »Wenn Sie jetzt schwach werden, berauben Sie sein Leben um jeden Sinn. Er kann nur Ruhe finden, wenn Sie bis zum Ende durchhalten.«

»Unser Leben hat schon längst seinen Sinn verloren. Das wissen Sie doch genau. Bei Beaucourt.«

Gray schluckte. »Dann tun Sie es für Ihre Kinder.«

Stephen stieg mit steifen Gliedern aus dem Unterstand in die Sommerluft hinaus.

Als er die Bäume und Häuser sah, die noch standen, und den Himmel darüber, empfand er wieder einen Hauch jener umfassenden Liebe, die er in England gefühlt hatte. Er riß sich zusammen, er funktionierte, aber er befürchtete, daß die Wirklichkeit, die er jetzt bewohnte, sehr zerbrechlich war.

Eine Zeitlang schrieb er täglich an Jeanne, hatte dann jedoch das Gefühl, nichts zu sagen zu haben. Sie antwortete, indem sie ihm über ihr Leben in Amiens erzählte, und schrieb ihm auch, was die französischen Zeitungen über den Krieg berichteten.

Er fuhr mit Stanforth und Mountford in einem Auto nach Arras, wo sie sich in einem Hotel mit zwei französischen Offizieren namens Lallement und Hartmann trafen. Lallement, der ältere der beiden, war ein korpulenter, lebenslustiger Mann. Vor dem Krieg war er Rechtsanwalt im öffentlichen Dienst gewesen. Er bestellte zum Essen verschiedene Weine und aß mehrere Rebhühner, die er mit den Händen in Stücke riß. Der Saft lief ihm übers Kinn auf die Serviette, die er sich in den Hemdkragen gestopft hatte. Stephen beobachtete ihn mit Mißbilligung. Hartmann, der jüngere Offizier, war ein ernst aussehender, junger Mann, der vielleicht erst zwanzig Jahre alt war und einen dunklen Teint hatte. Er blieb undurchschaubar und schien entschlossen zu sein, nichts zu sagen, was seinen Vorgesetzten in Verlegenheit gebracht hätte.

Lallement redete fast nur von Jagd und Wild. Stephen übersetzte für Major Stanforth, der dem Franzosen mit einigem Mißtrauen begegnete. Mountford, der französisch sprach, fragte ihn nach der Moral in der französischen Armee. Lallement versicherte ihm, während er sich die Sauce vom Kinn wischte, daß sie noch nie besser gewesen sei.

Nach dem Essen erkundigte sich Lallement bei Stanforth nach seiner Familie in England, was Stephen übersetzte. Sie hatten eine gemeinsame Bekannte, eine ältere Französin, die mit Stanforths Frau verwandt war. Dann lenkte Lallement das Gespräch auf die britische Armee und erkundigte sich, wie man die. Entwicklung des Krieges beurteilte. Stanforth war in seinen Antworten erstaunlich direkt, und Stephen geriet in Versuchung, ihn in der Übersetzung zu zensieren, aber Stanforth mußte schließlich selber wissen, was er sagte, und im Zweifelsfall hätte sich auch Mountford einmischen können.

Stephen, der keine Erfahrungen mit solchen informellen Zusammenkünften hatte, in denen es um Informationsaustausch ging, fragte sich, wann man endlich darauf zu sprechen käme, inwieweit der Zusammenbruch der Moral die französische Armee beeinträchtige. Bis zum Abendessen hatte er einen detaillierten Bericht über die Truppenbewegungen der meisten britischen Divisionen geliefert, dazu noch ein Bild der schlechten Stimmung gezeichnet, die unter den Soldaten herrschte und durch die Erfolge bei Virny und Messines nur zeitweise verbessert worden war. Depression kroch der Armee langsam in die Knochen, und das galt besonders für diejenigen, denen die geringen Erfolgsaussichten der geplanten Großoffensive bei Ypern bekannt waren.

Lallement wischte sich schließlich mit der Serviette den Mund ab und schlug vor, eine Bar in der Nähe des Hauptplatzes aufzusuchen, die ihm ein Freund empfohlen hatte. Sie blieben bis zehn Uhr; dann wurde Stephen losgeschickt, um Stanforth' Wagen zu holen. Der Fahrer war auf dem Rücksitz eingeschlafen. Als sie sich von den Franzosen verabschiedeten, begann es zu regnen. Stephen blickte sich noch einmal um und sah Lallement und Hartmann unter der Colonnade stehen, von der das Wasser tropfte.

Im August und September besuchte er wieder Jeanne. Sie machten Spaziergänge durch die Stadt, aber er lehnte ihren Vorschlag ab, einen Nachmittag in den Wassergärten zu verbringen.

Sie sagte, daß ihr seine Teilnahmslosigkeit Sorgen bereite. Es sei, als habe er alle Hoffnung aufgegeben und ließe sich nur noch treiben. Er sagte, daß ein anderes Verhalten ihm schwerfiele, wenn die Menschen mit Desinteresse auf das reagierten, was er und seine Kameraden durchgemacht hatten.

»Dann seien Sie mir zuliebe stark«, sagte sie. »Ich bin nicht desinteressiert an dem, was mit Ihnen oder Ihren Freunden geschieht. Ich bin auch nicht ungeduldig. Ich werde auf Sie warten.«

Sie gab ihm neuen Mut. Er erzählte ihr, welche Gefühle er während des Urlaubs in England, als er auf dem Feld gestanden hatte, gehabt hätte.

»Sehen Sie!« sagte Jeanne. »Es gibt einen Gott, es gibt einen Sinn für alles. Aber Sie müssen stark sein.«

Sie nahm seine Hand und hielt sie fest. Er blickte in ihr blasses, eingefallenes Gesicht.

»Tun Sie es mir zuliebe«, sagte sie. »Gehen Sie dahin zurück, wo man Sie braucht. Sie werden Glück haben. Sie werden überleben.«

»Ich fühle mich schuldig, wenn ich überlebe, und all die anderen sind tot.«

Er kehrte ins Brigade-Hauptquartier zurück. Es gefiel ihm nicht beim Stab. Er wollte wieder zu seinen Männern in den Schützengraben.

Mühsam versuchte er, sich aufrecht zu halten.

Sein Leben wurde grau und dünn, wie ein Licht, das jeden Moment verlöschen konnte; es war voller Stille.

V

ENGLAND 1978–79

Kommt er voran?« fragte Elizabeth Irene bei ihrem wöchentlichen Besuch.

»Nicht sehr gut«, sagte Irene. »Er sagt, daß es schwieriger sei, als er gedacht hat. Er arbeitet immer noch daran, aber dein Großvater hat seine Spuren offenbar ziemlich gründlich verwischt.«

Seit Elizabeth Bob das Tagebuch gegeben hatte, waren zwei Wochen vergangen, und inzwischen hatte sie sich entschlossen, der Vergangenheit auch auf andere Art näherzukommen. Dank seines Offiziers-Handbuchs hatte sie herausgefunden, welchem Regiment ihr Großvater angehört hatte, und nun versuchte sie, sein ehemaliges Hauptquartier ausfindig zu machen.

Nach einigen Telefongesprächen und unbeantworteten Nachfragen hatte sie in Erfahrung gebracht, daß das Regiment vor zehn Jahren aufgelöst und mit einem anderen Regiment zusammengelegt worden war. Das Hauptquartier befand sich in Buckinghamshire; eines Samstagnachmittags war Elizabeth hingefahren.

Man begegnete ihr mit Mißtrauen. Ihr Wagen wurde nach Bomben durchsucht, und sie mußte eine Stunde warten, bis sie schließlich von einem jungen Mann in Empfang genommen wurde.

Er war der erste Soldat, den Elizabeth kennenlernte. Sie wunderte sich über sein unmilitärisches Auftreten. Er wirkte eher wie ein Angestellter oder kleiner Beamter. Regimentsdokumente wurden irgendwo aufbewahrt, sagte er, schwer zugänglich, vertraulich; da sei nicht viel zu machen.

»Sehen Sie«, sagte Elizabeth, »die Sache ist die: Mein Großvater hat in diesem Krieg gekämpft, und ich würde gern mehr darüber erfahren. Die Leute wissen ja heute gar nichts davon, welche Opfer die Streitkräfte für sie gebracht haben – immer noch bringen. Ich brauchte eigentlich nur eine Namensliste der Leute, die in seinem ... Bataillon, seiner Kompanie waren, oder wie immer man das nennt. Ich nehme doch an, daß eine derart gut funktionierende Organisation wie die Armee über ein geordnetes Archiv verfügt.«

»Ich bin mir sicher, daß alles seine Richtigkeit hat. Das Problem ist, wie man da rankommt. Und natürlich alles streng vertraulich, wie ich Ihnen ja bereits gesagt habe.«

Sie saßen in einer kleinen Wache, einer Holzbaracke am Haupteingang. Der Corporal verschränkte die Arme. Er hatte einen blassen, ungesunden Teint und kurzgeschnittene, braune Haare.

Elizabeth lächelte ihm noch einmal zu. »Rauchen Sie?« Sie hielt ihm das Päckchen über den Tisch entgegen.

»Wissen Sie, was ich für Sie tun kann?« sagte er und lehnte sich über den Tisch, als Elizabeth ihm Feuer gab. »Ich kann Sie mal in die Regimentsgeschichte schauen lassen. Da müßten Sie zumindest ein paar Namen finden. Die helfen Ihnen dann vielleicht weiter. Ich glaube aber nicht, daß noch viele am Leben sind.«

»Dann lassen Sie uns keine Zeit verlieren«, sagte Elizabeth.

»Warten Sie hier. Ich muß Ihnen erst einen Passierschein ausstellen lassen.«

Er verließ den Raum, und ein sehr junger Mann mit einem Gewehr kam herein, der, so kam es Elizabeth vor, sie bewachen sollte, damit sie keinen Angriff wagte.

Der Corporal gab ihr eine Pappkarte mit einer Sicherheitsnadel, die sie sich an die Brust heftete, und führte sie durch ein großes Steingebäude in einen Raum, in dem lediglich ein leerer Tisch und zwei harte Stühle standen. Auf Elizabeth wirkte er wie einer jener Orte, in denen Verhöre stattfinden. Er gab ihr ein schweres, in rotes Leinen gebundenes Buch und wartete in einer Ecke, während sie darin blätterte.

Unter den Namen, die die Regimentsgeschichte auflistete, wurde der eines Captains und späteren Colonels Gray besonders häufig erwähnt. Elizabeth notierte sich auch einige andere Namen auf einem Briefumschlag, den sie in der Handtasche hatte. Daß der Corporal ihr bei der Suche nach den entsprechenden Adressen behilflich sein beziehungsweise ihr die Anschriften preisgeben würde, schien völlig ausgeschlossen. Sie bedankte sich dennoch überschwenglich bei ihm und fuhr wieder nach London.

Am selben Abend rief sie Bob an und erkundigte sich, ob er Fortschritte bei der Entzifferung des Notizbuchs gemacht habe. »Ich habe die Namen einiger Leute herausgefunden«, sagte sie, »die mit ihm zusammengewesen sein müssen, aber ich habe keine Ahnung, wie ich die ausfindig machen soll. Es gibt da einen gewissen Gray, der offenbar eine wichtige Figur war, aber wenn er überhaupt noch lebt, muß er heute uralt sein.«

Sie hörte, daß Bob am anderen Ende der Leitung einen ahnungsvollen Pfiff ausstieß. »Haben Sie mal ans *Who's Who* gedacht?« sagte er. »Wenn dieser Gray eine große Nummer war oder wenn er später als Zivilist noch irgendwie bedeutend war, dann könnte er da drinstehen.«

Elizabeth besorgte sich in der Öffentlichen Bibliothek an der Porchester Road eine drei Jahre alte Ausgabe des *Who's Who* und arbeitete sich durch die zweiundfünfzig aufgenommenen Grays. Sie hatten sich als Geschäftsleute und Beamte hervorgetan, aber die wenigsten waren vor 1918 geboren. Schließlich stieß sie auf den letzten Gray.

»GRAY, William Allan McKenzie«, las sie. »1932–1948 Chefarzt am Queen Alexandra's Krankenhaus, Edinburgh. Geb. 18. Sept. 1887, Kalkutta; Vater: Thomas McKenzie Gray; Mutter: Maisie Maclennan; verh. s. 1920 m. Joyce Amella Williams, Tochter v. Dr. A. R. Williams; ein Sohn, eine Tochter; Studium: Thomas Campbell College, St. Andrew's Universität, BSC 1909.«

Sie überflog die winzige Schrift und stockte bei den Worten: »Kriegsteilnehmer 1914–18.« Die Daten paßten.

Am Ende des Eintrags fand sich eine Anschrift und eine Telefonnummer in Lanarkshire. Das Problem war nur, daß das Buch drei Jahre alt war, und vor drei Jahren wäre er bereits, Elizabeth rechnete nach ... achtundachtzig gewesen.

Insofern war, wie sie schon gegenüber dem Corporal bemerkt hatte, tatsächlich keine Zeit zu verlieren. Sie fuhr schnell in ihre Wohnung zurück und griff zum Telefon. Bevor sie abheben konnte, klingelte es.

»Hallo.«

»Ich bin's.«

»Wer?«

»Stuart.«

»Oh, Stuart. Wie geht's?«

»Gut. Und Ihnen?«

»Ach, na ja. Gut, danke. Hab ziemlich viel zu tun.« Elizabeth wartete, daß Stuart ihr sagte, warum er anrief. Er sagte aber nichts, und so plauderte sie noch eine Weile, aber von ihm kam keine Antwort. »Also«, sagte sie schließlich, »wollten Sie etwas Bestimmtes, ich meine ... worum geht's?«

»Ich wußte nicht, daß ich einen Grund haben muß, um Sie anzurufen.« Er klang beleidigt. »Ich wollte nur ein bißchen mit Ihnen plaudern.«

Es war nicht das erste Mal, daß er angerufen, dann aber eigentlich nichts gesagt hatte. Vielleicht war er schüchtern, dachte Elizabeth und erzählte ihm, was sie in letzter Zeit gemacht hatte. Sie fand es schwierig, sich von Leuten zu verabschieden, ohne zumindest so zu tun, daß man sich bald wiedersehen würde, und als sie den Hörer auflegte, hatte sie Stuart zu sich zum Essen eingeladen.

»Sie müssen mal vorbeikommen«, hatte sie gesagt.

»Muß ich das?« sagte er. »Und wann?«

»Tja ... Gott. Wie wär's mit Samstag?«

Es war egal. Er gefiel ihr. Samstag würde sie Zeit zum Kochen haben. Sie zog den Umschlag aus der Handtasche und wählte die Nummer in Schottland.

Als ihr Zeigefinger wieder auf der Null stand, stellte sie sich ein kaltes, graues Bauernhaus in Lanarkshire vor, wo nun ein uraltes Telefon auf dem Tisch in der Diele rasselte, und ein sehr alter Mann müßte sich, mehrere Zimmer entfernt, aus einem Sessel erheben und sich mühsam durch den Flur schleppen, und alles nur, um sich mit einer völlig Unbekannten konfrontiert zu sehen, die ihn nach Einzelheiten eines Krieges fragte, in dem er vor sechzig Jahren gekämpft hatte.

Es war lächerlich. Sie verlor die Nerven und legte auf.

Sie ging in die Küche, goß etwas Gin über drei Eiswürfel mit einer Zitronenscheibe. Sie fügte ein paar Tropfen Tonic hinzu, zündete sich eine Zigarette an und ging wieder ins Wohnzimmer.

Warum tat sie das alles? Sie wollte herausfinden, was mit ihrem Großvater geschehen war, um ... ja, was eigentlich? Sich selbst besser zu verstehen? Ihren nicht existierenden Kindern etwas über ihre Herkunft erzählen zu können? Vielleicht war es nur eine fixe Idee, aber ihr Entschluß stand fest. Das schlimmste Ergebnis dieses Anrufs wäre Peinlichkeit. Und dieser Preis kam ihr nicht allzu hoch vor.

Sie wählte noch einmal die Nummer und lauschte dem Rufton. Acht, neun Male klingelte es. Vierzehn-, fünfzehnmal. Inzwischen mußte sogar der lahmste alte Mann am ...

»Hallo?« Eine Frauenstimme. Elizabeth war irgendwie überrascht.

»Ach, sind Sie ... spreche ich mit Mrs. Gray?«

»Am Apparat.« Die Stimme hatte einen leichten Edinburgh-Akzent. Sie klang entfernt und sehr alt. Joyce Amelia.

»Bitte entschuldigen Sie die Störung. Mein Name ist Elizabeth Benson. Ich habe ein recht ungewöhnliches Anliegen. Mein Großvater war im Ersten Weltkrieg zusammen mit Ihrem Mann in derselben Kompanie, und ich versuche, etwas über meinen Großvater in Erfahrung zu bringen.«

Mrs. Gray sagte nichts. Elizabeth fragte sich, ob sie sie verstanden hatte.

»Ich weiß, daß es sich um ein sehr merkwürdiges Ansinnen handelt«, sagte sie. »Und es ist mir wirklich peinlich, Sie damit zu belästigen. Aber ich wußte nicht, an wen ich mich sonst hätte wenden sollen. Hallo? Sind Sie noch dran?«

»Ja. Ich hole meinen Mann. Sie müssen aber geduldig sein. Und sprechen Sie laut. Er hört nicht mehr besonders gut.«

Elizabeths Handflächen prickelten vor Nervosität, als Mrs. Gray den Hörer ablegte, was ein deutlich hörbares Klacken von Bakelit verursachte. Sie stellte sich vor, wie der Hörer jetzt unter einer zugigen Treppe auf dem Tisch in der Diele liegen mußte. Sie wartete eine Minute, eine weitere Minute. Schließlich hörte sie eine zittrige, aber laute Stimme in der Leitung.

Elizabeth erklärte noch einmal, worum es ging. Gray verstand sie nicht, und also erklärte sie es ein drittes Mal und brüllte den Namen ihres Großvaters ins Telefon.

»Warum wollen Sie das denn nur wissen? Lieber Himmel, das ist doch schon Jahre her.« Er klang verärgert.

»Es tut mir leid, ich möchte Sie wirklich nicht belästigen, es ist nur so, daß ich mit jemandem reden möchte, der ihn gekannt hat, um herauszufinden, wie er war.«

Am anderen Ende der Leitung machte Gray ein schnorchelndes Geräusch.

»Können Sie sich an ihn erinnern? Haben Sie mit ihm zusammen gekämpft?«

»Ja, ich erinnere mich.«

»Was war er denn für ein Mensch?«

»Mensch? Mensch? Was für ein Mensch er war? Großer Gott. Wollen Sie da jetzt etwa drüber reden?«

»Ja, wirklich. Ich bitte Sie. Ich muß das wirklich wissen.«

Aus dem Hörer drangen wieder schnorchelnde Geräusche. »Dunkelhaarig«, sagte er schließlich. »Groß. Er war eine Waise oder so etwas. Er war abergläubisch. Ist das der Bursche?«

»Ich weiß es nicht!« Elizabeth merkte, daß sie brüllte. Sie fragte sich, ob Mrs. Kyriades aus der Nachbarwohnung das Gespräch wohl interessant fand. »Das möchte ich doch von Ihnen wissen!«

»Wraysford. Gott ...« Wieder dies Schnorcheln. »Das war ein merkwürdiger Mensch«, sagte Gray. »Ich kann mich an ihn erinnern. War ein fanatischer Kämpfer. Nervenstark, geradezu unglaublich. Darüber schien er selbst aber gar nicht glücklich zu sein. Irgend etwas hat ihn belastet.«

»War er ein freundlicher Mensch?« fragte Elizabeth. »War er

mit den anderen Männern befreundet?« Die korrekten, militärischen Begriffe waren ihr nicht geläufig, aber besser konnte sie sich nicht ausdrücken.

»Freundlich? Liebe Güte.« Gray schien zu lachen. »Zurückhaltend, trifft es eher.«

»War er ... witzig?«

»Witzig? Es war doch Krieg! Was für eine merkwürdige Frage.«

»Aber glauben Sie, daß er Sinn für Humor hatte?«

»Das schon, ja. Aber ziemlich trocken, selbst für einen Schotten wie mich.«

Elizabeth spürte, daß Grays Erinnerung zurückkam; sie hakte nach. »Können Sie sich noch an andere Dinge erinnern? Sagen Sie mir bitte alles, was Ihnen einfällt.«

»Wollte nie auf Urlaub. Sagte, er hätte kein Zuhause. Liebte Frankreich. Ich erinnere mich, daß ich ihn im Lazarett besucht habe, als er verwundet worden war. Muß 1915 gewesen sein. Nein, '16.«

Gray versuchte einige Minuten lang, sich auf das Datum seines Besuchs zu besinnen, wobei er sich von Elizabeth nicht unterbrechen ließ.

»Gibt es sonst noch etwas? Hatte er Freunde? Jemanden, der sich vielleicht an ihn erinnert und mit dem ich sprechen könnte?«

»Freunde? Ich glaube nicht. Nein, es gab da aber einen Sappeur. Ich kann mich an seinen Namen nicht mehr erinnern. Er war ein Einzelgänger.«

»Aber ein guter Soldat?«

Es knackte in der Leitung, während Gray nachdachte.

»Er war ein fanatischer Kämpfer, aber das ist nicht ganz das gleiche.«

Mrs. Grays Stimme war wieder in der Leitung. »Es tut mir leid, aber mein Mann muß jetzt Schluß machen. Er ist an derlei Unterhaltungen nicht gewöhnt, und ich fürchte, daß es ihn zu sehr anstrengt. Verstehen Sie mich?«

»Natürlich«, sagte Elizabeth. »Ich bin Ihnen beiden sehr dankbar. Ich hoffe, daß ich Sie nicht allzusehr belästigt habe.«

»Nein, gar nicht«, sagte Mrs. Gray. »Es gibt da noch jemanden, dem mein Mann früher geschrieben hat. Der Name ist Brennan. Er lebte in einem *Star-and-Garter*-Pflegeheim in Southend. Das ist in der Nähe von London.«

»Ich danke Ihnen sehr. Sie waren sehr freundlich.«

»Auf Wiedersehen.«

Das Geräusch eines Hörers, der auf die Gabel gelegt wird.

Durch die Stille hörte Elizabeth dröhnende Musik aus der oberen Wohnung.

Die schwedische Limousine sprang wieder einmal nicht an, und so mußte Elizabeth den Zug von der Fenchurch Street nehmen, einen der neuen Großraumwagen mit orangefarbenen Plüschpolstern. Mit spitzen Fingern balancierte sie einen Becher Kaffee durch den schwankenden Waggon; die heiße Flüssigkeit schwappte über und lief ihr über die Hand. Als der Kaffee so weit abgekühlt war, daß sie ihn trinken konnte, paßte sein Geschmack so gut in die Atmosphäre von Dieselschwaden und Zigarettenkippen, daß sie nicht genau unterscheiden konnte, wo das Kaffeearoma begann und die Gerüche des Waggons aufhörten. Die Heizung lief auf vollen Touren, und die meisten Reisenden schienen einer Ohnmacht nahe zu sein, während sie auf die Ebenen von Essex starrten, die am Fenster vorbeihuschten.

Elizabeth hatte mit der Heimleiterin telefoniert, die ihr erklärte, daß Brennan sie zwar empfangen würde, daß es sich aber kaum lohnen dürfte, ihn zu besuchen. Sie war aufgeregt, daß sie nun tatsächlich einen noch lebenden Menschen aus jener Epoche kennenlernen würde. Sie kam sich wie eine Historikerin vor, der Quellenmaterial in die Hände fällt, nachdem sie zuvor nur Geschichtsbücher studiert hat. Ihre Vorstellung von Brennan war vage. Obwohl sie wußte, daß er alt war und, wie die Heimleiterin gesagt hatte, hinfällig sein mußte, stellte sie sich ihn in Uniform mit einem Gewehr vor.

Als sie aus dem Bahnhof in Southend kam, regnete es. Auf dem

Vorplatz nahm sie sich ein blaues Vauxhall-Taxi. Der Wagen glitt über die regennassen Straßen, vorbei an der Uferpromenade mit den bröckelnden Regency-Hotels und dem Anleger, der schon seit langem außer Betrieb war. Als sie hügelaufwärts fuhren, deutete der Fahrer auf die Sandbänke hinaus, wo ein Muschelkutter mit einem Schleppnetz kreuzte, das wie ein riesiger Staubsaugerschlauch über der Reling hing.

Das Heim war ein großes, viktorianisches Gebäude aus roten Ziegelsteinen, an dessen Seiten sich ein Gewirr von Feuertreppen entlangzog. Elizabeth bezahlte das Taxi und ging hinein. Eine Steintreppe führte zu einer Pförtnerloge. Breite, hohe Flure zweigten in alle Richtungen ab. In der Loge saß eine dicke Frau, die eine malvenfarbene Strickjacke trug und eine Schildpattbrille aufhatte.

»Erwartet er Sie?«

»Ja, ich glaube schon. Ich habe mit der Leiterin gesprochen, Mrs. Simpson.«

Die Pförtnerin wählte zwei Nummern auf dem Telefon. »Ja. Besuch für Brennan. Gut. Ja.« Sie legte den Hörer wieder auf »Sie werden abgeholt«, sagte sie zu Elizabeth und blätterte wieder in der Zeitschrift, in der sie gelesen hatte.

Elizabeth blickte auf den Fußboden und wischte sich eine Fluse vom Rock.

Eine Frau in Schwesterntracht erschien und stellte sich als Mrs. Simpson vor.

»Sie wollen zu Brennan, nicht wahr? Kommen Sie bitte einen Moment in mein Büro.«

Sie gingen ein paar Meter den Flur entlang und betraten einen kleinen, überheizten Raum, in dem Aktenschränke standen. An der Wand hing ein Kalender, dessen Blatt eine Katze im Körbchen zeigte. Auf einem Tisch stand eine Topfpflanze, deren grüne und weiße Triebe fast bis zum Fußboden reichten.

»Sie sind zum ersten Mal hier, nicht wahr?« sagte Mrs. Simpson. Sie war eine überraschend junge Frau mit blond gefärbten Haaren und rot geschminkten Lippen. Die Schwesterntracht paßte überhaupt nicht zu ihr.

»Sie müssen wissen, daß einige dieser Männer fast ihr ganzes Leben hier verbracht haben. Sonst kennen sie nichts, erinnern sich an nichts anderes.« Sie stand auf und zog einen Aktenordner aus dem Schrank. »Ja. Das ist er. Er wurde 1919 eingewiesen, ihr Mister Brennan. 1921 entlassen. 1922 wieder eingewiesen. Seitdem ist er hier; die Kosten trägt die Regierung. Keine Familienangehörigen mehr. Die Schwester starb 1950.«

Elizabeth rechnete nach. Er befand sich also schon seit fast sechzig Jahren im Heim.

»Die meisten der Alten interessieren sich für gar nichts mehr. Was in der Welt passiert ist, haben sie nicht mitbekommen. Sie könnten natürlich Radio hören und Zeitungen lesen, aber dazu sind sie nicht in der Lage.«

»Was fehlt Mister Brennan denn eigentlich?«

»Amputation«, sagte Mrs. Simpson. »Moment mal. Ja. Verwundung während der letzten Offensive, Oktober 1918. Granatsplitter. Linkes Bein im Feldlazarett amputiert. Rücktransport nach England. Krankenhaus Southampton. Nach North Middlesex verlegt, dann nach Roehampton. Im September 1919 hier eingewiesen. Bombentrauma. Wissen Sie, was das bedeutet?«

»Psychologischer Schaden?«

»Ja, der Begriff deckt eigentlich alles ab. Nicht ganz klar im Kopf. Manche werden damit fertig, manche nicht.«

»Ich verstehe. Und wird er verstehen, wer ich bin? Ich meine, wenn ich ihm erkläre, warum ich hier bin?«

»Ich habe mich möglicherweise nicht klar genug ausgedrückt.« Mrs. Simpsons freundliche Stimme bekam plötzlich eine unangenehme Schärfe. »Dieser Mann lebt in seiner eigenen Welt. Das geht allen so. Sie interessieren sich überhaupt nicht für die Außenwelt. Dafür können sie natürlich nichts. Alles Notwendige wird für sie getan. Essen, Toilette, alles.«

»Bekommt er viel Besuch?«

Mrs. Simpson lachte. »Viel Besuch? Ach Gott. Zuletzt hat ihn …« sie blätterte in der Akte auf dem Tisch, »seine Schwester besucht. 1949.«

Elizabeth blickte auf ihre Hände.

»Also, dann will ich Sie mal zu ihm bringen. Sind Sie bereit? Aber erwarten Sie bitte nicht zuviel.«

Sie gingen über das grüne Linoleum des Flurs. Die Wände waren bis auf Hüfthöhe gefliest und liefen an der hohen Decke zu einem Halbrund zusammen, von dem an langen, geflochtenen Schnüren gelbe Lampen hingen.

Sie bogen um eine Ecke, eine zweite, vorbei an aufgestapelten Wäschekörben, vorbei an Schwingtüren, aus denen der Geruch nach Kohl und Bratensauce drang, bis der Geruch des allgegenwärtigen Desinfektionsmittels ihn wieder verschluckte. Dann standen sie vor einer blaugestrichenen Tür.

»Das ist der Aufenthaltsraum«, sagte Mrs. Simpson. Sie stieß die Tür auf An den Wänden des Raums saßen einige alte Männer, manche in Rollstühlen, andere in Sesseln mit blaßbraunen Plastikpolstern.

»Er sitzt da drüben am Fenster.«

Elizabeth ging durch den Raum und atmete in der heißen, stickigen Luft, die nach Urin stank, kaum ein. Sie näherte sich einem kleinen Mann in einem Rollstuhl, der eine Decke über den Oberschenkeln liegen hatte.

Sie streckte ihm die Hand entgegen. Er sah auf und schüttelte sie.

»Nein, der nicht«, sagte Mrs. Simpson von der Tür her, »am anderen Fenster.«

Elizabeth ließ lächelnd die Hand des Mannes los und ging ein paar Schritte weiter. In der Mitte des Raums lag ein Teppich mit orangefarbenem und braunem Muster. Sie wünschte sich, nie hergekommen zu sein.

Wie ein Vogel im Käfig saß der kleine Mann in seinem Rollstuhl. Die Brille mit den dicken Gläsern war auf einer Seite mit Heftpflaster an die Bügel geklebt. Hinter den Gläsern sah Elizabeth blaue, wässrige Augen.

Sie streckte ihm die Hand entgegen. Er bewegte sich nicht. Sie nahm seine Hand vom Schoß und drückte sie.

Sie kam sich egoistisch und störend vor. Warum, um alles in der Welt, war sie überhaupt hergekommen? Eitelkeit im Hinblick auf ihre phantasierte Herkunft, albernes Selbstmitleid. Sie zog einen Stuhl heran und griff wieder nach Brennans Hand.

»Mein Name ist Elizabeth Benson. Ich bin gekommen, um Sie zu besuchen. Sind Sie Mister Brennan?«

Brennans blaue Augen verdrehten sich in wässriger Überraschung. Sie spürte, daß er ihre Hand festhielt. Er hatte eine zierliche Hand. Sein Haar war eher farblos als grau und klebte flach und ungewaschen am Schädel.

Sie wollte ihre Hand wegziehen, doch er hielt sie fest, und so ließ sie ihre Hand in seiner und zog den Stuhl noch näher heran.

»Ich bin hier, um Sie zu besuchen. Ich bin gekommen, weil ich glaube, daß Sie meinen Großvater gekannt haben. Stephen Wraysford. Im Krieg. Können Sie sich an ihn erinnern?«

Brennan sagte nichts. Elizabeth sah ihn an. Er trug ein gestreiftes Wollhemd ohne Krawatte, der obere Knopf war geschlossen, darüber eine handgestrickte, braune Weste. Er war so klein, und ein Bein fehlte ihm; sie fragte sich, wieviel er wohl wiegen mochte.

»Können Sie sich noch an den Krieg erinnern? Können Sie sich noch an die Zeit damals erinnern?«

Brennans Augen schwammen immer noch in Überraschung. Er konnte ganz offensichtlich nicht begreifen, was vorging.

»Soll ich vielleicht einfach eine Minute reden? Oder wollen wir lieber einfach still ein bißchen hier sitzen?«

Er antwortete immer noch nicht; Elizabeth lächelte ihm zu und legte ihre andere Hand auf seine. Sie schüttelte den Kopf, damit die Haarsträhne, die ihr über der Wange hing, hinterm Ohr gehalten wurde.

Brennan begann zu sprechen. Er hatte ein hohes Stimmchen, wie ein kleines Mädchen. Die Stimme quälte sich durch ein schweres Phlegma in seiner Brust; nach wenigen Worten sog er in dünnen Zügen Luft ein.

»So ein Feuerwerk. Wir waren alle da, die ganze Straße. Es wurde getanzt. Wir waren die ganze Nacht auf den Beinen. Bar-

bara und ich. Meine Schwester. Sie fiel hin. Wegen der Verdunkelung. Mußte jeden Abend verdunkeln. Fiel von der Leiter.«

»Ihre Schwester fiel von einer Leiter?«

»Dies Lied, das wir damals alle gesungen haben.« Er schnappte noch einmal nach Luft und versuchte, es Elizabeth vorzusingen.

»Und können Sie sich noch an irgend etwas aus dem Krieg erinnern? Können Sie mir etwas von meinem Großvater erzählen?«

»Das war bei der Befreiung von Mafeking. Da haben wir ganz schlechtes Essen gekriegt. Ich konnte das nicht essen. Das ist Dreck. Das war dieser verdammte Hitler.« Seine Hand lag warm zwischen den ihren.

Ein Teewagen aus Metall wurde in den Raum geschoben und rollte klappernd näher.

»Na, Tom? Haben Sie heute Besuch?« dröhnte die Frau, die den Wagen schob. »Was haben Sie sich da denn für ein hübsches Mädchen angelacht? Sie alter Schwerenöter. Ich weiß Bescheid, ich kenne Ihre Tricks. Dahin mit dem Tee, ja?« Sie stellte eine Tasse auf den kleinen Tisch neben Brennans Ellbogen. »Trinken tut er ihn aber nie«, sagte sie zu Elizabeth. »Mögen Sie auch eine Tasse, Liebes?«

»Ja, danke.«

Der Teewagen ratterte weiter. Elizabeth nippte am Tee. Der Geschmack war so widerlich, daß es ihr die Kehle zusammenzog, und sie setzte die Tasse schnell wieder auf der Untertasse ab.

Sie sah sich im Raum um. In der bedrückenden Atmosphäre saßen vielleicht zwanzig Männer. Keiner sprach, aber einer lauschte einem kleinen Radio. Sie starrten alle nur vor sich. Elizabeth versuchte sich vorzustellen, was es bedeutete, hier sechzig Jahre zu verbringen, ohne daß sich je ein Tag vom anderen unterschied.

Brennan sagte wieder etwas; er sprang von einer zufälligen Erinnerung zur nächsten. Elizabeth hörte ihm zu und verstand, daß er jeweils in der Zeit zu leben glaubte, an die er sich erinnerte: Die Erinnerungen wurden ihm zur Gegenwart. Die meisten Erinnerungen kamen aus der Zeit der Jahrhundertwende oder aus den frühen vierziger Jahren, der Zeit des Blitzkriegs.

Sie erwähnte noch einmal den Namen ihres Großvaters; falls er nicht reagierte, wollte sie ihn in Frieden lassen und sich nicht weiter mit Dingen befassen, die sie nichts angingen.

»Mein Bruder. Ich habe ihn zurückgebracht. Hab immer auf ihn aufgepaßt, ja, das hab ich.«

»Ihr Bruder? War das im Krieg? Hat er mit Ihnen zusammen gekämpft? Und mein Großvater? Captain Wraysford?«

Brennans Stimme begann zu pfeifen. »Wir dachten alle, daß der verrückt ist. Und der Sappeur auch. Mein Kumpel Douglas, der war mein Kamerad, der hat immer gesagt ›Der Mann ist merkwürdig‹. Aber als er gestorben ist, hat er ihn gehalten. Sie waren alle verrückt. Sogar Price. Der Unteroffizier. An dem Tag, als es vorbei war, ist er rausgelaufen, ohne sich was anzuziehen. Den hat man in eine Zwangsjacke gesteckt. Die geben mir was zu essen, aber ich wollte es nicht. Mein Bruder ist aber gut zu mir. Hat auch immer gute Fische gefangen. Ich esse ganz gerne mal Fisch. Das Feuerwerk hätten Sie sehen müssen. Die ganze Straße hat getanzt.«

Sein Zeitgefühl geriet wieder durcheinander, aber Elizabeth war von dem, was sie gehört hatte, tief bewegt. Sie mußte die Augen von Brennan abwenden und starrte auf den orangebraunen Teppich.

Was er gesagt hatte, war nicht wichtig. Er hatte gesagt, daß ihr Großvater merkwürdig gewesen sei, was immer das in diesem Zusammenhang bedeuten mochte; er hatte gesagt, daß man ihn und einen Freund von ihm für verrückt gehalten hätte, und daß er – obwohl das ganz unverständlich blieb – einen sterbenden Mann getröstet hatte. Dennoch wollte sie Brennan nicht nach weiteren Erklärungen drängen. Selbst wenn er noch andere Einzelheiten erinnern sollte, würde das keinen großen Unterschied machen. Es war nicht das, was Brennan gesagt hatte: Es war die Tatsache, daß irgendeine unzusammenhängende Erinnerung noch in ihm wach war. Indem sie der hohen Stimme in diesem kleinen, verstümmelten Körper zugehört hatte, war es ihr irgendwie gelungen, die Erfahrungskette nicht abreißen zu lassen.

Sie empfand große Zärtlichkeit für ihn, hielt immer noch seine Hand, und dann begann sein begrenztes Erinnerungsvermögen damit, sich zu wiederholen, als drehe es sich um die eigene Achse. Sie hörte ihm noch zehn Minuten zu und stand dann auf.

Sie sagte, daß sie ihn wieder besuchen käme, wenn er das wolle, küßte ihn auf die Wange und durchquerte schnell den Raum, brachte es aber nicht über sich, sich noch einmal nach dem kleinen Körper umzublicken, der seit sechzig Jahren im Rollstuhl gefangen war.

Als sie die hohen, viktorianischen Mauern hinter sich hatte, lief sie ans Meer. Sie stand im Regen an der Straße, von der aus man das Wasser sehen konnte, atmete tief die salzige Seeluft ein und grub die Fingernägel in die Handflächen. Sie hatte eine lebendige Beziehung hergestellt, sie hatte bei ihrer kleinen Nachforschung Erfolg gehabt; was sie jedoch fluchen und die Hände ringen ließ, war, daß sie dem armen Brennan sein Leben nicht zurückgeben konnte, daß es nicht in ihrer Macht stand, die Vergangenheit von ihrem Leiden zu erlösen.

Für dich«, sagte Erich müde und reichte Elizabeth den Hörer mit der dehnbaren Schnur. »Ein Mann.«

»Ein Mann?« sagte Elizabeth. »Erich, du bist immer so präzise.« Es war Robert. Er würde heute abend unerwarteterweise in London sein und fragte, ob sie ihn in seiner Wohnung besuchen wollte.

»Tut mir leid, daß das so kurzfristig kommt«, sagte er. »Ich habe es selbst eben erst erfahren. Vermutlich hast du gar keine Zeit?«

Elizabeth wollte ins Kino gehen und dann noch auf eine Party irgendwo in Süd-London. »Natürlich habe ich Zeit«, sagte sie. »Paßt es dir so gegen acht?«

»Ja, bis dann also. Wir bleiben doch zu Hause, nicht? Ich besorge was zu essen.«

»Laß mal, das erledige ich schon«, sagte sie schnell, weil sie wußte, was dabei herauskam, wenn Robert einkaufen ging.

Nachdem sie die Einladung zu der Party abgesagt hatte, ging sie in Erichs Zimmer, um ihm bei der Arbeit zu helfen.

»Aha«, sagte er, und die Bewegung seiner Lippen ließ Zigarettenasche auf seine Weste fallen, »der fahrende Ritter gibt sich die Ehre.«

»Mußt du eigentlich immer meine Privatgespräche mithören?«

»Wenn du die Firma als Zentrale deines Privatlebens mißbrauchst, kann ich ja schlecht weghören.«

»So intensiv ist mein Privatleben nun auch wieder nicht, oder? Einmal im Monat ein Mann. Manche treiben's toller. Guck nicht so trübe, Erich. Ich lade dich zum Essen ein.«

Erich seufzte. »Na schön. Aber nicht schon wieder zu Lucca. Der Mensch steht mir bis hier. Da gibt's doch jeden Tag die gleichen Sandwiches. Ich glaube, der schmiert einfach noch 'ne Schicht Sardinenpaste über das, was vom Vortag übrigbleibt. Die erste Schicht klebt wahrscheinlich schon drauf, seit Lucca 1955 nach London kam.«

»Woher weißt du denn, wann er hergekommen ist?«

»Ach weißt du, wir Immigranten, wir halten zusammen. Wir haben vor eurer Scheißpolizei und dem Gewerbeaufsichtsamt Angst. Das Jahr, in dem man ankommt, ist wichtig.«

»Gibt einem das Gewerbeaufsichtsamt denn Kurse, wie man eine Sandwich-Bar führt? Ich meine, diese ganzen Italiener, die aus allen möglichen Teilen ihres Landes kommen, die sind doch mit dem herrlichsten Essen aufgewachsen, und dann kommen sie hierher und machen alle die gleiche Eiermayonnaise, die gleiche Sardinenpaste auf Brötchen, den gleichen Kaffee, der nach Eicheln schmeckt, aber in Italien schmeckt er wie Nektar. Kriegen die Immigranten von der Einwanderungsbehörde eine komplette Ausstattung, oder was?«

»Ach, du hast einfach keinen Respekt vor uns armen Flüchtlingen. Paß bloß auf, sonst bestehe ich darauf, daß du mich ins beste Restaurant Londons einlädst.«

»Wohin immer du willst, Erich. Es wäre mir ein Vergnügen.«

»Mein Gott, dieser Mann läßt deine Stimmung wirklich steigen, was? Als wenn 'ne Glocke klingelt. Wie bei Skinners Ratten.«

»Du meinst wohl Pawlows Hunde.«

»Nein, heutzutage bin ich Angelsachse. Skinner reicht mir. Und jetzt mach dich mal wieder an die Arbeit. Ich komm um eins vorbei, und zwar auf die Minute pünktlich.«

Erich hatte völlig recht, dachte Elizabeth, als sie wieder an ihren Schreibtisch ging. Robert ruft an – sie springt. Seine Stimme machte sie glücklich. War es denn nicht besser, so einen Grund zur Freude zu haben als gar keinen? Sie hatte ihn immer wieder bearbeitet, damit er seine Meinung änderte; sie hatte ihre eigenen Gefühle analysiert und seine abgeschätzt; sie hatte versucht, was sie konnte, damit er sich von seiner Frau trennte, aber nichts hatte genutzt. Sie hatte resigniert und wollte nicht mehr an die Zukunft denken. Die bitteren Gespräche und tränenreichen Abschiede würden schon früh genug kommen.

Robert hatte eine kleine Dachgeschoßwohnung in einem Mietshaus an der Fulham Road. Während er auf Elizabeth wartete, versuchte er, die Spuren seiner Familie zu beseitigen, obwohl es schwierig war, sie restlos zu tilgen. Die Wohnung hatte eine offene Küchenzeile, die nur durch einen Bambusvorhang vom Wohnzimmer getrennt war. Auf dem Tresen zwischen den beiden Räumen standen zwei Chiantiflaschen, in deren Hälse rote Kerzen gedrückt waren, so daß die Wohnung, wie Elizabeth schon mehrfach betont hatte, die Atmosphäre eines Bistros in Chelsea in den sechziger Jahren hatte. Die Flaschen konnten jedoch nicht entfernt werden, weil Roberts Tochter so an ihnen hing.

Im Kleiderschrank hing ein halbes Dutzend Kleider seiner Frau, und im Badezimmerschrank stand ihr Make-up.

Er konnte zumindest ihr Photo von der Kommode nehmen und unter den Tischtüchern in der Schublade verstecken. Jedesmal, wenn er das tat, überkamen ihn abergläubische Schuldgefühle, als hätte er ihr Bildnis mit Nadeln durchbohrt. Er wünschte ihr nichts Böses und schätzte an ihr Hingabe und Großzügigkeit, Eigenschaften, die ihm selbst abgingen – aber gegen Elizabeth konnte er sich dennoch nicht wehren.

Viele seiner männlichen Kollegen glaubten, daß es sich um ein bequemes Verhältnis handelte, einen nicht allzu ernstgemeinten

Seitensprung, wie ihn fast alle pflegten. Robert wußte, daß auch Elizabeth so darüber dachte, obwohl er sie heftig vom Gegenteil zu überzeugen versuchte. Wenn er protestierte und behauptete, anders als die anderen Männer zu sein, lachte sie ihn aus. Bevor er Elizabeth kennengelernt hatte, war er seiner Frau nur an einem völlig verunglückten Abend untreu geworden, aber mit Elizabeth war es anders, und das versuchte er ihr immer wieder zu erklären. Er war überzeugt, die falsche Frau geheiratet zu haben. Er wollte keine abenteuerlichen Freiheitsbekundungen abgeben, sondern lediglich mit Elizabeth zusammensein. Anfangs war er physisch von ihr abhängig gewesen; eine Woche ohne ihren Körper ließ ihn zerstreut und gereizt werden. Später hatte ihn ihre ironische Art fasziniert. Wenn er sie wirklich nur als amüsante Abwechslung mißbrauchte, was sie manchmal behauptete, warum war die Sache dann so wenig amüsant? Warum gab es so viele Probleme mit einer Sache, an der seine Kollegen offenbar nur ihren Spaß hatten?

Er glättete gerade die Sofakissen, als sie an der Haustür klingelte.

»Um Gottes willen, was ist das denn?« fragte sie und zupfte an seinem Pullover herum.

»Na ja, ich hatte gerade noch Zeit mich umzuziehen, und deshalb hab ich ...«

»Wo hast du den denn bloß her?«

»Ich hab ihn mir heute nachmittag gekauft. Ich dachte, ich müßte mal was für mein Äußeres tun.«

»Also, den kannst du gleich wieder wegschmeißen. Und sind das etwa Schlaghosen, die du da anhast? Ehrlich, Robert.«

»Es gibt heutzutage in Europa keinen einzigen Mann mehr, der nicht Hosen mit einem leichten Schlag trägt. Man kriegt auch gar keine anderen mehr in den Läden.«

Sie ging ins Schlafzimmer und fand dort eine alte Kordhose und einen unauffälligen Pullover. Robert tat so, als wehre er sich dagegen, wenn sie sich in Details seines Lebens mischte, aber im stillen fand er Vergnügen daran. Er bewunderte sie, weil sie sich mit solchen Dingen auskannte, und er war geschmeichelt, daß er ihr wichtig genug war, daß sie sich darum kümmerte.

Er bereitete Drinks zu und legte den Arm um Elizabeth, die mit dem Kochen begonnen hatte. Diese Momente, wenn noch alles Vorbereitung war und der Abend noch gar nicht richtig angefangen hatte, genoß er am meisten.

Beim Essen erzählte er ihr von seiner Arbeit und den Leuten, die er dort kennengelernt hatte. Elizabeth feuerte ihn mit entsprechenden Fragen an. Er hatte Angst davor, sie zu langweilen, aber ihr gefiel die sarkastische Art, mit der er die diversen Konferenzen und Empfänge beschrieb, an denen er teilgenommen hatte.

Sie verbrachten einen Abend und eine Nacht in vollkommener Harmonie, ohne auf die schwierigen Entscheidungen zu sprechen zu kommen, die ihnen bevorstanden. Als sie morgens leichtfüßig die Wohnung verließ, war er froh, und auch Elizabeth fühlte sich in Hochstimmung.

Samstag nachmittag rief Françoise an und sagte, sie habe noch zwanzig weitere Notizbücher auf dem Dachboden gefunden. Elizabeth zögerte nicht und holte sie sofort ab. Sie hatte an diesem Abend nichts vor, so daß sie ein ausgiebiges Bad nehmen konnte, das Abendessen konnte ausfallen, und sie hatte Muße, die Notizbücher zu studieren und vielleicht sogar weiter zu kommen, als es Bob bisher gelungen war.

Sie zündete den Kamin im Wohnzimmer an, damit sich der Raum aufheizte, während sie in der Badewanne saß. Sie fragte sich, ob es eigentlich ein Gesetz gäbe, das Streiks bei den Gaswerken untersagte. Im Verlauf des Winters waren sonst alle und jeder nacheinander in Streik getreten. Wenn die Gaswerke streikten, würde dann die Armee die Versorgung übernehmen? Sie konnte natürlich jederzeit zu ihrer Mutter, deren Haus Ölheizung hatte, aber dann müßte sie Mrs. Kyriades mitnehmen, die keinen einzigen Tag in der Kälte überleben würde …

Elizabeth zwang sich, ihre abschweifenden Gedanken wieder auf die Notizbücher zu lenken. Sie setzte sich im Morgenmantel aufs Sofa und schlug das erste auf. Auf dem Umschlag stand 1915.

Sie stellte fest, daß alle datiert waren, und zwar von 1915 bis 1917. Sie glaubte sich zu erinnern, daß das Buch, das sie Bob gegeben hatte, von 1918 war. Manchmal stieß sie auf englische Einträge. »Um zehn zurück im Coy HQ. Immer noch keine Nachricht von Gray wg. Angriff.« Elizabeth empfand eine Welle der Erregung, als sie das Wort »Gray« las. Wieder hatte sie die Vergangenheit berührt: Sie war nicht mehr nur Geschichte, sondern hatte sich in Erfahrung verwandelt.

Sie blätterte ziellos durch die Bücher. Sie schienen einen fast vollständigen und lückenlosen Bericht abzugeben, doch bemerkte sie, daß nach einem langen Eintrag am 30. Juni 1916 eine Lücke von zwei Monaten klaffte. War da etwas passiert?

Sie rückte die Lesebrille zurecht und griff zu einem anderen Notizbuch. Es klingelte an der Haustür.

Sie ging schnell in den Flur und schaltete die Gegensprechanlage ein. »Hallo?« sagte sie knapp.

Es knackte und rauschte. »Ich bin's.«

»Wer?«

»Stuart natürlich. Es ist eiskalt hier draußen.«

Elizabeth war wie vor den Kopf geschlagen. Stuart. O Gott. Und sie hatte ihn sogar eingeladen.

»Kommen Sie rauf. Ich war gerade ... in der Badewanne. Kommen Sie rauf.« Sie drückte auf den Türöffner, ließ die Wohnungstür offen und raste ins Schlafzimmer. Sie nahm die Brille ab, riß sich die Kämme aus dem Haar und wickelte sich etwas züchtiger in den Bademantel. Sie hörte, wie er an die offene Tür klopfte. Er mußte die Treppen hinaufgerannt sein.

Sie bot ihm die Wange zur Begrüßung. »Tut mir leid, aber ich bin noch nicht ganz soweit.«

»Hmmm«, sagte er, »auf der Treppe hab ich noch gar nichts Leckeres gerochen.«

»Kommen Sie rein, kommen Sie rein. Entschuldigen Sie das Chaos hier.« Die aufgeschlagenen Notizbücher lagen auf dem Fußboden; vom Frühstück stand noch die Kaffeetasse auf dem Tisch. Es fehlte eigentlich nur noch, daß sie ihre Garderobe zum

Trocknen vor den Kamin gehängt hätte, um definitiv klarzumachen, daß sie keinen Besuch erwartet hatte.

Stuart schien das jedoch nicht zu bemerken. »Das hab ich Ihnen mitgebracht«, sagte er und gab ihr eine Flasche Wein. Sie wickelte sie aus dem Papier.

»Wunderbar«, sagte sie. »Muscadet. Ist das was Besonderes? Ich verstehe überhaupt nichts von Wein.«

»Ich glaube, daß Sie ihn mögen werden.«

»Sie müssen mich noch einen Moment entschuldigen; ich muß mich anziehen. Tut mir leid, daß ich so chaotisch bin. Wenn Sie einen Drink mögen, bedienen Sie sich doch selbst. Da drüben.«

Elizabeth fluchte atemlos vor sich hin, während sie sich anzog. Sie streifte einen knielangen, dunkelblauen Wollrock über, den sie erst vor kurzem gekauft hatte, Wollstrumpfhosen und Stiefel. Sie überlegte, was dazu passen könnte. Zu salopp wollte sie nicht aussehen, aber andererseits mußte sie jetzt in die eiskalte Nacht hinaus, um etwas Eßbares einzukaufen. Sie nahm einen Polo-Rollkragenpullover aus der Schublade und eine alte Lederjacke aus dem Kleiderschrank. Fürs Make-up war jetzt keine Zeit mehr. Stuart mußte sie schon *au naturel* akzeptieren. Furchtbare Vorstellung, dachte sie, als sie sich hastig durchs Haar bürstete. So eine Situation hätte Lindsay, die sie für überaus korrekt hielt, ihr niemals zugetraut. Sie steckte sich noch rasch ein Paar rote Ohrringe an und ging dann ins Wohnzimmer.

»Ah, was für eine Verwandlung. Bezaubernd. Sie ...«

»Ich habe gerade gemerkt, daß ich vergessen habe, Pasta einzukaufen. Wir wollen Pasta essen und ich habe die Pasta vergessen. Können Sie sich das vorstellen? Ich spring mal schnell zum Laden rüber. Brauchen Sie vielleicht auch noch irgendwas? Zigaretten? Machen Sie sich doch den Fernseher an. Nehmen Sie noch einen Drink. Ich bin gleich wieder da.«

Bevor Stuart sie zurückhalten konnte, war sie schon aus der Haustür. Sie rannte zum Supermarkt an der Praed Street und raffte hastig zusammen, was sie für ein schnelles Essen brauchte. Wein hatte sie noch im Haus, falls Stuarts Flasche nicht reichen sollte; es war Rotwein, den Robert gekauft hatte. Sie war sich nicht sicher, ob Stuart auffallen würde, daß ihre Einkaufstüte verdächtig voll aussah.

»Hab nur rasch noch ein paar andere Sachen besorgt, da ich sowieso da war«, erklärte sie Stuart, als sie in die Küche stürzte. Sie nahm sich einen Gin und begann zu kochen.

»Was ist das denn?« sagte Stuart, der in der Tür stand und eine Hand ausstreckte. »Es sieht wie eine Gürtelschnalle aus.«

Elizabeth nahm den Gegenstand in die Hand. *Gott mit uns* stand auf deutsch darauf.

»Ich hab es auf dem Teppich gefunden«, sagte Stuart.

»Ach, das hab ich mal bei einem Trödler gekauft«, sagte Elizabeth. Es mußte aus einem der Notizbücher gefallen sein, aber sie wollte nicht darüber reden.

Als das Essen auf dem Tisch stand, entspannte sich Elizabeth. Stuart schienen ihre Improvisationen nicht zu stören; es war ihm offenbar gar nicht aufgefallen, daß sie unvorbereitet war. Er machte ihr Komplimente über das Essen und sorgte dafür, daß ihre Weingläser immer gut gefüllt blieben.

»Na ja, dann erzählen Sie mir mal was von sich, Elizabeth Benson«, sagte er und lehnte sich zurück.

»Ich glaube, ich habe schon alles erzählt. Heute und beim letzten Mal. Mehr gibt es eigentlich nicht zu sagen. Erzählen Sie mir lieber etwas über Ihre Arbeit. Sie sind doch Marketingberater, nicht wahr?«

»Ja, das ist richtig.«

»Und warum nennt man das so?«

»Warum ist die Banane krumm?«

»Ach, Sie wissen schon, was ich meine. Kommen die Leute zu Ihnen und fragen, wie sie ihre Produkte besser an den Mann bringen können? Heißt es das?«

»Zum Teil. Es ist aber eigentlich komplizierter.«

»Na ja, dann mal los. Erzählen Sie. Ich kann das bestimmt verstehen.«

»Wir machen Unternehmensberatung. Wir verstehen uns als

wohlwollende Gefängniswärter. Wir haben einen Schlüsselbund mit Schlüsseln für alle Möglichkeiten. Die Schlüssel öffnen dann das tatsächliche Potential einer Firma. Wir müssen den Leuten zeigen, wie man den Schlüssel benutzt, welcher Schlüssel in welches Schloß paßt. Vor allem aber müssen wir ihnen beibringen, wie man die richtigen Fragen stellt.«

»Ich verstehe«, sagte Elizabeth mit einem leichten Zögern. »Sie geben also Empfehlungen, und dann steigern sich die Umsätze, und davon bekommen Sie Prozente. Ist das richtig?«

»Das Problem besteht eher darin, zu verstehen, wie jeder einzelne Geschäftsbereich mit den anderen Bereichen verbunden ist. Nehmen wir mal an, Sie sind in der Entwicklungsabteilung, und Soundso ist im Verkauf, dann ziehen Sie erst am selben Strang, wenn Sie die richtigen Fragen stellen. Ich sage immer, daß unser eigentliches Ziel darin besteht, daß man uns nicht mehr braucht.«

»Und wann weiß ich, daß ich Sie nicht mehr brauche?«

»Das ist eine sehr gute Frage.«

»Ist das eine der Fragen, die zu stellen Sie mir beigebracht hätten?« Elizabeth spürte ein Zucken im Mundwinkel, das sie zu unterdrücken versuchte.

»Ganz so einfach ist es nicht.«

»Das hab ich mir gedacht. Na ja. Ich dachte, Sie seien Musiker.«

Stuart strich sich mit den Fingern durch die Haare und rückte seine Brille zurecht. »Ich bin Musiker«, sagte er. »Aber davon kann ich nicht leben. Sie können ja auch nicht vom Kochen leben, aber Sie kochen trotzdem, stimmt's? Können Sie mir folgen?«

»Ich glaube schon. Jedenfalls spielen Sie sehr gut Klavier.«

»Danke.«

»Ich fürchte, jetzt kann ich Ihnen nur noch Eis anbieten. Ich wollte eigentlich ein Dessert machen, aber ich hatte keine Zeit. Ist das in Ordnung?«

Während sie in der Küche Kaffee zubereitete und versuchte, das Eis aus der Pappschachtel zu kratzen, ohne dabei den Löffelstiel zu verbiegen, kam Elizabeth wieder einmal der Gedanke, wie oberflächlich ihr Leben doch verlief.

Es bestand aus einer hektischen Abfolge banaler Krisen; aus unregelmäßigem Einkommen, kleinen Triumphen, gelegentlichem Sex und zu vielen Zigaretten; aus verpaßten Terminen, die sich am Ende als unwichtig erwiesen; aus Streitereien, neuer Garderobe, altruistischen Anfällen und ernstgemeinten Vorsätzen, sich endlich Wichtigerem zuzuwenden. Zusammen mit den anderen Erfahrungen, die ihr Leben ausmachten, war der bezeichnendste Aspekt jener, der mit den Worten »die sich am Ende als unwichtig erwiesen« umschrieben war. Obwohl sie damit zufrieden war, was sie aus sich gemacht hatte, irritierte sie am meisten dies ständige Gefühl der Leichtfertigkeit, des Unwesentlichen in allem, was sie tat. Sie dachte an Tom Brennan, der erst nur Leben oder Tod erfahren hatte und dann den Tod im Leben. Ihre Generation kannte keine Intensität mehr.

Sie brachte den Kaffee und das Eis ins Wohnzimmer. Stuart hatte eine Schallplatte aufgelegt, ein Klavierkonzert von Beethoven, und hörte mit geschlossenen Augen zu.

Elizabeth lächelte, als sie das Eis vor ihm auf den Tisch stellte. Sie hatte sich, was Stuart betraf, entschieden. Sein Klavierspiel hatte sie beeindruckt, und seine Bemühungen um sie hatten ihr geschmeichelt, aber die Art und Weise, in der er redete, war unmöglich.

Sie saßen auf dem Sofa, und er erklärte ihr, die Augen immer noch geschlossen, wie das Musikstück strukturiert war und an welcher Stelle seiner Ansicht nach der Pianist eine falsche Interpretation gab.

Als die Platte zu Ende war, wollte Elizabeth aufstehen und sie umdrehen, aber Stuart hielt sie am Arm fest und zog sie zurück.

»Bleib sitzen, Liz. Ich muß dich etwas fragen.«

»Wie bitte?«

»Ich möchte, daß du mir genau zuhörst. Ich weiß nicht, was du dann von mir halten wirst, aber das ist auch egal. Ich werde dir eine Geschichte erzählen.«

Als Elizabeth ihn unterbrechen wollte, hob er die Hand, und sie schwieg.

»Es war einmal ein sehr attraktives Mädchen. Sie hatte viele Freunde, einen sehr guten Job, eine Wohnung in der Stadt, und jedermann beneidete sie. Doch nach einiger Zeit heirateten alle ihre Freunde und bekamen Kinder, und aus diesem Mädchen wurde eine sehr attraktive Frau. Aber sie blieb unverheiratet. Je älter sie wurde, desto heftiger leugnete sie, daß ihr das etwas ausmachte, aber zugleich fühlte sie tief in ihrem Inneren den Wunsch nach einem Mann und Kindern immer stärker werden. Ein Teil des Problems bestand darin, daß sie die Männer dadurch abschreckte, daß sie so tat, als brauche sie keinen. Weil nämlich diese armen, kleinen Geschöpfe ihr glaubten, wenn sie behauptete, auch ohne einen von ihnen glücklich zu sein.«

Elizabeth blickte auf den Fußboden. Eine ungesunde Neugier kämpfte in ihr gegen die Beschämung an, die ihr wie Wellen über den Rücken lief. Stuart schien sich keiner Schuld bewußt und blickte stur geradeaus.

»Eines Tages begegnete sie einem Mann, der überhaupt keine Angst vor ihr hatte. Er war nett und lustig und freundlich zu ihr. Und als sie dann ehrlich darüber nachdachte, wußte sie, daß sie sich genau das tief in ihrem Inneren immer gewünscht hatte. Und sie zogen aufs Land und hatten viele Kinder, und wenn sie nicht gestorben sind, dann leben sie noch heute.«

Elizabeth schluckte. »Und?«

Stuart wendete sich ihr zu und sah sie an. »Ich bitte dich, mich zu heiraten. Ich weiß, daß das etwas unorthodox ist. Es ist ja erst das dritte Mal, daß wir uns sehen, und ich habe noch nicht mal versucht, dich zu verführen. Ich bin hoffnungslos altmodisch. Du bist eine sehr ungewöhnliche Frau. Ich glaube, wenn du meinen Antrag annimmst, wirst du bald merken, daß ich ein ebenso ungewöhnlicher Mann bin.«

Elizabeth stand auf. Sie steckte sich eine Zigarette an und mußte husten, als sie inhalierte. »Das ist sehr ... nett von dir. Die Idee schmeichelt mir, aber ich fürchte, du hast die falsche Person erwischt. Ich habe einen Freund. Ich ...«

»Er ist verheiratet, nicht wahr? Laß mich mal raten. Du triffst dich einmal im Monat mit ihm, hastiger Sex und Abschied unter Tränen. Er verspricht, seine Frau zu verlassen, aber jeder weiß, daß er das nicht tun wird, nicht wahr? Willst du das wirklich? Soll das deine Zukunft sein?«

Elizabeths Stimme wurde frostig. »Man sollte nicht über Leute reden, die man nicht kennt.«

Stuart stand auf und öffnete weit seine Arme. »Ach, komm schon, wir sind schließlich erwachsen, wir kennen doch beide die Spielregeln. Es tut mir leid, wenn ich einen wunden Punkt berührt habe, aber diese Angelegenheit ist nun einmal wichtig. Ich habe Geld. Habe ich das schon erwähnt? Oder ist es das Sexuelle? Vielleicht mal eine kleine Probenummer?«

»Ich muß doch *sehr* bitten.«

»Zumindest solltest du es mir hoch anrechnen, daß ich dich nicht verführt habe.«

»Was, um alles in der Welt, bringt dich denn auf die Idee?«

Stuart zuckte demonstrativ mit den Schultern. »Tut mir leid, Liz. Ich bin zu weit gegangen. Ich werde jetzt gehen. Sagen wir mal so: Vielleicht habe ich einen Samen gepflanzt. Tu mir bitte den Gefallen und begieße ihn von Zeit zu Zeit. Vergiß es aber nicht.«

Er nahm seinen Mantel vom Haken im Flur und kam noch einmal ins Wohnzimmer zurück. »Danke für den wunderbaren Abend«, sagte er. »Und denkst du daran, den kleinen Samen zu begießen?«

»Ich ... denke daran. Ich werde es bestimmt nicht vergessen.«

»Gut.« Er lächelte, küßte sie auf die Stirn und verschwand.

Tagelang befand sich Elizabeth in einer Art Schockzustand. Die Vermessenheit dessen, was Stuart gesagt hatte, empfand sie im nachhinein wie eine ungewollte, körperliche Annäherung; es war, als ob er sie vergewaltigt hätte.

Sie machte lange Spaziergänge im Hyde Park und atmete gierig die kalte Januarluft ein. Sie arbeitete bis spät in die Nacht in der Firma. Sie kaufte sich zwei Bücher über den Krieg, in dem ihr

Großvater gekämpft hatte, und las sie durch. Sie faßte Vorsätze fürs neue Jahr. Sie wollte weniger rauchen, sie wollte alle vierzehn Tage Tom Brennan besuchen, wenn ihm das recht war, und wenn es ihm nicht recht war, wollte sie jemand anderen aus seiner Generation besuchen. Irgendwie wollte sie Schulden tilgen; sie wollte den Kreis schließen.

Beim ersten ihrer Besuche bei Tom Brennan im neuen Jahr hoffte sie, noch mehr über ihren Großvater zu erfahren. Was Brennans Geisteszustand betraf, war ihr klar, daß sie mit keinen längeren Erinnerungen rechnen durfte, nicht einmal mit Anekdoten, aber sie hoffte, daß es zumindest noch den einen oder anderen Bezugspunkt gab.

Weil der Aufenthaltsraum so überheizt gewesen war, zog sie sich diesmal nicht so warm an. Im Hinblick auf seine Klagen über das Essen brachte sie Brennan einen Kuchen mit, den ihre Mutter gebacken hatte. Als sie ihn einpackte, hatte sie plötzlich das Gefühl, als packe sie ein Paket für einen Mann, der im Schützengraben lag. Sie nahm auch noch eine halbe Flasche Whisky mit; zumindest war das etwas, was er wohl nicht von zu Hause geschickt bekommen hatte. Sie steckte auch zwei Mottenkugeln in ihr Taschentuch, worüber sie sich selbst schämte, damit sie es sich vors Gesicht halten und den Kampfer einatmen konnte, statt den widerlichen Uringeruch ertragen zu müssen.

Er saß am selben Platz am Fenster. Er legte seine Hand in ihre, und so saßen sie friedlich beisammen. Elizabeth fragte ihn, wie er die vergangenen Wochen und all die Jahre zuvor verbracht habe. Seine Antworten hatten überhaupt keinen Zusammenhang mit ihren Fragen. Er redete über die Mafeking-Nacht, er redete über seine Schwester, die beim Verdunkeln von der Leiter gefallen war. Er sagte, daß er das Essen nicht mochte, das man ihm vorgesetzt hatte.

Gelegentlich hatte sie den Eindruck, daß eine bestimmte Frage bei ihm ankam, weil dann seine Augen hinter den dicken Brillengläsern unruhig flackerten. Er murmelte ein paar Worte, verfiel dann wieder in Schweigen oder fing mit einer der Geschichten an, die er noch wußte. Elizabeth vermutete, daß sie den größten Teil seines Repertoires bereits gehört hatte.

Diesmal erwähnte sie ihren Großvater gar nicht. Sie hatte die erste, lebendige Verbindung hergestellt. Wenn er noch irgend etwas zu sagen hätte, würde sich das von selbst ergeben; es war sogar wahrscheinlicher, daß es sich ergeben würde, wenn er sich an ihre Besuche gewöhnt hätte.

Sie gab ihm den Kuchen und den Whisky und sagte, daß sie in zwei Wochen wiederkommen werde. Mrs. Simpson, die Heimleiterin, begegnete ihr am Ausgang.

»Ich hätte nicht gedacht, daß wir Sie hier noch mal sehen würden«, sagte sie. »Hat er sich gefreut?«

»Na ja ... gefreut nicht gerade. Ich weiß nicht, ob ihm meine Besuche gefallen. Aber ich habe mich gefreut, ihn wiederzusehen. Ich habe ihm ein Päckchen mitgebracht. Ist das gestattet?«

»Kommt drauf an, was drin ist.«

Elizabeth hatte den Verdacht, daß Whisky nicht gestattet sei. Sie verließ schnell das Heim, um nicht mit ansehen zu müssen, wie er konfisziert werden würde.

Wieder zu Hause, stellte sie abends einige Berechnungen an. Sie hatte sich bislang davor gedrückt, weil sie sich vor dem Ergebnis fürchtete. Mit Hilfe des Kalenders vom vergangenen Jahr stellte sie fest, wann sie zuletzt ihre Periode gehabt hatte. Am sechsten Dezember war sie mit Sicherheit schon spürbar gewesen; sie erinnerte sich nämlich, daß sie an jenem Tag zu spät zu einem Geschäftsessen kam, weil sie einen Umweg machen mußte, um in eine Drogerie zu gehen. Jetzt war der 21 Januar. In ihrem Kalender war nicht vermerkt, wann sie sich das letzte Mal mit Robert getroffen hatte, aber es mußte in der Woche vor Weihnachten gewesen sein. Sie erinnerte sich noch an die Dekorationen in den Läden. Er hatte seinen Urlaub einen Tag früher beginnen können, weshalb es ihm auch gelungen war, sich mit ihr zu treffen. Am nächsten Tag war sie zur Arbeit gegangen, also mußte es ein Wochentag gewesen sein. Sie kreiste den Termin auf den 21. oder 22. Dezember ein. Beide Tage lagen in der Mitte jenes Zyklus, der, wenn sie sich recht erinnerte, die gefährlichen Tage ausmachte. Sie versuchte, sich daran zu erinnern, welche Verhütungsmaßnahmen sie angewandt hatte. Vier Jahre lang hatte sie regelmäßig die Pille genommen, bis der Arzt ihr empfohlen hatte, sie abzusetzen. Danach hatten sie verschiedene Verhütungsmethoden benutzt. Vorsichtig waren sie beide, Robert sogar, wie sie fand, geradezu neurotisch vorsichtig.

Am nächsten Morgen besorgte sie sich in der Apotheke in der Craven Road einen Schwangerschaftstest. Es war ein flaches, rechtwinkliges Stück Plastik mit zwei Sichtfenstern. Sie nahm es mit auf die Toilette und sah sich dann, wie vorgeschrieben, fünf Minuten später die Fenster an. Die blaue Linie war klar und deutlich erkennbar. Der Test war nicht nur positiv, er strotzte sozusagen vor Lebendigkeit.

Den ganzen Tag war sie zwischen Freude und Verzweiflung hin und her gerissen. Zweimal setzte sie dazu an, Irene ihr Geheimnis zu offenbaren, und zweimal wechselte sie das Thema. Sie ging allein zum Mittagessen, und während sie aß, füllten sich ihre Augen mit Tränen. Sie spürte bereits jetzt eine geradezu absurde Zuneigung für das unsichtbare Ding in ihr.

Am Abend rief sie Robert an. Er war nicht da, aber sie hinterließ auf dem Anrufbeantworter, den er erst neulich angeschafft hatte, die Nachricht, sie sofort zurückzurufen.

Sie ließ ein Bad einlaufen und glitt ins Wasser. Sie schaute auf ihren Bauch und fragte sich, welche mikroskopischen Ereignisse dort jetzt stattfanden. Sie fürchtete sich vor den körperlichen Veränderungen, und vor dem Gerede der Leute. Aber stärker als diese Ängste war das Glücksgefühl. Das Telefon klingelte, sie sprang aus der Badewanne und lief tropfnaß ins Wohnzimmer, um abzuheben.

Es war Bob.

»Ich hab's geschafft«, sagte er. »Tut mir leid, daß es so lange gedauert hat. Es war im Grunde ganz einfach, jedenfalls nachdem ich dahintergekommen bin, wie der alte Fuchs sein Oberstübchen sortiert hatte. Griechische Buchstaben, französische Sprache und dazu noch allerhand Privatkürzel. Ganz einfach, mein lieber Watson. Ich kann natürlich nicht garantieren, daß ich alle Namen richtig entziffert habe, aber die fraglichen Stellen habe ich markiert. Ansonsten paßt aber alles zusammen.«

»Das ist ja wunderbar, Bob«, sagte Elizabeth, nachdem sie die Enttäuschung überwunden hatte, daß nicht Robert am Apparat war. »Haben Sie herzlichen Dank. Wann kann ich es denn abholen?«

»Wenn Sie wollen, am Wochenende. Ich habe heute morgen schon ein paar Seiten per Post an Sie abgeschickt. Ich habe einfach die letzten beiden Seiten des Buchs genommen, weil ich damit angefangen hatte. Die sollten Sie eigentlich morgen früh haben, falls nicht auch noch die Post streikt. Man kann ja nie wissen, oder?«

»Nein. Genau. Also, ich freue mich, daß ich das morgen bekommen werde.«

»Na ja«, sagte Bob. »Es ist ein bißchen trübsinnig, wissen Sie. Schenken Sie sich vorher lieber einen Drink ein.«

»Sie kennen mich doch, Bob. Und noch mal vielen Dank.«

Robert rief erst nach Mitternacht an, als Elizabeth längst eingeschlafen war. Sie sagte ihm ohne Umschweife, daß sie schwanger sei. Sie war zu verschlafen, um die Nachricht vorsichtig zu verpacken, wie sie es eigentlich vorgehabt hatte. »Ich werde niemandem sagen, wer der Vater ist. Das kann gern ein Geheimnis bleiben«, sagte sie.

Robert war deutlich schockiert.

»Du könntest dich ruhig ein bißchen darüber freuen«, sagte sie.

»Gib mir etwas Zeit«, sagte er. »Es freut mich für dich, und irgendwann werde ich mich auch auf das Kind freuen. Gib mir nur etwas Zeit, damit ich mich an den Gedanken gewöhnen kann.«

»Gut«, sagte Elizabeth. »Ich liebe dich.«

Der nächste Tag war ein Samstag. Am Morgen kam der Brief von Bob.

Elizabeth legte ihn bis nach dem Frühstück beiseite und öffnete ihn dann behutsam mit einem Messer. Bob hatte den gebrauchten, braunen Umschlag eines Katalogs oder einer Postwurfsendung benutzt und einen weißen Aufkleber mit ihrem Namen und ihrer Anschrift über seine geklebt.

Darin lagen zwei große Bögen dünnen, knisternden Papiers. Elizabeth war sehr aufgeregt. In dem Moment, als sie Bobs sorgfältige, mit Tinte geschriebene Handschrift sah, wußte sie, daß sie gefunden hatte, was sie gesucht hatte.

Es war gut, Grays alte Stimme gehört zu haben, die von Lanarkshire durch die Leitung geknurrt war; die Ahnung einer Erinnerung im Chaos von Brennans Erzählungen war erregend gewesen. Aber das, was sie wirklich wollte, lag jetzt vor ihr; die Vergangenheit belebte sich in den spinnwebartigen Buchstaben in ihrer leicht zitternden Hand.

Sie las.

»Ich weiß nicht, wie die Tage vergehen. Die Raserei und die Blutströme liegen hinter uns. Wir sitzen herum und lesen. Irgend jemand schläft, ein anderer geht spazieren. Essen wird gebracht. Wir lesen keine richtigen Bücher, nur Zeitschriften. Jemand ißt. Wieder andere sind für nichts zuständig oder einfach abwesend.

Seit Weir [?] tot ist, bin ich der Wirklichkeit nicht mehr recht nahe gekommen. Ich befinde mich in einer Wildnis jenseits aller Angst. Was einmal Zeit war, gibt es für mich nicht mehr. Heute morgen ist ein Brief von Jeanne gekommen. Sie schreibt, daß schon zwei Monate vergangen sind, seit wir uns gesehen haben.

Aus England kommen Männer wie Abgesandte eines unbekannten Lands. Ich kann mir nicht vorstellen, was es bedeutet, Frieden zu haben. Ich verstehe nicht, wie die Leute dort ein behagliches Leben haben können.

Nur die Erinnerung an Kameraden reißt uns manchmal aus dieser Trance heraus. In den Augen eines wehrpflichtigen Jungen entdecke ich plötzlich den Blick von Douglas oder [Name unlsrl. Reeve?]. Solche Bilder lassen mich erstarren. Ich sehe, wie sich die Schädeldecke des Mannes öffnet, als er sich an jenem Morgen im Sommer zu seinem Freund hinunterbeugt.

Gestern kam ein Melder, um sich mit mir zu unterhalten, und

seine Gesten erinnerten mich an W. Ich hatte ein klares Bild von ihm, nicht im Morast ausgestreckt, wie ich ihn das letzte Mal sah, sondern mit irrem Blick aus seinem Grab steigend. Die Vorstellung blieb nur einen Moment konstant, dann brach die Zeit zusammen, und ich trieb wieder an mir selbst vorbei.

Ich bin aufgefordert worden, mich morgen bei Gray zu melden. Vielleicht geht es ihm ähnlich.

Gegen Geschützlärm sind wir nicht unempfindlich geworden, aber wir haben keine Kraft mehr, uns davor zu fürchten. Granaten schlagen in die Reservelinien ein, aber wir reden weiter, als sei nichts geschehen. Es gibt auch noch Blut, aber niemand bemerkt es mehr. Neben den Männern, die sich Essen aus der Feldküche holten, lag ein Junge ohne Beine. Sie machten einen Schritt über ihn hinweg.

Ich habe versucht, dem Abrutschen in diese unwirkliche Welt zu widerstehen, aber jetzt fehlt mir die Kraft. Ich bin müde. Mein Seele ist müde.

Oft habe ich mich schlafen gelegt und mich nach dem Tod gesehnt. Ich komme mir wertlos vor. Ich fühle mich schuldig, weil ich überlebt habe. Der Tod wird nicht kommen, und ich treibe willenlos in einer dauernden Gegenwart umher.

Ich weiß nicht, was ich getan habe, daß ich diese Existenz fristen muß. Ich weiß nicht, was wir alle getan haben, daß die Welt in diesem perversen Orbit kreist. Wir kamen doch nur für einige Monate hierher.

Niemand nach uns, keine zukünftige Generation wird je wissen, was hier geschah. Man wird es nie verstehen.

Wenn es vorbei ist, werden wir uns schweigend unter die Lebenden mischen, und wir werden es ihnen nicht sagen.

Wir werden reden und schlafen und unseren Geschäften nachgehen, als seien wir menschliche Wesen.

Was wir gesehen haben, werden wir im Schweigen unserer Herzen versiegeln, wo uns nie ein Wort erreichen wird.

VI

FRANKREICH 1918

Stephen legte Stift und Notizbuch beiseite. Es war Nacht. Mondlicht lag auf den Hügeln oberhalb des Dorfs. Er zündete sich noch eine Zigarette an und blätterte in einer Zeitschrift. Neben einem Sessel lag ein ganzer Stapel bereits durchgeblätterter. Er überflog jede Seite, las aber kaum etwas.

Er ging auf den Hof hinter dem kleinen Haus. Vor seinen Füßen flatterten Hühner auf.

Er schlenderte aus der Einfahrt hinaus. Die Straße war nur teilweise befestigt. Er trat in Pfützen und gegen lose Steine. Er ging bis zur Hauptstraße und sah sich um. Der Kanonendonner war leise und weit entfernt; er rumorte wie ein Zug, der durch ein Tal fährt.

Er stand einfach da und atmete tief ein. Er hörte den Schrei einer Eule. Er ging langsam die Einfahrt auf und ab. Die Eule erinnerte ihn an Kindheit; es war ein Schrei, den Jungen mit der hohlen Hand imitieren. Seine eigene Kindheit schien ihm schon so lange her zu sein, als hätte jemand anderes sie gelebt.

Wieder im Quartier, traf er Mountford, der mit einem Leutnant namens Tylecote am Tisch saß und Karten spielte. Sie boten ihm an mitzuspielen, aber er lehnte ab, saß dösend herum und sah zu, wie sie die speckigen Karten über den Tisch schoben.

Morgens machte er sich auf den Weg ins fünf Kilometer entfernte Bataillons-Hauptquartier, um Colonel Gray aufzusuchen.

Gray sprang auf, als Stephen ins Zimmer kam. »Wraysford! Gut, Sie endlich mal wiederzusehen. Daß ihr Leute vom Stab euch auch mal hier sehen laßt, finde ich anständig.«

Gray hatte sich äußerlich kaum verändert. Mit dem zur Seite geneigten Kopf sah er aus wie ein Terrier, der einer Fährte folgte.

Haar und Bart zeigten weiße Strähnen, aber er bewegte sich immer noch schnell und sicher.

Er zog einen Stuhl heran, machte eine einladende Handbewegung, und Stephen setzte sich.

»Sie können gern rauchen«, sagte er. »Also wie ist es, macht es Ihnen Spaß, mit den Landkarten und Listen zu arbeiten?«

Stephen holte tief Luft. »Man ... existiert.«

»Existiert? Lieber Himmel, solches Gerede bin ich aber von Frontkämpfern, wie Sie einer sind, gar nicht gewohnt.«

»Nein, aber Sie erinnern sich ja wohl, Sir, daß ich nicht um meine Versetzung gebeten habe.«

»Ich erinnere mich sehr gut. Meiner Meinung nach waren Sie kampfmüde. Kein Wunder. Die meisten Leute kommen gar nicht erst in dieses Stadium. Dafür sorgt schon eine Kugel.«

»Ja. Ich habe Glück gehabt.« Stephen hustete, als der Zigarettenrauch seine Lunge füllte.

Gray sah aus dem Fenster und legte die Füße auf den Schreibtisch. »Wissen Sie, unsere Truppe hat sich ziemlich wacker geschlagen. Furchtbare Verluste an der Somme, aber wer hätte die nicht gehabt? Andererseits gar nicht so übel gelaufen. Beide Bataillone sind wieder fast komplett.«

»Ja, ich weiß«, sagte Stephen. Er lächelte. »Über die Truppenstärke in diesem Abschnitt weiß ich ziemlich gut Bescheid. Besser als zu der Zeit, als ich selbst an der Front war.«

Gray nickte vor sich hin und klopfte sich mit einem Bleistift gegen die Zähne. »Sagen Sie mal«, sagte er, »wenn der Krieg vorbei ist und das Regiment ein Denkmal bekommt, was sollte da dann draufstehen?«

»Ich weiß nicht. Ich nehme an, daß es sich um ein Denkmal für die ganze Division handelt. Das Regiment würde dann wohl mit den Schlachten erwähnt, an denen es beteiligt war.«

»Ja«, sagte Gray. »Eine stolze Liste, nicht wahr?«

Stephen gab keine Antwort. Die unaussprechlichen Namen erfüllten ihn nicht mit Stolz.

»Also«, sagte Gray, »ich habe gute Nachrichten für Sie. Ihre

Aufgabe beim Stab hat sich erledigt. Sie gehen wieder an die Front.« Er machte eine Pause. »Ich dachte, das wäre Ihr Wunsch?«

»Mein ... ja, ich denke schon.«

»Sie sehen aber nicht sehr zufrieden aus.«

»Ich kann über nichts zufrieden sein, was diesen Krieg verlängert. Aber ich bin auch nicht unzufrieden. Es ist mir egal.«

»Jetzt hören Sie mir mal zu. Wir werden sehr bald einen Angriff durchführen. Auf breiter Front werden wir uns zügig in Richtung Deutschland bewegen. Einige Frontabschnitte rücken bereits vor, wie Ihnen ja bekannt ist. Wenn Sie Ihre alte Kompanie wieder übernehmen wollen, können Sie das tun. Der kommissarische Kompanieführer wird dann Ihr Stellvertreter.«

Stephen seufzte und sagte nichts. Gern hätte er Freude oder Genugtuung empfunden.

Gray stand auf und ging um den Schreibtisch herum. »Denken Sie an die Worte, die auf dem Denkmal stehen werden, Wraysford. Denken Sie an diese stinkenden Städte und beschissenen Dörfer, deren Namen irgendwann von irgendwelchen Historikern, die in London auf ihren fetten Ärschen sitzen, zu Ruhmeshymnen verklärt werden. Aber wir waren dabei. Als Strafe für Gott weiß was, waren wir dabei, und unsere Leute sind an diesen widerlichen Orten verreckt. Ich hasse ihre Namen. Ich hasse den Klang dieser Ortsnamen, und ich hasse den Gedanken an sie, und deshalb werde ich auch Sie nicht an diese Namen erinnern. Aber hören Sie.« Sein Gesicht war jetzt ganz dicht vor Stephens. »Vier Worte wird man unter diese Namen in den Stein einmeißeln. Vier Worte, die eines Tages andere Menschen lesen werden. Wenn sie die Namen lesen, wird ihnen übel werden. Aber wenn sie diese vier Worte lesen, dann werden sie die Köpfe neigen, ein bißchen jedenfalls. *Letzter Angriff und Durchbruch.* Sagen Sie bloß nicht, daß Ihnen diese Worte nichts bedeuten.«

Stephen lachte. »Mir ist es wirklich egal, was ...«

»Los, los«, Gray knurrte ihn an wie ein Hund. »Eins dieser Worte muß Ihnen doch in den Ohren klingen.«

»Ich glaube schon«, sagte Stephen. »*Letzter.*«

Gray schüttelte ihn an der Schulter. »Gut, der Mann. Ich werde die Leute benachrichtigen, daß Sie zurückkommen.«

Mit der Explosion bei den Höhen von Messines hatte die Arbeit der Tunnelbauer ihren Höhepunkt erreicht. Weirs Kompanie wurde aufgelöst und auf die drei Pionier-Kompanien verteilt, die zu der Division gehörten, in der auch Stephen seinen Dienst ableistete. Die Arbeit war nun weniger gefährlich, aber auch nicht mehr so interessant.

Jack Firebrace schrieb.

»Liebe Margaret!

Nur schnell ein paar Zellen, weil ich gerade einen Moment Ruhe habe. Danke für das Päckchen, das gestern hier angekommen ist; es war allerdings etwas beschädigt. Hattest Du Rasierklingen hineingetan?

Wir setzen jetzt wieder Straßen instand. Die Arbeit ist anstrengend, aber den meisten Leuten gefällt sie besser als der Tunnelbau. Wir müssen große Löcher mit Steinen füllen und mit dem, was man hier ›facines‹ nennt; das sind kleine Trümmerstücke aus Ziegeln, Mauern und so weiter, die von zerstörten Häusern stammen. Der Schlamm, der Regen und all die toten Tiere, das ist schon eine traurige Angelegenheit. Die toten Pferde tun uns leid; so schöne Tiere, die elend zugrunde gehen, und sie konnten sich nicht dagegen wehren.

Manchmal arbeiten wir auch noch untertage. Der Kompanieführer sagt, daß wir unseren Beitrag zum Krieg geleistet haben, aber nun soll oberirdisch mit dem Krieg alles viel schneller gehen. Wir werden ja sehen. Wir sind jetzt auf dem Vormarsch und alle haben das Gefühl, daß nach dem nächsten Vorstoß alles vorbei sein wird.

Wir sind guter Dinge und wohlauf. Evans hat ein neues Kartenspiel, und beim Poker gewinne ich fast immer. Ich habe auch wieder ein paar Skizzen gemacht.

Ich hoffe, daß es Dir gut geht und daß ich Dich bald wiedersehen werde.

Dein Dich liebender Mann
Jack.«

Bevor er sich wieder seiner Kompanie anschloß, nahm Stephen zwei Urlaubstage, die ihm noch zustanden, und fuhr nach Rouen, wohin Jeanne vorsichtshalber verzogen war, als die deutsche Frühjahrsoffensive begann.

An einem heißen Sonntagnachmittag kam er an. In den Straßen herrschte Feiertagsatmosphäre. Familien kutschierten in alten Automobilen umher. Andere fuhren in Vierspännern, zweirädrigen Wagen oder auf Fahrrädern – eine bewegte Promenade. Gruppen von kleinen Jungen liefen über das Straßenpflaster und riefen den Chauffeuren der Wagen etwas zu.

Stephen bewegte sich staunend durch die Menge. Wie Jeanne es ihm beschrieben hatte, kam er an der Kathedrale vorbei und ging durch den mittelalterlichen Stadtkern, wo sie sich vorübergehend eine Wohnung gemietet hatte, bis sie wieder nach Amiens zurückkehren konnte.

Sie erwartete ihn bereits, als er draußen auf der Straße an der Tür klingelte. Sie führte ihn durch einen Innenhof und dann treppauf zu ihrer Unterkunft. Es waren nur zwei Zimmer im ersten Stock, die sie aber mit den Sachen, die sie aus Amiens hatte mitnehmen können, gemütlich eingerichtet hatte.

Sie bat ihn, in einem der beiden Armsessel Platz zu nehmen, und sah ihn an. Er war sehr hager geworden, und über den Augen war die Haut zerfurcht und ledrig. Die Augen blickten nicht mehr wachsam, sondern, so kam es Jeanne vor, wie erloschen. Sein volles Haar war nicht dünner geworden, nicht einmal an den Schläfen, doch es war überall von grauen Strähnen durchzogen. Seine Bewegungen hatten etwas Traumartiges, als ob die Atmosphäre, die ihn umgab, sehr schwer sei und langsam zurückgeschoben werden müsse. Anscheinend rauchte er, ohne zu wissen, daß er es tat, und die Asche fiel auf seine Kleidung.

Das also war der Mann, der vor acht Jahren ihre jüngere Schwester so beeindruckt hatte? Isabelle hatte ihr nichts von ihren sexuellen Erfahrungen mit ihm erzählt, hatte Jeanne jedoch eine deutliche körperliche Vorstellung von ihm vermittelt, indem sie seine Schultern, die Augen und die gewandten Handbewegungen beschrieb. Der Mann, den Jeanne sah, war ein anderer; es war kaum zu glauben, daß es sich um dieselbe Person handelte. Dieser Gedanke erleichterte sie.

Sie machten einen Spaziergang durch die Stadt und gingen dann in ein Museum, wo sie sich in den Garten setzten.

»Was haben Sie denn im Frühjahr gemacht?« fragte Stephen. »Ich habe eine ganze Weile keine Briefe mehr bekommen.«

»Ich habe Ihnen aber geschrieben«, sagte Jeanne. »Vielleicht sind die Briefe in dem Durcheinander verlorengegangen. Anfangs war die Stadt mit Flüchtlingen aus anderen Städten überfüllt, weil die Deutschen ja vorrückten. Dann wurden wir bombardiert, und der Bürgermeister ließ die Stadt evakuieren. Ich blieb aber noch eine Weile da, weil ich nicht nach Rouen zurückwollte. Der Beschuß erfolgte bei Nacht; sie benutzten Richtscheinwerfer, um genau zielen zu können. Das war schrecklich. Ich habe dabei mitgeholfen, die Glasfenster der Kathedrale auszubauen. Wir haben sie alle in Decken gewickelt und eingelagert. Schließlich mußte ich doch weg, aber ich habe meinen Eltern nicht gesagt, wohin ich gehe. Eine Freundin aus meiner Mädchenzeit hat mir geholfen, diese Zimmer zu mieten. Meine Eltern wissen nicht, daß ich hier bin.«

»Wären sie dann böse?«

»Ich weiß es nicht. Ich denke, sie haben den Glauben an ihre Töchter inzwischen aufgegeben. Sie haben erfahren, daß Isabelle nach Deutschland gezogen ist. Sie bekamen einen Brief von einem alten Freund Azaires aus Amiens, von einem gewissen Bérard. Er schrieb, er sei der festen Überzeugung, daß sie es wissen müßten.«

»Und das kleine Boot segelte da-vo-ho-hon«, sang Stephen leise.

»Was ist das denn?«

»Ich kenne den Mann. Er besuchte oft die Azaires, als ich bei ihnen wohnte. Er war ein Wichtigtuer, ein aufgeblasener kleiner Mann, von seiner eigenen Bedeutung überzeugt. Aber er schien über andere Menschen eine gewisse Macht auszuüben.«

»Ich schrieb Isabelle, was passiert war. Sie schrieb zurück und erzählte, daß dieser Bérard sein Haus dem deutschen Kommandanten als Quartier angeboten hatte, als Amiens zum ersten Mal von den Deutschen besetzt wurde. Er glaubte, daß sie während des ganzen Krieges bleiben würden. Als sie schon nach ein paar Tagen wieder abzogen, war er bis auf die Knochen blamiert. Isabelle schrieb, daß er seine Schlappe dann dadurch wettzumachen versuchte, daß er zu einem der lautesten Kriegstreiber wurde.«

»Aber in die Armee ist er nicht gegangen?«

»Nein. Vielleicht war er zu alt. Isabelle schrieb auch, daß sie glücklich ist, obwohl es Max nicht gutgeht. Man mußte ihm ein Bein amputieren, und davon hat er sich bis jetzt noch nicht erholt. Sie pflegt ihn hingebungsvoll.«

Stephen nickte. »Armer Kerl. Tut mir leid.«

»Und wie geht es Ihnen?« sagte Jeanne. Sie nahm seine Hand und drückte sie auf ihre liebevolle, schwesterliche Art. »Sie sehen sehr abgespannt und blaß aus. Ich mache mir Sorgen um Sie. Das habe ich Ihnen doch schon einmal gesagt, nicht wahr? Ich habe auch das Gefühl, daß Sie nichts Vernünftiges zu essen bekommen.«

Stephen lächelte. »Mir geht es gut. Und in dem Job, mit dem ich jetzt fertig bin, war die Verpflegung viel besser. Sie war auch reichhaltiger.«

»Und warum sind Sie dann so dünn?«

Er zuckte mit den Schultern. »Ich weiß es nicht.«

Jeannes dunkle Augen glühten vor Besorgnis auf, als sie seine Hände drückte und ihn dazu zwang, ihr in die Augen zu schauen. »Stephen, Sie dürfen nicht aufgeben. Sie dürfen sich nicht gehenlassen. Es ist doch fast vorbei. Man rechnet täglich mit dem entscheidenden Vorstoß, und dann können Sie Ihr altes Leben wieder aufnehmen.«

»Mein altes Leben? Ich kann mich nicht mehr an mein Leben erinnern. Ich wüßte nicht, wo ich es wiederfinden sollte.«

»Sie dürfen so nicht reden.« Jeanne wurde zornig. Unter ihrer blassen Haut zeigten sich zum ersten Mal, seit Stephen sie kannte, Anzeichen von Röte auf den Wangen. Mit der linken Hand klopfte sie leicht auf die Holzbank, auf der sie saßen, um ihren Worten mehr Nachdruck zu verleihen.

»Natürlich können Sie nicht weitermachen, wo Sie damals in Paris aufgehört haben, als Zimmermann oder was immer Sie waren. Sie werden etwas Besseres tun, Sie werden etwas Wertvolles tun.«

Stephen wandte ihr langsam seine Augen zu. »Sie sind eine liebenswerte Frau, Jeanne. Und ich würde auch tun, was Sie sagen. Aber es sind nicht die Einzelheiten des Lebens, die mir abhanden gekommen sind. Es ist die Wirklichkeit als solche.«

Jeanne traten Tränen in die Augen. »Dann müssen wir dafür sorgen, daß sie zurückkehrt. Ich werde Sie Ihnen zurückbringen. Ich werde Ihnen helfen, das wiederzufinden, was Sie verloren haben. Es gibt nichts, was nicht wieder gutzumachen ist.«

»Warum sind Sie so nett zu mir?« fragte Stephen.

»Weil ich dich liebe. Siehst du das denn nicht? Nach allem, was falsch gewesen ist, möchte ich wenigstens etwas wiedergutmachen. Wir müssen es versuchen. Versprich mir, daß du es versuchst.«

Stephen nickte schwerfällig. »Wir wollen es versuchen.«

Jeanne fühlte sich bestärkt und stand auf. Sie nahm ihn an die Hand und führte ihn durch den Garten. Was sonst hätte sie tun können, ihm neuen Lebensmut zu geben, ihm die Wirklichkeit zurückzuholen, die er verloren hatte? Natürlich, eine Möglichkeit gab es noch; aber die Komplikationen würden vielleicht die Vorteile überwiegen. Es mußte sich spontan ergeben – oder überhaupt nicht.

Auf dem Rückweg zu ihrer Wohnung aßen sie früh in einem Restaurant, und sie ermunterte Stephen zu trinken, weil sie hoffte, daß der Alkohol ihn lockern möge. Glas um Glas roten Bordeaux' ging durch seine Kehle, brachte aber kein Licht in seine toten Augen zurück.

Auf dem Heimweg sagte Jeanne: »Sei bitte ganz leise, wenn wir über den Hof gehen. Ich will nicht, daß die Concierge merkt, daß ein Mann bei mir übernachtet.«

Zum ersten Mal lachte Stephen. »Ihr Fourmentier-Mädchen! Was wohl dein Vater dazu sagen würde?«

»Sei still«, sagte Jeanne und war froh, daß sie ihn zum Lachen gebracht hatte.

Der Abend war heiß, und es war noch nicht ganz dunkel. Auf einem der Plätze, auf denen die Cafés unter den Platanen ihre Lichter einschalteten, spielte eine kleine Kapelle.

Stephen ging mit großer Vorsicht über das Pflaster des Hofs und machte nicht das geringste Geräusch, bis sie sicher in Jeannes Wohnung angekommen waren.

»Ich mache dir ein Bett auf dem Sofa in der Ecke. Willst du jetzt schlafen gehen, oder wollen wir noch ein Weile sitzen und uns unterhalten? Ich glaube, ich habe noch etwas Brandy. Wir könnten uns damit auf den kleinen Balkon setzen. Aber wir müssen ganz leise reden.«

Sie saßen in Korbstühlen auf dem schmalen Balkon, von dem aus man über einen trockenen, sandigen Garten blickte.

»Weißt du, was ich gern für dich tun würde?« sagte Jeanne. »Dich zum Lachen bringen. Das nehme ich mir fest vor. Ich werde deinen angelsächsischen Trübsinn verscheuchen. Ich werde dich zum Lachen bringen und dich heiter stimmen, so wie einen richtigen, französischen Bauern.«

Stephen lächelte. »Und dann werde ich Geschichten erzählen und mir auf die Schenkel schlagen wie ein normannischer Gutsherr«, sagte er.

»Und denk nicht mehr an den Krieg. Und nicht mehr an die, die nicht mehr da sind.«

»Nie mehr.« Er trank den Brandy in einem Zug.

Sie drückte wieder seine Hand. »Ich werde ein Haus mit einem Garten dahinter haben, mit Rosenbüschen und Blumenbeeten, und vielleicht eine Schaukel für die Kinder – wenn nicht für meine eigenen Kinder, dann für die, die zu Besuch kommen. Das Haus wird große Fenster haben, und aus der Küche wird es nach wunderbarem Essen duften. Und im Wohnzimmer werden Fresien und Veilchen stehen. Und an den Wänden werden Bilder von Millet und Courbet und anderen großen Malern hängen.«

»Dann besuche ich dich. Vielleicht werde ich dort sogar mit dir leben. Und dann wird sich ganz Rouen über den Skandal aufregen.«

»Sonntags machen wir Bootspartien, und samstags gehen wir in die Oper und essen anschließend auf dem großen Platz. Zweimal im Jahr werden wir im Haus ein großes Fest feiern. Überall werden Kerzen brennen, und wir mieten uns Kellner, die unseren Freunden auf silbernen Tabletts Getränke reichen. Und dann wird getanzt und ...«

»Kein Tanz.«

»Na gut, kein Tanz. Aber Musik muß dabeisein. Vielleicht ein Streichquartett oder ein Zigeunergeiger. Und wer dann doch tanzen will, kann das ja irgendwo in einem anderen Raum tun. Vielleicht haben wir sogar einen Sänger.«

»Vielleicht könnten wir Bérard überreden?«

»Eine gute Idee. Er könnte ein paar deutsche Volkslieder singen, die er von dem Kommandanten und seiner Frau gelernt hat. Die Feste würden Furore machen. Ich weiß bloß noch nicht, wie wir das alles bezahlen sollen.«

»Ich habe dann mit einer Erfindung ein Vermögen verdient. Und dein Vater hat dir seine Millionen vermacht.«

Sie tranken mehr Brandy; Jeanne machte er schwindelig, auf Stephen aber schien er keine Wirkung zu haben. Als es abkühlte, gingen sie hinein, und Stephen sagte, daß er nun gern schlafen würde. Sie zeigte ihm das Bett und stellte ihm eine Karaffe mit Wasser daneben.

In ihrem Schlafzimmer zog Jeanne sich aus. Sie fühlte sich von Stephen ermutigt, obwohl sie merkte, daß er manche Fortschritte nur machte, um ihr einen Gefallen zu tun. Aber es war ein Anfang. Sie ging nackt durchs Zimmer, um ihr Nachthemd vom Haken an der Tür zu nehmen.

Noch bevor sie die Tür erreichte, öffnete sie sich, und Stephen stand im Hemd und mit nackten Beinen vor ihr.

Er zuckte zurück. »Entschuldigung, aber ich suche das Badezimmer.«

Jeanne hatte instinktiv nach einem Handtuch gegriffen, das auf dem Stuhl lag, und hielt es nun sittsam vor ihren Körper.

Stephen drehte sich um und ging ins Wohnzimmer zurück.

»Warte«, sagte Jeanne. »Es ist gut. Komm her.«

Sie legte das Handtuch wieder auf den Stuhl und stand ganz still da. Im Zimmer brannte kein Licht, aber in der hellen Herbstnacht war alles klar zu erkennen.

»Komm, ich will dich festhalten«, sagte sie. Das langsame Lächeln ließ ihr Gesicht aufleuchten.

Stephen ging langsam ins Zimmer hinein. Jeannes langer, schlanker Körper hieß ihn willkommen. Die weißen Arme waren ausgestreckt, so daß sich die runden Brüste aufrichteten und wie geheimnisvolle weiße Blumen auf ihrem Brustkorb lagen. Stephen ging auf sie zu und kniete sich hin. Er legte den Kopf gegen ihre Taille.

Sie hoffte, daß er immer noch von jener Leichtigkeit erfüllt sein möge, in die sie ihn versetzt hatte.

Er umarmte ihre Schenkel. Das weiche Haar, das zwischen ihren Beinen wuchs, war lang und schwarz. Er preßte einen Moment die Wange darauf und legte dann sein Gesicht wieder an ihre Seite. Sie spürte, daß er zu schluchzen begann. »Isabelle«, sagte er, »Isabelle.«

Stephens Rückkehr in die vordersten Linien wurde von seiner Kompanie gefeiert. Die Männer hatten die begründete Hoffnung, daß der nächste Angriff auch der letzte sein würde, und nach den Ereignissen an der Ancre und dem Vorstoß am Kanal genoß Stephen den Ruf eines Überlebenskünstlers. Selbst die Rekruten, die während seiner Abwesenheit zur Kompanie gestoßen waren, wußten, daß er als eine Art Glücksbringer gesehen wurde. Es kursierten wilde Gerüchte über den Hexenzauber, den er angeblich in seinem Unterstand durchführte.

Die Pioniere und Tunnelbauer erschienen in unregelmäßigen Abständen, um die Schützengräben zu warten. Ein langer Tunnel, der ins Niemandsland führte, wurde gelegentlich kontrolliert und repariert. Sein Endpunkt, dicht an den deutschen Linien, bot einen nützlichen, allerdings auch gefährlichen Horchposten, den der Feind offenbar noch nicht entdeckt hatte. Einige der Männer, die dort Wache schoben, hatten sogar Gespräche aus den deutschen Gräben belauschen können, in denen von Rückzug die Rede war.

Der feindliche Beschuß folgte einem bestimmtem Muster. Er zielte genau auf den hinteren Bereich, ohne die Frontlinie zu gefährden, und wurde mittags für eine Stunde eingestellt. Das britische Gegenfeuer folgte dem gleichen Rhythmus, so daß Stephen an seinem ersten Tag in aller Ruhe essen konnte. Riley hatte Doseneintopf aufgewärmt und einen frischen Kohlkopf aufgetrieben, der das Essen bereicherte.

Am Nachmittag besuchte ihn Cartwright, der Kommandant der Pioniere. Er galt bei der Infanterie als charakterschwach, wußte jedoch, wie mit Beschwerden umzugehen war, und das machte ihn zu einem schwierigen Gesprächspartner.

»Wie Sie wissen«, sagte er, »besteht eine Vereinbarung, daß wir uns gegenseitig unterstützen, aber soweit ich weiß, ist davon bislang wenig Gebrauch gemacht worden.« Er hatte ein blasses Gesicht mit einem fliehendem Kinn; in der Hoffnung, seine Argumente dadurch überzeugender zu machen, benutzte er gern umgangssprachliche Wendungen und Sprichwörter.

»Ich habe jetzt die Anweisung bekommen, daß der Horchposten am Ende des Haupttunnels vergrößert werden soll. Das ist alles schön und gut, aber die Leute, die ich zuletzt da unten hatte, meldeten mir, daß man Arbeitsgeräusche von Feindseite direkt über dem Posten gehört habe.«

»Ich verstehe. Sie wollen also, daß ein paar meiner Leute mit Ihnen da runtergehen.«

»Ja. Ich glaube, das können wir verlangen.«

»Ich dachte, die Tunnelarbeiten seien eingestellt worden.«

»Bei unseren Freunden, dem Boche, kann man ja nie wissen, nicht wahr?«

»Mag sein. Es kommt mir zwar unnötig vor, aber ...«

»Ich dachte, daß Sie selbst vielleicht mal nachsehen wollen, was sich da unten so getan hat, nachdem Sie so lange weg waren. Immerhin wird die Arbeit ja zum Schutz Ihrer Leute getan.«

»Sie sind ja genauso schlimm wie Weir. Warum seid ihr bloß immer so scharf darauf, uns nach unten zu schicken?«

»Weil wir euch hier vernünftige Drainagen legen und Unterstände bauen.« Cartwright deutete auf die Holzwände und das Bücherregal über dem Bett. »Sie glauben doch wohl nicht, daß Ihre Leute das geschafft hätten, oder?«

»Also gut«, sagte Stephen. »Ich gehe runter und sehe mir das an, aber ich kann mich nicht länger als eine Stunde von hier entfernen. Einer Ihrer Leute muß mich dann wieder raufbringen.«

»Ich bin sicher, daß sich das machen läßt. Wir gehen morgen mittag runter.«

Geschwärzte, zerplitterte Stümpfe, die einmal Bäume gewesen waren, warfen im Herbstlicht Schatten. Die Grabensohle war zum ersten Mal überhaupt trocken, als sich die Männer am Stolleneingang trafen.

Zu den sechs erfahrenen Tunnelbauern gehörten Jack Firebrace, Evans und Jones; sie verteilten Helme, Taschenlampen und Proto-Atemgeräte an die Infanteristen. »Sie werden Captain Wraysford zurückbringen, Firebrace«, sagte Cartwright zu Jack, »wenn er die Arbeiten kontrolliert hat.«

»Kommen Sie etwa nicht mit?« fragte Stephen und steckte sich eine Taschenlampe ein.

»Was sollen wir denn beide da unten?« sagte Cartwright.

Stephen blickte zum Himmel, klar, blaßblau und ein paar hohe Wolken. Im Stolleneingang, der mit Plane verhängt war, war es dunkel.

Er dachte daran, wie er das erste Mal mit Hunt und Byrne nach unten gegangen war. Er erinnerte sich an den bleichen Schimmer der Panik in Hunts Gesicht und an die Auswirkung seiner schweren Verwundung. Seitdem hatte er sich verändert; er war sich nicht sicher, ob er in den engen Tunneln, die ihn erwarteten, die Ruhe behalten würde. Er stützte sich mit der Hand gegen die Holzverschalung, mit der die Vorderwand des Grabens befestigt war, und atmete tief durch. Es gab keine unterschiedlichen Welten, sondern nur eine Schöpfung, mit der ihn das Pulsieren seines Bluts verband. Dort unten würde ihn die gleiche Welt erwarten, die hier in der warmen Sonne lag, mit singenden Vögeln und den sanften Wolken hoch über ihm.

Er kletterte den Tunnelarbeitern nach und spürte das rauhe Holz der Leiter an seinen Händen. Der Schacht fiel senkrecht ab, und die Sprossen war weit voneinander entfernt. Stephen zögerte in der Dunkelheit, aber die Stiefel, die von oben gegen seine Finger drückten, zwangen ihn weiter. Die abwärts steigenden Körper verdunkelten das Licht vom Einstieg, das schließlich so klein wie ein entferntes Fenster wurde und dann ganz verschwand.

Unter sich hörte er Jacks Stimme, der ihm sagte, wie tief er noch zu steigen hätte. Schließlich sprang er von der Leiter und fiel auf den Boden eines etwa zehn Quadratmeter großen Absatzes, wo Jack und zwei der Infanteristen mit Lampen warteten. Als auch die anderen angekommen waren, wurden Stützbalken nach unten geseilt. Jones und Evans lösten sie von dem hin und her pendelnden Seil, um sie mit in den Tunnel zu schleppen.

Drei Tunnelarbeiter gingen voran, gefolgt von den sechs widerstrebenden Infanteristen, die drei anderen Tunnelarbeiter bildeten den Schluß. Der Tunnel war anfangs hoch genug, um aufrecht zu gehen, und auf dem trockenen Kalkboden kamen sie gut voran. Nach etwa fünfzig Metern sagte der ranghöchste Sappeur, ein schottischer Leutnant namens Lorimer, daß sie von nun an still sein müßten. Sie erreichten einen langen Querschacht, von dem mehrere Tunnel in Feindrichtung abzweigten. Zuerst sollten alle mit in den Haupttunnel gehen, der zum Horchposten führte; später, wenn die Leute den Posten vergrößern würden, sollte die Infanterie in einen Paralleltunnel gehen, um ihnen von dort Deckung zu geben. Einer der Sappeure würde ihnen den Weg zeigen. Alle waren mit Lampen ausgerüstet.

Sie gingen in die Knie, um in den Haupttunnel zu gelangen, und Stephen sah, daß sich seine Männer ängstliche Blicke zuwarfen. Die Luft war dumpf und feucht. Sie zwängten sich keuchend durch eine schmale Öffnung, konnten dahinter aber wieder gebückt stehen und gingen weiter. Stephen sah, daß in Abständen von knapp zwei Metern massive Querbalken gegen die Stützbalken gesetzt worden waren. Soweit er das einschätzen konnte, war gute Arbeit geleistet worden. Die Tunnelarbeiter hatten keine Angst, da ihnen die Verhältnisse vertraut waren, und sie legten ein hohes Tempo vor. Die sechs Infanteristen unter Führung eines Leutnants namens Crawshaw hatten Mühe, ihnen zu folgen. Stephen hörte sie keuchen. Es war schwierig für sie, sich mit den Händen abzustützen, weil sie ihre Gewehre mitschleppen mußten.

Was für eine sonderbare Art, Krieg zu führen, dachte Stephen, wie Nagetiere in einem anderen Element. Es hatte sie vor den großen Angriffen und dem Anblick der Leichenberge geschützt, aber die Welt, in der die Tunnelarbeiter umgingen, hatte ihre eigenen Schrecken.

Er nahm sich vor, nur bis zum Horchposten mitzukommen, um dann zu seiner Truppe zurückzukehren. Sie würden ihm dankbar für diese Geste sein, weil im Gegenzug die Tunnelarbeiter auch weiterhin bei den Arbeiten helfen würden, die bei der Infanterie am unbeliebtesten waren.

Der Tunnel verengte sich, und sie kamen nur noch auf allen vieren voran. Plötzlich hielten die Männer an der Spitze an, so daß die Leute hinter ihnen gegeneinanderprallten.

»Ich glaube, sie haben was gehört«, flüsterte Crawshaw Stephen ins Ohr. »Niemand bewegt sich.«

Die Männer lagen dicht aneinandergedrängt in der Erdröhre; Evans holte etwas aus seinem Rucksack und quetschte sich an ihnen vorbei zu seinen vorderen Kollegen. Sie berieten sich flüsternd, und dann rutschte Evans zu einer trockenen Stelle der Tunnelwand und drückte eine flache Scheibe dagegen, in die er ein Stethoskop steckte. Crawshaw legte einen Finger an die Lippen und machte mit beiden Händen eine Bewegung, sich hinzulegen. Sie drückten sich flach auf den Tunnelboden. Stephen lag mit dem Gesicht auf einem Stein, er versuchte, den Kopf zu drehen, war aber so gegen das Bein eines Mannes verkeilt, den er nicht sehen konnte, daß er so liegenbleiben mußte, wie er lag. Er fühlte den langsamen Herzschlag an seinen Rippen.

Evans preßte sich gegen die Tunnelwand; er sah aus wie ein ungewaschener und unqualifizierter Arzt, der nach Anzeichen feindlichen Lebens horcht.

Stephen schloß die Augen. Er fragte sich, ob er wohl in einen letzten Schlaf versänke, wenn er nur lange genug in dieser Position verharrte. Aber die Anwesenheit der anderen Männer hinderte ihn daran, seinen Phantasien nachzuhängen. Die Anspannung der Körper, die sich an ihn preßten, ließ ihn ihre Angst spüren. Diese Passivität machte alles so schwierig; vor Geschützfeuer konnte man immerhin noch in Deckung gehen, aber unter diesem ungeheuren Gewicht war man hilflos.

Schließlich nahm Evans das Stethoskop wieder aus den Ohren, klappte es zusammen und schob es sich in die Tasche. Er schüttelte den Kopf, spitzte die Lippen und flüsterte seinem Leutnant etwas zu, der seinerseits den Mund an Stephens Ohr legte.

»Nichts zu hören. Könnte Geschützlärm von oben gewesen sein. Wir gehen weiter.«

Die Männer rappelten sich auf dem Tunnelboden wieder in ihre Kriechposition auf und schoben sich vorwärts.

Stephen geriet ins Schwitzen. Der Geruch der Körper um ihn herum verriet ihm, daß es den anderen ebenso ging. Die Verhältnisse im Schützengraben waren zwar verbessert worden, nicht jedoch die Möglichkeit, sich zu waschen, nicht einmal bei großer Hitze.

Die Tunneldecke wurde höher, und die Leute, die wie Evans und Jones etwas kleiner waren, konnten wieder aufrecht gehen. Sie erreichten eine Abzweigung, und Lorimer, der Leutnant der Sappeure, gab Instruktionen. Der Arbeitstrupp sollte gleich bis zum Horchposten weitergehen; die anderen würden in einen der parallelen Kampftunnel vordringen, dessen Eingang man bereits erkennen konnte.

Stephen lächelte in sich hinein, als er die Gesichter der Männer sah. Sie übertrieben ihre Erleichterung, indem sie komische Grimassen schnitten, aber er wußte aus eigener Erfahrung, daß ihnen nicht komisch zumute war. Er war froh, daß er in den vermutlich größten Tunnelabschnitt gehen würde. Solange er das Gefühl hatte, umkehren zu können, hatte er keine Angst, weiterzugehen. Was ihm angst gemacht hatte, als er mit Weir untertage gewesen war, war der Einsturz des Tunnels hinter ihnen gewesen, als er für einen Moment geglaubt hatte, nie wieder hinauszukommen.

Crawshaw kontrollierte die Gewehre und Handgranaten der Leute. Er hatte einen Revolver in der Hand, mit dem er gefährlich in Richtung der Tunneleingänge fuchtelte. Stephen vermutete, daß er damit beweisen wollte, wie furchtlos er war. Vielleicht glaubten sie ihm ja.

Stephen sah ihnen nach, als sie im Tunnel verschwanden. Er erinnerte sich an die zärtlichen Gefühle, die er für seine Männer empfunden hatte, wenn sie in die Schlacht zogen oder auf Patrouille gingen; er versuchte dann, sich ihr Leben vorzustellen, ihre Hoffnungen, ihre Häuser und Familien, die kleinen Welten, die sie auf dem Rücken und in ihren Gedanken mit sich trugen. Er konnte sich an dieses Mitgefühl erinnern, aber er konnte es nicht mehr aufbringen.

Sein eigener Trupp war etwa zwanzig Meter vom Horchposten entfernt, als Lorimer wieder haltmachte und den Finger an die Lippen legte.

Stephen atmete verkrampft. Er bereute es inzwischen, mit nach unten gekommen zu sein. Entweder war Lorimer so nervös, daß er eine Routineinspektion auf unerfreuliche Weise verkomplizierte, oder es bestand tatsächlich Gefahr. Evans hatte sein Horchgerät mit in den anderen Tunnel genommen. Lorimer forderte Jack Firebrace auf, ein Ohr gegen die Tunnelwand zu legen.

Jack hielt sich das andere Ohr mit der Hand zu und schloß die Augen, um sich besser konzentrieren zu können. Eine halbe Minute lang verharrten sie regungslos. Im Lichtkegel einer Grubenlampe starrte Stephen mit schmerzhafter Intensität auf die Maserung eines Stützbalkens, der zwanzig Zentimeter von seinem Kopf entfernt war. Er folgte mit seinem Blick den feinen Linien und Verästelungen. Er stellte sich vor, wie sich das Holz unter einem Hobel zusammenringeln würde.

Jack nahm den Kopf von der Wand und sah Lorimer an. Sein erregtes Flüstern konnten alle verstehen.

»Da sind Schritte, die sich in Richtung der deutschen Linien bewegen. Sie haben einen Tunnel etwa drei Meter über uns in westlicher Richtung.«

Lorimers Gesicht verkrampfte sich. Er schwieg einen Moment. »Bewegen sich von uns weg, sagen Sie?« fragte er dann.

»Ja.«

»Dann sollten wir weitergehen und unsere Arbeit erledigen.«

»Ja«, sagte Jack, »aber vielleicht haben sie eine Sprengladung gelegt. Ich meine, es gibt allerhand Gründe, daß sie ...«

»Wir warten fünf Minuten ab«, sagte Lorimer, »dann gehen wir weiter.«

»Um Himmels willen«, sagte Stephen. »Sie wollen doch nicht etwa das Leben dieser Männer aufs Spiel setzen, bloß um ...«

Bevor er noch den Satz zu Ende sprechen konnte, drückte es ihm die Luft aus der Brust, als eine Explosion sie rückwärts gegen die Tunnelwand schmetterte; es war, als ob das Erdreich vor ihnen von einem mächtigen Erdbeben weggerissen würde. Stephens Kopf schlug gegen Holz. Im zuckenden Licht, daß durch die Erde raste, sah er verdrehte Glieder, fliegende Uniformfetzen und Ausrüstungsgegenstände, Helme, Hände und spritzenden Kalk durch den hohlen Schacht brechen, in dem das menschliche Geröll vom Toben kompakter Gewalt mitgerissen wurde.

Er lag tief unter den Feldern auf dem Tunnelboden, aber er war immer noch nicht tot. Er spürte Erde in Augen und Nase und schweres Gewicht auf dem Körper. Er versuchte, sich zu bewegen, konnte aber kein Glied rühren, als hätte ihn die Erde in schwere, warme Decken gepackt, damit er Schlaf fände. Der Explosionslärm schien sich in der schmalen Röhre zu brechen. Er stellte sich vor, daß der Rückweg abgeschnitten war, und eine Anwandlung von Panik drehte ihm den Magen um, beruhigte sich jedoch wieder, bis nur noch das Gefühl blieb, wie gefesselt zu sein. Der Lärm verhallte schließlich.

Er lauschte dem Echo nach und wartete auf die bekannten Laute von Menschen im Todeskampf, von Männern, denen die Glieder abgerissen worden waren oder deren Gehirne sich aus den Schädeln lösten. Anfangs hörte er nichts. Dann, als ein letzter Brocken lockerer Erde im Tunnel aufschlug, hörte er einen langen, schweren Seufzer; es war ein Geräusch, wie er es noch nie gehört hatte, und dennoch wußte er, daß es der Ton war, der entsteht, wenn mehrere Männer gleichzeitig ihr Leben aushauchen.

Er beneidete sie um dieses friedvolle Ausatmen, mit dem Atem und Seele sie verließen. Er versuchte, ein Bein zu bewegen, was ihm auch gelang. Er beugte Schultern und Arme und spürte einen heftigen, scharfen Schmerz im rechten Oberarm. Er versuchte zu schlucken, hatte aber nicht genügend Speichel im trockenen, mit Erde gefüllten Mund.

Nach einigen Minuten wurde ihm klar, daß er nicht ernsthaft verletzt war. Die Beine schienen unversehrt geblieben zu sein. Der rechte Arm war verletzt, aber das, dachte er, würde nicht so schlimm sein, es sei denn, er müßte sich den Rückweg freigraben, und die Kraft eines Armes würde dazu nicht ausreichen. Er mußte den Schutt von seinem Körper räumen; dann würde er sehen, ob es noch weitere Überlebende gab. Er beugte den Kopf so weit wie möglich zurück und sah, daß die Tunneldecke noch weitgehend intakt war. Er hatte wieder Glück gehabt – der zweifelhafte Voodoozauber des Überlebens.

Mit der linken Hand kratzte und schob er die Erde von seinen Beinen. Schließlich hatte er das Gewicht so weit verringert, daß er auch mit den Füßen stoßen und schieben konnte. Er zog die Beine an, streckte sie wieder aus und stellte fest, daß sie, abgesehen von ein paar Prellungen, unverletzt geblieben waren. Er verdrehte den Oberkörper, als würde er eine Bettdecke abschütteln, und setzte sich aufrecht. Der stechende Schmerz in seinem Arm ließ ihn innehalten und nach Atem ringen. Er spuckte mehrmals aus, um die Erde aus dem Mund zu bekommen. Nach und nach sammelte sich auch wieder so viel Speichel, daß er schlucken und dann sogar sprechen konnte. Er rief in die Dunkelheit hinein. Neben ihm lag eine Lampe; das Glas war zersplittert, aber sie brannte noch.

Er hörte nichts. Er begann, auf allen vieren vorwärts zu kriechen, und hielt dabei die Lampe. Bei der Explosion war er der letzte in der Gruppe gewesen; Überlebende mußten sich demnach vor ihm befinden. Es waren vier Sappeure gewesen, die den Horchposten vergrößern sollten, und zwei Infanteristen. Stephen wunderte sich, daß die Detonation sich derart in die Länge gezogen hatte. Vielleicht hatten sich einige der anderen Männer im Paralleltunnel weiter von der Explosionsstelle entfernt befunden.

Er bewegte sich vorwärts, stieß dann aber auf eine feste Schuttwand. Wie Regen tropften von oben immer noch kleine Erdklumpen aus der Stelle, an der die Decke eingestürzt war. Es sah so aus, als ob jeden Augenblick ein zweiter Erdrutsch folgen würde. Stephen drehte sich um und sah zurück. Der Rückweg schien nicht verschüttet zu sein. Obwohl er die ersten zehn Meter auf allen vieren würde kriechen müssen, war er doch einigermaßen zuversichtlich, daß er sich bis zum zweiten Quertunnel durchschlagen konnte, wo sich die Männer getrennt hatten. Er vermutete, daß es von dort aus relativ einfach sein müßte, durch den Haupttunnel zur Schachtsohle zurückzufinden.

In dem Geröllhaufen vor ihm bewegte sich etwas. Er sah aber nichts. Dann hörte er ein leises Kratzgeräusch. Er folgte ihm mit den Händen, bis er gegen ein Stück Stoff stieß. Es lag um einen Arm oder ein Bein, von dem noch Bewegung ausging.

Schweren Herzens dämmerte Stephen, daß er versuchen mußte,

den Mann zu retten, zu dem dies Glied gehörte. Er kniete sich hin und grub mit den Fingern der linken Hand in der Erde herum.

Den rechten Arm konnte er nicht benutzen. Verbissen wühlte er durch den Schutt, schob ihn mit der Hand zurück, bis sich ein kleiner Haufen gebildet hatte, den er dann mit dem Fuß wegstieß und mit dem Bein hinter sich auf dem Boden verteilte.

Im Schein der Lampe sah er, daß er Fortschritte machte. Schließlich gelang es ihm, um das Stück Stoff ein Loch zu graben, und es entpuppte sich als Jackenärmel. Er streckte die Hand hinein und drückte den Arm. Er konnte ihn bis zur Schulter hinauf ertasten. Der Schmerzens- oder Freudenschrei einer menschlichen Stimme drang durch den Erdwall.

Stephen rief ein paar aufmunternde Worte. Er ruhte sich einen Moment aus und zog sich die Uniformjacke aus, weil er so stark schwitzte. Auf seinem rechten Arm sah er jetzt schwarze Blutflecken.

Er grub weiter. Er machte sich Sorgen, daß die Erde, die er weggrub, anderes Material stützte, das nachrutschen und dann den gesamten Bereich noch weiter blockieren könnte.

Nach einer Stunde hatte er Kopf und Schultern des Mannes freigelegt. Ein Balkenstück war quer über ihn gefallen und hielt die Masse der Tunneldecke von seinem Kopf fern, der an einer geschützten Stelle lag. Er hatte großes Glück gehabt. Stephen war jetzt so dicht bei ihm, daß er mit ihm sprechen konnte.

»Durchhalten«, sagte er. »Stillhalten. Ich bekomme Sie da schon raus.«

Er hielt es für unwahrscheinlich, daß es ihm tatsächlich gelingen könnte, weil die Beine des Mannes völlig verschüttet waren; sie lagen in Richtung Tunnelende ausgestreckt, aber er grub und schuftete weiter und keuchte unter seiner Anstrengung wie automatisch Worte hervor, die Mut machen sollten.

Eingeklemmt in sein eigenes Grab spürte Jack Firebrace sein Leben kommen und gehen, während die Luft im Hohlraum über seinem Kopf immer dünner wurde. Die Schmerzen seiner zerschmetterten

Beine liefen ihm das Rückgrat auf und ab, ließen ihn ohnmächtig werden, stießen ihn ins Bewußtsein zurück, ließen ihn wieder verdämmern. Er versuchte, die Beine zu bewegen, weil er spürte, daß der Schmerz eine Grenze gegen den Tod bildete. Solange er Schmerzen hatte, solange wäre er bei Bewußtsein und also noch am Leben.

In diesem Zustand erkannte er die Stimme des Mannes, der ihm damals, mit einem trockenen Fluch auf der Schwelle zum Tod, nackt in die Arme gesunken war. Er spürte, wie die schwache Hand die Erde bewegte, die ihn gefangenhielt, und er hatte das Gefühl, daß es nur recht und billig sei, von jemandem gerettet zu werden, den er selbst einmal gerettet hatte; er war zuversichtlich, daß Stephen ihn herausholen würde.

Jack trug einen Kampf gegen sich selber aus. Er wehrte sich gegen die weichen, rollenden Wellen des Schlafs, mit denen sein Körper auf natürliche Weise auf den Schmerz in seinen Beinen reagierte. Zumindest konnte er den Kopf bewegen, und er warf ihn hin und her, um zu verhindern, daß die weichen Wellen über ihm zusammenschlugen.

Stephens beruhigende Stimme drang an sein Ohr. Jack spürte eine Hand unter seiner Achselhöhle, die ihn herauszuziehen versuchte.

»So geht es nicht«, sagte er. »Meine Beine sind verschüttet.«

»Können Sie mich verstehen?« sagte Stephen.

»Ja.«

»Wer sind Sie?«

»Jack Firebrace. Der, der Sie hier wieder hinausbringen soll.« Jack wunderte sich, daß er noch so gut sprechen konnte. Der menschliche Kontakt hatte ihm neue Lebenskraft gegeben.

»Was ist passiert?« sagte Stephen.

Jack stöhnte. »Quetschmine wahrscheinlich. Sie waren direkt über uns. Sie haben genau gewußt, wie unser Tunnel verläuft. Sie müssen wochenlang auf uns gewartet haben.«

»Kommen noch mehr?«

»Weiß der Himmel.«

»Wie schlimm hat es Sie erwischt?«

»Meine Beine sind kaputt. Ich kann sie nicht mehr bewegen. Meine Arme sind unverletzt. Wenn Sie mehr Platz schaffen, kann ich Ihnen helfen. Ich bin ...«

»Was ist los? Alles in Ordnung?«

Die Anstrengung des Sprechens hatte Jack ohnmächtig werden lassen. »Ja. Nicht reden. Graben.«

»Und was, wenn mehr nachrutscht?«

»Pech gehabt«, keuchte Jack.

Stephen zog auch noch das Hemd aus und nahm die Arbeit wieder auf. Jack spürte, wie er neben ihn in den freigelegten Raum kroch. Er sagte ihm, daß er das Erdreich über ihnen mit Balkenstücken absichern sollte, die im Geröll herumlagen. Stephen arbeitete stundenlang mit einer Hand und führte Jacks Anweisungen aus. Es gelang ihm, eine kleine, selbsttragende Kammer in den Erdrutsch hineinzutreiben. Jack half ihm, über ihnen die Balken in Position zu schieben und zu heben; mit den Händen schob er den Schutt beiseite, bis sein Körper bis zu den Hüften frei war.

»Ich muß mich ausruhen«, sagte Stephen schließlich. »Nur für ein paar Minuten.«

Er legte sich in das Nest, das sie gebaut hatten, und schlief, den Kopf auf Jacks Brust, sofort ein. Jack spürte das Heben und Senken seines Atems. Er beneidete ihn um den Schlaf, traute sich aber nicht, selbst einzuschlafen, weil er fürchtete, dann nicht wieder aufzuwachen.

Er vermutete, daß inzwischen ein Rettungstrupp aus dem Schützengraben zu ihnen unterwegs war, sagte Stephen aber nichts davon, um ihm keine falschen Hoffnungen zu machen. Selbst wenn der Trupp vorsichtshalber abwarten würde, um sicherzugehen, daß keine weiteren Quetschminen hochgingen, konnte es nicht mehr lange dauern, bis sie kamen.

In der Dunkelheit ging das Zeitgefühl verloren, aber Jack schätzte, daß sie jetzt etwa sechs Stunden unten waren; seit fünf Stunden war er eingeklemmt, und Stephen hatte fünf Stunden gearbeitet, um ihn zu befreien.

Er stellte sich vor, wie Cartwright über ihnen im hellen Licht des

Sommertags den Rettungstrupp zusammenstellte. Er schwor sich, daß er nie wieder untertage gehen würde, falls er hier wieder herauskam. Er würde den Rest seiner Tage im Freien verbringen, mit dem Gefühl von Sonne oder Regen im Gesicht. Er merkte, daß er wieder ins Treiben geriet: Seine Gedanken drehten sich in langsamen, traumartigen Kreisen um sich selbst.

Er mußte Stephen wecken. Sonst würde er sterben. Er packte ihn an den Schultern und schüttelte ihn, aber Stephen sank wieder über ihm zusammen. Er schlug ihm mit der flachen Hand ins Gesicht, und Stephen stöhnte, schlief aber sofort wieder ein. Die Müdigkeit von vier Jahren schien ihn überkommen zu haben.

Jack begann zu fluchen. Er brüllte Stephen die gemeinsten Dinge ins Ohr, die ihm nur einfielen. Er ohrfeigte ihn. Nichts durchdrang seine Erschöpfung.

Dann detonierte hinter ihnen, in Richtung der eigenen Linien, eine zweite Explosion. Jack schloß die Augen und preßte sich gegen den Boden. Er rechnete damit, daß Erde und Feuer, von der Druckwelle getrieben, durch den Tunnel schießen würden.

Stephen schreckte auf. »Herrgott. Was war das?«

Im Lichtkegel der Lampe sah Jack Stephens erschrockenes Gesicht.

»Noch eine Quetschmine. Dichter an unseren Linien. Die wissen ganz genau, wo unsere Tunnel verlaufen.«

»Was bedeutet das?«

»Nichts. Wir müssen versuchen, hier rauszukommen.«

Es bedeutete aber, wußte Jack, daß es nun für einen Rettungstrupp wahrscheinlich unmöglich war, sie zu erreichen. Es hing davon ab, wo genau die Explosion stattgefunden hatte.

Es bedeutete auch, daß Stephen, wenn er zurückgegangen wäre, ohne den Versuch zu machen, ihn zu retten, schon seit Stunden wieder in Sicherheit gewesen wäre.

»Sie versuchen jetzt lieber, mich hier rauszuziehen«, sagte er sanft. »Dann kann ich mich nützlicher machen, als wenn ich hier festsitze.«

Stephen folgte Jacks Anweisungen und setzte die schwierige Aufgabe fort, ein Holzgerüst über Jacks Beinen zu bauen. Es erinnerte ihn an die Konstruktion, die man über dem Jungen errichtet hatte, mit dem er im Lazarett gelegen hatte. Stephen mußte Schutt wegräumen und gleichzeitig an dem Gerüst bauen. Jack half ihm, das Erdreich wegzuschieben.

Während er arbeitete, überlegte Stephen, welche Schäden die zweite Explosion angerichtet haben könnte. Er fühlte, daß der Tod, nach dem er sich gesehnt hatte, näher kam. Aber noch konnte er ihm nicht in die Arme fallen.

Endlich war das Gewicht auf Jacks Beinen so gering geworden, daß Stephen ihn herausziehen konnte. Das letzte Stück rutschte er wie ein Korken aus der Flasche, aber mit einem Schmerzensschrei, weil die zerschmetterten Beine gegen den Schutt schürften.

Er lag zitternd auf dem Tunnelboden, und Stephen versuchte, ihn zu trösten. Wenn sie doch nur Wasser mitgebracht hätten! Als sie aufgebrochen waren, hatte er noch daran gedacht, eine Flasche mitzunehmen, aber er hatte ja ohnehin nur eine Stunde unten bleiben wollen.

»Ist es sehr schlimm?« fragte Stephen, als er annahm, daß Jack wieder sprechen konnte.

»Ich glaube, beide Beine sind gebrochen. Und meine Rippen. Ich habe hier furchtbare Schmerzen.« Er berührte seinen Brustkorb.

»Sie haben auch einen üblen Schnitt auf dem Kopf. Haben Sie da auch Schmerzen?«

»Eigentlich nicht. Aber ich fühle mich schwach. Mir ist schwindelig, als hätte ich einen Schlag bekommen.«

»Ich werde Sie tragen müssen«, sagte Stephen.

»So ist es«, sagte Jack. »So, wie ich Sie damals getragen habe.«

»Ich versuche, was ich kann, das verspreche ich Ihnen. Glauben Sie, daß wir hier rauskommen?«

»Hängt davon ab, wo es Erdrutsche gegeben hat.«

»Ich glaube, ich sollte erst noch nach weiteren Überlebenden suchen.«

»Verstehen Sie mich nicht falsch«, sagte Jack, »aber das wird sehr schwierig sein. Es ist sonst niemand mehr da. Wenn Sie wollen, können wir suchen, aber ich weiß, wie das hier unten geht. Es ist schon ein Wunder, daß wir beide überlebt haben.«

Stephen zog sich wieder Hemd und Umformjacke an und bugsierte Jack auf seine Schultern. Er war kein sehr schwerer Mann, aber sein Gewicht ließ Stephen dennoch alle paar Meter anhalten, während er den Tunnel entlangkroch. Jack verbiß sich in den Stoff von Stephens Uniform, um nicht vor Schmerz zu brüllen.

Sie erreichten die Abzweigung zum zweiten Querstollen und lehnten sich gegen die Wand. Jack zitterte am ganzen Körper. Er begann zu fiebern. Stephen pumpte sich die Lunge mit der warmen, dünnen Luft voll und versuchte, Jacks Position auf seinem Rücken zu verlagern, um die Muskeln zu entlasten.

Sie ruhten eine Weile aus. »Aus welcher Richtung sind wir gekommen?« fragte er. »Ich kenne mich nicht mehr aus.«

»Es ist ganz einfach. Ich erkläre Ihnen das lieber, falls ich ... falls Sie mich verlieren sollten. Stellen Sie sich eine Gabel mit drei Zinken vor.« Jack nahm alle Kraft zusammen, um sich klar auszudrücken. »Die mittlere Zinke führt zum Horchposten. Wir waren etwa auf halbem Weg, als die Sprengladung hochging. Die beiden äußeren Zinken sind die Kampftunnel. An ihrem Ende sind die drei Zinken durch einen Querstollen verbunden. Da sind wir jetzt. Hier hat Lorimer uns in die verschiedenen Tunnel geschickt.«

Die unterirdischen Röhren mit ihren Holzverschalungen und Erdwänden sahen für Stephen alle gleich aus.

»Um rauszukommen«, sagte Jack, »müssen wir geradeaus gehen, durch den Stiel der Gabel. Auf halber Strecke haben wir angehalten, um zu horchen. Da ist es sehr eng, erinnern Sie sich? Da, wo der Gabelstiel endet und die Hand anfangen würde, ist der große Quertunnel. Den überqueren wir, und dann ist es nur noch ein kleines Stück bis zum Ausstieg.«

Erschöpft von den Erklärungen, lehnte er sich gegen die Wand.

»Gut«, sagte Stephen, »das habe ich verstanden. Ich lasse Sie hier jetzt liegen und gehe in die Kampftunnel, um nachzusehen, ob es noch mehr Überlebende gibt.«

»In den da brauchen Sie gar nicht erst reinzugehen«, sagte Jack und zeigte auf den linken Tunnel. »Sie sind alle in den rechten gegangen.«

»Sind Sie sich sicher? Ich glaube, ich sehe lieber auch mal in dem anderen nach.«

Jack sog zwischen den Zähnen Luft ein. »Verstehen Sie doch. Ich habe Fieber. Wenn Sie mich lange hier liegenlassen, überlebe ich das nicht.«

Stephen sah die Qual in Jacks Gesicht. Es war nicht der physische Schmerz: Er wog sein eigenes Leben gegen die Chancen ab, daß noch der eine oder andere seiner Kameraden gerettet werden könnte. »Ich möchte nicht lange allein sein«, sagte er.

Stephen schluckte. Sein Instinkt sagte ihm, so schnell wie möglich zum Ausstiegsschacht zurückzukehren, aber er stellte sich vor, was diejenigen, die im Tunnel zurückblieben, wenn es dort noch Überlebende gab, denken würden. Sie würden ihn anflehen, ihnen zu helfen. Es war nicht fair, ihnen keine Chance zu geben. Aber wenn er Jacks blau angelaufenes Gesicht sah, machte er sich kaum noch Hoffnungen.

Er berührte Jacks Arm. »Ich gehe ganz schnell in diesen hier hinein, in den leeren. Dann komme ich zurück und kümmere mich um Sie. Und dann schaue ich noch schnell in dem anderen nach. Ich verspreche Ihnen, daß ich keine zehn Minuten wegbleiben werde.« Er suchte in seinen Taschen nach Dingen, die Jack ablenken mochten. Er fand ein paar Zigaretten und ein Stück Schokolade.

Jack lächelte. »Offenes Feuer verboten. Gas. Aber danke für das Angebot.«

Stephen ließ ihn allein und ging mit der Lampe in den linken Kampftunnel. Er war nicht so gut abgestützt wie der Haupttunnel. Man konnte an den Wänden noch die Spuren der Spitzhacken erkennen. In gewisser Weise wirkte er eher wie eine Passage, ein Durchgang, der im Licht und in gegenseitigem Verständnis münden würde.

Mit den zügigen Kriechbewegungen, die er von den Tunnelarbeitern gelernt hatte, kam er schnell vorwärts, erreichte bald das Ende des Tunnels und sah, was die Explosion angerichtet hatte. Es war zwar nicht so verheerend wie im Haupttunnel, aber dennoch war viel Erdreich eingebrochen. Er konnte nicht abschätzen, wie weit der Tunnel ursprünglich noch gereicht hatte.

Er hielt einen Moment inne. Hier gab es keine Gefahr. Es war still. Er seufzte und fuhr sich mit der Hand durch die Haare. Er wurde sich seiner selbst und der Umstände bewußt, in denen er sich befand, weil jetzt kein unmittelbarer Handlungsdruck mehr bestand. Er würde nicht zurückgehen, bis er ganz sicher war, daß er und Jack die einzigen Überlebenden waren. Wenn er bei dieser Suche dem Tod näher kommen würde, wäre das gleichgültig; tief unter dem Land zu sterben, für dessen Verteidigung man so lange gekämpft hatte, wäre ehrenvoll.

Er rief ins Dunkel hinein. Er kroch bis zum Erdrutsch und schob etwas Geröll beiseite. Er legte den Mund an das Loch und rief noch einmal. Der Schutt war so dicht, daß kein Geräusch hindurchdringen konnte. Wenn dahinter noch etwas Lebendiges gewesen war, mußte es längst zu Tode zerquetscht worden sein.

Er kehrte zu der Stelle zurück, an der Jack lag, und kniete sich neben ihn. Jacks Augen waren geschlossen, und für einen Moment dachte Stephen, daß er tot sei. Unter der Manschette seines Hemdes tastete er nach seinem Puls. Er mußte sich mit den Fingerspitzen durch die Sehnen graben, aber dort fand er ein schwaches Pochen, durch das noch Leben floß.

Er schlug ihm vorsichtig gegen die Wangen, um ihn zu wecken. Jack zuckte zusammen und blickte auf.

»Lassen Sie mich nicht wieder allein«, sagte er. »Gehen Sie nicht weg.« Die Stimme klang trocken, aber Stephen hörte in ihr das tiefe Gefühl. »Es gibt keine Überlebenden«, sagte Jack. »Genau an der Stelle war die Explosion, in dem Tunnel. Uns hat sie nur durch die Trennwand erwischt.«

Stephen sah ihn an. Jack hatte Schmerzen, und er hatte Angst vorm Sterben, aber es gab keinen Grund, ihm nicht zu glauben. Er kannte sich hier unten aus.

»Also gut«, sagte Stephen. »Wir versuchen jetzt rauszukommen. Haben Sie genug Kraft?«

»Versuchen wir's.«

Stephen streckte und bückte sich wieder. Er hob Jacks Oberkörper auf seine Schultern und hielt ihn unter dem Oberschenkel mit der linken Hand fest. Er trug ihn, wie man ein schlafendes Kind trägt. Jack hielt die Lampe über Stephens Schulter.

Nach ein paar Metern mußte Stephen anhalten. Sein verletzter Arm war nicht recht zu gebrauchen, und mit dem linken, der naturgemäß schwächer war und überdies ermüdet vom Graben, konnte er Jacks Beine nicht mehr halten. Er ließ Jack gegen die Tunnelwand gleiten, kniete sich dann vor ihm hin und bugsierte ihn sich über die linke Schulter. Dann hielt er ihn mit beiden Armen fest und konnte ihn so in gebückter Haltung etwa zehn Meter weit schleppen, mußte ihn wieder absetzen und schleppte ihn erneut zehn Meter weit. Wenn er Jack absetzte, fiel er jedesmal in Ohnmacht, und deshalb machte Stephen nach den ersten drei Etappen seine Pausen im Knien, hielt Jack auf den Schultern fest und kauerte dann, das Gesicht auf dem Boden, keuchend da. Er schloß die Augen, weil ihm der Schweiß von der Stirn lief. Er verfluchte sein Leben und die Kalksplitter, die ihm in die Knie stachen.

Indem sie auf diese Weise mühsam und langsam vorwärts kamen, erreichten sie nach einer Stunde das Ende des Tunnels. Hier ging es nicht weiter; vor ihnen türmten sich Tausende Tonnen französischer Erde.

Stephen beschimpfte Jack. Er wollte die Worte nicht aussprechen, aber sie rutschten ihm heraus. Jack zitterte, und Stephen ließ ihn von den Schultern auf den Boden gleiten.

»Sie haben mich in die falsche Richtung geschickt, verdammte Scheiße.« Er war erschöpft und lag schwer atmend, das Gesicht nach unten, auf dem Boden.

Als Stephen ihn abgesetzt hatte, war Jack aus seinem Delirium erwacht. Er hob den Kopf und versuchte, sich zu konzentrieren.

»Wir sind doch geradeaus gegangen, oder nicht?« Er blickte sich um. An der Decke hing immer noch eine Lampe, die Evans dort auf dem Hinweg befestigt hatte. Sie war ein fürchterlicher Beweis.

Jack sah jetzt wieder nach vorn. »Es ist der richtige Weg«, sagte er leise. »Aber es ist nicht das Tunnelende. Hier hat es die zweite Explosion gegeben. Wir sind etwa zwanzig Meter vom Hauptstollen entfernt.«

Stephen stöhnte auf und schloß die Augen. Jetzt, dachte er, hatte der Tod ihn erwischt; jetzt würde er ihm folgen.

Sie blieben eine Stunde an der Stelle liegen. Keiner der beiden Männer hatte noch die Kraft, sich zu bewegen. Der einzige Ausweg war versperrt. Jack würde bald an seinen Verletzungen sterben; Stephen würde verhungern und verdursten.

Er trug einen Revolver mit sich. Wenn es keine Hoffnung mehr gäbe, würde er abdrücken: durch die Schädelplatte in die gewundene Masse aus Bewußtsein und Erinnerung. Die Vorstellung, daß er selbst vollenden müßte, was keinem Feind gelungen war, empfand er als pervers.

Als sie sich mit ihrer verzweifelten Lage abgefunden hatten, redeten sie wieder miteinander. Stephen fragte Jack, ob seine Kompanie Leute herunterschicken würde, um sie zu retten.

»Ich glaube nicht«, sagte Jack. »Und selbst wenn, wäre es fast unmöglich, diese Schuttmenge wegzuräumen. Man müßte es wegsprengen, aber dann könnte die Decke einbrechen und würde alles nur noch schlimmer machen. Es ist auch zu dicht an unseren eigenen Linien. Man wird beim Gottesdienst am Sonntag für uns beten, und dann wird man uns auf die Vermißtenliste setzen.«

»Man kann es ihnen nicht verdenken. Der Krieg ist ja fast vorbei.«

»Haben Sie Angst vorm Sterben?« fragte Jack.

»Ich glaube schon.« Stephen wunderte sich über seine eigenen Worte. »Ich habe Glück gehabt, daß ich dort oben keine Angst gehabt habe. Außer in bestimmten Momenten. Aber jetzt fühle ich mich ... allein.«

»Aber Sie sind ja nicht allein«, sagte Jack. »Ich bin da. Ich bin doch auch noch da.« Er drehte sich auf dem Geröll um. »Wie heißen Sie mit Vornamen?«

»Stephen.«

»Soll ich Sie so nennen?«

»Wenn du willst.«

»Merkwürdig, nicht wahr?« sagte Jack nach einer Pause. »Daß ich zusammen mit dir sterbe. Ausgerechnet mit dir, nicht mit all den anderen, die ich gekannt habe.«

»Mit wem wärst du denn gern zusammen, wenn du stirbst?« Stephen war ehrlich intereressiert, obwohl ihn der Gedanke an den eigenen Tod deprimierte. »Von allen menschlichen Wesen, die du gekannt hast, welches würdest du dir auswählen, um dir die Hand zu halten, um bei dir zu sein, wenn die Ewigkeit beginnt?«

»Um mit ihm zusammenzubleiben? Für immer? Meinst du das so?«

»Ja. Deine andere Hälfte.«

»Mein Sohn«, sagte Jack.

»Dein Sohn. Wie alt ist er?«

»Er ist vor zwei Jahren gestorben. Diphterie. Er hieß John.«

»Das tut mir leid.«

»Er fehlt mir. Ich habe ihn so geliebt.« In der Dunkelheit des Tunnels brach Jack in die Klage aus, die er sich nicht zugestanden hatte, als John gestorben war; so nah an der eigenen Todesstunde gab es keine Zurückhaltung mehr. »Ich habe den Jungen geliebt. Jedes Härchen, jede Pore seiner Haut. Ich hätte jeden getötet, der es gewagt hätte, Hand an ihn zu legen. Sein Gesicht war meine Welt. Als er geboren wurde, war ich nicht mehr jung. Ich habe mich oft gefragt, was mein Leben überhaupt wert war, bevor es ihn gab. Nichts. Jedes Wort, das er sagte, war mir kostbar. Ich kann mich an alles erinnern, was er tat, wie er den Kopf drehte, wie er Dinge ausdrückte. Es war, als hätte ich gewußt, daß es nicht für lange sein würde. Er war aus einer anderen Welt, er war ein Geschenk, das zu groß für mich war.«

Stephen sagte nichts, ließ es aber zu, daß Jack leise in seine Hände schluchzte. Selbst in seiner Trauer war Jack nicht verbittert. Sein schlichtes, argloses Gesicht mit den zusammengekniffenen Augen schien zu staunen, schien nicht fassen zu können, daß ihm eine solche Liebe zuteil geworden war.

Er beruhigte sich wieder. »Du redest fast so, als ob du verliebt gewesen wärst«, sagte Stephen.

»Ich glaube, das war ich auch«, sagte Jack. »Ich glaube, es war fast so. Ich war eifersüchtig auf ihn. Ich wollte, daß er mich liebt. Ich beobachtete, wie Frauen mit ihm spielten. Ich war zufrieden, wenn er glücklich war, aber ich wußte, daß die Spiele, die ich mit ihm spielte, die besten waren. Ich wußte, daß die Zeit, in der nur er und ich zusammen waren, die beste Zeit war, das Schönste, was es auf der Welt gab.«

Jack sprach von der Unschuld des Jungen und davon, wie der Junge ihn verändert hatte. Ihm versagten die Worte, und er begann wieder zu schluchzen.

Stephen legte ihm den Arm auf die Schulter. »Schon gut«, sagte er. »Ich bringe dich hier raus. Irgendwie bringe ich dich raus, und du wirst wieder Kinder haben. John wird nicht das letzte sein.«

»Nein. Margaret ist jetzt zu alt. Sie kann keine Kinder mehr bekommen.«

»Dann werde ich für dich Kinder haben.«

Jack beruhigte sich. »Ich nehme an, daß du dir zum Sterben nicht mich ausgesucht hättest«, sagte er. »Ich kann dir nicht helfen.«

»Du hilfst mir sehr«, sagte Stephen. »Wer weiß? Vielleicht sind die Entscheidungen, die für uns getroffen werden, besser als die, die wir selber treffen. Ich habe Männer im Schlund der Hölle kennengelernt, denen ich vertraute. Byrne und Douglas. Ich habe ihnen so vertraut, daß sie für mich hätten atmen können, daß sie mit ihren Herzen mein Blut hätten pumpen können.«

»Hast du die am meisten geliebt? Würdest du dir wünschen, daß sie bei dir sind, wenn du stirbst?«

»Beim Sterben? Nein. Das, was du beschrieben hast, habe ich einmal zusammen mit einer Frau erfahren.«

»Du meinst, mit einer Geliebten?« sagte Jack. »Nicht mit deinem eigenen Fleisch und Blut?«

»Ich glaube, sie war mein eigenes Fleisch und Blut. Ich glaube wirklich, daß sie das war.«

Stephen schien in eine Trance zu fallen. Jack sagte nichts. Nachdem einige Minuten vergangen waren, versuchte er, sich aufzurappeln.

»Wir müssen einen Ausweg finden«, sagte er. »Zurückgehen ist sinnlos. Wir müssen also vorwärts gehen.«

»Was soll das nützen? Hier sind doch nur Tunnel, die irgendwo enden.«

»Dann hätten wir aber etwas zu tun, statt hier nur auf den Tod zu warten. Wir könnten versuchen, Zeichen zu geben. Wenn du noch Kraft genug hast, mich zu tragen. Nimm dein Atemgerät ab. Das ist doch nur im Weg. Und nimm auch meins ab. Laß sie hier liegen.«

Stephen kniete sich hin und half Jack wieder auf seine Schultern. Er versuchte, seine Verzweiflung zu unterdrücken. Es war völlig sinnlos, dahin zurückzugehen, wo sie hergekommen waren; sie hatten gesehen, daß zwei der Tunnel blockiert waren. Der dritte mußte, wie Jack gesagt hatte, durch die Explosion am stärksten beschädigt worden sein; es war also höchst unwahrscheinlich, daß er sie wunderbarerweise zur Luft und zur Sonne führen würde.

In ihrer Hoffnung lag etwas Anmaßendes, dachte Stephen, als sie sich durch die Dunkelheit quälten. Hatten sie denn im Angesicht des Todes nichts Besseres zu tun? Sie hätten die Zeit, die ihnen blieb, sinnvoller verbringen können; sie hätten sich auf irgendeine Weise aufs Ende vorbereiten sollen, statt sich dieser kindischen Hoffnung hinzugeben.

Doch Jack schien erleichtert zu sein. Als sie die Abzweigung am zweiten Quertunnel erreichten, setzte Stephen ihn ab und ließ sich neben ihn auf den Boden fallen. Seine Brust hob und senkte sich schwer, als er nach Luft rang. Jack hatte die Augen geschlossen, um die Schmerzen in seinen Beinen zu ertragen, von denen, wie Stephen jetzt merkte, intensiver Blutgeruch ausging.

Als er die Augen wieder aufschlug, lächelte Jack. »Versuch es einfach. Geh in die dritte Gabelzinke. Wo die anderen armen Kerle reingegangen sind.«

Stephen nickte. »Ich muß erst wieder zu Atem kommen. Warum sollen wir's nicht versuchen? Dann wissen wir wenigstens …«

Immer noch nicht fähig, das auszusprechen, was auf der Hand lag, verstummte er.

Jack sprach es aus. »Daß es das Ende ist.«

Die Vorstellung erschütterte Jack nicht mehr. Der Gedanke, sterben zu müssen, wurde ihm immer vertrauter. Er fürchtete sich zwar noch davor, aber die Schmerzen in seinem Körper und die verlorenen Illusionen seines Lebens lösten in ihm den Wunsch aus, das Ende möge bald kommen. Er liebte Margaret und wäre gern bei ihr gewesen, aber sie gehörte einer anderen Existenz an, nicht der, in der er nun mit dieser ungewollten Intensität verweilen mußte. Sterben würde auch sie eines Tages. Die Dinge, auf die sein Glaube gegründet war, hatten sich als schwankend erwiesen. Johns Unschuld, diese Botschaft aus einer besseren Welt, war ihm genommen worden. Ein Wiedersehen mit Margaret und ein Wiedererwachen der Liebe würden sich als ebenso illusorisch herausstellen. Die Liebe hatte ihn betrogen, und er wollte mit dieser Welt nichts mehr zu tun haben. Wenn der Schmerz nachließ, hatte er ruhige Momente. Jenseits des Körpers in der Dunkelheit des Tunnels gab es nichts mehr; was sie unter der Erde mit ihren Händen und Beinen und Stimmen taten, war die Welt. Die Anstrengungen Stephens, ihn zu retten, die Art und Weise, in der er geduldig seine Last trug und sich sinnlos abmühte, beruhigten Jack und gaben ihm das Gefühl, daß alles seine Richtigkeit hatte.

Sie erreichten den Anfang des rechten Tunnels, und Stephen mußte auf allen vieren kriechen, um durch den niedrigen Einstieg zu kommen. Im Licht der schwächer werdenden Lampe schaute Jack zur Decke, die nur unzureichend gesichert war, und im stillen empörte er sich über die Männer, die diese schlechte Arbeit geleistet hatten. Der Tunnel war auch nicht so hoch, wie ein Kampftunnel eigentlich hätte sein müssen. Bald mußte Stephen wieder kriechen, und nach ein paar Metern mußte er sich ausruhen.

Jack meinte, daß es am vernünftigsten wäre, Stephen würde ihn hier liegenlassen und allein weitergehen, um das Wunder zu finden, das sie suchten. Aber Stephen machte diesen Vorschlag nicht. Es kam Jack so vor, als erfüllte Stephen ein perverses Pflichtgefühl; je schwieriger es wurde voranzukommen, desto sicherer schien er seine Last zu schleppen.

Im dritten Tunnel hatte die Explosion anders gewirkt. Die Wände schienen nach innen gesogen worden zu sein, wodurch der Tunnel schmaler geworden war. Stephen ging wieder auf die Knie und schob Jack auf seinem Rücken etwas höher, damit er die Lampe halten konnte. Sie schwang hin und her und warf unregelmäßige Lichteflexe vor ihnen auf den Boden.

Jack stieß einen Schrei aus, als ihm eine kalte Hand durchs Gesicht strich. Stephen hielt an, und Jack drehte die Lampe: Ein Arm steckte in der Tunnelwand. Der Körper war dahinter begraben.

Sie krochen weiter. Jack sah ein Bein aus der Erde ragen. Sie hielten an und untersuchten es.

»Evans«, sagte Jack. »Ich weiß, wie er seine Hosen geflickt hat. Er war mein Freund. Wir sind immer zusammen auf Schicht gewesen.«

»Tut mir leid. Wir wußte ja, daß er tot sein würde.«

»Es ist egal«, sage Jack. »Er hat es wenigstens hinter sich. Jetzt hat es uns alle erwischt. Shaw, Tyson, Evans, Jones und mich. Alle aus unserem kleinen Trupp.«

Als sie weiterkrochen, verlor Jack seine Kaltblütigkeit. Er zitterte und stieß halluzinierte Hände von seinem Gesicht. Er war jetzt in einem Geistertunnel. Die Seelen aller Toten, seine Freunde und Kameraden; die Geister der Männer, die sie getötet hatten, die deutschen Körper, die durch die Luft gewirbelt waren, als die große Sprengladung hochgegangen war: All die sinnlos Getöteten des langen Kriegs griffen mit ihren kalten Händen nach seinem Gesicht. Sie griffen nach ihm, weil er sie getötet hatte; sie machten sich über ihn lustig, weil er noch am Leben war.

Er zitterte so stark, daß Stephen ihn absetzen mußte. Er lag schwitzend in der Dunkelheit und schüttelte sich vor Angst; sogar die Schmerzen in seinen Beinen waren vorübergehend vergessen.

»Jetzt werden wir sterben«, sagte er. Seine Stimme hatte keine Kontur mehr, sondern klang nur noch nach quälender Angst.

Stephen hockte ihm gegenüber und stützte den Kopf auf die Hände. »Ja«, sagte er. »Ich glaube, das ist das Ende.«

Jack schloß die Augen und rollte sich auf die Seite. Er wünschte, daß das Fieber, gegen das er angekämpft hatte, zurückkäme und ihn einschlafen ließe.

»Mir macht der Tod nichts aus«, sagte Stephen. »Weiß Gott nicht. Warum soll es uns anders gehen als all diesen Toten? Wenn ich noch einen letzten Wunsch frei hätte, würde ich mir ein kleines Glas Wasser wünschen. Die Vorstellung von Strömen und Teichen und sprudelnden Quellen hält mich aufrecht, allein die Vorstellung hält mich aufrecht.«

Jack begann leise zu stöhnen. Stephen hatte das Geräusch schon oft gehört; es war der tiefe, primitive Schrei, den er selbst ausgestoßen hatte, als man ihn ins Feldlazarett getragen hatte. Jack rief nach seiner Mutter.

Stephen spürte Jacks zitternden Körper und sein schweißnasses Hemd. Er hatte nichts Trockenes, womit er ihn hätte zudecken können: Seine eigenen Sachen waren vom Schleppen und Graben ebenso durchgeschwitzt. Er versuchte, Jack zu trösten, und entfernte sich dann kriechend von ihm, weiter in den Tunnel hinein.

Er wollte allein sein. Er wollte sich einen Platz suchen, an dem er sich ausstrecken konnte. Dort wollte er schlafen, und er hoffte, nicht wieder zu erwachen.

Er kroch weiter, bis er einen breiteren Abschnitt erreichte; die Stelle war vielleicht durch die Explosion erweitert worden. Er drehte sich auf die Seite und zog die Knie an die Brust. Er betete darum, bewußtlos zu werden, und trotz der Schmerzen im Arm schlief er ein.

Mehrere Stunden lagen die beiden Männer ein paar Meter voneinander entfernt, jeder in seiner eigenen Bewußtlosigkeit.

Als Stephen erwachte, glaubte er erst, in seinem Unterstand zu sein, weil es ebenso feucht roch und dunkel war. Dann streckte er sich und stieß gegen die Wände seines schmalen Sargs. Die Lampe war erloschen.

Er weinte leise vor sich, während die Erinnerung zurückkehrte. Er bewegte den verletzten Arm, und als er mit der linken Hand nach einem Halt suchte, um sich aufzurichten, berührte er etwas, was sich wie Leinen anfühlte.

Er zuckte zurück, weil er glaubte, daß er, wie vorhin Jack, auf eine Leiche gestoßen war, einen grausigen Kadaver, neben dem er stundenlang gelegen hatte. Aber das Material war noch rauher als der derbe Uniformstoff. Er suchte in seiner Tasche nach der Taschenlampe, die er eingesteckt hatte, bevor sie losgegangen waren. In ihrem schwachen Lichtkegel untersuchte er den Gegenstand mit den Fingern. Es war ein Sandsack.

Er setzte sich aufrecht hin und zog daran. Er mußte die Beine gegen die Tunnelwand stemmen, um das schwere Gewicht zu bewegen. Schließlich gelang es ihm, den Sack einen Meter von sich wegzudrücken. Er sah, daß dahinter weitere Sandsäcke lagen. Die ganze Wand schien an dieser Stelle aus Sandsäcken zu bestehen. Sie waren zu genau und zu dicht gestapelt, als daß die Explosion sie dorthin gedrückt haben konnte; vermutlich hatten die Minenleger sie dort irgendwann aufgestapelt.

Soviel er wußte, hatten Sandsäcke nur eine einzige Funktion: Druckwellen und Geschosse aufzuhalten, Granatsplitter und Kugeln. Offenbar hatte man also diesen Tunnelabschnitt für besonders gefährdet gehalten. Wenn das stimmte, mußte man aber gewußt haben, daß es in der Nähe einen deutschen Gegentunnel gab; und wenn das der Fall war, warum hatte man hier dann noch weitergearbeitet? Er mußte Jack fragen.

In seinem Hinterkopf erwachte die leise Ahnung, daß hinter den Sandsäcken etwas sein müßte. Es war natürlich möglich, daß sie lediglich als besonders starke Deckung dienten, aber es war genausogut möglich, daß sie in einen anderen Tunnel führten. Wenn das aber so war, warum hatte Jack es dann nicht gewußt?

Stephen kroch zu ihm zurück. Er lag zusammengekrümmt und zitternd auf dem Boden. Er packte ihn an der Schulter und versuchte, ihn wachzurütteln. Jack schrie unzusammenhängende Worte. Es klang so, als sagte er irgend etwas über ein Schutzdach.

Langsam gelang es Stephen, Jack ins Bewußtsein zurückzuholen. Er schüttelte ihn sanft hin und her und rief seinen Namen. Dabei kam er sich grausam vor, weil er ihn in die Wirklichkeit seiner Existenz zurückholte, gegenüber der jedes Delirium eine Erlösung sein mußte.

Jack blickte ihn finster an, als ob er ihm sagen wollte, daß er verschwinden sollte. Stephen wußte, daß sein Anblick Jack daran erinnerte, daß er noch am Leben war.

»Hör zu«, sagte er. »Ich habe da vorn einen Sandsack gefunden. Was hat das zu bedeuten?«

»Einen gefüllten?«

»Ja.«

Jack schüttelte schwach den Kopf. Er gab keine Antwort. Stephen packte ihn an den Handgelenken und drückte sie. Er brachte sein Gesicht dicht an Jacks und roch die verbrauchte Luft, die er aus seiner Lunge ausstieß.

»Ist das nur eine Wandbefestigung, oder was? Wofür habt ihr die hier gebraucht? Los, komm schon. Antworte. Sag doch was.« Das Klatschen seiner flachen Hand auf Jacks Gesicht verstärkte sich in dem schmalen Gang zu einem lauten Geräusch.

»Ich weiß nicht ... ich weiß nicht ... ist doch bloß ein Sandsack. Wir haben die gefüllt, als wir die Schächte gegraben haben. Die *Central Line*. Unter dem großen Schutzdach. Bei *Bank* haben wir aufgehört.«

»Um Gottes willen! Hör zu. Wieso sind Sandsäcke in der Wand? Hier in Frankreich, im Krieg, nicht in den U-Bahnschächten.«

»Liverpool Street haben wir neunzehnzwölf erreicht. Hatte die Schnauze voll. Hab da nicht wieder gearbeitet.«

Jack phantasierte von seiner Arbeit im Londoner Lehm. Stephen ließ seine Handgelenke los, und die Arme fielen auf die leblosen Beine. Der Schmerz schien Jack zu wecken.

Er sah sich mit weit aufgerissenen Augen um. »Vor der Kammer. Wir haben sie vor die Sprengladung gestapelt.«

»Aber es ist doch ein Kampftunnel«, sagte Stephen. »Sie liegen jedenfalls entlang der Wand.«

Jack stieß ein schnaubendes Geräusch aus. »An der Wand? Du bist ja verrückt.«

Stephen hob wieder Jacks Arme hoch. »Hör zu, Jack. Vielleicht bin ich verrückt. Vielleicht sind wir beide verrückt. Aber wir werden sehr bald sterben. Denk noch mal ganz scharf nach, bevor du stirbst. Tu mir den Gefallen. Ich habe dich bis hier getragen. Jetzt tu mir den Gefallen. Denk nach, was das bedeuten kann.«

Im schwachen Lampenschein sah er Jack in die Augen. Er spürte, daß Jack sich gegen ihn wehrte und verzweifelt versuchte, seinen letzten Kontakt zur Welt der Lebenden abzuschütteln. Er schüttelte den Kopf, ließ ihn hin und her taumeln, schloß die Augen und sank gegen die Tunnelwand.

Speichel und Schaum liefen ihm aus den Mundwinkeln. Sein leeres, ausdrucksloses Gesicht schien immer weiter zu verfallen. Dann flackerte etwas in seinen Augenwinkeln auf.

»Außer ... nein ... außer die Kiwis. Vielleicht die Kiwis.«

»Wovon redest du? Kiwis? Was meinst du damit?«

»Die haben die Säcke anders gelegt, die Neuseeländer. Wir stapeln sie in gerader Linie vor die Sprengladung. Aber die Kiwis lassen einen kleinen Gang rechtwinklig vor der Hauptladung frei und stecken da dann den Zünder rein. Dann braucht man nicht so viele Säcke.«

»Das verstehe ich nicht. Soll das heißen, daß sie die Sprengladung nicht im Haupttunnel anbringen, sondern seitwärts?«

»Genau. Bessere Kompression, sagen sie. Weniger Arbeit, wenn du mich fragst. Nicht so viele Säcke.«

Stephen versuchte, seine Erregung zu unterdrücken. »Soll das etwa heißen, daß hinter den ganzen Säcken Sprengmaterial liegen könnte?«

Endlich sah Jack ihm in die Augen. »Möglich. Wir sind in letzter Zeit nicht mehr sooft unten gewesen, und ich weiß, daß vor uns eine Kiwi-Kompanie hier war.«

»Du meinst, die hätten euch nicht gesagt, daß hier eine Sprengladung sitzt?«

»Das haben sie wahrscheinlich dem Captain gesagt, aber der muß es mir ja nicht unbedingt sagen. Mir sagt sowieso niemand was. Ich war auch erst zweimal unten, seid wir hierher verlegt worden sind.«

»Und dann ist das also nur noch ein Kampftunnel, um die Horchposten zu decken? Weil keine Sprengsätze mehr gezündet werden?«

»Wir haben schon seit Monaten keine mehr gezündet. Wir machen derzeit nur Instandhaltungsarbeiten.«

»Ja, gut. Mal angenommen, da liegt Sprengmaterial in einer Kammer hinter den Sandsäcken. Könnten wir das zünden?«

»Wir brauchten Drähte oder eine Zündschnur. Und es hängt auch davon ab, wieviel es ist. Könnte ja sonst vielleicht das halbe Land in die Luft jagen.«

»Uns bleibt aber nichts anderes übrig, oder?«

Jack blickte wieder zu Boden. »Ich möchte nur noch in Frieden sterben.«

Stephen kniete sich hin, hob sich Jack wieder so auf den Rücken, daß er ihn tragen konnte, hielt die Taschenlampe zwischen den Zähnen und kroch schwankend in die Dunkelheit. Frische Energie hatte ihn ergriffen und ließ ihn seine schmerzenden Glieder, Jacks Gewicht und selbst noch den quälenden Durst vergessen.

Als sie zu dem breiteren Bereich kamen, wo er auf die Sandsäcke gestoßen war, legte er Jack wieder auf den Boden. Er hoffte verzweifelt, Jack möge durchhalten und ihm erklären, wie die Sprengladung zu zünden wäre.

Die Sandsäcke waren jeweils einen Meter lang und sechzig Zentimeter breit. Sie waren randvoll mit dem Schutt gefüllt, der beim Graben entstand, wodurch ihre Festigkeit erhöht wurde. Da er nur mit einer Hand arbeiten konnte, zerrte Stephen die Säcke ganz langsam, Zentimeter um Zentimeter vor und mußte immer wieder Pausen einlegen.

Während er schuftete, sprach er mit Jack, in der Hoffnung, daß seine Stimme ihn daran hindern würde, ohnmächtig zu werden. Die Gestalt, die da verkrümmt auf dem Boden lag, gab keine Antwort. Obwohl er nur zentimeterweise vorankam, arbeitete er mit jener Verbissenheit, die sich der Hoffnung verdankt. Er hatte das Bild eines tiefen Kraters auf freiem Feld im Kopf, und er und Jack würden dann hinter ihrem Schutzwall aus Sandsäcken hervorkommen und in die zehn Meter tiefe Kratersohle gehen können, in die Wind und Regen hinabreichen würden.

In dem breiten Tunnelbereich konnte er sich aufrichten und von Zeit zu Zeit strecken. Wenn er sich ausruhte, beugte er sich über Jack und versuchte, ihn mit einer Mischung aus Grobheit und Zärtlichkeit wach zu halten. Meistens reagierte er auch, aber es war nur noch unzusammenhängendes Gestammel; er schien zu delirieren.

Stephen arbeitete weiter. Er schaltete die Taschenlampe aus und arbeitete im Dunkeln. Als er ein Dutzend Säcke hervorgezogen und im Tunnel gestapelt hatte, wurde es leichter, weil er sich jetzt besser bewegen konnte. Er wollte eine Pause machen und kontrollieren, ob Jack noch am Leben war, aber er fürchtete, dadurch zuviel Zeit zu verlieren, und dann wäre Jack vielleicht tot, bevor er alles weggeräumt hatte.

Er machte weiter. Wenn die Kraft in der linken Hand nachließ, verbiß er sich mit den Zähnen in die Nähte der Säcke und zerrte an ihnen wie ein Terrier. An einem Kalkstück biß er sich einen Schneidezahn aus; die scharfe Kante riß das Zahnfleisch auf, und sein Mund füllte sich mit Blut. All das wurde ihm während der Arbeit kaum bewußt, und schließlich erreichte er das Ende des Stapels, den die Neuseeländer so sorgfältig und fest zusammengepackt hatten.

Er ging zurück und holte die Taschenlampe. Er kroch durch den Bereich, den er freigelegt hatte, und leuchtete hinein. Er sah stapelweise Kisten mit der Aufschrift *Vorsicht. Hoch explosiv. Am-*

moniumnitrat / Aluminium. Die Kisten waren an der Rückwand aufgestapelt, in Feindrichtung also.

Eine Welle der Erregung durchlief ihn. Er hielt einen Moment inne und merkte, daß er feuchte Augen hatte. Er ließ es zu, daß ihn das Glücksgefühl der Hoffnung durchströmte. Er würde frei sein.

Vorsichtig ging er zurück und nahm Jacks Hand in seine.

»Wach auf«, sagte er. »Ich hab's geschafft. Ich hab den Sprengstoff gefunden. Jetzt kommen wir raus. Wir sind bald frei. Du wirst überleben.«

Jack schlug die schweren Augenlider auf; sein Blick war teilnahmslos. »Was ist denn drin?«

»Kisten mit Ammonium.«

»Wie viele?«

»Hab ich nicht gezählt. Vielleicht zweihundert.«

Jack stieß ein schnarrendes Geräusch aus. Er begann zu lachen, aber dann verließ ihn die Kraft. »Das sind zehntausend Pfund. Mit einem Pfund kann man das gesamte Mansion House in die Luft jagen.«

»Dann müssen wir sie rausschieben und nur so viel drinlassen, wie wir brauchen.«

»Eine Kiste würde reichen, um uns bemerkbar zu machen.«

»Hilf mir doch, Jack.«

»Ich kann nicht. Ich kann meine Beine nicht ...«

»Ich weiß. Mach mir einfach Mut. Sag, daß es möglich ist.«

»Also gut. Mach es. Vielleicht schaffst du das. Verrückt genug bist du dafür.«

Nachdem Stephen sich eine halbe Stunde ausgeruht hatte, kroch er in die Kammer zurück.

Die Holzkisten waren mit Seilgriffen versehen. Mit jeweils fünfzig Pfund hatten sie das ideale Gewicht, um von einem kräftigen Mann mit zwei gesunden Armen angehoben und gestapelt zu werden. Da Stephen aber nur noch mit dem linken Arm arbeiten konnte, wurde die Arbeit zur Qual. Die Kisten, die er oben vom Stapel zog, mußte er festhalten, damit sie nicht auf den Boden stürzten.

Nach einer Stunde hatte er sechs Kisten in den Kampftunnel geschleppt und in einer so großen Entfernung von der Kammer ab gestellt, daß sie seiner Meinung nach bei der Explosion nicht mit hochgehen konnten. Er zog seine Uhr heraus und rechnete nach. Er würde insgesamt etwa dreißig Stunden brauchen. Je müder er werden würde und je mehr er unter dem Wasserverlust leiden würde, desto länger würden die Pausen ausfallen. Er würde zwischendurch auch schlafen müssen.

Er sah Jacks zusammengekrümmte Gestalt auf dem Boden und fragte sich, ob sich die Mühe überhaupt lohnte. Er rechnete damit, daß Jack sterben würde, bevor er fertig wäre. Und ob er selbst durchhalten würde, war auch nicht sicher. Zumindest war etwas Luft in der Sprengkammer; sie war nicht frisch, aber von irgendwo drang schwacher Luftzug. Möglicherweise hatte die Explosion einen kleinen Luftschacht freigedrückt. In einer Ecke fand er auf dem Boden eine kleine Wasserpfütze, die er in den Mund sog, spülte und wieder ausspuckte, da das Wasser zu sehr stank, als daß er es hätte schlucken können, und außerdem würde er es auch weiterhin brauchen.

Zwischen den Kisten lag ein großer Packen Schießbaumwolle, der mit einem Draht verbunden war; Stephen legte ihn beiseite. Nachdem er vierzig Kisten weggeräumt hatte, legte er sich neben Jack und schlief. Die Uhr zeigte zehn nach zwei, aber er wußte nicht, ob Tag oder Nacht und wie lange sie bereits hier unten waren.

Er benutzte die Taschenlampe so wenig wie möglich. Er arbeitete mit dem Instinkt eines Tieres, brutal, primitiv, blind. Er dachte nicht darüber nach, was er tat und warum er es tat. Sein Leben auf der Erdoberfläche gab es nicht mehr. Er hätte sich nicht mehr an Gray oder Weir erinnern können, nicht mehr an die Namen Jeanne oder Isabelle. Sie waren in sein Unterbewußtsein abgesunken, und was er jetzt durchmachte, war wie ein bestialischer Traum.

Im Vorbeigehen stolperte er manchmal über Jack; manchmal trat er ihn auch absichtlich, um eine Reaktion herauszufordern. Manchmal fiel er auf die Knie und saugte an der Wasserpfütze.

Als er fast fertig war, ergriff ihn die Angst, daß er vorher sterben könnte. Er arbeitete langsamer und legte häufiger Pausen ein. Er prüfte seinen Puls.

Er brauchte drei Tage, um die Kammer auszuräumen, und dann war er zu erschöpft, die letzte Kiste für die Sprengung vorzubereiten. Er legte sich hin und schlief. Als er erwachte, ging er sofort zu Jack und leuchtete ihm mit der Taschenlampe ins Gesicht. Jacks Augen standen weit offen und blickten ihn an. Stephen hielt ihn für tot und schüttelte ihn. Jack stöhnte auf; er wehrte sich dagegen, wieder in den Wachzustand versetzt zu werden.

Stephen sagte ihm, daß er die Kammer geräumt hätte. Um Jack aufzumuntern, kroch er hinein, schöpfte eine Handvoll Wasser aus der Pfütze, brachte das Wasser vorsichtig zu Jack und spritzte es ihm ins Gesicht.

»Sag mir, wie ich die Kiste hochgehen lassen kann. Dann bekommst du soviel Wasser, wie du willst.«

Jacks Stimme war kaum noch zu hören. Stephen mußte ein Ohr an die trockenen Lippen legen. Jack sagte, daß sie elektrische Zündkabel benutzten.

»Geht es auch mit einer Zündschnur?«

»Wenn du eine machen kannst. Muß aber lang sein. Damit wir weit genug weg sind.«

»Mal angenommen, ich nähme dafür die Sandsäcke. Wenn ich die in Streifen reiße und dann zusammenbinde?«

»Wenn sie trocken sind. Aber ohne Zünder geht das nicht. Ammonium brennt, aber ohne Schießbaumwolle explodiert es nicht.«

Stephen ging zu dem Stapel mit den Sandsäcken. Sie waren trocken. Er ging zurück und nahm sein Messer und eine Streichholzschachtel aus seiner Uniformjacke. Er schnitt einen Sack auf, entleerte ihn und riß ein Streichholz an. Das ausgefranste Ende flammte auf, und die festeren Fasern brannten langsam ab. Zuverlässig sah es nicht aus.

»Angenommen, ich breche die Kiste auf und lege dann eine schmale Pulverspur. Würde das was nützen?«

Jack lächelte. »Aber sei vorsichtig.«

»Wie weit entfernt müssen wir sein?«

»Hundert Meter. Hinter einer festen Wand. Und es wird auch Gas freigesetzt. Man braucht Atemgeräte.«

Stephen überlegte, wie lange er brauchen würde, um aus den Sandsäcken eine hundert Meter lange Schnur zu schneiden und zu knoten. Es war unmöglich. Die trockene Schießbaumwolle konnte er auch nicht benutzen, weil sie ohne Ammonium nicht zünden würde. Er mußte also eine Spur aus Sprengstoff legen.

Zuerst trug er Jack aus dem Kampftunnel zum Querstollen. Er legte ihn ein paar Meter vom linken Kampftunnel an einer Stelle ab, die er für sicher hielt. Dann holte er die Proto-Atemgeräte von der Stelle, an der es die zweite Explosion gegeben hatte, und kehrte damit wieder zu Jack zurück.

Danach brach er vorsichtig eine Ammoniumkiste auf, erst mit der Messerklinge, dann mit dem Messergriff. Er holte das schwarze Pulver mit den Händen heraus und legte es in einen leeren Sandsack, bis dieser schwer war. Er trug ihn in die Kammer und schüttete einen Pulverkegel auf die Schießbaumwolle, die er dann in die Kiste legte, die noch in der Kammer stand. Dann legte er eine etwa fünf Zentimeter breite Pulverspur in den Kampftunnel. Jetzt war der Sack leer, er ging zurück, füllte ihn erneut, verlängerte die Spur, füllte den Sack noch zweimal neu, bis er die Stelle erreichte, an der die Ammoniumkisten lagen. Er legte die Spur so weit wie möglich um sie herum. Das Risiko mußte er eingehen: Noch einmal konnte er die Kisten nicht wegschleppen. Er ließ die Spur in der Mitte des Querstollens enden. Dann leerte er sechs Sandsäcke aus, zerschnitt sie und knotete aus den Streifen eine Zündschnur zusammen, die er zwischen sich und den Anfang der Ammoniumspur legte.

Er setzte sich neben Jack, legte ihm ein Atemgerät an und setzte sich seins vor den Mund. Absurde Hoffnung ließ sein Herz heftig schlagen.

»So«, sagte er. »Jetzt jage ich das hoch.«

Jack gab keine Antwort; Stephen ging in den Stollen und kniete sich am Ende der zehn Meter langen Zündschnur nieder, die er aus den Sandsäcken zusammengeknotet hatte. Er wollte beobachten, wie es bis an die Ammoniumspur heranbrannte, um sicher zu sein, daß es funktionierte.

Er machte eine kleine Pause und suchte nach Gedanken oder einem Gebet, das dem Ende seines Lebens angemessen war, aber er war zu müde und seine Hand zu ungeduldig.

Er strich mit dem Zündholzkopf über die Reibefläche der Schachtel und sah, wie das Streichholz aufflammte. In seinem Kopf war kein Platz mehr für Angst oder Vorsicht. Er berührte mit der Flamme den Sandsackstoff; er brannte. Sein Herz brannte. Er wollte leben. Er mußte lachen, mit wirrem Blick, bärtig, wie ein Einsiedler in seiner Höhle.

Der Stoff glomm und glühte, flammte auf und erlosch, brannte wieder. Das Feuer erreichte einen Punkt, der etwa zwei Meter vom Ende der Schnur entfernt war; dann schien es erloschen zu sein. Stephen fluchte laut. Er griff nach der Taschenlampe. Herrgott! Aus der schwelenden Zündschnur sprang ein Funke wie Elektrizität, schoß hoch, ergriff das Ammonium, und eine Flammenwand schoß bis zur Tunneldecke. Stephen drehte sich um und lief bis auf drei Schritte zu Jack zurück, aber bevor er ihn erreichte, wurde er von einer Explosion nach vorn gerissen, die Tunnel und Wände bersten ließ und Erde und Schutt noch auf der Erdoberfläche durch die Luft wirbelte.

Die Gewalt der Explosion ließ den Schützenauftritt erbeben, auf dem Leutnant Levi saß und Erbsensuppe mit Wursteinlage und Brot löffelte, die aus einer Gulaschkanone verteilt worden war; diese Feldküche war in Sachsen gebaut und dann Hunderte von Kilometern bis an die Front gebracht worden.

Seit drei Tagen lag der vordere Graben unter britischem Beschuß; vermutlich bereitete man einen Großangriff vor. Levi hätte gern gewußt, wie lange es wohl noch dauern würde, bis er sein Zivilleben wieder aufnehmen konnte; er hatte eine Arztpraxis in Hamburg und hatte sich als Spezialist für Kinderkrankheiten einen guten Ruf erworben. Solange es ging, hatte er sich geweigert, in die Armee einzutreten, aber die schweren Verluste, die seinem Land beigebracht worden waren, hatten ihm keine Wahl mehr gelassen. Er verließ die Kinder im Krankenhaus und ging nach Haus, um sich von seiner Frau zu verabschieden.

»Ich möchte nicht gegen die Franzosen kämpfen«, sagte er zu ihr, »und gegen die Engländer möchte ich schon gar nicht kämpfen. Aber es ist mein Land und unsere Heimat. Ich muß meine Pflicht tun.«

Sie gab ihm einen kleinen, goldenen Davidsstern, der seit mehreren Generationen im Besitz ihrer Familie war, und legte ihn ihm mit einer Kette um den Hals. Nicht nur die jüdische Gemeinde ließ Doktor Levi ungern ziehen: Als er abfuhr, versammelte sich auf dem Bahnhof eine kleine Menschenmenge, um ihn zu verabschieden.

Da die deutsche Frühjahrsoffensive steckengeblieben war und der Feind, der inzwischen durch Amerikaner verstärkt worden war, größere Mengen Panzer in seine vorderen Linien brachte, vermutete Levi, daß das gegenwärtige Bombardement ein Zeichen dafür sei, daß es sich nur noch um ein paar Wochen handeln konnte, bis er seine Frau wiedersehen würde. Die leichte Beschämung, die er angesichts der deutschen Niederlage empfand, war nichts gegen die Erleichterung, bald wieder in Frieden leben zu können.

»Sie sind doch Arzt, nicht wahr, Levi?« sagte sein Kompanieführer, der durch den Graben kam, nachdem die Erschütterungen der Explosion abgeebbt waren.

»Kinderarzt, aber ich ...«

»Jacke wie Hose. Sie gehen jetzt mal los und sehen nach. Wir hatten eine Patrouille unten. Nehmen Sie zwei Mann mit. Kroger und Lamm. Bessere gibt's nicht. Die kennen alle Tunnel da unten.«

»Normalerweise gibt es doch zwei Explosionen. Sollten wir nicht lieber noch abwarten?«

»Warten Sie noch eine Stunde. Dann gehen Sie runter.«

Nach einer halben Stunde meldeten sich Kroger und Lamm bei ihm. Kroger war ein gebildeter und kluger Mann, der sich mehrmals geweigert hatte, Orden anzunehmen. Er stammte aus einer bürgerlichen Familie, hatte jedoch im Hinblick auf soziale Gerechtigkeit seine eigene Meinung. Lamm war aus einfacherem, bayerischem Holz geschnitzt, ein gut aussehender Bergmann mit unberechenbarem Temperament.

Sie packten Atemgeräte ein, falls die Explosion Gas freigesetzt hatte, und nahmen Spitzhacken, Seile und andere Ausrüstungsgegenstände mit, die Lamm für nützlich hielt. Lamm steckte auch noch eine kleinere Menge Sprengstoff ein.

»Wie viele von unseren Leuten waren unten?« fragte Levi.

»Drei«, sagte Lamm. »Sie waren auf einer Routine-Patrouille, um Feindbewegungen zu belauschen.«

»Ich dachte, wir haben vor drei oder vier Tagen die Tunnel zerstört.«

»Haben wir wahrscheinlich auch. Wir versuchen jetzt nur noch herauszufinden, wann sie angreifen. Wir rechnen nicht damit, daß sie ihre eigenen Tunnel reparieren können. Wir haben das System an zwei Stellen gesprengt. Sie haben uns nicht mal kommen gehört.«

»Also los, worauf warten wir noch?« sagte Kroger. »Ich bin lieber unten als hier in diesem Trommelfeuer.«

Über ihre Köpfe heulten Granaten und explodierten in den Nachschublinien. Levi folgte den anderen durch einen Schacht, der nach zehn Metern unter der Erde endete. Auch wenn er sich hier, wo er vor Geschossen sicher war, wohler fühlte, kam ihm doch die Vorstellung, unter der Erde eingeschlossen zu sein, unbehaglich vor. Man hatte sie mit Wasser und Proviant für drei Tage versorgt; irgend jemand mußte also damit gerechnet haben, daß es sich um eine längere Operation handeln würde.

Sie gingen etwa zehn Minuten durch den Haupttunnel. Er war an der Decke mit elektrischem Licht ausgestattet, aber der Stromkreislauf war durch die Explosion unterbrochen worden. Das System war mit bemerkenswerter Sorgfalt und Präzision gebaut worden. Lamm und Kroger sangen. Die Tunnel folgten einem ähnlichen Muster wie die britischen; allerdings war der große Querstollen des deutschen Netzes mit der Kanalisation der nahen Stadt verbunden. Der Horchposten, den sie kurz vor den englischen Linien eingerichtet hatten, wurde durch einen Kampftunnel geschützt, der etwa drei Meter über den britischen Stollen verlief. Es war ihnen gelungen, sich von hier aus durchzugraben und die beiden Quetschminen anzubringen, die fast das gesamte feindliche Tunnelsystem unpassierbar gemacht hatten.

Sie waren noch nicht weit in ihren mittleren Tunnel vorgedrungen, als sie ihn schon blockiert fanden. Levi setzte sich hin, während Lamm und Kroger das Geröll mit ihren Spitzhacken untersuchten. Levi schoß ein furchtbarer Gedanke durch den Kopf. Sein Bruder, der als Pionier in derselben Kompanie diente, hatte ihm erzählt, daß er irgendwann das Tunnelsystem kontrollieren müsse, um festzustellen, ob die britischen Tunnel tatsächlich nicht mehr zu passieren waren. Normalerweise ging er nicht hinunter, mußte jedoch gelegentlich die neu ausgeführten Arbeiten inspizieren. Levi hatte ihn seit drei Tagen nicht mehr gesehen, was im Grunde nicht ungewöhnlich war, weil ihr Dienstplan stark voneinander abwich, aber solange er nicht wußte, ob er zu der Patrouille gehörte, die nach unten gegangen war, wußte er auch nicht, ob er in Sicherheit war.

»Das ist ein schwerer Erdrutsch«, sagte Lamm. »Wir tun am besten erst mal gar nichts, sondern sehen nach, wie es im Kampftunnel aussieht. Wenn es notwendig ist, können wir hierher zurückkommen.«

»Wissen Sie, welche Männer zu der Patrouille gehören?« fragte Levi.

»Nein«, sagte Lamm. »Sie?«

»Nein, eben nicht. Ich weiß nur, daß es drei sind. Ich frage mich aber, ob mein Bruder dabei ist.«

»Das hätte Ihnen der befehlshabende Offizier doch bestimmt gesagt«, meinte Kroger.

»Das bezweifele ich«, sagte Levi. »Der hat andere Dinge im Kopf. Er muß einen geordneten Rückzug vorbereiten.«

»Hoffen wir das Beste«, sagte Kroger. »Soweit wir wissen, sind sie aber noch alle am Leben und führen einfach ihren Auftrag durch.«

Lamm blickte skeptisch, steckte die Spitzhacke in eine Schlaufe seines Rucksacks und führte die anderen zum Tunnelanfang. Sie kletterten durch den niedrigen Einstieg in den Kampftunnel und gingen weiter. Er war schmaler und dunkler, und an manchen Stellen mußten sie gebückt gehen, bis sie einen Bereich erreichten, wo die Decke höher und so vorschriftsmäßig abgestützt war, wie sie es von ihren Tunnelarbeitern gewohnt waren.

Nach fünfzig Metern kamen sie an einen riesigen Schutthaufen. Die Explosion hatte die Tunnelwände zurückgedrückt und den Durchmesser erweitert, aber der Durchgang war von Erde und Kalkbrocken versperrt. Die Deutschen sahen sich zweifelnd an.

»Die Explosion ist direkt durch den Haupttunnel gegangen«, sagte Lamm. »Dies ist der gleiche Explosionsbereich.«

»Was ich nicht verstehe«, sagte Levi, »ist, wer die Explosion ausgelöst hat. Was ist hier eigentlich los? Ich dachte, wir hätten die Engländer blockiert. Und wir können es doch nicht gewesen sein, oder doch?«

»Ich schätze«, sagte Kroger, »daß es ein Unfall war. Hier unten muß eine Ladung angebracht gewesen sein, die aber nie gezündet wurde. Man hat sie einfach liegenlassen, und jetzt ist sie hochgegangen. Das Zeug ist unstabil.«

»Die andere Möglichkeit ist«, sagte Lamm, »daß es eine feindliche Aktion war.«

»Aber wie konnten sie denn so schnell wieder hierherkommen, wenn wir ihr ganzes System gesprengt haben?«

»Weil sie gar nicht wiedergekommen sind, sondern immer noch da waren. Wir wissen ja gar nicht, wie viele Leute sie hier unten hatten, als wir gesprengt haben. Es könnten welche überlebt haben.«

»Aber dann sind sie inzwischen krepiert.«

»Nicht unbedingt«, sagte Lamm. »Sie haben Luftschächte, Leitungen und Pumpen. Wahrscheinlich sind sie alle zerschmettert worden, aber manchmal gibt es Luftlöcher und Öffnungen, die bis nach oben gehen. Einer von unseren Leuten hat acht Tage hier unten überlebt, mit einer einzigen Flasche Wasser.«

»O Gott.« Levi war entsetzt. »Dann könnten hinter diesem Schutthaufen also nicht nur drei unserer Leute sein, tot oder lebendig, sondern eine unbekannte Anzahl Briten, mit Sprengstoff bewaffnet, die da in Luftlöchern oder Höhlen sitzen, wie, wie ...«

»Wie Ratten«, sagte Lamm.

Sie fingen an, mit den Spitzhacken das Hindernis abzutragen. Zwei arbeiteten, während sich einer ausruhte oder das lockere Geröll beiseite räumte. Sie arbeiteten fünf Stunden und fielen dann erschöpft zu Boden. Sie tranken nur so viel Wasser wie unbedingt nötig und aßen ein paar Zwiebäcke mit Trockenfleisch.

Levis jüngerer Bruder hieß Joseph. In der Schule war er der Beste gewesen, der immer Preise für seine Leistungen in Latein und Mathematik gewann. Auf der Universität Heidelberg hatte er dann Naturwissenschaft studiert. Er schloß sein Studium mit einer Doktorarbeit ab, und sowohl die Regierung als auch verschiedene Firmen boten ihm Stellen an. Levi fiel es schwer, den ruhmreichen Bruder, der gegenüber jenen, die ihn mit Ehrungen überhäufen wollten, immer eine skeptische Gleichgültigkeit behielt, mit der zwar entschlossenen, aber auch asthmatischen und im Grunde komischen Figur in Einklang zu bringen, die er als Junge gekannt hatte. Joseph hatte zu seinem älteren Bruder immer ein ausgeprägtes Konkurrenzverhältnis gehabt, aber der Altersunterschied ließ zumeist Levi obsiegen. Von dem Augenblick, da er geboren worden war, empfand Levi gegenüber Joseph große Zärtlichkeit, vor allem deshalb, weil auch er das Produkt derjenigen war, die er über alles liebte: seiner Eltern. Er bemühte sich sehr, auch Joseph erfahren zu lassen, was die Eltern so wichtig und ihre Art zu leben so bewundernswert machte. Seine größte Sorge war, daß Joseph kein Verständnis für die Familienehre aufbringen oder sie gar in Mißkredit bringen könnte. Insofern empfand er keine Eifersucht, sondern Genugtuung, als Josephs Auszeichnungen der Öffentlichkeit bewiesen, was er ihr nach Levis Meinung schuldig war.

Manchmal war Levi allerdings über den Eigensinn seines jüngeren Bruders verbittert. Da sie doch so starke Gemeinsamkeiten hatten, kam es Levi völlig überflüssig vor, daß Joseph ihm nur ein Stück weit folgte, um dann seine eigenen Entscheidungen zu treffen und seinen eigenen Geschmack zu entwickeln, und zwar, so meinte Levi, lediglich aus der Lust am Gegenteil. Er glaubte, daß Joseph ihn damit provozieren wollte, aber dennoch konnte all das seine Liebe zu seinem Bruder nicht erschüttern; es gelang ihm, seine Irritation dem stärkeren Impuls unterzuordnen, den Bruder zu beschützen.

Es wäre in gewisser Weise typisch für Joseph gewesen, ausgerechnet in dem Moment in den Tunnel zu gehen, als die Sprengladung hochging. Während Levi auf die Wand aus Schutt einschlug, hatte er ein klares Bild Josephs im Kopf: das blasse, merkwürdig ausdruckslose Gesicht, die Augen geschlossen – und das Gewicht der Welt auf seiner zerschmetterten, asthmatischen Brust.

In den Arbeitspausen hörten sie den Lärm des Trommelfeuers von oben.

»Der Angriff wird bald kommen«, sagte Kroger.

»Hier kommen wir nie durch«, sagte Lamm. »Man hört am Widerhall, daß der Erdrutsch viel zu groß ist. Ich werde versuchen, den Durchgang freizusprengen.«

»Dann stürzt die Decke ein«, sagte Koger. »Sieh sie dir doch an.«

»Ich benutze nur eine ganz kleine Ladung und blockiere so fest, daß die Explosion in die richtige Richtung geht. Keine Angst, wir bekommen davon nichts ab. Was meint ihr?«

»Gut«, sagte Levi. »Wenn es nicht anders geht. Aber seien Sie vorsichtig. Nehmen Sie so wenig Sprengstoff wie möglich. Wir können es ja notfalls noch einmal probieren.«

Er wollte nicht, daß Joseph von einem Erdrutsch getötet würde, den seine eigenen Leute auslösten.

Lamm benötigte zwei Stunden, um genau die Öffnung herzustellen, die er brauchte. Er verdrahtete die Ladung und zog das Kabel bis zum Schacht zurück, der an die Oberfläche führte. Er verband es mit der Zündkapsel, die sie hier zurückgelassen hatten, und als

Levi und Kroger hinter ihm in Deckung gegangen waren, drückte er den Hebel nach unten.

In der engen Gruft, in die ein Loch, das nicht größer als eine Stricknadel war, Luft, aber kein Licht dringen ließ, hallte der Lärm in Stephens Ohren. Ein Zittern der Hoffnung durchfuhr ihn. Der Rettungstrupp war unterwegs. Weirs alte Kompanie ließ sie nicht im Stich: Sie hatten sich Zeit gelassen, aber jetzt kamen sie. Er verlagerte sein Gewicht, obwohl man sich in dem engen Raum kaum noch bewegen konnte. An einer Seite seines Kopfes befand sich ein großer Kalksteinbrocken, der sie von dem trennte, was vom Tunnel übriggeblieben war. Der Steinbrocken war der einzige Gegenstand, an dem er sich orientieren konnte; die Ammoniumexplosion hatte riesige Erdmengen losgerissen, die sie nun von allen Seiten einschlossen.

»Bist du noch da, Jack?« fragte er. Er streckte ein Bein aus, spürte unter seinem Stiefel Jacks Schulter und hörte ein schwaches Stöhnen.

Er versuchte, ihn durch Reden wach zu halten. »Haßt du die Deutschen?« sagte er. »Haßt du sie durch und durch? Und haßt du ihr Land?«

Seit der Explosion war Jack nicht mehr völlig zu Bewußtsein gekommen.

Stephen versuchte, ihn zu provozieren. »Sie haben deine Freunde ermordet. Willst du nicht am Leben bleiben, um ihre Niederlage zu erleben? Willst du nicht sehen, wie sie zurückgejagt und gedemütigt werden? Willst du nicht auf einem unserer Panzer in ihr Land rollen? Willst du nicht sehen, wie ihre Frauen staunend zu dir aufblicken?«

Jack gab keine Antwort. Solange er am Leben blieb, dachte Stephen, gab es noch Hoffnung. Wenn nur noch er übrigsein würde und sich nicht mehr einreden konnte, einem anderen beizustehen, dann würde auch ihn die Hoffnungslosigkeit überkommen, die ihn längst überkommen haben müßte, wenn er die Lage realistisch einschätzte.

Er war sich nicht sicher, woher die Luft kam, aber im oberen Bereich ihres Lochs konnte man atmen. Er wechselte von Zeit zu Zeit mit Jack die Stellung, damit sie beide Luft bekamen. Er malte sich aus, daß durch die Explosion ein Luftschacht so verschoben worden war, daß er immer noch einen schwachen, aber ausreichenden Zustrom ermöglichte.

Am meisten beunruhigte ihn die Dunkelheit. Seit der Explosion sahen sie nichts mehr. Die Taschenlampe war ihm aus der Hand gerissen worden und dann zerschellt. Anfangs waren sie mit Erde bedeckt gewesen, die sie aber nach und nach wegschieben konnten. Der Bereich, in dem sie lagen, war etwa fünf Meter lang, aber nur so breit wie eine Armspanne. Als er zum ersten Mal diese Enge ertastete, schrie Stephen entsetzt auf.

Es blieb nun nichts anderes mehr übrig, als einfach dazuliegen und auf den Tod zu warten. Irgendwann während seiner bewußtlosen Arbeit hier unten hatte er sein Hemd verloren, die Uniformjacke und den Gürtel mit der Pistole. Er hatte noch Hose und Stiefel an, aber umbringen konnte er sich nur noch mit dem Messer, das er in der Tasche trug und mit dem er sich eine Ader aufschneiden konnte.

In der Dunkelheit klappte er die Klinge heraus und hielt sie sich gegen den Hals. Er genoß das vertraute Gefühl der sorgfältig geschärften Schneide. Er ertastete den Pulsschlag, der vom Gehirn zum Körper abwärts läuft und lautlos unter der Haut pocht. Er war bereit, es zu tun, um dem Schrecken, lebendig begraben zu sein, ein Ende zu setzen.

Der Puls pochte schwach gegen die Fingerspitzen der rechten Hand; er scherte sich um nichts, das außer seiner selbst war; er schlug, wie er geschlagen hatte, als er noch ein kleiner Junge war, draußen auf dem Land, als er ein junger Mann war, der seiner Arbeit nachging; sein gleichmäßiger Schlag machte keine Unterschiede zwischen den verschiedenen Szenerien, die er so entschieden und klar durchlebt hatte. Diese unbeirrbare Gleichgültigkeit, die nichts als sich selbst kannte, berührte ihn.

»Jack, hörst du mich noch? Ich will dir mal was über die Deutschen erzählen. Wie ich sie hasse. Und ich werde dir sagen, warum du überleben wirst.«

Keine Antwort. »Jack, du mußt leben wollen. Du mußt an dich selbst glauben.«

Stephen zog Jacks Körper dichter zu sich heran.

»Warum willst du nicht leben?« sagte er. »Komm, versuch's doch einfach.«

Vom Schmerz in einen halb bewußten Bereich getrieben, gab Jack ihm endlich Antwort. »Was ich gesehen habe ... Ich will nicht mehr leben. Der Tag, an dem ihr angeriffen habt. Wir haben es gesehen. Shaw und ich. Der Pater, dieser ... ich weiß nicht mehr, wie er hieß. Wenn du das gesehen hättest, würdest du mich verstehen. Hat sein Kreuz runtergerissen. Mein Junge, tot. Was haben wir aus der Welt gemacht? Gut, daß er tot ist. Es ist *gut*.«

»Jack, es gibt immer noch Hoffnung. Es geht weiter. Mit oder ohne uns, es geht immer weiter.«

»Ohne mich. In 'nem Heim? Ohne Beine? Ich will kein Mitleid.«

»Willst du denn in diesem Loch verrecken?«

»Herrgott, ja. Das Mitleid, das wäre ... hoffnungslos.«

Stephen wußte, daß Jack recht hatte. Was aber seinen Lebensimpuls wachhielt, war kein besseres Argument, sondern bloßer Instinkt – das Leben selbst.

»Wenn ich sterbe«, sagte Jack, »werde ich bei den Männern sein, die das verstehen.«

»Aber zu Hause lieben sie dich. Deine Frau, dein Sohn haben dich geliebt, davor deine Eltern. Du würdest immer noch Liebe finden.«

»Mein Vater starb, als ich ein Baby war. Meine Mutter hat mich aufgezogen. Ich war von Frauen umgeben. Sie sind alle tot. Nur noch Margaret ist da, aber mit ihr könnte ich nicht mehr reden. Es ist zuviel geschehen.«

»Willst du denn nicht mehr erleben, wie wir den Krieg gewinnen?« Stephen spürte, wie hohl diese Frage klang.

»Niemand kann ihn gewinnen. Laß mich jetzt in Ruhe. Wo ist Tyson.«

»Ich erzähl dir mal 'ne Geschichte, Jack. Vor acht Jahren bin ich in dies Land gekommen. Ich wohnte in einem großen Haus an einer breiten Straße in einer Stadt, die nicht weit von hier liegt. Ich war ein junger Mann. Ich war ungeduldig und neugierig und egoistisch. Ich schwamm in gefährlichen Strömungen, machte Dinge, die man später im Leben nicht machen würde, weil sie zu riskant sind. Aber in dem Alter hat man keine Angst. Man glaubt, die Dinge zu verstehen, man glaubt, daß sich später alles fügt. Verstehst du, was ich meine? Mich hat nie jemand geliebt. Das ist der entscheidende Punkt, aber damals wußte ich das noch nicht. Ich hatte keine Mutter wie du. Niemand hat sich um mich gekümmert, es war egal, ob ich lebte oder tot war. Deshalb mußte ich mir selbst einen Lebenssinn ausdenken, deshalb will ich auch hier raus, weil sich niemand je um mich gekümmert hat. Und wenn es sein muß, nage ich mich wie eine Ratte hier raus.«

Jack war im Delirium. »Ich will noch kein Bier. Jetzt noch nicht. Wo ist Turner? Zieh mich raus.«

»Ich lernte eine Frau kennen. Sie war mit dem Mann verheiratet, dem das große Haus gehörte. Ich verliebte mich in sie, und ich glaubte, daß auch sie mich liebte. Bei ihr fand ich etwas, von dem ich nicht wußte, daß es existierte. Vielleicht war ich nur erleichtert, von dem Gefühl berauscht, daß mich jemand liebte. Aber ich glaube nicht, daß es nur das war. Ich hatte Wunschvorstellungen, ich hatte Träume. Nein, das stimmt nicht. Es gab keine Wunschvorstellungen, und das war eigentlich das Merkwürdige an der ganzen Sache. Es gab nur die Körper, den sexuellen Teil. Die Wunschvorstellungen kamen erst später.«

»Der Kompressor ist jetzt drin. Frag Shaw. Zieh mich raus.«

»Es geht nicht darum, daß ich sie liebe, obwohl ich sie liebe und immer lieben werde. Es geht nicht darum, daß ich sie vermisse oder eifersüchtig auf ihren deutschen Mann bin. In dem, was zwischen uns passierte, war etwas, was es mir ermöglichte, die Welt mit anderen Augen zu sehen. Es war, als wäre ich durch eine Tür gegangen, und hinter dieser Tür gab es Töne und Zeichen einer anderen, größeren Existenz. Ich konnte die Zeichen nicht verstehen, aber ich habe sie gesehen und kann sie deshalb nicht leugnen. Selbst hier nicht.«

Es klang jetzt so, als hustete Jack. Stephen war sich nicht sicher, ob es ein Lachen oder ein Weinen war.

»Heb mich hoch«, sagte Jack, als er wieder normal atmete.

Stephen zog ihn an den Armen hoch und legte ihn sich auf den Schoß. Jacks Beine baumelten leblos herab, und der Kopf sank auf die Schulter zurück.

»Ich hätte dich lieben können.« Jacks Stimme war jetzt ganz klar. Wieder machte er das hustende Geräusch, und weil sein Kopf jetzt so dicht an Stephens lag, konnte er hören, daß es ein Lachen war, ein schwacher, heiterer Ton in der beklemmenden Dunkelheit.

Als Jack verstummte, begann Stephen, mit dem Messergriff rhythmisch gegen die Kalkwand zu klopfen, um dem Suchtrupp Signale zu geben.

Die kontrollierte Explosion hatte ein Loch in das Geröll gesprengt, das groß genug war, daß die drei Männer sich hindurchzwängen konnten.

Levi folgte den beiden anderen mit einer Mischung aus Ungeduld und Zurückhaltung. Sie stießen auf den deutschen Haupttunnel und stellten fest, daß auch hier die Stützbalken beschädigt waren.

Kroger hielt an und zeigte nach vorn. Das Tunnelende schien in einem Loch zu verschwinden. Als sie sich vorsichtig genähert hatten, holte Lamm ein Seil aus seinem Rucksack und band es an einem Stützbalken fest, der noch senkrecht stand.

»Ich kletter da mal runter und seh mir das an«, sagte er. »Und ihr haltet das Seil fest, falls der Balken wegbricht.«

Lamm verschwand langsam in der Tiefe. Schließlich stieß er auf einen Vorsprung, auf dem er stehen konnte. Er wickelte das Seil fest um seinen Körper und rief nach oben, daß sie gut festhalten sollten. Er hielt die Lampe hoch und schaute sich um. Im Zwielicht leuchtete Metall. Er bückte sich. Es war ein Helm. Er kniete sich hin und untersuchte mit den Händen den Boden. Er stieß gegen etwas Festes, das jedoch kein Kalkstein war. Seine Hand berührte etwas Klebriges. Es war eine Schulter in der deutschen, feldgrauen Uniform. Der Körper war von der Hüfte abwärts verschüttet. Der Kopf war mehr oder weniger unversehrt, und Lamm sah, daß es die Leiche von Levis Bruder war.

Er holte tief Luft und stieß sie dann mit aufgeblasenen Backen wieder aus. Er wollte seine Entdeckung nicht nach oben rufen, aber er konnte es Levi auch nicht vorenthalten. Er hielt wieder die Lampe hoch und sah sich noch einmal in der Kammer um. Er konnte keine weiteren Leichen oder Kampfspuren entdecken. Er untersuchte die Hände des Toten, ob er einen Ring trug. Er nahm ihm auch die Erkennungsmarke vom Hals, suchte jedoch nach etwas Persönlicherem, an dem sein Bruder ihn identifizieren konnte. Er fand keinen Ring, aber eine Armbanduhr, die er in die Tasche steckte.

Er zog zweimal am Seil und rief, daß er hochkomme. Das Seil straffte sich, als Kroger und Levi seinen Aufstieg mit ihrem Gegengewicht sicherten. Das Loch war etwa sieben Meter tief; er stemmte die Stiefel gegen das lockere Erdreich, fand da und dort Halt und war nach einigen Minuten wieder oben.

»Und?« sagte Levi, nachdem alle verschnauft hatten. Irgend etwas in Lamms Gesicht beunruhigte ihn; er vermied es auch, ihm in die Augen zu blicken.

»Ich habe einen Toten gefunden. Einer von uns. Er muß sofort tot gewesen sein.«

»Hast du seine Marke?« fragte Kroger. Levi sagte nichts.

»Ich hab das hier.« Lamm reichte Levi die Uhr, und er nahm sie widerstrebend in die Hand. Er schaute zu Boden. Es war Josephs Uhr. Er hatte sie irgendwann von seinem Vater als Geschenk bekommen, zu seiner Bar Mizwa vielleicht, dachte er, oder als Belohnung für seine Leistungen auf der Universität.

Levi nickte. »Dummer Junge«, sagte er. »So kurz vor Schluß.«

Er entfernte sich von den anderen und ging ein paar Schritte in den Tunnel hinein, um allein zu sein.

Lamm und Kroger hockten auf dem Boden des Tunnels und aßen von ihrem Proviant.

Nach einer Stunde kam Levi zurück. Er hatte gebetet. Seine Religion verbot es ihm, das Essen anzunehmen, das Lamm ihm geben wollte.

Er schüttelte den Kopf. »Ich muß fasten«, sagte er. »Und jetzt sollten wir weitersuchen.«

Kroger räusperte sich. »Ich weiß nicht, ob das klug ist«, sagte er leise. »Lamm und ich haben darüber nachgedacht. Wir haben ja das Ausmaß der Explosion gesehen, und Lamm meint, daß niemand, der mit Ihrem Bruder im Tunnel war, überlebt haben kann. Wir haben unsere Pflicht als Suchtrupp erfüllt. Wir haben festgestellt, was passiert ist, und wir können Ihren Bruder nach oben bringen, damit er ein ordentliches Begräbnis bekommt. Wenn wir hier unten bleiben, setzen wir doch nur sinnlos unser eigenes Leben aufs Spiel. Wir wissen auch nicht, was inzwischen oben passiert ist. Ich denke, wir sollten lieber zurückgehen.«

Levi strich sich mit der Hand übers Kinn und spürte die Bartstoppeln. Bald würde ein Bart sein Gesicht bedecken, und erst am Ende der Trauerzeit würde er sich wieder rasieren dürfen.

»Ich verstehe euch gut«, sagte er. »Aber ich bin anderer Meinung. Hier unten liegen irgendwo noch zwei unserer Landsleute. Wenn sie tot sind, müssen wir sie finden, um sie zu beerdigen. Wenn sie noch leben, müssen wir sie retten.«

»Die Chance ist aber ...«

»Egal, wie groß die Chance ist. Wir müssen unseren Auftrag erfüllen.«

Kroger zuckte mit den Achseln.

Lamm wies auf die Konsequenzen hin, wenn sie noch länger blieben. »Es ist heiß hier unten«, sagte er. »Seine Leiche wird ...«

»Das Fleisch ist schwach. Was von ihm bleibt, kann nicht verwesen. Wenn es soweit ist, werde ich ihn tragen.«

Lamm schaute zu Boden.

»Habt keine Angst«, sagte Levi. »Die Männer, die wir hier suchen, sind unsere Landsleute. Sie wollen nicht unter diesen fremden Feldern liegen. Sie müssen wieder in das Land zurück, das sie liebten und für das sie gestorben sind. Liebt ihr denn euer Land nicht?«

»Natürlich«, sagte Lamm. Er hatte einen Befehl erhalten. Es gab nichts mehr zu diskutieren. Er stand auf und zog das Seil hoch.

»Ich liebe mein Vaterland«, sagte Levi. »Und jetzt, da meine Familie ein Leben geopfert hat, liebe ich es erst recht.« Er sah Kroger herausfordernd an, der mißmutig nickte; vielleicht glaubte er, daß Levis Entschlossenheit nur eine vorübergehende Laune war und sich bald legen werde.

Levi legte ihm die Hand auf die Schulter. »Einverstanden, Kroger?« Er sah in sein kluges, skeptisches Gesicht. Er war im Grunde nicht einverstanden, aber immerhin fügte er sich. Kroger ging zu Lamm und half ihm bei den Vorbereitungen, damit sie wieder absteigen konnten.

Levi und Lamm seilten sich ab, und Kroger blieb oben, um sich auszuruhen. Sieben Meter unter ihrem eigenen Haupttunnel räumten sie mit den Spitzhacken den Explosionsschutt beiseite. Sie wußten nicht genau, wonach sie eigentlich suchten, aber sie hofften, daß sie eine genauere Vorstellung davon bekommen würden, was hier unten geschehen war, wenn sie das Geröll beseitigten.

Die Arbeit brachte sie ins Schwitzen, und sie zogen sich die Hemden aus. Die Spitzhacken lösten Erschütterungen aus, wenn sie auf den harten Kalk trafen.

Stephen nahm das Glas von seiner Uhr, um die Zeit an der Zeigerstellung ertasten zu können. Um zehn vor Vier hörte er wieder die Schürfgeräusche, aber er wußte nicht, ob es morgens oder nachmittags war. Er schätzte, daß er und Jack seit fünf oder vielleicht sogar sechs Tagen unten waren.

Er zog Jack an den Luftzug heran, damit er atmen konnte. Er legte die Finger auf die Uhr, um die halbe Stunde abzumessen, die er jetzt im stickigen Teil des Gewölbes verbringen würde. Er lag ganz still, um seinen Sauerstoffbedarf nicht zu erhöhen.

Die Angst, eingeschlossen zu sein, hatte sich immer noch nicht gelegt. Er versuchte sich einzureden, daß er nun, da das Schlimmste eingetreten war, er lebendig begraben war und sich in der Enge kaum noch bewegen konnte, keine Angst mehr haben müsse. Angst gab es nur in der Erwartung, nicht im Augenblick selbst. Und dennoch hielt ihn Panik gepackt. Manchmal versteifte er seinen Körper, um nicht laut aufzuschreien. Er wünschte sich nichts sehnlicher, als ein Streichholz anzumachen, und sei es nur, um die Grenzen seines Gefängnisses erkennen zu können.

Dann gab es Minuten, in denen sein Lebenswille schwächer wurde. Seine Phantasie und seine Wahrnehmungen verdunkelten sich wie Lichter, die eins nach dem anderen in einem großen Haus gelöscht wurden. Schließlich gab es nur noch ein mattes Glühen, ein letztes Aufflackern des Willens.

Während all der Stunden, die er dalag, hörte er nicht auf, innerlichen Protest gegen das einzulegen, was ihm geschehen war. Er kämpfte erbittert gegen sein Schicksal an. Obwohl in seinem von Durst und Erschöpfung gepeinigten Körper die Kraft für diesen Kampf an- und abschwoll, bedeutete diese Gegenwehr dennoch, daß irgendwo noch ein schwaches Licht leuchtete.

Als die halbe Stunde um war, kroch er zurück und legte sich neben Jack.

»Bist du noch bei mir, Jack?«

Jack stöhnte, und dann drang seine Stimme plötzlich wie durch tiefe Bewußtseinsschichten und fand zu einer Klarheit, die sie seit Tagen nicht mehr gehabt hatte.

»Bin froh, daß ich die Socken hab. Da kann ich meinen Kopf drauflegen. Ich hab jede Woche ein neues Paar Socken von zu Haus gekriegt.«

Als Stephen Jack hochhob, spürte er die gestrickte Wolle unter seiner Wange.

»Ich habe nie ein Paket bekommen«, sagte er.

Jack lachte wieder. »Soll das 'n Witz sein? Ehrlich? In drei Jahren kein einziges Paket? Wir haben mindestens zwei pro Woche gekriegt. Jeder von uns. Und Briefe ...«

»Still. Hörst du das? Das ist der Suchtrupp. Hörst du sie graben? Hör doch!«

Stephen schob Jack zur Seite, so daß sein Ohr dicht am Kalk lag.

»Sie kommen«, sagte Stephen. Das Echo der Geräusche sagte ihm, daß sie noch sehr weit entfernt waren, aber er tat so, als seien sie schon fast da.

»Ich würde sagen, die sind jeden Moment hier. Wir kommen hier raus.«

»Du hast die ganze Zeit Armeesocken getragen? Du armes Schwein. Nicht mal der ärmste Rekrut an unserem Abschnitt hat je …«

»Hör zu. Du kommst hier raus. Sie holen uns raus.«

Jack lachte immer noch. »Ich will das nicht. Will das nicht …«

Das Lachen wurde zu Husten und dann zu einem Krampf, der seine Brust erschütterte. Der abgehackte, rasselnde Klang erfüllte den engen Raum und brach ab. Jack stieß noch ein letztes Mal Luft aus, als der Atem seinen Körper verließ und er das Ende erreichte, das er herbeigesehnt hatte.

Aus Respekt vor dem Toten hielt Stephen ihn noch einen Augenblick im Arm und trug ihn dann in den luftlosen Winkel der Höhle. Er brachte seinen Mund so dicht wie möglich an den Luftzug und atmete gierig ein.

Er streckte die Beine aus und schob den Leichnam noch weiter von sich weg. Er fühlte sich schrecklich verlassen.

Es gab nur noch die Schürfgeräusche, die aber, wie er sich eingestehen mußte, hoffnungslos weit entfernt waren, und das ungeheure Gewicht der ihn umgebenden Erde. Er fand Streichhölzer in seiner Hosentasche. Niemand konnte ihm seine Sehnsucht nach Licht verbieten. Aber er widerstand diesem Bedürfnis.

Er verfluchte Jack, daß er gestorben war und nicht an die mögliche Rettung geglaubt hatte. Dann verschwand sein Zorn, und seine Wahrnehmung konzentrierte sich auf das ferne, rhythmische Geräusch, das Spitzhacken verursachen, wenn sie auf Kalkstein treffen. Das Geräusch war wie sein Pulsschlag. Er holte wieder das Messer aus der Tasche und begann, mit dem Griff so stark wie möglich gegen die Wand neben seinem Kopf zu schlagen.

Nach vier Stunden Arbeit waren Levi und Lamm kaum vorwärts gekommen. Levi rief zu Kroger hinauf, er solle herunterklettern und Lamm ablösen.

Während er auf Kroger wartete, setzte sich Levi hin und ruhte aus. Es war ihm zu einer Ehrensache geworden, die Kameraden seines Bruders zu finden. Joseph hätte es nicht gefallen, wenn Levi sich egoistisch verhielt. Insofern ging es weniger um seine eigene als vielmehr um Josephs Ehre. Levis Bemühungen würden dem zerstörten Körper eine gewisse Würde zurückgeben.

Durch seine eigenen Atemgeräusche hörte er, sehr schwach, ein Klopfen. Er preßte ein Ohr gegen die Wand und lauschte. Erst dachte er, daß es eine Ratte gewesen sei, aber das Geräusch war zu rhythmisch und kam aus zu großer Tiefe. Das Geräusch klang auch so, als käme es aus beträchtlicher Entfernung, und nur ein menschliches Wesen konnte es verursachen.

Kroger ließ das Seil los, an dem er heruntergeklettert war, und Levi rief ihn zu sich. Kroger lauschte.

Er nickte. »Da ist mit Sicherheit jemand. Etwas oberhalb, glaube ich, und ungefähr parallel zu uns. Es klingt nicht stark genug für eine Hacke oder einen Spaten. Ich glaube, da ist jemand eingeschlossen.«

Levi lächelte. »Ich habe ja gesagt, daß wir nicht aufgeben dürfen.«

Kroger sah ihn skeptisch an. »Die Frage ist nur, wie wir da durchkommen. Da liegt 'ne Menge Kalkstein zwischen.«

»Wir sprengen. Eine kontrollierte Explosion. Ich geh hoch und schick Lamm runter. Er kann die Ladung vorbereiten.«

Levis Gesicht strahlte jetzt vor Begeisterung. »Und wenn das Geräusch nicht von unseren Leuten stammt, sondern von einem verschütteten Engländer?« sagte Kroger.

Levis Augen weiteten sich. »Ich glaube nicht, daß nach so langer Zeit noch einer überlebt haben kann. Und selbst wenn es ein

Engländer ist, dann ...« Er breitete die Arme aus und zuckte mit den Achseln.

»Was dann?« sagte Kroger knapp.

»Dann wäre das der Mann, der meinen Bruder und seine beiden Kameraden umgebracht hat.«

Kroger sah ihn mürrisch an. »Auge um Auge ... Sie wollen sich doch nicht etwa rächen?«

Levis Lächeln verschwand. »Ich denke im Moment an nichts Bestimmtes. Mein Glaube leitet mich in allem, was ich tue. Ich habe keine Angst, ihm entgegenzutreten, aber natürlich sollte ich dann wissen, was ich zu tun habe, wenn Sie das meinen.«

»Wir sollten ihn dann gefangennehmen«, sagte Kroger.

»Das reicht«, sagte Levi. Er ging zum Seil und rief Lamm zu, ihm beim Hinaufklettern zu helfen.

Lamm, der gerade am Einschlafen war, sagte nichts, als Levi ihm erklärte, was er vorhatte. Er präparierte eine Sprengladung, steckte sie in den Rucksack und kletterte hinunter.

Die Mischung aus Kalk und Erde war schwierig auszuhöhlen. Sie brauchten fünf Stunden, bis sie ein Loch für die Sprengladung hergestellt hatten, mit dem Lamm zufrieden war. Levi löste ihn wieder ab und arbeitete mit Kroger weiter. Sie füllten Sandsäcke und stapelten sie dicht hinter dem Sprengstoff auf

Kroger machte eine Pause, trank Wasser und aß etwas Fleisch und Zwieback. Levi lehnte ab, als Kroger ihm etwas anbot.

Kummer und Erschöpfung schwächten ihn, aber er war entschlossen, sein Fasten nicht zu durchbrechen. Er arbeitete wie ein Berserker, störte sich nicht an dem Schweiß, der ihm in den Augen brannte, und nicht an den zitternden Fingern, mit denen er die Sandsäcke füllte.

Er wußte nicht, wer oder was ihn hinter dieser Wand erwartete; er spürte nur den Zwang weiterzumachen. Seine Neugier mischte sich mit der Trauer um den Verlust. Der Tod Josephs konnte nur erklärt und bewältigt werden, wenn er den Mann noch lebend antraf und ihm entgegentreten konnte.

Sie legten das Kabel und zogen sich in die Deckung am Fuß des

Stollens zurück, der an die Oberfläche führte. Sie hörten das Donnern schwerer Geschütze, unterbrochen von Granatwerfern und Maschinengewehren. Der Angriff hatte begonnen. Lamm drückte den Hebel durch, und der Boden schwankte unter ihren Füßen. Ein heißes, stürmisches Getöse erscholl, ebbte ab und hob sich erneut. Einen Moment klang es fast so, als kämen Feuerbälle mit Erde und Kalkbrocken durch den Tunnel auf sie zugerast. Dann verebbte das Geräusch ein zweites Mal und erstarb in Stille.

Sie gingen schnell durch den niedrigen, holzverschalten Gang zurück, krochen, richteten sich auf und rannten zu dem Loch im Boden, aus dem eine Kalkwolke stieg. Sie mußten husten und warteten eine Minute, bis sich der Staub gesetzt hatte.

Levi sagte Kroger, er solle warten, während er mit Lamm hinunterging. Er wollte, daß Lamm die Wirkung der Sprengung begutachtete, und er bezweifelte auch, daß Kroger mit ganzem Herzen bei der Sache war.

Sie gingen durch das Loch, das die Explosion gerissen hatte, und fanden sich im englischen Horchposten wieder. Sie sahen sich mit kritischer Neugier die Holzstreben an, die anders gesetzt waren als bei ihnen.

»Hören Sie.« Levi legte eine Hand auf Lamms Unterarm.

Das Klopfgeräusch war jetzt deutlich zu hören und viel näher als zuvor.

Levi war so aufgeregt, daß er hochsprang und dabei mit dem Kopf gegen die Decke stieß. »Wir sind da«, sagte er. »Wir haben es geschafft.«

Was sie trennte, hatten sie weggesprengt. Nun mußten sie sich nur noch durchgraben und die Hände ausstrecken.

Die Explosion ließ Stephens Höhle erbeben. Er rollte sich auf den Bauch und legte die Arme über den Kopf, um sich vor dem Weltuntergang zu schützen, der jetzt kommen mußte. Aber nur der Lärm prallte gegen die Wände, und sie stürzten nicht ein.

Er fing an, in seinem Loch um sich zu schlagen und zu treten. Die Klaustrophobie, die er so lange unterdrückt hatte, brach nun aus ihm heraus. Die Vorstellung, daß direkt vor ihm Männer frei herumliefen, und die Angst, daß sie ihn nicht hören oder erreichen könnten, versetzte ihn in Panik.

Er schlug wild um sich und löste dabei Erde, die durch die Explosion gelockert worden war. Als ein schwerer Brocken auf seine Beine stürzte, bekam er sich wieder unter Kontrolle.

Er klopfte weiter mit dem Messergriff gegen den Kalkstein und schrie so laut er konnte. »Ich bin hier! Hier drüben!«

Er stellte sich die Männer aus Weirs Kompanie vor, wie sie jetzt unter ihren Helmen fröhlich grinsten und sich zu ihm durcharbeiteten. Wer würde es sein? Wen hatte man losgeschickt? Er konnte sich weder an Namen noch an Gesichter erinnern. Es hatte Jack gegeben, aber der lag nun tot neben ihm. Ein Mann mit nichtssagendem Gesicht und blonden Haaren, Tyson, aber der war schon lange tot. Und diese kleinen Leute, die nie aufrecht zu stehen schienen, nicht einmal, wenn sie an der Oberfläche waren; aber vielleicht waren sie auch unten gewesen, als die erste Explosion erfolgt war.

Stephens Gedanken wurden jetzt außergewöhnlich klar. Sein Kopf füllte sich mit Bildern der normalen Welt, der Welt, in der Frauen lebten, in der Menschen sich friedlich bewegten und liebten und tranken, und es gab Kinder und Handel und Wandel und Lachen. Er dachte an Jeanne und das erstaunliche Lächeln, das wie ein Sonnenaufgang über ihren Augen aufzog. Die schreckliche, enge Welt aus Erdreich und Schweiß und Tod war nicht die einzige Wirklichkeit; es war nur eine begrenzte Illusion, ein Kerker, aus dem er nun jeden Moment befreit werden würde.

Durst und Erschöpfung waren wie weggeblasen; er lebte, und er liebte die Welt, die Sterne und Bäume und die Menschen, die in dieser Welt lebten. Wenn sie ihn nicht erreichten, würde er die Erdwände zum Einsturz bringen; er würde sich seinen Weg erkratzen, er würde sich durch die Erde beißen, er würde Erde fressen auf seinem Weg ins Freie und ins Licht.

»Weiter, weiter!« Levi lachte, und seine Augen funkelten. Seine Haut schimmerte schweißnaß, und er hieb die Spitzhacke in die Wand, von der sie die Holzverschalung gelöst hatten.

Lamm verzog das Gesicht unter seinem zersausten Haar und schielte im Lichtkegel der Lampe zu ihm hoch.

»Weiter«, schrie Levi, »machen Sie weiter!«

Er war dem Delirium nahe, als er wieder ins Erdreich schlug. Nur noch das Bild seines geliebten Bruders Joseph sah er vor sich. Wie sehr er ihn geliebt hatte, wie sehr er für ihn und durch ihn gelebt hatte; wie sehr er sich gewünscht hatte, Joseph möge so sein wie er, nur besser noch, er möge von seiner Erfahrung profitieren und etwas schaffen, daß seinen Eltern und seinen Vorfahren Ehre machen würde.

Lamm arbeitete verbissen weiter; die Muskeln auf seinen Schultern zeichneten sich unter dem verwaschenen Grau der Jacke ab, während die Spitzhacke die Erde niederriß.

Er arbeitete zehn Meter von Levi entfernt. Die Spitzhacke traf ins Leere. Er war durch. Er rief es Levi zu. Levi stieß ihn zur Seite und grub wie wahnsinnig mit den Händen, warf die Erde hinter sich wie ein Hund. Er rief dem verschütteten Mann etwas zu. Sie kamen. Sie waren bei ihm.

Levis Arbeit hatte die Erde am Ende von Stephens Gruft so gelockert, daß er über den Leichnam Jack Firebraces hinauskriechen konnte.

Auf Händen und Knien robbte er durch den Schutt, den die von ihm gezündete Explosion hatte entstehen lassen. Er sah, daß nach einem Meter der Tunnel intakt war. An dieser Stelle war Lamm durchgebrochen. Levi stieß Lamm zurück und stieg in den englischen Tunnel. Irritiert vom Echo der Klopfgeräusche ging er in die falsche Richtung und entfernte sich von Stephen.

Stephen bahnte sich mit den Händen einen Weg, würgte und spuckte Erde aus, schrie. Vor sich im Tunnel sah er das Licht einer hin und her schwingenden Lampe. Es gab Luft. Er konnte atmen.

Levi hörte ihn. Er machte kehrt und kam zurück.

Als sich die Tunneldecke hob, stand Stephen auf und ging gebückt weiter. Wieder schrie er. Die Laterne war direkt vor ihm.

Er blickte auf und sah die Beine seines Retters. Sie waren in deutsches Feldgrau gehüllt, die Farbe seiner düstersten Träume.

Er rappelte sich hoch, und seine Hand wollte den Revolver ziehen, aber da war nichts mehr, nur die zerrissenen, schmutzigen Lumpen seiner Hose.

Er blickte dem Mann, der vor ihm stand, ins Gesicht, und dann riß er die Fäuste hoch, ein Junge vom Land, der kampfbereit ist.

Auf einer tiefen Ebene, tief unter allem, was seine erschöpften Gedanken je fassen konnten, schlugen die Konflikte seiner Seele in ihm zusammen wie Wellen, die sich über dem dichten Kieselgeröll eines Strandes brechen. Von einer weit entfernten Straße rief die Stimme seines Lebens nach ihm; die Gesichter der abgeschlachteten Männer, die geschlossenen Augen Michael Weirs in seinem Sarg; sein wilder Haß auf den Feind, auf Max und alle Menschen, die ihn zu diesem Punkt gebracht hatten; der Körper und die Liebe Isabelles und die Augen ihrer Schwester.

Jenseits aller Gedanken überkam ihn die Lösung, und er merkte, wie seine erhobenen Fäuste sich lösten und seine Arme sich öffneten.

Levi sah die Gestalt mit dem wirren Blick, halb wahnsinnig, der Mörder seines Bruders. Er wußte nicht, aus welchem Grund er nun auch seine Arme öffnete, und die beiden Männer fielen sich um den Hals und weinten über die bittere Sonderbarkeit ihres Lebens, ihrer menschlichen Leben.

Sie stützten Stephen, als sie zum Seil zurückgingen. Sie gaben ihm Wasser. Sie zogen ihn hoch, und Levi legte ihm den Arm über die Schulter, als sie zusammen zum Ende des Tunnels gingen, während Lamm und Kroger noch einmal in der Dunkelheit verschwanden, um die Leichen von Joseph und Jack Firebrace zu bergen.

Levi half Stephen über die Sprossen des Einstiegsschachts, dem Tageslicht entgegen. Sie mußten die Augen mit den Händen vor den gleißenden Sonnenstrahlen schützen. Schließlich kamen sie im deutschen Schützengraben an die frische Luft. Levi half Stephen über die Stufen.

Stephen sog wieder und wieder die Luft ein. Er blickte zum blauen, hohen Himmel, über den ein paar Federwolken zogen. Er setzte sich auf den Schützenauftritt und stützte das Gesicht auf die Hände.

Sie hörten den Gesang von Vögeln. Der Schützengraben war verlassen.

Levi kletterte auf die Brustwehr und setzte ein Fernglas an die Augen. Der britische Graben war ebenfalls geräumt. Er blickte über die deutschen Linien nach hinten, sah aber über eine Entfernung von acht Kilometern nichts vor dem Horizont. Der Damm war gebrochen, die deutsche Armee davongespült.

Er kam wieder in den Graben und setzte sich neben Stephen. Keiner der beiden Männer sagte etwas. Sie lauschten der himmlischen Ruhe.

Schließlich wandte sich Stephen Levi zu. »Ist es vorbei?« sagte er auf englisch.

»Ja«, sagte Levi, auch auf englisch. »Es ist vorüber.«

Stephen blickte auf den Boden des deutschen Schützengrabens. Er konnte nicht fassen, was geschehen war. Vier Jahre, die so lang gewesen waren, als hätte die Zeit stillgestanden. All die Männer, deren Tod er mit angesehen hatte, ihre Leichen, ihre Wunden. Michael Weir. Sein blasses Gesicht, das aus seinem Grab aufstand. Byrne, wie eine geköpfte Krähe. Die Zehntausende, die mit ihm an jenem Sommermorgen ins Feuer gegangen waren.

Er wußte nicht, was er tun sollte. Er wußte nicht, wie er ins Leben zurückfinden konnte.

Seine Unterlippe begann zu zittern, und heiße Tränen schossen ihm in die Augen. Er legte den Kopf an Levis Brust und schluchzte.

Sie brachten die Leichen hoch, und nachdem sie sich ausgeruht hatten, gruben sie Joseph Levi und Jack Firebrace ein gemeinsames Grab. Denn der Krieg war vorbei. Stephen sprach ein Gebet für

Jack, und Levi für seinen Bruder. Sie pflückten Blumen und legten sie aufs Grab. Die vier Männer weinten.

Dann sah sich Lamm in den Unterständen um und kam mit Wasser und Konservendosen zurück. Sie aßen im Freien. Sie gingen in einen Unterstand und schliefen.

Am nächsten Tag sagte Stephen, daß er sich wieder seinem Bataillon anschließen müsse. Er schüttelte Kroger und Lamm die Hand, dann Levi. Nach all dem Fleisch, das er gesehen und berührt hatte, war es die Hand dieses Arztes, die ihm die Befreiung brachte.

Levi wollte ihn nicht gehen lassen. Er mußte versprechen, ihm zu schreiben, sobald er wieder in England sei. Levi löste die Schnalle von seinem Gürtel und gab sie ihm als Andenken. *Gott mit uns*. Stephen schenkte ihm das Messer mit der einzelnen Klinge. Sie umarmten sich noch einmal und hielten sich lange umschlungen.

Dann kletterte Stephen über die Leiter und über die Brustwehr hinweg ins Niemandsland. Kein Stahlgewitter erwartete ihn, kein Todeskuß aus splitterndem Eisen.

Als er den britischen Linien entgegenging, spürte er unter seinen Stiefeln die trockene, umgewühlte Erde. Über ihm, am unversehrten Himmel, sang eine Lerche. Sein Körper und sein Geist waren unsagbar und unheilbar müde, aber nichts konnte mehr den Jubel zerstören, den seine Seele erfüllte.

VII

ENGLAND 1979

Elizabeth hatte Angst vor der Reaktion ihrer Mutter, wenn sie ihr von ihrer Schwangerschaft erzählen würde. Mit solchen Dingen war Françoise stets streng gewesen, weshalb Elizabeth ihr auch nie gesagt hatte, daß ihr Freund verheiratet war. »Er arbeitet im Ausland«, pflegte sie zu sagen, wenn Françoise wissen wollte, warum er ihr nie vorgestellt wurde.

Den Moment, in dem sie es ihrer Mutter mitteilen wollte, schob sie vor sich her, aber im März hatte sie so stark zugenommen, daß es sich kaum noch verbergen ließ. Bei einem ihrer Teebesuche in Twickenham wollte sie die Neuigkeit allerdings nicht loswerden, deshalb lud sie ihre Mutter in ein Restaurant nach London ein, um die Bekanntgabe gebührend zu feiern. Ein weiterer Grund war, wie sie zugeben mußte, daß sie Françoise damit auf neutralem Terrain überrumpeln konnte; aber natürlich wünschte sie sich sehr, ihre Mutter möge ihre Freude über das bevorstehende Ereignis teilen. Das Datum wurde verabredet und der Tisch im Restaurant reserviert.

Unangenehm war auch, es Erich und Irene beizubringen, weil die Schwangerschaft ja bedeutete, daß Elizabeth eine Weile nicht in der Firma arbeiten könnte. Erich nahm die Nachricht als persönliche Beleidigung gegen ihn und seinen Sohn auf, der, wie er verrückterweise überzeugt war, den besten Vater für Elizabeths Kinder abgegeben hätte, obwohl er längst glücklich mit einer anderen Frau verheiratet war.

Auch Irene war wenig begeistert, was Elizabeth nicht verstand. Irene war eine ihrer besten Freundinnen und immer auf ihrer Seite. Aber als sie diese wichtige Neuigkeit erfuhr, war sie nicht in der

Lage, Elizabeths Freude und Aufregung zu teilen. Sie murmelte nur etwas von Ehe und Familienleben. Aber einige Wochen, nachdem Elizabeth es ihr gesagt hatte, kam sie zu ihr ins Büro, um sich zu entschuldigen.

»Ich weiß auch nicht warum, aber als du mir das mit dem Baby gesagt hast, war ich ein bißchen verwirrt. Ich glaube, das war schlichte Eifersucht. Ich freue mich sehr für dich, meine Liebe. Hier, die habe ich schon mal gemacht.« Sie gab Elizabeth eine Papiertüte, in der ein Paar handgestrickte Babysocken lagen.

Elizabeth umarmte sie. »Danke. Tut mir leid, daß ich so direkt war. Ich hätte es wirklich etwas geschickter vorbringen können. Danke, Irene.«

Wenn sie gefragt wurde, wer der Vater sei, verweigerte Elizabeth die Antwort. Anfangs wurde das als Affront empfunden. »Irgendwann kommt es ja doch mal raus«, sagten die, die nichts von Robert wußten. »Das Kind kann schließlich nicht ohne Vater aufwachsen.« Elizabeth zuckte mit den Schultern und sagte, daß sie schon zurechtkommen werde. Diejenigen, die von Robert wußten, nahmen natürlich an, daß er verantwortlich war. »Ich sage es nicht«, sagte Elizabeth. »Es ist ein Geheimnis.« Schließlich ließ die allgemeine Irritation und damit die Neugier nach. Man hatte sich um seine eigenen Probleme zu kümmern, und wenn sich Elizabeth wirklich so albern verhalten wollte, dann war das allein ihre Sache. So war es ihr also gelungen, das Geheimnis zu bewahren: Die Neugier der Leute wurde schließlich von deren Gleichgültigkeit besiegt; oder, um es allgemeiner auszudrücken, man ging wieder zur Tagesordnung über.

Elizabeth wollte sich mit ihrer Mutter an einem Samstagabend treffen. Morgens las sie noch das letzte der Notizbücher ihres Großvaters, in der Übersetzung und Handschrift Bobs. Die Aufzeichnungen waren sehr detailliert. Es gab unter anderem einen langen Bericht über das, was ihm und Jack Firebrace geschehen war, als sie verschüttet wurden; auch die Gespräche, die sie geführt hatten, waren beschrieben.

Ein Abschnitt, der in Bobs Übersetzung leider sehr unklar blieb, erschütterte Elizabeth besonders; die beiden Männer hatten offenbar über Kinder gesprochen und darüber, ob einer von ihnen nach dem Krieg noch Kinder zeugen würde. »Ich sagte, ich würde für ihn Kinder haben« – so schien dieser Eintrag zu enden. Sehr viel klarer war der Abschnitt, in dem sich Stephen an Jacks Liebe für einen Sohn namens John erinnerte.

Indem sie alle Notizbücher und darüber hinaus noch zwei oder drei Sachbücher über den Krieg gelesen hatte, entstand in Elizabeth nach und nach eine klarere Vorstellung darüber, wie es gewesen sein könnte. Gegen Ende der Aufzeichnungen tauchte Jeanne beziehungsweise Grand-mère (als die Elizabeth sie kannte) mehrfach auf, aber aus der Schilderung ging nicht hervor, was für Gefühle Stephen ihr gegenüber gehabt hatte. Bobs Übersetzung bezeichnete sie zumeist mit dem flauen Wort »freundlich«; manchmal wurde sie auch als »liebenswert« charakterisiert. Die Sprache der Leidenschaft war das nicht gerade.

Auf einem Stück Papier stellte Elizabeth Berechnungen an. Grand-mère geboren 1878. Mama geboren ... sie wußte gar nicht genau, wie alt ihre Mutter war. Zwischen fünfundsechzig und siebzig. Sie selbst wurde 1940 geboren. In diesen Berechnungen stimmte irgend etwas nicht, aber das lag möglicherweise an ihren beschränkten Rechenkünsten. Es war eigentlich auch nicht wichtig.

Für den Abend zog sie sich sorgfältig an und schminkte sich dezent. Sie räumte die Wohnung auf und genehmigte sich einen Drink, während sie auf ihre Mutter wartete. Sie stand vor dem Kamin und ordnete die Dinge, die auf dem Sims standen; zwei Kerzenständer, eine Einladungskarte, eine Postkarte und die Gürtelschnalle, die sie gesäubert und poliert hatte, so daß sie nun so glitzerte und funkelte wie zu dem Zeitpunkt, da sie hergestellt worden war: *Gott mit uns.*

Als Françoise ankam, öffnete sie eine kleine Flasche Champagner.

»Was gibt's denn zu feiern?« fragte Françoise und hob lächelnd das Glas.

»Alles. Den Frühling. Dich. Mich.« Sie merkte, daß es ihr schwerer als erhofft fiel, mit der Wahrheit herauszurücken.

Das Restaurant war ihr von einem Freund Roberts empfohlen worden. Es war ein kleines, dunkles Lokal an der Brompton Road, das auf nordfranzösische Küche spezialisiert war. Man saß auf Bänken, die mit rotem Plüsch gepolstert waren, und an den braunen, verrauchten Wänden hingen Ölbilder normannischer Fischereihäfen. Als sie eintraten, war Elizabeth zuerst enttäuscht. Sie hatte sich das Lokal heller und besser besucht vorgestellt; so, wie es war, paßte es nicht recht zu der guten Nachricht, die sie hier überbringen wollte.

Während sie die Speisekarte studierten, stand der Kellner am Tisch und klopfte mit dem Bleistift gegen seinen Notizblock. Françoise bestellte Artischocken und Seezunge *Dieppoise*. Elizabeth nahm als Vorspeise Champignons, dann Rinderfilet. Sie bestellte teuren Wein, *Gevrey Chambertin,* obwohl sie sich nicht sicher war, ob es sich um Rot- oder Weißwein handelte. Als Aperitif tranken sie beide Gin und Tonic. Elizabeth sehnte sich nach einer Zigarette.

»Hast du's ganz aufgegeben?« fragte Françoise, als sie Elizabeths nervöse Hände sah.

»Völlig. Keine einzige mehr.« Elizabeth lächelte.

»Und hast du deshalb zugenommen?«

»Ich ... tja, ein bißchen schon.«

Der Kellner brachte den ersten Gang. »Für Sie, Madame? Die Artischocke? Und die Champignons für Sie? Wer von den Damen probiert den Wein?«

Als er wieder weg war und sie zu essen begonnen hatten, sagte Elizabeth unvermittelt: »Ich habe tatsächlich etwas zugenommen, aber nicht, weil ich das Rauchen aufgegeben habe. Es ist, weil ich ein Baby erwarte.« Auf Françoises Antwort wartend, nahm sie ihren ganzen Mut zusammen.

Françoise nahm ihre Hand. »Gut gemacht. Ich freue mich.«

»Ich dachte, du würdest entsetzt sein«, sagte Elizabeth mit Tränen in den Augen. »Verstehst du – weil ich nicht verheiratet bin.«

»Ich freue mich für dich, und das wird dir doch wohl recht sein.«

»O ja. O ja. Du glaubst gar nicht, wie recht mir das ist.« Elizabeth lächelte. »Du scheinst ja gar nicht überrascht zu sein.«

»Nein, offenbar nicht. Mir ist schon vorher aufgefallen, daß du etwas zugenommen hast. Und daß du nicht mehr rauchst. Du hast mir zwar erzählt, das sei ein Vorsatz fürs neue Jahr gewesen, aber solche Vorsätze hast du früher nie gehalten.«

Elizabeth lachte. »Also gut. Und willst du mich denn gar nicht fragen, wer der Vater ist?«

»Sollte ich das denn? Ist das wichtig?«

»Ich glaube nicht. Er freut sich sehr – na ja, er freut sich jedenfalls. Er wird für den Unterhalt aufkommen, obwohl ich ihn gar nicht danach gefragt habe. Ich glaube, das findet sich schon alles. Er ist ein sehr netter Mann.«

»Dann ist es ja gut. Mehr will ich gar nicht wissen.«

Elizabeth wunderte sich, wie gelassen Françoise die Nachricht hingenommen hatte, selbst wenn sie es schon geahnt hatte und also vorbereitet gewesen war. »Und es macht dir nichts aus, daß dein Enkelkind eine unverheiratete Mutter hat?«

»Wie könnte mir das wohl etwas ausmachen?« sagte Françoise. »Meine Mutter war auch nicht mit meinem Vater verheiratet.«

»Grand-mère?« Elizabeth war verblüfft.

»Nein. Grand-mère ist gar nicht meine richtige Mutter.« Françoise blickte Elizabeth zärtlich an. »Ich wollte es dir schon so oft erzählen, aber dann war es mir wiederum nicht so dringend. Es ist im Grunde auch ganz unwichtig. Dein Großvater hat Grand-mère, Jeanne, 1919 nach dem Krieg geheiratet. Aber damals war ich schon sieben Jahre alt. Ich war fünf, als sie sich kennenlernten.«

»Ich wußte doch, daß die Rechnung nicht stimmte! Nachdem ich seine Notizbücher gelesen habe, habe ich herumgerechnet. Ich hab es auf meine mangelhaften Mathematikkenntnisse geschoben.«

»Gibt es in diesen Büchern Hinweise auf eine gewisse Isabelle?«

»Eine ganze Menge, ja. Ich habe angenommen, daß sie eine ehemalige Freundin von ihm gewesen sein muß.«

»Sie war meine Mutter und Jeannes jüngere Schwester.«

Elizabeth starrte Françoise mit großen Augen an. »Dann war Grand-mère eigentlich gar nicht meine Großmutter?«

»Nein, jedenfalls nicht als Blutsverwandte. Aber sie hat mich erzogen, und sie hat mich wie ein eigenes Kind geliebt. Vor dem Krieg hat sich dein Großvater bei einer französischen Familie aufgehalten. Er hatte ein Verhältnis mit Isabelle und brannte zusammen mit ihr durch. Als sie merkte, daß sie schwanger war, verließ sie ihn und kehrte zu ihrem Ehemann zurück. Jahre später, während des Krieges, hat dein Großvater in Amiens Grand-mère kennengelernt. Er hat auch Isabelle wiedergesehen, aber Grand-mère mußte Isabelle versprechen, daß sie ihm nichts von dem Kind erzählt.«

»Und das Kind warst du.«

»So ist es. Es war eine alberne Ausflucht. Ich weiß auch nicht recht. Sie wollte wohl seine Gefühle schonen. Erst kurz bevor er Jeanne heiratete, hat er es erfahren. Ich wurde aus Deutschland, wo ich damals lebte, zu Jeanne geschickt, weil meine Mutter gestorben war. Sie starb an der Grippe.«

»An der Grippe? Das ist doch unmöglich.«

Françoise schüttelte den Kopf. »Nein. Es gab eine Epidemie. Direkt nach dem Krieg fielen ihr in Europa Millionen Menschen zum Opfer. Isabelle hatte sich immer gewünscht, daß Grand-mère mich aufziehen sollte, falls ihr etwas zustieße. Das haben die beiden Schwestern verabredet, als Isabelle mit dem Mann, den sie liebte, nach Deutschland zog. Er war ein Deutscher namens Max.«

»Aber wollte der dich denn nicht bei sich behalten?«

»Das glaube ich eigentlich nicht. Er war infolge des Krieges ein sehr kranker Mann. Er ist dann auch kurz darauf gestorben. Und ich war ja auch nicht sein Kind.«

»Und dann bist du also als Kind von Grand-mère und Stephen aufgezogen worden?«

»Genau. Grand-mère war eine wunderbare Frau. Sie war eine zweite Mutter für mich. Wir waren eine sehr glückliche Familie.«

Der Kellner brachte den zweiten Gang.

»Stört dich das?« sagte Françoise nach einer Weile. »Ändert das irgend etwas für dich? Hoffentlich nicht. Mich stört es nämlich überhaupt nicht. Wenn sich die Menschen wirklich lieben, so wie wir uns untereinander geliebt haben, dann spielen solche Dinge keine Rolle mehr. Die Liebe ist wichtiger als das, was man Blutsbande nennt, die Frage, wer eigentlich von wem abstammt.«

Elizabeth dachte einen Moment lang nach. »Ich glaube, du hast recht«, sagte sie. »Ich muß das zwar erst mal verdauen, aber es stört mich überhaupt nicht. Erzähl mir doch mal von deinem Vater. War er glücklich?«

Françoise zog die Augenbrauen hoch und atmete tief durch. »Also, er war ... schwierig. Nach dem Krieg hat er zwei Jahre lang nicht gesprochen.«

»Was? Kein Wort?«

»Nein, kein einziges Wort. Na ja, ich weiß nicht, er muß ja wohl mindestens ›ja‹ gesagt haben, als sie geheiratet haben. Ein paar Worte wird er schon noch gesprochen haben, um überhaupt leben zu können. Aber ich habe ihn damals nie sprechen hören. Und Grand-mère sagte, daß er zwei Jahre geschwiegen hat. Sie sagte, daß sie sich genau daran erinnern konnte, als er wieder zu sprechen anfing. Es war an einem Morgen. Er stand plötzlich vom Frühstückstisch auf und lächelte. Er sagte: ›Wir fahren heute abend nach London ins Theater. Wir nehmen den Mittagszug.‹ Ich dachte, ich könnte meinen Ohren nicht trauen. Ich war damals erst neun Jahre alt.«

»Und ihr habt damals in England gelebt?«

»So ist es. In Norfolk.«

»Und ging es ihm später besser?«

»Tja ... es ging ihm besser. Er sprach wieder, und er war sehr liebevoll mit mir. Er hat mich geradezu verwöhnt. Aber gesundheitlich ging es ihm nicht gut.«

»Und hat er vom Krieg erzählt?«

»Nie. Kein einziges Wort. Von jenem Tag an muß es für ihn so gewesen sein, als hätte es den Krieg nicht gegeben; das war jedenfalls Grand-mères Meinung.«

»Und wann ist er gestorben?«

»Kurz bevor ich deinen Vater geheiratet habe. Er ist nur achtundvierzig Jahre alt geworden. Wie viele andere Männer seiner Generation auch, hat er sich nie mehr so recht vom Krieg erholt.«

Elizabeth nickte. »Also nur ein paar Jahre vor meiner Geburt.«

»Ja«, sagte Françoise traurig. »Wenn er dich doch nur noch gesehen hätte. Ich wünschte mir so sehr, daß er dich noch gesehen hätte. Es hätte ihm ... in der Seele gutgetan.«

Elizabeth sah auf den Teller. »Und Grand-mère? Wie ist sie damit fertig geworden?«

»Sie war eine wunderbare Frau. Sie liebte ihn so sehr. Sie pflegte ihn wie eine Mutter. Sie ist die eigentliche Heldin der ganzen Geschichte. Du kannst dich doch noch an sie erinnern, nicht wahr?«

»Ja, doch«, log Elizabeth. »Natürlich.«

»Entschuldige bitte«, sagte Françoise und hielt sich die Serviette an die Augen. Sie konnte eine Weile nicht sprechen. »Ich wollte eigentlich nicht in aller Öffentlichkeit heulen. Ich will dir nicht deinen glücklichen Tag verderben, Elizabeth. Es hätte ihr so viel bedeutet.«

»Alles ist gut«, sagte Elizabeth. »Es ist schon gut. Jetzt ist alles gut.«

Im Lauf des Sommers nahm Elizabeth regelmäßig an Geburtsvorbereitungen im nächstgelegenen Krankenhaus teil. Es gab durchaus Bedenken hinsichtlich ihres Alters; sie hörte, wie das Personal sie als »Spätgebärende« bezeichnete. Die Bedenken wuchsen sich jedoch kaum zu ernsthaften Sorgen aus, was vielleicht auch daran lag, daß sie stets von anderen Ärzten untersucht wurde.

»Danke, Mrs. Bembridge«, sagte der Arzt, der sie im achten Monat untersuchte. »Sie wissen ja selbst am besten, wie es jetzt weitergeht.«

»Wie meinen Sie das?«

»Na ja, beim vierten Kind wird's doch schon zur Routine.«

Es stellte sich heraus, daß er die falschen Unterlagen benutzt hatte. Elizabeth fragte sich, wer wohl an ihrer Stelle untersucht worden war. Man reservierte ihr ein Bett für den errechneten Tag und empfahl ihr, in der Zwischenzeit keine Flugreisen mehr zu absolvieren.

»Und vergessen Sie nicht«, sagte die Hebamme, »Erstgeburten dauern meistens länger. Rufen Sie erst im Krankenhaus an, wenn die Wehen gleichmäßig und schmerzhaft werden. Wenn Sie zu früh kommen, müssen wir Sie bloß wieder nach Hause schicken.«

Irene erzählte ihr von einem Kurs, den die Tochter einer Freundin absolviert hatte. Elizabeth meldete sich an und ging in eine Wohnung in Kilburn, wo eine resolute Frau eine sechsköpfige Gruppe Schwangerer über verschiedene Geburtsphasen und diverse Schmerzmittel aufklärte. Elizabeth machte sich eine Notiz, daß sie im ersten statthaften Moment um eine Dosis Epidural bitten würde.

Wenn sich das Kind in ihrem Bauch drehte und mit den Füßen strampelte, wölbte und kräuselte sich ihre Bauchhaut. Sie hatte Rückenschmerzen, und in der Sommerhitze sehnte sie sich nach den kalten Wintertagen, wenn alles vorüber sein würde und sie wieder frei durchatmen könnte.

Manchmal saß sie bei geöffneten Fenstern nackt auf der Bettkante, um soviel wie möglich von der schwachen Brise mitzubekommen. Mit den Handflächen hielt sie das Gewicht des Kindes unterhalb der Wölbung ihres Bauchs, auf dem sich eine dünne, braune Linie gebildet hatte, die zu ihrer Scham hinablief. Oberhalb des Hüftknochens hatte sich die Haut zu kleinen, weißen Narben gekräuselt, aber es war bei weitem nicht so schlimm, wie sie es manchmal auf den verwüsteten Körpern mancher Frauen in den Umkleidekabinen von Kleidergeschäften gesehen hatte. Die meisten Fragen, die in dem Geburtsvorbereitungskurs gestellt wurden, betrafen das Problem, wie die Frauen nach der Geburt ihre schlanke Figur zurückbekommen und wie sie mit ihren Männern wieder sexuelle Beziehungen aufnehmen konnten. Beide Fragen empfand Elizabeth für sich selbst als zweitrangig.

Sie spürte vielmehr eine ungeheure Neugier auf das Kind. Sie empfand ihm gegenüber ein Schutzbedürfnis und mütterliche Gefühle, aber auch einen Respekt, der manchmal fast in Staunen umschlug. Es war ein eigenes Wesen mit eigenem Charakter und eigenem Schicksal; es hatte sich entschieden, in ihr zu wachsen und aus ihr geboren zu werden, aber es war nicht leicht, das Gefühl von der Hand zu weisen, daß es auf gewisse Weise schon vorher existiert hatte. Sie konnte es eigentlich nicht glauben, daß sie und Robert aus dem Nichts ein eigenständiges, menschliches Wesen geschaffen haben sollten.

Nach mehreren Tagen komplizierter Täuschungen, falscher Spuren und raffinierten Einsatzes seines Anrufbeantworters hatte Robert seine Verhältnisse so geregelt, daß er die Woche vor der Geburt mit Elizabeth verbringen konnte. Er wollte auch hinterher so lange bei ihr bleiben, bis sie so fit wäre, um bei ihrer Mutter zu wohnen. Roberts Frau glaubte, daß er zu einer Konferenz nach Deutschland gereist sei.

Er hatte nicht den Wunsch, bei der Geburt dabeizusein, wollte aber erreichbar sein, falls sie ihn brauchen würde. Er mietete am Meer bei Dorset ein Cottage, wo sich Elizabeth während der letzten Tage entspannen und er sich um sie kümmern konnte. Sie hatten die Absicht, drei Tage vor dem errechneten Geburtstermin nach London zurückzukehren.

Als sie mit Elizabeths Auto durch Hampshire fuhren, war Robert immer noch nervös. »Und was, wenn es früher kommt?« sagte er. »Was soll ich dann machen?«

»Nichts«, sagte Elizabeth und drehte sich schwerfällig auf dem Beifahrersitz, um ihn anzusehen. »Du mußt das Baby nur warm halten. Und im übrigen dauern Erstgeburten etwa zwölf Stunden. Da schaffen wir es sogar bei deiner Fahrweise ins Krankenhaus nach Poole oder Bournemouth. Erstgeburten kommen meistens auch später. Also mach dir keine Sorgen.«

»Du hast dich ja richtig informiert, was?« sagte er und drückte etwas mehr aufs Gaspedal, weil sie seine Fahrweise kritisiert hatte.

»Ich habe ein paar Bücher darüber gelesen. Sonst hatte ich in diesem Sommer ja nicht allzuviel zu tun.«

Das Cottage lag an einem Feldweg an einem Hügelabhang. Man hatte einen weiten Blick übers Land und war etwa fünfzehn Minuten vom nächsten Ort entfernt. Durch die Eingangstür gelangte man direkt ins Wohnzimmer, in dem es einen großen Steinkamin und Polstermöbel gab, die mit abgewetztem Baumwollstoff bezogen waren. In der altmodischen Küche stand ein fettiger Herd mit einer Gasflasche, und an der Wand hingen Schränke mit Schiebetüren aus Glas. Durch die Hintertür gelangte man in einen großen Garten, an dessen Ende eine mächtige Kastanie stand.

Elizabeth fand es sehr schön. »Siehst du den kleinen Apfelbaum?« sagte sie. »Darunter stelle ich mir den Sessel.«

»Das mach ich schon«, sagte Robert. »Jetzt hole ich lieber erstmal was zu essen, bevor die Läden schließen. Willst du mitkommen?«

»Nein, aber ich habe eine Liste gemacht. Das schaffst du auch ohne mich.«

»Ich meinte bloß, falls die Wehen einsetzen.«

Elizabeth lächelte. »Keine Sorge. Es sind noch acht Tage Zeit. Stell mir nur bitte den Sessel da hin, dann bin ich ganz zufrieden hier.«

Als das Motorengeräusch des Wagens auf dem Feldweg verklungen war, spürte sie kurze, scharfe Kontraktionen. Sie waren wie die Krämpfe, die sie manchmal nachts im Bein hatte, nur eben im Unterleib.

Sie atmete tief ein. Sie wollte nicht in Panik geraten. Man hatte ihr gesagt, daß sich solche Scheinwehen oft wochenlang hinziehen konnten. Sie waren nach dem Arzt benannt worden, der sie zuerst diagnostiziert hatte. Braxton Soundso. Dennoch konnte es nicht schaden, sich aus dem Telefonbuch die Nummer des nächsten Krankenhauses zu notieren.

Sie ging ins Wohnzimmer und fand, was sie suchte. Auf dem Telefonbuch lag eine Liste, *Wichtige Rufnummern,* auf der sowohl das Krankenhaus als auch die Nummer einer Landärztin, die nur acht Kilometer entfernt ihre Praxis hatte, notiert waren.

Elizabeth ging erleichtert wieder in den Garten und setzte sich unter den Apfelbaum. Sie spürte eine weitere scharfe Kontraktion; sie schnappte nach Luft und legte die Hände auf den Bauch. Der Schmerz ließ nach. Er verebbte einfach, und sie fühlte sich ruhig und merkwürdig stark werden. In ihr klopfte das Leben. Aus eigener Kraft würde sie ein Kind zur Welt bringen, das die ungewöhnliche Geschichte ihrer Familie fortsetzen würde. Sie dachte an ihre Großmutter Isabelle und fragte sich, wann und wie sie niedergekommen war. War sie in ihrer Schande allein und verängstigt gewesen, oder hatte ihr jemand – vielleicht Jeanne – beigestanden? Der Gedanke an Isabelle, die vielleicht mit diesen erschreckenden Schmerzen ganz allein gewesen war, beunruhigte sie. Nein, sagte sie dann zu sich selbst. Sie hatte alles geplant. Jeanne mußte dabeigewesen sein.

Robert kam nach einer Stunde mit den Einkäufen zurück und brachte ihr einen Drink nach draußen unter den Baum. Er setzte sich ihr zu Füßen, und sie strich ihm mit der Hand durchs volle, wellige Haar.

Die drückende Augusthitze war gewichen, und es war ein warmer Septemberabend. »In ein paar Tagen wird nichts mehr so sein, wie es war«, sagte Elizabeth. »Ich kann es mir noch gar nicht richtig vorstellen.«

Robert nahm ihre Hand. »Du schaffst das schon. Ich helfe dir.«

Er kochte, während sie ihm aus dem Wohnzimmer Anweisungen gab. Als sie aßen, war es schon dunkel und bereits so kühl, daß sie das Kaminfeuer anzündeten. Der Rauch des brennenden Holzes zog vom Rost ins Zimmer. Sie öffneten die Eingangstür, wodurch Zug entstand, der den Rauch im Schornstein hob, aber auch so viel Kälte eindringen ließ, daß der Effekt des Feuers dadurch aufgehoben wurde.

Als Elizabeth die schmale Treppe hinaufging, um sich eine

Strickjacke zu holen, spürte sie wieder eine Kontraktion. Sie sagte Robert aber nichts. Er hätte sie sicher sofort ins Krankenhaus gebracht, wo sie dann entweder tagelang würde bleiben müssen oder man sie, was wahrscheinlicher war, gleich wieder nach Hause schicken würde. Das Cottage gefiel ihr, und die paar Tage, die sie hier allein mit Robert verbringen konnte, waren ihr kostbar.

In dieser Nacht schlief sie schlecht. Es war schwierig, eine bequeme Schlafposition zu finden. Die Matratze war zu weich und durchgelegen, die Decke bestand aus schweren Daunen. Sie war froh, als die Dämmerung mit einem lauten, disharmonischen Vogelkonzert einsetzte. Später schlief sie ein.

Robert blickte in ihr schlafendes Gesicht, als er ihr morgens den Tee ans Bett brachte. Sie war eine wunderschöne Frau, dachte er. Er schob ihr eine Strähne dunklen Haars von der Wange. Er empfand Mitgefühl für das, was ihr bevorstand. Ihre Zuversichtlichkeit hatte bislang alle Gedanken daran verdeckt, wie schmerzhaft und mühsam die Geburt sein würde. Er ließ den Tee am Bett stehen und ging leise wieder hinunter.

Er ging durch den Garten bis zur Kastanie und dann zum Haus zurück. Es war ein sonniger Morgen; von einem Feld in der Nähe hörte man Traktorenlärm. Er war sehr ruhig, hatte jedoch das Gefühl, daß sein Leben nun in einen kurzen Abschnitt geriet, den er nicht würde kontrollieren können; es war, als liefe sein Leben auf Schienen und gehorchte seinen eigenen Gesetzen. Er wurde auf eine Probe gestellt.

Abends bekam Elizabeth stärkere Wehen. Als er aus der Küche kam, sah er, wie sie sich im Wohnzimmer zusammenkrümmte.

»Das ist nichts«, sagte sie. »Nur so ein Braxton-Dings.«

»Bist du dir sicher? Du siehst ganz blaß aus.«

»Mir geht's gut«, sagte sie durch zusammengebissene Zähne.

Um Mitternacht gingen sie ins Bett, und Robert schlief ein. Gegen drei Uhr morgens wurde er wach, weil Elizabeth vor Schmerz stöhnte.

Sie saß auf der Bettkante. Er sah ihr Gesicht im Mondlicht, das durch die Vorhänge fiel.

»Jetzt kommt es«, sagte er.

»Ich weiß nicht genau«, sagte sie. »Es tut weh, aber ich weiß nicht, wie regelmäßig die Wehen sind. Hast du eine Uhr? Du mußt die Abstände messen.«

Robert schaltete das Licht an und beobachtete, wie der Minutenzeiger über die Uhr kroch. Wieder stöhnte Elizabeth auf. Sechs Minuten waren vergangen.

»Und?« sagte er.

»Ich weiß es nicht. Vielleicht kommt es wirklich. Vielleicht.« Ihre Stimme klang unsicher. Robert fragte sich, an welchem Punkt Angst und Schmerzen die Oberhand über ihr Wissen und ihren Instinkt gewinnen und ihn zwingen würden, selbst die Entscheidungen zu treffen.

»Warte noch einen Moment«, sagte sie. »Ich will nicht ins Krankenhaus.«

»Das ist doch albern, Elizabeth. Wenn du ...«

»Laß mich!«

Sie hatte ihn gewarnt, daß sie wahrscheinlich unleidlich werden würde. Viele Frauen hatten in dieser Situation Worte benutzt, die sie zuvor kaum je gehört hatten.

Eine Stunde verging, und die Wehen wurden stärker und kamen in kürzeren Abständen. Elizabeth lief im Haus auf und ab, und er ließ sie gewähren. Er nahm an, daß sie eine bequeme Position suchte, in der sie die Schmerzen besser ertragen konnte, und daß sie nicht wollte, daß er dabei war. Er hörte, wie sie durch die verschiedenen Zimmer des Cottages ging.

Sie rief seinen Namen, und er lief zu ihr. Sie saß im Wohnzimmer und lehnte sich mit dem Kopf ans Sofa. »Ich habe Angst«, schluchzte sie. »Ich will das nicht. Ich habe Angst. Es tut so weh.«

»Also gut. Ich rufe die Ärztin an. Und den Krankenwagen.«

»Nein. Nicht.«

»Tut mir leid, ich mach das jetzt.«

»Nicht den Krankenwagen.«

»Also schön.«

Die Stimme eines Mannes war am Apparat. »Sie wollen meine Frau sprechen, aber sie macht leider gerade einen Krankenbesuch. Ich sage ihr sofort Bescheid, wenn sie wieder da ist.«

»Danke.« Robert legte fluchend den Hörer auf.

»Es kommt! Ich kann den Kopf spüren. Oh, Gott, es kommt. Hilf mir, Robert, hilf mir!«

Robert holte tief Luft. Trotz der Panik wurden seine Gedanken plötzlich ganz klar. Das Kind war nichts als Fleisch und Blut, und es kam, um zu überleben.

»Ich komme, ich komme schon.« Er ging in die Küche und dann nach oben ins Badezimmer. Er raffte Handtücher zusammen, brachte sie nach unten und legte sie zwischen Elizabeths Knie auf den Fußboden. Sie krümmte sich über dem Sofa.

»Die Handtücher«, schluchzte sie, »die kriegen ja Flecken.«

Er holte einen Stapel Zeitungen vom Kamin und breitete sie über den Handtüchern aus.

Er kniete sich neben Elizabeth auf den Boden. Sie hatte das Nachthemd bis zur Hüfte hochgeschoben. Als sie mit geschlossenen Augen stöhnend preßte, sah er, daß Blut und Schleim zwischen ihren Beinen austraten.

»Gott, es kommt, es kommt«, sagte sie und begann wieder zu weinen. Ihr Oberkörper zog sich zusammen, sie preßte, aber es kam nur Blut.

»Geh weg«, schrie sie ihn an. »Geh weg! Ich will allein sein.«

Robert stand auf, ging in die Küche und ließ für sie ein Glas Wasser einlaufen. Draußen wurde es bereits hell. Aus dem Fenster sah er unten im Tal ein kleines Cottage. Er beneidete seine Bewohner. Er stellte sich ein normales Leben vor, keins am Rande des Todes, sondern nur ruhiger Schlaf und am Morgen ein Frühstück und ein Tag wie jeder andere.

»Robert!« schrie Elizabeth, und er lief zu ihr.

Er kniete neben ihr im Blut.

»Ich weiß es nicht mehr«, stöhnte sie, »ich weiß nicht, ob ich pressen muß oder nicht. Ich kann mich nicht mehr daran erinnern.«

Er legte einen Arm auf ihre Schulter. »Ich glaube, wenn du pressen willst, dann tu es einfach. Komm jetzt. Ich bin ja da. Komm jetzt. Pressen.«

Wieder durchzuckte sie ein schwerer Krampf, und Robert sah, wie sich das Fleisch zwischen ihren Beinen teilte. Blut strömte heraus, und im Lampenschein des Wohnzimmers wurde die Rundung eines grauen Schädels sichtbar, der sich pulsierend durch den sich öffnenden Eingang ihres Körpers drängte.

»Ich kann den Kopf sehen, ich kann ihn sehen. Es kommt. Du machst das gut, du machst das phantastisch. Es ist fast da.«

Es gab eine Pause; Elizabeth lehnte an dem Sofa und wartete auf die nächste Wehe. Robert sah auf die Zeitungen unter ihr; eine war bei den Familienanzeigen aufgeschlagen; wie passend, dachte er.

Elizabeth schnappte nach Luft, und er sah, wie der Schädel herausdrängte und sich langsam senkte. Ihr Körper teilte sich für ihn; der Kopf erschien, der ganze Kopf, mit Blut und Schleim verschmiert, aber am Hals steckte er noch in Elizabeths Fleisch fest.

»Komm schon«, sagte er. »Los jetzt, noch einmal pressen, dann ist es da.«

»Ich kann nicht«, sagte sie. »Ich muß warten, bis eine Wehe ...« Ihre Stimme versagte. Er brachte sein Gesicht an das ihre und küßte sie. Schweißnasse Haarsträhnen klebten ihr auf der Wange, und sie drückte das Gesicht in den Baumwollstoff des Sofas.

Er nahm den Kopf des Babys in die Hände.

»Nicht ziehen«, keuchte sie. »Kannst du die Nabelschnur um den Hals fühlen?«

Robert tastete vorsichtig mit den Fingern, hatte aber Angst, das berstende Fleisch noch weiter zu ziehen. »Es ist gut«, sagte er.

Dann öffnete Elizabeth die Augen, und sie füllten sich mit einer Entschlossenheit, die er noch nie auf einem menschlichen Gesicht gesehen hatte. Sie warf den Kopf zurück, und die Sehnen auf ihrem Hals traten wie Knochen hervor. Ihre aufgerissenen Augen ließen ihn an ein Pferd denken, das endlich den Stall wittert und mit den Zähnen aufs Metall beißt: Keine Macht der Erde konnte jetzt die geballte Kraft aus Muskeln, Instinkt und Willenskraft mehr aufhalten, während es dem Ziel zustrebte.

Elizabeth schrie. Er blickte nach unten und sah, wie die Schultern des Babys unter dem Kopf herausgedrückt wurden. Er ergriff sie mit beiden Händen. Jetzt würde er ziehen.

Die Schultern des Babys waren glitschig zwischen seinen Handflächen, aber als er etwas fester zupackte, rutschte es mit einem Geräusch, als ob ein riesiger Korken von einer Flasche gezogen wurde, plötzlich heraus. In einem Blutstrom glitt es in seine Hände und stieß einen plärrenden Laut aus. Die Haut war grau, von einer weißlichen Substanz bedeckt, die dick und schmierig über Brust und Rücken lag. Er sah die violette Nabelschnur, die zwischen Elizabeths blutverschmierten Beinen hin und her schwang, dann die Genitalien des Babys, von den mütterlichen Hormonen geschwollen. Er blies dem Kind ins Gesicht. Es stieß einen durchdringenden Schrei aus. Es war ein Junge.

Er konnte nichts sagen. Er fand ein Handtuch, daß nicht so blutig wie die anderen war, und wickelte das Baby hinein. Dann hob er es zwischen Elizabeths Knien ihren Händen entgegen. Sie hockte auf den Fersen über den Zeitungen und über dem Blut und hielt das Kind.

»Es ist ein Junge«, sagte Robert rauh.

»Ich weiß. Es ist …« Sie kämpfte mit dem Wort. »… John.«

»John? Ja, ja … das ist gut.«

»Es ist ein Versprechen«, sagte sie. Sie weinte hemmungslos. »Ein Versprechen … das mein Großvater gegeben hat.«

»Das ist gut, das ist gut.« Robert kniete neben Elizabeth und dem Jungen; er umarmte sie beide. So blieben sie eine Weile auf dem Fußboden, als es an der Tür klopfte. Sie sahen auf. Eine Frau mit einer Tasche stand bereits im Zimmer, klopfte aber noch einmal, weil sie sie erst nicht bemerkt hatten.

»Sieht so aus, als käme ich zu spät.« Sie lächelte. »Sind alle wohlauf?«

»Ja«, keuchte Elizabeth. Sie zeigte ihr das Baby.

»Wie hübsch er ist«, sagte die Ärztin. »Ich trenne jetzt die Nabelschnur ab.«

Sie kniete sich auf den Fußboden und sah Robert an. »Wahrscheinlich ist es am besten, wenn Sie jetzt mal an die frische Luft gehen.«

»Ja. Gut.« Er strich Elizabeth über die Haare und legte die Finger an Johns Wange.

Die Sonne war aufgegangen. Es war ein frischer, klarer Morgen; nach der Dunkelheit und Angst im Cottage war er von der Helligkeit überwältigt.

Befreit von der Notwendigkeit, ruhig zu bleiben, hob und senkte Robert mehrmals die Schultern und stieß lange, schluchzende Atemzüge aus.

Er machte ein paar Schritte in den Garten hinein, und dann überkam ihn die Freude. Sie durchströmte Arme und Beine; unter der Schädelplatte kribbelte und pochte es, als wolle sie sich vom Kopf heben. Ein Gefühl stieg in ihm auf, als flöge er; seine Gedanken hoben sich, und als die Begrenzungen seines Körpers sie nicht mehr halten konnten, schienen sie in die Luft aufzusteigen.

In seiner Verzückung war er bis ans Ende des Gartens gekommen. Er hielt an und sah zu Boden. Er stand knöcheltief in Kastanien, die über Nacht vom Baum gefallen waren; die glänzenden Früchte brachen aus den stacheligen, grünen Schalen. Er kniete nieder und nahm zwei oder drei dieser schönen, schimmernden Dinge in die Hand. Als Junge hatte er jedes Jahr auf diesen Tag gewartet. Und jetzt gab es John, seinen Sohn. Eine neue Chance.

In seinem großen Glück warf er die Kastanien hoch in die Luft. Sie schreckten eine Krähe auf, die über ihm im Baum gesessen hatte; mit einem explodierenden Flügelschlag strich der Vogel ab, hob sich über ihm dem Himmel entgegen, und sein rauhes, dunkles Krächzen scholl in langen, knarrenden Wellen zur Erde zurück, um von denen gehört zu werden, die noch am Leben waren.